Katherine John

Spurlos

Thriller

Aus dem Englischen
von Thomas A. Merk

Weltbild

Die englische Originalausgabe erschien 1989
unter dem Titel *Without Trace* bei Century Press.
Die Übersetzungsvorlage, eine von der Autorin überarbeitete und erweiterte Ausgabe, erschien 2006 bei Accent Press, London.

—

Besuchen Sie uns im Internet:
www.weltbild.de

Genehmigte Lizenzausgabe für Verlagsgruppe Weltbild GmbH,
Steinerne Furt, 86167 Augsburg

Übersetzung: Thomas A. Merk
Umschlaggestaltung: zeichenpool, München
Umschlagmotiv: www.shutterstock.com
Gesamtherstellung: CPI Moravia Books s.r.o., Pohorelice
Printed in the EU
ISBN 978-3-86365-595-2

2016 2015 2014
Die letzte Jahreszahl gibt die aktuelle Lizenzausgabe an.

Spurlos

Die Autorin

Katherine John ist die Tochter einer deutschen Mutter und eines walisischen Vaters. Sie wurde in Pontypridd geboren und studierte Englisch und Soziologie in Swansea. Katherine John lebte in Amerika und Europa, bevor sie nach Wales zurückkehrte und sich ganz dem Schreiben widmete. Sie lebt mit ihrer Familie auf der Gower-Halbinsel in der Nähe von Swansea.

Für Trevor John

Prolog

Die Autobahn war leer. Im wässrig-fahlen Licht des Mondes zog sie sich wie ein mattes, zinnfarbenes Band durch die Landschaft. Gesäumt wurde die Autobahn von einer dichten Hecke, die sie von einer angrenzenden Viehweide abtrennte. Aus dieser dunklen Hecke trat plötzlich eine seltsam gekleidete Gestalt hervor. Sie stellte sich an den Rand der Autobahn und wartete geduldig, bis sich die Scheinwerfer eines Autos näherten. Dann hob sie in einer fast flehentlich anmutenden Geste die Hände, die in weißen Handschuhen steckten. Der Fahrer des herannahenden Wagens sah den Mann und trat auf die Bremse.

»Entschuldigen Sie bitte, aber ich hatte eine Panne mit meinem Wagen. Etwa eine halbe Meile weiter vorn. Könnten Sie mich vielleicht in die Stadt mitnehmen?« Die Stimme, die durch das Seitenfenster hereindrang, klang kultiviert und höflich.

»Natürlich. Steigen Sie ein.« Der Fahrer hatte Mühe, seine Antwort zwanglos und freundlich klingen zu lassen. Schließlich wurde man nicht jeden Tag um vier Uhr früh von einem einsam am Rand der Autobahn stehenden Pierrot angehalten. Der Mann am Steuer beugte sich über den Sitz, öffnete die Beifahrertür und fragte: »Kommen Sie von einem Maskenball?«

»Ach so.« Der Pierrot lachte, doch es klang ein wenig

gekünstelt. »Ich habe ganz vergessen, dass ich das Kostüm trage. Wahrscheinlich sehe ich ziemlich seltsam aus.« Der Clown mit seiner Maske aus weißer und schwarzer Schminke wirkte, als würde er etwas auswendig Gelerntes herunterleiern, das er eigentlich nicht richtig verstand.

»Haben Sie sich bei dem Unfall verletzt?«, fragte der Fahrer und betrachtete den Pierrot mit interessiertem, fachkundigem Blick. »Sind Sie vielleicht mit dem Kopf gegen das Lenkrad geschlagen?«

»Nein, mir ist nichts passiert; es geht mir ausgezeichnet. Vielen Dank.« Der Pierrot stieg in den Wagen und setzte sich auf den Beifahrersitz.

Sogar im schwachen Licht der Innenbeleuchtung sah der Fahrer, dass das Kostüm nichts von einer flüchtig zusammengewürfelten Karnevalsverkleidung hatte, wie er sie so häufig auf Krankenhausbällen gesehen hatte. Der weitgeschnittene, an einen Pyjama erinnernde Anzug war aus mattschimmerndem Satin, und an seinen Ärmeln hingen, ebenso wie an dem kegelförmig zulaufenden Hut, dicke weiße Seidenbommeln. Das Kostüm sah nicht nur aufwendig und teuer aus, es wirkte außerdem so, als stamme es aus einer längst vergangenen Zeit, in der man mit solchen Sachen sehr viel mehr Aufwand getrieben hatte. Heutzutage wären selbst beim Stadttheater, das unter ständiger Finanzknappheit litt, anstatt der edlen Materialien wohl eher Krepppapier und billige Kunstseide zum Einsatz gekommen. Der Autofahrer ließ den Blick vom Kostüm des Pierrots hinauf zu seinem stark geschminkten Gesicht wandern. War es am Ende sogar eine Pierrette? Größe und Statur ließen zwar eher auf einen Mann schließen, aber die Stimme klang ziemlich hoch und seltsam verstellt, als gehörte sie ebenfalls zu der Verkleidung.

»Ich fahre bis zum Stadtrand«, sagte der Fahrer, dem plötzlich wieder einfiel, weshalb er zu dieser unchristlichen Stunde auf der Autobahn unterwegs war. »Hilft Ihnen das weiter?«

»Ja, das ist prima. Tut mir leid, dass ich Ihnen solche Umstände mache.« Der Clown steckte wie ein chinesischer Pantomime die Hände in die weiten Ärmel seines Kostüms.

Der Fahrer legte den ersten Gang ein. Er fuhr jedoch nicht los, denn plötzlich bemerkte er, wie in der Hand des Pierrots ein langes Messer aufblitzte. Starr vor Schreck sah der Fahrer, wie es langsam, aber unerbittlich auf seinen Kopf zukam. Als die scharfe Spitze der Klinge sich knapp unterhalb seines linken Ohrs in seinen Hals bohrte, zuckte er zusammen; und ihm wurde schlagartig bewusst, dass das kein Albtraum war. Es geschah wirklich. Und zwar hier und jetzt.

In einem verzweifelten Versuch, dem Pierrot die Waffe zu entwinden, riss der Fahrer die Hände hoch. Aber es war bereits zu spät. Noch bevor seine Finger das Messer erreichten, sanken sie schlaff nach unten und fielen mit einem dumpfen Geräusch auf das lederbezogene Lenkrad.

Der Pierrot blieb noch einen Augenblick lang sitzen und sah schweigend zu, wie das Blut in pulsierenden Stößen aus der zerschnittenen Halsschlagader quoll und dem sterbenden Mann über den Oberkörper rann. Schließlich zog er das Messer aus der Wunde, wischte mit den behandschuhten Fingern seiner linken Hand das Blut von der Klinge und steckte sie zurück in die Scheide, die im Inneren seines weiten Kostümärmels verborgen war.

Dann wandte er sich von dem zuckenden Körper ab, öffnete die Autotür und trat hinaus auf den geschotterten Randstreifen neben der Straße. Dort stellte er sich auf die Zehenspitzen und schnupperte mit hochgereckter Nase in die kühle Luft – wie ein wildes Tier, das nach einem ungewohnten Geruch sucht. Alles war still und friedlich.

Dann ging der Pierrot um den Wagen herum und riss die Fahrertür auf. Der Tote fiel seitwärts aus dem Auto und schlug mit dem Kopf auf dem Asphalt auf. Der Pierrot schlang die Arme um den Oberkörper des Leichnams und zerrte ihn fort, wobei er ihm wie ein Kind, das versucht, ein kaputtes Spielzeug wieder in Ordnung zu bringen, den herabbaumelnden Kopf auf die blutüberströmte Brust drückte.

Keuchend vor Anstrengung schleppte er die leblose Last ins dichte Unterholz der angrenzenden Hecke. Die beiden verschwanden zwischen den im Wind schwankenden Zweigen der Büsche. Am östlichen Horizont kündete ein langsam heller werdender Streifen vom Anbruch eines neuen Tages.

Bevor der Pierrot wieder aus dem Gebüsch hervorkam, nahm der Himmel erst eine silbrige, dann eine goldene Farbe an. Steifbeinig stieg der Clown die mit hohem Gras und allerlei Unkraut bewachsene Böschung zur Autobahn hinauf. Sein Atem ging stoßweise in kurzen, keuchenden Zügen, und seine Hände, in denen er die zu einem Bündel zusammengepackte Jacke des Toten hielt, zitterten stark. Nachdem er seinen Packen vorsichtig auf den Beifahrersitz des Wagens gelegt hatte, schlug er die Tür zu und ging um die Kühlerhaube herum auf die Fahrerseite.

Aus dem nahen Wald war erster, zaghafter Vogelgesang zu hören. Der Pierrot ließ den Motor an, trat aufs Gas und lenkte den Wagen vom Standstreifen auf die menschenleere Autobahn. Ein paar Minuten später war das Auto nur noch ein dunkler Fleck am Horizont.

Die Stelle, an der der Pierrot den Fahrer erstochen hatte, unterschied sich nicht vom Rest des Standstreifens – abgesehen von der dunklen Blutspur, die sich von der Fahrbahn ins Gebüsch zog. Der gelbliche Schimmer am östlichen Horizont wurde intensiver und verlieh der Unterseite der Wolken, aus denen erste Regentropfen fielen, einen opalartigen Glanz. Der Regen wurde immer stärker, bis schließlich ein veritabler Wolkenbruch herabprasselte und die Blutlache wegwusch. Autos rauschten vorbei, erst vereinzelt, dann zahlreicher, bis sie schließlich im morgendlichen Berufsverkehr fast Stoßstange an Stoßstange fuhren.

Den Fahrern in diesen Wagen fiel an dieser Stelle nichts Besonderes auf. Sie wussten auch nicht, dass sie sich glücklich schätzen durften; denn für sie würde die Fahrt kein schreckliches Ende nehmen.

Kapitel eins

Das schrille Klingeln des Telefons beendete schlagartig die Ruhe in dem dunklen Schlafzimmer. Eine müde Hand kam unter der Bettdecke hervor, tastete sich zum Nachttisch und griff nach dem Hörer, wobei sie den Wecker neben dem Telefon umstieß. Während er mit einem dumpfen Geräusch auf dem Teppichboden aufschlug, unterdrückte Daisy Sherringham einen Fluch.

»Dr. Sherringham?«

»Welcher Dr. Sherringham?«, murmelte Daisy schlaftrunken.

»Dr. Tim Sherringham.«

»Gott sei Dank.«

»Wie bitte?«

»Moment«, erwiderte Daisy. Es war schlimm genug, vom Telefon aus einem kurzen, dringend benötigten Schlaf gerissen zu werden; da wollte sie nicht noch lange Erklärungen abgeben. »Tim«, sagte sie und rammte ihren Ellenbogen in das Durcheinander von Bettwäsche neben ihr.

»Nicht schon wieder. Bitte nicht!« Tim zog sich das Kissen über den Kopf. »Sie haben versprochen, dass ich heute Nacht meine Ruhe habe.«

Ohne auf seine Proteste zu achten, tastete Daisy unter der Bettdecke nach seiner Hand und schloss seine Finger um den Telefonhörer, bevor sie aufstand und ins Bad ging.

Aus dem Schlafzimmer hörte sie Tims verzweifeltes Flehen: »Bitte sag ihnen, dass ich krank bin. Oder tot. Auf jeden Fall nicht hier. Sag ihnen, was du willst, Daisy. Daisy?!«

Warum mache ich das bloß mit?, fragte sich Daisy. Sie hatte fürchterlichen Durst, was wohl von dem Wein und dem Wodka kam, den sie am Abend getrunken hatte. Nachdem sie einen Zahnputzbecher mit kaltem Wasser gierig ausgetrunken hatte, betrachtete sie ihr Spiegelbild. Ihr langes schwarzes Haar war noch ganz matt und steif von dem Haarspray, das sie nur für Anlässe verwendete, die Tim sarkastisch »Einladungen bei Hofe« nannte. Ihr graute schon jetzt davor, das Zeug am Morgen wieder herauszubürsten, und sie fragte sich missmutig, wie viele – oder besser: wie wenige – Stunden dieser Morgen noch entfernt war.

Auf Zehenspitzen reckte Daisy sich zum Spiegel hin und betrachtete ihre Augen aus der Nähe. Sie waren blutunterlaufen, und die dunklen Ringe unter ihnen hatten nichts mit verschmierter Mascara zu tun. Daisy sah so erschöpft aus, wie sie sich fühlte. Und dabei musste sie um Punkt neun im OP-Saal sein und der einzigen weiblichen Oberärztin im Krankenhaus assistieren, einer Frau, die als der Schrecken aller Assistenzärzte bekannt war.

»Verdammter Mist!« Sie riss an der Schnur, mit der man das Licht im Badezimmer ausschaltete, und stapfte zurück ins Schlafzimmer.

»Wie recht du hast.« Tim war aufgestanden und streifte sich das weiße Hemd über den Kopf, das er erst vor einer Stunde ausgezogen und auf den Boden geworfen hatte.

»Wenn du beim Ausziehen die Knöpfe aufmachen würdest, dann müsstest du das jetzt nicht tun«, bemerkte Daisy.

»Was müsste ich nicht tun?«

»Dir so bescheuert dein Hemd anziehen.« Daisy betrachtete ihren Ehemann und war für einen Augenblick lang ganz woanders. Obwohl sie schon über ein halbes Jahr lang verheiratet waren, hatte sie sich immer noch nicht richtig daran gewöhnt.

Was hatte Judy einmal über Tim gesagt? Dass er zu gut sei, um wahr zu sein. Von gutem Aussehen *und* von gutem Charakter – wo fand man so etwas denn heutzutage noch? Obwohl er seit über zwanzig Jahren keinen Fuß mehr auf amerikanischen Boden gesetzt hatte, war Tim noch immer der grundanständige amerikanische Junge, der mit seiner Körpergröße von einem Meter achtundneunzig, seiner schlanken Figur, dem schwarzgelockten Haar und den umwerfend blauen Augen zudem auch noch wie ein Filmstar aussah …

»Hör auf, mich so anzustarren.«

Daisy lächelte. »Wie starre ich dich denn an?«

»Als würdest du dich am liebsten wieder ins Bett legen.«

»Und wie ich das will.« Sie warf sich der Länge nach auf die zerwühlte Bettdecke.

»Und irgendwie habe ich das Gefühl, als wäre es dir völlig schnuppe, ob ich auch wieder hineinkomme oder nicht.«

»Wenn ich nicht so müde wäre, hätte ich es sehr gerne«, antwortete Daisy. »Warum sind die Einladungen bei deinem Bruder bloß immer so anstrengend?«

»Weil mein Bruder so anstrengend ist.« Tim fuhr sich mit den Fingern durchs Haar und sah sich im Zimmer um. »Aber ehrlich gesagt, wenn ich auf die Uhr schaue, muss ich leider sagen, dass Richard mit dem, was er sagt, irgendwie doch recht hat.«

»Was meinst du konkret?«, fragte Daisy schläfrig.

»Dass es alles andere als prickelnd ist, mitten in der Nacht aus dem Schlaf gerissen zu werden. Sag mal, Daisy, hast du vielleicht eine Ahnung, wo meine Hose ist?«

»Da, wo du sie hingeworfen hast«, erwiderte Daisy. »Neben meinem Bett.«

»Weißt du, was Richard mir gestern gesagt hat?«

»Nein«, antwortete Daisy, die fast schon wieder eingeschlafen war.

»Dass er in den vergangenen zehn Jahren nur ein einziges Mal mitten in der Nacht aufstehen musste. Das war, als Joannas Vater seinen Herzinfarkt hatte …«

Daisy kämpfte sich mühsam in einen wachen Zustand zurück. »Er hat dir wieder mal eine Stelle in seiner Klinik angeboten, stimmt's?«

»Ja, das hat er«, erwiderte Tim trotzig. »Und ehrlich gesagt, im Augenblick kommt mir sein Angebot schon sehr verlockend vor.«

»Willst du wirklich in der Schickimicki-Klinik deines großen Bruders reichen alten Säcken den Blutdruck messen und dir tagein, tagaus ihre eingebildeten Wehwehchen anhören?«

»Du bist eine unverbesserliche Marxistin, Daisy.«

»Na und?«, gab sie erregt zurück. »Mach mit deinem Leben, was du willst, aber lass mich dabei bitte aus dem Spiel. Mich wirst du nicht dazu bringen, für dich die Drecksarbeit zu machen, so wie Joanna für Richard. Ich habe keine Lust, ständig irgendwelche blöden Empfänge zu geben oder völlig überflüssige Studien für irgendeine Kosmetikfirma durchzuführen. Ich bleibe, wo ich bin …«

»Willst du denn auf immer und ewig Assistenzärztin bleiben?«, fragte Tim mit milder Stimme.

»Nein, natürlich nicht!«, rief sie aus.

»Ich liebe dich, wenn du wütend bist«, flüsterte er leise

und nahm damit die Schärfe aus der Diskussion. »Deine Augen leuchten dann so wunderschön.« Er legte sich neben sie ins Bett und gab ihr einen Kuss. »Wir reden morgen weiter«, sagte er mit einem Blick auf seine Armbanduhr. »Oder heute … verdammt … Oder irgendwann, wenn wir nicht mehr so müde sind.« Er setzte sich auf und wandte sich von ihr ab.

»Wenn wir *darauf* warten, dann besprechen wir das nie.« Trotz des Ärgers, der immer noch in ihr brodelte, musste Daisy lächeln.

»Vielleicht haben wir ja irgendwann einmal tatsächlich am selben Tag frei. Man kann nie wissen …«

»Bestimmt ist das der Tag, an dem die ganzen alten Oberärzte geschlossen in den Ruhestand treten.« Sie kniete sich aufs Bett, schlang die Arme um Tims Nacken und zog ihren Mann zu sich. Nach einem weiteren Kuss fragte sie ihn: »Ist dein Kopfweh weg?«

Er nickte.

»Ehrlich?«

»Ja.«

»Musst du denn wirklich schon gehen? Jetzt gleich? Sofort?«

»Jetzt gleich. Sofort.« Er befreite sich aus ihrer Umarmung. »Es geht um Mrs Hawkins. Gestern habe ich Bassett auf Knien angefleht, mich sie sofort operieren zu lassen. Mit einem schnellen, sauberen Kaiserschnitt am Nachmittag wäre alles erledigt gewesen. Aber was antwortet mir mein großmächtiger Chefarzt? ›Warten Sie bis Montag, Sherringham.‹ Und jetzt rufen sie mich an, dass ich sofort ins Krankenhaus und Mrs Hawkins operieren muss. Und das um …« – er sah noch einmal auf die Uhr – »… zwanzig vor vier nach einer durchfeierten Nacht. Das hätten wir alles einfacher haben können.«

»Kannst du denn Auto fahren?«, fragte Daisy, während sie zurück unter die Bettdecke kroch.

»Ich habe nicht so viel getrunken wie du, Liebling«, antwortete Tim und schritt langsam auf die Tür zu. »Außerdem habe ich keine andere Wahl. Wie es sich anhört, will Hawkins junior partout nicht mehr länger warten. Treffen wir uns um acht in der Kantine zum Frühstück?«

»Du lädst mich immer in die besten Lokale ein …«

»Und ob ich das tue.« Er blieb eine Sekunde lang in der offenen Tür stehen. »Ich liebe dich.«

»Ich dich auch.« Die Versuchung, wieder einzuschlafen, war überwältigend groß. Daisy fielen die Augen zu, und sie glitt sanft hinüber in eine andere Welt, in der sie es mehr spürte als hörte, dass Tim den Raum verließ.

Ihre letzten Gedanken beschäftigten sich mit Ärzten und der Tatsache, dass man nachts aus dem Bett geholt wurde. Warum hatten sie sich nicht einen Bauernhof gekauft oder waren Lokomotivführer geworden? Nein. Lokomotivführer mussten auch nachts arbeiten, und wenn in den frühen Morgenstunden eine Kuh kalbte, musste auch der Bauer in den Stall. Das wäre nichts anderes als ihr jetziges Leben. Ein paar Sekunden lang dachte Daisy noch darüber nach, dann überkam sie ein traumloser Schlaf, der alles andere auslöschte, selbst die Tatsache, dass Tim nicht mehr neben ihr im Bett lag.

Das Piepen des Weckers, der immer noch neben dem Bett auf dem Boden lag, weckte Daisy auf. Ein paar Sekunden lang kämpfte sie mit ihrem Bedürfnis, ihn zum Schweigen zu bringen und sich noch eine Minute lang unter die Decke zu kuscheln. Aber dann setzte sie sich auf, öffnete die Augen und schlug die Bettdecke zurück.

Tims dunkelbraune Fliege lag auf der Kommode neben ihrem Schmuck. War es wirklich so ein Aufwand, seine Sachen gleich beim Ausziehen aufzuräumen? Auf dem Weg zum Badezimmer musste sie über ihr Abendkleid aus schwarzem Taft steigen und nahm sich fest vor, es beim nächsten Mal sofort in den Schrank zu hängen. Was einem am Abend noch teuer und schick vorgekommen war, wirkte im hellen Licht des neuen Tages auf einmal billig und profan, und diese Erkenntnis war mindestens so unangenehm wie der Kater, der sie an diesem Morgen plagte.

Daisy drehte den Mischhebel der Dusche auf fünfzehn Grad Celsius und bereitete sich innerlich auf den Anprall des kalten Wassers vor. Körper und Geist waren noch halb taub vom Schlaf. Hätte ihr Leben nur aus freien Abenden und Nächten bestanden, die sie mit Tim verbringen konnte, wäre die Welt für sie in Ordnung gewesen. Aber vielleicht würde einem ein solches Leben mit der Zeit langweilig, und sie würden freiwillig einen oder zwei Nachmittage in der Woche arbeiten, nach einem langen, faulen Vormittag, den sie mit Kaffeetrinken und Zeitunglesen verbracht hatten. So wie ihre Sonntage gewesen waren, als sie beide noch keinen so vollen Dienstplan gehabt hatten. Aber das war nur ein Wunschtraum. Er hatte mit der Realität, die für sie und Tim ein einziger, nicht enden wollender Stress war, leider nicht das Geringste zu tun. Bibbernd stellte Daisy die Dusche ab und griff nach dem Handtuch, um sich abzutrocknen.

Zwanzig Minuten, nachdem sie aus dem Bett gestiegen war, schloss sie die Wohnungstür ab, fuhr mit dem Lift ins

Erdgeschoss und verließ das Gebäude. Ungeduldig klapperte sie mit den Autoschlüsseln, während sie die Straße nach ihrem Fiat absuchte. Aber sie fand nur Tims Mercedes.

»Du Schuft«, murmelte sie verärgert. Tim wusste genau, wie ungern sie mit seinem Wagen fuhr, ganz abgesehen davon, dass man als Assistenzärztin nicht mit einem solchen Luxusschlitten aufkreuzen konnte. Auch für Tim war das peinlich. Wenn sein Bruder ihnen schon einen Wagen zur Hochzeit schenken musste, hätte er besser irgendein unauffälliges kleines Fahrzeug wählen sollen und nicht dieses stinknoble Statussymbol, bei dem Daisy immer Angst hatte, dass sie beim Einparken seinen Metalliclack verkratzte.

Sie öffnete die Fahrertür und warf, bevor sie einstieg, ihre Tasche auf die Rückbank. Wenigstens war so früh am Morgen noch nicht allzu viel Verkehr. In einer Stunde sah das ganz anders aus; da herrschte dann Berufsverkehr und auf den Straßen das Chaos. Während sie mit dem Sitz nach vorne rutschte, stellte Daisy sich mit einem gemeinen Lächeln vor, wie Tim sich in ihren kleinen Fiat hatte hineinzwängen müssen. Das letzte Mal hatte er sich dabei schmerzhaft das Knie angeschlagen.

Der Gedanke an Tims Unannehmlichkeiten versöhnte sie ein wenig mit dem Mercedes. Sie startete den Motor und legte mit einem hörbaren Knirschen den Rückwärtsgang ein. Langsam und vorsichtig steuerte sie das breite Fahrzeug aus der Parklücke.

Bis sie auf der Autobahn war, hatte sich Daisy an den Mercedes gewöhnt. »Der Wagen ist für die Autobahn gebaut«, hörte sie Tim sagen und trat aufs Gas. Sie lehnte sich zurück und entspannte sich. Es war kindisch, Richard Vorwürfe wegen des

Autos zu machen. Tim verdankte seinem Bruder viel, nicht nur seine Ausbildung und die Wohnung, die ebenso wie der Wagen ein Hochzeitsgeschenk gewesen war. Wenn Tim es ihm nicht verboten hätte, hätte Richard ihnen noch viel mehr geschenkt. Was Daisys Minderwertigkeitskomplex gegenüber ihrer neuen Familie anbelangte, war diese Großzügigkeit allerdings nicht gerade hilfreich.

Daisy, die aus der Mittelschicht stammte, hatte sich ihr Medizinstudium hart erarbeiten müssen und fand den Lebensstil der Sherringhams, mit dem sie durch Tim jetzt konfrontiert wurde, ziemlich gewöhnungsbedürftig.

Da war zunächst einmal das zweihundert Jahre alte Herrenhaus, das Richard gehörte und das Tim immer noch als sein Zuhause bezeichnete. Daisy schaffte es einfach nicht, so wie er an der zweiflügeligen Eingangstür mit dem Butler ein paar lockere Worte zu wechseln. Alles in dem Haushalt – von der luxuriösen, geschmackvollen Inneneinrichtung bis hin zu den ausgeklügelt inszenierten Abendgesellschaften – gehörte ihrer Meinung nach nicht ins wirkliche Leben, sondern auf die Seiten eines High-Society-Magazins. Richard und seine Frau Joanna lebten in einer glanzvollen Welt, in der Geschmackloses und Widerwärtiges – also letztendlich die Wirklichkeit – nichts zu suchen hatten. Ihr Leben hätte eine gute Kulisse für einen glamourösen Hollywoodfilm abgegeben, aber Daisy war nun einmal jemand, der sich solche Streifen lieber vom Parkett aus mit einer Tüte Popcorn in den Händen ansah, als in ihnen mitzuspielen.

Aber sie durfte ihr Gefühl, nicht richtig dazuzugehören, nicht Richard und Joanna zum Vorwurf machen. Weder er noch sie hatten jemals auch nur andeutungsweise verlauten lassen, dass ihre Schwägerin ihnen weniger wert war als all die reichen und berühmten Leute, die sich im Anwesen der Sherringhams die Klinke in die Hand gaben. Obwohl Daisy ihrer Meinung nach sozialistischen Idealen nachhing und sich ihre Kleidung von der Stange kaufte, hatten sie Tims Frau mit offenen – wenn auch ein wenig kühlen – Armen in ihre Familie aufgenommen. Daisy hatte rasch erkannt, dass sich die etwas steife Art der beiden nicht nur auf sie beschränkte. Richard und Joanna behandelten alle Menschen zurückhaltend und distanziert – mit Ausnahme von Tim. Niemand konnte Tim gegenüber gleichgültig bleiben, auch sein Bruder nicht, obwohl Tim kein Teil von Richards Welt mehr war. Er hatte ihr Lebewohl gesagt. Aber hatte er das wirklich?

Daisy spürte, dass es tief in ihrem Inneren erhebliche Zweifel gab. Tim hörte immer noch häufig auf Richard, und Richard lästerte ziemlich oft über das von der staatlichen Gesundheitsbehörde betriebene städtische Krankenhaus, in dem Tim und Daisy arbeiteten. Seine sarkastischen Bemerkungen über die veraltete technische Ausrüstung dort und die langen Wartelisten auf Operationen hatte Daisy noch immer im Ohr. Dabei vergaß Richard meistens, dass beides auf die ungenügenden finanziellen Mittel zurückzuführen war, die der Staat für seine Krankenhäuser zur Verfügung stellte. Eine weitere Folge dieser chronischen Unterfinanzierung war die Tatsache, dass Tim und Daisy ständig Überstunden und Bereitschaftsdienste schieben mussten und deshalb so gut wie kein Privatleben mehr hatten. Auch das war ein Grund dafür, dass jede von Richards Spitzen gegen das Krankenhaus Daisy durch Mark und Bein gingen.

Sie hatte Angst, vor lauter Frustration über ihren Job in die Welt der Sherringhams hineingezogen und in etwas verwandelt zu werden, was Joanna als Inbegriff der idealen Frau ansah: perfekt frisiertes Haar, penibel lackierte Nägel und ein Gesicht, das man unter dicken Make-up-Schichten kaum wiedererkennen konnte. Dazu käme noch eine komplette Neuprogrammierung ihres Verhaltens, damit sie bei allen nur erdenklichen sozialen Anlässen immer nur den allerbesten Eindruck machte. Ihre Karriere hätte sich natürlich der von Tim unterzuordnen – so wie Joanna ihre Ambitionen als Psychiaterin zugunsten von Richards Plänen hatte aufgeben müssen.

»Beim Privatleben geht es nicht um Quantität, sondern um Qualität, Richard.« Diesen Satz hatte Tim zum ersten Mal geäußert, als Richard ihn zur Arbeit in dessen Klinik hatte überreden wollen, und sein erfrischendes Lachen danach wärmte Daisy noch heute das Herz.

»Joanna und ihre Partys können mir den Buckel hinunterrutschen«, murmelte sie und glaubte, Joannas sündhaft teures Parfüm sogar noch hier im Wagen riechen zu können.

Plötzlich wurde Daisy unsanft in die Gegenwart zurückgerissen, als ein roter Porsche sie mit grell aufgeblendeten Scheinwerfern von der rechten Spur scheuchte.

»Vollidiot!«, rief sie dem Fahrer zu, der sie natürlich nicht hören konnte. Gib einem Mann mit grauen Schläfen einen Sportwagen, dachte sie, und er mutiert zum jugendlichen Raser, selbst wenn es ihn und andere Verkehrsteilnehmer das Leben kostet.

Ihrem Ausbruch folgte eine tiefe Mutlosigkeit. Aus bitterer Erfahrung wusste sie, dass ihre Wut sinnlos und, schlimmer noch, destruktiv war. Wenn sie mit Tim zusammen war, dann wusste sie genau, dass er sie liebte und voll und ganz zu dem Leben stand, das sie gemeinsam führten. Es war albern, daran zu zweifeln, nur weil sie auf einer von Richards und Joannas blöden Partys gewesen war. Sie musste ihre Zweifel begraben. Sie musste positiv denken. Die guten Seiten ihres Lebens mit Tim sehen und sich keine Gedanken über etwaige schlechte Seiten machen, die vielleicht noch kommen würden. Was konnte sie außerdem schon tun, wenn Tim sich wirklich veränderte und auf Richards Drängen hin mit ihm zusammen die Leitung der Holbourne-and-Sherringham-Klinik übernahm?

Daisy dachte an das letzte Wochenende, das Tim und sie gemeinsam verbracht hatten. War das vor einem Monat gewesen – oder vor zwei? Sie hatten mit ihrem Boot einen Ausflug an die Küste gemacht und drei Tage – und zwei Nächte – lang in einer einsamen Bucht vor Anker gelegen. Ohne Telefon, ohne Piepser, ohne Richard. Nur sie beide. Tim hatte recht: Es ging nicht um die Quantität, sondern um die Qualität der Zeit, die man gemeinsam verbrachte.

Sie fuhr von der Autobahn herunter und kam über einen Zubringer ziemlich rasch zum Krankenhaus, wo sie den Mercedes auf einem der für Oberärzte reservierten Parkplätze abstellte. Auch wenn Tim ihren Fiat für die Hinfahrt zum Krankenhaus genommen hatte, würde er es sein, der mit dem Statussymbol nach Hause fuhr; das stand für sie fest. Daisy schnappte sich ihre Tasche vom Rücksitz und eilte mit raschen Schritten ins Krankenhaus.

»Guten Morgen, Dr. Sherringham. Schönes Wetter heute.«

»Wunderbares Wetter, John.« Sie lächelte den Portier an, während sie hinüber zu den Aufzügen ging und dabei auf ihre Uhr sah. Es war kurz vor acht. Daisy fragte sich, ob Tim wohl schon in der Kantine auf sie wartete oder ob er noch im OP war. Nachtdienste im Krankenhaus zogen sich oft bis weit in den Tag hinein, besonders auf der Entbindungsstation.

»Nur faule Menschen fahren Lift«, hörte Daisy eine Stimme hinter sich sagen. »Wer aktiv und gesundheitsbewusst ist, nimmt die Treppe.«

»Heute darfst du für uns beide aktiv und gesundheitsbewusst sein, Judy«, erwiderte Daisy mit einem leisen Gähnen, während sie in die Aufzugkabine trat.

»Ich habe nie behauptet, dass ich zu den Aktiven gehöre«, sagte Judy und trat neben sie. »Ich beobachte sie lediglich genau. Fährst du rauf zur Kantine?«

Daisy nickte.

»Du siehst ja nicht gerade taufrisch aus«, bemerkte Judy mit einem fröhlichen Grinsen und drückte den Knopf für den zehnten Stock. »Ist es denn bei dem Grillabend der Chirurgen gestern Abend so wild zugegangen?«

»Ich war nicht auf dem Grillabend. Tims Bruder hatte zum Abendessen eingeladen.«

»Sieh mal einer an. Der berühmte Dr. Sherringham hat sich wieder einmal der beiden Plebejer selben Namens erbarmt.«

»Genau.« Daisy bereitete sich auf den leichten Stoß vor, den die Krankenhauslifts durch ihren abrupten Halt auslösten, wenn sie ihr Ziel erreichten. »Wo bist du denn heute Morgen?«

»Bei der Schwangerschaftsberatung.« Judy trat aus dem Fahrstuhl und öffnete die Tür zur Kantine. »Und du?«

»Bei mir steht eine Operation an.«

»Doch nicht mit …«

»Ihrer Großmächtigkeit höchstpersönlich«, erklärte Daisy mit einem grimmigen Lächeln und nahm sich ein nicht allzu sauberes Tablett von dem Stapel an der Theke. Sie ließ den Blick durch die etwa halbvolle Kantine schweifen, konnte aber an keinem der Tische Tim entdecken. Anschließend wandte sie sich wieder ihrer Freundin zu. »Darf ich dich auf einen Kaffee einladen?«

»Du darfst, aber ehrlich gesagt, hätte ich lieber einen Orangensaft. Der ist wenigstens aus fairem Handel. Wo ist eigentlich Tim?«

»Er musste mitten in der Nacht zu einem Notfall. Das Hawkins-Baby.«

»Armer Tim. War bestimmt hart, so früh aufzustehen.«

»Besonders, wenn man um vier Uhr früh erst eine Stunde geschlafen hat.«

»Wem sagst du das?« Judy nahm einen Teller mit Toast von der Warmhalteplatte. »Möchtest du auch einen?«

»Igitt.«

»Ich schätze mal, das soll heißen: Nein, danke, liebste Freundin.« Judy packte Daisy am Arm. »Vorsicht! Da kommt die Nervensäge höchstpersönlich.«

Daisy schnappte sich ihren Kaffee und ging rasch zu einem Tisch in der hintersten Ecke des Raumes.

Judy eilte ihr hinterher. »Er kommt zu uns.«

»Das tut er doch immer«, murmelte Daisy mit zusammengebissenen Zähnen. »Der ist bestimmt verliebt in dich.«

»Oder in dich«, konterte Judy.

»Unmöglich. Ich bin eine verheiratete Frau.«

»Meinst du im Ernst, das hindert ein Arschloch wie Eric Hedley daran, eine Frau anzumachen?«

Ein Schatten fiel über ihren Tisch. »Na, ihr Süßen, ist bei euch noch ein Plätzchen frei?«

»Wir sind keine Süßen, wir sind Ärztinnen«, erwiderte

Judy trocken. »Und da du dir eh schon einen Stuhl herangezogen hast, ist deine Frage völlig überflüssig.«

»Wo ist heute Morgen eigentlich unser blauäugiger Junge?«, fragte Eric.

»Welcher blauäugige Junge?«, fragte Daisy, die nur zu genau wusste, dass Tim damit gemeint war.

»Na, welcher denn schon? Tim natürlich, der Traum unserer schlaflosen Nächte.«

»Der Neid steht dir nicht gut, Eric«, schnurrte Judy sarkastisch. »Wir alle wissen, wie scharf du auf Tims Posten warst, aber zum Glück für die Menschheit hat ihn der Bessere gekriegt.«

»Da wäre ich mir an deiner Stelle mal nicht so sicher«, konterte Eric rasch. »Ich komme gerade aus dem Kreißsaal. Mrs Hawkins' Fruchtblase ist um halb acht geplatzt, und das Baby ist in Lebensgefahr.«

Daisy starrte Eric an. »Aber Tim ist doch –«

»Tim ist nirgendwo aufzutreiben«, unterbrach sie Eric. »Die piepsen ihn seit …« – er blickte auf die Uhr – »… fünfunddreißig Minuten an; aber unser allseits geschätzter Oberarzt meldet sich nicht, obwohl er Bereitschaftsdienst hat.«

»Das ist ja lächerlich«, erwiderte Daisy. »Tim hat in aller Herrgottsfrühe die Wohnung verlassen.«

Eric hob fragend eine Augenbraue. »Also hier ist er jedenfalls nicht. Ich hatte heute Nachtdienst. Sechs Notfälle und keine Hilfe. Sie rufen jetzt Bassett an, und ich wäre als Chefarzt alles andere als erfreut, wenn man mich aus dem Bett schmeißen würde, bloß weil mein Oberarzt etwas Wichtigeres zu tun hat, als auf einen Notruf zu reagieren.«

»Tim ist kurz vor vier von zu Hause losgefahren«, sagte Daisy bestimmt. »Er hätte spätestens um halb fünf hier sein müssen.«

»Dann muss er so etwas wie ein Hellseher sein«, höhnte Eric. »Er wurde nämlich erst um halb acht von hier aus angerufen. Lasst mich raten.« Er blickte Daisy direkt in die Augen. »Könnte es vielleicht möglich sein, dass unser Goldjunge seine Frau betrügt? Aber was immer er auch tut, sein großer Bruder wird es schon wieder richten. Schließlich hat der ja die mächtige Medizin-Mafia hinter sich.«

Ein Ausdruck selbstgefälliger Zufriedenheit huschte über Erics schwammiges Gesicht, das Daisy immer an das eines überfütterten, kastrierten Katers erinnerte. Sie hob ihre Kaffeetasse und schüttete den Inhalt in Erics Gesicht. Er schrie laut auf, aber Daisy wartete nicht, um herauszufinden, ob vor Schmerz oder vor Schreck. Vielmehr schob sie ihren Stuhl so heftig zurück, dass er umfiel, und rannte aus der Kantine, ohne sich um den von ihr hervorgerufenen Aufruhr zu kümmern.

»Sei froh, dass das Kantinenkaffee war, sonst müsstest du dich jetzt in der Notaufnahme als Brandopfer behandeln lassen«, witzelte Judy. Dann eilte sie Daisy hinterher. Kurz vor dem Treppenhaus holte sie ihre Freundin ein und fragte: »Wo willst du hin?«

»Auf die Entbindungsstation«, erwiderte Daisy, ohne ihre Schritte zu verlangsamen.

Judy legte ihr eine Hand auf den Arm. »Wenn Tim in Schwierigkeiten ist, wird er dich dort vielleicht nicht gerne sehen.«

»Falls er da ist und sich um Mrs Hawkins kümmert, nimmt er mich sowieso nicht wahr. Aber falls er mich braucht …«

»Ich komme mit«, beschloss Judy.

»Nein …« Daisy wandte sich ihr zu.

»Nun mach schon«, befahl Judy, »sonst kommen wir beide zu spät zur Schicht.«

»Nein, Dr. Sherringham, Ihr Mann war heute noch nicht hier, und wir haben ihn auch nicht vor halb acht angerufen. Und nein, bei Ihnen zu Hause geht niemand ans Telefon. Ich kann ja verstehen, dass Sie sich Sorgen machen, aber ich muss mich jetzt um meine Patienten kümmern. Entschuldigen Sie mich bitte.« Die Schwester drehte sich demonstrativ zu ihrem Rollwagen mit Medikamenten.

Doch Daisy fragte weiter, obwohl die Krankenschwester ihr nun den Rücken zuwandte. »Und was ist mit dem Hawkins-Baby?«

»Der Fötus war nicht lebensfähig.«

Es war eine sachliche Feststellung, wie man sie in einem Krankenhaus täglich hört, aber Daisy war jetzt für sachliche Feststellungen nicht allzu empfänglich. Sie ballte die Hände zu Fäusten und steckte sie tief in die Taschen ihres weißen Arztkittels.

»Sonst noch etwas?«, fragte die Schwester spitz und drehte sich um.

»Nein, nichts, vielen Dank.« Daisy trat einen Schritt zur Seite und ließ die Schwester mit ihrem Rollwagen vorbeifahren.

»Tim trifft daran keine Schuld«, sagte Judy. »Er hat mir erzählt, dass er bei Mrs Hawkins schon gestern einen Kaiserschnitt machen wollte.«

»Das macht das Baby auch nicht wieder lebendig«, erwiderte Daisy matt.

»Außerdem ist das in der Medizin nun mal so. Manche Patienten kann man retten, andere verliert man. Haben sie dir das im Studium nicht beigebracht? Hier können wir jedenfalls nichts mehr tun, und es ist gleich halb neun.« Judy nahm ihre Freundin am Arm und führte sie zum Hauptkorridor.

»Wenn du nicht sofort in den OP gehst und dich umziehst, wird der heutige Tag das Waterloo für *zwei* Dr. Sherringhams.«

»Tim muss irgendwas zugestoßen sein. Er hat noch nie einen Notruf ignoriert.« Daisy sah sich hektisch im Korridor um. »Er hat vielleicht einen Unfall gehabt oder …«

»Geh du zu deiner OP. Ich suche inzwischen nach Tim, und sobald ich ihn gefunden habe, gebe ich dir Bescheid.«

»Versprichst du mir das?« Daisy sah ihre Freundin mit dunklen, schmerzerfüllten Augen an.

»Versprochen.« Judy nahm Daisys Hand und drückte sie beruhigend. »Wahrscheinlich ist ihm ein anderer Notruf dazwischengekommen. Du weißt ja, wie Tim ist: erst Arzt, dann Ehemann. Ich dachte, das war dir klar, als du ihn geheiratet hast.«

»Glaubst du wirklich, dass es so war?«, fragte Daisy mit einem verzweifelten Unterton in der Stimme.

»Natürlich.«

»Und du benachrichtigst mich, sobald du ihn gefunden hast?«

»Sowieso. Und jetzt mach, dass du weiterkommst. Der Hausdrache hasst es, wenn man ihn warten lässt.«

Miss Palmer-Smith war an diesem Vormittag in Höchstform, und gegen Viertel nach neun hatte Daisy das Gefühl, dass sie und die anderen Assistenzärzte ganz persönlich für sämtliche Unzulänglichkeiten im Operationssaal – wenn nicht sogar im ganzen Krankenhaus – verantwortlich waren. Der routinemäßigen Entfernung eines Blinddarms folgte eine routinemäßige Bruchoperation, doch Daisy passierte es immer wieder, dass sie ein Kommando der Oberärztin entweder nicht hörte oder nicht richtig interpretierte. Und als sie durch eine beiläufige Bemerkung daran erinnert wurde, dass Miss Palmer-Smith eine persönliche Freundin von Richard war, ging es ihr auch nicht besser.

Einige Minuten bevor der letzte Patient des Vormittags in den Operationssaal geschoben wurde, schaute Alan Cummins, Tims Kollege aus der Entbindungsstation, durch das runde Sichtfenster herein. Er blieb so lange, bis Daisy zu ihm blickte und er mit den Lippen den Satz formen konnte: »Tim ist hier im Krankenhaus.« Dann verschwand er wieder.

Der letzte Patient war eine Sie, und hatte sich Daisy bisher nur inkompetent gefühlt, kam sie sich jetzt wie eine Idiotin vor. Innerhalb der nächsten fünf Minuten ließ sie ein Instrument fallen, rempelte beim Zurückgehen eine Schwester an und schlug schmerzhaft mit ihrer Hüfte gegen den Operationstisch.

»Haben wir noch irgendwelche Notfälle?«, fragte die Oberärztin, nachdem die eigentliche Operation beendet war und nur noch die Wunde zugenäht werden musste.

»Nein, Miss Palmer-Smith«, antwortete Daisy hinter ihrer Gesichtsmaske.

»Da bin ich aber froh. Nähen Sie bitte zu, Dr. Sherringham.«

»Ja, Miss Palmer-Smith. Vielen Dank«, antwortete Daisy automatisch und fragte sich, weshalb sie der Oberärztin dankbar war. Vielleicht dafür, dass der Vormittag endlich vorbei war.

Miss Palmer-Smith rauschte aus dem Operationssaal, und Daisy hatte alle Mühe, sich auf die Patientin zu konzentrieren. In ein paar Minuten würde sie Tim sehen und ihn fragen können, was das alles auf sich hatte. Hatte es vielleicht einen Unfall auf der Autobahn gegeben? Hatte er einen Verletzten betreuen müssen? Aber warum hatte Daisy dann auf der Fahrt ins Krankenhaus nichts gesehen? Und warum hatte er den Verletzten nicht hierherbringen lassen? Schließlich war das hier das einzige große Krankenhaus in weitem Umkreis. Es sei denn, er hatte ihn in Richards Klinik gebracht. Natürlich. Das musste es sein. Richards Klinik lag näher an der Stadt … Die Gedanken flatterten durch Daisys Kopf wie Tauben, die sich um ein Stück Brot rauften.

»Sind Sie bald fertig?«, fragte Mike Edmunds, der Narkosearzt. »Ich müsste wissen, wann ich sie wieder zurückholen kann.«

Daisy blickte hinüber zu dem schmalen Mann, der am Kopf der Patientin, halbverborgen hinter einem Gewirr aus Schläuchen und Flaschen, neben dem Operationstisch saß.

»Eine Minute noch«, antwortete Daisy und spürte, wie ihre innere Spannung nachließ. Miss Palmer-Smith war eine erstklassige Chirurgin, das musste ihr der Neid lassen, aber die Atmosphäre, die sie beim Operieren verbreitete, konnte einem die Freude an der Arbeit gründlich vermiesen. Und das war weder für die Mitarbeiter noch für die Patienten gut.

Mit großer Sorgfalt setzte Daisy die letzten Fäden im Unterleib der Patientin.

»Sehr schön«, bemerkte Mike anerkennend. »Stopfst du eigentlich Tims Socken auch so gewissenhaft?«

»Manchmal«, erwiderte Daisy geistesabwesend.

»Übrigens, es tut mir leid, dass Tim Schwierigkeiten hat. Wenn ich euch irgendwie helfen kann …«

»Danke, Mike«, erwiderte Daisy und lächelte ihn an. Mikes ehrlich klingendes Angebot wärmte ihr das Herz. Außerdem würde sie bald – sehr bald – wieder bei Tim sein. Ob er vielleicht schon im Umkleideraum vor dem Operationssaal auf sie wartete? Beschwingt schnitt sie den letzten Faden ab. »Fertig!«

»Ich bleibe noch eine Weile bei ihr«, sagte Mike, während er den Kopf der Patientin nach hinten neigte. »Und du gehst und holst dir einen Kaffee. Du siehst aus, als könntest du einen gebrauchen.«

Kapitel zwei

Zu Daisys Enttäuschung wartete nicht Tim, sondern Alan im OP-Umkleideraum auf sie.

»Hast du Tim gesehen?«, fragte sie.

»Nein, er ist wie vom Erdboden verschwunden«, erwiderte Alan kleinlaut. »Sein Auto steht zwar auf dem Parkplatz …«

»Meinst du den Mercedes auf dem Parkplatz für die Oberärzte?«, unterbrach sie ihn.

»Wieso? Hast du ihn etwa dort abgestellt?«

»Ja, Tim hat heute Morgen den Fiat genommen.« Daisy streifte sich die OP-Handschuhe von den Händen und warf sie in den Mülleimer.

»Ich schaue gleich noch einmal auf dem Parkplatz nach.« Alan ging zur Tür. »Wenn Tim nicht bald auftaucht, lässt sich Bassett seinen Kopf auf einem silbernen Tablett servieren.«

»Alan?«, rief Daisy ihm bittend hinterher.

Er drehte sich um, schaute sie an und kam dann zu ihr zurück. Sie musterte ihn: Alan war mittelgroß, von kräftiger Statur, hatte eine helle, sommersprossige Haut und rotblondes Haar. Auf jeder Krankenhausparty sorgte er für Stimmung und war allgemein beliebt wegen seines Sinns für Humor und Selbstironie. Aber heute sah Daisy zum ersten Mal, seit sie ihn kannte, nicht einmal die Spur eines Lächelns auf seinem Gesicht.

»Was ist deiner Meinung nach mit Tim passiert?«, fragte sie.

»Ich habe keine Ahnung«, erwiderte Alan. Seine Antwort entsprach der Wahrheit, klang jedoch nicht besonders einfühlsam. »Normalerweise kann man die Uhr nach ihm stellen.«

Daisy wandte den Kopf zu ihrem Spind. Alan sollte nicht sehen, dass sie den Tränen nahe war.

Er nahm Daisy unbeholfen in den Arm und drückte ihren Kopf behutsam an seine Schulter. »Mach dir keine Sorgen. Es gibt bestimmt eine einfache Erklärung für sein Verschwinden.«

»Und die wäre?«

»Vielleicht hat er einen Unfall gehabt und ist von der Fahrbahn abgekommen –«

»Aber dann hätte ihn doch sicher schon jemand gefunden. Außerdem werden alle Unfallopfer von der Autobahn zu uns gebracht ...«

»Ja, das stimmt«, gab er zu. »Ich habe heute Morgen auch schon sechs Mal in der Notaufnahme angerufen. Was willst du denn jetzt tun, Daisy?«

»Ihn suchen.« Sie öffnete ihren Spind und zog einen Rock und eine Bluse heraus. »Er ist kurz vor vier aus dem Haus, und jetzt ist es« – sie sah auf die Uhr über der Tür zum Operationssaal – »halb eins. Das war vor mehr als acht Stunden.«

»Du weißt doch, wie schnell man bei der Arbeit die Zeit vergisst. Vielleicht ist Tim zu einem Unfall gekommen und musste sich um Verletzte kümmern.« Alan wusste, dass sie ihm das nicht glaubte. Er glaubte es ja nicht einmal selbst. »Wenn du dich umgezogen hast, dann versuch es doch noch einmal auf seinem Handy und zu Hause. Vielleicht ist er ja längst wieder daheim.«

»Und wenn er nicht rangeht?«

»Dann fahre ich mit dir und Judy zu eurer Wohnung. Unterwegs halten wir nach ihm Ausschau, und ich wette, dass wir ihn auf dem Weg irgendwo finden werden. Und dann werden wir nur noch den Kopf schütteln, weil wir uns so große Sorgen um ihn gemacht haben.« Alan lächelte sie an. »Komm schon, wir haben noch viel zu tun. Ich suche Judy, und dann treffen wir uns auf dem Parkplatz.«

In Rekordgeschwindigkeit zog Daisy die OP-Kleidung aus und ihre normalen Sachen wieder an. Normalerweise durfte das Personal das Krankenhaus in den Pausen nicht verlassen, und sie wusste nicht, ob Alan bei der Verwaltung um Erlaubnis gefragt hatte. Doch Daisy wollte ihn erst gar nicht darauf ansprechen, da man möglicherweise eine abschlägige Antwort erhalten würde. Immerhin dauerte eine Fahrt zu ihrer Wohnung und zurück sicherlich eine ganze Stunde, die Mittagspause jedoch nur fünfundvierzig Minuten. So lange bräuchten sie aber vielleicht gar nicht. Wenn Alan recht hatte, würden sie Tim unterwegs finden.

Nachdem Daisy das Krankenhaus verlassen hatte, wählte sie von ihrem Handy aus Tims Mobilfunknummer, hörte aber wie die Male zuvor nur die Stimme der Mailbox. Auch als sie gleich darauf in ihrer Wohnung anrief, schaltete sich nach dreimaligem Klingeln bloß der Anrufbeantworter ein. Tim war entweder tatsächlich nicht zu Hause, oder er ging nicht ans Telefon.

Daisy warf sich ihren weißen Arztkittel über die Schulter und schritt zum Parkplatz, wo Alan bereits auf sie wartete. Ihr entging nicht die Sorgenfalte zwischen seinen buschigen Augenbrauen.

»Hast du ihn angerufen?«

»Ja, aber ohne Erfolg.«

»Wenn wir bis zur Nachmittagssprechstunde zurück sein wollen, müssen wir uns beeilen.«

»Komm, wir nehmen den Mercedes«, schlug Daisy vor. »Wenn Tim uns entgegenkommt und ihn sieht, hält er bestimmt an.«

»Gute Idee.«

Sie warf Alan ihren Schlüsselbund zu. »Du fährst.«

»Du glaubst doch nicht im Ernst, dass ich mit Tims Nobelkarosse durch die Gegend kutschiere«, protestierte er.

»Ich kann nicht gleichzeitig fahren und nach Tim Ausschau halten. Kommt Judy auch mit?«

»Ja, wir holen sie am Haupteingang ab«, sagte Alan und setzte sich zögerlich hinter das Steuer von Tims Wagen.

»Du übernimmst die linke Seite und ich die rechte«, verkündete Judy, nachdem sie auf der Rückbank Platz genommen hatte. »Und du, Alan, schaust auf die Straße.«

Daisy fand die Fahrt recht anstrengend, weil Alan und Judy sich ständig bemühten, ihre Freundin durch irgendwelche vermeintlich witzigen Bemerkungen aufzuheitern. Sie war regelrecht erleichtert, als Alan schließlich auf den Parkplatz des fünfgeschossigen Wohnblocks mit nachgeahmter georgianischer Fassade fuhr.

Noch bevor Alan angehalten hatte, öffnete Daisy die Beifahrertür. Obwohl nach dem Regen am Morgen jetzt eine warme Frühlingssonne schien, zitterte sie. Sie sah sich auf dem Parkplatz nicht nach dem Fiat um. Wenn er hier stand, würde sie ihn sowieso bald entdecken. Und wenn nicht, bedeutete das auch nicht viel. Vielleicht war der Wagen unterwegs stehengeblieben – oder Tim hatte mit ihm einen Unfall gehabt. Daisy bemerkte, wie sie sich plötzlich an all die vielen »Vielleichts« klammerte.

»Warte! Wir kommen mit«, rief Judy ihr nach und eilte dann hinter ihr her, während Alan den Wagen in eine Parklücke fuhr.

»Sie sind heute aber früh wieder zurück, Dr. Sherringham.« Der Portier, der an einem Tisch in der Eingangshalle saß, blickte von seiner Zeitung auf. »Sie sind doch hoffentlich nicht krank?«

»Wir suchen nach meinem Mann, Fred«, antwortete sie. »Haben Sie ihn vielleicht gesehen?«

»Heute noch nicht.« Der alte Mann nahm die Portiersmütze ab und kratzte sich an seiner Glatze. »Aber ich bin nicht immer an meinem Platz. Manchmal bringe ich auch den Müll weg oder hole die Post –«

»Vielen Dank, Fred«, schnitt Daisy ihm das Wort ab. Sie wusste, dass er nicht immer an seinem Platz saß. Vielleicht war ja Tim ins Haus gekommen, ohne dass ihn der Portier bemerkt hatte.

Schon wieder so ein »Vielleicht«, dachte Daisy. Eines reihte sich an das andere, und die Liste wurde immer länger. Tim musste einfach in der Wohnung sein. Mit aller Kraft versuchte Daisy, vor ihrem inneren Auge ein Bild festzuhalten: Tim, der sich in ihrer Wohnung aufhielt. Er musste einfach da sein; alles andere war undenkbar.

Judy drückte auf den Liftknopf. Die Türen gingen gerade auf, als Alan zu ihnen stieß und auf den Knopf für den dritten Stock drückte. Daisy schob ihre Hände tiefer in die Taschen; sie zitterte noch immer. Falls die anderen es bemerkt hatten, waren sie so taktvoll, dass sie Daisy nicht darauf ansprachen.

»Du hast meine Schlüssel«, erinnerte sie Alan, als die drei an der Wohnungstür ankamen. Nach kurzer Suche fand er den richtigen und steckte ihn ins Schloss. Daisy hielt die Anspannung nicht länger aus, stieß die Tür bis zum Anschlag auf und rannte in den Flur. Alle Türen, die in die angrenzenden Zimmer führten, waren geschlossen. Daisy drückte die Messingklinke der Wohnzimmertür nach unten und stürzte in den Raum.

Im Wohnzimmer herrschte gähnende Leere. Ihre Samtstola lag noch auf dem Ledersofa, wo sie sie am Abend zuvor hingeworfen hatte, und Tims Ausgehschuhe standen mitten im Zimmer auf dem Boden, und sein Regenmantel hing über dem Beistelltisch neben der Balkontür. Die Rattanmöbel draußen waren noch immer nass vom Regen am Morgen.

Daisy ging zur Durchgangstür ins Esszimmer, wo um einen antiken spanischen Esstisch ledergepolsterte Stühle mit hohen Lehnen standen. An einer der Wände hing ein Ölgemälde, das rosa Muscheln in einer mit Wasser gefüllten Felsenkuhle zeigte – Tims erster und einziger Versuch als Kunstmaler. Durch die Küche ging Daisy in einen weiteren Flur, der zu zwei Schlafzimmern und dem Bad führte. Dort war alles so, wie sie es am Morgen zurückgelassen hatte. Ihr Taftkleid lag auf dem ungemachten Bett, die Tür von Tims Kleiderschrank stand noch immer offen, und ihre Handtücher hingen schlaff von den Haltern im Badezimmer.

»Im Gästezimmer und im Arbeitszimmer ist er auch nicht«, sagte Judy, die von der anderen Seite in den kleinen Flur gekommen war. »Glaubst du, dass er seit heute Morgen nochmal hier war?«

Daisy schüttelte den Kopf. Alles – fast alles –, dachte sie, wäre besser gewesen als diese kalte Leere.

»Also gut, hier war er nicht, und im Krankenhaus ist er auch nicht«, sagte Alan brüsk. »Das schränkt die Optionen ja schon mal ein. Er muss also irgendwo zwischen hier und dem Krankenhaus mit dem Wagen liegengeblieben sein.«

»Neun Stunden lang?«, fragte Daisy tonlos.

»Wenn der Wagen von der Straße abgekommen ist, könnte Tim eine Gehirnerschütterung haben und noch immer drinsitzen«, antwortete Alan, auf einmal durch und durch der professionelle und nüchterne Mediziner. »Hier kommen wir nicht weiter. Am besten fahren wir zurück und halten auf dem Weg die Augen offen.«

Daisy verließ hinter Alan und Judy die Wohnung. Ein Horrorszenario nach dem anderen jagte ihr durch den Kopf. Was, wenn ihr nichts mehr von Tim blieb als diese leere Wohnung? Was, wenn sie ihn nie wiedersehen würde? Wenn er sie im Krankenhausflur nie wieder verschmitzt anlächeln würde, wenn sie sich zufällig über den Weg liefen?

»Wir werden ihn finden, Daisy. Das verspreche ich dir«, sagte Judy mit leicht hysterischer Stimme, der man anhörte, dass auch ihr die leere Wohnung Angst gemacht hatte.

Alan fuhr langsam auf der linken Spur der Autobahn.

»Schau du links«, sagte Judy von hinten zu Daisy. »Da ist ein Graben neben dem Standstreifen. Vielleicht ist der Fiat von der Fahrbahn abgekommen.«

Autos zischten mit halsbrecherischer Geschwindigkeit an ihnen vorbei, hupten, blendeten auf, und einmal wurden sie sogar von einer Horde vorbeifahrender Teenager aus dem Auto heraus wüst beschimpft.

»Mir ist noch nie aufgefallen, wie eintönig diese Landschaft hier ist«, meinte Judy, die nervös auf der Rückbank hin und her rutschte: »Bäume, Hecken, Felder. Bäume … Hecken … Felder …«

»Was ist das?«, schrie Daisy, deren Nerven bis zum Zerreißen gespannt waren.

Alan lenkte den Mercedes auf den Standstreifen und hielt an. »Was?«

Daisy streckte den Arm aus und flüsterte: »Dieses blutige Bündel da drüben.«

Judy ergriff instinktiv ihre Hand.

»Ihr zwei bleibt hier.« Alan stieg aus dem Wagen, schlug die Tür viel zu kräftig zu und marschierte zu der Stelle, auf die Daisy hingedeutet hatte. Er ging in die Hocke, richtete sich aber nur Augenblicke später wieder auf und beförderte den Fund mit einem kräftigen Fußtritt in den Straßengraben.

»Ein toter Fuchs«, murmelte er, als er sich wieder hinters Steuer setzte. »Tim wird sich köstlich amüsieren, wenn wir ihm das alles erzählen.«

»Das hoffe ich«, hauchte Daisy. »Das hoffe ich wirklich.«

Kurz vor Beginn der Nachmittagssprechstunde stellte Alan den Mercedes auf dem Parkplatz für Oberärzte ab.

»Sollen wir uns um fünf Uhr in der Kantine treffen?«, fragte er.

»Gute Idee«, erwiderte Judy.

»Und sobald einer von uns etwas von Tim hört, gibt er den anderen Bescheid, in Ordnung?« Alans Bitte ging ins Leere, denn Judy hastete schon zur Ambulanz, und Daisy suchte die Reihen parkender Autos nach einem kleinen blauen Fiat ab. Doch er war nicht da.

»Trinken wir nach der Arbeit noch einen Kaffee?«, fragte

Alan, nachdem er zu ihr gegangen war, und drückte ihr die Schlüssel in die Hand.

»Ja, gerne.«

»Ich sehe gleich mal in der Notaufnahme nach …«

»Das würde ich lieber selbst tun.«

Er nickte.

Sie drehte sich um und ging langsam auf das Krankenhausgebäude zu. Es zerriss ihm fast das Herz, als er sah, wie sie mit geraden Schultern und hochgestrecktem Kopf entschlossen von ihm wegging.

Was denkt sich dieser Kerl nur dabei, ihr solche Sorgen zu machen?, dachte Alan gereizt, als er über den Rasen hinüber zur Kinderstation ging.

Der dünne Mann mit den langen, strähnigen Haaren wirkte ungepflegt und sah nicht gerade wie ein typischer Polizist aus.

»Und wann genau verließ Dr. Tim Sherringham die Wohnung?«, fragte er, nachdem er ein Notizbuch und einen Stift gezückt hatte.

»Kurz vor vier Uhr morgens«, antwortete Daisy kurz und bündig.

Ihr war unbehaglich. In Alans Büro war es viel zu warm, zudem drängten sich in dem kleinen Raum zu viele Menschen zusammen: zwei Polizisten, der Chefarzt, Mr Bassett – dem man ansah, dass ihm seine Entgleisung wenige Stunden zuvor leidtat –, Judy, die sich einfach nicht abwimmeln ließ, Alan und sie selbst.

Um sechs Uhr, nach einem zweiten erfolglosen Besuch in Daisys Wohnung, hatte Alan die Polizei gerufen. Es war das Einzige, was sie noch tun konnten. An diesem Tag waren keine Unfälle auf der Strecke zwischen der Wohnung und dem Krankenhaus gemeldet worden. Tim war weder in die Notaufnahme ihres Krankenhauses noch in eine andere in einem Umkreis von fünfzig Meilen eingeliefert worden. Niemand hatte in den vergangenen vierzehn Stunden etwas von ihm gehört.

Fast während der ganzen Nachmittagspause hatte Alan auf Daisy eingeredet, dass sie endlich die Polizei benachrichtigen solle; aber sie hatte sich geweigert und immer noch gehofft, dass Tim selbst jetzt, zu dieser späten Stunde, vielleicht doch noch in die Kantine spaziert käme, sich entschuldigen und ihnen eine ganz plausible Erklärung für sein Verschwinden geben würde: »Entschuldige bitte, Liebling. Ich bin hinter dem Steuer eingeschlafen, in den Graben gefahren und erst vor einer halben Stunde wieder zu Bewusstsein gekommen.« Dann wollte sie beide Hände nach ihm ausstrecken und ihm über die Wangen streichen – doch Tim war nicht aufgetaucht.

Stattdessen hatten sie und Alan alle möglichen selbst gesetzten Fristen verstreichen lassen, bevor sie auf ihre Stationen zurückgekehrt waren.

Um fünf Uhr hatte sie zehn Minuten Pause gemacht und in der Holbourne-and-Sherringham-Klinik angerufen. Es hatte Daisy einige Überwindung gekostet, zu dem viel zu stark geschminkten Modepüppchen, das Richard an den Empfang gesetzt hatte, freundlich zu sein.

»Hier spricht Dr. Daisy Sherringham«, unterbrach sie die heruntergeleierten Worte: »Guten Tag. Holbourne-and-Sherringham-Klinik. Was kann ich für Sie tun?«

»Ja. Dr. Sherringham?« Die Schärfe im perfekt gesäuselten Tonfall der Empfangsdame machte Daisy deutlich, dass ihre Abneigung nicht einseitig war.

»Könnte ich bitte mit meinem Schwager sprechen?«

»Dr. Sherringham ist heute Vormittag zu einer Lesereise aufgebrochen. Heute Abend ist er in New York und morgen –«

»Stimmt. Das hatte ich ja ganz vergessen. Wie dumm von mir.« Tims Verschwinden hatte alles andere aus ihrem Gedächtnis verdrängt.

Sie hatte sich vor dieser dummen Pute zum Narren gemacht und ihr auch noch Stoff zum Klatschen gegeben.

»War mein Mann heute bei Ihnen in der Klinik?«

»Nein, Dr. Sherringham. Wollte er denn bei uns vorbeikommen?«

»Nein. Bitte entschuldigen Sie, dass ich Sie belästigt habe.«

Als Daisy auflegte, fragte sie sich, welche Gerüchte die Empfangsdame nun wohl in der Klinik verbreiten würde. Wahrscheinlich würde sie erzählen: »Stell dir nur vor, Tim Sherringham und seine Frau wissen nicht einmal mehr, wo der andere steckt. Heute hat sie mich doch tatsächlich angerufen und gefragt, ob ich ihn vielleicht gesehen hätte …«

Daisy wählte eine weitere Nummer. Wenn es um Tim ging, kannte sie keinen Stolz, nicht den geringsten.

Am anderen Ende nahm sogleich jemand ab. »Hier ist das Anwesen von Dr. Sherringham.«

»Hallo, Hare. Hier spricht Daisy.«

»Guten Abend, Dr. Daisy.«

»Ist Joanna zu Hause?«

»Die gnädige Frau ist heute Vormittag nach Italien abgereist. Sie wohnt dort in der Villa ihres Vaters, Dr. Daisy.«

»Stimmt, Hare, das hat sie ja gestern erzählt. Wie dumm von mir.« Heiße Tränen der Verzweiflung waren in ihre Augen gestiegen. »War Tim heute vielleicht bei Ihnen?«

»Heute nicht, Dr. Daisy. Wir haben ihn nicht mehr gesehen, seit er gestern Abend, oder besser, in der letzten Nacht, gemeinsam mit Ihnen gegangen ist.«

»Vielen Dank, Hare. Bitte entschuldigen Sie, dass ich Sie belästigt habe. Auf Wiederhören.« Nun waren auch die letzten »Vielleichts« wie Seifenblasen zerplatzt. Am liebsten hätte sie sich jetzt in einer Ecke der Ambulanz verkrochen, bis Tim wieder auftauchte und sie mit einem breiten Lächeln in seine starken Arme nahm.

Aber sie hatte sich nicht verkrochen. Sie war auf ihre Station zurückgekehrt, hatte ihre Patienten versorgt, die Akten auf den neuesten Stand gebracht und auf Alan gewartet. Er hatte sie in die Wohnung gefahren, und als Tim immer noch nicht dort war, hatte sie ihn gebeten, das zu tun, was er ihr schon den ganzen Nachmittag über geraten hatte: die Polizei zu rufen.

»Eine präzisere Zeitangabe haben Sie nicht für mich?«, fragte der Polizist nach und lächelte Daisy freundlich an.

Sie hatte das unbestimmte Gefühl, dass sie ihn von irgendwoher kannte. Damals hatte er aber keine Polizeiuniform getragen. Ob er vielleicht mal ihr Patient gewesen war?

»Tim hat mir erst beim Anziehen gesagt, wie spät es war. Wann genau der Anruf kam, weiß ich nicht«, murmelte sie und bemühte sich, die Vorgänge der letzten Nacht in die richtige Reihenfolge zu bringen. Das Problem dabei war nur, dass die letzte Nacht wie viele andere Nächte zuvor gewesen war. Sie oder Tim wurden ständig in den frühen Morgenstunden aus dem Bett geklingelt. »Wir waren auf einer Party«, entschuldigte sie sich. »Ich war sehr müde.«

»Und bei wem hat die Party stattgefunden, Dr. Sherringham?«, fragte der zweite Polizist, der sich als Collins – Peter

Collins – vorgestellt hatte. Daisy war er auf Anhieb unsympathisch. Obwohl er ebenso höflich wie sein Kollege war, zeigten seine braunen Augen keine Spur von Mitgefühl oder Wärme.

»Es war eine Abschiedsparty für Tims Bruder«, antwortete sie. »Richard Sherringham …«

»Der Richard Sherringham, der die Holbourne-and-Sherringham-Klinik leitet?«

Sie nickte. Sie mochte es nicht, wenn sie nur deshalb in jemandes Ansehen stieg, weil sie mit Richard verwandt war, und erst recht nicht bei diesem Polizisten.

»Wann kamen Sie von der Party zurück?«, fragte der erste Polizist, den Alan Trevor nannte, in einem freundlichen Tonfall.

»Ungefähr um zwei Uhr. Wir haben noch eine Weile geredet und sind dann um halb drei ins Bett gegangen.«

»Und wann kam dann der Anruf?«, erkundigte sich Peter Collins, der offenbar die Leitung der Befragung in der Hand behalten wollte.

Daisy schloss ihre Augen und stellte sich Tim vor, wie er am Fuß des Bettes sich die Hose anzog und sein Hemd dabei lose an seiner großen, schlanken Figur herabhing. Sie erinnerte sich, dass er auf die Uhr geschaut und gesagt hatte: »Und das um … zwanzig vor vier nach einer durchfeierten Nacht.«

»Zwanzig vor vier«, antwortete sie nun tonlos.

»Zwanzig vor vier«, wiederholte Collins. »Sind Sie sich da ganz sicher?«

»Hundertprozentig.« Daisy öffnete die Augen und blickte zu Trevor hinüber, in dessen Blick sie Besorgnis und Mitgefühl erkannte.

»Könnten Sie uns sagen, was für Kleidung Ihr Mann trug, als er aus der Wohnung ging?«, wollte Collins wissen.

Er klang dabei so amtlich und kühl wie die Schwester, die ihr gesagt hatte, dass das Kind von Mrs Hawkins nicht lebensfähig gewesen sei. Daisy fragte sich, warum der Job manchen Menschen ihre Gefühle raubte, während er sie anderen beließ.

»Ein weißes Seidenhemd. Eine schwarze Hose. Keine Krawatte. Die liegt noch im Schlafzimmer.«

»Einen Mantel?« Collins hielt seinen Stift über dem Notizbuch gezückt.

»Möglicherweise eine Jacke.« Daisy versuchte, gegenüber dem Polizisten so gefasst wie möglich zu klingen, obwohl ihr diese eingehende und nüchterne Autopsie ihres Privatlebens zutiefst zuwider war. »Sein Regenmantel liegt noch im Wohnzimmer.«

»Wir haben jetzt eine Beschreibung Ihres Mannes sowie Marke, Modell und Kennzeichen des Autos, das er fuhr. Mit ein bisschen Glück müssten wir ziemlich rasch etwas über ihn in Erfahrung gebracht haben, Dr. Sherringham«, sagte Trevor und stand auf.

»Nur noch einen Augenblick«, warf Peter Collins ein und blätterte einige Seiten in seinem Notizbuch zurück. »Zwei Punkte verstehe ich noch nicht ganz. Ich bin nämlich etwas langsam von Begriff, Mrs Sherringham«, entschuldigte er sich ohne eine Spur des Bedauerns.

»Dr. Sherringham«, korrigierte ihn Alan.

»Natürlich.« Collins warf Alan einen strengen Blick zu. »Ich würde jetzt gerne diese beiden Punkte noch einmal mit *Dr.* Sherringham durchgehen.«

»Ist das denn wirklich nötig?« Mr Bassett war gelangweilt und auch ein wenig genervt.

Collins ließ sich nicht stören und lehnte sich demonstrativ in seinem Stuhl zurück.

»Also gut, dann gehen wir das Ganze noch einmal von vorne durch«, begann er betont langsam. »Um drei Uhr vierzig klingelt das Telefon in Ihrer Wohnung, Dr. Sherringham …« Er sah zu Daisy hinüber, damit sie seine Aussage bestätigte.

»Vielleicht auch früher«, erwiderte sie gereizt. »Erst als Tim sich anzog, erwähnte er, wie spät es war.«

»Und Sie gingen ran?«

»Es stand auf meinem Nachttisch.«

»War der Anrufer ein Mann oder eine Frau?«, fragte er verbindlich.

»Ein Mann … glaube ich«, antwortete sie. Plötzlich war sie sich gar nicht mehr so sicher.

»Denken Sie noch einmal nach, Dr. Sherringham.« Collins' Tonfall klang härter.

»Es war ein Mann«, erklärte sie nun bestimmt. »Definitiv ein Mann. Ein Pfleger vom Nachtdienst.«

»Aber der Anruf kam nicht von hier«, sagte Collins. »Das dürfte Ihnen mittlerweile wohl bekannt sein …«

»Aber es war ein Pfleger. Ich habe doch selbst mit ihm gesprochen.«

»Ich habe mich hier im Krankenhaus erkundigt, Dr. Sherringham. Ihr Mann wurde nicht um halb vier, sondern erst um halb acht Uhr angerufen.«

Um halb acht! Vor ihrem inneren Auge sah sie, wie Eric Hedley sie in der Kantine angegrinst hatte.

»Dann stimmt es also doch.«

»Was stimmt, Dr. Sherringham?«, fragte Collins scharf.

»Eric … Eric Hedley, einer der Assistenzärzte hier, hat mir

heute Morgen gesagt, dass Tim erst um halb acht angerufen wurde.«

»Und Sie haben ihm das nicht geglaubt?« Collins sah sie mit stechendem Blick an.

»Warum sollte ich? Ich wusste doch, dass es nicht so war.«

»Sie sind also nach wie vor der Meinung, dass das Krankenhaus Ihren Mann so früh am Morgen aus dem Bett geklingelt hat.«

»Davon bin ich felsenfest überzeugt«, bekräftigte sie mit Nachdruck. »Ich habe den Anruf selbst angenommen. Und Tim hat von Mrs Hawkins erzählt, die eigentlich schon gestern hätte operiert werden müssen …«

»Es gibt aber keine Aufzeichnungen …«

»Zum Teufel mit den Aufzeichnungen!«, schrie sie. »Zum Teufel damit …«

»Daisy, beruhige dich.« Alan ging zu ihr, nahm sie in den Arm und wiegte sie sanft hin und her. Sie presste ihren Kopf an seine Brust, schloss die Augen und ließ den Tränen freien Lauf.

»Dr. Sherringham hat für heute mehr als genug, Sergeant Collins«, sagte Judy vorwurfsvoll.

»Wir tun hier nur unsere Pflicht, Miss …«

»Dr. Osbourne, Judy Osbourne. Und Ihre Pflicht könnten Sie auch mit etwas mehr Feingefühl tun. Ärzte machen so was tagtäglich«, erklärte sie mit ernster Stimme.

»Ich denke, für den Anfang haben wir genügend Informationen. Sollte sich Dr. Tim Sherringham bei einem von Ihnen melden, geben Sie uns bitte Bescheid!«

»Natürlich, Sergeant«, antwortete Bassett.

»Lassen Sie sich von unserer Zentrale entweder zu Sergeant Trevor Joseph oder zu mir, Sergeant Peter Collins, durchstellen.«

»Sie können aber auch einfach Alan anrufen«, schlug Trevor vor. »Er weiß, wie er mich erreichen kann.«

»Vielen Dank, dass du persönlich vorbeigekommen bist, Trevor«, sagte Alan und gab dem Sergeant zum Abschied die Hand. »Das weiß ich sehr zu schätzen.«

»Das ist doch selbstverständlich«, antwortete Trevor.

»Haben Sie denn eine Vermutung, was mit Dr. Sherringham passiert sein könnte?«, hakte Bassett nach und sah die Polizisten an, als könnten sie Tim in Sekundenschnelle wieder herbeizaubern.

»Bei uns werden fast täglich Personen als vermisst gemeldet, Sir«, erwiderte Collins tonlos. »Menschen verschwinden aus den unterschiedlichsten Gründen. Manche kommen von einem Tag auf den anderen mit ihrem Leben nicht mehr klar oder fühlen sich der Verantwortung nicht mehr gewachsen …« Er zuckte mit den Schultern.

»Sie dürfen mir glauben, dass diese Theorie auf Tim Sherringham nicht zutrifft«, unterbrach ihn Alan.

»Ich habe nicht von diesem speziellen Fall gesprochen«, fuhr Collins reserviert fort. »Sie alle hier kennen Dr. Sherringham besser als ich, und deshalb sind Ihre Vermutungen über sein Verschwinden mit Sicherheit sehr viel zutreffender als meine. Ich wollte eigentlich nur sagen, dass jeden Tag Menschen ein scheinbar erfülltes und glückliches Leben hinter sich lassen und nie wieder zurückkehren. In den Akten der Heilsarmee finden Sie Zehntausende solcher Fälle.«

»Das sind dann vielleicht Teenager, die von zu Hause ausgerissen sind«, warf Judy ein. »Aber auf Tim Sherringham trifft das ja wohl nicht zu.«

»Es verschwinden nicht nur Teenager, Dr. Osbourne. Die Heilsarmee wird Ihnen bestätigen, dass Jugendliche nur einen kleinen Teil der vermissten Personen ausmachen. Auch Erwachsene wollen etwas erleben oder sehnen sich nach den Kirschen in Nachbars Garten. Erwachsene Männer lernen erwachsene Frauen kennen, und manche finden es einfacher, sang- und klanglos aus ihrem bisherigen Leben zu verschwinden, als erst mühevoll eine alte Beziehung beenden zu müssen.«

»Tim hat keine Affäre.« Daisy hob ihr tränenüberströmtes Gesicht und starrte Peter Collins trotzig an.

»Das wollte ich auch nicht andeuten«, sagte der Polizist jovial. »Ich wollte Ihnen nur vor Augen führen, dass häufig jemand als vermisst gemeldet wird, obwohl die logische Erklärung für sein Verschwinden eigentlich auf der Hand liegt.«

»Dr. Sherringham …« Trevor Joseph streckte Daisy seine Hand entgegen. »Ich verspreche Ihnen, dass wir alles in unserer Macht Stehende tun werden, um Ihren Mann zu finden. Bitte, machen Sie sich keine Sorgen.«

»Vielen Dank.« Daisy war ihm dankbar, dass er Peter Collins zum Schweigen gebracht hatte, und sie hätte ihm gerne geglaubt, dass er Tim schnell finden würde, aber sie konnte es einfach nicht.

»Haben Sie ein aktuelles Foto von Ihrem Mann?«, fragte Trevor.

»Zu Hause, in unserer Wohnung.«

»Dürfte ich vielleicht später bei Ihnen vorbeikommen und es abholen? Ich würde Sie vorher kurz anrufen.«

»Das müssen Sie nicht. Ich bin den ganzen Abend zu Hause. Nachdem wir jetzt schon überall nach Tim gesucht haben, kann ich nur noch warten, Sergeant.«

Der Raum leerte sich. Die Polizisten und Bassett verließen das Zimmer, und Alan begleitete sie noch bis zum Haupteingang

gang. Als er zurückkam, sah er, dass Judy vor Daisy auf dem Fußboden saß und ihre Hand hielt.

»Na, wollen wir noch rasch etwas einkaufen und uns dann bei mir etwas zu essen kochen?«, fragte er mit bemühter Begeisterung.

»Carol wäre von so einem Überraschungsbesuch bestimmt nicht begeistert«, entgegnete Judy. »Ich nehme Daisy mit zu mir zum Abendessen.«

»Vielen Dank, aber ich komme zu keinem von euch beiden mit.« Daisy konnte das Zittern in ihrer Stimme nicht unterdrücken. »Ich gehe nach Hause, wie ich es dem Polizisten gesagt habe.« Sie blickte von Alan zu Judy. »Falls Tim doch noch nach Hause kommt, möchte ich da sein.«

Sie nahm ihre Tasche und stand auf, aber eine Frage blieb unausgesprochen in der Luft hängen: Was, wenn er nicht nach Hause kommt?

»Ich komme mit zu dir«, sagte Judy. »Etwas Ablenkung kann mir auch nicht schaden.«

»Bitte versteh mich nicht falsch«, bemerkte Daisy, »aber ich wäre heute Abend lieber alleine. Ich muss die Wohnung putzen und brauche dringend Schlaf. Ich habe am Wochenende Dienst.«

»Bist du sicher, dass du okay bist?« Alan sah sie mit einem Blick an, den sie nur zu gut kannte. Es war ein typischer Arztblick, aber sie war nicht seine Patientin. Noch nicht.

»Wenn ich das Gefühl habe, dass ich gerne mit jemandem zusammen wäre, melde ich mich als Erstes bei dir. Versprochen.«

»Und ich bin dann gleich nebenan.« Judy trat neben ihre Freundin an die Tür. »In deinem Gästezimmer.«

»Judy ...«

»Ich akzeptiere kein Nein. Ich habe meine Krankenhauswohnung gründlich satt, und nachdem ich heute Morgen mitbekommen habe, dass es da draußen auch noch ein anderes Leben gibt, kannst du mich nicht davon abhalten, mich in deinem Gästebad in die Wanne zu legen.« Judy nahm ihre Tasche und trat auf den Flur. »Vorher gehen wir aber noch bei mir vorbei, und ich hole meine Zahnbürste. Nach Ihnen, Dr. Sherringham.«

Kapitel drei

Obwohl Judy sie daran erinnerte, dass sie die Strecke heute schon zwei Mal abgesucht hatten, fuhr Daisy im Schneckentempo nach Hause. Sie konnte einfach nicht schneller fahren. Alle paar Augenblicke blickte sie aus dem Seitenfenster, weil sie hoffte, vielleicht doch noch etwas – irgendetwas – zu entdecken. Allerdings ohne Erfolg.

Sie parkte den Wagen, und als sie mit Judy nach oben in die Wohnung ging, waren ihre Nerven zum Zerreißen gespannt. Ob Tim ihr eine Nachricht auf dem Anrufbeantworter hinterlassen hatte? Oder vielleicht war er sogar zurückgekommen und saß nun frisch geduscht und umgezogen im Wohnzimmer …

Als sie dann aber die Tür aufschloss und die Wohnung betrat, schlug ihr dieselbe kalte Leere entgegen wie bei den beiden Besuchen zuvor. Nichts.

Judy verzog sich taktvoll ins Gästezimmer und erklärte, sie werde gleich ihr langes, heißes Bad nehmen. Als Daisy alleine war, fing sie an, die Wohnung aufzuräumen. Sie trug die auf dem Wohnzimmerfußboden verstreuten Kleidungsstücke ins Schlafzimmer und tat sie in die Schränke. Beim Anblick von Tims blauem Bademantel, der hinter der Schlafzimmertür lag, wurde ihr ganz anders.

Sie hob ihn auf, klammerte sich daran wie an einen Rettungsring und setzte sich aufs Bett. Der weiche Frotteestoff duftete noch nach Tims Eau de Toilette. Mit Tränen in den Augen ließ sie den abgerissenen Aufhänger durch ihre Finger gleiten. Er war der Grund, weshalb der Mantel auf dem Boden lag, und Daisy hätte ihn schon vor Wochen wieder annähen sollen … Plötzlich brachen ihre Gefühle, die sie während des Tages ständig in Zaum gehalten hatte, wie eine Flutwelle aus ihr heraus. Hemmungslos schluchzend warf sie sich aufs Bett und presste einen Ärmel des Bademantels an ihr tränennasses Gesicht.

Wo war Tim? Warum war er verschwunden? Die letzte Nacht war auch nicht anders gewesen als viele andere Nächte zuvor. Er liebte sie. Zum Abschied hatte er noch »Ich liebe dich« gesagt. Und man spürte es doch, wenn mit dem Partner etwas nicht mehr stimmte. Oder etwa nicht?

Peter Collins' Worte gingen ihr wieder durch den Kopf: »Erwachsene Männer lernen erwachsene Frauen kennen, und manche finden es einfacher, sang- und klanglos aus ihrem bisherigen Leben zu verschwinden, als erst mühevoll eine alte Beziehung beenden zu müssen.«

Traf das auch auf Tim zu? Hatte er eine andere Frau kennengelernt? War seine Liebe zu ihr vergangen, ohne dass sie es bemerkt hatte?

»Wenn wir sowieso bei meinem Bruder essen, könnten wir uns doch noch einmal kurz ins Bett legen«, hatte Tim mit einem verschmitzten Grinsen gesagt, als sie gestern eine halbe Stunde nach ihm vom Krankenhaus nach Hause gekommen war.

»Hast du denn gar keinen Hunger?«, hatte sie gefragt, obwohl sie die Idee gar nicht schlecht gefunden hatte.

»Kommt ganz darauf an, auf was.«

Sie hatte ihren Mantel zu Boden fallen lassen und war lachend auf ihn zugerannt. Sein schwarzes Haar, das noch nass vom Duschen war, klebte ihm auf der Stirn, und seine Haut war feucht und roch nach Seife. Er trocknete sich nie richtig ab.

»Ich frage mich, was Richard wohl wieder auftischen wird«, hatte er eine Stunde später gesagt und Daisys nackten Körper fest an den seinen gezogen.

»Wahrscheinlich Entenleberpastete, Schneckenkaviar und Erdnüsse?«, hatte sie geantwortet und sich unter der Bettdecke näher an ihn gekuschelt.

»Bitte nicht! Da plündern wir lieber vorher noch seinen Kühlschrank. Sie haben bestimmt auch ganz normales Essen im Haus. Richard isst noch ganz normale Sachen. Wir Sherringhams hatten schließlich schon immer einen gesunden Appetit.«

»Wem sagst du das?«

Daisy glaubte, noch immer sein Lachen hören zu können. In jenem Augenblick hatte Tim sie geliebt. Dessen war sie sich ganz sicher. Und so wie jener Augenblick war ihr ganzes gemeinsames Leben. Tim konnte nicht lügen. Er verbarg nie seine Gefühle. Richard war der Kühlere und Beherrschtere von beiden, der jedes Lächeln bewusst einsetzte und den Wert jeder Freundschaft genau abwog. Richard wusste, wie man Interesse heuchelte, egal, was er von seinem Gegenüber hielt …

»Daisy? Ist alles in Ordnung?« Judys Klopfen holte sie aus ihren Gedanken zurück.

»Alles okay«, brachte Daisy mit erstickter Stimme hervor.

»An der Tür ist dieser Trevor Joseph, der Bekannte von Alan. Er möchte dich sprechen.«

»Lass ihn rein und sag ihm, ich komme gleich«, antwortete Daisy.

»Ich mache uns Kaffee.«

Daisy hörte, wie die Küchentür ins Schloss fiel und das Wasser lief. Judy war eine gute Freundin, die wusste, wann sie jemanden alleine lassen musste. Daisy rappelte sich vom Bett auf und ging ins Badezimmer, um sich das Gesicht zu waschen. Den Blick in den Spiegel ersparte sie sich. Sie wusste, dass sie fürchterlich aussah.

Sergeant Joseph wartete im Wohnzimmer auf sie.

»Hallo«, begrüßte sie ihn. Sie sprach langsam, denn sie musste sich immer noch darum bemühen, ihre Beherrschung nicht zu verlieren.

»Guten Abend.« Der Polizist stand auf, als sie den Raum betrat.

»Bitte, setzen Sie sich doch wieder.«

»Vielen Dank, Dr. Sherringham.«

»Sagen Sie mal, kennen wir uns vielleicht von irgendwoher?«, fragte Daisy. »Ihr Gesicht kommt mir so bekannt vor.«

»Sie haben mich einmal behandelt, ich hatte ein …«

»Gebrochenes Bein mit Schnittwunden«, führte sie den Satz für ihn zu Ende.

»Sie erinnern sich wohl eher an die Verletzungen als an den Patienten?« Er hob eine seiner Augenbrauen fragend hoch und machte dabei eine Grimasse, über die sie unter normalen Umständen gelacht hätte.

»Ärzte sind nun mal so, fürchte ich.« Die Tür schwang auf, und Judy kam mit einem Tablett herein. Sie trug einen weiten Kaftan und hatte ein Handtuch um den Kopf geschlungen. Nachdem sie das Tablett auf dem Couchtisch abgestellt hatte, verkündete sie: »Ich bin auch schon wieder weg. Ich muss mir noch die Haare föhnen.«

»Vielen Dank, Judy«, sagte Daisy.

»Lass die Finger von den Keksen«, warnte Judy sie, als sie den Raum verließ. »Sie sind für Sergeant Joseph, nicht für dich. Wir essen später.«

»Ja, Mama.« Als Judy verschwunden war, goss Daisy den Kaffee ein.

»Ich bin froh, dass sich jemand um Sie kümmert.«

»Judy ist eine gute Freundin«, erwiderte Daisy und reichte Trevor eine Tasse.

»Vielen Dank.« Er gab Milch und einen Löffel Zucker in seinen Kaffee, während Daisy ihren schwarz und ohne Zucker trank.

»Greifen Sie doch zu«, forderte Daisy ihn auf und deutete auf die Schokoladenkekse, die Judy auf einem Teller angerichtet hatte. »*Sie* dürfen ja.«

»Schön, wenn man nach einem arbeitsreichen Tag so freundlich bewirtet wird.«

»Dann sind Sie jetzt also nicht mehr im Dienst?«, fragte Daisy.

»Nein. Für heute habe ich Feierabend.«

»Vielen Dank, dass Sie heute Nachmittag ins Krankenhaus gekommen sind.« Sie lehnte sich auf ihrem Stuhl zurück. »Alan hat mir gesagt, dass Sie es aus Freundschaft zu ihm gemacht haben. Normalerweise hätte ein junger Kollege kommen sollen, meinte er.«

»Gern geschehen«, murmelte Trevor. Daisys Dankbarkeit machte ihn verlegen. »Alan ist auch immer da, wenn ich ihn brauche. Es tut mir nur leid, dass Peter so grob zu Ihnen war.«

»Das war er wirklich«, stimmte sie ihm zu. »Aber vermutlich hatte er recht. Verschwinden nicht die meisten Menschen aus freien Stücken? Weil sie einfach verschwinden wollen?«

»Aber das sind normalerweise keine Ärzte im Bereitschaftsdienst«, erwiderte Trevor mit leichtem Unbehagen in der Stimme. »Ich will ganz offen zu Ihnen sein, Dr. Sherringham. Peter hat in der letzten Zeit viel durchmachen müssen. Er ist ein guter Polizist, aber in diesem Fall scheint sein eigenes Privatleben seine Objektivität doch ein wenig zu trüben. Vor einem Monat ist ihm seine Frau weggelaufen. Als er eines Abends vom Dienst nach Hause kam, war sie einfach verschwunden und hatte ihm nicht die geringste Nachricht hinterlassen. Nach zwei Tagen hat Peter sie dann gefunden. Sie war mit einem anderen Mann in der Wohnung ihrer Schwester in London.«

»Das tut mir leid«, sagte sie, obwohl es ihr eigentlich überhaupt nicht leidtat. Im Gegenteil, sie konnte seine Frau sogar verstehen. Peter Collins war ihr von Anfang an unsympathisch gewesen. Mit so einem Mann verheiratet zu sein war bestimmt nicht einfach.

»Arbeitet Ihr Mann manchmal auch in Dr. Richard Sherringhams Klinik?«, fragte Trevor.

»Nein«, erwiderte sie. »Richard hat Tim schon öfter eine Stelle in seiner Klinik angeboten, aber Tim wollte nicht dort arbeiten, obwohl er und sein Bruder ein Herz und eine Seele sind. Warum fragen Sie?«

»Weil zu den Patienten der Holbourne-and-Sherringham-Klinik einige hochgestellte Persönlichkeiten gehören. Und Ihren Schwager selbst kann man auch als hochgestellte Persönlichkeit bezeichnen. Wenn er einige seiner Freunde auf einen Drink einlädt, müssen wir Überstunden schieben.«

»Mag sein. Aber was hat das mit Tims Verschwinden zu tun?«

»In einer idealen Welt, in der jeder Staatsbürger gleich behandelt wird, gäbe es keinen Zusammenhang. Aber leider werden bei uns bestimmte Leute – hochgestellte Leute – anders behandelt. Als Peter und ich unseren Bericht abgeliefert haben, sind einige unserer Vorgesetzten in den höheren Etagen im Dreieck gesprungen.«

»Und jetzt wollen Sie Tims Foto abholen?«

Er nickte. »Vorerst werden wir es nur für interne Zwecke verwenden. Bevor wir damit an die Öffentlichkeit gehen, melden wir uns noch einmal bei Ihnen.«

»An die Öffentlichkeit?«

»Presse, Fernsehen und so weiter.«

Daisys Hand zitterte so sehr, dass sie die Kaffeetasse absetzen musste. »Ich suche Ihnen ein Foto heraus«, sagte sie, ging hinüber zur Kommode und zog eine Schublade heraus. »Das sind die aktuellsten, die ich von Tim habe.« Sie reichte Trevor einige Bilder, die sie ein paar Wochen zuvor mit ihrer Digitalkamera gemacht hatte.

»Hübsches Boot«, bemerkte er, während er die Abzüge durchsah.

»Ja, das stimmt.« Daisy fühlte sich auf einmal furchtbar müde. Sie wollte alleine sein, wollte weinen, nachdenken und ihre verworrene Gefühlswelt wieder in Ordnung bringen. Sie fuhr sich mit den Händen durch die Haare und wünschte, der Sergeant würde gehen und sie in Frieden lassen. Sein verbindliches Geplauder kam ihr so überflüssig vor wie die Frage, welche Frisur man sich für eine Beerdigung machen lässt.

»Ich nehme diese, wenn ich darf.«

Er hatte zwei Nahaufnahmen ausgewählt, von denen eine an Bord ihres Boots aufgenommen worden war. Tim blickte aufs Meer hinaus, sein Haar war vom Wind zerzaust und sein Gesicht vor Kälte ganz blass. Das andere war ein Schnappschuss von einer Party, die sie anlässlich von Tims Beförderung zum Oberarzt gegeben hatten. Alan Cummins hatte Tim und Daisy in ihrem Wohnzimmer fotografiert, wo sie entspannt am Couchtisch gesessen hatten und einander mit erhobenen Gläsern ansahen.

»Wann bekomme ich sie wieder?«

»Sobald wir sie eingescannt haben.« Trevor stand auf. »Vielen Dank, Dr. Sherringham. Sie waren mir eine große Hilfe.«

»Und Sie melden sich, sobald Sie irgendetwas in Erfahrung bringen?«

»Versprochen. Und machen Sie sich nicht allzu große Sorgen. Ich bin mir sicher, dass es für die Abwesenheit Ihres Mannes einen ganz einfachen Grund gibt.«

»Abwesenheit« klang sehr viel harmloser als »Verschwinden«, dachte sie und sagte: »Vielen Dank, Sergeant Joseph!«

»Hätten Sie etwas dagegen, mich Trevor zu nennen?«

»Vielen Dank, Trevor.« Sie brachte ihn zur Tür und wollte einfach nur ihre Ruhe haben. Noch immer hoffte sie, dass jeden Augenblick das Telefon klingeln und Tim am anderen Ende der Leitung sein könnte.

»Wir bleiben in Verbindung.«

»Auf Wiedersehen.« Sie schloss die Tür.

Im Hausflur blieb Trevor einen Augenblick stehen und fragte sich, ob er sie in ihrem Zustand alleine lassen konnte. Aber dann fiel ihm ein, dass ja Judy Osbourne bei ihr war, und Miss Osbourne war Ärztin.

»Und? Ist sie mit den Nerven am Ende?«, fragte Peter Collins, als Trevor in den Wagen stieg.

»Sie ist recht angespannt, aber wer wäre das unter diesen Umständen nicht?«, antwortete Trevor, der sich von seinem Kollegen nicht provozieren ließ. Seit ein paar Wochen war Peter so unberechenbar wie ein tollwütiger Hund.

»Ist sie alleine?«

»Dr. Osbourne ist bei ihr.«

»Die frigide Blonde aus Cummins' Büro?«

»Genau die.«

»Ich wüsste schon, mit welcher Medizin man diese Ärztin kurieren könnte«, meinte Peter und ließ den Wagen an.

»Vielleicht braucht sie gar keine Medizin«, entgegnete Trevor gleichmütig.

»Frauen wie die brauchen immer was und kriegen es nie. Deshalb sind sie ja so zickig.«

»Und du willst ihr die Medizin verabreichen, oder wie?«

»Genau.«

Peter fuhr einen Augenblick schweigend weiter, plötzlich jedoch wendete er abrupt.

»Was ist denn los?«, fragte Trevor unbeeindruckt. Er arbeitete seit fünf Jahren mit Peter Collins zusammen und hatte sich an das launische Verhalten seines Kollegen gewöhnt.

»Wir fahren zurück auf die Autobahn. Man weiß nie.«

»Wahrscheinlich ist schon kein Belag mehr auf der Fahrbahn, weil jeder Streifenwagen des Districts mindestens zehnmal darübergerollt ist.«

»Vielleicht.« Ein paar Minuten lang konzentrierte sich Peter auf die Straße, dann erklärte er: »Bei Frauen wie dieser Daisy Sherringham ist es früher oder später immer der Fall.«

»Was ist früher oder später immer der Fall?« Trevor stieg

langsam die Galle hoch. Über Judy Osbourne konnte Peter von ihm aus sagen, was er wollte, aber bei Daisy Sherringham sah die Sache schon ganz anders aus. Seiner Meinung nach konnte sich Tim Sherringham glücklich schätzen. Er, Trevor, wäre froh gewesen, wenn jemand über sein Verschwinden so aufgelöst wäre wie Daisy über das ihres Mannes. Aber er hatte seine Chance schon vor langer Zeit gehabt – und verspielt.

»Dass sie einen Nervenzusammenbruch kriegen.«

Peters Worte rissen Trevor aus seinen Gedanken.

»Hör endlich auf, Peter«, erwiderte er ungewohnt schroff. »Du bist wohl schon so lange eine Kanalratte, dass du frische Luft nicht einmal mehr erkennst, wenn du sie riechst.«

»Berufskrankheit.« Peter gab ein verächtliches Lachen von sich. »Die erwischt jeden von uns früher oder später. Sogar dich, glaub mir.«

Trevor ignorierte Peters letzte Bemerkung, lehnte sich auf dem Beifahrersitz zurück und ließ die Straßenlaternen an sich vorüberziehen. Daisy Sherringham hatte einen wunden Punkt bei ihm getroffen. Sie törnte ihn an … Aber nein, das war das falsche Wort. Angetörnt wurde man von One-Night-Stands und Amateurprostituierten, doch zu Daisy hatte er sich vom ersten Moment, als er sie gesehen hatte, hingezogen gefühlt, auch wenn die Situation alles andere als romantisch gewesen war.

Er hatte in der Unterhose auf einer harten, schmalen Untersuchungsliege in der Ambulanz gelegen. Seine Beine waren überall aufgeschürft und blutig. Als Daisy dann zu ihm kam, war es ihm, als würde die Sonne aufgehen.

Er sah sie an und fragte: »Sind Sie mein rettender Engel?« Dass er, ein hartgesottener, mit allen Wassern gewaschener

Polizist, auf einmal wie ein verliebter Teenager redete, fand er selbst absurd.

»Nein, nur die Assistenzärztin«, antwortete Daisy damals. Ihr Ton ließ darauf schließen, dass sie wohl öfters von männlichen Patienten derart plump angemacht wurde. Aber er gab nicht auf und wollte ihr unbedingt zeigen, dass er sie nicht einfach anbaggern wollte. Dass er es ernst meinte.

»Wie ist denn das passiert?«, fragte sie. Dabei wies sie mit ihrem Zeigefinger auf seine Beine, und ihm fiel auf, dass sie Latexhandschuhe trug.

»Ich bin zwischen ein Auto und eine Mauer geraten.«

»So was sollte man tunlichst vermeiden.« Sie runzelte die Stirn und lächelte ihn an.

Noch nie zuvor hatte Trevor solche Augen gesehen: nebelgrau, warm und so voller Humor, dass er trotz seiner Schmerzen sie damals auch anlächeln musste. Ihr schwarzes Haar hatte sie hochgesteckt, so wie heute. Doch er war sich sicher, absolut sicher, dass es lang und an seinen Enden weich gelockt war.

»Spüren Sie das?«, hatte sie seinerzeit in der Notaufnahme gefragt und ihm ans rechte Schienbein gefasst.

Es tat so weh, dass ihm schlecht wurde. Verzweifelt kämpfte er darum, sich nicht übergeben zu müssen. Das wäre ihm furchtbar peinlich gewesen.

»Sergeant Joseph ist Polizist«, warf die Schwester ein, die er für eine gutaussehende Frau gehalten hatte, bevor Daisy Sherringham den Raum betreten hatte. Danach konnte er sich nicht einmal mehr daran erinnern, wie die Schwester überhaupt ausgesehen hatte.

»Ob Polizist oder nicht, ich glaube, du bringst ihm besser eine Nierenschale«, meinte Daisy.

»Hätten Sie vielleicht Lust, einmal mit mir auszugehen?«, stieß er verlegen hervor, als die Krankenschwester mit der vollen Nierenschale gegangen war.

Daisy warf ihm einen kühlen Blick zu, bevor sie ihre Aufmerksamkeit wieder seinem Bein zuwandte. »Danke für Ihr Angebot, Sergeant Joseph, ich fasse es als Kompliment auf. Aber ich habe bereits einen Mann, mit dem ich mehr als zufrieden bin.«

Mehr als zufrieden … mehr als zufrieden … mehr als zufrieden …

In Trevors Bewusstsein hallten die Worte von damals im Rhythmus der Scheibenwischer nach. Nieselregen, eine düster glänzende, graue Straße und eine vermisste Person. Das war seine Gegenwart.

»So. Da wären wir. Morgen früh hole ich dich wieder um acht Uhr ab.«

»Vielen Dank, Peter.« Trevor war froh, dass sein Kollege ihn aus seinen gefühlsduseligen Erinnerungen geholt hatte. Er benahm sich ja wie ein verliebter Idiot. Wie lange war das nun her? Sechs Monate? Nein, ein Jahr. Er hatte schon vergessen, wie lange es gedauert hatte, bis seine Beine wieder geheilt waren. Wie konnte er sich nur in Tagträumen über eine Frau verlieren, die er vor mehr als einem Jahr vergeblich angemacht hatte?

»Was glaubst du, was wirklich mit dem Arzt passiert ist?«, fragte er, als er aus dem Wagen stieg.

»Keine Ahnung.« Der Tonfall in Peters Stimme sagte Trevor, dass ihm der Fall herzlich egal war. »Auf den ersten Blick gibt es eigentlich keinen Grund, weshalb er die Biege hätte machen sollen. Außerdem scheint er mir nicht der Typ zu sein, der über Nacht einfach so verschwindet, ohne jemandem Bescheid zu geben. Aber man kann nie wissen.«

»Und wenn er sich nicht aus dem Staub gemacht hat?«

»Die Antwort auf diese Frage kennst du so gut wie ich.« Peters Augen verengten sich im orangefarbenen Schein der Straßenlampen zu engen Schlitzen. »In dieser Stadt hängen genug Junkies herum, die jemanden wegen seiner Brieftasche um die Ecke bringen. Aber eines muss ich dir auch noch sagen: Glücklich bin ich nicht darüber, dass du uns mit deinen Beziehungen zum Krankenhaus diesen Fall eingebrockt hast. Das klingt für mich nach einem Haufen Drecksarbeit, weil denen da oben wegen dieses verdammten Sherringham der Arsch auf Grundeis geht.«

»Warten wir's ab.«

»Und du willst wirklich nicht mehr einen trinken gehen?«

»Nein, vielen Dank. Bis morgen.« Trevor schloss die Wagentür.

Peter ließ den Motor aufheulen und fuhr davon, während Trevor hinauf zu den dunklen Fenstern seiner Wohnung blickte. Heute Morgen war er noch zufrieden gewesen, dass er die kleine Zweizimmerwohnung über dem Obst- und Gemüseladen hatte – wenn nicht gar glücklich. Aber das war, bevor er die Wohnung der Sherringhams gesehen hatte.

Doch wieso hatte er damit ein Problem? Beneidete er sie um das, was für ihn stets unerreichbar bleiben würde? Geld in einem Ausmaß, das man nur erben und niemals verdienen konnte?

Als er die Haustür aufschloss, fiel ihm ein, dass im Kühlschrank nichts mehr zu essen war. Er würde noch einmal losgehen und etwas einkaufen müssen. Welche delikate Köstlichkeit würde er sich wohl heute aus Franks Tiefkühltheke holen?

Fischstäbchen? Frikadellen? Ein Fertiggericht für eine Person? Allein bei dem Gedanken daran drehte sich ihm der Magen um. Vielleicht sollte er sich einfach nur etwas zu trinken kaufen und dann fernsehen, bis es Zeit war, schlafen zu gehen.

Er blickte die leere Straße hinab und wusste auf einmal, weshalb er sich während der letzten zehn Minuten ihrer Fahrt seinen Tagträumen über Daisy Sherringham hingegeben hatte. Was blieb ihm denn auch anderes übrig, wenn man sein Leben genau betrachtete? Er zog seinen Schlüssel aus dem Schloss und drehte sich um.

Er würde in die nächste Kneipe gehen, eine nach Pappe schmeckende Pastete essen und mit den Stammgästen das eine oder andere Bier trinken. Mit etwas Glück vermied er es so, ein kalter, selbstgefälliger, verbitterter Typ wie Peter zu werden. Jeder Mensch braucht Freunde und Zeit, sich zu entspannen. Sogar ein Polizist.

Einige Minuten nach zwei Uhr morgens verließ Peter Collins das verrauchte Hinterzimmer des White Hart und machte sich auf seinen eineinhalb Meilen langen Heimweg. An einem Sommerabend wäre es ein angenehmer Spaziergang gewesen, denn die Wegstrecke führte die Meeresküste entlang.

Das Pub verließ er durch die Hintertür und ging durch den Garten zu der schiefen Holztreppe hinunter zum Strand. Dann wollte er der geschwungenen Linie einer Bucht folgen, an der die Innenstadt lag, und bis zu seinem Wohnhaus marschieren, das er durch einen Hof betreten konnte, der früher einmal Teil des Strands gewesen war. Auf dem ganzen Heimweg gab es keine einzige Straße, nur Sand und Meer, die beide noch so naturbelassen waren, wie es Touristen, Müll, Abwässer und die Stadtverwaltung zuließen.

Er ging diesen Weg schon seit vier Wochen, aber nie bei Tageslicht, sondern immer nur in der dunklen Kälte der frühen Morgenstunden. Seit vier Wochen – seit ihn diese verfluchte Hure Wendy verlassen hatte. Zuerst war er außer sich vor Wut gewesen, aber dann hatten der gesunde Menschenverstand und Trevor ihn wieder auf den Boden der Tatsachen zurückgebracht. Was hätte er auch schon erreicht, wenn er sie und den Typ, mit dem sie weggelaufen war, bei ihrer Schwester aufgesucht hätte? Er wäre nur ausgerastet. Hätte die beiden vielleicht sogar umgebracht. Und das waren sie nicht wert.

Wendy hatte seinen Stolz mächtig angekratzt, aber nach einer Woche voller Alkohol hatte er es geschafft, sie komplett aus seinem Leben zu streichen. Er hatte sämtliche Schränke in ihrer Doppelhaushälfte durchforstet und alle wichtigen Dokumente zusammengetragen, die ihn mit ihr in irgendeiner Weise in Verbindung brachten.

Nachdem er ihr die Hypothekenurkunden, Versicherungspolicen und Ähnliches geschickt hatte, ging er zu einem Rechtsanwalt und sagte ihm, dass er die Scheidung so schnell wie möglich über die Bühne bringen sollte. Wendy durfte alles behalten, was im Haus war, bis auf Peters Kleidung und seine CD-Sammlung. Darüber hinaus, das ließ er ihr per Anwalt ausrichten, würde sie keinen einzigen Penny von ihm sehen.

Dann hatte er seine Koffer gepackt und war ohne einen Blick zurück ausgezogen. Abgang Peter, der brave Ehemann – Auftritt Peter, der Wolf. Nach vier Wochen allerdings musste er erkennen, dass der einzige Unterschied zwischen dem braven Ehemann und dem Wolf darin bestand, nun nicht mehr jeden Tag angekeift zu werden. Das war zwar angenehm, aber auch nicht gerade weltbewegend.

Innerhalb von zwei Tagen hatte er eine neue Wohnung gefunden. Er hatte schon immer mit Blick aufs Meer leben wollen, aber Wendy waren die hundert Jahre alten Häuser an der Strandpromenade nie gut genug gewesen. Sie wollte einen eigenen Garten, eine Veranda, eine Einbauküche, Teppichböden, Doppelfenster, regelmäßige Mahlzeiten und affektierte Zusammenkünfte mit ihren langweiligen Freunden – von denen keiner bei der Polizei war – in geschniegelten Schickimicki-Kneipen. Großer Gott, auf was für Kleinigkeiten sie Wert gelegt hatte!

Die verdammte Schlampe! Wie hatte er nur so blöd sein können, eine wie sie zu heiraten. Peter kickte einen Kieselstein in die Wellen, die sich am Strand brachen. Dass sie ihn verlassen hatte, war der größte Gefallen, den sie ihm je getan hatte, und der Idiot, der auf sie hereingefallen war, würde bald herausfinden, wie langweilig sie war. Aber vielleicht verdienten die beiden einander ja.

Peter steckte die Hände tiefer in die Taschen seiner wattierten Jacke und ließ den Blick über die dunkle, wogende See schweifen. Vor der felsigen Landzunge zu seiner Linken, auf der auch der Leuchtturm stand, waren in der im Mondlicht schimmernden See die zerklüfteten Umrisse der alten, mit Stacheldraht verbarrikadierten Pier zu sehen. Die Holz- und Stahlkonstruktion, auf der es früher ein Theater und mehrere Schaubuden gegeben hatte, fiel immer mehr in sich zusammen und legte beredtes Zeugnis darüber ab, dass die chronisch unterfinanzierte Stadt nicht in der Lage war, mit dem verfallenden Erbe ihrer Vergangenheit richtig umzugehen.

Peter ging langsam weiter. Was hatten nur die Wellen, das Wasser und die ewige Bewegung des Meeres an sich, dass sie ihn stets in ihren ganz eigenen, beruhigenden Bann zogen?

Als er hinunter ans Wasser ging, verwischte eine heranrollende Welle seine Fußspuren. Es ist schon seltsam, dachte er, wie schnell das Leben zur Routine wird. Selbst ein neues Leben. Natürlich hätte Peter auch mit seinem Wagen auf der Straße entlang der Küste nach Hause fahren können – kein Polizist auf Streife hätte es gewagt, einen Sergeant, der ein, zwei Bierchen zu viel getrunken hatte, ins Röhrchen pusten zu lassen. Aber Peter mochte diesen Nachhauseweg, denn dabei hatte er die Zeit zum Nachdenken, die ihm tagsüber meistens fehlte. Jetzt, wo Trevor Joseph ihnen auch noch diesen verdammten Sherringham-Fall aufgehalst hatte, der überhaupt nicht in ihren Zuständigkeitsbereich fiel, traf das gleich doppelt zu.

Wann würde Trevor jemals erwachsen werden und aufhören, jedem zu helfen, der ihn um einen Gefallen bat? Es brauchte nur irgendwo ein Kind vom Fahrrad zu fallen, schon war er da und half ihm wieder auf die Beine. Letzte Woche hatte er sogar einem Teenager, der von zu Hause weggelaufen war, noch das Geld für die Rückfahrt geschenkt.

Einem wie dem war einfach nicht mehr zu helfen, dachte Peter gereizt. Ein Polizist, der in der ganzen Stadt für sein weiches Herz bekannt war – das konnte doch nicht gutgehen.

Auf einmal hörte er ein Geräusch hinter ein paar Felsen vor ihm am Strand und blieb abrupt stehen. Ein paar Augenblicke später sah er eine vom Mondlicht beschienene Gestalt auf sich zutaumeln, die sich links und rechts an den Felsen abstützte und fürchterlich falsch ein Trinklied grölte.

»Du bist ja heute noch ganz schön spät unterwegs«, sagte Peter, als die Gestalt bei ihm angekommen war.

»Hallo, Chef? Sind Sie das, Chef?« Aus einem aufgedunsenen, schmutzigen Gesicht blinzelten ihn kleine, trübe Säuferaugen an.

»Ja. Ich bin es. Warum bist du nicht im Obdachlosenheim?«

»Im Heim gibt es keinen Platz mehr, Chef. Alles voll. Sind einfach zu viele auf der Straße. Die Zeiten sind schlecht. Verdammt schlecht. Wer zuerst kommt, mahlt zuerst, sagt der Pater. Sogar Stammgäste wie ich kriegen keinen Platz mehr und müssen sich anstellen wie alle anderen auch. Aber die anderen stellen sich immer schon viel früher an, Chef. Ehrlich.«

»Gib's zu, Andy, du bist draußen geblieben. Du bist draußen geblieben, bis sie die Türen abgeschlossen haben, stimmt's?«

»Aber doch nicht ich, Chef. Ich schlafe nicht gerne auf der Straße. Echt nicht. Das ist schon lange vorbei. Dafür bin ich zu alt. Ich schlafe gerne in einem Bett, das ist viel bequemer als draußen am Strand, Chef. Das weiß ich doch.«

»Und betrunken bist du auch, Andy. Woher hast du das Geld für den Alkohol?«, fragte Peter.

»Aber Chef, ich habe doch kein Geld«, jammerte Andy. »Woher soll ich denn Geld haben?«

»Von dort, wo du auch das hier herhast«, antwortete Peter und packte die Flasche, die Andy in der Hand hielt. »Die hast du doch nicht von der Heilsarmee.«

»Ich hab sie gefunden, Chef. Ehrlich. Gefunden.« Andy beugte sich unterwürfig nach vorn und schaute Peter von unten in die Augen.

Dieses Katzbuckeln war zu viel für Peter. Den Schmutz, die Lumpen, die Läuse und den Geruch konnte er gerade noch ertragen, aber wenn jemand keinen Funken Würde mehr im Leib hatte, drehte sich ihm der Magen um. Ihm wurde speiübel.

»Behalt dein Gesöff, Andy«, sagte er angewidert und ließ den Hals der Flasche los. Andy riss sie so gierig an sich, dass sich die Hälfte des Inhalts über den Felsen ergoss.

»Mein schöner Schnaps, Chef«, winselte Andy und wich so hastig zurück, als würde Peter ihn gleich beißen. »Bitte, Chef, verschütten Sie mir nicht meinen Schnaps.«

»Du hast für heute genug getrunken, Andy.« Peter wurde wieder bewusst, dass er Polizist war, und so fragte er: »Sag mal, hast du heute am Strand vielleicht irgendwelche Dealer gesehen?«

»Heute nicht, Chef. Heute nicht.« Andy ließ sich auf einem Felsblock nieder, grätschte die Beine und ließ den Kopf wie eine Stoffpuppe auf die Brust hängen. »Aber ich sage Ihnen, was ich gesehen habe, Chef, wenn Sie mir ein bisschen Geld geben.«

»Geld wofür, Andy? Damit du dir noch mehr Schnaps kaufen kannst?«

»Fürs Frühstück, Chef. Bloß zwanzig Pence brauch ich. Dafür bekomm ich Tee und Toast im Tageszentrum, Chef. Bitte, bitte …«

Schon wieder dieses nervenaufreibende Gewinsel! Peter zog seinen Anorak hoch und suchte in seinen Hosentaschen nach Geld. Als er eine Münze fand, warf er sie Andy zu.

»Gott segne Sie«, sagte Andy, nachdem er die Münze erstaunlich geschickt aufgefangen hatte. »Sie haben ein großes Herz, Chef. Das haben Sie wirklich. Nicht alle sind wie Sie.«

»Jetzt sag, was du gesehen hast, Andy«, verlangte Peter.

Andy sah über die Schulter, als fühlte er sich beobachtet.

Auch Peter blickte sich um; er sah aber nur den Mond, den Strand und die Pier sowie die Neonlichter der Stadt.

»Geister, Chef.« In der kühlen Luft konnte man Andys Atem sehen. »Ich habe Geister gesehen. Sie waren schon mal da, damals, als ich noch ein kleiner Junge war. Und jetzt sind sie zurückgekommen.«

Peter lachte laut auf. »Das müssen dann wohl Flaschengeister gewesen sein, Andy.«

»Glauben Sie mir, Chef«, sagte Andy so leise, dass Peter sich zu ihm hinunterbeugen musste, um ihn zu verstehen. »Auf der Pier gibt es wirklich einen Geist. Hinten im Theater macht er seine Show. Seit das Theater wieder offen ist, müssen wir nicht mehr ins Obdachlosenheim. Im Theater ist es warm, Chef, so wie damals, als die Clowns dort waren. Als ich noch ein kleiner Junge war. Vor langer, langer Zeit. Da gab es Witze und Musik, und wir haben so gelacht über die Clowns. Und jetzt ist einer von den Clowns wieder da, Chef. Sie sollten ihn echt mal sehen, sein angemaltes Gesicht, sein Kostüm, er ist weiß und schwarz und glänzend wie … wie …«

Er suchte offenbar nach etwas, das schwarz und glänzend war. »Wie Beutel, Chef. Schwarz und glänzend wie die Plastikbeutel, in denen sie im Obdachlosenheim die Kleider aufbewahren. Und er singt, der Clown, er singt so schrecklich schön …« Andy streckte seine schmutzige Hand aus und zupfte Peter am linken Hosenbein. »Ich kann Sie reinbringen, Chef, wenn Sie wollen. Ich weiß, wie man auf die Pier kommt.«

Peter, dem von Andys alkoholgeschwängertem Atem übel wurde, zog angeekelt sein Bein zurück, woraufhin der Obdachlose nach vorne kippte und mit dem Gesicht voraus in den Sand fiel. Dessen ungeachtet brabbelte er munter weiter.

»Die Clowns sind meine Freunde. Die lassen mich rein, ohne dass ich ihnen Geld geben muss. Ich kann Sie auch da reinbringen, wenn Sie wollen, Chef.« Er streckte Peter seine vor Schmutz starrende Pranke hin. »Helfen Sie mir auf, Chef, und ich bringe Sie in das Theater. Auf die besten Plätze natürlich, ganz hinten, wo Sie die Füße ausstrecken und es sich richtig … gemütlich … machen können.«

Andy verdrehte die Augen, seine Stimme wurde leiser. Die Flasche glitt ihm aus der Hand und rollte an einen Felsen, wo sich ihr restlicher Inhalt auf den Sand ergoss.

Peter sah den Obdachlosen noch einen Augenblick lang an und rollte ihn dann mit dem Fuß zur Seite. Andy hatte für heute genug von der Welt. Peter blickte den Strand hinauf und sah, dass Andy zwei Meter unterhalb der Flutlinie lag. Wenn das Wasser wieder zu steigen begann, würde er hier ertrinken.

Peter unterdrückte seinen Ekel, biss die Zähne zusammen und packte den Betrunkenen unter den Achseln. Dann schleifte er Andy den Strand hinauf und legte ihn unterhalb der Mauer zur Strandpromenade in den Sand.

Es war nicht so kalt, dass er erfrieren würde, und die Flut konnte ihn hier nicht mehr erreichen. An diesem Ort konnte Andy seinen Rausch ausschlafen. Es wäre nicht das erste Mal.

Kapitel vier

Fünf Minuten nachdem Peter den völlig betrunkenen Andy am Strand zurückgelassen hatte, fing Daisy an, sich ruhelos in ihrem Bett hin und her zu wälzen. Durch das offene Fenster wehte ein Schwall kalter Luft herein, der sie dank des Schlafmittels, das ihr Judy in den Abendkaffee getan hatte, zwar nicht aufweckte, trotzdem aber ihren Schlaf störte.

Dann geschah etwas, das ihr sehr vertraut war. So vertraut, dass sie es hinnahm, ohne es groß zu hinterfragen.

Jemand schlüpfte zu ihr ins Bett, legte seinen kalten Körper an ihren warmen Rücken und presste seine eisigen Beine an die Rückseite ihrer Unterschenkel. Daisy ließ ihren Arm nach hinten gleiten, ergriff die kalte Hand, zog sie nach vorne und legte sie auf ihre Brust. Unter dieser Berührung begann sie ungewollt zu zittern, aber nachdem sie eines ihrer warmen Beine zwischen die von Tim geschoben hatte, fiel sie mit einem wohligen Seufzer zurück in einen tiefen Schlaf. Es war eine stillschweigende Übereinkunft zwischen Tim und ihr, dass sie sich gegenseitig wärmten, wenn einer von ihnen vom Nachtdienst ausgekühlt nach Hause kam. Und Daisy hatte sich immer daran gehalten – im Gegensatz zu Tim, der beim letzten Mal von ihr weggerückt war.

Während sie den Kopf ins Kissen kuschelte, lichtete sich auf einmal der Nebel in ihrem schlaftrunkenen Gehirn. Tim! Tim war wieder da!

Er lag neben ihr im Bett. Daisy öffnete die Augen, drehte sich auf die andere Seite und sah die offene Tür, die dunklen Umrisse der Kommode und den Spiegel darüber, in dem sich das matte Licht der Straßenlaternen spiegelte. Obwohl sie sich umgedreht hatte, hielt sie immer noch Tims Hand, und jetzt streichelte sie ihm mit der anderen über seinen nackten Körper, sah ihm ins Gesicht und … stieß einen gellenden Schrei aus.

Da war kein Gesicht! Sein Körper endete oberhalb der Schultern. Tim hatte keinen Kopf mehr!

»Alles in Ordnung, Daisy, ich bin ja da …«

Die Lampe ging an.

Daisy blinzelte in das grelle Licht und starrte Judy verständnislos an. »Tim war da …« Doch sie sah, dass das Bett neben ihr leer war. »Er war da, Judy. Er ist reingekommen und …« Ihre Stimme nahm einen schrillen, hysterischen Ton an. »Er war da. Er war ganz kalt. Ich habe ihn gespürt …«

Judy setzte sich aufs Bett und hielt Daisys Hand. »Du hast geschrien. Es war ein Albtraum.« Sie sah, wie der Wind die Jalousie bewegte. »Ich hätte das Fenster zumachen sollen. Tut mir leid.«

Daisy schloss die Augen, aber es verhinderte nicht, dass sie zu weinen begann. Salzige, brennende Tränen liefen ihr über die Wangen.

Judy machte das Fenster zu und setzte sich wieder neben ihre Freundin. »Kann ich dir was zu trinken bringen?«

Daisy schüttelte den Kopf.

»Soll ich bei dir bleiben?«

»Nein. Ich möchte einfach hier liegen und … warten«, flüsterte sie. »Tut mir leid, dass ich dich aufgeweckt habe.«

»Daisy ...«

»Danke, dass du da bist.« Daisy zog sich die Bettdecke über den Kopf. Judy sah sie noch einen Augenblick lang an, dann knipste sie das Licht aus und verließ das Schlafzimmer. Aber sie ließ die Tür einen Spalt offen.

Judy saß alleine in der Kantine und versuchte, sich auf einen Artikel in der aktuellen Ausgabe des *Lancet* zu konzentrieren. Ein paar Minuten zuvor hatte sie Alan auf seiner Station angerufen und ihn gefragt, ob er sich nicht Daisy schnappen und mit ihr zur Teepause kommen wolle. Alan meinte, das wäre nicht klug. Weil es im Krankenhaus zu viele Gerüchte gab, blieb er lieber mit Daisy während der Teepause in seinem Büro. Er hoffte, auf diese Weise Daisy noch eine Weile vor neugierigen Blicken und bohrenden Fragen schützen zu können.

Aus dem Augenwinkel nahm Judy eine Gruppe von Assistenzärzten wahr, die sich an einem Tisch um Eric Hedley geschart hatte. Sie wandte sich wieder ihrem Artikel zu und versuchte, sich für die darin beschriebenen revolutionären Behandlungsmethoden von Parkinson zu interessieren.

Als sie vom Nebentisch gedämpftes Gelächter hörte, konzentrierte sie sich noch mehr auf ihren Text. Seit sie mit ihrer kompromisslosen Art die Egos selbst der hartgesottensten Don Juans im Krankenhaus empfindlich gekränkt hatte, wusste sie, was Eric und die meisten anderen ihrer männlichen Kollegen von ihr dachten. Immerhin wagte es seither keiner von ihnen mehr, einen blöden Witz über sie zu reißen, so wie sie es über Daisy, auch nach deren Hochzeit mit Tim, laufend taten. Aber schließlich wussten sie ja auch mehr über Daisys Privatleben als über das ihre.

In ihrer Jugend hatte Judy unfreiwillig miterlebt, wie die Ehe ihrer Eltern immer schlimmer geworden war. Sie hatte mit ansehen müssen, wie die Liebe zwischen ihrem Vater und ihrer Mutter langsam erkaltet war und wie aus den freundlichen und gutgelaunten Begleitern ihrer frühen Kindheit permanent streitende, betrunkene Narren geworden waren, für die sie sich bei ihren Schulfreunden schrecklich geschämt hatte.

Selbst jetzt tat die Erinnerung an ihre Eltern noch weh. Obwohl die beiden nun schon seit Jahren tot waren, konnte Judy die Schmerzen, die sie ihr zugefügt hatten, immer noch deutlich spüren. Eines allerdings hatte Judy von ihnen gelernt: Die Ehe war eine Zwangsjacke, in der genau die Leidenschaften erstickt wurden, zu deren Erhaltung man sie ursprünglich geschlossen hatte. Judy hatte nicht die geringste Lust, einen Mann über ihr Leben bestimmen zu lassen, bloß weil ein aus dem Mittelalter stammendes Gesetz ihm die Macht dazu gab. Deshalb hatte sie lange nach einer perfekten Lösung für die Erfüllung ihrer sexuellen Bedürfnisse gesucht und diese schließlich auch gefunden. Eine Lösung, in der dumm daherredende, unreife Assistenzärzte wie Eric Hedley nicht vorkamen.

»Sie sehen nicht besonders gut aus.«

Judy machte ein genervtes Gesicht, weil sie glaubte, dass Hedley einen der Ärzte aus seiner Gruppe zu ihr geschickt hatte. Aber als sie aufblickte, sah sie Trevor Joseph vor sich, der zwei Gläser Orangensaft in seinen Händen hielt.

»Dasselbe könnte ich von Ihnen sagen«, konterte Judy. »Nennt man das, was Sie da anhaben, in Polizeikreisen ›Zivilkleidung‹?«

Trevor trat verlegen von einem Fuß auf den anderen. Sein

etwas ausgewaschenes, schwarz-weiß gemustertes Baumwollhemd hatte zwar tatsächlich schon bessere Zeiten gesehen, aber es war nicht sein schlechtestes. »Zivilkleidung« bedeutete für die Angehörigen des Drogendezernats nun einmal nicht unbedingt das feinste Outfit, und heute hatte er sich für den normalen Dienst angezogen. Auch seine schwarzen Jeans – die er ohne Gürtel trug – waren vom vielen Waschen an Knien und Gesäß schon ziemlich ausgebleicht, und an seinen Sportschuhen hatte sich an mehreren Stellen die Sohle vom Oberleder gelöst. Er hatte volles dunkelbraunes Haar, das so lang war, dass es den abgewetzten Hemdkragen überdeckte, und das Tüpfelchen auf dem i war ein zwei Tage alter Stoppelbart. Auch ohne Judy Osbournes Kommentar wusste Trevor, dass er wie ein Penner aussah; er war sich dessen nur allzu schmerzlich bewusst.

Eigentlich war Peter daran schuld. Als man ihnen beiden per Funk erklärt hatte, dass ihnen tatsächlich der Sherringham-Fall zugewiesen worden war, hatte Peter sich vor lauter Ärger geweigert, auf dem Weg ins Krankenhaus einen kurzen Zwischenstopp zum Umziehen in Trevors Wohnung einzulegen. Das wäre im Grunde kein großer Umweg gewesen, doch Peter hatte einfach erklärt: »Wenn die da oben zwei Leute vom Drogendezernat in ein Krankenhaus schicken, dann müssen die Ärzte dort in Gottes Namen mit unserem Aufzug vorliebnehmen.«

»Tut mir leid, ich wollte Sie nicht kränken«, entschuldigte sich nun Trevor. »Ich habe ja nur sagen wollen, dass Sie müde sind, und weil ich gesehen habe, dass Ihr Glas leer ist, habe ich mir erlaubt …« Er hielt ihr den Orangensaft hin. »Ich würde gerne kurz mit Ihnen reden.«

»Eigentlich wollte ich gerade gehen.« Judy musterte ihn eingehend, und als sie sein verlegenes Lächeln sah, löste sich ihr Ärger in Luft auf. Obwohl Trevor Joseph deutlich über einen Meter achtzig groß war, wirkte er überhaupt nicht einschüchternd. Er war von schmaler Statur und dazu noch ausgesprochen mager, und der unschuldige Blick in seinen Augen rief in Judy einen Mutterinstinkt wach, den sie normalerweise gut unter Kontrolle hatte. Dieser Mann war für einen Polizisten einfach viel zu höflich.

»Danke für den Orangensaft«, sagte sie. »Ich trinke ihn gerne, aber meine Pause ist wirklich in ein paar Minuten vorbei.«

»Das geht schon in Ordnung«, sagte er schüchtern. »Unser Chef hat heute Vormittag bei Ihrer Verwaltung angerufen. Ich darf hier mit jedem reden, vorausgesetzt, er wird nicht bei einem Notfall gebraucht. Und zwar so lange, wie ich will.«

»Heißt das etwa, dass ich nicht Miss Palmer-Smith bei ihrer Visite hinterherdackeln muss?«

»Nicht, solange Sie mit mir reden.«

Judy lehnte sich zurück. »Dann schießen Sie mal los.«

Während Trevor die beiden Gläser auf den Tisch stellte und Platz nahm, bemerkte Judy, dass alle Assistenzärzte inzwischen die Kantine verlassen hatten – mit Ausnahme von Eric Hedley. Immer noch lächelnd, sprach er gerade mit Peter Collins.

»Wie ich sehe, sind Sie nicht alleine hier«, sagte sie zu Trevor.

»Das ist richtig.«

»Und wen befragen Sie sonst noch hier?«

»Alle, von denen wir glauben, dass sie uns etwas über Tim

Sherringhams Verschwinden sagen können.« Trevor zog ein Notizbuch aus der Tasche.

»Haben Sie denn schon eine Vorstellung, was mit Tim geschehen sein könnte?«

»Nein, noch nicht. Und ehrlich gesagt wären wir, wenn ein anderer Arzt verschwunden wäre, wohl überhaupt nicht hier.«

»Dann findet der ganze Zirkus nur statt, weil Tim ein Sherringham ist?«

»Offen gestanden: ja.«

»Warum ist das denn so wichtig?«, fragte sie ein wenig indigniert.

»Wissen Sie, wer auf der Gästeliste der Abendgesellschaft stand, an der Tim und Daisy Sherringham in der Nacht vor seinem Verschwinden teilnahmen?«

»Nein, aber ich kann es mir vorstellen«, erwiderte Judy und trank einen Schluck von ihrem Orangensaft. »Immerhin war ich auf Daisys Hochzeit vor sechs Monaten Brautjungfer. Bei der Hochzeitsfeier in Richards Anwesen waren vier Minister, sechs weniger bedeutende Angehörige des Königshauses, mehrere Parlamentsabgeordnete und jede Menge Popstars, Schauspieler, Spitzensportler, Fernsehmoderatoren und Modemacher sowie einige ›Berühmtheiten‹, von denen keiner wusste, wofür sie eigentlich berühmt waren. Praktisch jeder, der viel Kohle hat oder auch nur ansatzweise prominent ist, scheint mit Richard und Joanna befreundet zu sein.«

»Und Tim? Hat der auch solche Freunde?«

»Diese Frage musste ja kommen, schließlich sind Sie Polizist.«

»Mir ist es genauso zuwider wie Ihnen, im Privatleben

anderer Leute herumzuschnüffeln, das können Sie mir glauben«, sagte Trevor mit Nachdruck. »Aber unter diesen Umständen ...«

»Die Umstände sind die, dass ein Arzt, dem es ausgesprochen gut ging, ohne einen ersichtlichen Grund von einem Tag auf den anderen verschwunden ist und seine Frau vor lauter Angst um ihn halb verrückt wird.«

»Wo ist Daisy Sherringham?«, erkundigte sich Trevor.

»Hier.«

Er sah sich in der Kantine um.

»Ich meine damit, dass sie im Krankenhaus ist«, erklärte Judy. »Sie hat eine furchtbare Nacht hinter sich, deshalb wollte ich sie heute Morgen nicht allein zu Hause lassen. Und wo nun schon Tim fehlt, konnte ich es den Kollegen nicht antun, dass auch noch Daisy und ich nicht zum Dienst erscheinen. Also habe ich die Verwaltung dazu überredet, mich mit Daisy den Dienst tauschen zu lassen. Sie arbeitet deshalb heute mit Alan auf der Kinderstation, wo er sie im Auge behalten kann, und ich lasse mich unterdessen vom Krankenhausdrachen schikanieren.«

»Wer ist denn der Krankenhausdrache?«

»Miss Palmer-Smith, die Oberärztin der Chirurgie.« Judy hatte ihren Orangensaft ausgetrunken und blickte hinüber zu Eric Hedley und Peter Collins, die immer noch miteinander sprachen. »Ihr Kollege macht sich Aufzeichnungen. Sollten Sie das nicht auch tun?«

»Ich habe ein gutes Gedächtnis«, erwiderte Trevor. Gleichwohl zog er nun einen Bleistift aus der Brusttasche seines Hemds. »Würden Sie sagen, dass Daisy und Tim Sherringham eine gute Ehe führen?«

»Eine phantastische Ehe.« Judy entdeckte einen Ausdruck

der Verwirrung auf dem Gesicht des Polizisten. »Das meine ich ernst. Die zwei passen wirklich gut zueinander.«

»Kennen Sie die beiden schon länger?«

»Seit dem Medizinstudium.«

»Erzählen Sie mir vom Studium. Jede Information, die Sie mir über die beiden geben können, ist möglicherweise hilfreich für mich. Im Moment wissen wir nicht einmal, wo wir anfangen sollen zu suchen.«

»Daisy und ich haben zur gleichen Zeit mit dem Studium angefangen«, fuhr Judy fort. »Wir kamen beide frisch von der Schule und glaubten, wir hätten das große Los gezogen. Dabei hatten wir keine Ahnung, was alles auf uns zukommen würde. Tim Sherringham war mein Vater …«

»Wie bitte?«

»Auf unserem College ist es üblich, dass sich Studenten im dritten Studienjahr um die Anfänger kümmern müssen. Sie sollen ihnen erklären, auf was sie achten müssen, ihnen ihre Unterlagen überlassen und sie vor Problemen bewahren. So ein Student wird ›Vater‹ genannt. Verstehen Sie?«

Trevor, der nie studiert hatte, antwortete darauf lapidar mit einem »Ach so«.

»Tim Sherringham war mein studentischer Vater und Daisy meine Zimmerkameradin. Tim nahm seine Verpflichtungen sehr ernst, das können Sie mir glauben. Als er mir eines Tages ein paar Aufzeichnungen über Biochemie aufs Zimmer brachte, sah er Daisy – und schon war es um ihn geschehen. Er lud Daisy noch am selben Abend zu einem Drink ein, und drei Wochen später zog sie zu ihm in seine Wohnung in London, die eigentlich seinem Bruder Richard gehörte.«

»Hatten Tim oder Daisy auch Affären mit anderen?«

»Nicht, dass ich wüsste.« Judy hatte Mühe, sich ihre Verärgerung über Trevors zudringliche Fragen nicht anmerken zu lassen.

»Also keine Freunde, Freundinnen, Geliebte, Verlobte oder so?«, hakte er nach.

»Ich weiß, Daisy und Tim sind sehr gut aussehend, und viele Leute finden die beiden attraktiv. Aber wenn Sie jemals Medizin studiert hätten, dann wüssten Sie, was für mörderisch hohe Anforderungen dieses Studium an einen stellt. Wer da mitkommen will, hat praktisch keine Zeit mehr, irgendwelche Leute kennenzulernen. Seit Daisy und Tim sich ineinander verliebt hatten, verbrachten sie jede freie Minute miteinander, und keiner von ihnen ging mit jemand anderem aus, zumindest ist mir nichts davon bekannt. Und noch etwas: Daisy hatte vor Tim definitiv keinen anderen Mann. Ob er vorher eine andere hatte … Nun, darüber weiß ich nichts.«

»Haben die beiden sich gestritten?«

»Nein. Niemals. Tut mir leid, Sergeant Joseph, aber mit schmutziger Wäsche kann ich Ihnen nicht dienen.«

Trevors Augen bekamen auf einmal einen kalten Ausdruck. »Würden Sie vielleicht lieber mit Sergeant Collins reden?«

»Sie Ekel.«

»Diese Fragen müssen gestellt werden. Wie und von wem, liegt ganz bei Ihnen.«

»Na schön, dann fragen Sie eben weiter«, gab Judy nach.

»Kommt Daisy gut mit Tims Familie aus?«

»Woher soll ich denn das wissen?«

»Dann stelle ich die Frage eben anders. Ist Ihnen irgendetwas über Spannungen zwischen Daisy und Tims Bruder bekannt?«

»Worauf wollen Sie hinaus?«

»Auf die Wahrheit.«

»Ich kann Ihnen nur das erzählen, was ohnehin jeder weiß. Tim und Richard verstehen sich besser als viele andere Brüder. Richard hat Tim praktisch großgezogen. Ihr Vater starb, als Tim sieben oder acht Jahre alt war, und zu diesem Zeitpunkt war seine Mutter bereits tot.«

»Dann ist Richard Sherringham wohl viel älter als Tim.«

»Zwanzig Jahre. Die beiden hatten nicht dieselbe Mutter.«

»Würden Sie sagen, dass Daisy und Richard sich nicht mögen?«

»Nein«, antwortete Judy knapp.

»Keine Beziehung ist vollkommen. Da muss es doch irgendetwas geben.«

Judy fühlte sich müde, körperlich ebenso wie mental. Es kam ihr so vor, als würde Trevor Joseph sie schon seit einer Ewigkeit befragen. »Daisy versteht sich gut mit Richard und seiner Frau Joanna. Da ist nur eines …«

»Was denn?«, fragte Trevor, als sie den Satz nicht zu Ende sprach.

Judy rang einen Augenblick mit sich, dann erklärte sie: »Die beiden sind reich und führen ein ganz anderes Leben als Daisy. Jemanden, der von außen neu in die Familie kommt, kann ihr Lebensstil zunächst einmal einschüchtern und eine gewisse Distanz wahren lassen. So viel Geld kann einen schon misstrauisch machen.« Sie spielte mit ihrem leeren Glas. »Ich kann das nicht richtig ausdrücken. Vergessen Sie's. Vermutlich mache ich aus einer Mücke einen Elefanten.«

»Überhaupt nicht. Ich verstehe in etwa, was Sie meinen. Daisy erzählte gestern, dass Richard seinem Bruder eine Stelle in seiner Klinik angeboten hat. Wissen Sie etwas Näheres darüber?«

»Diese Sache mit dem Job in Richards Klinik ist vielleicht das Einzige, worüber Tim und Daisy jemals in Streit geraten könnten.«

»Würde denn Tim Sherringham gerne in der Klinik seines Bruders arbeiten?«

»Eher nicht, denke ich, aber ich kann Ihnen nur das sagen, was ich von Daisy weiß. Richard will unbedingt, dass Tim zu ihm kommt, aber Tim ist mit seiner Arbeit hier recht zufrieden. Die meiste Zeit zumindest.«

»Und warum nicht immer?«

»Wir haben hier alle hin und wieder die Nase voll. Tim ist beileibe kein Heiliger, aber so viel kann ich über ihn sagen: Wenn ihm etwas stinkt, dann hat es immer etwas damit zu tun, dass seine Patienten nicht das bekommen, was sie brauchen. Es gibt hier Tage, an denen die einfachsten Apparate nicht funktionieren, weil sie schlicht zu alt sind. So etwas regt Tim fürchterlich auf. Oder wenn einer seiner Patienten zu lange auf einer Warteliste bleiben muss und sich deshalb ein kleines Gesundheitsproblem zu einer lebensbedrohlichen Krankheit auswächst.«

»Wissen Sie, was für eine Meinung Daisy über Richard Sherringhams Klinik hat?«

»Natürlich. Sie posaunt sie ja überall herum. Daisy glaubt felsenfest an das staatliche Gesundheitssystem, in dem jeder jederzeit freien Zugang zu der Behandlung erhält, die für ihn nötig ist.«

»Dann ist Daisy wohl eine Idealistin?«

»Ja, aber ihre Träume werden von der Realität hier im Krankenhaus auf eine harte Probe gestellt. Viele andere Frauen fänden es ganz toll, dass Tim aus einer so wohlhabenden und einflussreichen Familie stammt, aber Daisy ist das eher unangenehm, glaube ich. Damit will ich allerdings nicht sagen, dass sie Tims Bruder nicht mag.«

»Das erscheint mir alles ein wenig kompliziert.«

»Daisy hat etwas gegen ein System, das den Reichen eine bessere medizinische Behandlung zuteilwerden lässt als den Armen, und Richard Sherringham ist für sie ein Befürworter dieses Systems. Er ist ein hervorragender Arzt – manche halten ihn sogar für den besten auf seinem Gebiet. Und deshalb sollte er Daisys Meinung nach sein Können jedem zur Verfügung stellen, der es braucht.«

Trevor Joseph legte das schwarze Notizbuch neben sein Glas Orangensaft, aus dem er noch keinen Schluck getrunken hatte.

»Sie kommen nicht weiter, oder?«, fragte Judy.

Trevor sah sie an.

»Sie kommen nicht weiter in der Frage, weshalb Tim verschwunden ist.«

»Wenn Sie damit meinen, dass Sie mir keine konkreten Hinweise auf den Grund seines Verschwindens gegeben haben, stimme ich Ihnen zu.«

»Ich kann Ihnen nur das sagen, was ich weiß.«

»Schade.« Er beobachtete, wie sie das leere Glas in ihren Händen drehte, und fuhr dann fort: »Sie haben mir von den Sherringhams erzählt. Aber wie sieht es hier im Krankenhaus aus?«

»Wie meinen Sie das?«

»Hatte Tim Sherringham hier im Krankenhaus vielleicht Feinde? Mag ihn jemand nicht? Neidet ihm jemand seine Verbindungen oder sein Geld?«

»Daisy würde jetzt sagen, dass sie und Tim kein Geld haben – nur das, was sie hier verdienen.«

»Ich habe ihre Wohnung gesehen. Und den Mercedes.«

»Das sind beides Geschenke seines Bruders«, erklärte Judy. »Und weil Sie gerade von Neid und Abneigung gesprochen haben – der Einzige hier, der in diese Kategorien fällt, spricht da drüben gerade mit Ihrem Kollegen.« Sie warf einen bösen Blick hinüber zu Eric Hedley und Peter Collins. »Eric Hedley ist Assistenzarzt und wäre gern Oberarzt geworden, aber Tim hat den Job bekommen, weil er der bessere Mediziner ist. Eric hingegen ist nach wie vor der Meinung, dass der Posten aufgrund seines Alters und seiner Dienstjahre eigentlich ihm zugestanden hätte.«

»Verstehe«, sagte Trevor und schrieb etwas in sein Notizbuch.

»Außerdem sollten Sie wissen, dass Eric ein übles Klatschmaul und ein hinterhältiger Kerl ist.«

»Sonst noch was?«

»Nur, dass ich ihn nicht mag.«

»Da wäre ich nie von selbst draufgekommen.«

»Sie scheinen ja doch so etwas wie einen Sinn für Humor zu haben, Sergeant.«

Trevor lächelte. »Den habe ich tatsächlich, aber in meinem Beruf gibt es nicht oft eine Gelegenheit, ihn zu zeigen. Darf ich Ihnen noch eine letzte Frage stellen?«

»Ja, wenn es wirklich die letzte ist.«

»Gibt es einen Mann in Ihrem Leben?«

»Wollen Sie mich jetzt anmachen, oder hat die Frage noch einen anderen Sinn?«, erwiderte Judy gereizt.

»Es ist eine offizielle Frage.«

Judy hielt das Glas fest in ihren Händen. »Ich verstehe nicht, was mein Privatleben mit Tims Verschwinden zu tun hat.«

»Nur so viel, dass ich gerade dabei bin, mögliche Motive dafür auszuschließen«, antwortete Trevor mit ruhiger Stimme. »Sie sind die beste Freundin seiner Frau. Es gibt nicht wenige Männer, die ein Verhältnis mit der besten Freundin ihrer Frau haben.«

»Und Sie denken jetzt ... Großer Gott ...«

»Ich sage nur, dass ich etwas ausschließen will.«

»Es gab da jemanden«, bekannte Judy angespannt. »Bis vor ein paar Monaten. Einen Journalisten.« Sie sah Trevor an. »Er ist auch verschwunden, aber keine Sorge, Sergeant, nach dem brauchen Sie nicht zu suchen. Er wurde vor sieben Monaten im Irak entführt, und kurz darauf haben seine Entführer behauptet, sie hätten ihn hingerichtet, aber bisher hat noch niemand seine Leiche gefunden.«

»Tut mir leid, dass ich –«

»Ist schon in Ordnung«, sagte sie und schnitt damit seine Entschuldigung ab. »Und jetzt würde ich Sie gerne um etwas bitten.«

»Um was denn?«

»Dass Sie behutsam mit Daisy Sherringham umgehen.«

»Das habe ich fest vor. Sie haben schließlich gesagt, dass sie eine schlimme Nacht hinter sich hat.«

»Richtig.«

»Wieso haben Sie ihr denn kein Schlafmittel gegeben? Sie sind doch Ärztin.« In seiner Stimme schwang ein stiller Vorwurf mit.

»Das habe ich, aber es hat nicht gewirkt.« Judy stand auf. »Sie geben mir Bescheid ...«

»... sobald wir etwas herausgefunden haben«, führte Trevor ihren Satz zu Ende. Dann begleitete er sie zur Tür.

»Was verstehen Sie eigentlich unter einer schlimmen

Nacht?«, fragte er, während Judy auf den Fahrstuhlknopf drückte.

»Daisy ist gegen halb drei laut schreiend aufgewacht. Sie war felsenfest davon überzeugt, dass Tim sich neben sie ins Bett gelegt hat. Sie sagte, sie hätte seinen Körper gespürt.«

»Ist so etwas nicht verständlich nach einem Tag wie dem gestrigen?«

»Dass sie von Tim träumt? Klar.« Die Lifttür ging auf. »Aber in ihrem Traum hatte er keinen Kopf mehr.«

»Wie bitte?«

»Der Tim, den Daisy in ihrem Traum gesehen hat, war ohne Kopf. Sein Körper endete knapp oberhalb der Schultern.« Sie trat in die Aufzugkabine. »Sigmund Freud hätte bestimmt gewusst, was das bedeutet, aber ich weiß es nicht, Sergeant Joseph.«

Die Tür schloss sich, und Trevor blieb in dem leeren Gang zurück.

Als Trevor wieder die Kantine betrat, stürmte gerade Eric Hedley hinaus. Peter saß noch immer am Tisch, und Trevor ging zu ihm hinüber, um mit ihm die neugewonnenen Informationen auszutauschen. Als er sah, dass Peter zwei frische Tassen Kaffee vor sich stehen hatte, lächelte er. Seit sein Partner wieder Junggeselle war, fing er an, sich um solche Dinge zu kümmern.

»Und? Was hast du aus der Lady herausbekommen?«, fragte Peter, während er eine der Tassen zu seinem Kollegen hinüberschob.

»Nichts. Null. Niente. Und du?«

»Einige recht interessante Auskünfte, aber nicht mehr.« Peter reichte ihm die Milchkanne und ein Briefchen mit Zucker.

»Judy hat mich vor Eric Hedley gewarnt. Sie meinte, er sei das Klatschmaul des Krankenhauses. Niemand hier mag ihn.«

»Das kann ich gut verstehen«, meinte Peter. »Aber aus Leuten, die niemand mag, kriegt man oft in zehn Minuten mehr heraus als an einem ganzen Tag aus aufrechten, rechtschaffenen Musterbürgern. Eigentlich müsste dir das inzwischen klar sein.«

»In diesem Fall gibt es keine schmutzige Wäsche.«

»Die gibt es überall, man muss sie nur zu finden wissen.«

»Und?«

»Zunächst einmal hat deine kühle Blonde mit den blauen Augen, die selbstgerechte Miss Judy Osbourne, ein Verhältnis mit deinem Freund Alan Cummins.«

»Das glaube ich nicht«, erwiderte Trevor. »Alan und ich kennen uns seit vielen Jahren. Er liebt Carol und die Kinder abgöttisch. Wenn er ein Verhältnis hätte, wüsste ich das.«

»Das werden wir wohl bald herausfinden.« Peter las in seinen Notizen. »Laut Hedley hat mehr als eine Person Alan auf der Treppe zu Judys Wohnung im Krankenhaus gesehen.«

»Selbst wenn die beiden eine Affäre miteinander hätten, was ich nach wie vor *stark* bezweifle, hätte das noch lange nichts mit dem Sherringham-Fall zu tun, oder etwa doch?«

»Natürlich. Diese Ärzte sind nämlich alle gleich. Dr. Cummins fickt die Osbourne, und Dr. Tim Sherringham fickt …« – er blätterte eine Seite in seinem Notizbuch um – »… eine gewisse Dart. Amanda Dart. Sie ist eine Schwesternschülerin auf der Entbindungsstation und wurde diverse Male beobachtet, wie sie mit Tim Sherringham in der Wäschekammer verschwunden ist. Wenn Daisy Sherringham Nachtdienst hatte, hat man die beiden miteinander das Krankenhaus verlassen sehen.«

»Das da«, sagte Trevor und deutete auf Peters Notizbuch, »kommt mir schon sehr wie das Gegeifer eines Eifersüchtigen vor.«

»Kann sein, muss aber nicht. Vielleicht ist es auch die Spur, nach der wir suchen. Was ist denn los mit dir, Joseph? Du bist in diesem Fall ja furchtbar zart besaitet. Findest du es denn nicht gut, wenn der weiße Ritter und das ach so edle Burgfräulein von ihrem Podest gestoßen werden?«

»Nur, wenn sie es verdient haben.«

»Wenn wir jemanden falsch verdächtigen, dann entschuldigen wir uns hinterher.« Peter steckte das Notizbuch ein und trank seinen Kaffee aus. »Kommst du jetzt mit auf die Entbindungsstation oder nicht?«

Auch Trevor trank seinen Kaffee aus und folgte Peter zur Tür. Er hatte einen bitteren Geschmack im Mund, der nicht nur vom schlechten Pulverkaffee kam. Peter hatte ihn als das erkannt, was er war: ein heilloser Romantiker. Aber war es denn wirklich so naiv zu glauben, dass die meisten Menschen nur mit ihrem jeweiligen Partner ins Bett gingen? Dass es Frauen gab, die nicht hinter dem Rücken ihres Mannes mit jedem schliefen, der ihnen ein eindeutiges Angebot machte? Peters Frau und seine, Trevors, Freundin waren doch eher die Ausnahme als die Regel.

Kapitel fünf

»Sergeant?«

»Collins.«

»Sergeant Collins.« Oberschwester Hemming warf Peter einen vernichtenden Blick zu, der schwächere Männer als ihn in die Knie gezwungen hätte.

»Oberschwester Hemming, wir sind nicht wegen gesundheitlicher Probleme hier, sondern in unserer Eigenschaft als Polizisten. Wenn Ihnen das nicht passt, wenden Sie sich am besten an die Krankenhausverwaltung.«

»Das brauche ich nicht«, erwiderte sie barsch. »Sie sind mir bereits angekündigt worden. Trotzdem verstehe ich nicht, was für Informationen Sie sich von Amanda Dart erhoffen.«

»Sie arbeitet auf dieser Station, so wie Dr. Sherringham.«

»Dr. Sherringham ist Arzt, Amanda Dart ist Schwesternschülerin«, erwiderte die Schwester kurz und bündig. »Ich versichere Ihnen, dass sie nichts weiß, was für Sie von Interesse sein könnte.«

»Wenn Sie gestatten, würden wir das gerne selbst herausfinden«, sagte Peter gleichmütig. »Haben Sie vielleicht einen Raum, den wir für unsere Befragungen benutzen können?«

Die Oberschwester gab sich geschlagen. »Nehmen Sie mein Büro«, antwortete sie und stieß die Tür auf. »Ich schicke Ihnen Amanda Dart.«

»Bin ich froh, dass ich nicht gerade Vater werde und hier

auf der Entbindungsstation warten muss!«, sagte Trevor, nachdem er die Tür hinter ihnen geschlossen hatte.

»Ein Krankenhausdragoner der alten Schule«, sagte Peter. Er setzte sich in den Drehstuhl der Oberschwester und legte, nachdem er einen Stapel Krankenakten beiseitegeschoben hatte, die Füße auf ihren Schreibtisch.

»Wenn zwischen Tim Sherringham und dieser Amanda Dart etwas läuft, dann hat die Oberschwester keinen blassen Schimmer davon«, meinte Trevor, während er sich hinter Peter auf den Fenstersims setzte.

»Ich würde mich der liebenswürdigen Miss Hemming auch nicht anvertrauen«, erwiderte Peter grinsend.

Dann klopfte es leise an der Tür.

»Herein«, rief Peter.

Die Tür wurde geöffnet, und auf der Schwelle stand eine kleine, junge Frau. »Die Oberschwester hat gesagt, dass Sie mich sprechen wollen.«

»Wenn Sie Amanda Dart sind, dann ja. Kommen Sie herein und nehmen Sie Platz.« Peter zeigte auf den einzigen freien Stuhl im Büro.

Selbst wenn Trevor den Klatsch von Eric Hedley jemals geglaubt hätte, wäre er, als Amanda Dart das Zimmer betrat, sofort eines Besseren belehrt worden. Verglichen mit ihr war Aschenputtel die reinste Prinzessin.

Zuerst einmal sah Trevor nur ihre Brille. Ein riesiges schwarzes Gestell, mit Gläsern dick wie Flaschenböden. Der Rest der jungen Frau war völlig unscheinbar. Amanda Dart war nicht viel größer als einen Meter fünfzig und hatte kurzgeschnittenes, mausgraues Haar, ein schmales, spitzes Gesicht und einen hageren Körper, dessen spindeldürre Arme und Beine Trevor an die Zweige eines kahlen Baumes im Winter erinnerten. Der Gedanke, dass der fast zwei Meter große und blendend aussehende Tim Sherringham mit diesem unscheinbaren Mädchen eine Affäre gehabt haben sollte, war ein Ding der Unmöglichkeit. Sherringham, von dem Frauen angezogen wurden wie Motten vom Licht, war nicht nur reich, gebildet und kultiviert, er war darüber hinaus auch noch mit einer äußerst attraktiven Frau verheiratet. Da hatte sich Peter von Eric Hedley einen Riesenbären aufbinden lassen.

Amanda setzte sich und sah Peter mit ihren wässrig-braunen Augen nervös an. In ihren Händen knüllte sie unablässig ein schmutziges Taschentuch zusammen.

»Sie brauchen keine Angst zu haben«, sagte Peter, aber man sah ihr an, dass sie ihm nicht glaubte.

»Sind Sie von der Polizei?«, fragte sie leise.

»Ja, das stimmt. Ich bin Sergeant Peter Collins. Und das hier …« – er deutete auf seinen Kollegen – »… ist Sergeant Trevor Joseph. Wir würden Ihnen gerne ein paar Fragen über Dr. Tim Sherringham stellen. Kennen Sie Dr. Sherringham?«

Sie nickte.

»Und Sie wissen, dass er verschwunden ist?«

Amanda nickte wieder und starrte mit gesenktem Kopf auf ihren Schoß. Sie hatte ganz rote Augen, aus denen Trevor schloss, dass sie geweint hatte. Wegen Tim Sherringham? Oder wegen der ruppigen Stationsschwester?

»Kennen Sie Dr. Sherringham, ich meine, Dr. Tim Sherringham, gut?«

»Jeder von uns kennt Dr. Sherringham«, flüsterte sie. »Er ist sehr nett und hat immer ein freundliches Wort für die Belegschaft übrig, egal, wer es ist oder was jemand macht. Er behandelt alle gleich, den Chefchirurgen genauso wie die

Schwesternschülerin …« Ihre Stimme brach ab, und sie putzte sich mit ihrem Taschentuch lautstark die Nase.

Trevors sechster Sinn sagte ihm, dass es doch eine Verbindung zwischen Tim Sherringham und diesem Mädchen gab. Das spürte er. Die Frage war nur, welche? Ein romantisches Interesse hatte Tim Sherringham mit Sicherheit nicht an Amanda Dart gehabt. Nicht, wenn eine Frau wie Daisy zu Hause auf ihn wartete.

»Haben Sie viel mit Dr. Sherringham geredet?«, fragte Peter.

»Nicht viel.« Das Mädchen hatte solche Mühe, die Beherrschung zu bewahren, dass Trevor es kaum mit ansehen konnte. »Er hat sich mit mir nicht mehr unterhalten als mit den anderen Schwesternschülerinnen auch.«

Peter beugte sich zu ihr hinüber. »Da haben wir aber etwas ganz anderes gehört, Schwester Dart.«

Ihre Augen hinter den dicken Brillengläsern wurden ganz groß. »Ich … Ich … verstehe nicht.«

»Dann lassen Sie mich etwas deutlicher werden.« Peter nahm seine Füße vom Schreibtisch und rutschte näher an sie heran. »Wir haben Zeugen, die gesehen haben, wie Sie zusammen mit Dr. Sherringham das Krankenhaus verlassen haben. Und diese Zeugen haben auch beobachtet, wie Sie mit Tim Sherringham in der Wäschekammer verschwunden sind. Verstehen Sie jetzt, was ich meine?«

»Worauf wollen Sie hinaus?« Amanda Dart zitterte am ganzen Körper. Sie hatte eindeutig Angst.

Trevor hielt es nicht mehr länger aus. Er musste eingreifen. »Wir wollen Dr. Sherringham doch nur helfen«, sagte er mit freundlicher Stimme. »Möglicherweise ist er verletzt oder hat das Gedächtnis verloren und irrt irgendwo orientierungslos herum. Wir haben im Moment nicht die geringste Ahnung, was ihm zugestoßen sein könnte. Wir wissen nur, dass er gestern am frühen Morgen auf dem Weg in dieses Krankenhaus spurlos verschwunden ist. Sie haben mit ihm zusammen auf seiner Station gearbeitet, und deshalb dachten wir, dass Sie uns vielleicht sagen könnten, was hier passiert ist. Seiner Frau hat Dr. Sherringham erzählt, dass er ins Krankenhaus gerufen wurde, weil Mrs Hawkins ihr Baby bekam. Hatte Dr. Sherringham vielleicht eine besondere Beziehung zu dieser Frau?«

»Solche Dinge müssen Sie die Oberschwester fragen. Ich bin doch nur eine Schwesternschülerin.«

»Aber Sie kennen die Patientinnen auf dieser Station?«, hakte er nach. »Mrs Hawkins zum Beispiel?«

»Natürlich kenne ich Mrs Hawkins. Sie hat ihr Baby verloren.«

»Mein Kollege hat Sie gefragt, ob Mrs Hawkins eine besondere Beziehung zu Dr. Sherringham hatte«, erinnerte Peter die schüchterne Schwesternschülerin.

»Mrs Hawkins hatte schon einige Fehlgeburten. Dr. Sherringham hat mit ihr gesprochen und sie beruhigt, aber er hatte zu ihr auch keine andere Beziehung als zu anderen Patienten. Er behandelt …«

»… alle gleich«, führte Peter den Satz für sie zu Ende. »Und was sagen Sie dazu, dass Sie mit Dr. Sherringham das Krankenhaus verlassen haben? Wohin sind Sie mit ihm gegangen?«

»Ich bin mit Dr. Sherringham nirgendwohin gegangen«, protestierte Amanda, der die Tränen in die Augen stiegen.

»Wir können Sie auch mit ins Präsidium nehmen«, drohte Peter.

»Da könnte ich Ihnen auch nichts anderes sagen als hier. Ich habe keine Ahnung, wovon Sie reden.« Ihre Stimme zitterte vor Aufregung.

Trevor sprang vom Fenstersims und sah ihr in die Augen. »Ich glaube, dass Sie etwas wissen«, sagte er freundlich. »Warum erzählen Sie uns nicht, was es ist? Egal, wie belanglos es Ihnen auch erscheinen mag, es könnte für uns von großer Bedeutung sein.«

»Wie oft muss ich Ihnen denn noch sagen, dass ich nichts über das Verschwinden von Dr. Sherringham weiß?« Sie nahm ihre Brille ab, und Trevor sah, dass ihr Gesicht tränennass war. »Sie können mich gerne einsperren, wenn Sie wollen«, sagte sie zu Peter, nachdem sie sich mit dem Taschentuch die Augen getrocknet hatte. »Aber wenn ich nichts weiß, kann ich Ihnen auch nichts sagen.«

»Niemand will Sie einsperren, Amanda«, beteuerte Peter und lehnte sich in seinem Stuhl zurück. »Aber lassen Sie uns doch einmal über Ihren letzten Arbeitstag mit Dr. Tim Sherringham reden.«

Als Amanda Dart zwanzig Minuten später das Büro verließ, wirkte sie matt und ausgelaugt. Trevor ging es kaum besser, und auch Peter hatte die Befragung sichtlich angestrengt. Trotzdem war dabei so gut wie nichts herausgekommen.

»Ich weiß nicht, wie es dir geht, Joseph, aber ich will zurück ins Drogendezernat«, sagte Peter, während er die Füße wieder auf den Schreibtisch der Oberschwester legte. »Diese Kapitalverbrechen sind nichts für mich.«

»Wir müssen irgendetwas übersehen haben.« Trevor schaute aus dem Fenster hinab. Die Wagen, die auf dem Parkplatz tief unter ihm in der Frühlingssonne glänzten, wirkten wie kleine Spielzeugautos. Automatisch wanderte sein Blick über die Reihen hinweg, auf der Suche nach einem blauen Fiat.

Peter griff in seine Jacke und zog eine Schachtel Zigarren heraus. Er bot Trevor eine an, aber der schüttelte den Kopf.

»Da haben wir also einen Arzt, dem es im Leben an nichts zu fehlen scheint«, sagte Peter nachdenklich. »Und dieser Arzt wird morgens um halb vier angerufen und zu einem Notfall geholt, aber in den Akten des Krankenhauses ist dieser Anruf nicht vermerkt.« Er zündete an der Sohle seines Stiefels ein Streichholz an und hielt es an seine Zigarre. »Doch damit nicht genug. Die Telefonistin und die Stationsschwester schwören Stein und Bein, dass sie Tim erst um halb acht Uhr angepiepst haben, zu einer Zeit also, als er schon wie vom Erdboden verschluckt war. An der Strecke, die er mit seinem Auto höchstwahrscheinlich zurückgelegt hat, ist nichts Auffälliges zu finden, und dann ist da noch seine Ehefrau, die langsam durchzudrehen scheint.«

Trevor wandte sich vom Fenster ab und sah Peter streng an.

»Du bist nicht der Einzige, dem Judy von Daisys Traum erzählt hat«, verteidigte sich Peter. »Ein Verwaltungsangestellter hat heute Morgen mit angehört, wie Judy und Alan Cummins sich darüber unterhalten haben. Ich weiß also auch von dem kopflosen Mann in Daisys Bett.« Peter blies eine blaugraue Rauchwolke ins Zimmer. »Zu guter Letzt haben wir noch diesen Dampfplauderer Eric Hedley, der Tim Sherringham eine leidenschaftliche Affäre mit dieser traurigen Amanda Dart anhängen will. Ehrlich gesagt, wenn mir jemand erzählen würde, Tim Sherringham sei mit einem Zirkus durchgebrannt, würde ich ihm das fast glauben, so ratlos bin ich.«

»Ich auch«, stimmte ihm Trevor zu.

»Eines ist sicher«, sagte Peter. »Diese Amanda Dart können wir vergessen. Aber das sagt noch lange nicht, dass Tim Sherringham nicht doch ein Doppelleben mit einer anderen Frau geführt und den glücklichen Ehemann nur gespielt hat.«

»Diese Theorie hat nur einen Haken.« Trevor öffnete das Fenster, um den Zigarrenrauch nach draußen zu lassen. »Ein Oberarzt in einem Krankenhaus wie diesem hat nicht viel Zeit für ein Doppelleben. Tim Sherringham hatte in den letzten zwei Monaten nur ein einziges Wochenende frei, und an dem sind er und seine Frau mit ihrem Boot nach Cornwall gefahren.«

»Und was ist mit den Abenden?«

»An den meisten Abenden verließen er und seine Frau zwischen sechs und sieben Uhr gemeinsam das Krankenhaus. Wenn einer von ihnen Dienst hatte, haben sie oft gemeinsam im Dienstzimmer geschlafen.«

»Findest du so viel traute Zweisamkeit nicht auch verdächtig?«, fragte Peter und stieß eine dicke Rauchwolke aus. »Irgendwo muss doch an diesem Tim Sherringham etwas faul sein.«

Plötzlich wurde die Tür zum Büro aufgerissen.

»Sergeant Collins!«, rief die Oberschwester empört. »Wissen Sie denn nicht, dass hier im Krankenhaus strengstes Rauchverbot herrscht?«

»Doch, das weiß ich«, erwiderte Peter ungerührt.

»Dann machen Sie gefälligst Ihren stinkenden Glimmstängel aus.«

»Vielen Dank für Ihre Gastfreundschaft«, entgegnete Peter und nahm in aller Seelenruhe die Füße vom Schreibtisch.

»Kann sein, dass wir demnächst noch einmal wiederkommen müssen.«

Die Oberschwester sagte kein Wort und hielt ihnen demonstrativ die Tür auf.

»Was machen wir jetzt?«, fragte Trevor, als sie im Hauptkorridor waren.

»Wir haben alles in unserer Macht Stehende getan.« Peter ging auf den Aufzug zu. »Wenn die da oben mehr wollen, dann sollen sie eine Sonderkommission einsetzen.«

Judy steckte ihren Kopf zu Alans Bürotür herein.

»Alan, hast du vielleicht einen Moment Zeit für mich?«

»Ich bin gleich wieder da«, entschuldigte er sich bei seiner kleinen Patientin und ihrer nervösen Mutter. »Es dauert nicht lange.«

Auch Daisy stand von ihrem Stuhl auf, auf dem sie schon den ganzen Morgen gesessen hatte, und folgte ihm zur Tür hinaus.

»Ich wollte nur mit Alan reden, Daisy«, wandte Judy ein.

»Wenn es um Tim geht, höre ich schlechte Neuigkeiten gerne selbst«, sagte Daisy unbeeindruckt.

Alan musterte sie eindringlich. Sie wirkte gefasst, wie schon den ganzen Morgen über, aber früher oder später würde sie doch zusammenklappen. Er hoffte nur, dass dann jemand in ihrer Nähe war.

»Es kursieren hier im Krankenhaus gerade üble Gerüchte. Ich wollte Alan nur warnen, bevor er sie von jemand anderem hört.«

»Wenn es um Tims Verschwinden geht, habe ich ein Recht, sie zu erfahren«, beharrte Daisy.

Eine Krankenschwester ging an ihnen vorbei.

»Aber nicht hier auf dem Gang«, sagte Alan und schob Judy und Daisy in eines der Untersuchungszimmer. »Und sprich bitte leise, Judy, es muss schließlich nicht das ganze Krankenhaus hören, was du zu sagen hast.«

»Daisy, mir wäre es wirklich lieber, wenn du nicht dabei wärst«, bat Judy.

»Nun sag schon«, erwiderte Daisy. »Was sind das für Gerüchte?«

»Ich persönlich halte sie für völligen Quatsch«, sagte Judy, während sie ruhelos auf und ab ging. »Aber diese beiden Polizisten, dein Freund und sein Kollege« – sie warf Alan einen vorwurfsvollen Blick zu –, »haben hier alle möglichen Leute ausgefragt und dabei jede Menge Unsinn zu hören bekommen.«

»Was für einen Unsinn?«, fragte Daisy.

»Ich schätze mal, Eric Hedley hat ihn verzapft.«

»Und?« Daisy verschränkte ihre Arme. »Was hat er gesagt?«

»Dass Tim eine Affäre mit einer der Schwestern auf der Entbindungsstation hatte.«

Eine Sekunde lang herrschte Stille.

»Mit welcher denn?«, fragte Daisy so beiläufig, als ginge es um ein Kleid, das sich Judy kürzlich gekauft hatte.

»Der kleinen Mausgrauen mit der Brille.«

»Dunkle Haare?«

»Ich glaube, sie heißt Dart, Amanda Dart.« Judy legte Daisy den Arm um die Schultern. »Ich habe dir doch gleich gesagt, dass das alles nur dummes Geschwätz ist.«

»Aber es wird herumerzählt.«

»Du weißt doch, wie das hier ist. Es wird ständig geredet. Deshalb wollte ich die ganze Angelegenheit mit Alan besprechen und mit ihm überlegen, wie man die Sache am besten angeht.«

»Und mir wolltet ihr nichts davon sagen?«

»Du hast jetzt schon genug um die Ohren, Daisy«, sagte Alan. »Judy hat es doch nur gut mit dir gemeint …«

»Das ist mir schon klar, Alan. Vielen Dank für eure Rücksicht, aber ich bin weder krank noch ein kleines Kind.« Sie setzte sich auf den Rand der Untersuchungsliege. »Habt ihr sonst noch etwas gehört?«

»Nichts Neues.« Judy nahm ihre Freundin bei den Händen. »Daisy, wäre es jetzt nicht besser, wenn du nach Hause gingest? Ich könnte mir freinehmen, dich begleiten, und dann könnten wir …«

»Was?«, sagte Daisy kühl. »Nach Tims kopfloser Leiche suchen oder herumsitzen und Patiencen legen, bis irgendjemand anders über sie stolpert?«

»Daisy, das war ein Albtraum«, stellte Alan fest. Dennoch lief ihm ein eiskalter Schauer über den Rücken. »Unter den gegebenen Umständen ist es kein Wunder, dass du ihn hattest …«

»Bitte entschuldigt mich«, unterbrach ihn Daisy. »Ich werde jetzt das tun, was ich schon gestern hätte tun sollen.« Sie zog ihren Arztkittel aus, faltete ihn ordentlich zusammen und legte ihn auf das Ende der Untersuchungsliege.

Judy packte sie am Ärmel. »Was hast du vor?«

»Mach dir keine Sorgen um mich. Ich bin schon in Ordnung.« Daisy blickte ruhig von Alan zu Judy. »Ich gehe zu Richard. Sein Butler kann mir bestimmt sagen, wie ich ihn erreichen kann, und Richard wird wissen, was zu tun ist.«

»Ich komme mit.« Judy knöpfte ebenfalls ihren Kittel auf.

»Das ist nicht nötig«, erklärte Daisy und eilte aus dem Zimmer.

»Sie steht unter Schock«, diagnostizierte Alan, während Daisys Schritte auf dem Flur verhallten.

»Sie sollte nicht Auto fahren«, sagte Judy.

»Lauf ihr nach.« Alan nahm den Telefonhörer von der Wand des Untersuchungszimmers. »Ich rufe ein Taxi; es soll euch am Haupteingang abholen. Bleib bei ihr, bis sie bei Richard ist. Und, Judy …«

»Ja?«

»Wenn Richard Sherringham erfährt, dass Tim verschwunden ist, wird er sofort zurückkommen, und dann lässt er uns nicht mehr an Daisy heran. Sie ist eine von ihnen, eine Sherringham.«

»Es ist mir egal, ob sie eine Sherringham ist oder nicht«, entgegnete Judy. »Für mich ist und bleibt sie meine Freundin.«

Amanda Dart schloss sich in ihrem winzigen Zimmer im Schwesternheim ein. Die Oberschwester hatte sie weggeschickt, weil sie gemeint hatte, sie sei nicht mehr in der Verfassung zu arbeiten. Aber was wusste die alte Schreckschraube schon von ihrer Verfassung oder ihren Gefühlen? Sie hatte ja keine Ahnung, was in einem Menschen alles vor sich ging. Niemand auf der Station hatte bemerkt, was für Sorgen sie sich in den vergangenen Wochen gemacht hatte. Niemand – mit Ausnahme von Dr. Sherringham. Er war der Einzige gewesen, der sie gefragt hatte, ob denn etwas nicht in Ordnung sei mit ihr, und sich dann auch die Zeit genommen hatte, um ihr zuzuhören. Und jetzt war er verschwunden. Vielleicht für immer. Genauso wie …

Amanda warf sich auf ihr Bett und vergrub ihr Gesicht im Kissen. Sie hatte zur Polizei gehen wollen, aber der freundliche Dr. Sherringham war dagegen gewesen: »Sag es niemandem – nicht, bis man mehr weiß.« Und er hatte ihr mit so viel Nachdruck abgeraten: »Auf keinen Fall die Polizei.«

Und daran hatte sie sich gehalten. Denn was hatte die Polizei schon für sie getan? Die Polizisten hatten sie nicht ernst genommen und ihr gesagt, dass es Obdachlose gebe wie Sand am Meer. Sie könne ja selbst ins Obdachlosenheim gehen und nachsehen. Wen interessierten schon die Obdachlosen? Sie kamen und gingen. Wie Treibgut – das Land war voll davon.

Voll davon … Als sie die Augen schloss, hatte sie noch immer die spöttische Stimme des Constable von damals im Ohr. Dann schlief sie ein. Als sie wieder aufwachte, war es in ihrem Zimmer, in dem es selbst zur Mittagszeit nie richtig hell war, schon ziemlich dämmrig. Irgendwo im Flur knallte eine Tür. Sie hörte Stimmen und in der Ferne klapperndes Besteck. Es gab Abendessen.

Sie stand langsam auf. Ihr Kopfkissen war nass an der Stelle, wo ihr Gesicht gelegen hatte. Sie hatte im Schlaf geweint. Amanda ließ kaltes Wasser in das Waschbecken laufen und wusch sich Hände und Gesicht. Nachdem sie ihre Brille mit einem Handtuch abgetrocknet hatte, setzte sie sie wieder auf. Sie würde noch einmal zu dem Obdachlosenheim gehen und mit dem Priester sprechen. Er hatte versprochen, ihr zu helfen.

Mechanisch kämmte sie ihr zerzaustes Haar und nahm, ohne sich noch einmal im Spiegel zu betrachten, den braunen Regenmantel von der Garderobe, den sie sich letztes Jahr im Schlussverkauf geleistet hatte. Dann überprüfte sie den Inhalt ihrer beigen Handtasche aus Kunstleder. Alles war da:

ihre Schlüssel, ihr Geldbeutel, in dem noch vier Pfund und einige Silbermünzen waren, ein Taschenspiegel und ein Kamm. Mehr brauchte sie nicht. Das Abendessen würde sie ausfallen lassen. Sie konnte sich später immer noch ein paar Pommes holen. Bevor sie das Zimmer verließ, hatte sie einen Augenblick lang ein schlechtes Gewissen – wegen Dr. Sheringhams Frau.

Dr. Daisy, wie alle sie im Krankenhaus nur nannten, war eine schöne Frau. Groß, schlank, mit langem schwarzem Haar und sanften grauen Augen. Dr. Daisy hatte ein bezauberndes Lächeln und viele Freunde. Immer, wenn man sie sah, lachte sie, und wenn sie an den Betten ihrer Patienten vorbeiging, rief sie ihnen immer ein paar aufmunternde Worte zu. Selbstbewusst, intelligent und schön: Dr. Daisy war alles, was Amanda gerne gewesen wäre. Was, wenn Dr. Daisy dasselbe Gerücht gehört hatte wie dieser Sergeant Collins – und es am Ende auch noch glaubte?

Sollte sie ihr nicht besser einen Besuch abstatten? Und ihr alles erzählen? Wenn jemand das Recht hatte, die Wahrheit zu erfahren, dann war es Dr. Daisy. Morgen würde sie ganz früh zu ihr auf die Station gehen und ihr erzählen, was sie wusste. Sie öffnete die Tür und trat auf den Flur hinaus.

»Amanda!«

Emma Hasset, die mit einer Hand einen großen Stoß Pappteller und -becher trug, wäre um ein Haar mit Amanda zusammengestoßen. »Willst du denn nicht zum Polterabend kommen?«

»Nein.« Amanda mochte es nicht, wenn sie von den anderen im Schwesternheim eingeladen wurde. Sie passte einfach nicht zu ihnen, und niemand mochte sie. Warum sollte sie sich also mit ihnen abgeben?

»Nun komm schon, gib dir einen Ruck. Wir haben auch Wein zum Trinken.« Emma zeigte ihr eine Zwei-Liter-Flasche, die sie in der anderen Hand trug. »Und Claire hat Unmengen von Kuchen geschenkt bekommen.«

»Ich wollte gerade los und jemanden besuchen.«

»Dann schau doch vorbei, wenn du wieder da bist«, schlug Emma vor. »Es ist dann bestimmt noch viel übrig.«

»Mal sehen, vielleicht komme ich doch noch.« Amanda wandte sich von Emma ab und schloss ihre Zimmertür ab. Sie und Emma wussten beide nur zu genau, dass sie ganz bestimmt nicht bei Claire vorbeischauen würde, aber beide verhielten sich so, als täte sie es doch.

Amanda war sich ihrer eigenen Vergangenheit allzu sehr bewusst, und deswegen konnte und wollte sie keine Freundschaften schließen. Allein schon durch ihre Herkunft war sie ganz anders als die anderen Schwesternschülerinnen, zu denen sie einen möglichst großen Abstand hielt. Noch immer ging ihr die unglückliche Kindheit nach, der Schmutz, das Elend, die abgetragenen, hundertmal geflickten Kleider und das Gefühl, nie mit den anderen mithalten zu können. All das hatte tiefere Wunden hinterlassen als die Schläge ihres betrunkenen Vaters, der die ganze Familie tyrannisiert hatte. Nicht einmal jetzt, wo sie ihr eigenes Geld verdiente, hatte sie ein Gefühl von Sicherheit und kaufte immer noch stets das Billigste, nie das Beste. Für das Beste war sie selbst nicht gut genug.

Weil er die letzte Nacht am Strand geschlafen hatte, fühlte sich Andy ganz steif und kalt. Diese Nacht, das schwor er sich, würde er nicht im Freien verbringen, sondern auf der Pier bleiben. Im alten Theater dort war es warm und gemütlich, und vielleicht war ja auch der Clown da. Der Clown gab ihm das Gefühl, wieder ein kleiner Junge zu sein. Ein Junge mit einem Zuhause und einer Mutter, die sich um ihn kümmerte. Ja, Andy würde wieder auf die Pier gehen, aber zuerst musste er sich noch eine Flasche organisieren, und dazu brauchte er dringend Geld.

Langsam schlurfte er die Promenade entlang, die von der Pier in Richtung Stadt führte. In der Nähe der Pier würde er kein Kleingeld auftreiben können, denn hier waren nur wenige Menschen unterwegs, die man anbetteln konnte. Er blickte hinauf zum Himmel, der schon dunkel wurde. Bald würde die Nacht hereinbrechen.

Andy beugte sich nach unten und suchte die von Unkraut überzogene Böschung unterhalb der Kaimauer nach allem ab, was glitzerte, egal, ob das der Verschluss einer Milchflasche, ein Bonbonpapier oder eine Automatenmünze war. Was er fand, schob er in die Taschen seiner zerrissenen, speckigen Hose. Man konnte ja nie wissen, wofür man das Zeug gebrauchen konnte. Vielleicht gab ihm sogar jemand etwas Kleingeld dafür. Jemand im Obdachlosenheim, der zu dumm oder schon zu betrunken war, um den Unterschied zwischen einer Automaten- und Geldmünze zu erkennen.

Als Andy am Ende der Promenade angelangt war, ging gerade der Mond auf. Bisher hatte er noch kein einziges Geldstück gefunden, und wenn nicht bald etwas geschah, war es zu spät. Dann hatte der Schnapsladen geschlossen, und in die Pubs kam er nicht hinein. Dort warf man ihn hinaus, noch bevor er es bis zur Theke schaffte. Wenn er kein Geld fand, blieb ihm nichts anderes übrig, als zur Pier zu gehen. Im Theater war es warm, ganz gleich ob mit oder ohne Flasche.

Andy stieg vorsichtig die alten bröckeligen Stufen zum

Strand hinab und ließ dabei die Finger über die Spalten zwischen den Steinen der Kaimauer gleiten. Blackie hatte in einer von ihnen schon einmal eine Münze gefunden und sie Andy gezeigt. Es war eine Ein-Pfund-Münze gewesen, die sie gleich in Cidre umgesetzt hatten. Wenn Blackie etwas fand, lud er immer die anderen zum Trinken ein. Wie dumm von ihm! Wenn man heutzutage eine Flasche hatte, dann trank man sie alleine, denn mit einer einzigen Flasche kam man nicht weit. Es war nicht mehr so wie damals, als Andy mit dem Trinken angefangen hatte. Damals hatte ihm eine Flasche einen ganzen Tag gereicht. Heute war das schon lange nicht mehr so.

Nachdem er auch in der Kaimauer kein Geld gefunden hatte, schlurfte Andy enttäuscht den Strand entlang. Durch die Löcher in seinen Schuhsohlen spürte er die Feuchtigkeit des Sands, und als einmal eine Welle zu weit den Strand hinaufkam, durchnässte sie ihn bis auf die Socken. Dabei hasste Andy nichts so sehr wie kalte Füße! »Halt deine Füße warm, Andy«, hatte seine Mutter immer zu ihm gesagt. »Was auch immer du tust, halt deine Füße warm.« Aber wie sollte man seine Füße denn warm halten, wenn sie klatschnass waren?

Andy bückte sich und zog Schuhe und Socken aus. Oben im Theater würde er sie über den Sitzen zum Trocknen aufhängen und in der Zwischenzeit seine Füße in eine Papiertüte stecken. Andy wusste, wo es einen Haufen guter Papiertüten gab – in dem Raum hinter der Bühne, in dem dieser seltsame, brummende Apparat stand. Diese Tüten hielten einen warm, im Gegensatz zu den schwarzen Plastiktüten aus dem Heim, die einem bloß an den Füßen klebten, wenn man schwitzte. Schwarze Tüten machten nicht warm.

Wie er so auf die Pier zuging, sah er etwas im Wasser treiben. Es war eine durchnässte Handtasche, die auf einer Welle herangeschwappt kam. Andy nahm sie an sich und öffnete sie. Eine Menge Wasser strömte heraus. Aus dem restlichen Nass in der Tasche fischte er einen Kamm und einen zerbrochenen Spiegel heraus, die er in seine Hosentasche steckte. Vielleicht würde er ja dafür etwas Geld bekommen. Im Heim gab es Mädchen, junge Mädchen, und die konnten einen Kamm und einen Spiegel doch immer gebrauchen.

Ein weiteres Mal steckte er die Hand in die Tasche und holte einen Schlüsselbund heraus, den er sogleich in hohem Bogen ins Meer warf. Schlüssel waren nichts wert. Andy durchsuchte noch einmal die Brühe in der Tasche – und plötzlich ertasteten seine Finger eine Geldbörse. Er zog sie heraus, und sein Gesicht verzog sich zu einem breiten Grinsen, weil er durch das nasse Leder die Umrisse von Münzen spüren konnte. Von vielen Münzen. Jetzt würde er also doch noch zu seiner Flasche kommen.

Nachdem er die Münzen eingesteckt hatte, warf er die Handtasche und den Geldbeutel zurück ins Meer. Es war nicht gut, wenn man so etwas behielt, das hatte er schon vor langer Zeit gelernt. Geldbeutel und Handtaschen erkannten die Leute wieder, und dann kam man in die größten Schwierigkeiten, selbst wenn man sie bloß gefunden und nicht gestohlen hatte.

»Dr. Daisy, entschuldigen Sie bitte«, sagte Hare, der plötzlich vor dem Sofa aufgetaucht war, auf dem Daisy saß und wartete. »Dr. Richard ist am Apparat.« Er reichte ihr auf einem silbernen Tablett ein schnurloses Telefon und zog sich dann diskret zurück.

Judy, die neben ihrer Freundin auf dem Sofa saß, stand auf und wollte ebenfalls gehen, doch Daisy ergriff ihre Hand.

»Bitte, bleib sitzen«, sagte sie, bevor sie den Hörer in die Hand nahm.

»Hallo, Richard?«

»Was ist denn los?«

Ohne ein Wort des Grußes direkt auf den Punkt zu kommen – das war typisch für Richard. Sie schluckte schwer.

»Es geht um Tim«, stieß sie mit halberstickter Stimme hervor. »Ich weiß nicht, wo er ist.«

»Was soll das heißen?«

Daisy meinte, quer über den Atlantik Richards Ungeduld spüren zu können.

»Er ist vorletzte Nacht durch einen Anruf ins Krankenhaus bestellt worden …« War das wirklich erst vor zwei Tagen gewesen? Es kam Daisy viel länger vor. »Und seitdem hat ihn niemand gesehen. Richard, die Polizei ist der Meinung, dass er eine andere Frau hat. Aber ich weiß … Ich weiß …«

»Daisy, bist du noch dran?«

Unfähig, auch nur ein weiteres Wort zu sagen, nickte sie.

»Daisy?«

Judy nahm ihr den Hörer ab. »Richard, hier spricht Judy Osbourne.«

»Was ist passiert?«, fragte er.

»Tim ist verschwunden, nachdem er einen Notruf erhalten hatte. Das war in der vorletzten Nacht.« Am anderen Ende der Leitung wurde es kurz still, und Judy stellte sich vor, wie Richard die Situation analysierte.

»Ich fahre sofort zum Flughafen. Wo befinden Sie sich denn im Moment?«

»In Ihrem Haus.«

»Sagen Sie Daisy, dass Sie sich nicht von der Stelle rühren soll. Und geben Sie mir Hare.«

»Hare!?«, rief Judy.

Er stand bereits hinter ihr. »Was gibt es, Dr. Osbourne?«

»Dr. Sherringham würde gerne mit Ihnen sprechen.«

Nachdem der Butler das Telefon genommen hatte, sah Judy sich nach Daisy um. Sie saß zusammengesunken in einem großen grünen Ledersessel, der ihre schlanke Figur noch zierlicher wirken ließ, und starrte mit leerem Blick hinab auf den Perserteppich. Judy hätte besser damit umgehen können, wenn Daisy ausgeflippt wäre und herumgebrüllt hätte. Der Schock, den Alan diagnostiziert hatte, würde sich früher oder später bemerkbar machen. Aber in welcher Form?

»Dr. Daisy?« Hare gab Daisy das Telefon. »Sie müssen nichts sagen. Hören Sie nur zu.«

»Daisy«, tönte Richards Stimme aus dem Apparat. »Ich fahre sofort zum Flughafen und fliege zurück. Bleib im Haus, bis ich bei dir bin.« Sie hörte ein Klicken, und dann war die Leitung tot.

»Trinken Sie das hier, Dr. Daisy.« Hare nahm Daisy das Telefon ab und drückte ihr ein Glas in die Hand.

Judy musste hilflos zusehen, wie die Sherringham-Maschinerie anlief und die Kontrolle über Daisy übernahm. Alan hatte recht. Daisy war eine Sherringham, und Richard hatte sie selbst aus einer Entfernung von fünftausend Kilometern völlig in der Hand.

Kapitel sechs

Als Richard am nächsten Abend nach Hause kam, schickte er Daisy nach einem kurzen Gespräch sofort zu Bett. Er behandelte sie wie ein kleines Kind, aber weil sie zu erschöpft war, um sich mit ihm zu streiten, nahm sie die Schlaftablette, die er ihr gegeben hatte, und ging nach oben in eines der Gästezimmer. Dort lag sie dann in einem Bett, das mit einem Laken aus ägyptischer Baumwolle bezogen war, und starrte hinauf zur Zimmerdecke.

Und dann passierte es. So wie in jeder Nacht seit Tims Verschwinden. Die betäubende Gleichgültigkeit, die sie sonst tagsüber einlullte, wich einer handfesten Angst, die nach und nach immer stärker wurde. Was, wenn Tim nie wieder zurückkehrte? Wenn sie ihn nie wiedersah?

Daisy versuchte, diese lähmenden Gedanken abzuschütteln und an schöne Erinnerungen aus ihrer Kindheit zu denken. An die gestärkte Leinenwäsche im Schlafzimmer und an die leise Musik, die ihr damals sagte, dass ihre Eltern zu Hause waren. Zu jener Zeit war sie noch klein, ihre Eltern noch am Leben – und zusammen –, und ihr Bruder – ihr älterer Bruder – hatte noch nicht … Aber daran wollte sie jetzt nicht denken.

Sie wollte sich eher an liebevolle Worte erinnern, an Hände, die ihr über das Haar gestrichen hatten, als sie im Bett lag, an das Klappern von Geschirr in der Küche und an rasche, leichtfüßige Schritte, mit denen ihre Eltern durchs Haus huschten, wenn die Kinder schon schliefen.

Sie hatte es fast geschafft. Die Tür in die Vergangenheit ging langsam auf, und ihre Erinnerungen begannen, die Gegenwart zu verdrängen. Je mehr sie aber versuchte, sich an bestimmte Details zu erinnern, desto mehr entzogen sie sich ihr. Die Bilder aus der Vergangenheit flackerten hell auf, schienen zum Greifen nah und verschwanden dann ebenso schnell wieder, wie sie aufgetaucht waren, und am Ende blieben ihr doch nur wieder die Erinnerungen an das, was in den vergangenen Tagen geschehen war.

Am schlimmsten war nach wie vor der immer wiederkehrende Albtraum, der sie heimsuchte, sobald sie eingeschlafen war. Aber war es wirklich ein Traum? In jener ersten Nacht hätte sie schwören können, dass der Mann ohne Kopf wirklich zu ihr ins Bett gekrochen war. Daisy schloss fest die Augen und fing an zu beten. »Nicht heute Nacht. Bitte, lieber Gott, nicht heute Nacht.«

Ihr leises Flehen durchdrang die Stille des Schlafzimmers, bis sie selbst Angst vor ihrer eigenen Stimme bekam. Sie ballte die Hände zu Fäusten und grub die Fingernägel tief in ihre Handflächen. So hoffte sie, wach zu bleiben und durchzuhalten bis zum Morgengrauen, und wenn der neue Tag anbrach, würde bald wieder diese wohlige Benommenheit von ihr Besitz ergreifen, die sie daran hinderte, Tims Verschwinden in seinem ganzen Ausmaß zu begreifen.

Und dann war es plötzlich wieder da. Sie musste doch eingeschlafen sein. Obwohl die Tür nicht aufgegangen war, spürte Daisy, wie es auf allen vieren in den Raum gekrochen kam. Dann wurde die Bettdecke gelüpft, und es kletterte zu ihr ins Bett.

Sie setzte sich auf und wich vor diesem Etwas in ihrem Bett so weit zurück, bis sie mit dem Rücken gegen das Kopfteil stieß. Schwarze Flecken waberten vor ihren Augen und wurden immer größer, dann hörte sie auf einmal einen gellenden Schrei.

Die Tür ging auf, das Licht wurde eingeschaltet. Als sie sich die Hand vor die Augen hielt, wurde es wieder ausgemacht, sodass nur noch gedämpfte Beleuchtung vom Flur hereindrang. Richard, der noch immer denselben grauen Anzug wie bei seiner Ankunft trug, kam ins Zimmer. Er setzte sich zu Daisy aufs Bett, nahm ihre Hand und fühlte ihr den Puls, während sie an ihm vorbei aufs Fußende des Bettes starrte. Die weiße Spitzenbettdecke neben ihr zeigte nicht die geringste Falte.

Richard ließ ihr Handgelenk los. »Möchtest du darüber reden?«

Sie sah ihn an. Er wirkte ruhig und beherrscht, aber die grauen Strähnen in seinen braunen Haaren fielen ihr mehr auf als noch vor ein paar Tagen. Sein auffallend blasses Gesicht zeigte tiefe Falten, und außerdem hatte er dunkle Ringe unter den Augen.

»Es ist nichts«, sagte Daisy. »Ich hatte bloß einen schlechten Traum.«

»Ich habe Daisy schreien gehört.« Richards Frau Joanna, deren blonder Pagenkopf im gedämpften Licht der Gangbeleuchtung golden schimmerte, stand in der offenen Tür. Ein dünnes blaues Seidennegligé umhüllte ihre schlanke, knabenhafte Figur. Als sie Daisys fragenden Blick sah, erklärte sie: »Ich bin ein paar Stunden nach Richard angekommen.«

»Es tut mir leid, dass du deinen Urlaub abbrechen musstest«, sagte Daisy.

»Aber das ist doch selbstverständlich. Du und Tim, ihr seid doch unsere Familie. Möchtest du vielleicht, dass ich bis zum Morgen bei dir bleibe?«

»Nein, danke; es geht schon.«

»Wie du meinst«, entgegnete Joanna und ging fort.

Richard zog sich einen Stuhl an das Bett heran. »Ich habe mit Judy gesprochen. Sie sagt, du hättest öfter solche Albträume.«

»Ist das ein Wunder?«

»Und du möchtest nicht darüber reden?«

»Nein.« Sie schüttelte entschieden den Kopf.

Richard lehnte sich zu ihr hinüber und strich ihr das feuchte Haar aus der Stirn – eine für ihn ungewohnte väterliche Geste. Als Daisy ihm in die Augen sah, erkannte sie zum ersten Mal eine Ähnlichkeit mit Tim. Ein flüchtiger Eindruck, der jedoch weit über die offensichtlichen körperlichen Unterschiede zwischen den beiden Brüdern – Richard hatte eine schmächtigere Figur, die helleren Haare und grüne Augen – hinausging.

»Ruf mich, wenn du mich brauchst.«

»Es ist in Ordnung. Ich werde nicht mehr aufwachen.«

»Falls doch, dann bin ich gleich nebenan.«

»Vielen Dank.«

»Versuch zu schlafen, Daisy.« Er ging zur Tür.

»Ja, Richard. Vielen Dank.«

Nachdem er die Tür geschlossen hatte, lag Daisy voller Angst im Bett und beobachtete auf der Digitaluhr auf ihrem Nachttisch, wie die Minuten verstrichen. Halb zwei ... zwei ... Die Standuhr im Flur schlug zur vollen Stunde, bevor sich wieder eine tiefe Stille auf das Haus herabsenkte. Unfähig, diese Stille auch nur noch eine Minute länger zu ertragen, stand Daisy leise auf und zog die Jeans und den Pullover an, den Judy ihr eingepackt hatte. Die Schuhe in der Hand, schlich sie aus dem Zimmer und den Flur entlang, dann die Treppe hinunter und schließlich durch die Küchentür aus dem Anwesen hinaus.

Sie setzte sich auf die kalte Steinbalustrade der Terrasse und beobachtete den Himmel, bis er die ersten Spuren der Morgendämmerung zeigte. Dann ging sie den Weg, der durch den Park des Anwesens und den sich anschließenden Wald hinunter zum Strand führte. Wenn sie an die Gefahren dachte, die in ihren Albträumen lauerten, verspürte sie hier draußen überhaupt keine Angst.

Judy steckte drei Münzen in den Automaten und drückte den Knopf für Milchkaffee ohne Zucker. Als daraufhin der Automat zwar den Kaffee, aber keinen Becher ausspuckte, trat sie wütend mit dem Fuß dagegen.

»Es lohnt sich immer, wenn man lesen kann.«

Eric Hedley, der von hinten an sie herangetreten war, gluckste vergnüglich und deutete auf die neben dem Automaten stehenden Plastikbecher. »Erst Becher reinstellen, dann Knopf drücken.«

»Kannst du mir vielleicht ein Pfund wechseln?«, fragte Judy, die Eric am liebsten einen ebenso heftigen Tritt versetzt hätte wie dem Automaten.

»Nein, ich glaube nicht.« Er machte sich nicht einmal die Mühe nachzusehen.

Judy ließ sich in einen der fleckigen Sessel im Ärztezimmer fallen. Beim Nachtdienst war die Stunde vor Morgengrauen immer am schlimmsten, besonders, wenn man so viel zu tun gehabt hatte wie in dieser Nacht. Eine Frau war samt Baby von ihrem betrunkenen Ehemann geschlagen worden, ein Schlafwandler von einem Balkon im dritten Stock gefallen; auf Station neun hatte es einen Herzstillstand gegeben und auf der Entbindungsstation eine Totgeburt.

Eric setzte sich Judy gegenüber. »Gibt es Neuigkeiten von Tim Sherringham?«

»Fragst du, weil es dich interessiert, oder willst du dich auf seine Stelle bewerben?«

»Hier im Krankenhaus merkt man es sofort, wenn ein Arzt zu wenig da ist.«

»Hast du dich schon darum beworben, ja oder nein?«

»Ich habe mit Bassett gesprochen.«

»Anstand ist für dich wohl ein Fremdwort, was?«

»Wenn ich es nicht getan hätte, dann hätte es jemand anders getan. Dir gefällt es vielleicht, ewig und drei Tage lang Assistenzärztin zu sein, Osbourne. Aber ich strebe nun mal nach Höherem.«

»Das ist für eine Kanalratte wie dich nicht schwer.«

»Wenn du keine Frau wärst, dann würde ich jetzt …«

»Was, Eric? Was würdest du?« Als er ihr nicht antwortete, sagte sie: »Du legst dich doch mit allen an. Egal, ob Mann oder Frau.« Anschließend stand sie auf.

»Und du hast bloß Angst, dass du irgendwann einmal tun musst, was ich dir sage«, gab er zurück.

»Von dir werde ich mir bestimmt nicht sagen lassen, was ich zu tun habe, Eric. Egal, welchen Titel du vor deinem Namen hast.«

Sie ging zurück auf die Station und musste auf dem Weg dorthin wieder an Tim und Daisy denken. Seit Richard zurückgekehrt war, hatte sie keinen Kontakt mehr mit ihrer Freundin gehabt. Als sie zuletzt angerufen hatte, war ihr von

Hare höflich, aber bestimmt mitgeteilt worden: »Dr. Daisy ruht sich gerade aus und darf nicht gestört werden.« Ihr war also nichts anderes übriggeblieben, als aufzulegen.

Judy beschloss, zum Anwesen der Sherringhams zu fahren, sobald ihre Schicht zu Ende war. Vielleicht konnte sie ja mit Daisy zusammen frühstücken. Dann würde sie auch bei ihr sein und ihr helfen können, falls Neuigkeiten über Tim einträfen. Egal, ob gute oder schlechte.

Richard hatte wegen seines Jetlags kaum geschlafen und so von seinem Fenster aus gesehen, wie Daisy im Morgengrauen Richtung Strand gegangen war. Als Judy bei ihm klingelte, zeigte er ihr den Weg durch den Park und den Wald hinunter zum Strand. Als Judy dort ankam, konnte sie Daisy im grauen Morgenlicht erst gar nicht von den großen Felsen unterscheiden – so still saß sie da.

Obwohl Judy einen dicken Pullover anhatte, fror sie in der kühlen Luft. Als sie an einem Bootshaus vorbeiging und auf einen kleinen Holzsteg trat, sprach Daisy sie an und wünschte ihr einen guten Morgen.

»Richard hat gesagt, dass du vor ein paar Stunden hier heruntergelaufen bist«, sagte Judy zu ihrer Freundin, die aufgestanden war und nun zu ihr ging. »Ich war nach der Nachtschicht noch nicht müde und dachte mir, ich statte dir mal einen Besuch ab. Hübsch hast du es hier.«

»Tim und ich waren vor unserer Hochzeit oft an dem Bootshaus«, sagte Daisy und lächelte verträumt.

Sie dachte an Tims Lachen in diesem schrecklichen italienischen Restaurant, in das Alan sie nach einer ganztägigen OP unbedingt hatte ausführen müssen, dachte daran, wie Tim ihr über Palmer-Smiths Kopf hinweg auf einer von

Richards Partys zugezwinkert hatte und wie er Eric Hedley für eine seiner dummen Bemerkungen vor versammelter Mannschaft in der Kantine bloßgestellt hatte. Sie dachte daran, wie er am Ruder ihrer Yacht *Freedom* gestanden hatte, wie er sie in die einsame, von Bäumen gesäumte Bucht von Helford gesteuert und bei Ebbe Krabben gefangen hatte … dachte daran, wie sie nebeneinander im Bett der Kajüte gelegen hatten …

»Geht es dir gut?«, fragte Judy. »Blöde Frage. Du musst mir darauf nicht antworten.«

»Es geht mir gut.«

Judy fragte sich, ob Daisys Antwort sarkastisch gemeint war, und sah sie nachdenklich an. Ihre Freundin hatte einen seltsam abwesenden Blick, als hätte sie getrunken oder Drogen genommen.

»Du wirst dir in der Kälte hier noch eine Lungenentzündung holen«, sagte Judy schließlich in die Stille hinein.

»Ich konnte nicht schlafen.« Daisy sah Judy mit leerem Blick an. »Lieb von dir, dass du gekommen bist.«

»Das ist doch selbstverständlich. Du und Tim, ihr seid doch so was wie meine Familie. Wenn ich mir keine Sorgen um dich mache – um wen dann?«

»Trotzdem. Ich weiß, wie man sich nach einer Nachtschicht fühlt. Man ist völlig erschlagen und zu müde zum Denken.«

»Ach, die Schicht lief ganz locker«, log Judy. »Ich habe Eric die meiste Arbeit machen lassen, im Ärzteblatt gelesen und mich sogar eine Weile aufs Ohr gelegt.«

»Wer's glaubt, wird selig. Und? War Eric charmant?« Jetzt zeigte Daisy einen Funken Interesse.

»So wie immer.«

»Er will jetzt bestimmt Tims Stelle haben.«

»Die wollte er doch schon immer.«

»Aber jetzt, wo Tim verschwunden ist, rechnet er sich vielleicht neue Chancen aus. Meinst du nicht?«

»Du kennst doch die Krankenhausverwaltung. Bis die erst mal was von Tims Verschwinden mitbekommt, ist er schon längst wieder da.«

»Tim ist tot, Judy. Das spüre ich.«

Lautes Möwengekreisch durchbrach die Stille.

»Daisy, du bist müde. Du kannst nicht mehr klar denken. Tim ist nicht tot, das weiß ich ganz genau«, sagte Judy entschlossen und nahm Daisys Hand. »Kann ich irgendetwas für dich tun?«

»Richard unternimmt schon alles Menschenmögliche.«

Das Meer glänzte orangefarben in der morgendlichen Sonne. Ihr Licht vertrieb die Bilder von Daisys Albtraum, und der Tag mit seiner wohligen Benommenheit konnte beginnen. Daisy würde wieder tausend Dinge tun, die ihr über die unerträgliche Leere in ihrem Inneren hinweghalfen und es ihr ermöglichten, ein paar Stunden lang zu funktionieren. Man würde ihr Essen vorsetzen, und sie würde so tun, als wäre sie hungrig. Richard würde ihr Beruhigungsmittel verabreichen, und sie würde sich dagegen wehren und sie am Abend schließlich doch nehmen …

Daisy schlug den Kragen ihres Pullovers hoch und sagte: »Richard tut wirklich alles, was er kann. Und direkt nach seiner Ankunft hat er bei der Polizei angerufen. Ich kann eigentlich nur noch abwarten und Tee trinken.«

Sie zog die Schultern nach oben und kuschelte sich in ihren Pullover. Judy wollte sie in den Arm nehmen, aber Daisy wich vor ihrer Berührung zurück. Sie wollte nur von Tim berührt werden, und danach sehnte sie sich so sehr, dass es ihr fast wehtat. Sie wollte ihren Mann im Arm halten, seinen Atem auf ihrer Wange spüren, seinen Körper an ihrem spüren. Daisy setzte sich auf den Steg, schlang die Arme um ihre Beine und legte das Kinn auf die Knie. Mit einem abwesenden Ausdruck im Gesicht starrte sie aufs Meer hinaus.

»Tim ist nicht tot«, erklärte Judy noch einmal.

Daisy wandte den Blick nicht vom Meer fort.

»Was hat denn die Polizei zu Richard gesagt?«, erkundigte sich Judy.

»Dass Tim vielleicht mit einer anderen Frau durchgebrannt ist.«

»Das ist doch lächerlich. Tim würde dich nie verlassen. Jeder, der ihn kennt, weiß das. Die Polizei muss doch noch andere Vermutungen haben.«

»Seit Tim zu diesem ominösen Notfall gerufen wurde, hat ihn niemand mehr gesehen. Es ist fast so, als wäre er vom Erdboden verschluckt. Wenn ich nicht seine Kleider und die Fotos von ihm hätte, würde ich vielleicht selber anfangen, an seiner Existenz zu zweifeln.« Sie erhob sich und ging mit steifen Schritten den Steg entlang. »Die Polizei wollte von mir wissen, wie Tim in den vergangenen Wochen zu mir war, und ich bin immer wieder zu demselben Schluss gekommen: Es war alles ganz normal. Die Party bei Richard und Joanna war wie jede andere ihrer Partys, und Tim war so wie immer. Du hast ihn doch selbst an jenem letzten Tag gesehen und dich mit ihm unterhalten. Ist er dir etwa irgendwie anders oder komisch vorgekommen?«

»Nein. Ich habe am Tag vor seinem Verschwinden noch mit ihm, Mike Edmunds und Tony Pierce in der Krankenhauskantine zu Mittag gegessen, und da ist mir nichts an ihm aufgefallen.«

»Worüber habt ihr euch unterhalten?«, wollte Daisy wissen.

»Das hat mich die Polizei auch schon gefragt. Worüber sich Ärzte eben unterhalten. Über den Zustand des staatlichen Gesundheitssystems, die schlechte Bezahlung, die miesen Aussichten auf Beförderung, die Patienten und über Eric Hedley. Das Übliche eben.«

»Hat Tim über irgendetwas Spezielles geredet?«, hakte Daisy nach.

»Er hat sich darüber beschwert, dass das Krankenhaus so wenig öffentliche Gelder bekommt. Dann hat er davon geschwärmt, wie schön euer letztes gemeinsames Wochenende war, und sich darüber beklagt, dass man als Arzt viel zu wenig Freizeit hat.«

»Auf der Party hat Richard ihn wieder einmal gefragt, ob er denn nicht in seiner Klinik arbeiten will«, sagte Daisy abrupt.

»Das ist doch nichts Neues. Die beiden ziehen sich doch damit schon seit Jahren gegenseitig auf.«

»Das stimmt, aber an diesem Abend kam es mir zum ersten Mal so vor, als ob Tim dem Vorschlag seines Bruders gegenüber nicht mehr so abgeneigt gewesen wäre. Als er sich in der Früh anzog, um zu seinem Notfall zu fahren, hat er davon gesprochen, dass Richard in den letzten zehn Jahren nur einmal nachts aus dem Bett geholt wurde. Das schien doch irgendwie Eindruck auf ihn gemacht zu haben.«

»Richard hat nie verstanden, weshalb Tim für einen Hungerlohn an einem staatlichen Krankenhaus arbeitet. Trotzdem weißt du genauso gut wie ich, dass Tim nie im Traum daran denken würde, einen Job in einer Privatklinik anzunehmen.«

»Hast du mitbekommen, ob sich Tim an diesem Tag noch mit jemand anderem unterhalten hat als mit euch? Oder ob er vielleicht doch etwas Ungewöhnliches gesagt hat?«

Daisys Stimme klang so verzweifelt, dass Judy am liebsten etwas erfunden hätte, um sie zu beruhigen. Doch sie sagte nur: »Nach dem Mittagessen habe ich ihn nicht mehr gesehen. Ich habe allerdings nicht das ganze Gespräch in der Kantine mitbekommen. Als ich gegangen bin, hat er sich noch immer mit Tony und Mike unterhalten.«

»Wieso war eigentlich Tony in der Kantine? Ich dachte, er ist im Urlaub.«

»Er war nur kurz da, um uns Lebewohl zu sagen, bevor er zu seiner Reise in die Sahara aufgebrochen ist.«

»Auf der Party am Abend war er übrigens auch.«

»Aber das ist doch kein Wunder. Schließlich arbeitet er seit einiger Zeit für Richard als Anästhesist.«

»Ich habe ihn auf der Party zwar gesehen, bin aber nicht dazu gekommen, mich mit ihm zu unterhalten.«

»Sei froh. Er hat immer wieder über seinen neuen Job geschimpft und gesagt, wie sehr er das Gelaber dieser aufgeblasenen Privatpatienten satthat und dass er es gar nicht erwarten kann, endlich in den Urlaub zu fahren. Und Tim hat ihn sogar gefragt, wieso er dann nicht zurück ins städtische Krankenhaus geht, wenn ihn sein Job bei Richard so anödet. Daisy, ich glaube, da bildest du dir wirklich etwas ein, wenn du glaubst, dass mit Tim was nicht in Ordnung ist.«

»Ich glaube es ja selbst nicht«, entgegnete Daisy müde. »Ich komme mir nur so hilflos vor, so … so … ausgeliefert. Richard trifft sämtliche Entscheidungen für mich, und Joanna tätschelt mir die Hand und sagt, dass alles wieder gut wird. Und jetzt redest du auch noch auf mich ein.«

»Hey, ich bin nicht deine Schwägerin oder dein Schwager. Ich bin deine Freundin!«

Daisy wandte sich um und ging zum Weg, der vom Strand in den Wald führte, und Judy folgte ihr.

»Seit Tim verschwunden ist, behandeln mich alle, als ob ich krank wäre«, beklagte sich Daisy. »Sie gehen mir aus dem Weg, unterhalten sich flüsternd in meiner Gegenwart und reden hinter meinem Rücken.«

»Wen meinst du mit allen? Richard und Joanna?«

»Und Hare und die Polizei und jeden, der sonst mit mir zu tun hat; dich und Alan eingeschlossen.«

»Wir wollen dir doch nur über eine schwierige Zeit hinweghelfen.«

»Versprich mir, dass du mich ab sofort wieder ganz normal behandeln wirst«, verlangte Daisy in ernstem Tonfall. »Egal, was auch passiert.«

»Versprochen«, beteuerte Judy und blieb stehen. Sie hatten gerade den Waldrand erreicht, und Judy sah sich um. »Es ist wirklich schön hier.«

»Ja, das stimmt«, pflichtete Daisy ihr bei.

»Warum kommst du nicht mit, und wir frühstücken irgendwo?«, schlug Judy vor.

»Aber Richard …«

»Zum Teufel mit Richard«, sagte Judy gutgelaunt. »Was willst *du* denn?«

»Du kommst doch gerade erst von der Nachtschicht. Du solltest schlafen.«

»Das werde ich auch, aber erst heute Nachmittag.«

»Ich hätte wirklich nichts dagegen, ein paar Stunden von hier wegzukommen«, gab Daisy zu.

»Und was würdest du gerne machen?«

»Ich würde gerne in unsere Wohnung fahren und nachsehen, ob Tim inzwischen da war. Und dann könnten wir in die Stadt fahren und vielleicht noch einen kurzen Abstecher ins Krankenhaus machen.«

Judy wusste genau, was in Daisy vor sich ging. Es reichte ihr nicht zu wissen, dass Richard alles in seiner Macht Stehende unternahm und die Polizei das ganze Land nach Tim absuchte. Sie wollte selbst etwas tun.

»Mein Wagen steht in der Einfahrt. Ich gebe dir fünf Minuten zum Umziehen, dann fahren wir los.«

»Vielen Dank.«

Judy war Daisys Dankbarkeit fast peinlich. Sie streckte ihr eine Hand entgegen. »Und jetzt los. Beeil dich.«

Peter Collins lenkte den Wagen von der linken Spur der Autobahn auf den Standstreifen und brachte ihn hinter einer langen Reihe von Einsatzfahrzeugen zum Stehen.

»Wieso muss so was immer kurz vor meinem Urlaub passieren?«, beschwerte er sich. »Dabei hatte ich alles perfekt geplant. Zehn Tage Paris, die volle Sause ohne Telefon und Piepser.«

Trevor schaute aus dem Fenster zu den Polizisten, die entlang der Autobahn den Graben und die Hecke absuchten.

Ihr Vorgesetzter, Superintendent Bill Mulcahy, trat auf Peters Wagen zu und öffnete die Beifahrertür. »Höchste Zeit, dass Sie kommen«, meinte er. »Wir durchkämmen das ganze Gebiet entlang der Autobahn.«

»Haben Sie Tim Sherringham gefunden?«, fragte Trevor. Er hatte vor der Hecke zwei Plastikplanen entdeckt, die so aussahen, als ob darunter Leichen lägen.

»Könnte sein, dass er dabei ist«, antworte Mulcahy.

Peter stieg aus und trat neben Mulcahy. »Wie viele Leichen haben Sie denn gefunden?«

»Zwei – bis jetzt. Aber wir suchen auch erst seit Morgengrauen. Eine der Leichen war schon so stark von wilden Tieren angefressen, dass wir nicht sicher sein konnten, ob es sich hierbei überhaupt um die Überreste eines Menschen handelte. Deshalb mussten wir auf den Befund des Gerichtsmediziners warten. Vor ein paar Minuten hat er bestätigt, dass es tatsächlich eine menschliche Leiche ist. Doch wie Sie sich denken können, sieht sie nicht mehr gut aus.« Mulcahy deutete auf einen jungen Polizisten, der sich gerade in einem Gebüsch übergab.

»Gibt es schon irgendwelche Vermutungen, wer das sein könnte?« Peter sah seinen Vorgesetzten fragend an.

»Für Vermutungen werden wir nicht bezahlt, Collins«, erwiderte Mulcahy und deutete mit dem Kopf auf einige teure Limousinen, die vor den Einsatzfahrzeugen standen. »Vor zehn Minuten sind ein paar hohe Polizeioffiziere aus dem Innenministerium gekommen. In diesem Fall sind wir nur die Statisten. Wir machen also, was man von uns verlangt, und halten ansonsten den Mund, sonst kriegen wir von ganz oben eins auf den Deckel.«

Trevor war froh, dass er nach dem Anruf in aller Herrgottsfrühe keine Zeit mehr zum Frühstücken gehabt hatte. Wie mochte Tim Sherringhams Leiche bei diesem warmen Frühlingswetter wohl nach drei Tagen neben der Autobahn aussehen? Bestimmt »nicht mehr gut«, wie Mulcahy es vorhin ausgedrückt hatte. Wenn er nur daran dachte, rebellierte schon sein Magen, der einfach nicht für diese Art von Polizeiarbeit geeignet war. Er wandte den Blick von dem blassen jungen Polizisten ab und sah stattdessen wieder Mulcahy an.

»Jeder von Ihnen beiden holt sich vier Männer und durchkämmt mit ihnen die Gräben und Hecken auf der anderen Autobahnseite«, befahl Mulcahy.

»Und wonach sollen wir suchen?«, fragte Peter.

»Keine Ahnung. Das werden wir erst wissen, wenn wir es gefunden haben. Eines ist sicher: Wenn wir hier fertig sind, wird das der sauberste Randstreifen auf allen Autobahnen Europas sein.«

»Und von wo bis wo sollen wir suchen?«, wollte Peter wissen.

»Von mir aus bis hinauf nach Schottland und bis hinunter nach Cornwall«, sagte Mulcahy trocken. »Aber für heute reichen erst mal fünf Meilen in jede Richtung.«

»Das sind ja zehn Meilen insgesamt«, stöhnte Peter. »Das schaffen wir doch nie vor Einbruch der Dunkelheit. Und wann machen wir mal Pause?«

»Pausen sind gestrichen«, erwiderte Mulcahy boshaft. »Seit wann müssen Polizisten denn essen oder schlafen? Sobald es zu dunkel zum Suchen wird, melden Sie sich bei mir im Präsidium.«

»Wieso haben sie die Leichen nicht zwei Tage später finden können?«, maulte Peter, während er wieder in den Wagen stieg.

Als Trevor ihm folgen wollte, hielt ihn Mulcahy zurück.

»Sergeant Joseph, Sie waren doch derjenige, der als Erster mit Daisy Sherringham gesprochen hat, nicht wahr?«

»Ja. Sie hat ihren Mann bei mir als vermisst gemeldet.«

»Und warum bei Ihnen und nicht beim Diensthabenden?«

»Weil einer ihrer Kollegen aus dem Krankenhaus mich recht gut kennt. Er war mir schon mehrmals behilflich, deshalb dachte ich –«

»Das ist jetzt nicht so wichtig«, unterbrach ihn Mulcahy. »Wie gut kennen Sie Daisy Sherringham?«

»Nicht gut. Ich habe lediglich ein Bild ihres Mannes bei ihr abgeholt.«

»Hat sie dabei verstört gewirkt?«

»Was glauben Sie denn?«, gab Trevor gereizt zurück. »Natürlich war sie verstört. Schließlich ist ihr Mann verschwunden.«

»Dann glauben Sie also, dass ihr etwas an ihm lag?«

»Ja, das glaube ich. Die beiden haben erst vor sechs Monaten geheiratet.«

»Falls wir feststellen, dass eine der Leichen hier die von Tim Sherringham ist, würden Sie dann mitkommen, wenn ich zu seiner Frau fahre und sie bitte, ihn für uns zu identifizieren?«

»Muss denn das sein?« Trevor sah ihn fragend an. »Wir haben doch die Fotos und eine genaue Personenbeschreibung. Es ist unmöglich, dass man einen Toten nach drei Tagen im Freien nicht mehr identifizieren kann.«

»Wollen Sie nun dabei sein oder nicht?«, fragte Mulcahy fordernd.

»Ja«, erwiderte Trevor kleinlaut.

»Gut, dann hätten wir das ja geklärt. Ich rufe Sie an, wenn ich weiß, ob es Tim Sherringham ist.« Mulcahy wandte sich ab und ging die Böschung hinab zu den anderen.

»Was wollte er denn noch von dir?«, fragte Peter verwundert, als Trevor wieder neben ihm im Wagen saß.

»Er hat mich gefragt, ob ich ihn zum Sherringham-Anwesen begleiten möchte.«

»Und du hast eingewilligt?« Als Trevor nicht verneinte,

schüttelte Collins verächtlich den Kopf. »Da würde ich ja lieber den ganzen Tag in der Erde nach Leichenteilen buddeln, bevor ich trauernde Witwen tröste.«

Trevor wusste selbst nicht, warum er eingewilligt hatte. Glaubte er wirklich, dass er Daisy Sherringham die Nachricht schonender überbringen konnte als jemand anderer? Oder war es reiner Voyeurismus, das seltsame Verlangen danach, die Konfrontation anderer mit der Endgültigkeit des Todes hautnah mitzuerleben? War es das perverse Bedürfnis, aus erster Hand zu erfahren, wie jemand mit einer solchen Nachricht zurechtkam, und sich gleichzeitig zu fragen, wie man selbst an seiner Stelle wohl reagiert hätte?

Dass Tims Tod Daisy schwer treffen würde, dessen war er sich sicher. Er hatte, als er gestern Abend einen Junkie nach einem missglückten Selbstmordversuch ins Krankenhaus gebracht hatte, kurz mit Judy Osbourne gesprochen, die seine Frage nach Daisys Befinden recht unfreundlich abgeschmettert hatte. Sie sei im Haus ihres Schwagers, mehr hatte sie ihm nicht sagen wollen.

Aber das hatte Trevor schon geahnt, denn kurz zuvor hatte man ihm eine schriftliche Anweisung zukommen lassen: *Sämtliche Auskünfte bezüglich des Verschwindens von Dr. Timothy Sherringham erteilt ab sofort ausschließlich Dr. Richard Sherringham.*

Der einflussreiche Mann war noch keine zehn Minuten wieder im Lande gewesen, und schon hatte er im Innenministerium für Wirbel gesorgt, den sie nun in Form von permanenten Anfragen von ganz oben zu spüren bekamen: Was wurde unternommen? Hatte man die Stadt nach dem Vermissten abgesucht? Die Autobahn? Das Krankenhaus? Wurden alle Zeugen eingehend befragt? (Welche Zeugen?, hatte sich Trevor gefragt. Wer war schon um vier Uhr morgens auf der Autobahn?) Der Druck, dessen war er sich sicher, würde immer weiter steigen, ebenso wie die Zahl der Unterstützungsangebote, was letztendlich darauf hinauslief, dass ihnen der Fall aus der Hand genommen wurde. Brauchten sie Verstärkung? Sondereinheiten? Weitere Gerichtsmediziner? Gestern hatte man ihnen aus London einen Hubschrauber geschickt, der mit Wärmebildkameras ausgestattet war; auch das war vermutlich auf Richard Sherringhams Drängen hin geschehen …

»Können wir?«

Trevor sah Peter verständnislos an, bis ihm klar wurde, dass Peter in der Zwischenzeit zur nächsten Ausfahrt gefahren war und dort gewendet hatte. Jetzt steuerte er aus entgegengesetzter Richtung auf die Stelle zu, die Mulcahy ihnen vorhin gezeigt hatte.

»Können wir mit der Suche anfangen?«, fragte Peter und hielt den Wagen an.

Trevor stieg aus und sah sich um.

»Das ist ja eine Suche nach der Nadel im Heuhafen«, murrte Peter. »Wenn wir nur wenigstens wüssten, wonach wir suchen sollen.«

»Nach allem und nichts«, erwiderte Trevor philosophisch.

»Na toll. Du bist mir vielleicht eine große Hilfe!«

»Dir kann man heute aber auch gar nichts recht machen, Peter«, sagte Trevor und rieb sich die Hände. Dann schlug er den Kragen seines Anoraks hoch und trat an den Rand des Standstreifens. Drüben trugen sie gerade zwei Leichensäcke zu einem Krankenwagen. Wenn eine der Leichen Tim Sherringham war, dann musste er wohl bald mit Bill Mulcahy zu Daisy fahren. Wie lange es wohl noch dauern würde? Eine Stunde, oder zwei?

Kapitel sieben

»Haben Sie Daisy gefunden, Judy?«, fragte Richard, während er aus seinem Arbeitszimmer hinaus auf die Terrasse trat. Langsam ging er auf die Ärztin zu. Sie saß auf einem der alten schmiedeeisernen Stühle, die auf der Terrasse verteilt waren.

»Ja.« Judy wandte sich von dem herrlichen Ausblick auf den Wald und das Meer ab und betrachtete Richard. Er war wie immer korrekt gekleidet und trug einen eleganten grauen Anzug mit dezent gemusterter Krawatte. Als er Judy die Hand gab, zitterte sie leicht, und um seine Augen und seinen Mund herum waren tiefe Falten zu erkennen.

»Möchten Sie vielleicht eine Tasse Kaffee, Madam?«, fragte Hare, der hinter Richard aus dem Haus gekommen war.

»Nein, danke«, erwiderte Judy.

»Und Sie, Sir?«

»Nein, ich auch nicht«, erwiderte Richard. Er setzte sich an den Tisch und sagte zu Judy: »Nett von Ihnen, dass Sie gekommen sind. Ich hoffe, dass wir heute etwas über meinen Bruder erfahren. Die Polizei hat gestern eine Suchmeldung an die Öffentlichkeit gegeben.«

»Die habe ich in den Nachrichten gesehen«, bestätigte Judy. »Kann ich denn irgendetwas für Sie tun?«

»Nein. Es sei denn, Sie wissen, wo sich Tim aufhält.«

»Damit kann ich Ihnen leider nicht dienen. Aber wir im

Krankenhaus wissen alle, dass Tim niemals freiwillig Daisy verlassen würde.«

»In diesem Punkt sind wir uns wohl alle einig«, gab Richard ein wenig ungehalten zurück.

»In welchem Punkt denn?« Joanna kam in einem weißen Leinenkleid mit knallgrünem Schal aus dem Haus und gesellte sich zu ihnen.

»Dass Tim Daisy nicht verlassen würde«, erwiderte Richard knapp.

»Hallo Judy. Ohne Ihr Brautjungfernkleid hätte ich Sie fast nicht erkannt.«

Judy bemerkte, dass Joanna selbst zu dieser frühen Stunde ein Minimum an Make-up und ein Maximum an Parfüm aufgetragen hatte. Das kurze blonde Haar hatte Joanna in einer perfekten Welle über die Stirn gekämmt. Obwohl sie fünfundvierzig Jahre alt war, sah sie eher aus wie fünfundzwanzig.

»Wir haben gerade über Tim geredet«, erklärte Richard.

»Wir können nur abwarten, bis sich etwas ergibt«, meinte Joanna. »All dieses Gerede über die Wenn und Aber tut niemandem gut, am allerwenigsten Daisy.«

»Apropos Daisy«, sagte Judy. »Ich würde gerne heute mit ihr in der Stadt frühstücken.«

»Das kommt gar nicht in Frage«, beschied ihr Richard. »Dazu steht sie viel zu sehr unter Stress.«

»Eine kurze Autofahrt und ein kleines Frühstück können ihr bestimmt nicht schaden.«

»In ihrem Zustand kann jede Art von Aufregung großen Schaden anrichten. Daisy braucht jetzt absolute Ruhe.«

»Als ich gerade mit ihr sprach, kam sie mir ruhig genug vor.«

»Sie waren bei Daisy?« Joanna hob eine ihrer perfekt gezupften Augenbrauen.

»Unten am Strand.«

»Was macht sie denn unten am Strand?«, fragte Joanna.

»Sie hat die ganze Nacht nicht schlafen können«, verkündete Richard mit fester Stimme. »Dass jemand bei Morgengrauen durch den Wald hinunter zum Strand geht, kann man wohl kaum als ruhiges, rationales Verhalten bezeichnen. Und das bestätigt genau das, was ich eben gesagt habe. Daisy braucht Ruhe.«

»Ich finde, Judy hat recht«, sagte Joanna. »Eine kurze Fahrt in die Stadt kann Daisy nicht schaden. Du hattest ja gestern den Eindruck, dass das Schlafmittel, das du ihr gegeben hast, nicht richtig gewirkt hat. Vielleicht macht es sie ja müde, wenn sie ein wenig rausgeht und etwas tut. Dann schläft sie später umso besser.«

»Und wenn Daisy hysterisch wird?«

»Dann bringe ich sie sofort zurück, Richard«, versicherte Judy. »Außerdem ist sie in ein, zwei Stunden sowieso wieder hier. Schließlich habe ich einen Nachtdienst hinter mir.«

»Sollten Sie dann nicht lieber ins Bett gehen, anstatt mit Daisy in der Gegend herumzufahren?«, fragte Richard scharf.

»Vor dem Mittagessen bringe ich sie wieder zurück.« Judy stand auf und spielte ihre Trumpfkarte aus. »Außerdem freut sich Daisy darauf.«

»Sie haben bereits mit ihr darüber gesprochen?« Richards Gesicht wurde ganz rot vor Ärger.

»Wir haben auf dem Weg zurück vom Strand darüber gesprochen. Ich habe sie gefragt, was sie denn gerne tun würde, und Daisy wollte zum Frühstücken in die Stadt. Vielleicht muss sie einfach ein wenig raus.«

»Was redest du so lange herum, Richard?«, fragte Joanna. »Judy hätte inzwischen mit Daisy zum Frühstück fahren und sie wieder herbringen können. Was ist denn schon dabei, wenn Daisy einen kurzen Ausflug in die Stadt macht?« Joanna zuckte mit den Achseln.

Peinlich berührt von den offen ausgetragenen Unstimmigkeiten zwischen Joanna und Richard, blickte Judy zum Haus und sah Daisy hinter den offenen Fenstern des Wohnzimmers umhergehen. Wenn die beiden sich öfter so in den Haaren lagen, war es kein Wunder, dass Daisy sich hier nicht wohlfühlte. Sie schob ihren Stuhl unter den Tisch. »Ich gehe mal hinein und sehe nach, ob Daisy schon bereit ist.«

»Ein kurzes Frühstück in der Stadt, und dann bringen Sie sie sofort zurück!«, erklärte Richard frostig. »Vergessen Sie nicht, dass Daisy unter Schock steht. Fahren Sie nirgendwo anders hin, und lassen Sie sie nicht mit anderen Leuten reden. Und keine Zeitungen!«

»In Ordnung«, sagte Judy und ging fort.

Sie traf Daisy in der Eingangshalle und deutete auf die Haustür.

»Bringst du mich in meine Wohnung?«, fragte Daisy.

»Wo immer du hinwillst.« Wenn sie in diesem Moment hätte entscheiden müssen, ob Daisy oder Richard geistig nicht voll zurechnungsfähig wäre, hätte sie sich, ohne mit der Wimper zu zucken, für Richard entschieden.

Judy und Daisy hatten noch nicht lange das Haus verlassen, als Joanna von ihrem Stuhl aufstand und verkündete: »Ich fahre ins Labor.«

»Wieso ins Labor? Ich dachte, es stünde nichts Dringendes an. Deshalb bist du doch auch in Urlaub gefahren.«

»Dringendes steht nicht an, aber Arbeit gibt es dort immer. Außerdem muss ich mal an was anderes denken als an …«

»Tim?«, ergänzte Richard mit eisiger Stimme.

»Und an deine schlechte Laune, Richard. Bis später.« Sie ging ins Haus. Ein paar Minuten später hörte er, wie ihr Wagen aus der Garage fuhr. Auf einmal stand Hare hinter ihm.

»Die Polizei auf Ihrer Privatnummer, Sir«, sagte er und legte das schnurlose Telefon vor Richard auf den Tisch.

Richard nahm es und deckte das Mikro mit der Hand ab. »Leiten Sie alle anderen Anrufe an mein Büro in der Klinik weiter«, wies er Hare an.

»Das ist schon geschehen, Sir. Sie haben mich gestern Abend bereits darum gebeten.«

»Vielen Dank, Hare, das hatte ich ganz vergessen. Ich brauche Sie jetzt nicht mehr.«

Dann hob er das Telefon an sein Ohr. »Hier Richard Sherringham.«

»Dr. Sherringham, hier spricht Superintendent Mulcahy.«

»Ich höre!«, brummte Richard ungeduldig.

»Ich kann Ihnen nichts Definitives sagen, Sir.« Zum ersten Mal in seiner beruflichen Laufbahn hatte Bill Mulcahy Mühe, die richtigen Worte zu finden. Wäre das ein normaler Fall gewesen, hätte er sich keine Gedanken darüber gemacht, bereits in diesem Stadium mit Angehörigen zu reden. Aber das war kein normaler Fall, und Richard Sherringham war nicht irgendwer.

»Aber etwas können Sie mir doch sagen, sonst hätten Sie mich nicht angerufen.«

»Wir haben zwei Leichen gefunden.« Bill Mulcahys Professionalität kam wieder zum Vorschein. »Die erste wurde von einem Hubschrauber mit einer Wärmebildkamera gefunden, und die andere war ganz in der Nähe. Beide Leichen waren in einer Hecke am Rand der Autobahn versteckt, und zwar genau an der Strecke, auf der Ihr Bruder gewöhnlich von seiner Wohnung zum Krankenhaus gefahren ist.«

»Ist eine der beiden Leichen die von Tim?« Richards Hand umschloss das Telefon so fest, dass seine Fingerknöchel weiß hervortraten.

»Bisher ist eine eindeutige Identifikation unmöglich, Sir.«

»Wie kann das sein, Mulcahy? Mein Bruder wird erst seit drei Tagen vermisst.«

»Eine der Leichen wurde schlimm zugerichtet und verstümmelt, und die andere hat keine Hände und …« – Bill Mulcahy holte tief Luft – »… keinen Kopf, Sir.«

»Das kann nicht Tim sein … völlig ausgeschlossen …« Richards Stimme klang schwach und stockend, aber laut genug, dass Mulcahy, der viele Meilen entfernt in seinem Polizeiauto saß, sie deutlich hören konnte. Dann wurde die Leitung auf einmal unterbrochen.

Mulcahy sah Trevor Joseph an, der neben ihm auf dem Beifahrersitz saß, und fragte: »Ob wir es vielleicht mit einer missglückten Entführung zu tun haben?« Diese Theorie hätte zumindest den Vorteil, dass sie das plötzliche Verschwinden von Tim Sherringham erklären würde.

»Und was ist dann mit der anderen Leiche?«, gab Trevor zu bedenken. »War die auch ein Opfer des Kidnappers? Oder jemand, der überfahren und zufällig dorthin geschleudert wurde, wo schon die andere Leiche lag?«

»Sie haben wohl zu lange mit Peter Collins zusammengearbeitet, Joseph«, sagte Mulcahy unfreundlich. »Sie klingen nämlich schon fast wie er. Ich mag es nicht, wenn jemand von vornherein eine mögliche Theorie verwirft, bevor man sie nicht einmal richtig zu Ende gedacht hat. Besonders dann, wenn es die einzige ist, die wir haben.«

Seit Daisy in Richards Haus wohnte, hatte Alan Cummins seine Kaffeepausen nicht mehr in der Kantine verbracht, sondern war jedes Mal in die kalte, nach Formaldehyd riechende Leichenhalle hinuntergegangen. Patrick O'Kelly, der tüchtige, wenn auch ein wenig exzentrische Chef der Pathologie, hatte sich inzwischen an seine Besuche gewöhnt und freute sich stets auf seine eigene Weise auf ihn.

Die meisten Mitarbeiter des Krankenhauses mieden die Pathologie und kamen nur dorthin, wenn sie Sektionsbefunde abholen oder einsehen mussten. Deshalb war O'Kelly glücklich, dass jemand seine Abteilung aus freien Stücken aufsuchte, selbst wenn er dafür seine ganz persönlichen Gründe hatte.

An diesem Morgen um zehn Uhr hatte er gerade eine Sektion beendet, die aufgrund des plötzlichen Todes einer fünfundvierzigjährigen Frau nötig geworden war (Herzinfarkt, wie sich herausgestellt hatte), und saß nun mit seinem Assistenten auf einem freien Obduktionstisch bei Sandwiches und einer Tasse Kaffee zusammen. Pünktlich auf die Minute kam Alan zur Tür herein.

»Du brauchst gar nicht erst zu fragen, Alan«, murmelte Patrick, während er an einem Bissen Vollkornbrot mit Camembert herumkaute. »Wir hatten heute nur einen Neuzugang aus der Chirurgie. Weiblich, dreiundzwanzig Jahre alt, Autounfall.«

»Sonst nichts?« Alan setzte sich neben Patrick auf die Tischkante. Obwohl der Pathologe und sein Assistent sich sichtlich wohlfühlten, empfand Alan den Edelstahl ihrer improvisierten Sitzgelegenheit als ziemlich kalt.

»Später kommt vielleicht noch was für dich rein«, sagte Patrick. »Vor einer Stunde hat die Polizei angerufen. Sie haben an der Autobahn etwas gefunden.«

»Etwas?« Alans Herz schlug auf einmal unregelmäßig.

»Ich hoffe, es ist nicht Tim Sherringham. Wäre schade um ihn. Ich habe natürlich gefragt, aber die wollten mir keine Antwort geben. Du weißt ja, wie die Polizei so ist. Auf jeden Fall ist es was ziemlich Wichtiges, denn der Gerichtsmediziner hat mich gebeten, ihm bei der Obduktion behilflich zu sein. Er ist noch am Fundort und sichert dort die Spuren, und dann kommt er mit hierher.« Er wechselte das Thema. »Ich habe übrigens den Untersuchungsbericht von dem misshandelten Kind auf deiner Station fertig. Möchtest du ihn sehen?«

»Okay«, antwortete Alan, aber in Gedanken war er immer noch bei Tim und fragte sich, wie lange die Polizei noch brauchen würde, bis sie mit dem »Etwas«, das sie gefunden hatte, hier im Krankenhaus sein würde. Bis Mittag oder bis Nachmittag? Irgendjemand, vielleicht sogar Patrick selbst, hatte ihm einmal erklärt, was alles am Fundort einer Leiche untersucht werden musste und dass dies enorm viel Zeit in Anspruch nahm. Das musste auf einer Party gewesen sein, denn sonst hätte er sich an die Person erinnern können, die ihm das gesagt hatte. Er wusste nur noch, dass ihm von den Einzelheiten sogar ein wenig schlecht geworden war.

Patrick trank seinen Kaffee aus, knüllte die Folie, in die sein Sandwich eingepackt gewesen war, zu einer Kugel zusammen und sprang von dem Seziertisch. »Wir machen weiter, Paul«, rief er seinem Assistenten zu. »Hol schon mal Nummer dreihundertsiebenundvierzig.«

»Den alten Mann mit dem Verdacht auf Sekundärtumor?«

»Genau den.« Patrick ging voraus in sein vollgestelltes Büro und zog eine Schublade aus einem Aktenschrank. »Da ist die Akte«, sagte er und reichte Alan einen schmalen Ordner. »Meiner Meinung nach waren die Verletzungen des Kindes Absicht und kein Zufall.«

»Danke, Patrick.«

»Bisschen spät für deinen Patienten.«

»Aber seinen Brüdern kann es vielleicht noch was nützen.«

»Hoffentlich. Ich habe nur ungern so junge Kunden.«

»Alles fertig!«, rief Paul aus dem Sektionsraum.

»Ist es dir recht, wenn ich noch bleibe und mir hier den Bericht durchsehe?«, fragte Alan. »Bei dir sucht mich keiner.«

»Du möchtest bestimmt warten, bis die Polizei kommt, stimmt's?« Patrick zog sich ein Paar Gummihandschuhe an. »Geh ruhig wieder hinauf in dein eigenes Büro, ich rufe dich an, wenn sie die Leiche bringen.«

»Ich würde trotzdem gerne noch ein bisschen hierbleiben.«

»Von mir aus gerne. Fühl dich wie zu Hause«, bot Patrick großzügig an. »Ich kann verstehen, wie du dich fühlst. Ich kannte Tim Sherringham zwar nicht besonders gut, aber wie gesagt, er ist mir immer wie ein netter Kerl vorgekommen.«

Alan folgte Patrick zurück in den Sektionsraum, wo auf einem der Obduktionstische die Leiche eines alten Mannes lag. Paul wusch sie mit Wasser aus einem Schlauch ab, und Patrick nahm ein Skalpell zur Hand und öffnete damit den Leichnam mit einem routinierten Y-Schnitt vom Hals bis zu den Schamhaaren. Während Paul die Hautlappen zur Seite klappte, warf Patrick die Knochensäge an. Im Schrillen des Elektromotors ging das Geräusch der Polizeisirenen unter. Gerade als Patrick mit dem Durchsägen der Rippen fertig war, ging die große Tür auf, und zwei uniformierte Polizisten schoben eine Rollbahre herein, auf der ein mit einem weißen Laken abgedeckter Körper lag.

Die Räder der Bahre rumpelten über den gefliesten Boden des Sektionsraumes, und als sie in einer Abflussrinne stecken blieben, mussten die Polizisten sie mit einem entschlossenen Ruck daraus befreien.

Als die Bahre einen Meter vor Alan zum Stehen kam, fragte einer der Polizisten: »Wo wollen Sie sie haben?«

Patrick blickte von der Lunge auf, die er soeben geöffnet hatte, und deutete mit einem blutigen Finger an die Rückwand des Raumes. »Da hinten, bitte.«

»Wir haben noch eine zweite draußen im Wagen«, sagte der Polizist beiläufig. »Der Gerichtsmediziner lässt ausrichten, dass er hierherkommt, sobald er am Fundort fertig ist.«

»Wie viele kommen denn insgesamt?«, fragte Patrick, während er sich wieder der Lunge zuwandte.

»Bis jetzt sind es zwei. Die hier ist noch halbwegs als Mensch zu erkennen, aber die draußen ist eher ein Haufen Glieder und Knochen.«

Der Polizist nickte Alan zu und schob die Bahre weiter an die hintere Wand des Sektionsraums, während von draußen zwei weitere Polizisten die angekündigte zweite Leiche hereinschoben und nach einer kurzen Beratung mit ihren Kollegen ebenfalls an der Rückwand abstellten.

»Vielen Dank, meine Herren«, sagte Patrick.

»Auf Wiedersehen, Doc.«

Die Männer verließen den Raum, und Patrick warf Alan

einen fragenden Blick zu, bevor er seine blutigen Hände über dem Obduktionstisch abtropfen ließ. »Möchtest du sie dir ansehen?«

»Ja«, murmelte Alan. Sich abstrakt vorzustellen, dass Tim tot sein könnte, war eine Sache, die Möglichkeit, dass er vielleicht auf einer dieser Bahren lag, eine ganz andere. Trotzdem musste Alan unter den weißen Laken nachsehen.

Die Hände auf Schulterhöhe, ging Patrick hinüber zu den Rollbahren. Alan folgte ihm.

Paul legte das Instrument weg, das er in der Hand gehalten hatte, und kam ebenfalls herbei. Er streifte sich frische Latexhandschuhe über, zog eines der weißen Tücher weg und faltete es sorgfältig zusammen.

»Das andere bitte auch«, sagte Patrick.

Alan besah sich die beiden Leichensäcke und brauchte eine Weile, bis er unter den extradicken, aber durchsichtigen Plastikfolien etwas erkennen konnte. Als Erstes entdeckte er in dem Sack auf der Bahre, die als zweite hereingeschoben worden war, ein Paar Füße, die ihrerseits in separaten Plastiktüten verpackt waren. Auf einmal bewegte sich etwas an der Innenseite des dicken Kunststoffs, und Alan zuckte zurück.

»Das sind Maden, die aus dem Armstumpf herauskommen«, erklärte Patrick gelassen. »Anscheinend hat der Leichnam mehrere Tage im Freien gelegen, und Insekten haben in ihm ihre Eier hinterlassen. Leichen sind sehr gute Brutstätten für Insektenlarven. Wenn ich eine Fliege wäre, würde ich meine Eier nirgendwo anders ablegen. Paul, bereite zwei Wannen mit Lysol-Lösung vor.«

»Wird gemacht.«

Alan hörte, wie Patrick und Paul miteinander sprachen, aber er konnte dem Inhalt ihrer Unterhaltung nicht folgen, weil er ständig auf die beiden Leichensäcke starrte. Ihre Enden waren zusammengerafft und mit dickem schwarzem Klebeband zugebunden, sodass sie wie überlebensgroße, in klares Zellophan eingewickelte Bonbons aussahen. Ein Bild von einem französischen Süßwarengeschäft blitzte in seinem Kopf auf, das ihn für ein paar wenige Augenblicke ins sommerliche Paris zurückversetzte. Es war einer jener ruhigen, vollkommen aus dem Zusammenhang gerissenen Erinnerungsfetzen, die häufig einem schweren Schock vorausgehen.

Langsam wurden seine Gedanken wieder klar – und mit ihnen die grausige Realität. Er starrte noch immer auf einen der Leichensäcke, als ihm plötzlich auffiel, was da nicht stimmte.

»Gott im Himmel!«, rief er aus. »Da fehlt ja der Kopf!«

»Ebenso wie die Hände«, ergänzte Patrick, der offenbar schon einen genauen Überblick über die vorhandenen Gliedmaßen der Leiche hatte. »Ich würde die Säcke ja gerne aufmachen und mir das alles näher ansehen, aber das darf ich erst, wenn der Gerichtsmediziner hier ist.«

»Die arme Daisy!«

Als hätte er damit ein Stichwort gegeben, flog in diesem Augenblick die Tür auf, und Daisy stürmte herein und sah sich mit verstört wirkenden Blicken um. Judy folgte ihr.

Patrick reagierte rasch und baute sich so auf, dass er den Zugang zu den beiden Rollbahren versperrte, und Paul zog schnell die beiden weißen Laken wieder über die Leichensäcke, sodass sie vollständig bedeckt waren.

»Ich will ihn sehen.« Daisy versuchte, an Patrick vorbeizugehen, der sich ihr aber immer wieder in den Weg stellte. »Ich bin seine Frau!«, protestierte Daisy. Judy nahm ihre

Hand, aber sie riss sich los. »Ich bin nicht hysterisch!«, schrie sie wenig überzeugend. »Und ich weiß, wie er aussieht. Er hat keinen Kopf mehr.«

Die Stille, die folgte, wurde nur durch das Tropfen des Wassers auf dem Sektionstisch unterbrochen. Daisy sah Patrick an.

»Er trägt eine dunkle Anzughose und ein weißes Seidenhemd«, sagte sie und schloss dic Augen, als versuche sie sich genau an die Kleidung zu erinnern, die Tim vor seinem Verschwinden getragen hatte. »Schwarze Socken, keine Krawatte, schwarze Schuhe. Und er hat keinen Kopf mehr und auch keinen Hals. Der Schnitt verläuft knapp oberhalb der Schulterblätter.«

»Warst du an der Autobahn und hast mit der Polizei gesprochen?«, fragte Patrick.

»Wir waren nicht mal in der Nähe der Autobahn«, mischte Judy sich ein. »Ich habe Daisy ins Krankenhaus gebracht, weil sie mit Alan sprechen wollte. Zuvor waren wir in der Stadt. Die Autobahn war gesperrt, also konnten wir gar nicht dort gewesen sein. Wir wussten nicht, weshalb, bis wir hierherkamen und die Gerüchte hörten.«

»Ich muss nicht sehen, was auf diesen Bahren ist«, sagte Daisy mit ernster Stimme. »Ich habe Tim seit seinem Verschwinden jede Nacht gesehen. Ihr könnt Judy fragen, wenn ihr mir nicht glaubt.« Sie drehte sich um zu ihrer Freundin. »Sag ihnen, dass es stimmt, Judy. Na los, erzähl ihnen, wie ich Tim in der ersten Nacht gesehen habe und wie er mir jede Nacht danach erschienen ist. Ohne …« Das letzte Wort brachte sie nicht mehr heraus.

Alan legte ihr einen Arm um die Schultern und sah Patrick stumm an.

Der Pathologe zog seine Handschuhe aus und warf sie in einen Abfalleimer.

»Zieh die Laken von den Säcken, Paul!«, befahl er.

»Bitte nicht!«, bat Judy.

»Zieh die Laken weg«, wiederholte Patrick.

Paul tat, was ihm befohlen wurde, während sein Chef Daisy am Ellenbogen packte und sie so drehte, dass sie die beiden Bahren direkt ansah. Ihre Knie zitterten ebenso wie ihre Hände, aber Patrick hielt sie fest. Er blickte hinab auf die Bahren.

»Die Säcke dürfen erst dann geöffnet werden, wenn der Gerichtsmediziner hier ist«, sagte er.

Daisy nickte und versuchte verzweifelt, ihre Gefühle unter Kontrolle zu bringen. Das dicke Plastik der Leichensäcke verlieh den menschlichen Überresten in ihnen das Aussehen von biologischen Musterexemplaren. So still, wie sie in den Säcken lagen, hatten sie auf Daisy bei weitem nicht die schreckliche Wirkung wie Tims kopflose Gestalt in ihren Albträumen, die in letzter Zeit sogar in wachen Momenten aufgetaucht war.

»Diese Leiche ist höchstwahrscheinlich die einer Frau«, sagte Patrick und deutete auf die Rollbahre direkt neben ihm. »Die Gliedmaßen sind zwar vom Rumpf abgelöst, aber ich kann Reste eines braunen Regenmantels erkennen, und einer der Füße scheint noch in einem Nylonstrumpf zu stecken. Der Kopf und die Hände fehlen, soweit ich das sehen kann. Mehr kann ich erst sagen, wenn wir den Leichnam obduziert haben.«

Alan, dem vom Anblick der verstümmelten Leichen langsam schlecht wurde, trat einen Schritt zurück.

Patrick bedeckte die erste Leiche wieder mit dem Laken und

ging hinüber zu der zweiten. Er hatte Tim gekannt und gemocht, aber jetzt war er zuerst Pathologe und dann erst Mensch und Kollege. »Weißes Seidenhemd, schwarze Anzughose ...«

Daisy hörte Patricks Stimme und blickte auf den Leichensack, aber durch die Tränen, die ihr in die Augen gestiegen waren, konnte sie kaum etwas sehen.

»Dieser Torso trägt Männerkleidung und könnte ein Mann sein. Ich würde ihn auf etwa einen Meter siebzig schätzen ...« Patrick hielt inne, als er die Bedeutung seiner Worte erkannte, und fuhr mit dem Zeigefinger die Länge der Rollbahre nach. »Wie groß war Tim?«

»Einen Meter achtundneunzig«, flüsterte Daisy. Es war das erste Mal, dass jemand anders als sie von Tim in der Vergangenheitsform gesprochen hatte.

»Dann kann dieser Leichnam nicht der von Tim sein«, sagte Patrick und deckte auch diesen Leichensack ab.

»Aber er hat keinen Kopf!«, rief Alan aus.

»Das habe ich überschlägig mit eingerechnet«, antwortete Patrick. »Es gibt Tabellen, aufgrund derer wir die Körpergröße einer Leiche bis auf ein, zwei Zentimeter hochrechnen können.«

»Tim hatte immer Probleme mit seiner Größe«, sagte Alan, dessen Gedanken abschweiften. »Wenn jemand ihn fragte, wie groß er war, antwortete er: einen Meter dreiundachtzig. Das machte Männer, die kleiner waren als er, fuchsteufelswild.«

Patrick wandte sich an Daisy. »Die Polizei hat keine weiteren Leichen gefunden ...«

»Das bedeutet, dass Tim noch am Leben ist«, unterbrach ihn Judy ungeduldig.

»Nein, das bedeutet lediglich, dass keine der beiden Leichen die von Tim Sherringham sein kann. Nicht mehr, aber auch nicht weniger«, sagte Patrick nüchtern. »Tut mir leid, Daisy. Ich weiß, dass dir damit nicht geholfen ist. Manchmal kommt es mir so vor, als wäre die Unsicherheit noch schlimmer als das Wissen, dass jemand tot ist.«

»Immerhin besteht die Möglichkeit, dass Tim noch am Leben ist«, beharrte Judy.

»Nein.« Daisy schüttelte den Kopf. »Er ist tot. Das weiß ich. Es ist nur eine Frage der Zeit, bis er gefunden wird. Und dann sieht er so aus wie die da.«

Alan hielt die Tür auf, und Judy führte Daisy aus der Leichenhalle.

Alan warf Patrick einen fragenden Blick zu. »Du rufst mich an?«

»Sobald ich auch nur den leisesten Verdacht habe, dass es sich doch um Tim Sherringham handeln könnte«, erwiderte Patrick, während er sich ein frisches Paar Latexhandschuhe überstreifte.

Andy saß auf den grobgehobelten Brettern des Theaterbodens. Durch die Löcher zwischen den Planken konnte er das Meer sehen und Stimmen hören, aber er hatte keine Angst vor den Leuten, die draußen diskutierten, denn sie konnten nicht zu ihm hereinkommen.

Die Einzigen, die außer ihm wussten, wie man auf die Pier kam, waren die Clowns. Einer von ihnen lag jetzt auf der Bühne wie eine leblose Marionette, die darauf wartete, dass jemand an ihren Fäden zog.

Andy blickte den Clown an, und der Clown blickte zurück. Er wünschte, der Clown würde singen und Witze erzählen wie damals in Andys Kindheit. Er würde nach hinten gehen, wo früher die letzte Reihe gewesen war, die Augen schließen und so tun, als wäre alles noch so wie früher. Überall am Strand würden fröhliche Menschen herumlaufen wie in der Zeit nach dem Zweiten Weltkrieg, und die Frauen in Blumenkleidern würden kleine Kinder an den Händen halten und über die heranrollenden Wellen heben.

Die Männer lägen derweil mit zusammengeknoteten Taschentüchern auf den Köpfen in ihren Liegestühlen und hätten ihre Bierflaschen bis zum Hals im Sand vergraben, damit ihr Inhalt nicht zu warm würde. Und dann wäre da das improvisierte Clownsspektakel, das am Wochenende vor den Stufen hinauf zur Strandpromenade aufgeführt wurde. Davor saßen in einem Halbkreis lärmende und lachende Kinder, hinter denen schmunzelnde Erwachsende standen. Letztere schlichen kurz vor dem Ende der Vorstellung schamhaft davon, um nicht dem Clown mit der rasselnden Blechdose zu begegnen, der um ein paar Münzen bat. Die Luft hatte damals ganz anders gerochen als jetzt – in die salzige Meeresbrise hatte sich eine Fülle anderer Gerüche gemischt: dampfender Tee auf sandigen Tabletts, nach Essig riechende *Fish and Chips*, der verführerisch süße Duft von Zuckerwatte und türkischem Honig, der unter der heißen Sommersonne schmolz.

Die Clowns waren nicht so gut wie die, die seine Mutter in ihrer Jugend gesehen hatte: Das zumindest hatte sie ihm erzählt, während sie neben ihm auf der mottenzerfressenen grauen Wolldecke saß, die sie immer mit hinunter zum Strand nahm. Gemeinsam sahen sie zu, wie die Clowns singend, lachend und scherzend durch die Menge gingen und den Leuten kleine Handzettel mit den Anfangszeiten ihrer Show im Theater auf der Pier gaben.

»Bitte, bitte, gehen wir hin?«, hatte er seine Mutter immer gefragt.

Und sie hatte die Stirn in Falten gelegt und geantwortet: »Ein andermal, Andy. Vielleicht am Wochenende, wenn wir noch Geld übrig haben.«

Geld – das nötige Kleingeld – war schon immer ein Problem in seinem Leben gewesen. Nie hatten sie genug davon gehabt, bis er schließlich zur Armee gegangen war, aber selbst dort hatte er den Großteil seines Solds beim Kartenspielen verloren. Seine Kameraden hatten immer die besseren Karten gehabt, und ihm war nie genügend Geld für sein Bier geblieben.

Von dem Gedanken an Bier wurde Andy der Mund ganz wässrig. Er sehnte sich so sehr danach, dass er es fast schmecken konnte: das warme, schon etwas abgestandene Bier, das er als kleiner Junge heimlich aus den im Sand vergrabenen Flaschen getrunken hatte, während er zwischen den Liegestühlen herumkrabbelte – und auch das kühle, helle Bier mit dem wundervollen Schaum darauf, das er während seiner Zeit bei der Rheinarmee in den deutschen Kneipen bekommen hatte.

Noch ganz benommen von seinen Erinnerungen sah er sich in dem heruntergekommenen Theater um. Hier gab es kein Bier, nur einen leblosen Clown, der im Dunkel der verlassenen Bühne lag. Das einzige Licht, das in das Theater fiel, war der Mondschein, der durch die zerbrochenen Fenster hereindrang. Dann hörte Andy wieder das Summen und erinnerte sich daran, was ganz hinten unter der Bühne war.

In der Gefriertruhe würde es zwar nichts zu trinken geben, aber er konnte sich ein wenig von dem Eis holen, das sich in ihrem Inneren gebildet hatte. Natürlich war das bei weitem nicht so gut wie eine Flasche Bier, aber besser als gar nichts. Zudem war es kühl und feucht.

Andy krabbelte unter die Bühne. Dabei musste er vorsichtig sein, denn im Boden gab es große Löcher. Einmal war er mit einem Bein durch eine morsche Planke gebrochen und hatte sich beim Herausziehen furchtbar wehgetan. Das Brummen wurde lauter. Die Maschine machte die ganze Zeit dieses Geräusch. Unter der Bühne war es heiß und stickig, und Andy konnte nur undeutlich die Umrisse des Lochs in der Rückwand erkennen. Er kroch hindurch und befand sich nun in dem großen Raum am äußersten Ende der Pier, wo er die Wellen hören konnte, die unter ihm über den Sand rollten.

In diesem Raum musste man wegen der Clowns immer vorsichtig sein. Manchmal lauerte einem einer von ihnen hier auf und belästigte einen. Einer, ein dünner, langer Kerl, war besonders schlimm. Als Andy ihn im vergangenen Winter gesehen hatte, war er wütend auf und ab gesprungen. Der Clown hatte ihn so böse angezischt, dass Andy in Panik weggerannt und später mit dem Bein durch den Bühnenboden gebrochen war.

Jetzt sah er niemanden, während er auf die Kühltruhe zukroch, den Deckel anhob und mit den Fingern an die Truhenwand griff, um sich ein Stück Eis abzubrechen. Aber seine Hand fühlte kein Eis. Sie fühlte Haare, und als er die Hand wieder herauszog und ableckte, war sie kalt und schmeckte nach Eisen.

Als er seine Hand erneut hineinsteckte, berührte er, ohne es zu wollen, wieder die Haare. Und dann hatte er auf einmal etwas Dünnes, Kaltes in der Hand. Automatisch zog er es heraus, wobei es sich mit einem leisen Knacken vom Eis löste. Als er das Ding im Mondlicht betrachtete, sah er, dass es aus zwei runden Glasscheiben bestand. Eine Brille. Mit einer Brille kann man besser sehen, dachte Andy und setzte sich das kalte Gestell auf die Nase, aber es hatte nur noch einen Bügel. Also nahm er die Brille wieder ab und steckte sie in die Tasche seiner zerlumpten Hose. Vielleicht gab ihm ja jemand etwas Geld dafür. Blackie würde bestimmt ein paar Pence herausrücken. Blackie war so dumm.

Andy steckte noch einmal die Hand in die Gefriertruhe und brach sich ein kleines Stück Eis heraus, das er gierig in den Mund steckte. Es war gut. Nicht so gut wie etwas zu trinken, aber trotzdem nicht schlecht.

Kapitel acht

Peter Collins setzte sich auf einen der harten Holzstühle in dem kleinen, steril wirkenden Zimmer, das Bill Mulcahy großtuerisch als »sein Büro« bezeichnete. Es lag gegenüber dem großen Konferenzzimmer, das man nun zur Einsatzzentrale für die Sonderkommission zur Untersuchung der »Autobahnmorde« – so eine Schlagzeile in der Boulevardpresse – umfunktioniert hatte.

Die Besprechung, aus der Peter gerade gekommen war, hatte ihm ganz und gar nicht gefallen. Je länger er darüber nachdachte, desto klarer wurde ihm, dass ihm an diesem Tag eigentlich überhaupt nichts gefallen hatte – weder die Art und Weise, wie die von oberen Dienststellen entsandten Besserwisser ihn und andere Beamte vor Ort herumkommandiert hatten, noch die Tatsache, dass er ohne Pause gearbeitet hatte. Außerdem war er hungrig, und wenn er Hunger hatte, war er besonders schlecht gelaunt.

Bill Mulcahy und Trevor Joseph, die kurz hinter ihm den Raum betreten hatten, wirkten genauso ausgelaugt und mitgenommen wie er selbst.

»Ich habe schon so lange nichts mehr gegessen, dass ich mich echt zusammenreißen muss, um mich nicht auf die Pflanze da drüben zu stürzen und sie zu verschlingen«, verkündete Mulcahy und warf einen Blick auf die verkümmerte Aloe vera, die ihm eine seiner Polizistinnen geschenkt hatte, um – wie sie es formuliert hatte – sein »Büro etwas freundlicher zu gestalten«.

»Heben Sie sich die für schlechte Zeiten auf«, sagte Trevor. »Peter gibt auf dem Heimweg ein Steak im Beachcomber aus.«

»Wieso ich?«, konterte Peter. »Schließlich war ich derjenige, der im Dreck gewühlt hat, während ihr trauernde Witwen trösten durftet.«

»Es war der Bruder«, korrigierte ihn Mulcahy. »Die Witwe war mit Judy Osbourne unterwegs. Außerdem ist sie keine Witwe – zumindest noch nicht. Das haben Sie doch eben in der Besprechung gehört.«

»Wenn da draußen auf der Autobahn irgendein Verrückter die Leute in Stücke hackt und jemand, der als vermisst gemeldet wurde, genau auf dieser Autobahn unterwegs war, dann ist die Möglichkeit, dass auch er bereits Hackfleisch ist, ziemlich groß. Vielleicht haben wir bloß an der falschen Stelle gegraben, was aber nicht heißen soll, dass ich morgen wieder im Dreck wühlen will.«

»Das müssen Sie auch nicht.« Mulcahy setzte sich hinter seinen Schreibtisch.

»Dann dürfen wir also wieder zurück ins Drogendezernat?« Peters Laune besserte sich sichtlich.

»Nicht sofort«, erwiderte Mulcahy ausweichend.

»Was soll das heißen: ›nicht sofort‹?«, fragte Peter gereizt. »Wenn die Dealer mitbekommen, dass wir anderweitig gebunden sind – dann gute Nacht.«

»Es gibt da noch einige Sachen, die überprüft werden müssen«, erklärte Mulcahy und zog sich einen Stapel Akten heran.

»Mann, das sieht nach Arbeit aus«, stöhnte Peter.

»Nun hören Sie schon auf zu jammern, Collins«, fuhr ihn Mulcahy an. »Wir haben alle einen harten Tag hinter uns.«

»Machen wir weiter, sonst sitzen wir noch die ganze Nacht hier«, schlug Trevor vor.

»Und dann kriegen wir nie was zu essen«, lenkte Peter ein, da er ohnehin nichts ändern konnte.

»Sollen wir uns etwas zu essen bringen lassen?«, schlug Trevor vor.

»Gute Idee. Bestellen Sie etwas für uns alle.« Mulcahy setzte sich an seinen Schreibtisch, während Trevor zur Tür ging und einen Constable herbeirief. Nachdem er ihn mit der Bestellung weggeschickt hatte, war die Stimmung zwischen Mulcahy und Peter schon wieder etwas besser.

»Die da oben würden sich ganz schön die Augen reiben, wenn wir hier den Fall auf eigene Faust lösen würden«, meinte Mulcahy, und der Hauch eines Lächelns umspielte seinen Mund.

»Soll das heißen, dass Sie auf eigene Faust Untersuchungen anstellen wollen?«, fragte Trevor misstrauisch.

Er war schon einmal in einen Machtkampf zwischen zwei Vorgesetzten geraten, und diese Erfahrung wollte er nicht unbedingt wiederholen. So etwas konnte einem als Untergebenem nur Ärger einbringen.

»Nein, natürlich nicht. Aber wir können die Informationen, die uns von alleine zufliegen, kreativ auswerten«, erwiderte Mulcahy und machte ein unschuldiges Gesicht. »Seit die Medien über den Fall berichten, werden wir mit Hinweisen geradezu überschwemmt. Bis das ganze Material gesichtet ist, dauert es Monate, aber wenn zwei Beamte, die sich vor Ort auskennen, an den richtigen Stellen suchen, können sie vielleicht den Jackpot knacken.«

»Und diese Beamten sollen wohl Trevor und ich sein.« Peter legte seine Beine auf den einzigen noch freien Stuhl im Raum.

»Wie fangen wir an?«, fragte Trevor.

»Indem wir nochmal alles durchgehen, was wir wissen.«

»Das ist einfach.« Peter machte es sich auf seinem Stuhl so bequem wie möglich. »Da hätten wir zunächst einmal einen vermissten Arzt und zwei unidentifizierte Leichen. Keine der Leichen passt auf die Beschreibung des Arztes, nach dem wir nach wie vor suchen.«

»Was sind Sie bloß für ein Polizist, Collins«, sagte Mulcahy, zog ein abgewetztes Notizbuch aus der Tasche und schlug es auf. »Jetzt will *ich* Ihnen mal sagen, womit wir es zu tun haben. Und zwar mit einem oder mehreren skrupellosen Mördern, die sich an der Autobahn bestens auskennen. Aus den fehlenden Blutspuren an der Fundstelle der Leichen kann man schließen, dass die Opfer an einem anderen Ort getötet und ihre Leichen am Rand der Autobahn abgeladen wurden. Allerdings hat die Spurensicherung Messerspuren im Boden gefunden, woraus hervorgehen könnte, dass das erste Opfer an der Fundstelle enthauptet wurde. Der Gerichtsmediziner glaubt, dass der oder die Mörder nach der Tat hinunter zum Fluss gegangen sind, um sich zu waschen, weil dort auf den Felsen Blutspuren gefunden wurden, die gerade im Labor untersucht werden. Nach unserem erneuten Aufruf in der Presse wird hoffentlich recht bald jemand diese Leichen identifizieren können, dann wären wir schon einen Schritt weiter. Und dann gibt es ja noch die fehlenden Hände und Köpfe, die auch irgendwo sein müssen. Wenn auch sie von Maden befallen sind, entsteht dort Wärme, und vielleicht haben wir Glück, und der Hubschrauber mit der Wärmebildkamera findet sie, genauso wie er die Körper gefunden hat.«

»Was ist, wenn sie verbrannt oder irgendwo weiter weg vergraben wurden? Oder wenn man sie mit Gewichten beschwert im Meer versenkt hat? Man könnte sie auch in Säure auflösen oder im Herd backen und …« – Peter senkte die Stimme – »… aufessen.«

»Jetzt sind Sie offenbar wieder ganz in Ihrem Element, Collins«, kommentierte Mulcahy, doch sogleich wurde er wieder ernst. »Aber selbst wenn unsere Leichen keine Köpfe mehr haben, so können wir uns zumindest ihre Haut- und Haarfarbe sowie ihre Größe und ihr ungefähres Gewicht ausrechnen. Sobald wir das alles haben, gehen Sie beide die Akten aller vermissten Personen der vergangenen fünf Jahre durch.«

»Wissen Sie, wie viele Personen alleine auf diesem Revier als vermisst gemeldet sind?«, fragte Trevor.

Mulcahy ging auf die Frage nicht ein. »Irgendwo muss es auch einen Wagen geben, in dem Blutspuren zu finden sind«, fuhr er fort. »Man kann keine zerstückelte Leiche transportieren, ohne Spuren zu hinterlassen. Zurzeit sind Beamte unterwegs, die in allen Werkstätten und Waschanlagen nachfragen. Sie beide werten die Untersuchungsergebnisse aus.«

»Der Täter hätte die Leiche aber auch gut einpacken und später die Verpackung entsorgen können«, warf Peter ein, der weiterhin den Advocatus Diaboli spielte. »In diesem Fall gäbe es im Wagen keinerlei Spuren.«

»Schließlich wäre da noch der zeitliche Aspekt«, fuhr Mulcahy ungerührt fort. »Eine der Leichen kann erst seit zwei oder drei Tagen in dieser Hecke gelegen haben. Gut möglich, dass sich noch jemand meldet, der an der Autobahn etwas Auffälliges bemerkt hat.«

»Wenn ich es richtig mitbekommen habe, dann können die Pathologen lediglich sagen, dass die Leichen schon seit einigen Tagen in dieser Hecke gelegen haben«, gab Trevor zu bedenken. »Den Todeszeitpunkt konnten sie nur anhand der Besiedlung mit Schmeißfliegen ermitteln, was naturgemäß nicht allzu genau ist. Vielleicht wurden die Opfer ja schon vor einiger Zeit getötet, dann irgendwo in einem kühlen Versteck zwischengelagert und später an der Autobahn abgeladen.«

»Na schön, dann suchen wir eben nach dem Zwischenlager.« Mulcahys Geduld, die selbst in besseren Zeiten nicht allzu groß war, stieß nun deutlich an ihre Grenzen. »Wir müssen einfach aus dem Wenigen, was wir haben, das Beste machen.«

»Da wäre zum Beispiel Daisy Sherringhams Albtraum von der kopflosen Leiche.« Peter konnte sich die Bemerkung nicht verkneifen.

»Vielleicht weiß sie ja mehr über das Verschwinden ihres Mannes, als sie zugibt«, sagte Mulcahy ernst und ließ seine Fingerknöchel knacken. »Könnte gut sein, dass der Schlüssel für das Verschwinden von Tim Sherringham in seiner Familie zu finden ist.«

»Das glaube ich nicht«, meinte Trevor. »Und abgesehen davon hätten wir dann noch immer keine Erklärung für die enthaupteten Leichen in der Hecke. Außerdem steht zweifelsfrei fest, dass Daisy Sherringham ihren Mann wirklich geliebt hat …« Er wurde von einem Klopfen an der Tür unterbrochen.

Ein junger Polizist öffnete sie und steckte den Kopf herein.

»Endlich gibt es was zu essen«, seufzte Peter erleichtert und nahm die Füße vom Stuhl.

»Leider nicht, Sir, aber der Diensthabende meint, Superintendent Mulcahy möchte das hier vielleicht gerne sehen.« Er reichte Mulcahy ein Blatt Papier. »Es wurde schon wieder einer gesehen, Sir. Damit wären es jetzt drei. Die Telefonnummern der Zeugen stehen hier auf dem Blatt, Sir.«

»Vielen Dank, Constable Harries«, sagte Mulcahy und sah sich das Blatt an.

»Und wo bleibt unser Essen?«, fragte Peter.

»Ich bringe es Ihnen, sobald es da ist, Sir.«

Mulcahy strich sich nachdenklich übers Kinn, bevor er das Blatt an Trevor weiterreichte. »Für sich allein betrachtet könnte man jede dieser Beobachtungen für einen albernen Scherz halten. Aber wenn drei Zeugen unabhängig voneinander dasselbe gesehen haben, dann müssen wir der Sache nachgehen.«

»Ein Clown«, las Trevor. »Ein schwarz-weiß geschminkter Clown in einem schwarz-weißen Kostüm. Nennt man das nicht einen Pierrot?«

»Wenn du mich fragst, haben wir in diesem Fall schon genug Clowns.« Peter hob seine Füße wieder auf den Stuhl.

»Aber dieser Clown wurde an der Autobahn gesehen«, erklärte Mulcahy. »Und zwar von drei Zeugen zu unterschiedlichen Zeiten nahe der Stelle, an der wir heute die Leichen gefunden haben.«

»Und was haben die Zeugen getrunken?«, fragte Peter, der inzwischen die Augen geschlossen hatte.

»Das dürfen Sie herausfinden.«

»Aber die Beschreibungen stimmen doch überhaupt nicht überein«, sagte Trevor, der den Bericht überflogen hatte. »Da ist erst mal der LKW-Fahrer, der vor fünf Tagen um vier Uhr morgens gesehen hat, wie ein Pierrot an der Autobahn mitgenommen werden wollte. Als der Fahrer angehalten hat, ist der Pierrot verschwunden. Hat sich quasi in Luft aufgelöst. Der Fahrer ist sogar noch ausgestiegen und hat nach dem Kerl gesucht.«

»Der hat doch nicht mehr alle Tassen im Schrank«, meinte Peter mit einem herzhaften Gähnen. »Würdest du um vier Uhr morgens anhalten und einen Clown mitnehmen, Trevor?«

»Kommt drauf an. Wenn ich gesehen hätte, dass sein Wagen eine Panne hat, vielleicht schon.«

»Dann hast du auch nicht mehr alle Tassen im Schrank.«

»Von einem liegengebliebenen Auto ist in keiner der drei Zeugenaussagen die Rede«, betonte Mulcahy. »Außerdem gibt es gewisse Diskrepanzen in der Beschreibung des Pierrots, wie Sie ja schon richtig bemerkt haben, Sergeant Joseph. Ich möchte, dass Sie sich alle drei Zeugen vorknöpfen und sie noch einmal befragen.«

»Der Clown, den der LKW-Fahrer gesehen hat, soll klein und dick gewesen sein«, sagte Trevor und deutete auf das Blatt in seiner Hand. »Die Beobachtungen des zweiten Zeugen stammen aus derselben Nacht, der aber will einen großen, dünnen Mann im Clownskostüm bemerkt haben. Und die dritte Aussage bezieht sich auf die Nacht vor zwei Tagen, und hier wird behauptet, ein buckliger Clown habe im Schneidersitz auf dem Standstreifen gesessen.« Trevor warf das Papier vor Mulcahy auf den Schreibtisch. »Warum kriechen die Verrückten immer genau dann aus ihren Löchern, wenn wir einen Mord aufzuklären haben?«

»Damit wir den Mörder schneller finden, natürlich«, flachste Peter. »Jetzt müssen wir nur noch einen großen, dünnen, kleinen, dicken, buckligen Clown finden, und schon ist der Fall gelöst. Es kann ja nicht allzu viele Leute geben, auf die diese Beschreibung zutrifft.«

»Könnten Sie zur Abwechslung mal ernst sein, Collins?«, fragte Mulcahy gereizt.

»Moment mal, ein Clown …« Peter setzte sich auf, öffnete wieder die Augen und verzog das Gesicht zu einer Grimasse. »Natürlich ein Clown!«

»Collins, jetzt reicht's!«

»Ich meine es ernst.« Peter rieb sich mit den Fingerknöcheln die Augen. »Erst kürzlich hat mir jemand erzählt, dass der Clown wieder da sei.« Er sah zu Trevor hinüber und fragte: »Sagt dir das etwas?«

»Nein.«

Die Tür ging auf, und Harries kam mit drei großen Pappschachteln herein. »Sie hatten kein Steak, Sir. Deshalb habe ich mir erlaubt, drei große Portionen Kotelett mit Pommes zu bestellen.«

»Junger Mann, Sie werden es noch weit bringen«, sagte Mulcahy und schnappte sich die erste Schachtel.

»Jetzt fällt mir wieder ein, wer mir das mit dem Clown erzählt hat«, bemerkte Peter und öffnete seine Schachtel. »Andy.«

Trevor riss seine Salz- und Essigtütchen mit den Zähnen auf und leerte ihren Inhalt über seine Pommes. »Andy ist doch selbst ein Clown, dem man kein Wort glauben kann. Der hat doch vor Jahren sein bisschen Verstand im Schnaps ertränkt.«

»Als ich neulich vom Pub nach Hause ging, ist er mir am Strand über den Weg gelaufen. Ich habe ihn gefragt, warum er nicht im Obdachlosenheim ist, und er hat mir geantwortet, dass er lieber auf der Pier schläft, seit der Clown wieder da ist.«

»Hört sich ja nach einer hochintellektuellen Unterhaltung an«, meinte Mulcahy und schob sich ein großes Stück Fleisch in den Mund.

»Aber er hat noch viel mehr erzählt. Er hat gesagt, dass der Clown im alten Theater auf der Pier ist. Vielleicht sollten wir uns das mal ansehen?« Peter blickte zu Trevor hinüber.

»Ich dachte, die Pier ist mit einem Stacheldrahtzaun gesichert«, sagte Trevor.

»Ist sie auch«, bestätigte Peter. »Und wem gehört die Pier? Der Stadt?«

»Keine Ahnung«, sagte Mulcahy. »Finden Sie das heraus.«

»Wir könnten auf dem Heimweg doch mal dort vorbeischauen«, schlug Trevor vor.

»Willst du dir ein Fleißbildchen verdienen, oder was?«, fragte Peter griesgrämig.

»Nein, nur morgen eine Stunde länger schlafen.«

»Dienstbeginn ist für Sie um acht«, betonte Mulcahy. »Und damit haben Sie noch Glück. Die Jungs, die morgen die Autobahn weiter absuchen müssen, fangen schon im Morgengrauen an.«

»Mein Rücken wird es Ihnen danken«, murmelte Peter, während er auf einem Stück Kotelett herumkaute. »Noch ein Tag da draußen im Unterholz hätte mich für immer dienstunfähig gemacht.«

»Es gibt keinen Polizisten, der nicht schon einmal in seinem Leben Rückenschmerzen gehabt hätte.« Mulcahy steckte sich die letzten Pommes frites in den Mund und schluckte hingebungsvoll. »Wenn Sie sich schon an der Pier umsehen, dann können Sie auch gleich noch einen Abstecher ins Obdachlosenheim machen. Wenn Andy etwas von einem Clown faselt, dann hat Sam Mayberry vielleicht auch etwas gehört.«

»In Ordnung, machen wir.« Peter ließ einen leisen Rülpser hören.

»Trevor?«, fragte Mulcahy.

»Was?«, murmelte Trevor und nagte das letzte Fleisch vom Knochen.

»Seien Sie vorsichtig mit dieser Daisy Sherringham. Sie stecken da gefühlsmäßig ein wenig zu sehr drin. Ein Ausrutscher, und Sie können wieder Streife gehen. Haben wir uns verstanden?«

»Ja.«

»Trotzdem möchte ich, dass Sie noch einmal bei den Sherringhams vorbeifahren. Aber nehmen Sie Peter mit.«

»Jawohl, Sir.« Nur mit Mühe gelang es Trevor, nicht sarkastisch zu klingen.

»Rücken Sie ihnen ein bisschen auf die Pelle. Die da oben gehen gerade die Gästeliste ihrer Dinnerparty durch, aber das bedeutet noch lange nicht, dass Sie nicht Ihre eigenen Fragen stellen dürfen. Reden Sie mit Tim Sherringhams Bruder und seiner Frau. Wie heißt sie doch gleich nochmal?«

»Joanna. Sie ist eine geborene Lady Holbourne«, erwiderte Trevor.

»Genau. Und dann noch ein Wort zum Schluss. Denken Sie ab und zu mal an diesen Traum von der kopflosen Leiche. Ich halte zwar nichts von diesem ganzen Psychokram, aber ich bin mir ziemlich sicher, dass es Verbrecher in allen Schichten gibt. Nicht nur ganz unten.«

»Wenn Andy wirklich auf dieser Pier geschlafen hat, dann muss er durch die Luft geflogen sein.« Trevor stand vor dem mit Brettern vernagelten und mit Stacheldraht gesicherten Eingang zur Pier.

»Ich habe nur wiederholt, was mir Andy erzählt hat. Ich habe nicht gesagt, dass es auch wahr sein muss.« Peter trat einen Schritt zurück und blickte an der Pier entlang, die sich von der Promenade hinaus ins Meer erstreckte.

Trevor ging zu der bröckelnden Steintreppe, die hinunter zum Strand führte. »Vielleicht kommt man ja irgendwie anders hinein.«

»Das sehen wir uns morgen früh an, wenn es heller ist«, erwiderte Peter. »Jetzt brauche ich ein Bier. Komm, ich lade dich ins White Hart ein.«

»Aber es ist schon nach zwölf.«

»Da geht es im White Hart doch erst richtig los. Der Wirt kennt sich gut aus hier in der Gegend, vielleicht kann der uns sagen, wem die Pier gehört, dann sparen wir uns morgen jede Menge Zeit, weil wir nicht von Pontius zu Pilatus laufen müssen, bis wir jemanden finden, der einen Schlüssel zu dem Ding hat.«

»Einen Schlüssel? Du meinst wohl eine Axt«, sagte Trevor und deutete auf die Absperrung. Peter hatte recht. Heute Nacht kamen sie nicht weiter. »Und du zahlst?«

»Zumindest die erste Runde«, willigte Peter ein und ging zum Wagen.

»Daisy, willst du das wirklich tun?«, fragte Judy.

»Ja.«

Daisy hatte Richard am Morgen angerufen und ihm erklärt, dass sie den Rest des Tages mit Judy verbringen würde. Trotz seiner Proteste hatte sie sich dann auf Judys Sofa schlafen gelegt, obwohl Judy ihr mehrmals ihr Bett angeboten hatte. Erst als Alan am Ende seiner Schicht an Judys Tür geklopft hatte, waren die beiden wieder aufgewacht.

»Du solltest jetzt nicht alleine sein, Daisy«, riet Alan. »Warum nimmst du dir nicht ein paar Tage frei und bleibst bei mir und Carol?«

»Nein. Ich will wieder arbeiten. Je früher, desto besser. Und ich möchte in eine Krankenhauswohnung ziehen.«

»Das ist nicht dein Ernst«, sagte Judy erstaunt. »Niemand zieht freiwillig in eine solche Bruchbude.«

»Seit Tim nicht mehr da ist, halte ich es allein in unserer Wohnung nicht mehr aus, und in Richards Mausoleum schon gleich dreimal nicht …« Daisy verstummte, denn ihr fiel plötzlich ein, dass sie bei ihrer letzten Unterhaltung mit Tim Richards Klinik wegen ihrer alten Patienten als »Mausoleum« bezeichnet hatte. Sie war wütend auf Tim gewesen, weil er über das Angebot seines Bruders nachgedacht hatte. Gab es denn gar nichts, was sie nicht an die Zeit mit Tim erinnerte?

»Daisy.« Judy beugte sich zu ihr herab. »Ich weiß, dass ich mich wiederhole, aber es ist noch überhaupt nicht sicher, dass Tim tot ist.«

»Lass gut sein, Judy«, erwiderte Daisy matt. »Glaubst du denn, ich möchte, dass Tim tot ist? Seit wir aus der Pathologie gekommen sind, wünsche ich mir nichts sehnlicher, als dass er noch am Leben ist, aber … Ich *weiß*, dass er tot ist, Judy. Ich brauche keinen Beweis dafür. Ich spüre es ganz deutlich, dass ich Tim verloren habe. Ich bin alleine, und das tut … weh.«

Daisy sah sich in dem Zimmer um, sah die verwohnten Möbel, die verblichenen Vorhänge, die nicht zum Teppich passten, und die ganze traurige Vergänglichkeit, die möblierten Wohnungen nun einmal anhaftete. Hier fand man nur übergangsweise eine kurze Bleibe, bis man dann nach Wochen, Monaten oder Jahren wieder woanders hinzog. Sah so ihr künftiges Leben aus? Wie eine einsame Einzimmerwohnung, in der niemand mehr auf sie wartete?

Selbst hier in Judys Wohnung konnte sie den Erinnerungen an Tim nicht entfliehen. Hier, auf diesem Sofa, hatte er neben ihr gesessen, in der einen Hand ein Sandwich und in der anderen ein Glas Whisky. Er hatte den Arm um sie gelegt, den Kopf in den Nacken geworfen und schallend über einen von Alans Witzen gelacht. Waren diese Krankenhauswohnungen eigentlich alle gleich?, fragte sie sich. Würde sie eine bekommen, in der sie nichts an Tim erinnerte?

»Du bist nicht alleine«, sagte Judy mit Nachdruck.

»Doch, das bin ich.« Daisy sah ihre Freundin mit ausdruckslosen Augen an, dann erklärte sie abrupt: »Aber ich brauche kein Mitleid oder Mitgefühl. Bis vor ein paar Tagen gab es für mich nur ein Wir, und jetzt gibt es nur noch ein Ich. Ehrlich gesagt, ich weiß nicht einmal, wer dieses Ich wirklich ist.« Als sie Alans besorgten Blick sah, nahm ihre Stimme einen sanfteren Tonfall an. »Ich weiß genau, was Tim und ich mögen. Ich kann euch sagen, was wir gerne in unserer Freizeit machen, was wir gerne essen, wie wir eine Wohnung einrichten würden, was unser Geschmack ist. Aber jetzt bin ich alleine ...« – sie zuckte mit den Schultern –, »... und das ist etwas ganz anderes. Tim war ein Teil meines Lebens. Seit dem Tag, an dem wir uns kennenlernten, war er ein Teil von mir. Ich weiß gar nicht mehr, was ich getan habe, was ich unternommen habe oder mit wem ich befreundet war, bevor er in mein Leben trat. Jetzt muss ich wieder ganz von vorne anfangen. Und ehrlich gesagt, frage ich mich, warum ich das tun soll. Ihr müsst jetzt keine Angst haben, ich tue mir nichts an. Aber soll ich weiter hier arbeiten, meine Dienste schieben und in die Kantine oder auf Krankenhauspartys gehen, wo Tim nicht mehr sein wird? Ich werde nie mehr um eine Ecke biegen und ihm zufällig in die Arme laufen, und trotzdem wird mich alles hier ständig an ihn erinnern. Und das wird mir wehtun.« Ihre Stimme klang bitter. »Und was ist nach der Arbeit? Dann wird niemand zu Hause auf mich warten, ich werde für niemanden mehr kochen und mit niemandem mehr gemeinsam Pläne schmieden können. Ich überlege mir allen Ernstes, ob ich meinen Job nicht einfach hinschmeiße. Aber was dann? Momentan kann ich nicht klar denken, geschweige denn klare Entscheidungen treffen. Ich weiß, dass ich wieder neu anfangen muss, aber mir fehlt einfach die Kraft dazu.«

»Aber wenigstens weißt du, dass wir als deine Freunde für dich da sind«, sagte Alan. »Judy und ich denken viel an dich und Tim, und wir würden uns freuen, wenn wir dir so lange Halt geben könnten, bis du wieder zu Kräften gekommen bist. Und das wird irgendwann der Fall sein, Daisy, früher oder später.«

»Das hoffe ich, wenn auch nur, um euch zu entlasten. Ich nehme eure Unterstützung schon viel zu sehr in Anspruch.«

»Aber dafür sind Freunde doch schließlich da«, sagte Judy und wandte sich anschließend den praktischen Dingen des Lebens zu. »Wenn du willst, helfe ich dir morgen beim Umzug in die Krankenhauswohnung.«

»Das ist sehr nett von dir.«

»Und ich werde mich darum kümmern, dass dich die Krankenhausverwaltung wieder arbeiten lässt«, erklärte Alan.

»Vielen Dank, Alan. Je länger ich nicht arbeite, desto schwieriger wird mir der Neuanfang fallen. Ich werde hier in der Stadt bleiben, bis … bis …« – Daisy faltete die Hände und blickte auf sie hinab – »… Tim gefunden ist.« Sie holte tief Luft. »Und was die Wohnung angeht, so gebe ich sie Richard zurück. Ohne Tim will ich dort nicht mehr leben.«

Daisy dachte an die Tage, die kommen würden. Morgen würde sie mit ihrem Umzug vollauf beschäftigt sein, und übermorgen würde die Krankenhausverwaltung sie hoffentlich wieder arbeiten lassen. Das Leben würde weitergehen, und ein Tag würde dem anderen folgen. Es würde nichts mehr geben, worauf sie sich freuen konnte. Keine Zukunftspläne. Nur den Augenblick.

»Ich denke, es ist wirklich besser, du wohnst hier im Krankenhaus«, meinte Alan. »Da bist du wenigstens in Judys und meiner Nähe. Aber glaubst du denn, dass du morgen hier schon eine Wohnung bekommst?«

»Allein auf diesem Stockwerk gibt es zwei freie Wohnungen«, antwortete ihm Judy, die sich dann wieder an Daisy wandte. »Eines muss dir klar sein, wenn du hier einziehst: In einer Krankenhauswohnung hat man nie richtig Ruhe. Wenn irgendwo Not am Mann ist, wirst du gerufen, ganz gleich, ob du Dienst hast oder nicht. Und das vierundzwanzig Stunden am Tag und dreihundertfünfundsechzig Tage im Jahr.«

»Das ist mir gerade recht«, meinte Daisy. »Je mehr Arbeit, umso besser. Dann muss ich nicht nachdenken.«

»Also sehen wir zu, dass du eine von den beiden Wohnungen bekommst«, sagte Alan. »Aber ich an deiner Stelle würde eure Wohnung behalten, solange du nicht sicher weißt, was mit Tim ist. Gib sie Richard noch nicht zurück.«

»Warum nicht?«, fragte Daisy.

»Einfach so.« Alan stand auf. »Und jetzt bringe ich dich zu Richard.«

»Ich würde lieber hierbleiben«, erklärte Daisy. »Darf ich, Judy?«

»Du weißt, dass du hier immer willkommen bist, aber ich habe Richard versprochen, dass dich einer von uns heute wieder zurückbringt.«

»Stimmt. Das hast du gesagt. Das hatte ich schon ganz vergessen«, sagte Daisy.

»Hast du denn Bedenken wegen Richard?«, fragte Alan, der Daisys Zögern spürte.

»Nein. Ich fühle mich hier nur wohler«, antwortete sie wenig überzeugend.

»Ich komme mit, wenn du möchtest«, bot Judy an. »Ich bin sicher, der Butler findet irgendwo noch eine Matratze für mich.«

»Nein.« Daisy bemühte sich um ein tapferes Gesicht. Sie küsste Judy auf die Wange. »Es ist ja nur noch eine Nacht. Wir sehen uns morgen.«

»Ich habe morgen frei und hole dich ganz früh ab.« Judy öffnete die Tür. »Und dann bringen wir deine Sachen aus eurer Wohnung ins Krankenhaus. Wenn du nicht gleich eine Krankenhauswohnung kriegst, bleibst du eben vorerst bei mir.«

»Und wo willst du sie unterbringen?«, fragte Alan. »Im Bad?«

»Jede dieser Wohnungen hat ihr kleines Geheimversteck.« Judy zwang sich zu einem Lächeln. »Ich zeige es dir morgen, Daisy.«

»Vielen Dank«, sagte Daisy und ging hinaus auf den Flur.

Alan nahm ihren Arm. »Sie werden Tim bald finden, Daisy. Das verspreche ich dir. Es ist nur noch eine Frage der Zeit.«

Trevor war müde, und ihm war schlecht. Im Hinterzimmer des White Hart roch es nach Schweiß und Moder, die Wände waren ganz gelb vom Nikotin, und das Bier war warm und abgestanden und schmeckte ihm überhaupt nicht. Auch der fette Wirt mit den kleinen runden Schweinsäuglein und den fettigen, nach hinten gekämmten schwarzen Haaren war nicht gerade dazu angetan, Trevors Stimmung zu heben.

Ben Gummer war früher ein Jahrmarkt-Ringer gewesen – laut Peter sogar ein ziemlich guter, aber wenn Trevor sich vor Augen führte, dass sein Kollege diese Kneipe als »gutes Pub« bezeichnet hatte, kamen ihm leise Zweifel an seinem Urteilsvermögen. Aber es war egal, ob Ben Gummer nun ein guter oder nur ein mittelmäßiger Ringer gewesen war, eines stand mit Sicherheit fest: Seine besten Zeiten waren längst vorbei. Seine zerschlissene Hose, die am Bund mit einer Schnur zusammengehalten wurde, und sein nach Schweiß stinkendes T-Shirt überließen, was seine Körperformen angingen, nichts der Phantasie.

»Bei mir kommen keine Penner rein, das weißt du doch, Peter«, sagte Ben und kippte ein halbes Bier auf einen Zug hinunter. »Meine Gäste …« – er ließ seinen Blick über die schäbig aussehenden Männer an der Bar schweifen – »… stammen vielleicht nicht gerade aus der High Society, aber aus der Gosse kommen sie nun auch wieder nicht.«

»Also können Sie uns auch nicht sagen, ob hin und wieder Obdachlose auf der Pier schlafen?« Trevor wollte die Befragung so rasch wie möglich beenden und nach Hause gehen. Verglichen mit dieser heruntergekommenen Kneipe war seine winzige Wohnung das reinste Paradies.

»Ich weiß nicht, wie es heute auf der Pier aussieht.« Ben hatte so hastig getrunken, dass jetzt ein großer Bierfleck auf seiner Brust war. »Aber früher, da kannte ich sie gut.«

»Wann war das, Ben?« Peter hatte eben erst ein frisches Bier bestellt und fühlte sich hier sichtlich wohl.

Trevor fiel plötzlich ein, dass sie ja mit Peters Wagen unterwegs waren und es viel zu weit war, um zu Fuß zu seiner Wohnung zu gehen.

»Ungefähr zehn Jahre nach dem Krieg«, antwortete Ben. »Ich kam damals aus der Armee und habe mir auf der Pier zwei Stände gemietet, an einem guten Platz, ganz hinten, direkt neben dem Theater. Die habe ich dann zu einem zusammengelegt und darin Ringkämpfe veranstaltet. Damit habe ich einiges an Geld gescheffelt, das kann ich euch sagen. Ich habe gelebt wie Gott in Frankreich. Nur die besten Anzüge getragen, nur vom Feinsten gegessen und getrunken, und ...« – er warf einen raschen seitlichen Blick hinüber zu Trevor – »... nur die besten Frauen gehabt.«

Peter hob sein Glas. »Würdest du dich heute auf der Pier noch immer zurechtfinden?«

»Warum nicht? Ich kannte sie schließlich wie meine Westentasche«, prahlte Ben. »Als ich da anfing, war sie schon über hundert Jahre alt, und die alten Hasen dort haben immer geschimpft, dass sie so heruntergekommen sei. Ich habe das nicht so gesehen. Für mich war es eine grandiose Zeit.«

»An wen haben Sie damals die Pacht bezahlt, Ben?«, hakte Trevor nach. »An die Stadtverwaltung?«

»Nein, nicht an die Stadtverwaltung. Die Pier hat einem feinen Pinkel gehört, und dessen Familie gehört sie heute noch, wenn ich mich richtig erinnere. In den Siebzigerjahren wollten sie das Ding mal der Stadt andrehen, aber die wollte es nicht haben. Jetzt fällt die Pier langsam auseinander, und eine Renovierung würde viel zu viel kosten. Aber das ist typisch für diese feinen Herrschaften. Erst saugen sie uns kleine Leute bis aufs Blut aus, und wenn einmal mit etwas kein Geld mehr zu machen ist, soll es auf Kosten der Allgemeinheit beseitigt werden.«

»Wissen Sie, wer diese feinen Herrschaften sind?«, fragte Trevor ungeduldig.

»Natürlich weiß ich das.« Ben beugte sich über den Tisch und senkte seine Stimme zu einem vertraulichen Flüstern. »Sie selbst haben sich immer als Lords bezeichnet. Arrogante Schnösel waren das, aber auf der Pier wussten natürlich alle Bescheid. Der Lord hat nämlich ein Flittchen geheiratet. Ein Mädchen vom Theater, das sich schon mal vor zahlenden Zuschauern ausgezogen hat. Heute ist das ja alles anders, da braucht man ja nur die Zeitung aufzuschlagen, aber damals …«

»Und wer war diese Frau?«, fragte Peter.

»Ihrem Vater hat die Pier gehört, und vor dem Krieg ist sie mit den Pierrots im Theater aufgetreten. Der alte George, der damals an der Kasse saß, hat mir gesagt, dass man damals für einen Sixpence hinter der Bühne alles von ihr bekommen konnte.« Er leckte sich die nassen Lippen. »Muss eine scharfe Braut gewesen sein, und eine verdammt clevere dazu, sonst hätte sie sich niemals einen Lord geangelt, mit Titel und Vermögen und allem Pipapo. Der Mann soll ganz besessen von ihr gewesen sein, und irgendwann wollte die dann kein Geld mehr von ihm, sondern wollte ihn heiraten, und der verliebte Narr hat sie doch tatsächlich zur Lady gemacht. Zur Lady!« Er spie verächtlich aus. »Eine billige Nutte, das war sie. Aber das will ihre Enkelin heute natürlich nicht mehr wahrhaben.«

»Weißt du, wie die Enkelin heißt?« Peter trank sein Bier aus und bestellte sich zu Trevors Erleichterung kein neues.

»Der gehört diese Nobelklinik auf der Landspitze«, sagte Ben triumphierend.

»Die Sherringham-Klinik?« Peter starrte ihn verblüfft an.

»Die Holbourne-and-Sherringham-Klinik«, verbesserte ihn Ben. »Ja, unsere kleine Nutte wurde zur Lady Holbourne, und ihr Sohn, der Herr Lord, hält sich für was Besseres, obwohl er im Grunde genommen nichts anderes als ein Bastard ist. Kerle wie du und ich, wir reißen uns tagtäglich den Arsch auf und haben es trotzdem nicht besser als unsere Väter, aber einer Familie, die von Lügnern, Dieben und Prostituierten abstammt, gehören heute die schönsten Nobelkliniken.«

Er schimpfte weiter vor sich hin, aber Trevor und Peter hörten ihm nicht mehr zu. Sie sahen einander an und dachten beide dasselbe. Joanna, Richard Sherringhams Frau, war eine Holbourne. Ihr Vater hatte die Klinik gebaut, die sowohl seinen als auch Richards Namen trug. Und den Holbournes gehörte offenbar auch die Pier, auf der Andy geschlafen hatte und auf der er einen Clown gesehen hatte.

»Und was sagt uns das?«, murmelte Trevor.

»Vielleicht, dass wir mal wieder in einer Sackgasse gelandet sind. In derselben Sackgasse, in der auch unser kleiner, dicker, großer, dünner, buckliger Clown sitzt.« Peter reichte Trevor sein Glas. »Deine Runde.«

Kapitel neun

Richard Sherringham wachte am nächsten Morgen auf, als die ersten Sonnenstrahlen durch einen Spalt zwischen den Vorhängen fielen. Er duschte und rasierte sich. Dann zog er sich an und ging hinaus in den Flur. Aus dem Schlitz unter Joannas Zimmer drang Licht hervor, und Richard überlegte, ob er bei ihr klopfen sollte. Seit ihrer Rückkehr hatte er kaum mit ihr gesprochen – und wenn, dann waren ihre Unterredungen nicht allzu höflich gewesen.

Er wusste, dass es vor allem an ihm lag, dass sie sich so weit voneinander entfernt hatten. Joanna hatte Tim sehr gemocht und konnte mit seinem Verschwinden nur fertigwerden, indem sie sich voll und ganz in ihre lukrativen Forschungsprogramme für eine Kosmetikfirma stürzte. Nach ihren Fehlgeburten und dem Tod seines Vaters Theodore – alles Schicksalsschläge, die ihr fürchterlich nahegegangen waren – hatte sie sich ganz ähnlich verhalten.

Als Theodore Sherringham die junge Joanna, eine seiner besten Studentinnen, zu seiner Assistentin gemacht hatte, war sie seinem Sohn Richard noch völlig unbekannt gewesen. Theo hatte sich damals weder von ihrer Schönheit noch von der Tatsache beeinflussen lassen, dass sie die Tochter eines alten Freundes war, eines reichen und einflussreichen englischen Politikers.

Nein, Lady Joanna Holbourne hatte die Stelle einzig und

allein wegen ihres herausragenden Könnens bekommen. Richard war Joanna damals aufgefallen, weil sie seinen Vater quasi vergötterte, und er hatte sich königlich darüber amüsiert, dass seinen Vater ihre Reize offenbar völlig unbeeindruckt ließen. Theodore Sherringham war zweifacher Witwer, aber selbst als seine Frauen noch am Leben gewesen waren, hatte er nur für seine Arbeit gelebt. Und Joanna hätte eine Frau, ein Mann oder ein dressierter Affe sein können – sie wäre von ihrem Idol stets mit der gleichen höflichen Gleichgültigkeit behandelt worden.

Damals hatten sie noch alle in den USA gelebt. Richard, der in einem Krankenhaus in Los Angeles als aufstrebender Chirurg die Karriereleiter Sprosse um Sprosse nach oben kletterte, fuhr immer dann, wenn sein Dienstplan es ihm erlaubte, in das Haus seines Vaters, um nach seinem Halbbruder Tim zu sehen. Richards Stiefmutter war kurz nach Tims Geburt gestorben, und sein Vater war zu sehr in seine Arbeit vertieft, um sich um seinen jüngeren Sohn wirklich zu kümmern.

Bei diesen Gelegenheiten beobachtete Richard immer wieder, wie sehr Joanna sich um seinen Vater bemühte und wie dieser immun gegen jeglichen Annäherungsversuch von ihrer Seite war.

Dann, ein Jahr nachdem Joanna bei seinem Vater angefangen hatte, brach Theodore Sherringhams Welt mit einem Schlag zusammen. Er hatte fünfundzwanzig Studenten dafür bezahlt, dass sie an einem Experiment teilnahmen, ihnen allerdings nicht gesagt, dass in dem Experiment eine neue halluzinogene Droge getestet werden sollte, die Theodore zur Behandlung psychischer Störungen verwenden wollte.

Joanna hatte für das Experiment eine Studentenbar gemietet und dort eine ausgelassene Party organisiert. Obwohl sämtliche Medien Theodores beruflichen Untergang in epischer Breite dokumentierten, gelangte das, was an jenem Abend wirklich geschah, nie an die Öffentlichkeit. Die Tatsache, dass sich noch in derselben Nacht fünfzehn der Studenten vom Dach des Gebäudes in den Tod stürzten, genügte vollauf, um Theodore Sherringham für immer zu diskreditieren.

Infolge der öffentlichen Empörung über den Massenselbstmord musste Theodore seine Klinik, sein Forschungslabor und die daran angeschlossene, von ihm gegründete Schule für angehende Ärzte schließen. Von dem Skandal zutiefst erschüttert, nahm er sich das Leben. Es war Richard, der ihn tot auffand – Theo saß in seinem Bürosessel, und sein Oberkörper lag in einer Blutlache auf dem Schreibtisch. Die Kugel, die er sich durch den Kopf gejagt hatte, steckte in der Wand hinter ihm.

Richard war am Boden zerstört. Er hatte nicht nur seinen Vater, sondern auch den Mann verloren, der ihm zeit seines Lebens Mentor und Freund gewesen war. Aber es sollte noch viel schlimmer kommen. Nach dem Tod seines Vaters belagerten Scharen von Reportern sein Haus und stellten sogar Tim im Internat nach. Und als wäre das alles nicht genug, wurde Richard auch noch aus fadenscheinigen Gründen die Stelle an der Klinik in Los Angeles gekündigt.

Bei der Beerdigung, zu der nur wenige Trauergäste kamen, musste die Polizei Medien und Schaulustige auf Abstand halten. Joanna hatte Tim vom Internat abgeholt und ihm und Richard bei den Vorbereitungen zur Beerdigung geholfen. Danach ging sie zurück nach England und lud Richard ein, sie dort recht bald einmal zu besuchen.

Nachdem Richard den Besitz seines Vaters verkauft hatte,

nahm er sie beim Wort und flog zusammen mit Tim nach England, wo er Joanna auf dem Anwesen ihres Vaters besuchte. Lord George Holbourne, dem seine Tochter von Vater und Sohn Sherringham in höchsten Tönen vorgeschwärmt hatte, war von Richard sehr angetan – nicht zuletzt auch aufgrund diskreter Nachforschungen über das Vermögen der Sherringhams.

Der Einfluss der Holbournes und das Geld der Sherringhams verschafften Tim einen Platz in einem der besten englischen Internate und Richard die Mitgliedschaft in drei exklusiven Londoner Clubs. Während eines Begrüßungsdinners, das von einem dieser Clubs veranstaltet wurde, erzählte Lord Holbourne Richard ganz nebenbei, dass er irgendwo im Land noch eine heruntergekommene Klinik besaß. Richard, der inzwischen erkannt hatte, dass er in England ein neues, vom Skandal um seinen Vater unbelastetes Leben anfangen konnte, stattete der Klinik einen Besuch ab. Er wusste sofort, dass er hier seine eigene Privatklinik eröffnen wollte. Der altehrwürdige Name Holbourne würde die richtige Klientel anziehen.

Also kaufte Richard die Hälfte des Krankenhauses, benannte es in Holbourne-and-Sherringham-Klinik um und begann damit, es entsprechend seinen Vorstellungen umzubauen. Etwa zur selben Zeit wagte er bei Joanna die ersten vorsichtigen Annäherungsversuche. Zu seinem Erstaunen ging sie darauf ein; und ohne recht zu wissen, wie ihm geschah, war er plötzlich mit ihr verheiratet. In einer englischen Zeitschrift wurde ihre Hochzeit als das Society-Ereignis des Jahres gefeiert, während in den amerikanischen Medien natürlich andere Töne angeschlagen wurden.

Die beiden Frischvermählten fanden unweit der Klinik ein halbverfallenes Anwesen, das ein halbes Jahrhundert lang leer gestanden hatte. Joanna erkannte sofort das Potenzial und ließ es nach ihren Plänen von Grund auf renovieren. Tim besuchte sie beide immer in den Schulferien, und sie hatten miteinander ein wunderbares Leben – oder zumindest war Richard dieser Meinung, bis Joanna das erste Kind verlor.

Er hatte sie damals nicht trösten können; und nun – nach Tims Verschwinden – hielt sie ihn sogar noch weiter auf Distanz.

Richard klopfte jetzt leise an Joannas Tür und wartete. Als er keine Antwort bekam, ging er weiter zu Daisys Tür und horchte. Alles war still. Wahrscheinlich schlief sie noch. Er ging die Treppe hinunter, vorbei an dem großformatigen Ölgemälde, das er seiner Frau zur Hochzeit geschenkt hatte. Es zeigte Joanna vor einer Sommerlandschaft. Sie trug ein einfaches weißes Kleid, und ihr Blick war fröhlich und unbeschwert.

Einen Augenblick lang blieb Richard stehen und betrachtete das Bild. Joanna war eine perfekte Frau. Intelligent, witzig, charmant. Seit Jahren hatte sie auf den von ihr organisierten Cocktail- und Dinnerpartys geglänzt, was sich für seine finanziellen und geschäftlichen Angelegenheiten als enorm förderlich erwiesen hatte. Trotzdem hatte Joanna mit ihrem eher kühlen Temperament und ihrer stoischen Gelassenheit nie in ihm große leidenschaftliche Gefühle hervorgerufen, ganz anders als … Ein für ihn seltenes Lächeln erhellte sein Gesicht, als er an seine Geliebte dachte. Sie war liebevoll, anspruchslos, hocherotisch – manchmal auch ordinär – und konnte sich seinen Eigenheiten und Launen perfekt anpassen. Wie anders würde sein Leben sein, wenn er für immer mit ihr zusammen wäre.

Von plötzlich aufkeimenden Schuldgefühlen geplagt,

wandte er sich von dem Porträt ab und öffnete die schwere Eingangstür. Vielleicht würde es Joanna ja gar nicht so viel ausmachen, wenn er sich von ihr scheiden ließ. Sie musste irgendwo doch auch spüren, dass er sie nie von ganzem Herzen geliebt hatte.

Und Tim? Richard konnte nicht anders, er musste ständig an seinen verschwundenen Bruder denken. Seit dem Tod seines Vaters bedeutete ihm Tim mehr als jeder andere Mensch auf der Welt. Viel mehr als Joanna. Und das lag nicht nur daran, weil Tim die einzige richtige Familie war, die er noch hatte. Tim war auch sein Freund und in gewisser Weise sogar der Sohn, den er nie gehabt hatte.

Sobald Tim wieder zurück war, würde er sein Leben von Grund auf ändern. Er würde neue Pläne schmieden, für sich selbst, für Tim und für seine Geliebte. Aber nicht für Joanna.

Finanziell würde er natürlich für sie sorgen, das war klar. Jetzt, da seine gesellschaftliche Stellung und seine finanzielle Situation gesichert waren, konnte er das auch. Er würde sich auf zivilisierte Art und Weise scheiden lassen. Ihr Vater allerdings könnte ihm Schwierigkeiten machen – den Holbournes gehörten immerhin noch vierzig Prozent der Klinik, auch wenn George ihm nie in seine Entscheidungen dreingeredet hatte. Er würde seinem Schwiegervater einfach die Anteile abkaufen, und wenn er ihm das Angebot machte, solange er und Joanna noch zusammen waren, würde George sicherlich einwilligen.

Richard ging in die Garage. Gestern … Aber daran dachte er lieber erst gar nicht. Die kopflose Leiche von der Autobahn war glücklicherweise nicht Tim gewesen. Tim lebte. Er musste es einfach ganz fest glauben. Er hatte auch keinen Grund, es nicht zu tun. Er hatte das geforderte Lösegeld bezahlt und war den geflüsterten Anweisungen, die er über sein Privattelefon erhalten hatte, genauestens nachgekommen. Früher oder später würde er wieder einen Anruf bekommen. Und Tim … würde leben.

Richards Plan nahm immer konkretere Züge an. Er würde George ausbezahlen, Tim die Hälfte der Klinik übertragen und sich von Joanna scheiden lassen. Sie würde rasch jemand anderen finden. Jemanden, der besser zu ihr passte als er. Am Anfang würde sie die Sache vielleicht noch anders sehen, aber mit genügend Geld konnte man schließlich alles lösen.

Das Haus könnte vielleicht heikel werden. Es gehörte ihnen beiden, und Joanna würde vielleicht weiterhin darin wohnen wollen. Aber das wäre ihm nicht recht, denn für Gesellschaften, die er beruflich nun einmal geben musste, war es ideal.

Je länger Richard darüber nachdachte, desto verlockender erschien es ihm, sich von Joanna scheiden zu lassen und noch einmal ganz von vorne anzufangen. Er stellte sich vor, wie dieses neue Leben sein würde, und baute ein Luftschloss nach dem anderen. Wenn Tim wieder da war, musste er einfach das städtische Krankenhaus verlassen und zu ihm in die Klinik kommen. Dann wäre endlich Schluss mit seinen linken Idealen. Richard hatte nicht zwanzig Jahre lang an den richtigen Fäden gezogen, um dann mit anzusehen, wie sein Bruder – der einzige Bruder, den er hatte – sich für einen Hungerlohn halbtot schuftete. Daisy würde lernen müssen, dass Tim zu Höherem bestimmt war, und entweder kam sie mit ins Boot, oder sie blieb außen vor.

Der Motor des Bentley startete bei der ersten Umdrehung des Zündschlüssels und schnurrte wie ein Kätzchen, als Richard den schweren Wagen aus der Garage und die Auffahrt hinunterlenkte. Nachdem er das Eingangstor zu seinem Anwesen per Fernbedienung geöffnet hatte, fuhr er die schmale Nebenstraße entlang, die hinaus auf die Landzunge führte.

In Gedanken ging Richard die nächsten Tage durch. Er hatte seine Lesereise durch die Vereinigten Staaten abgesagt, aber deshalb musste er die nächsten vier Wochen nicht untätig herumsitzen. Er würde sofort einen neuen OP-Plan für die Klinik erstellen, auch wenn er sich, weil Tony Pierce in der Sahara war, einen anderen Anästhesisten suchen musste. Wie hieß doch gleich der Narkosearzt, den Tim mit auf die letzte Party gebracht hatte und der wie er am städtischen Krankenhaus arbeitete? Edmunds … Mike Edmunds. Ja, so hieß er.

Wenn man den Mann mit einem anständigen Gehalt lockte, würde er dem örtlichen Krankenhaus bestimmt den Rücken kehren, genauso wie Tony es getan hatte. Und wenn Tony zurückkam, könnte er den zweiten Operationssaal samt Anästhesisten an Chirurgen vermieten und damit gutes Geld verdienen.

Überhaupt wollte Richard die Klinik erweitern. Wenn Tim zu ihm kommen würde, war das sogar zwingend notwendig. Tim war ein erstklassiger Chirurg, und wenn er ihn erst einmal in seiner Klinik hatte, würde ihm Daisy bald nachfolgen. Alice Palmer-Smith hatte ihm erst neulich gesagt, dass sie eine ausgezeichnete Ärztin war.

Richard war inzwischen vor dem Klinikgelände angelangt und wartete, bis der Wachmann am Eingang die Schranke für ihn geöffnet hatte. Dann fuhr er im Schritttempo die breite, von Kirschbäumen gesäumte Straße zur Klinik hinauf. In der Mitte der Auffahrt blieb er stehen und stellte den Motor ab. Das aus zwei gläsernen Türmen bestehende Hauptgebäude reflektierte orangerot das Licht der Morgensonne. Es war nicht nur ein schönes, imposantes Bauwerk, es beherbergte auch eine der am besten ausgerüsteten medizinischen Einrichtungen in ganz Europa. Richard konnte auf diese Frucht seiner Arbeit mit Fug und Recht stolz sein.

Wenn er das Krankenhaus den Holbournes überlassen hätte, dann wäre es wohl noch immer in dem hundert Jahre alten Herrenhaus untergebracht, in dem sich jetzt Wohnungen für die Mitarbeiter befanden. George Holbournes Vorstellungen waren heillos veraltet und nicht mehr zeitgemäß, und alles, was es an neuen medizinischen Einrichtungen hier gab, ging einzig und allein auf Richards Konto. Nur durch ihn war es dazu gekommen, dass reiche Patienten Schlange standen, um in dieser Klinik operiert zu werden.

Jetzt allerdings, wo er an Tim dachte und daran, dass er vielleicht demnächst bei ihm einsteigen würde, wurde Richard schlagartig klar, dass er sich auf seinen Lorbeeren nicht ausruhen durfte.

Er würde einen neuen Bettenflügel und einen neuen OP-Bereich bauen, damit er noch mehr Patienten unterbringen konnte, sowie eine Reihe neuer Untersuchungszimmer, die direkt an die seinen grenzten. Außerdem würde er Tim und Daisy ein Haus im kanadischen Stil bauen, mit Blick aufs Meer und weit genug von der Klinik entfernt, damit sie noch genügend Privatsphäre hatten. Wenn bei seiner Scheidung alles nach Plan verlief, würde er sich vielleicht sogar selbst noch so ein Haus bauen. Land hatte er schließlich mehr als genug.

Als Richard weiterfuhr, schwelgte er noch ein paar Augenblicke in seiner wunderbaren Utopie. Vor seinem geistigen Auge sah er seine und Tims Zukunft so klar, als wäre sie jetzt schon Realität. Er hatte das Land und das Geld, und durch das neue politische Klima im Land gab es Arbeit in Hülle und Fülle und genügend reiche Patienten, die sich seine astronomisch hohen Gebühren leisten konnten. Warum also sollte er nicht expandieren und damit sich und Tim ein angenehmes Leben sichern?

»Es ist schon halb neun«, sagte Trevor und spähte durch die halbgeöffnete Tür in Peters Wohnung.

»Was du nicht sagst!«

Nachdem er Trevor hereingelassen hatte, schlug Peter die Tür wieder zu.

»Das ist also dein neues Zuhause«, stellte Trevor lapidar fest. Er fand, dass alle möblierten Wohnungen irgendwie gleich aussahen. Allerdings war diese hier extrem sauber und aufgeräumt, was man von seiner leider nicht behaupten konnte. Dafür aber hatte sie in etwa so viel eigenen Charakter wie die Musterzimmer eines Möbelhauses.

»Das Einzige, was hier mir gehört, sind die Klamotten im Kleiderschrank und ein paar Dinge in der Küche.« Peter fuhr sich mit beiden Händen durch seine vom Schlaf zerzausten Haare. »Und genauso soll es auch sein.« Er blickte Trevor verschlafen an.

»Mulcahy wird nicht gerade begeistert sein, wenn er hört, dass wir zu spät mit der Arbeit anfangen.«

»Wir sind doch erst um vier aus dem White Hart gegangen.«

»Aber das war ja schließlich nicht alles nur Arbeit.«

»Immerhin haben wir dort ein paar neue Spuren aufgetan. Für mich ist das Arbeit.« Peter starrte Trevor noch einen Augenblick an, dann verschwand er im Schlafzimmer, um sich anzuziehen. »Mach uns 'nen Kaffee«, rief er Trevor über die

Schulter hinweg zu. »In der Küche findest du alles, was du brauchst.«

Eine Tür zu Trevors Linken führte in eine winzige, tadellos saubere Kochnische. Die einzigen Dinge, die auf der Arbeitsfläche standen, waren eine kleine elektrische Kaffeemühle und eine Espressomaschine, beides offensichtlich nagelneu. Trevor öffnete den Hängeschrank über der Spüle und nahm eine Dose mit der Aufschrift »Kaffeebohnen« heraus. In seiner eigenen Küche konnte sich in einer solchen Dose alles Mögliche befinden, von Gummibändern bis Rabattmarken, bei Peter aber waren darin tatsächlich dunkelglänzende und wunderbar duftende Kaffeebohnen.

Beim Mahlen der Bohnen dachte Trevor darüber nach, wie wenig er Peter eigentlich kannte. Dabei arbeitete er seit über fünf Jahren mit ihm zusammen, manchmal sogar mehr als zwanzig Stunden am Tag, und trotz ihrer zahlreichen Unterschiede waren sie für gewöhnlich ein gutes Team. Doch außerhalb des Jobs trafen sie sich eigentlich nie. Wenn jemand Trevor gefragt hätte, wie Peter denn so sei, wären ihm als Letztes die Adjektive »ordentlich« oder »häuslich« in den Sinn gekommen, und doch trafen beide ganz offensichtlich zu.

»Dem Geruch nach hast du alles gefunden«, sagte Peter, als er barfuß in die Küche kam. Das Hemd hing ihm offen über die Hose, und er rubbelte sich mit einem Handtuch die Haare trocken.

»So schwer war das ja nun auch wieder nicht bei der Ordnung, die hier herrscht.«

»So sollte eine Küche auch sein«, merkte Peter an, während er jeweils zwei Tassen und Untertassen aus einem der Schränke holte. »Keine Unordnung. Kein unnötiger Krimskrams. Was meinst du, was für Müll Wendy überall im Haus verstreut hatte. Lauter Zeug, das bloß herumsteht und nur darauf wartet, abgestaubt zu werden. Das muss ich alles nicht mehr haben.«

»Machst du deine Wohnung selbst sauber?« Trevor wollte vom Thema Wendy wegkommen, bevor Peter wieder in eine seiner Schimpftiraden auf seine Exfrau verfiel.

»Aufräumen tue ich selbst, und fürs Putzen bezahle ich eine Frau, die auf demselben Stockwerk wohnt.« Peter schenkte zwei Tassen Kaffee ein. »Milch und Zucker?«

Trevor nickte, und Peter reichte ihm Trockenmilch und Zucker, die er aus einem Hängeschrank nahm.

»Hast du denn keinen Kater von gestern?«, fragte Peter.

»Wie denn? Das Bier konnte man nun wirklich nicht trinken.«

»Du weißt einfach nicht, was gut ist.«

»Ich war heute Morgen schon im Obdachlosenheim«, begann Trevor zu erzählen, während er sich auf einen der Barhocker vor der Küchentheke setzte.

»Es ist jetzt kurz vor neun. Was verstehst du unter ›heute Morgen‹?«

»Sieben. Ich habe mich mit Pater Sam unterhalten. Er hat Andy schon seit Wochen nicht mehr gesehen, hat aber das Gerücht gehört, dass Obdachlose auf der Pier schlafen sollen. Und einen Clown kennt er auch, einen alten Knacker namens Gramps, der bei ihm Stammgast ist. Gramps behauptet, früher mal ein professioneller Sänger und Komiker gewesen zu sein, und will in den späten Sechzigern der letzten Pierrot-Gruppe angehört haben, die auf der Pier aufgetreten ist.«

»Und jetzt macht er Autobahnen unsicher, oder was?« Peter knöpfte sein Hemd zu.

»Mit seinem Holzbein dürfte er nicht mehr der Beweglichste sein. Außerdem ist er weit über siebzig.«

»Der ideale Mordverdächtige also. Hast du dich mit ihm unterhalten?«

»Ja, aber gebracht hat es nicht besonders viel. Er lag in einem der Schlafsäle im Bett und hatte sein Holzbein auf einen Stuhl gelegt. Außerdem muss er gestern Nacht so viel getrunken haben, dass er noch immer halb im Nirwana gewesen ist. Er brachte keinen einzigen vernünftigen Satz heraus. Der Pater hat gesagt, dass er ihn bis zum Nachmittag dabehält.«

»Dann fangen wir also bei den Sherringhams an.«

»*Du* fängst bei den Sherringhams an.« Trevor trank seinen Kaffee aus und spülte die Tasse unter laufendem Wasser ab. »Ich *habe* schon angefangen.«

Hare, von den Spitzen seiner auf Hochglanz polierten schwarzen Schuhe bis zu seinen perfekt gescheitelten, etwas schütteren grauen Haaren der perfekte englische Butler, öffnete die Tür und hörte sich höflich an, was Peter zu sagen hatte.

Anschließend verkündete Hare mit einem leichten Naserümpfen: »Dr. Richard Sherringham ist in der Klinik. Lady Holbourne frühstückt gerade auf der Terrasse mit Dr. Edmunds, und Dr. Daisy schläft noch. Wenn es absolut nötig ist, könnte ich Dr. Daisy wecken.«

»Das ist nicht nötig«, entgegnete Trevor.

»Vielleicht könnten wir Lady Holbourne sprechen«, sagte Peter, dem der Titel nur mit Mühe über die Lippen kam.

»Wenn Sie mir bitte folgen wollen, meine Herren.«

Der Butler führte sie durch die Eingangshalle ins Wohnzimmer und von dort hinaus auf die Terrasse.

»Da sind zwei Herren von der Polizei, Mylady.«

»Ich bin Sergeant Collins«, stellte Peter sich vor. »Und das ist mein Kollege, Sergeant Joseph.«

»Bringen Sie mir Neuigkeiten von Tim?«, fragte Joanna. Sie war blass, wirkte aber gefasst.

»Leider nicht, aber wir würden Ihnen gerne ein paar Fragen stellen«, antwortete Trevor.

»Dann nehmen Sie doch Platz, bitte.« Sie zeigte auf die freien Stühle am Tisch. »Hare, bringen Sie uns bitte noch zwei Tassen und Kaffee.«

»Sehr wohl, Mylady.«

»Nettes Fleckchen haben Sie hier.« Peter besah sich den Springbrunnen mit den aus Stein gehauenen Engelsfiguren, der in der Mitte der Terrasse leise vor sich hin plätscherte.

»Uns gefällt es«, erwiderte Joanna kühl. »Darf ich vorstellen, das ist Dr. Edmunds. Er fängt vielleicht bald in der Klinik meines Mannes an.«

»Angenehm«, sagte Trevor, und sie gaben sich die Hand.

»Wie kann ich Ihnen helfen, meine Herren?«, fragte Joanna.

»Wir gehören der Sonderkommission an, die das Verschwinden von Tim Sherringham untersucht.« Trevor setzte sich auf den Platz, den Joanna ihm angeboten hatte. »Wir würden Ihnen gerne ein paar Fragen zu der Party stellen, die Sie und Ihr Mann in der Nacht vor seinem Verschwinden gegeben haben.«

»Ich weiß, dass Tim am Morgen danach verschwunden ist, aber auf dieser Party hat sich nichts Ungewöhnliches zugetragen.«

»Das zu beurteilen überlassen Sie besser uns«, erklärte Peter spitz.

»Was wollen Sie wissen?«

Hare kam zurück, und Joanna rückte etwas zur Seite, damit er das Tablett mit dem Kaffee abstellen konnte.

Trevor versuchte, die durch Peters Äußerung abgekühlte Atmosphäre mit einem Lächeln wieder etwas aufzulockern. »Wann fing die Party denn an?«

»Zwischen halb acht und acht, aber die meisten Gäste sind bis sieben Uhr fünfunddreißig eingetroffen. Nur Tim und Daisy kamen wieder einmal zu spät, weil sie im städtischen Krankenhaus so lange arbeiten müssen.«

»Das stimmt«, bestätigte Mike Edmunds.

Peter nahm die Tasse, die ihm Joanna reichte. »Geben Sie eigentlich häufig solche Dinnerpartys?«

»Nicht mehr, als es die Position meines Mannes erforderlich macht. Wir werden auch selbst häufig eingeladen, und die Etikette erfordert es, dass wir diese Einladungen erwidern.«

»Dienen diese Einladungen nicht hauptsächlich der Pflege Ihrer Geschäftsbeziehungen?«

»Mein Mann verbindet gerne das Angenehme mit dem Nützlichen, Sergeant Collins. Bei einer Tasse Kaffee und einem Brandy nach einem guten Essen redet es sich nun mal viel entspannter als in einem tristen Büro.«

»Nach allem, was ich hier so sehe …« – Peter deutete demonstrativ auf das Haus und den Garten –, »… gehört Ihr Mann wohl kaum zu den Leuten, die sich Arbeit mit nach Hause nehmen müssen.«

»Was Sie hier sehen, Sergeant, hat mein Mann sich zum allergrößten Teil hart erarbeitet. Ihnen als Polizist brauche ich wohl nicht extra zu sagen, dass Sie nicht alles glauben dürfen, was in der Boulevardpresse steht.«

»Was haben Tim und Daisy Sherringham denn gemacht,

als sie zu der Party gekommen sind?«, fragte Trevor, damit sich das Gespräch wieder dem eigentlichen Thema zuwandte.

»Sie haben Champagner getrunken, sich unter die Gäste gemischt und sich unterhalten. Dazu sind Dinnerpartys schließlich da.«

»Und mit wem haben sie sich unterhalten?«

»Vor dem Essen nicht mehr mit vielen. Wie ich bereits sagte, sind sie erst kurz vor dem ersten Gang gekommen.«

»Wann war das?«

»Um acht Uhr fünfzehn.«

»Haben Sie sich an diesem Abend mit Tim oder Daisy unterhalten?«

»Natürlich. Schließlich war ich die Gastgeberin. Tim saß rechts von mir und Daisy etwas weiter unten am Tisch.«

»Wer hat diese Tischordnung festgelegt?«

»Ich. Tim fungiert oft als dritter Gastgeber bei unseren Partys. Er kann sich wunderbar mit den unterschiedlichsten Leuten unterhalten.«

»War Daisy darüber verärgert, dass sie getrennt saßen?«

»Ich denke nicht. Bei uns sitzt kein Ehepaar nebeneinander.«

»Ist während des Essens irgendetwas vorgefallen?«, hakte Peter nach.

»Wir haben gegessen.«

»Und was?«

»Glauben Sie wirklich, dass Ihnen die Speisekarte einen Hinweis auf Tims Aufenthalt liefern kann?«

»Dürfte ich Sie um etwas mehr Ernst bitten?«

»Ich bin ernst, Sergeant Collins«, erwiderte Joanna kühl. »Bitterernst sogar. Tim ist mein Schwager, und es liegt mir ebenso wie Daisy und Richard am Herzen, dass er so rasch wie möglich gefunden wird. Leider sehe ich im Moment bloß keinen Zusammenhang zwischen Tims plötzlichem Verschwinden und der Speisenfolge an diesem Abend.«

Trevor warf Peter einen kurzen, warnenden Blick zu und erklärte dann: »Lady Holbourne, ich will ganz offen zu Ihnen sein. Im Moment haben wir so gut wie keine konkreten Hinweise auf den Verbleib Ihres Schwagers, und das wenige, was wir wissen, hilft uns auch nicht viel weiter. Wir sind noch nicht einmal in der Lage, begründete Vermutungen darüber anzustellen, was mit Tim Sherringham passiert sein könnte. Deshalb wäre es für uns immerhin ein Anfang, wenn Sie uns Ihre Dinnerparty so präzise wie möglich beschreiben könnten. Dann hätten wir zumindest einen Ausgangspunkt für unsere Nachforschungen. Für uns wäre es zum Beispiel wichtig, zu wissen, mit wem sich Tim an diesem Abend unterhalten hat. Erzählen Sie uns also bitte alles, was Sie wissen. Selbst Dinge, die Ihnen vielleicht belanglos erscheinen, könnten für uns möglicherweise den Durchbruch in diesem Fall bedeuten.«

»Es gab Schneckenkaviar-Kanapees, gegrillten Lachs, Chaudfroid von der Taube, Kapaunbraten, Herzoginnenkartoffeln, Brotsoße, Spargelgratin, grünen Salat, Erdbeermousse, Käsesoufflé und Kaffee«, sagte Mike Edmunds und sah Peter an. »Sie wollten doch wissen, was es zu essen gab.«

»Waren Sie auch auf der Party?«

»Ja.«

»Und erinnern Sie sich bei allen Dinnerpartys, die Sie besuchen, so genau ans Menü?«, fragte Peter.

»Nicht immer. Die meisten kann man auch getrost vergessen. Doch an dieses Menü erinnere ich mich deshalb so genau, weil Richard erwähnt hat, dass Joanna es in einem alten

Kochbuch aus edwardianischer Zeit gefunden hat. Ich glaube, der Schneckenkaviar war das einzige Zugeständnis an die heutige Zeit.«

»Exakt«, stimmte ihm Joanna zu.

»Und worüber hat sich Tim beim Dinner unterhalten?«, erkundigte sich Trevor.

Er hatte die Frage an Joanna gerichtet, aber es war wieder Mike Edmunds, der antwortete. »Über den letzten Urlaub, den Daisy und er in Cornwall verbracht hatten. Sie sind mit dem Boot bis nach Falmouth gefahren und dann in der Bucht von Helford vor Anker gegangen. Tim schwärmte richtig von diesem Ort. Und er sagte, wenn er genug Geld hätte, würde er sich dort ein kleines Cottage am Fluss kaufen.«

»Tim Sherringham kann sich doch sicher jedes Haus kaufen, das er will«, sagte Peter.

»Wie kommen Sie denn darauf?«, fuhr Joanna ihn an. »Außer einer bescheidenen Erbschaft von seinem Vater haben Tim und Daisy nur ihr Gehalt, und Ärzte, die für das staatliche Gesundheitssystem arbeiten, verdienen nun mal kein Vermögen.«

»Das kann ich nur bestätigen«, pflichtete Mike Edmunds ihr bei.

»Tim Sherringham fährt immerhin einen Mercedes und lebt in einer teuren Eigentumswohnung …«

»Das sind beides Hochzeitsgeschenke von Richard und mir«, erklärte Joanna. »Aber wir haben Tim nie Geld gegeben. Kurz vor der Hochzeit hat mir Tim erzählt, dass er und Daisy bei der Bank ein Darlehen aufgenommen haben, um sich das Boot leisten zu können. Wenn sie so wohlhabend wären, wie Sie gerne glauben möchten, dann hätten sie es doch mit Sicherheit bar bezahlt.«

»Also abgesehen von den teuren Geschenken, die Sie und Ihr Mann ihm gemacht haben, hat Tim Sherringham so gelebt wie jeder andere normale Arzt?«

»Ja, Sergeant Collins.«

»Mit Sicherheit«, bekräftigte Mike.

»Und wie kommt es, dass dem einen Bruder das alles hier gehört …« – Peter machte eine weitere ausladende Handbewegung – »… und der andere mit einem vergleichsweise bescheidenen Oberarztgehalt auskommen muss?«

»Ganz einfach, Sergeant Collins. Mein Mann besitzt eine Privatklinik, während Tim in einem städtischen Krankenhaus arbeitet.«

Peter zog die Augenbrauen hoch. »Ist das wirklich so einfach?«

»Ja, so einfach ist das«, wiederholte Joanna.

»Und es hat nichts damit zu tun, dass Ihr Mann das Sherringham-Vermögen geerbt hat und Tim dabei leer ausgegangen ist?« Peter wurde plötzlich bewusst, dass er nichts über die Sherringhams wusste, außer dass sie von den Vereinigten Staaten nach England gekommen waren.

»Richards Vater hat sein Vermögen in seinem Testament beiden Söhnen zu gleichen Teilen vermacht. Tims Hälfte wurde bis zu seiner Volljährigkeit in mündelsicheren Wertpapieren angelegt, und Richard hat jeden Penny seiner Erbschaft in die Klinik und dieses Anwesen gesteckt. Damals konnte noch niemand vorhersehen, dass Grundstückspreise einmal derart in die Höhe schießen würden.«

»Hat Ihr Mann dieses Haus vor Ihrer Hochzeit gekauft?«

»Nein, wir haben es danach gekauft, und damals hat es noch ganz anders ausgesehen. Es war die reinste Bruchbude. Wir haben es renoviert und alles Geld, das wir zur Verfügung hatten, hineingesteckt, darunter auch eine kleine Erbschaft von meiner Tante.« Joanna war sichtlich irritiert, dass Peter so beharrlich nach der finanziellen Situation der Familie fragte.

»Und wo hat Richard Sherringham gelebt, als Sie ihn kennengelernt haben?«

»In einem Haus ...« Joanna machte eine längere Pause. »In Kalifornien. Er und Tim haben mich nach dem Tod ihres Vaters hier in England besucht. Wussten Sie, dass ihr Vater und meiner alte Freunde waren?«

»Nein.«

»Nun gut, um es kurz zu machen. Richard beschloss, in England zu bleiben, und mein Vater bot ihm die halben Anteile an seiner Klinik an ...«

»Was meinen Sie mit ›er bot sie ihm an‹?«, fragte Peter.

»Er hat sie ihm verkauft«, präzisierte Joanna. »Und Sie dürfen mir glauben, dass mein Vater Richard beim Preis nicht entgegengekommen ist.«

»Und Richard Sherringham hatte genug Geld, um die Hälfte der Klinik zu bezahlen und sich dann auch noch dieses Anwesen zu leisten?«

»Als ich meinen Mann kennenlernte, hatte er bereits in Amerika eine ganze Weile als Arzt praktiziert und sich ein Vermögen angespart. Er hatte nicht nur die Erbschaft seines Vaters zur Verfügung. Im Gegensatz zu ihm war ich finanziell wesentlich schlechter gestellt.«

»Sie haben gerade gesagt, dass Ihr Vater Richard die Hälfte seiner Klinik verkauft hat.«

»Ich bin nicht mein Vater, Sergeant. Und mein Vater hat altmodische Vorstellungen, was die Erziehung eines Kindes angeht. Bis zum Ende meiner Ausbildung habe ich alles bekommen, was ich wollte, aber danach war ich auf mich allein gestellt. Das soll nicht heißen, dass er mich rausgeworfen hat, aber er hat mir finanziell nicht mehr unter die Arme gegriffen. Ich sollte auf eigenen Füßen stehen und allein für meinen Lebensunterhalt sorgen, was ich dann auch getan habe. Ich wurde die Assistentin von Richards Vater bei einem medizinischen Forschungsprojekt in den Vereinigten Staaten, wo ich auch Richard kennengelernt habe.«

»Und warum hat sich Ihr Mann in die Holbourne-Klinik eingekauft? Ein Arzt vom Ansehen Ihres Mannes hätte doch sicher auch seine eigene Klinik eröffnen können?«, fragte Peter.

»Das weiß ich nicht.« Joanna goss sich Kaffee nach, reichte die Kaffeekanne aber nicht weiter.

»Lag es an Ihnen?«, wagte Trevor sich vor.

»Das glaube ich nicht. Als er die Hälfte der Klinik übernommen hat, sind wir noch nicht einmal verlobt gewesen. Aber das alles sollten Sie ihn vielleicht besser selbst fragen!«

Trevor erkannte, dass er mit seiner letzten, recht persönlichen Frage offensichtlich das Fass zum Überlaufen gebracht hatte.

»Sie sagen, dass Sie Tim finden wollen«, fuhr Joanna fort, »aber im Moment sehe ich nur, dass Sie in den finanziellen Verhältnissen meiner Familie herumschnüffeln, meine Herren. Und da ich nicht verstehe, in welchem Zusammenhang die von Ihnen gewünschten Informationen zu der Wiederauffindung meines Schwagers stehen, möchte ich Sie bitten zu gehen, bevor ich Hare bitte, Ihnen zu zeigen, wo der Ausgang ist.«

Kapitel zehn

»Bitte, Lady Holbourne.« Wie üblich durfte Trevor wieder einmal die Kastanien aus dem Feuer holen. »Wir suchen lediglich nach einem Grund für das Verschwinden Ihres Schwagers. Jemand, der all das hier sieht« – er deutete auf das Haus und den Park –, »könnte annehmen, dass Sie wohlhabend genug sind, eine hohe Summe Lösegeld für ein entführtes Familienmitglied zu zahlen.«

»Verstehe.« Joanna sah ihn interessiert, aber nicht erstaunt an. »Gab es denn eine Lösegeldforderung?«

»Nicht, dass wir wüssten. Bisher jedenfalls. Aber das muss nicht heißen, dass keine gestellt wurde. Entführer warnen die Familien ihrer Opfer immer davor, zur Polizei zu gehen.«

»Aber mein Mann hat sich doch bei Ihnen gemeldet, Sergeant Joseph«, erinnerte sie ihn.

»Dürfte ich Ihnen trotzdem noch ein paar Fragen über die Party stellen?«, bat Trevor. Er zog sein Notizbuch aus der Tasche und legte es vor sich auf den Tisch. »Hat Tim Sherringham an diesem Abend noch über etwas anderes gesprochen als über seine Bootsfahrt nach Cornwall und seinen Wunsch, sich dort ein Haus zu kaufen?«

Mike Edmunds kratzte sich nachdenklich an der Nase. »Über die nukleare Bedrohung und Atomunfälle, den Zustand des öffentlichen Gesundheitswesens, Tony Pierce' bevorstehende Reise in die Sahara –«

»Wer ist Tony Pierce?«, unterbrach ihn Trevor.

»Richards Anästhesist«, antwortete Joanna. »Bevor er bei uns anfing, hat er am örtlichen Krankenhaus mit Tim und Daisy zusammengearbeitet. Richard hat ihn quasi abgeworben.«

»Tony ist ein verdammt guter Narkosearzt«, bemerkte Mike.

»Hat sich Tim Sherringham auf der Party länger mit ihm unterhalten?«, fragte ihn Trevor.

»Nach dem Essen hat sich eine Gruppe von uns ins Billardzimmer zurückgezogen. Tony und Tim waren auch dabei.«

»Und jetzt ist Tony Pierce in der Sahara?« Trevor schrieb sich den Namen in sein Notizbuch.

»Unsere Einladung war unter anderem eine Art Abschiedsparty«, erklärte Joanna kühl. »Richard brach am nächsten Morgen zu einer Vortragsreise in die USA auf, und mein Vater und ich flogen nach Italien, wo unsere Familie eine kleine Villa hat. Richard wollte mindestens vier Wochen wegbleiben, vielleicht sogar sechs, wenn alles gut gelaufen wäre. Tony hätte sich keinen besseren Zeitpunkt für seinen Urlaub aussuchen können.«

»Ohne Chirurg hat ein Anästhesist keine Arbeit«, erklärte Mike. »Ich hoffe für Tony, dass die Reise seinen Erwartungen auch gerecht wird.«

»Und Tim und Daisy Sherringham wollten keinen Urlaub machen?«, fragte Trevor.

»Die beiden waren erst vor einem halben Jahr vier Wochen lang auf Hochzeitsreise«, antwortete Joanna. »Eigentlich wollte ich, dass sie mit mir nach Italien fliegen, aber sie hatten fast keine Urlaubstage mehr übrig.«

»Auf der Party haben Sie also gegessen und sich über diverse Dinge unterhalten. Und was dann?« Trevor lehnte sich in seinem Stuhl zurück und sah Mike Edmunds an, von dem er glaubte, dass er gesprächiger war als die immer noch verärgerte Joanna.

»Nach dem Essen sind wir aufgestanden und haben uns im Stehen unterhalten. Dabei hat Tim Daisy irgendwie aus den Augen verloren und nach ihr gesucht, aber ohne Erfolg. Schließlich haben wir uns dann ins Billardzimmer verzogen.«

»Mit ›wir‹ meinen Sie Tim Sherringham, sich selbst und Tony Pierce, nicht wahr?«

»Genau.«

»Haben Sie erfahren, wo Daisy Sherringham war?«

»Am Ende dann schon. Wir haben sie erst wieder getroffen, nachdem wir das Billardzimmer verlassen hatten. Das war so gegen eins. Sie ist in die Fänge eines von Richards konservativen Freunden geraten, der sie den ganzen Abend über von seinen politischen Anschauungen überzeugen wollte. Daisy ist ja eigentlich eher links bis ultralinks eingestellt; Sie können sich also vorstellen, dass der Abend nicht allzu angenehm für sie verlaufen ist.«

»War sie sauer auf Tim, als Sie aus dem Billardzimmer gekommen sind?«

»Eher erleichtert. Falls es einen Streit zwischen ihr und Tim gab, habe ich nichts davon mitbekommen.«

»Mit wem hat Tim gesprochen, bevor Sie mit ihm ins Billardzimmer gingen?«

»Mit allen möglichen Leuten. Er ist ein sehr geselliger Typ«, antwortete Mike locker. »Mir fällt jetzt niemand Besonderes ein, und soweit ich mich erinnere, waren es auch keine allzu prickelnden Gespräche. ›Schön, Sie zu sehen!‹ … ›War das nicht ein phantastisches Essen?‹ – was es übrigens wirklich war. Oder: ›Arbeiten Sie denn nicht in der Klinik Ihres Bruders?‹ So was in der Art. Wollen Sie noch mehr hören?«

»Kein Bedarf«, raunzte Peter ungehalten.

»Was haben Sie eigentlich im Billardzimmer gemacht?«, wollte Trevor wissen.

»Na was wohl? Wir haben Billard gespielt.« Wie bei Joanna vorhin war nun auch in seiner Stimme eine gewisse Verärgerung zu spüren. »Tim war ziemlich gut, er hat uns alle um Längen geschlagen, aber das war nichts Neues. Er besaß allerdings die Frechheit, sich während des Spiels über Kopfschmerzen zu beklagen, sodass ich noch eine Flasche Whisky besorgen musste, damit ich nicht selbst auch noch welche bekam.«

Trevor blickte von seinen Notizen auf. »Hat Tim Sherringham das Billardzimmer kurzzeitig verlassen?«

»Nein.«

»Und Sie haben sich über das Gesundheitssystem und Tonys Reise in die Sahara unterhalten?«

»Wir haben eigentlich nur geblödelt und oberflächliches Zeug geredet«, erwiderte Mike ungeduldig.

»Um was ging es bei dem Gespräch über das Gesundheitswesen genau?«, fragte Peter.

»Was soll man da schon sagen? Das ganze System fällt auseinander, das wissen alle Ärzte, Richard mit eingeschlossen. Auch wenn er eine Privatklinik betreibt, kennt er sich bestens aus. Als wir im Billardzimmer waren, hat er einmal reingeschaut. Er hat uns gefragt, ob wir noch was brauchten, und dann kurz an unserer Unterhaltung teilgenommen. In den öffentlichen Krankenhäusern gibt es lange Wartelisten, und manche Menschen sterben, weil sie eine dringend benötigte Operation nicht rechtzeitig bekommen. Auch die technische Ausstattung ist praktisch aus der Steinzeit und wird nicht mehr repariert, wenn etwas kaputt ist, geschweige denn durch modernere Geräte ersetzt. Und jedes Jahr wird noch mehr gespart, es ist eine Schande –«

»Lesen Sie eigentlich keine Zeitung, Sergeant Collins?«, unterbrach ihn Joanna mit schneidender Stimme.

Doch Peter ignorierte ihren Einwurf und fragte Mike: »Und über persönliche Dinge haben Sie in diesem Zusammenhang nicht gesprochen? Zum Beispiel darüber, wie es Tim bei seiner Arbeit geht?«

»Eigentlich nicht. Tony hat sich ein wenig über seine Patienten beschwert. Wie ich schon sagte, schaute Richard einmal kurz herein. Da hat er Tim auch gefragt, ob er nicht doch bei ihm in der Klinik arbeiten wollte.«

»Und dann ist es zu einem Streit zwischen den beiden gekommen«, vermutete Peter.

»Nein, Sergeant, es gab keinen Streit.«

»Mein Mann und sein Bruder streiten sich nie«, bekräftigte Joanna, während sie die leeren Tassen der beiden Polizisten zurück aufs Tablett stellte. »Damit Sie Richards Angebot richtig einordnen können, müssen Sie wissen, dass er Tim seit dem Tag seiner Approbation dazu überreden wollte, bei ihm in der Klinik einzusteigen. Inzwischen ist das so etwas wie ein Familienscherz geworden.«

»Tim ist ein guter Arzt und zufrieden mit der Arbeit, die er gerade macht«, bestätigte Mike. »Nicht viele schaffen es in seinem Alter schon zum Oberarzt.«

»Daisy würde niemals das staatliche Gesundheitssystem verlassen und in einer Privatklinik arbeiten, ganz gleich, wie viel Geld sie dort verdienen könnte«, sagte Joanna. »Und was Daisy tut, tut auch Tim. Mein Mann weiß genau, dass er die sprichwörtlichen Perlen vor die Säue wirft, wenn er Tim immer wieder einen Job anbietet, aber er muss es immer wieder mal versuchen. Das ist nichts weiter als Bruderliebe.«

»Gibt es denn sonst noch etwas, was Ihnen beiden zu dem Abend der Party einfällt?«, hakte Trevor noch einmal nach. »Hat vielleicht noch eine andere Person mit Tim gesprochen? Oder fällt Ihnen sonst noch etwas ein, was uns weiterhelfen könnte?«

»Nicht, dass ich wüsste«, antwortete Mike. »Tim und Daisy sind so zwischen eins und halb zwei nach Hause gefahren, und ich habe noch mit Tony Pierce und Richard bis drei oder vier Uhr früh Billard gespielt.«

»Und ich bin um zwei ins Bett gegangen«, fügte Joanna hinzu.

»Sie haben vorhin erwähnt, dass Daisy Sherringham am frühen Abend mal verschwunden war«, sagte Peter. »Könnte es sein, dass sie sich mit einem anderen Mann getroffen hat?«

»Das ist doch lächerlich.« Joanna tat die Frage mit einer verächtlichen Handbewegung ab.

»Daisy und Tim sind erst seit sechs Monaten verheiratet«, hob Mike hervor und sah Peter böse an. »Die beiden sind sehr glücklich miteinander, oder sagen wir lieber, sie waren es, bis das hier passiert ist. Müssen Sie denn unbedingt im Dreck wühlen, Sergeant Collins? Sie werden nichts finden, glauben Sie mir.«

Trevor steckte sein Notizbuch wieder ein. »Wie gesagt, wir haben ein paar Spuren, die aber noch nicht viel Sinn ergeben. Wenn Sie uns ein bisschen helfen, kommen wir vielleicht doch ein wenig voran. Es tut mir leid, wenn Ihnen unsere Fragen seltsam erscheinen.«

»Mit seltsamen Fragen kann ich leben«, erwiderte Joanna, »aber Verleumdungen sind etwas anderes.«

Trevor spielte mit seinem Bleistift herum. »Gehört die Pier eigentlich immer noch Ihrem Vater?«

»Ich denke schon.«

»Ich weiß, dass diese Frage Ihnen etwas merkwürdig vorkommen wird, aber könnten Sie mir vielleicht erzählen, wie Ihre Familie in den Besitz der Pier gekommen ist?«

»Die Mutter meines Vaters war eine geborene Mudesly. Maud Mudesly. Mein Großvater hat sich in sie verliebt, als er sie im Theater auf der Pier gesehen hat. Sie tanzte als Pierrette in der Musikshow ihres Vaters, die *Mudesly's Merry Moppets* hieß. Ihr Großvater, Michael Mudesly, hat die Pier erbauen lassen, und ihr Vater Malcolm folgte ihm ins Showbusiness. Als Malcolm Mudesly starb, hinterließ er die Pier meiner Großmutter, seinem einzigen Kind. Sie vermietete das Objekt einem Freund ihres Vaters. Ich kann mich noch gut erinnern, dass mein Vater über diesen Teil seines Erbes nicht glücklich war. Vor ein paar Jahren wollte er die Pier abreißen lassen, aber das hat eine Bürgerinitiative verhindert, die sich die Erhaltung von Baudenkmälern aus der Viktorianischen Zeit auf die Fahnen geschrieben hat. Jetzt ist sie dem Verfall preisgegeben, wie Sie ja sicher schon selbst gesehen haben. Sie herzurichten ist einfach zu teuer, und abreißen dürfen wir sie nicht.«

»Haben Sie Ihre Großmutter eigentlich noch kennengelernt?«

»Nein. Sie war schon tot, als ich geboren wurde. Aber mein Vater und meine Tanten haben mir viele Geschichten über sie erzählt. Sie muss eine starke Frau gewesen sein.« Joanna heftete den Blick auf Trevor. »Solche Familiengeschichten sind sicherlich sehr interessant, aber könnten Sie mir vielleicht sagen, worauf Sie mit Ihren Fragen hinauswollen?«

»Es wird Ihnen vielleicht lächerlich vorkommen, doch ein Obdachloser will auf der Pier einen Pierrot gesehen haben.«

»Muss ein mutiger Mann sein«, bemerkte Joanna. »Das alte Ding sieht so aus, als könne es jeden Augenblick in sich zusammenfallen.«

»Haben Sie vielleicht einen Schlüssel zur Pier?«, fragte Peter.

»Einen Schlüssel?« Joanna lachte laut auf. »Waren Sie in letzter Zeit mal dort, Sergeant? Als mein Vater sie mit Stacheldraht sichern ließ, hat er sich das von Spezialisten der Armee machen lassen. Wenn Sie sich also auf der Pier umschauen wollen, brauchen Sie schon einen Bulldozer und keinen Schlüssel.«

»Gibt es denn keinen einfacheren Weg?«

»Nicht, dass ich wüsste.«

»Verwendet Ihre Familie denn die Pier für überhaupt nichts?«

»Wie oft muss ich es Ihnen eigentlich noch sagen, Sergeant Collins? Die Pier ist für uns nichts weiter als eine baufällige und nicht ungefährliche Belastung.«

»Wir stellen Ihnen diese Fragen nur deshalb, weil an dem Morgen, an dem Tim verschwunden ist, ebenfalls ein Pierrot gesehen wurde. Und zwar an der Autobahn, auf der Tim vermutlich unterwegs war.«

»Verstehe.«

»Was verstehen Sie, Mrs Sherringham?« Peter konnte sich

einfach nicht dazu überwinden, sie Lady Holbourne zu nennen.

»Weshalb Sie mich nach der Pier gefragt haben …«

Ein markerschütternder Schrei gellte auf einmal aus dem Inneren des Hauses.

Joanna und Mike sprangen sogleich auf und rannten ins Wohnzimmer. Trevor und Peter folgten ihnen. Dann eilte Joanna vorneweg die Treppe hinauf zur Galerie, wo sie die Tür zu einem der Schlafzimmer aufriss.

Drinnen warf sich Daisy Sherringham in ihrem Bett hin und her, während Judy Osbourne, die auf der Bettkante saß, beruhigend auf sie einredete. Hinter Judy stand Hare und machte ein besorgtes Gesicht.

»Ein Albtraum«, erklärte Judy den beiden Polizisten, Joanna und Mike. »Hare hat mich hereingelassen.«

»Wieder der Albtraum von einem kopflosen Tim?«, fragte Peter.

»Daisy ist nicht vernehmungsfähig«, entgegnete Judy verärgert.

Daisy starrte mit leerem Blick auf die drei Männer in der Tür, bis ihr nach ein paar Sekunden klar wurde, wer sie waren. Sie spannte die Muskeln an und zwang sich angestrengt, wieder die Kontrolle über sich zu gewinnen.

Trevor konnte es kaum mit ansehen.

»Tut mir leid«, flüsterte Daisy. »Ich wollte niemanden erschrecken.«

»Was haben Sie geträumt?«, fragte Peter, der sich an Mike vorbei ins Zimmer schob.

»Ich hatte einen Albtraum, weiter nichts«, fuhr Daisy mit entrückter Stimme fort.

Joanna warf Trevor einen bösen Blick zu.

Er verstand den Hinweis und legte Peter eine Hand auf die Schulter. »Wir müssen jetzt gehen«, sagte er.

Bevor er seinen Kollegen nach draußen führte, warf er einen letzten Blick auf Daisy. Tränen rannen über ihr Gesicht. Sie schluchzte nicht und gab auch keine anderen Geräusche von sich, sondern weinte traurig, ergreifend und vollkommen stumm vor sich hin.

»Hare bringt Sie nach unten«, sagte Joanna und hielt ihnen die Tür auf.

Bevor Peter hinter Trevor das Schlafzimmer verließ, sah er sich dort noch einmal rasch um. Sein Hirn arbeitete fieberhaft und sog alle Informationen auf, deren es habhaft werden konnte. Am Fuß des Betts standen eng beieinander mehrere geschlossene Koffer, und die offenstehenden Türen des Schranks gaben den Blick auf leere Fächer und Garderobenstangen frei. Über der Lehne eines Stuhls hing ein teuer aussehendes schwarzes Kostüm.

Als die beiden Polizisten auf der Treppe waren, zwängte sich auf einmal Mike an ihnen vorbei.

»Würden Sie mich bitte vorbeilassen, meine Herren?«, fragte er. »Ich muss Judys Arzttasche aus dem Auto holen.«

»Eine Frage noch.«

»Ich muss mich beeilen, Sergeant Collins …«, meinte Mike, doch er blieb in der Eingangshalle stehen.

»Warum sind Sie jetzt hier?«

»Wenn Tony Pierce nicht für Richard arbeitet, hilft er Joanna bei ihren Forschungsprojekten. Sie hat mich gefragt, ob ich nicht dasselbe für sie machen wollte, und wir haben uns gerade über Gehalt und Arbeitszeiten unterhalten. Und jetzt entschuldigen Sie mich bitte. Hare bringt Sie nach draußen.«

»Da finden wir schon allein hin.«

Doch der Butler überholte sie, als sie auf die Haustür zugingen.

»Bitte sehr, meine Herren«, sagte er, während er ihnen die Tür aufhielt.

Trevor trat ins Freie, aber Peter blieb noch einen Augenblick auf der Türschwelle stehen, blickte auf die perfekt gemähten Rasenflächen des Parks und sah sich um. Links entdeckte er alte Stallungen und rechts einen Swimmingpool, der durch die Bäume nur undeutlich zu erkennen war.

Dann ging er ein paar Schritte, drehte sich um und schaute noch einmal zurück zum Haus. »Ganz gleich, was die Lady sagt, Joseph, so was wie diese Hütte hier kriegt man nicht durch ehrliche Arbeit. Ich glaube, hier muss man nur ein bisschen graben, und schon stößt man auf interessante Sachen. Ich gehe jede Wette ein, dass hier jemand ordentlich Dreck am Stecken hat.«

Als Alan Cummins von Mike angerufen wurde, reagierte er sofort. Er ließ sich gerade mal genügend Zeit, um seine Arbeit dem maulenden Eric Hedley aufzuhalsen, und dann war er auch schon fort.

Nach etwa einer Stunde kam ein weiterer Anruf. Eric entschuldigte sich bei der Mutter, die mit einem schreienden Säugling auf dem Arm in Alans Sprechzimmer saß, und hob den Hörer ab.

»Hier Eric Hedley«, meldete er sich und hoffte, dass ein Vorgesetzter dran war, der Alan Cummins sprechen wollte.

»Hier spricht Patrick O'Kelly. Gib mir doch bitte mal Alan.«

Eric drehte seinen Stuhl von der Patientin weg und sagte

mit leiser Stimme: »Der ist gerade nicht da. Kann ich ihm etwas ausrichten?«

»Wenn er kommt, dann soll er sofort zu mir runterkommen.«

»Hat das etwas mit Tim Sherringham zu tun?«

»Sag ihm einfach, dass er kommen soll.«

Patrick legte auf, und Eric kaute nachdenklich auf seiner Unterlippe herum, bevor er sich wieder an die Frau mit dem Kind wandte.

»Also nochmal zu diesem Herzklappengeräusch …«

»Damit müsste sie eigentlich ein paar Stunden schlafen«, sagte Alan, während er die Spritze, die er gerade Daisy gegeben hatte, zurück in seine Arzttasche legte.

Judy erhob sich von der Bettkante. Sie war körperlich wie seelisch vollkommen ausgelaugt. Alan hatte weniger als eine Stunde gebraucht, um auf Mikes Anruf hin hierherzukommen, aber jede Minute dieser Zeitspanne war ihr wie eine kleine Ewigkeit vorgekommen. Zunächst hatte sie versucht, mit Daisys anfänglicher Desorientiertheit gelassen umzugehen, aber dann hatte ihre Freundin einen hysterischen Schreikrampf bekommen, der ihr gewaltige Angst eingejagt hatte. Obwohl Mike und Joanna ihr zur Seite gestanden hatten, gewann sie den Eindruck, als würde sie immer tiefer in Daisys seltsame Albtraumwelt voller enthaupteter Leichen hineingezogen.

»Du hättest ihr die Spritze ja auch selber geben können.« In Alans Stimme schwang ein Anflug von Vorwurf mit.

»Ich habe ihr ein paar Tabletten gegeben und gehofft, dass sie wirken.«

»In solchen Situationen sind Tabletten völlig nutzlos.«

»Ich bin schließlich nur Assistenzärztin. Und Daisy ist meine Freundin …«

»Du kannst es Judy kaum zum Vorwurf machen, dass sie nicht klar denken konnte«, mischte sich Mike ein. Seine Stimme klang seltsam laut in der Stille, die sich nun, da Daisy nicht mehr schrie, über den Raum gelegt hatte. »Daisy hat so getobt, dass selbst ich es mit der Angst zu tun bekam.«

»Sie muss von einem Spezialisten behandelt werden«, diagnostizierte Alan. »Ich bin nur ein Kinderarzt. Wenn es nach mir ginge, würde ich sie sofort ins Krankenhaus einweisen.«

»Auf die psychiatrische Station?«, fragte Joanna ungläubig.

»Nein, in eines der Einzelzimmer, die das Personal bei Notfällen belegen kann. Wenigstens genießt man als Beschäftigter beim staatlichen Gesundheitsdienst eine ziemlich gute medizinische Versorgung. Wenn Daisy klar bei Verstand wäre, würde sie mir gewiss zustimmen. Würde Richard es erlauben, dass ich sie mit ins städtische Krankenhaus nehme?«

»Er würde sie bestimmt hier in der Klinik behalten wollen«, erwiderte Joanna.

»Das wäre Daisy aber nicht recht.« Alan klappte seine Arzttasche zu und fragte dann unverblümt: »Warum sollte Mike mich anrufen und nicht Richard?«

»Weil zurzeit auch Richard nicht klar denken kann. Er ist zwar nicht so daneben wie sie« – Joanna deutete auf Daisy –, »aber er benimmt sich irrational und aggressiv. Das bin ich überhaupt nicht von ihm gewöhnt.«

»Nun gut, irgendwer muss die Verantwortung für Daisy übernehmen«, sagte Alan mit Nachdruck. »Und wenn Sie nichts dagegen haben, würde ich gerne derjenige sein.«

»Von mir aus«, entgegnete Joanna.

»Die Frage ist nur, ob Richard das erlaubt.«

»Wenn Sie Daisy mit ins Krankenhaus nehmen, dann erzähle ich Richard erst am Abend, wenn er nach Hause kommt, von ihrem Anfall. Bis dahin müsste sich ihr Zustand eigentlich schon stabilisiert haben, und wir können besser eine Entscheidung treffen.« Joannas Stimme klang entschlossen. »Wie Sie bereits gesagt haben: Daisy hätte sich bestimmt nicht anders entschieden.«

»Und Richard?«, fragte Judy.

»Mit dem werde ich schon fertig.«

»Dann sehen wir zu, dass wir sie von hier wegbringen.« Judy holte ihr Handy aus der Tasche und bestellte einen Krankenwagen. »Glaubst du, dass sie ruhiger sein wird, wenn sie wieder aufwacht?«, fragte sie Alan. »Bestimmt wird sie erschöpft sein, aber ich weiß nicht genug, um sagen zu können, ob ihr Anfall der Vorbote eines wirklichen Zusammenbruchs war oder bloß auf zu viel emotionalen Stress – in Verbindung mit zu wenig Schlaf – zurückzuführen ist. Sicherlich setzen ihr diese Albträume gehörig zu, aber den Zustand, in dem ich sie jetzt erlebt habe, erklärt das noch lange nicht.«

Alan wandte sich an Joanna. »Haben Sie an ihr vielleicht irgendwelche Symptome bemerkt, die auf einen baldigen Zusammenbruch schließen lassen?«

»Keine, die mir aufgefallen wären. Aber ich habe auch nicht danach Ausschau gehalten, und außerdem ist es Jahre her, seit ich mich mit Psychiatrie beschäftigt habe.«

»Der Krankenwagen müsste bald hier sein«, sagte Judy und schaltete ihr Handy wieder aus. »Eigentlich wollte Daisy in eine Krankenhauswohnung ziehen und morgen wieder arbeiten.«

»Das mit der Arbeit kann sie vergessen«, erklärte Alan und sah auf die Uhr. »Tut mir leid, aber ich kann nicht mehr länger bleiben. Eric Hedley vertritt mich in meiner Sprechstunde und wartet nur darauf, mir eins reinzuwürgen. Wenn die von der Verwaltung herausfinden, dass ich während der Dienstzeit das Krankenhaus verlassen habe, machen die mich einen Kopf ...« Er hielt mitten im Satz inne, weil er an Daisys Albtraum und die enthaupteten Leichen unten in der Pathologie denken musste.

Judy gab ihm einen von Daisys Koffern. »Den kannst du in der Eingangshalle abstellen. Ich nehme ihn mit, wenn ich Daisy ins Krankenhaus bringe.«

»Ich mag keine Leichenhallen«, murmelte Trevor.

»Das weiß ich«, erwiderte Peter trocken.

»Wieso hast du mich dann mitgenommen?« Trevor wurde ganz schlecht, als ihm der Geruch von Formaldehyd in die Nase stieg.

»Weil Mulcahy uns hergeschickt hat.«

»Nächstes Mal gehst du alleine.«

»Hör auf zu jammern«, erwiderte Peter und schob Trevor durch die Doppeltür.

Die enthauptete Leiche lag auf einem der Sektionstische, und Patrick O'Kelly, dem der Gerichtsmediziner interessiert über die Schulter schaute, schnitt ihr gerade den Bauch auf, als Trevor zur Tür hereinkam. Das Timing war perfekt. Zu perfekt, fand Peter, der genau wusste, dass Pathologen der Polizei gerne einen Streich spielten.

Angeekelt und fasziniert zugleich sah Trevor zu, wie Patrick dem kopf- und händelosen Leichnam die gedunkelte Haut, unter der eine gelbliche Fettschicht zum Vorschein kam, wegklappte und sich die ölig schimmernden Gedärme ansah. Trevor kam mit dem Anblick besser zurecht, als er gedacht hatte. Es war der Gestank, der zu viel für ihn war. Als der warme, süßliche Geruch von verfaulendem Fleisch in seine Nase drang, musste er sich übergeben. Er schaffte es gerade noch bis zu einem nahen Waschbecken an der Wand.

»Tut mir leid«, entschuldigte sich Peter. »Mein Kollege ist ein wenig zartbesaitet.«

»So was kommt hier öfter vor«, murmelte Patrick O'Kelly lakonisch und sagte dann laut zu seinem Assistenten: »Paul, könntest du vielleicht das Waschbecken sauber machen?«

»Sind Sie hier wegen der Identifizierung?«, fragte der Gerichtsmediziner.

»Was für eine Identifizierung?«

»Hat man Ihnen denn nichts davon gesagt?«, fragte Patrick. »Vor zwei Tagen ist hier eine junge Schwesternschülerin verschwunden, nachdem jemand von der Polizei sie verhört hatte. Sie hieß Amanda Dart und trug zuletzt einen braunen Regenmantel wie diesen hier.« Er deutete auf ein Kleidungsstück, das zusammen mit Teilen einer weiteren Leiche auf einem anderen Sektionstisch lag. »Ich habe zwei und zwei zusammengezählt und bin zu der richtigen Antwort gekommen. Solange Sie nichts anfassen, dürfen Sie sich die Tote gerne einmal ansehen.«

»Danke«, sagte Peter und besah sich den verstümmelten Körper. Er hätte sich eine Ohrfeige dafür geben können, dass er nicht selbst darauf gekommen war. Die Tote war klein und schmächtig und hatte dünne Arme und Beine – er selbst hatte Amanda Dart verhört, höchstwahrscheinlich sogar am selben Tag, an dem sie ermordet wurde.

»Ich finde, wir sollten uns Daisy Sherringham vornehmen und nicht hier herumschleichen«, brummte Peter, während er den Wagen in die heruntergekommene Sackgasse lenkte, an deren Ende sich das Obdachlosenheim der Stadt befand.

»Lass gut sein, Peter«, sagte Trevor mit für ihn ungewöhnlicher Heftigkeit. Seit er sich in der Leichenhalle übergeben hatte, war er merklich schlecht gelaunt. »Daisy Sherringham ging es heute Vormittag ziemlich schlecht. Glaubst du wirklich, dass sie sich inzwischen erholt hat?«

»Warum nicht? Und bevor du vor lauter Mitleid mit deiner Traumfrau zerfließt, solltest du daran denken, was Mulcahy uns gestern gesagt hat: Verbrecher gibt es auch in den höchsten Kreisen.«

»Du meine Güte, Peter, die Frau ist mit ihren Nerven am Ende. Das sieht jeder, der Augen im Kopf hat. Sie ist genauso wenig zu einem Mord fähig wie –«

»Wie wer? Hast du dir eigentlich schon mal überlegt, dass sie vielleicht deshalb so fertig ist, weil sie ein Verbrechen begangen hat? Vielleicht bereut sie jetzt ihre Tat und rastet vor lauter schlechtem Gewissen völlig aus.«

»Wenn jemand ausrastet, dann bist du das. Wie kannst du ihr nur so etwas zutrauen?«

»Wenn du dich bemühst, kannst du ein ganz passabler Polizist sein, Joseph, aber in diesem Fall bist du nicht zurechnungsfähig.« Peter zog den Zündschlüssel ab. »Aber ich bin es noch, und im Gegensatz zu dir bin ich nicht als weißer Ritter unterwegs. Und ich habe keine Ahnung, was hier gespielt wird. Aber nicht mehr lange. Eines weiß ich allerdings jetzt schon: Je tiefer wir in diesem Fall graben, desto öfter stoßen wir auf diese Sherringhams, die nicht alle eine weiße Weste haben. Und jetzt, wo alles darauf hindeutet, dass diese Daisy gründlich in die Mangel genommen werden sollte, muss ich in dieses Rattenloch hier gehen und einen Tattergreis mit Holzbein dazu befragen, dass er vor vierzig Jahren mal als Clown auf der Pier aufgetreten ist. Wenn du glaubst, dass uns das auch nur einen einzigen Schritt weiterbringt, hast du ganz gehörig einen an der Waffel. Du tickst nicht mehr richtig. Aber lass dir eines gesagt sein, Joseph: Wenn dich dieser Fall deinen Job kostet, dann lass wenigstens mich aus dem Spiel. Ich habe keine Lust, mit dir zusammen vor die Hunde zu gehen.«

»Und warum möchtest du Daisy Sherringham in die Mangel nehmen, Peter?«, wollte Trevor wissen.

»Zuerst einmal, weil sie uns von einer enthaupteten Leiche erzählt hat, bevor wir überhaupt eine gefunden haben.«

»Aber die Tote ist nicht Tim Sherringham.«

»Dann wären da die Gerüchte, dass ihr Mann was mit dieser Amanda Dart gehabt hat.«

»Wir wissen nicht, ob sie die gehört hat.«

»Das wäre das erste Krankenhaus, in dem nicht geklatscht wird«, höhnte Peter. »Meiner Meinung nach besteht ein Zusammenhang zwischen diesen Gerüchten und Amanda Darts Ermordung. Und ich bin überzeugt davon, dass Daisy Sherringham die enthauptete Leiche mit eigenen Augen gesehen hat, was mindestens auf eine Mittäterschaft hindeutet …«

»Mittäterschaft!« Trevor spuckte das Wort förmlich hervor. »Mittäterschaft mit wem, bitte schön? Ist sie vielleicht beobachtet worden, wie sie die Leichen an der Autobahn abgeladen hat? Oder hat jemand gesehen, wie sie die Opfer bedroht hat? Von einem kennen wir nicht einmal den Namen. Nein, Peter, du bist derjenige, der übers Ziel hinausschießt. Du hast für deine Spekulationen nicht den geringsten Beweis.«

»Wir werden ja sehen, was Mulcahy dazu zu sagen hat«, meinte Peter und stieg aus.

Als Trevor ebenfalls das Auto verlassen und den von Müll übersäten Bürgersteig betreten wollte, meldete sich das Funkgerät am Armaturenbrett. Er sprach eine Weile mit der Zentrale und legte den Hörer wieder auf.

»Gibt es ein Problem?«, fragte Peter.

»Nur ein paar Informationen«, murmelte Trevor.

»Muss ich sie dir vielleicht aus der Nase ziehen?«

Trevor hatte seinem Partner noch nie etwas so ungern gesagt wie das. »Erinnerst du dich noch an den Adam-Walker-Fall?«

Peter verzog nachdenklich das Gesicht. »Der war vor meiner Zeit. Aber ging es da nicht um einen siebzehnjährigen Jungen, der ein Mädchen aus der Nachbarschaft vergewaltigt und erwürgt hat und dann ihre Leiche in einen aufgelassenen Bergwerksschacht geworfen hat?«

»Genau.«

»Und was hat das mit uns zu tun?«

»Er war Daisy Sherringhams Bruder.«

Kapitel elf

Sam Mayberry, der gnomenhaft kleine, grauhaarige Pater, der das Obdachlosenheim führte, saß auf der Vordertreppe und unterhielt sich gerade mit einer schmuddeligen, verwahrlosten Kreatur mit langen schwarzen Haaren.

»Ich dachte, ihr zwei wolltet schon früher kommen«, sagte Sam in seinem weichen irischen Akzent.

»Entschuldigung, aber wir wurden aufgehalten«, sagte Trevor, während Peter eingehend den Mann neben dem Pfarrer musterte.

»Das ist Blackie«, sagte Sam leise. »Blackie, diese beiden Herren sind von der Polizei, aber sie tun dir nichts.«

Blackie kratzte sich an seinem verfilzten Haarschopf und sah die beiden Polizisten misstrauisch an.

»Schläft unser Mann immer noch?«, fragte Trevor.

»Nein, er sitzt in der Küche beim Essen.« Sam stand von der Treppe auf. »Kommt herein. Ich mache euch Tee.«

»Nein, danke. Ich hatte gerade erst einen«, antwortete Peter.

»Ich auch«, fügte Trevor eilig hinzu. Er kannte das Obdachlosenheim. Sosehr sich Sam auch bemühte, es sauber zu halten, war hier doch alles irgendwie schäbig und schmuddelig. Nach ihrem Besuch in der Leichenhalle hatte ihm eine schmutzige Tasse mit zweifelhaftem Tee gerade noch gefehlt.

»Gramps hat früher als Clown gearbeitet«, sagte Sam zu

Peter. »Aber sieh dich vor. Manchmal benimmt er sich ziemlich seltsam.«

»Tun das nicht die meisten deiner Gäste?«

Sam, dem Blackie wie ein getreuer Hund folgte, führte sie durch einen langen Flur in den hinteren Teil des Gebäudes.

»Gramps lebt die meiste Zeit in der Vergangenheit«, erzählte ihnen Sam, während er die Küchentür öffnete. »Gramps?«, sprach er einen alten Mann an, der an einem verkratzten Holztisch saß. »Gramps?«

Der Obdachlose hatte sich über eine Schüssel gebeugt und knurrte etwas Unverständliches vor sich hin.

»Diese beiden Herren würden sich gerne mit dir über die Pier unterhalten.«

»Über die Pier, ja, die kenne ich.« Bei der Erwähnung der Pier hellte sich das zerknitterte Gesicht des über seine Müslischale gebeugten Alten schlagartig auf.

Einen Augenblick lang meinte Trevor, den jungen Mann zu sehen, der tief verborgen in diesem menschlichen Wrack zu schlummern schien.

»Früher war die Pier immer gerammelt voll«, sagte der Mann mit einer seltsam säuselnden Stimme, die er vielleicht damals bei seinen Auftritten verwendet hatte. »Die Männer hatten ihre besten Sonntagsanzüge an, und die Frauen trugen Handschuhe und Hüte, nicht die schäbigen Sachen, die man heute so trägt.«

»Gehen Sie jetzt auch noch manchmal auf die Pier?«, fragte Peter ungeduldig.

»Auf die Pier gehen? Niemals, junger Mann. Niemals. Die Pier ist geschlossen.«

»Wir wissen alle, dass die Pier geschlossen ist.« Peter verlor langsam die Geduld. »Aber wir haben gehört, dass dort hin und wieder jemand übernachten soll.«

»Übernachten? Man kann auf der Pier nicht übernachten.« Der alte Mann schüttelte den Kopf. »Nicht einmal früher, als sie noch geöffnet war, konnte man dort übernachten. Und jetzt erst recht nicht. Man ist dort nicht mehr sicher.« Er schüttelte erneut den Kopf. »Nicht mehr sicher«, wiederholte er. »Deswegen haben sie die Pier ja verbarrikadiert. Mit Stacheldraht. Da würde man sich wehtun. Damals, als die Menschen noch extra ihre besten Sonntagskleider anzogen ...«

»Zum Teufel mit ›damals‹«, knurrte Peter.

»Peter, du musst ihm Zeit lassen«, sagte der Pater mit leicht tadelnder Stimme.

Trevor, der Peters ruppiges Vorgehen nicht gut fand, wollte gerade eingreifen, aber dann fiel ihm etwas an Blackie auf. Der Obdachlose stand hinter Pater Sam und trat von einem Bein aufs andere, während er mit etwas spielte, das er in beiden Händen hielt. Er streichelte es liebevoll. Führte es zum Mund und leckte daran. Anschließend fing er an, es mit den Falten seines zerrissenen Mantels zu polieren.

Als Blackie den Gegenstand ans Fenster hielt, sah Trevor, dass es eine Brille mit dicken Gläsern und schwarzem Kunststoffgestell war.

Blackie besah sich die Brille einen Augenblick lang und versuchte dann, sie aufzusetzen. Weil sie aber nur einen Bügel hatte, fiel sie auf den schmutzigen Linoleumboden, wo Trevor sie genau betrachten konnte. Die Gläser waren so dick wie Butzenscheiben. So eine Brille hatte er nicht mehr gesehen, seit ...

»Nicht damals, Gramps. Heute«, fuhr Peter fort.

»Ich gehe nicht zur Pier. Nicht mehr. Das kann ich doch gar nicht mit meinem Bein …« Peter wandte sich mit einem hilfesuchenden Blick an Trevor, aber dessen ganze Aufmerksamkeit galt Blackie und der Brille.

Er ging vor dem Obdachlosen, der auf dem Boden kauerte und die Brille fest an sich drückte, in die Hocke. »Kann ich mir die Brille bitte mal ansehen?«, fragte er leise.

»Das ist meine.«

»Woher hast du sie?«

»Gekauft. Ehrlich gekauft.« Er steckte die Brille ein und bewegte sich wie eine Krabbe seitlich von Trevor weg.

»Ich zahle dir das Doppelte dafür.« Trevor griff in die Hosentasche und zog eine Handvoll Münzen hervor. »Hier.« Er öffnete seine Hand und zeigte Blackie das Geld. »Nimm dir, so viel du möchtest. Na los, nur zu. Nimm alles.«

Blackie starrte eine Weile auf die glänzenden Münzen, dann schob er eine Hand in seine Kleidung und zog die Brille heraus. Sie taugte ja sowieso nichts, dachte er, weil sie nicht auf der Nase blieb wie die von Pater Mayberry. Andy verkaufte einem immer Sachen, die nichts taugten.

Trevor wartete geduldig, während Blackie noch immer zögerte.

»Nimm doch das Geld, Blackie«, bat Trevor und streckte ihm die flache Hand mit den Münzen hin. »Du musst mir dafür nur die Brille geben und mir sagen, von wem du sie gekauft hast.«

»Das geht schon in Ordnung, Blackie«, sagte Pater Sam und lächelte ihn aufmunternd an. »Niemand wird dir etwas tun. Es ist alles gut.«

Gramps jedoch war schneller, als Peter und Trevor je vermutet hätten. Nachdem alle ihre Aufmerksamkeit Blackie zugewandt hatten und sich niemand mehr um Gramps kümmerte, sprang der plötzlich vom Tisch auf, riss Trevor das Geld aus der Hand und rannte aus der Küche. Für einen Mann mit einem Holzbein war Gramps erstaunlich schnell.

»Gramps, was soll denn das?«, rief Pater Sam und lief ihm nach. »Das ist Stehlen. Komm sofort zurück.«

»Lass ihn, Sam. Es geht hier nicht um das bisschen Geld.« Peter, dessen schlechte Laune angesichts der möglichen neuen Spur verflogen war, ging zu Blackie hinüber, der noch immer auf dem Boden hockte. Er griff in seine Tasche und holte mehr Münzen heraus als vorhin Trevor.

»Das gehört alles dir, wenn du meinem Kollegen die Brille gibst«, sagte er und legte das Geld vor Blackie auf den Küchenboden. »Und du musst uns sagen, wo du sie herhast. Das ist sehr wichtig.«

Dann stand Peter auf und stellte sich mit dem Rücken vor die Tür. Er würde nicht zulassen, dass Blackie auf die gleiche Art und Weise türmte wie Gramps. Blackie starrte Trevor an und legte dann die Brille neben das Geld.

»Andy hat sie mir verkauft«, sagte er, während er gierig die Münzen aufsammelte. »Der verkauft mir immer nur solchen Schrott. Immer. Ein Betrüger ist das. Genau das ist er. Ein elender Betrüger.«

»Hat dir Andy gesagt, wo er die Brille gefunden hat?«, fragte Trevor.

»Nein. Andy sagt mir solche Sachen nie.«

»Und wo ist Andy jetzt, Sam?«, erkundigte sich Peter.

»Das habe ich Trevor schon heute Morgen gesagt. Andy ist seit Wochen nicht mehr hier gewesen. Ich habe mir richtige Sorgen um ihn gemacht und deshalb schon mit Pater Roberts im Tageszentrum gesprochen. Er hat mir erzählt, dass Andy dort nur ab und zu vorbeikommt. Ich schätze, dass er irgendwo unter freiem Himmel schläft. Ich bete nur, dass ihm nichts zustößt, wo auch immer er sein mag.«

»Auf der Pier«, sagte Blackie und nickte wissend. »Andy schläft auf der Pier. Der Clown kümmert sich um ihn. Das weiß ich.«

»Hast du den Clown gesehen, Blackie?«, wollte Trevor wissen.

»Oft. Er hat auf der Bühne gesungen und getanzt.«

»War der Clown vielleicht Gramps?«, fragte Peter.

»Gramps?«, spie Blackie verächtlich aus. »Gramps kann nicht mehr tanzen. Nicht, seit sie ihm das Bein abgehackt haben.«

»Wer hat ihm das Bein abgehackt?«

»Das Krankenhaus. So was passiert, wenn man ins Krankenhaus geht. Da hacken sie einem das Bein ab.«

»Blackie, das habe ich dir doch schon erklärt«, mischte sich Pater Sam ein. »Gramps hatte Wundbrand. Er wäre gestorben, wenn sie ihm das Bein nicht amputiert hätten ...«

»Hast du auch mal auf der Pier geschlafen, Blackie?«, fragte Peter.

»Nein. Ich war nur einmal dort, aber ich kann mich nicht mehr daran erinnern. Jetzt sage ich nichts mehr.« Blackie presste seine zahnlosen Kiefer fest aufeinander.

»Wie bist du auf die Pier gekommen?«

Peters Frage wurde durch beharrliches Schweigen erwidert.

»Wenn du mir nicht antwortest, muss ich dich mitnehmen und in eine Zelle sperren.«

»Nicht mitnehmen!«, flehte Blackie. »Pater, tun Sie doch

was. Die dürfen mich nicht mitnehmen.« Blackie krabbelte auf Sam Mayberry zu, klammerte sich mit beiden Armen um seine Beine und schrie: »Bitte, die dürfen mich nicht einsperren.«

Sam warf Peter einen strengen Blick zu und strich Blackie sanft über die wilde, fettige Mähne. »Antworte ihnen ehrlich auf ihre Fragen, und niemand wird dich mitnehmen, Blackie. Das verspreche ich dir.«

»Wie bist du auf die Pier gekommen?«, wiederholte Peter.

»Andy hat mich mitgenommen«, sagte Blackie schmollend. »Das ist alles, was ich weiß. Ehrlich, Chef. Es war dunkel. Ich habe nichts gesehen, bis wir drinnen waren. Das ging so schnell, dass ich Ihnen den Weg nicht zeigen kann. So schnell. Wirklich schnell. Der Clown war da. Er war lustig. Er hat getanzt und auch gesungen. Und es war warm dort. So schön warm. Andy hatte eine Flasche. Wir haben die Flasche ausgetrunken und dem Clown zugehört. Und dann sind wir wieder gegangen. Das ist alles, Chef. Wir haben nichts kaputt gemacht. Ich habe nichts Verbotenes getan. Ehrlich. Sperren Sie mich nicht ein. Bitte, sperren Sie mich nicht ein.«

Der ranzige Geruch nach Urin und altem Schweiß, den Blackies ungewaschener Körper verströmte, drehte Trevor fast den Magen um. »Blackie, wenn wir jetzt mit dir zur Pier gehen, könntest du uns dann zeigen, wie ihr damals hineingekommen seid?«, fragte er.

»Nein.« Blackies dunkle Augen funkelten hinter der Haarsträhne, die in seine Stirn hing. »Jetzt ist ja alles abgezäunt. Jetzt kann niemand mehr auf die Pier. Völlig unmöglich, bei all dem Stacheldraht.«

»Wann warst du auf der Pier, Blackie?«, fragte Peter, während er neben Trevor in die Hocke ging.

»Nicht mehr, seit der Stacheldraht da ist.« Blackies Blicke huschten nervös durch den Raum. »Mehr weiß ich nicht. Kann ich jetzt gehen?« Seine Hand schloss sich um die Münzen, die er in seiner Kleidung versteckt hatte. »Ich weiß nichts mehr. Ehrlich. Das schwöre ich auf die Bibel. Fragen Sie den Pater. Das ist die Wahrheit. Ich will jetzt raus und mir was zu essen kaufen, Pater. Ich bin hungrig. Kann ich gehen?«

Sam sah Trevor und Peter an.

»Lass ihn gehen«, meinte Trevor, der erkannt hatte, dass aus dem Obdachlosen nichts mehr herauszubekommen war.

Blackie ließ sich das nicht zweimal sagen. Er rappelte sich auf und rannte wie von Hunden gehetzt zur Tür hinaus.

Trevor faltete ein Taschentuch auseinander und hob damit die Brille vom Boden auf. »Gib uns Bescheid, wenn Andy wieder hier auftaucht, Sam.«

»Das mache ich.«

»Danke, Sam«, sagte Peter und ging in Richtung Tür. Er brauchte dringend frische Luft.

»Wenn jeder Streifenpolizist die Augen nach Andy offenhält, werden wir ihn bald gefunden haben«, meinte Trevor, als er sich zu ihm nach draußen gesellt hatte.

»Müsst ihr Andy denn festnehmen?«, fragte Sam, der den beiden folgte. »Es ist doch nicht so schlimm, dass er auf der Pier geschlafen hat …«

»Es geht um mehr als nur das, Sam.« Trevor steckte die eingewickelte Brille in seine Hemdtasche. »Ich kann dir jetzt nicht viel sagen, aber glaube mir, es ist wichtig.«

»Ihr habt also ganz schön was zu tun«, sagte Sam verständnisvoll.

»Wenn du hörst, dass irgendjemand auf der Pier ist, kannst du uns dann im Revier anrufen?«, bat Peter.

»Natürlich. Mache ich. Sind denn auch Junkies auf der Pier?«

»Junkies?« Peter brauchte eine Weile, bis er verstand, was der Pater meinte. »Wir sind jetzt nicht mehr beim Drogendezernat, Sam.«

»Das tut mir leid.«

»Sie haben uns nicht entlassen.« Trevor lächelte amüsiert, als er Pater Sams entsetzten Gesichtsausdruck sah. Er lehnte sich an Peters Autotür und sah hinauf in den klaren blauen Himmel. »Wir sind vorübergehend zur Untersuchung der Autobahnmorde abkommandiert.«

»Morde. Aber doch nicht hier in der Stadt?«

»Sam, wo lebst du eigentlich?« Peter schüttelte den Kopf. »Im Fernsehen und in der Zeitung wird seit Tagen von nichts anderem mehr berichtet.«

»Wir haben im Heim keinen Fernseher. Und zum Zeitunglesen habe ich nie Zeit. Die einzigen Zeitungen, die ich zu sehen bekomme, sind schon viele Tage alt.«

»An der Autobahn kurz vor der Stadt sind zwei Leichen mit abgetrennten Köpfen und Händen gefunden worden«, erklärte Trevor knapp. »Du kannst dir sicher vorstellen, dass sie nur schwer zu identifizieren sind. Aber das hier« – er zeigte auf die Brille in seiner Tasche – »könnte uns dabei helfen.«

»Zwei Leichen! Schrecklich! Ich werde ein Gebet für ihre armen Seelen sprechen.«

»Wenn du schon dabei bist, kannst du auch noch gleich für einen vermissten Arzt mitbeten, Sam.«

»Ein Arzt ist verschwunden? Wohin soll das noch alles führen?«

»Habt ihr eigentlich in letzter Zeit jemanden aus dem Heim vermisst, Sam?«, fragte Peter nebenbei.

»Du weißt doch, wie das im Heim so ist, Peter. Hier ist ständig ein Kommen und Gehen. Die Jüngeren sind die Schlimmsten. Die meisten von ihnen bleiben nur ein paar Nächte, eine Woche oder höchstens zwei, und dann ziehen sie wieder weiter. Wir haben zwar unsere Stammgäste wie Blackie und Gramps, aber die machen weniger als ein Viertel der Leute aus, die hier bei uns übernachten. Und dann die jungen Mädchen ...« Der Priester schüttelte verzweifelt den Kopf. »Von denen gibt es viel zu viele, und jeden Tag werden es mehr. Sie sollten nicht hier sein. Nicht zusammen mit den alten Männern, den Betrunkenen und den Junkies. Für Mädchen sollte es ein eigenes Heim geben. Eines, das neuer und sauberer ist.«

»Du könntest also nicht sagen, ob jemand vermisst wird?« Peter zog eine Schachtel Zigarren aus seiner Tasche und bot dem Pater eine an.

Er schüttelte den Kopf und antwortete: »Andy ist der einzige Stammgast, der im Moment nicht mehr kommt. Und was die Neuankömmlinge betrifft, so versuche ich, mich mit jedem von ihnen zu unterhalten, aber die sagen mir meistens nicht allzu viel. Oft finde ich nicht einmal heraus, wer sie sind, woher sie kommen und wohin sie gehen. Wenn ich sie darüber ausfragen würde, kämen sie nie wieder in mein Heim.«

»Das hilft uns leider nicht weiter«, merkte Peter an und schloss die Autotür auf.

»So ist unsere Gesellschaft leider nun mal«, erklärte Sam. »Keiner kümmert sich mehr um seinen Nächsten. So etwas ...« – er zeigte auf das Gebäude hinter ihm – »... wäre früher nicht nötig gewesen. Früher gab es Dorfgemeinschaften, wo sich alle in Notzeiten beigestanden haben. Heute kriegen die jungen Leute den Eindruck, dass alle gegen sie sind. Sie vertrauen niemandem mehr und laufen einfach davon – vor den Behörden, vor der Polizei, sogar vor Familie und Freunden. Erst vor kurzem war ein Pärchen hier, das sich nach einem jungen Mann erkundigt hat. Aber ich konnte ihnen nicht helfen. Der Junge, nach dem sie gefragt haben, hat eine Woche bei uns geschlafen und ist dann weitergezogen. Sie haben sich wirklich Sorgen um ihn gemacht, und ich habe mich gefragt, warum er überhaupt weggelaufen ist.«

»Kannst du dich erinnern, wie der Junge hieß, nach dem das Pärchen gefragt hat, Sam?«, fragte Peter und dachte dabei an ihre unidentifizierte Leiche.

»Nein, tut mir leid. Ich habe kein besonders gutes Namensgedächtnis«, entschuldigte sich der Pater.

»Versuch trotzdem, dich zu erinnern«, drängte Peter. »Es könnte wichtig sein.«

»Ich glaube, die anderen haben ihn Robin genannt, aber ich bin mir nicht sicher. Dunkle Haare, schlank, ein gutaussehender Junge. Ich weiß noch, wie die Mädchen ihn immer damit aufgezogen haben, dass er eigentlich ein Popstar sei.«

»Und wer war das Pärchen, das sich nach ihm erkundigt hat? Waren das seine Eltern?«, erkundigte sich Trevor.

»Nein. Dafür waren sie zu jung. Das Mädchen war seine Schwester und der Mann wahrscheinlich ihr Freund. Ein netter Bursche. Sie kamen so gegen zehn Uhr abends, als das Heim schon voll war. Der Mann hat gesehen, wie ich Leute wegschicken musste, und hat mir, bevor er ging, noch eine Spende für das Heim gegeben. So was machen nicht viele.«

»Kannst du dich wenigstens an den Namen des Mannes erinnern, Sam?«, fragte Peter.

»Ich habe dir doch gesagt, dass ich kein besonders gutes

Namensgedächtnis habe.« Sam schob die Brille auf seiner Nase nach oben. »Aber er hat mir seine Karte gegeben. Falls der Junge noch einmal zurückkommen sollte.« Er kramte in der Tasche seiner Kutte und zog ein Päckchen zusammengefalteter Papiere heraus, durch das er mit raschen Bewegungen blätterte. Dann zog er eine Visitenkarte heraus. »Hier ist sie. Ich habe den Namen des Jungen auf die Rückseite geschrieben. Robin hieß er. Robin Dart. Jetzt weiß ich es wieder.« Er drehte die Karte um und las den Namen und die Adresse auf der Vorderseite vor: »Dr. Tim Sherringham, Grantley Mews.«

Peter pfiff leise vor sich hin.

Trevor griff nach seiner Brieftasche und zog eine Kopie der Fotos heraus, die Daisy ihm gegeben hatte. »Ist das der Mann?«

»Das ist er.« Sam nickte. »Ein wirklich netter junger Mann. Er steckt doch nicht in irgendwelchen Schwierigkeiten, oder?«

»Nicht, was uns angeht.« Trevor schob das Foto wieder in seine Brieftasche. »Aber er ist der Arzt, der seit fünf Tagen vermisst wird.«

»Sam, denk nach«, bat Peter. »Kannst du dich an den Namen des Mädchens erinnern, mit dem Tim Sherringham hier war?«

»Das Mädchen sagte, sie sei Robins Schwester.«

»Hieß sie vielleicht Amanda?«, fragte Trevor.

»Gut möglich. Ich kann mich einfach nicht daran erinnern.«

»Kannst du sie uns beschreiben?«

»Klein, mager, dicke Brille, das genaue Gegenteil von Robin. Ich weiß noch, wie ich mir gedacht habe, dass sie sich überhaupt nicht ähnlich sind …« Sam stockte der Atem.

»Glaubst du, dass das ihre Brille ist? Dass ihr etwas passiert ist …«

»Das versuchen wir ja gerade herauszufinden.« Peter setzte sich auf die niedrige Mauer, die am Obdachlosenheim entlangführte. »Du hast uns immer noch nicht gesagt, wann Tim Sherringham hier war.«

»Bei mir ist ein Tag wie der andere. Manchmal kommt es mir so vor, als wäre das Leben ein einziger, zäher Einheitsbrei … Sie waren vor ein oder zwei Wochen hier. Genauer kann ich mich nicht mehr daran erinnern.«

»Du hast gesagt, dass das Heim voll war und du Leute wegschicken musstest. Vielleicht war an dem Tag ja noch etwas anderes, an das du dich erinnern kannst. Vielleicht hast du irgendetwas gehört oder dich mit jemandem unterhalten. Komm schon, denk nach. Das ist unsere erste heiße Spur«, drängte ihn Trevor.

»Es tut mir leid, Trevor. Ich schicke hier jede Nacht Leute weg, das ist nichts Besonderes … Aber halt, warte. Der freundliche Mann hat mir einen Scheck gegeben, und den habe ich am Tag darauf bei der Bank eingereicht. Die Bank bewahrt die Schecks doch auf, oder? Und auf dem Scheck müsste das Datum stehen.«

»Kannst du jetzt mit uns zur Bank gehen?« Peter öffnete die Wagentür.

»Aber das Heim …«

»Darum kann sich doch sicher ein paar Stunden lang jemand anders kümmern.«

»Ein paar Stunden … Das ist völlig unmöglich«, protestierte Sam.

»Hier geht es um einen Mordfall, Sam, und wir haben zum ersten Mal eine heiße Spur.«

»Gut, dann müsst ihr mich aber zunächst nach St. Mary's fahren. Ich werde fragen, ob mich der dortige Kurat vertreten kann, solange ich weg bin.«

»Das ist wirklich nett von dir, Sam.« Peter setzte sich auf den Fahrersitz. Zum ersten Mal seit Tim Sherringhams Verschwinden und dem Fund der verstümmelten Leichen an der Autobahn waren sie auf etwas gestoßen, das ihnen weiterhalf. Bill Mulcahy hatte völlig recht gehabt. Ein paar Beamte vor Ort, die wussten, wo sie suchen mussten, fanden oft mehr heraus als die tollste Polizeieinheit mit all ihrer technischen Ausrüstung und ihren neunmalklugen Ideen.

»Willkommen im Land der Lebenden.«

Daisy öffnete die Augen. Das Zimmer, in dem sie lag, kam ihr irgendwie seltsam vor. Das Licht war gedämpft, und im Hintergrund hörte sie das Klappern von Metall.

»Wo bin ich?«

»Du liegst im Krankenhaus«, erklärte Judy und lächelte sie an. »Du hast uns einen ganz schönen Schreck eingejagt.«

»Ich kann mich an gar nichts mehr erinnern …«

»Das ist auch besser so.«

»Ich weiß nur noch, dass ich bei Richard war.«

»Genau. Und jetzt bist du im städtischen Krankenhaus. Sobald du wieder bei Kräften bist, ziehst du zu mir in meine Wohnung.«

»Wie spät ist es?«

»Sieben Uhr abends.«

»Dann habe ich den ganzen Tag verschlafen, und dabei wollte ich heute doch so viel tun.«

»Das kann alles bis morgen warten.«

»Aber du hast dir extra einen Tag freigenommen …«

»Und das war auch gut so.« Judy stand von dem Stuhl neben Daisys Bett auf, ging zum Fenster und zog die Jalousien hoch. Draußen wurde es langsam dunkel, und in der Stadt gingen schon die Straßenlaternen an.

»Warst du den ganzen Tag hier bei mir?« Daisys Mund fühlte sich trocken an, und als sie sich halb aufrichtete und auf den Ellenbogen stützte, hatte sie das Gefühl, als würde sich das Zimmer um sie drehen.

»Ja«, antwortete Judy. »Die Ruhe hat mir gutgetan. An einem Krankenbett zu sitzen, die Füße hochzulegen und in einem Stapel alter Zeitschriften zu schmökern – das ist das Erholsamste, was es gibt.«

»Also ich könnte mir unter einem freien Tag etwas Schöneres vorstellen.«

»Das sagst du nur so. Wann hat man als Arzt schon mal Zeit, sich ans Bett seines Patienten zu setzen?« Sie nahm Daisys Handgelenk und fühlte ihren Puls, bevor sie ihr forschend in die Augen sah.

»Mir geht es gut«, protestierte Daisy.

Jemand klopfte an die Tür, und eine Männerstimme sagte: »Ich bin's. Seid ihr angezogen?«

»Was glaubst du eigentlich, was wir hier machen?«, fragte Judy, während sie Alan die Tür öffnete.

»Woher soll denn ich das wissen? Deswegen habe ich ja geklopft. Schön, dass unsere Patientin wieder wach ist. Sieht ganz so aus, als würde es dir wieder bessergehen.«

Er ging zu Daisy und nahm ihr Handgelenk.

»Du kannst meine Hand wieder loslassen. Judy hat den Puls schon gemessen.«

»Und?« Er sah Judy fragend an.

»Sie kommt durch.«

Alan setzte sich auf das Bett. »Kannst du dich erinnern, was passiert ist?«

»Judy hat gesagt, dass ich mich am besten nicht daran erinnern sollte.«

»Du hattest einen Albtraum.«

»Ich weiß nur, dass ich in Richards Haus ins Bett gegangen und hier wieder aufgewacht bin.«

»Ich bin heute Morgen zu Richard gefahren, um dich abzuholen.« Judy machte Daisys Koffer auf, nahm den Morgenmantel heraus und schüttelte ihn aus. »Als ich kam, warst du noch im Bett, und Hare hat mich in dein Zimmer geführt. Als ich reinkam, bist du ausgeflippt und hast zu schreien angefangen. Gott sei Dank warst du so laut, dass Joanna und Mike gleich nach oben gekommen sind.«

»Joanna und Mike?« Daisy runzelte die Stirn.

»Joanna und Mike«, wiederholte Judy. »Und auch die beiden Sergeants von der Polizei, die gerade bei Joanna waren.«

»Und wie bin ich hierhergekommen?«

»Erst einmal sind wir die Polizisten losgeworden, und dann hat Mike Alan angerufen. Wir haben uns gedacht, dass du hier am besten aufgehoben wärst.« Judy legte Daisy den Morgenmantel um die Schultern.

»Und Richard war damit einverstanden?«

»Wir haben ihn nicht gefragt.«

»Aber mittlerweile weiß er Bescheid«, sagte Alan. »Ich wollte euch eigentlich sagen, dass er im Anmarsch ist.«

»Das hat uns gerade noch gefehlt«, flüsterte Judy.

»Warum denn?« Daisy setzte sich auf. »Was hat er mir denn schon zu sagen? Ich bin volljährig, und ich habe beschlossen, bei Judy einzuziehen, falls sie mich aufnimmt.«

»Wie oft muss ich es dir denn noch anbieten?«, fragte Judy.

»Bist du sicher, dass du schon aufstehen willst?« Alan hielt Daisy fest, als sie die Beine aus dem Bett schwang.

»Ja.« Sie hielt sich am Bettrand fest.

»Das war ganz schön heftig heute früh …«

Sie starrte Alan an. »Was denn?«

»Das willst du bestimmt nicht wissen.«

»Doch, das will ich …«

»Es wäre vielleicht besser, wenn Richard dich in meiner Wohnung antrifft«, unterbrach Judy und legte den Koffer aufs Bett. »Wenn er dich hier im Krankenbett sieht, versucht er bestimmt, dich in seine Klinik einzuweisen.«

»Gute Idee«, stimmte Daisy ihr zu. »Dann müsst ihr euch beeilen«, sagte Alan. »Wie gesagt, er ist bereits unterwegs.«

»Geh nach unten, fang ihn ab und bring ihn später in meine Wohnung«, schlug Judy vor. »Aber sieh zu, dass du ihn so lange wie möglich aufhältst.«

»Es wäre besser, wenn du das übernehmen würdest. Richard kann deinen weiblichen Reizen bestimmt nicht widerstehen. Ich warte hier, bis Daisy sich angezogen hat, und bringe sie dann mitsamt ihrem Koffer in deine Wohnung.«

Judy hatte nichts dagegen einzuwenden. »Dann treffen wir uns in ein paar Minuten bei mir.«

Daisy griff nach dem Koffer und zog das schwarze Kostüm und die Unterwäsche heraus, die sie sich schon am Abend zuvor in Richards Haus zurechtgelegt hatte.

»Immer mit der Ruhe«, mahnte Alan und hielt sie am Arm fest, weil sie zu schwanken anfing. »Am besten setzt du immer schön einen Schritt vor den anderen und lässt dich von mir ins Badezimmer führen. Da kannst du dich dann umziehen, aber schließ die Tür nicht ab. Ich verspreche dir auch, dass ich nur reinkomme, wenn ich höre, dass du hingefallen bist.«

Kapitel zwölf

»Tims Verschwinden hat etwas mit dem Telefonanruf zu tun, der in aller Herrgottsfrühe bei den Sherringhams einging, Sir. Damit hat alles angefangen.« Peter drehte seine leere Tasse in der Hand und betrachtete eingehend den Kaffeesatz.

»Wie sehen Sie das, Trevor?« Bill Mulcahy drehte sich zu Trevor um, der still auf seinem Stuhl saß, seit er sich im Krankenhaus telefonisch nach Daisy Sherringhams Befinden erkundigt hatte. Viel zu still für Mulcahys Geschmack. Irgendetwas stimmte mit ihm nicht.

»Ich sehe es genauso wie Peter. Es muss etwas mit dem Telefonanruf zu tun haben.«

»Daisy Sherringham sagt, dass sie das Gespräch angenommen hat, aber sie hat nur kurz mit der Person am anderen Ende der Leitung gesprochen«, erklärte Peter und stellte seine Tasse auf Mulcahys Schreibtisch ab. »Und es war Tim Sherringham, der ihr erzählt hat, er müsse wegen Mrs Hawkins sofort ins Krankenhaus. Das kann zweierlei bedeuten. Entweder wusste die Person über Tims Patientinnen und seine aktuellen Fälle bestens Bescheid, oder Tim wollte selbst die Fliege machen und hat Mrs Hawkins lediglich als Alibi benutzt.«

»Komische Zeit, um die Fliege zu machen – um vier Uhr morgens«, sinnierte Mulcahy. »Und wir wissen immer noch nicht, von wem er angerufen wurde. Ich habe bei seiner Telefongesellschaft die Anrufe überprüft. Er wurde von einem Handy aus angerufen. Wir haben die Nummer, aber laut Mobilfunkgesellschaft wurde sie nicht vergeben.«

»Vielleicht eine ausländische Nummer?«, mutmaßte Trevor.

»Gut möglich – das wird gerade geprüft.«

»Mir tut der arme Kerl leid, der das erledigen muss.«

»Nehmen wir einmal an, Tim Sherringham hatte eine Freundin«, sagte Peter nachdenklich. »Nicht Amanda Dart, das wäre sogar für mich zu weit hergeholt, aber vielleicht eine andere Krankenschwester. In diesem Fall wäre vier Uhr morgens eine ideale Zeit, um ein paar Stunden zu verschwinden und sie mit seiner Geliebten zu verbringen. Immerhin hat seine Frau ihn praktisch nie aus den Augen gelassen. Sie ist mit ihm zusammen ins Krankenhaus und wieder nach Hause gefahren, und während seines Dienstes waren ständig Patienten und Kollegen um ihn herum.«

»Und wann soll er dann Zeit für eine Freundin gehabt haben?«, wollte Trevor wissen.

»Immerhin hatte er Zeit genug, um zusammen mit Amanda Dart unbemerkt zum Obdachlosenheim zu fahren«, erwiderte Peter. »Hin und wieder haben er und Daisy auch in unterschiedlichen Schichten gearbeitet; es ist also durchaus vorstellbar, dass er sich hier und da eine kleine Auszeit von Daisy genehmigt und sich mit seiner Geliebten ein Hotel genommen hat …«

»Das glaube ich nicht. Daisy ist viel zu –«

»Hör auf zu träumen, Joseph. Es gibt weder die perfekte Ehe noch die perfekte Ehefrau.« Peter zog spöttisch eine Augenbraue nach oben. »Mal ganz abgesehen davon, dass es dir bei deiner Begeisterung für die Lady doch eigentlich recht sein müsste, wenn ihr Göttergatte sie betrügt. Es gibt ja nichts

Besseres, als verlassene Ehefrauen zu trösten, selbst wenn sie einen Mörder in ihrer Verwandtschaft haben.«

Mulcahy sah, wie Trevor die Zornesröte ins Gesicht stieg, und sprach ein Machtwort. »Jetzt habe ich aber genug von Ihren Spekulationen, Collins. Halten wir uns lieber an die Fakten. Es ist uns – nicht zuletzt dank Ihrer hervorragenden Arbeit, meine Herren – in Rekordzeit gelungen, das erste Opfer zu identifizieren. Inzwischen haben wir sogar seine Brille und vielleicht auch schon bald seinen Kopf. Was ist übrigens mit diesem Andy?«

»Der Priester vom Obdachlosenheim, die Heilsarmee und alle Polizisten in der Stadt halten nach ihm Ausschau«, berichtete Peter. »So, wie ich Andy kenne, läuft er bestimmt bald jemandem in die Arme.«

»Ihr Wort in Gottes Ohr«, erwiderte Mulcahy wenig hoffnungsvoll.

»Gibt es denn etwas Neues über das zweite Opfer?«, fragte Trevor.

»Wir haben den Autopsiebericht, aber in dem steht auch nicht viel Erhellendes.« Mulcahy schlug eine Akte auf und las daraus vor. »Narbe einer länger zurückliegenden Blinddarmoperation. Alte Fraktur des linken Unterarms. Ungesalzene Erdnüsse im Magen.«

»Vielleicht war er vorher in einem Pub?«

»Seiner Kleidung nach zu schließen wohl eher in einem Club oder auf einer privaten Party. Aber solange wir nicht mehr Fakten haben, können wir nur mutmaßen. Bei Amanda Dart sieht das sehr viel besser aus. Da stimmt so gut wie alles: Blutgruppe, Größe, Gewicht, Hautfarbe. Einer ihrer Brüder fliegt heute Abend noch aus Gibraltar ein, wo er bei der Marine stationiert ist. Ich habe veranlasst, dass er nach der formellen Identifizierung dessen, was von Amanda übrig geblieben ist, vernommen wird. Vielleicht kann er uns mehr über das Verschwinden von Robin Dart sagen.«

»Könnte Robin vielleicht die andere kopflose Leiche sein?«, fragte Trevor.

»Wir vergleichen gerade die DNA des Leichnams mit der von Amanda. Aber können Sie sich vorstellen, dass ein Mann in einem Abendanzug in einem Obdachlosenheim schläft?«, entgegnete Mulcahy.

»Vielleicht war das ja seine Arbeitskleidung. Er könnte in einem Nobelpub oder einem Club bedienen …«

»Auch das überprüfen wir gerade«, sagte Mulcahy genervt. »Bis jetzt kann ich Ihnen nur sagen, dass in der Familie Dart offenbar nicht alles zum Besten stand. Sozial auffällig nennt man das wohl. Der Vater ist Trinker und verprügelt regelmäßig seine Frau, und die Kinder sind seit ihrer Geburt ständig in irgendwelchen Heimen gewesen.«

»Aber Amanda und Robin müssen sich nahegestanden haben, wenn sie ihn im Obdachlosenheim gesucht hat«, warf Trevor ein.

»Und zwar zusammen mit Tim Sherringham, genau eine Woche vor dessen Verschwinden.« Mulcahy warf den Stift auf den Schreibtisch. »Haben Sie vielleicht irgendeine Erklärung dafür?«

»Sam Mayberry und Luke Roberts vom Tageszentrum schildern Robin Dart als einen einfachen, jungen Kerl, mit dem es das Leben nicht gut gemeint hat. Aber sie erinnern sich auch daran, dass er Anzeichen einer Nervenkrankheit hatte – oder Drogen nahm.«

»Gibt es dafür irgendwelche Beweise? Einstichstellen? Wurde er mit Dealern gesehen?«, fragte Mulcahy.

»Davon haben sie nichts gesagt«, bemerkte Trevor.

»Haben sie Ihnen vielleicht gesagt, wo oder mit wem er sich herumgetrieben hat?«

Peter schüttelte den Kopf. »Sie hatten auch keine Ahnung, weshalb er verschwunden ist oder warum Amanda und Sherringham im Obdachlosenheim nach ihm gesucht haben.«

Bill Mulcahy durchsuchte den Papierstapel auf seinem Schreibtisch und zog ein Blatt heraus. »Eine hilfsbereite Dame vom Sozialdienst hat die Unterlagen geschickt, die sie dort über Robin Dart haben. Bis zum Alter von sechzehn Jahren war er in diversen Heimen, dann hat er über das Jugendamt einen Job als Hausbote in einem Londoner Hotel vermittelt bekommen, wo er auch wohnen konnte. Ein Jahr später machte er die Aufnahmeprüfung an einer Schauspielschule und wurde sogar angenommen, brach die Ausbildung aber nach ein paar Monaten aus unbekannten Gründen wieder ab. Ich habe den Direktor angerufen, der Robins Verschwinden auf Geldmangel zurückführte. Nach einer Weile meldete er sich wieder beim Jugendamt, aber weil er inzwischen volljährig war, konnten oder wollten sie ihm nicht mehr weiterhelfen. Die Notiz über seinen Anruf ist der letzte Eintrag in seiner Akte. Ich kann nur vermuten, dass er bald danach seine Sachen gepackt hat und hierhergefahren ist. Vermutlich wusste er, wo seine Schwester lebt.«

»Vom Bahnhof ist man schnell im Obdachlosenheim«, murmelte Trevor. »Besonders, wenn man weder Geld noch Freunde hat.«

»Das erleben wir jeden Tag«, stimmte ihm Peter zu. »Aber das hilft uns alles nicht weiter in unserer entscheidenden Frage: Weshalb ist Tim Sherringham verschwunden?«

»Nach einer Woche intensivster Nachforschungen haben wir noch nichts gefunden, was ihn in irgendeiner Weise belastet hätte«, sagte Trevor nachdenklich.

»Du vergisst Eric Hedley …«

»Du hast selbst gesagt, dass Hedley ein Außenseiter ist, Peter. Außerdem hatte er nur boshaften Klatsch wie dieses Gerücht über Tim Sherringham und Amanda Dart auf Lager.«

»Du hast ja recht«, räumte Peter widerwillig ein.

»Jetzt sieht es eher so aus, als ob Amanda Dart Tim Sherringham einfach nur leidgetan hätte. Du hast das Mädchen doch selbst gesehen.«

»Klar, sie sah nicht gerade toll aus.« Peter fuhr sich mit den Händen durch die Haare, was bei ihm immer ein Anzeichen von Müdigkeit war. »Ich sage ja auch nicht, dass Amanda Dart Tim Sherringhams Geliebte war. Vielleicht hat er ja eine ganz andere gehabt.«

»Und wen?«

»Keine Ahnung. Leider. Aber wir wissen, dass Daisy wie eine Klette an ihm gehangen hat.« Peter zögerte etwas, seine Theorie weiter auszuführen. »Vielleicht hatte Tim ja Angst, dass sie etwas über seine Affäre herausfinden könnte. Frauen stellen Fragen, vor allem, wenn es ums Geld geht, das weiß ich selbst nur allzu gut. Und Affären kosten nun einmal Geld. Hotelzimmer … gute Restaurants: Das ist alles nicht billig.«

»Der Scheck, den er Sam gegeben hat, war auf ein Privatkonto ausgestellt, das nur auf seinen Namen läuft«, erklärte Mulcahy.

»Muss sich jemand, der einem Obdachlosenheim schnell mal fünfhundert Pfund spendet, wirklich Sorgen wegen einer Hotelrechnung machen?«, fragte Trevor skeptisch. »Niemand weiß genau, seit wann Robin Dart verschwunden ist.

Pater Sam und Luke Roberts können sich nicht mehr genau daran erinnern, aber sie sagen beide aus, dass es mehrere Monate her sein muss. Die einzige Person, die uns hier hätte weiterhelfen können, wäre Amanda Dart gewesen, aber sie ist leider tot. Nehmen wir einmal an, dass sie sich Sorgen um das Verschwinden ihres Bruders gemacht hat und wegen dieser Sorgen ihre Arbeit vernachlässigt hat. Sherringham arbeitete auf derselben Station wie Amanda. Vielleicht hat er sie weinen sehen, vielleicht nach einer Auseinandersetzung mit diesem Dragoner von Oberschwester. Wir wissen von Judy Osbourne, dass Tim Sherringham eine soziale Ader hatte. Das beweist auch der Scheck, den er Sam gegeben hat. Vielleicht hat sich Amanda bei ihm ausgeweint und ihm die Geschichte von ihrem vermissten Bruder erzählt, und nach allem, was wir über Tim Sherringham bisher erfahren haben, hat er danach versucht, ihr zu helfen.«

»Du kannst es einfach nicht lassen, Trevor«, höhnte Peter. »Du glaubst immer noch an das Gute im Menschen, was? Wie oft muss ich dir eigentlich noch sagen, dass in diesem Leben niemand etwas umsonst tut?«

»Sherringham war Arzt, nicht Polizist«, sagte Trevor trocken. »Vielleicht hatte er noch einen Rest Menschlichkeit im Leib.«

Mulcahy mischte sich ein. »Ich nehme Ihnen Ihre Geschichte ab, Joseph, was Amanda Dart und Sherringham angeht. Aber wie passt das alles zu unseren Autobahnleichen, von denen Amanda ja eine ist?«

»Vielleicht wurden Robin Dart und Tim Sherringham ebenfalls ermordet?«

»Hoffentlich nicht«, stöhnte Peter auf. »Wir haben weiß Gott schon genügend Leichen.«

»Heute ist der Hubschrauber mit der Wärmebildkamera wieder unterwegs«, informierte Mulcahy die anderen. »Vielleicht findet er ja was.«

»Ja, einen neuen Leichenberg«, brummte Peter.

»Haben Sie eigentlich schon die Autofahrer vernommen, die die Clowns auf der Autobahn gesehen haben?«

»Das wird gerade geklärt.«

»Von wem?«

»Wir haben die Sache delegiert«, gab Peter zu. »Es war einfach zu viel anderes zu tun. Apropos Clowns: Joanna Holbournes Großmutter war früher einmal Tänzerin und ist unter anderem auch als Pierrette aufgetreten. Und zwar auf der Pier, die übrigens immer noch Joannas Vater gehört. Angeblich ist sie so gut abgesichert, dass man sie nicht betreten kann, aber wir haben von Obdachlosen gehört, die dort übernachtet haben und dabei Clowns gesehen haben sollen.«

»Soll ich Ihnen einen Durchsuchungsbefehl für die Pier besorgen?«

»Das wäre vielleicht nicht schlecht«, sagte Peter und wandte sich an Trevor. »Du hast uns übrigens noch nicht gesagt, wann Daisy Sherringham zum Verhör vorbeikommt.«

»Sie hatte einen Nervenzusammenbruch!«, protestierte Trevor.

Es klopfte an der Tür, und Constable Harries steckte den Kopf herein. »Es haben sich zwei Personen gemeldet, die Amanda Dart auf dem Foto in der Zeitung erkannt haben. Und jemand anderes will den Fiat der Sherringhams gesehen haben. Ein Mr …« – Harries las den Namen von dem Zettel ab, den er in der Hand hielt – »… Douglas. Er sagt, er geht immer mit seinen Hunden an der Steilküste oberhalb von Hunter's Cove spazieren –«

»Ist das nicht ganz in der Nähe des Sherringham-Anwesens?«, warf Peter ein.

»Und?«, meinte Mulcahy und sah dann Harries an. »Weiter.«

»Der Mann sagt, dass der Fiat seit Tagen dort am Straßenrand stand. Er hat sich die Nummer notiert und wollte uns schon anrufen, aber seit heute Morgen steht der Fiat nicht mehr da.«

»Wann hat er ihn zum ersten Mal gesehen?«, wollte Mulcahy wissen.

»An dem Morgen, an dem Dr. Sherringham verschwunden ist.«

»Und damit kommt er jetzt erst an, wo der Wagen wieder verschwunden ist?«, raunzte der Superintendent. »Großartig. Wirklich großartig. Lassen Sie die Sache sofort überprüfen, Harries.«

»Der Anruf kam direkt in die Einsatzzentrale. Wir haben bereits jemanden losgeschickt.«

»Und was war das mit Amanda Dart?«

»Zwei Augenzeugen haben sich gemeldet, die sie mit Dr. Tim Sherringham am Abend nach seinem Verschwinden im Yachthafen gesehen haben wollen.«

»Was sind denn das für Zeugen?«, fragte Mulcahy erstaunt. »Spinnen die?«

»Nein, allem Anschein nach nicht, Sir. Und sie haben die beiden unabhängig voneinander gesehen. Einer der Zeugen ist ein pensionierter Oberst.«

»Und wo sind die Zeugen jetzt?«

»Hier vor Ihrer Tür, Sir. Ich dachte, Sie würden vielleicht gerne mit ihnen sprechen, bevor die Beamten aus London sie vernehmen.«

»Bringen Sie sie herein, Harries, aber einen nach dem anderen.«

Robin Dart bückte sich mit geradem Rücken und ausgestreckten Armen zu einer alten Seekiste hinab.

»Eins – zwei – drei – und hoch«, murmelte er, während er sich mental auf die Anstrengung vorbereitete. Dann wuchtete er die schwere Kiste hoch und trug sie zu einem angerosteten Lieferwagen, der vor der offenen Tür des Gemeinschaftszentrums stand.

»Sind das die letzten Kostüme?«, rief ihm ein blondes Mädchen hinterher, nachdem er die Kiste auf die Ladefläche des Ford Transit gestellt hatte.

»Das will ich doch hoffen.«

»Ich sehe mal nach«, bot sie an. »Willst du fahren?«

»In Ordnung.« Er schob die Kiste noch etwas zur Seite, bevor er die Türen zuschlug.

»Ich habe Alex und Damian gesagt, dass wir sie vom Pub abholen«, erklärte Jock. Der junge Schotte, der ebenfalls zu der Theatergruppe gehörte, saß auf dem Beifahrersitz des Lieferwagens.

»Gut«, sagte Robin geistesabwesend, während er auf den Fahrersitz kletterte.

Das blonde Mädchen tauchte wieder auf. »Wir haben alles«, stellte sie strahlend fest und rutschte auf die Bank neben Jock.

Robin ließ den Motor an, und Jock beugte sich nach vorn und schaltete das Radio ein. »In ein paar Minuten kommt die Kultursendung auf dem örtlichen Sender. Vielleicht bringen die ja eine Kritik über uns.«

»Und wehe, es ist keine gute«, rief das Mädchen über den

Motorlärm hinweg. »Ich habe mir für diese Produktion den Arsch aufgerissen.«

»Das haben wir doch alle, oder?« Robin war das neueste Mitglied der Theatergruppe, dennoch war er schon lange genug dabei, um kein Greenhorn mehr zu sein. Langsam hatte er es satt, immer nur die kleinsten Rollen zu bekommen, immer die schwersten Kisten schleppen zu müssen, immer die Schuld zugeschoben zu bekommen, wenn mal wieder etwas schieflief. Wenn nun aber Jock ginge …

Aus dem Radio drang das Piepsen des Zeitzeichens, gefolgt von der Stimme eines Nachrichtensprechers.

»Lokalnachrichten. Gut. Dann haben wir die Kritiken noch nicht verpasst«, sagte Jock, während er auf die Uhr sah.

»Seid still«, zischte Robin.

»… sucht nach Robin Dart, einen Meter achtundsiebzig groß, braune Augen, schwarze Haare. Zuletzt gesehen in der Jubilee Street. Seine Familie und die Polizei sind um seine Sicherheit besorgt. Wer Robin Dart in den vergangenen zwei Monaten gesehen hat oder seinen gegenwärtigen Aufenthaltsort kennt, soll sich auf der nächsten Polizeidienststelle melden …«

»Wo fährst du denn hin?«, fragte Jock, als Robin an der nächsten Ampel links abbog.

»Ich lasse euch beim Builders raus und hole euch später wieder ab.«

Jock verzog das Gesicht. »Du willst wohl zu den Bullen, oder?«

»Was geht das dich an?«, entgegnete das Mädchen, während Robin den Wagen auf dem Parkplatz des Pubs zum Stehen brachte.

Die erste Zeugin war eine ältere Witwe, die Mulcahy und den beiden Sergeants berichtete, dass sie auf ihrem Abendspaziergang am Yachthafen gesehen hatte, wie ein Mann und eine Frau an Bord eines Bootes gegangen waren. Die Frau schwor Stein und Bein, dass die beiden Tim Sherringham und Amanda Dart gewesen seien.

Als Nächstes schickte Constable Harries den Oberst herein, einen rüstigen, alten Junggesellen, der in etwa die gleiche Aussage machte wie die Witwe zuvor. Er habe von der Küste aus, etwa eine Viertelmeile von der Anlegestelle entfernt, die beiden beobachtet, wie sie im Motorboot verschwunden waren.

»Wie wollen Sie so genau wissen, dass die beiden Dr. Sherringham und Miss Dart waren?«, fragte Mulcahy mit einem skeptischen Ausdruck auf dem Gesicht.

»Der Mann war extrem groß«, blaffte der Oberst zurück. »Nicht viele Menschen sind das. Und das Gesicht war dasselbe wie auf dem Foto in der Zeitung. Ich habe ihn so klar und deutlich gesehen, wie ich Sie jetzt sehe.«

»Und die Frau hatte so eine dicke Brille auf wie die, nach der Sie gesucht haben«, erklärte die spindeldürre Witwe, die Mulcahy wieder ins Zimmer gebeten hatte, nachdem der Oberst seine Aussage gemacht hatte. »Als ich das Foto heute auf der Titelseite des *Herald* gesehen habe, wusste ich genau, dass sie es war.«

»Haben Sie denn auch den Namen des Boots gelesen, auf das sie gegangen sind?«, fragte Mulcahy.

»Dazu war ich viel zu weit weg«, gab der Oberst zurück. »Kommen Sie erst mal in mein Alter, junger Mann, dann lassen Ihre Augen auch nach.«

»Und trotzdem sind Sie sich sicher, dass Sie Tim Sherringham und Amanda Dart gesehen haben?« Mulcahy gab jedem Zeugen ein Blatt Papier und einen Stift. »Schreiben Sie alles auf, woran Sie sich erinnern können und was uns vielleicht helfen könnte, das Boot zu identifizieren.«

Alan Cummins bahnte sich nur zögernd seinen Weg durch das überfüllte Pub. Er trat einem Koch auf den Fuß und schob sich dann an einer Gruppe Pfleger, die gerade ihr drittes Bier kippten, vorbei an die Bar.

»Ganz schön voll heute«, meinte Mike Edmunds und steckte sein Wechselgeld ein.

»Nach der Tagesschicht ist das hier immer so«, knurrte Alan. »Man könnte fast meinen, Menschen, die in einem Krankenhaus arbeiten, haben kein Zuhause, in das sie nach der Arbeit gehen könnten.«

»Was darf es sein, Dr. Cummins?«, fragte die Frau an der Bar, die auch schon Mike bedient hatte.

»Ein Glas Bier und ein Curry, Mavis.«

»Und? Ist die Frau wieder bei den Schwiegereltern?«, erkundigte sie sich und blinzelte Mike zu. »Der kommt doch immer nur dann, wenn er Strohwitwer ist.«

»Sie kommt morgen zurück«, erklärte Alan, nahm sein Glas Bier und suchte in der Hosentasche nach Geld.

»Rind- oder Hühnchencurry?«, fragte sie.

»Gibt es da einen Unterschied?«

»Keinen, den Sie bemerken würden.«

»Dann Rind.«

Sie nahm das Geld. »Wo wollen Sie sich hinsetzen?«

»An meinem Tisch ist noch ein Stuhl frei«, bot Mike an.

Mavis lächelte Alan an. »Ich bringe Ihnen das Curry, wenn es fertig ist.«

»Mir bringen Sie meine Sachen nie, Mavis«, beschwerte sich Mike.

»Sie haben auch nicht meinen Sohn am Bruch operiert.«

Alan, der noch auf sein Wechselgeld wartete, sah Mike zu, wie er quer durch den Raum zu seinem Tisch ging. Die Kneipe war so voll, dass sich einige der Gäste hinaus auf den Parkplatz verzogen hatten, wo sie an den Autos lehnten und ihr Bier tranken. Dann sah Alan, welchen Stuhl ihm Mike angeboten hatte – genau zwischen Mike und Eric Hedley.

»Na gut. Einem geschenkten Gaul schaut man nicht ins Maul«, murmelte er.

»Haben Sie etwas gesagt, Dr. Cummins?«

»Ich habe nur mit mir selbst geredet, Mavis«, erwiderte er und steckte das Wechselgeld in die Hosentasche. Er war nur in das Pub gegangen, weil er sich zu Hause nichts hatte kochen wollen. Zum Glück kam es nicht oft vor, dass Carol mit den Kindern für ein paar Tage zu ihren Eltern fuhr.

Eigentlich hätte er den Abend am liebsten bei Judy verbracht, aber als er gesehen hatte, dass Richard Sherringham bei ihr in der Wohnung war, hatte er sich verzogen. Alan hatte Tim Sherringham gemocht, aber bei den wenigen Gelegenheiten, an denen er seinen Bruder getroffen hatte, war dieser ihm ziemlich arrogant und überheblich vorgekommen.

Alan fragte sich nicht zum ersten Mal, ob das tatsächlich der Fall war oder ob es sich nur um Vorurteile seinerseits handelte. Vielleicht war er unterbewusst neidisch auf Richard Sherringhams finanziellen Erfolg, vielleicht hatte auch Daisys Abneigung gegen Ärzte mit Privatpraxen auf ihn abgefärbt.

Als er sich zu Mikes Tisch vorkämpfte, wurde er von der Seite angerempelt und kippte den Schaum seines Bieres einer drallen Hilfsschwester aus der Notaufnahme in den Nacken. Er erwartete, dass sie ihn deshalb anschrie, aber stattdessen schenkte sie ihm nur ein mattes Lächeln.

»Ich weiß nicht, warum ich nach einem harten Arbeitstag ausgerechnet hierherkomme«, meinte Mike.

»Vielleicht, um Menschen in der Vertikalen anstatt in der Horizontalen zu sehen?«, schlug Alan vor.

Mike zog für ihn den Stuhl unter dem Tisch hervor.

»Um diese Tageszeit bist du doch sonst nie hier. Hat dich Carol rausgeworfen?«, fragte Eric Hedley.

»Es sind Ferien, und sie besucht ihre Mutter«, antwortete Alan.

»Und wenn die Katze aus dem Haus ist, tanzen die Mäuse auf den Tischen«, spöttelte Hedley.

»Hier?« Alan zog die Augenbrauen hoch. »Witzbold!«

»Ach, ich weiß nicht. Wie wäre es denn zum Beispiel mit dieser Blonden aus der Chirurgie? Gegen eine Nacht mit der hätte ich nichts einzuwenden.«

»Du nicht. Aber vielleicht sie«, erwiderte Mike.

»Wer kriegt schon immer das, was er will?«, sagte Eric.

Alan stellte sein Bier auf den Tisch. »Und wie geht es Amy, Mike?«

»Wir sind gerade mit den Hochzeitsvorbereitungen beschäftigt. Du und Carol seid natürlich auch herzlich eingeladen.«

»Freut mich für dich.« Alan klopfte ihm auf den Rücken. »Die Welt braucht mehr verheiratete Männer.«

»Deshalb war ich heute Morgen auch bei den Sherringhams.«

»Was du nicht sagst.«

»Richard Sherringham hat mir angeboten, für drei Wochen

als Anästhesist in seiner Klinik zu arbeiten. Ich vertrete Tony, bis er wieder da ist. Ich habe vier Wochen Urlaub, und wenn ich durcharbeite, verdiene ich genug Geld, um ein kleines Haus anzahlen zu können.«

»Du willst doch nicht in seiner Klinik bleiben?«

»Tony kommt nächsten Monat zurück. Und ein einzelner Chirurg braucht keine zwei Anästhesisten. Aber vielleicht springe ich hier und da mal ein und arbeite bei einigen Projekten für Joanna Sherringham mit. Sie macht medizinische Studien für irgendwelche Kosmetika, die sie an Freiwilligen ausprobiert.«

»Bei so was kommt viel Kohle rüber, alter Junge«, mischte sich Hedley ein.

Alan und Mike sahen ihn an.

»Warum schaut ihr mich denn so überrascht an? Nicht nur verheiratete Männer brauchen Geld. Ich arbeite schon seit Monaten für Joanna«, prahlte Eric. »Es war mein Vorschlag, dass sie sich noch jemand anderen holen soll. Allein schaffe ich die Arbeit für sie nicht mehr.« Er trank seinen Whisky mit Soda aus und reichte Mike das Glas. »Du darfst dich also bei mir für dein Glück bedanken. Ich trinke einen Old Malt.«

Im Gegensatz zu Jock hatte Robin keine Abneigung gegen die Polizei. Zwar hütete er sich vor ihr und ging ihr aus dem Weg, was gar nicht so einfach gewesen war, als er noch in der Jubilee Street gewohnt hatte. Jetzt aber, nachdem er über eine Viertelstunde mit dem diensthabenden Beamten am Empfang des Polizeipräsidiums herumdiskutiert hatte, hätte er diesen am liebsten umgebracht.

»Erst einmal müssen Sie dieses Formular ausfüllen …«

»Ich bin hier, um Ihnen zu helfen, und nicht, um irgendwelche Formulare auszufüllen«, protestierte Robin zum wiederholten Mal.

»Das weiß ich sehr zu schätzen … Sir …« Die Pause vor und nach dem »Sir« sollte wohl andeuten, dass Robin diese Anrede eigentlich nicht verdiente. »Aber wenn Sie hier nicht Ihren Namen und Ihre Adresse hinschreiben, dann –«

»Ich fülle kein Formular aus, wie oft soll ich Ihnen das denn noch sagen. Ich bin hier, weil ich Robin Dart bin –«

»Robin Dart?« Trevor Joseph, der gerade am Automaten hier im Flur Kaffee geholt hatte, blieb so abrupt stehen, dass fast die Becher vom Tablett gefallen wären. Er starrte den jungen Mann an. »Sie sind Robin Dart?«

»Ja, das bin ich.« Robin musterte den großen, dünnen, etwas schlampig gekleideten Mann misstrauisch. Er passte eher ins Hinterzimmer eines schäbigen Pubs als ins Polizeipräsidium.

»Darf ich Sie vielleicht auf einen Kaffee einladen?«, fragte Trevor.

Robin trat einen Schritt zurück, damit ein Polizist einen Betrunkenen den Flur entlang in eine Zelle führen konnte. »Muss ich vorher noch etwas unterschreiben?«

»Nein.«

Robin vergaß den diensthabenden Polizisten und erinnerte sich plötzlich an die »Familie«, die sich laut dem Aufruf im Radio Sorgen um ihn machte. Diese »Familie« konnte nur seine Schwester Amanda bedeuten, und die hatte er vorhin versucht im Schwesternheim anzurufen, war aber nicht zu ihr durchgekommen.

»Dann nehme ich Ihr Angebot an«, sagte er und folgte Trevor in einen langen, von Neonröhren erhellten Korridor.

Mulcahy ging noch einmal die Akten auf seinem Schreibtisch durch. »Diese verdammten Pathologen«, brummte er vor sich hin. »Die im Innenministerium sind auch keinen Deut besser als die hier vor Ort.«

»Kaffee, Sir?«, fragte Constable Harries, der mit einem Tablett ins Büro kam.

Mulcahy sah ihn fragend an. »Ich dachte, Sergeant Joseph wollte den Kaffee bringen.«

»Er befragt gerade jemanden, der Informationen über Robin Dart hat.«

»Ich hoffe, dieser Jemand ist verlässlicher als die beiden Alten, die angeblich Amanda Dart und Tim Sherringham gesehen haben.«

Peter Collins nahm einen Plastikbecher vom Tablett. Während sich Mulcahy ein Briefchen Zucker in den Kaffee schüttete, musterte Peter den unglücklich dreinblickenden Harries und fragte ihn schließlich: »Hätten Sie vielleicht Lust, ein paar Nachforschungen für mich anzustellen?«

Harries wandte sich Mulcahy zu. »Soll ich, Sir?«

»Wenn Sie möchten …«

»Ich will genau wissen, was Daisy Sherringham in den letzten Wochen gemacht hat«, sagte Peter zu dem Constable. »Welche Schichten sie hatte, was sie in ihrer Freizeit unternommen und mit wem sie sich getroffen hat.«

»Klingt nicht allzu schwer, Sergeant«, erwiderte Harries lächelnd.

»Ist es auch nicht, aber Sie müssen sehr diskret vorgehen.«

Harries machte ein Gesicht wie ein treuer Hund, der alles tut, um seinem Herrn zu gefallen.

»Meinen Sie, Sie schaffen das?«, fragte Peter.

»Ja, Sir.«

»Gut, dann machen Sie mal.«

»Sofort, Sir.« Harries nahm das leere Tablett und ging aus dem Raum.

»Ich kann mich nicht daran erinnern, dass Sie in seinem Alter so entgegenkommend waren, Collins«, bemerkte Mulcahy.

»Und ich kann mich nicht daran erinnern, dass Sie damals so nett zu mir waren wie jetzt zu ihm.«

»Im Alter wird man milde, Collins. Eines Tages werden auch Sie diese Erfahrung machen.«

»Ich kann's kaum erwarten.«

Mulcahy reichte ihm einen Stapel Unterlagen. »Das hier sind alles Aussagen von Leuten, die sich auf den Aufruf in der Presse hin gemeldet haben. Gehen Sie denen mal nach, Collins, und zwar dalli. Sie werden hier nicht fürs Däumchendrehen bezahlt.«

Kapitel dreizehn

Es dauerte eine Weile, bis Trevor ein leeres Vernehmungszimmer gefunden hatte, in dem er ungestört mit Robin Dart sprechen konnte. Der junge Mann war nur knapp ein Meter achtzig groß, wirkte aber viel größer. Er hatte einen kräftigen, durchtrainierten Körper und ein rundliches Gesicht mit hohen Backenknochen, das Trevor an das eines Osteuropäers erinnerte. Sein dichtes blauschwarzes Haar hing glatt bis auf seinen Hemdkragen herab, und seinen muskulösen Armen sah man es an, dass er schwere körperliche Arbeit leistete. Äußerlich erinnerte er Trevor an einen gutaussehenden, jugendlichen Charles Bronson, aber irgendwo in seinem Inneren schien trotzdem ein weicher Kern zu stecken. Vielleicht ein Künstler oder ein Träumer?, fragte sich Trevor, als er endlich einen passenden Raum gefunden hatte.

»Ist ja echt gemütlich hier«, meinte Robin, während er einen der harten Plastikstühle unter dem verkratzten Tisch herauszog und sich darauf setzte. Trevor, der dieses und ähnliche Vernehmungszimmer seit Jahren kannte, veranlasste die Bemerkung dazu, sich genauer umzusehen. Die Wände waren beige gestrichen, der Boden war aus stumpfgewordenem Nutzparkett, der Tisch hatte schmucklose Metallbeine, und die Stühle bestanden aus weißem, leicht angegilbtem Polypropylen. Nicht gerade ein Ort zum Wohlfühlen, dachte Trevor; aber ihm kam Robin trotz seiner sarkastischen Bemerkung hier viel entspannter vor als vorne am Empfang.

Trevor stellte dem jungen Mann einen Becher Kaffee hin.

»Vielen Dank, Constable.«

»Ich bin Trevor Joseph«, erwiderte Trevor, ohne zu erwähnen, dass er in Wirklichkeit ein Sergeant war. »Danke, dass Sie gekommen sind.«

»In der Radiodurchsage hieß es, meine ›Familie‹ ist um meine Sicherheit besorgt. Und damit kann nur eine Person gemeint sein.«

»Würden Sie mir sagen, wer das ist?«

»Ich mag es nicht, wenn man mit mir spielt, Trevor Joseph.«

»Ihre Schwester hat sich Sorgen um Sie gemacht. Sie hat Sie im Obdachlosenheim gesucht.«

»Ich dachte, sie wäre froh, mich los zu sein«, sagte Robin niedergeschlagen. Es klang so, als würde er sich ein wenig selbst bemitleiden.

Trevor griff nach seinem Kaffee. Robins Selbstmitleid war das Letzte, was er jetzt brauchen konnte. Besonders in Anbetracht dessen, was er diesem Mann noch zu sagen hatte, bevor sie dieses Zimmer wieder verließen.

»Warum haben Sie die Schauspielschule abgebrochen?«

»Deshalb bin ich hier, um ihr das zu erklären. Aber die im Schwesternheim haben sie mir nicht ans Telefon geholt. Ist alles in Ordnung mit ihr?«

»Bitte beantworten Sie zuerst einmal meine Fragen. Dann erzähle ich Ihnen von Amanda.«

Robin vergrub sein Gesicht in den Händen. »Das ist alles meine Schuld.« Seine Stimme drang nur gedämpft zwischen seinen Fingern hervor. »Sie wollte das alles nicht tun. Ich habe sie dazu gezwungen.«

»Wozu?« Trevor konnte natürlich nicht ahnen, was Robin ihm sagen wollte, aber er hatte genügend Erfahrung, um einen zögernden Zeugen nicht zu drängen.

»Ich selbst bin mir egal. Bei mir zählt nur Amanda. Sie ist zehnmal mehr wert als ich. Und wenn Sie nicht sehen können, dass sie es wegen mir getan hat, dann sind Sie ein verdammter Idiot.« Robin nahm eine seiner Hände vom Gesicht und zog eine verknautschte Packung Zigaretten aus der Brusttasche seines Hemds. Nachdem er sich eine der Zigaretten in den Mund gesteckt hatte, kramte er aus einer Tasche seiner abgewetzten Jeansjacke ein Briefchen mit Streichhölzern hervor und zündete den Glimmstängel an. »Vor ein paar Jahren wurde ich am Drama College in London aufgenommen und dachte, jetzt hätte ich es endlich geschafft: Die Bühnen der Welt gehörten mir.« Er stieß ein unangenehmes Lachen hervor. »Aber auf der Schauspielschule lernte ich nicht viel mehr, als zu saufen, zu fluchen und hanebüchenen Unsinn zu reden. Am Schluss nervte es mich so, nie richtig Geld zu haben, dass ich anfing, in der U-Bahn Gitarre zu spielen. Das machte mir großen Spaß, aber ich hatte nicht geahnt, dass es da unten eine regelrechte Mafia gibt. Ich bin jemandem ins Gehege gekommen und wurde fürchterlich verprügelt. Die auf dem College bekamen Wind davon und waren natürlich nicht begeistert, und weil ich mir schon einige andere Sachen geleistet hatte – von denen Sie bestimmt bereits erfahren haben –, wurde ich rausgeschmissen. Ich hatte kein Geld und wusste nicht, wo ich hinsollte. Als ich aus dem Krankenhaus kam, habe ich hier beim Sozialdienst angerufen, weil der mich ja nach London geschickt hatte, aber die wollten mir nicht noch einmal helfen. Da mir nur noch Amanda blieb, bin ich per Anhalter hierhergefahren. Ich weiß, das war nicht fair von mir, weil sie nur ein Zimmer im Schwesternheim hat, in dem sie mich auf keinen Fall unterbringen kann. Als ich ankam, wollte Amanda mir Geld für ein Hotelzimmer geben, aber das wollte ich nicht nehmen, weil sie doch selber keines hat und ich es ihr in nächster Zeit nicht zurückzahlen kann. Weil es schon spät war, bin ich schließlich im Obdachlosenheim gelandet.«

Trevor trank einen Schluck von seinem Kaffee. Die Geschichte klang plausibel. Aber stimmte sie auch? Oder hatte er sie sich bloß sorgfältig ausgedacht, um gewisse dunkle Stellen in seiner Vergangenheit zu vertuschen? Und was für Sachen waren das, von denen er schon erfahren haben sollte?

»In dem Heim war so ein Typ … Waren Sie schon mal in der Jubilee Street?«

Trevor nickte.

»Dann wissen Sie ja, wie es dort zugeht. Dieser Typ – sein Name war Lee – war aber nicht so wie die anderen. Er konnte den Dreck und die alten Säufer dort auch nicht ausstehen. Und er wollte verschwinden und ein neues Leben anfangen und hat mich gefragt, ob ich mitwollte. Und ich sagte natürlich ja.«

»Und? Haben Sie es geschafft?«, fragte Trevor. Er wusste nur zu gut, wie schnell man ins Obdachlosenmilieu abstürzen konnte und wie hart und steinig der Weg zurück in ein normales, bürgerliches Leben war.

»Er hat es geschafft, ich nicht«, antwortete Robin. »Das war ja das Problem. Lee hat im Tageszentrum einen Anschlag am Schwarzen Brett gelesen, auf dem stand: ›Junge Männer ohne familiäre Bindungen für lukrativen Job im Ausland gesucht‹. Er hat den Anschlag gleich abgerissen, damit die Konkurrenz nicht so groß war, und sich gedacht, dass es da vermutlich Arbeit für mehr als einen gab. Und deshalb hat er mich zu dem Vorstellungsgespräch mitgenommen.«

»Sind Sie hingegangen?«

»Ja. Es ging um einen Hoteljob in Saudi-Arabien. Lee hatte so was schon mal gemacht und hat den Job bekommen. Gutes Geld, freie Unterkunft und Verpflegung und sogar gewisse Aufstiegschancen. Natürlich hat er zugegriffen.«

»Und Sie?«

»Mir haben sie auch einen Job angeboten, aber erst gab es einen Gesundheitscheck. Lee hat ihn bestanden, ich nicht.«

Trevor gab seiner Neugier nicht nach. Er hatte nicht genügend Zeit, um Robin zu fragen, was er genommen hatte, und es war auch egal. Seine zitternden Hände konnten auf längeren Drogenkonsum hinweisen – Heroin, Kokain oder Crack –, und er hatte das graue, verkniffene Aussehen von jemandem, der schon seit längerem krank ist. Andererseits konnten diese Symptome ebenso gut auf einen längeren Aufenthalt in der Jubilee Street zurückgehen – wenn er dort überhaupt noch übernachtete.

»Dann hat Ihr Kumpel den Job genommen und Sie zurückgelassen?«

»Ich hätte es genauso gemacht. Am nächsten Tag bin ich zu Amanda, die mir unbedingt Geld geben wollte, damit ich die Kaution für eine Mietwohnung zahlen konnte. Als sie später herausfand, wofür ich das Geld wirklich ausgegeben habe, gab sie mir keines mehr, obwohl ich sie anflehte, mir zu helfen. Amanda gab mir eine Adresse, und ich bin einmal dorthin gegangen, dann aber nie wieder …« Robin drückte seine Zigarette in dem Blechaschenbecher auf dem Tisch aus.

»Und dann?«

»Ich habe Ihnen ja schon gesagt, dass ich nicht auf Spiele stehe. Deshalb bin ich ja schließlich auch hier. Um Ihnen zu sagen, warum Amanda das Zeug im Krankenhaus genommen und mir gegeben hat. Es ging ihr nicht ums Geld, sie hätte mir ihren letzten Penny gegeben, wenn ich ihn für etwas anderes ausgegeben hätte. Aber sie hatte Angst davor, dass ich mich an einer gebrauchten Nadel mit Aids infizieren oder von einem Dealer schlechten Stoff bekommen könnte. Also hat sie was aus dem Drogenschrank auf ihrer Station entwendet und mich mit frischen Nadeln versorgt und ...«

»Morphium«, murmelte Trevor, der sich erinnerte, auf welcher Station Amanda arbeitete.

»Und ein paar Tabletten. Omnaphon hießen die, glaube ich.«

»Kenne ich.«

»Die haben überhaupt nichts bewirkt.«

»Sie können froh sein, dass Sie noch am Leben sind.«

Robin steckte sich eine weitere Zigarette in den Mund, zündete sie aber nicht an.

»Amanda wollte das nicht tun, aber ich habe sie dazu gezwungen. Am Schluss hatten wir einen schrecklichen Streit, und sie sagte mir, dass sie mir kein Morphium und auch keine Nadeln mehr besorgen würde. Ich sei ein hoffnungsloser Fall, sagte sie, der sich nicht einmal selbst helfen wolle. Da bin ich ausgeflippt. Ich habe ihr gedroht, sie beim Krankenhaus zu verpfeifen, und dann würde sie ihren Ausbildungsplatz verlieren und niemals Krankenschwester werden. Ich wusste genau, wie wichtig ihr das war.« Robin strich sich eine Haarsträhne aus dem Gesicht. Seine Stirn war nass vom Schweiß.

»Ich habe sie angefleht, mir zu helfen, nur einmal noch, ein letztes Mal. Sie tat es nicht.«

Trevor trank seinen Kaffee aus und schob die Tasse an den Rand des Tisches. »Haben Sie sie verpfiffen?«

»Nein«, erwiderte Robin und zündete sich endlich seine Zigarette an. »Ich bin zurück in die Jubilee Street gegangen, weil ich nirgendwo anders mehr hingehen konnte. Ich war krank und habe am ganzen Körper gezittert. Ich war am Ende und wusste es. Kein Geld für einen Schuss, und Amanda hatte mich auch fallengelassen. Dann kam so ein Typ auf mich zu, dem mein Zittern aufgefallen war. Er hat mir ein paar Tabletten gegeben, die ein bisschen halfen, und dann hat er mir eine Adresse zugesteckt, wo ich mir etwas Geld verdienen könnte. Auch er war dort gewesen. Bei ihm hatte es zwar nicht geklappt, aber bei anderen Obdachlosen schon. Doch er sagte auch, dass mir in Wirklichkeit niemand helfen kann und dass ich der Einzige wäre, der an meinem Leben etwas ändern kann.«

»Und haben Sie das beherzigt?«

»Ich bin jetzt immerhin schon seit sechs – nein – sieben Monaten clean. Es war nicht leicht, aber ich arbeite hier im Gemeindezentrum als Mitglied der Theatergruppe. Die zahlen zwar nur einen Hungerlohn, aber für den Anfang ist es besser als gar nichts.« Er griff nach seinen Streichhölzern und steckte sie ein. »Ich wollte eigentlich schon lange zu Amanda gehen und ihr sagen, dass es mir gutgeht, aber ich hatte zu viel Angst davor. Bei unserem letzten Streit habe ich ihr Dinge gesagt, die sie mir bestimmt nicht verzeihen kann, aber das bedeutet nicht, dass sie mir egal ist.« Er blickte Trevor entschlossen in die Augen. »Amanda ist alles, was ich noch habe. Zu den anderen hatte ich nie einen richtigen Draht.«

»Zu welchen anderen? Haben Sie außer Amanda sonst noch Geschwister?«

»Ein paar Brüder. Amanda ist meine einzige Schwester. Bitte, seien Sie nicht zu hart zu ihr. Es war alles meine Schuld. Ich habe sie gezwungen, es zu tun. Und sie hat immer so fleißig gearbeitet. Ich will nicht, dass sie wegen mir ihren Ausbildungsplatz verliert.«

»Als Sie Amanda sahen, war sie da immer alleine? Oder war jemand bei ihr?«

»Nein, sie war alleine.«

»Denken Sie bitte genau nach. Haben Sie jemals einen Freund von ihr kennengelernt? Vielleicht jemanden, der mit ihr zusammen im Krankenhaus gearbeitet hat?«

»Nein. Worauf wollen Sie hinaus?« Robin drückte auch seine zweite Zigarette nach ein paar Zügen aus und zog eine dritte aus dem verknitterten Päckchen. Als er bemerkte, wie Trevor ihn ansah, schob er seinen Stuhl zurück.

Trevor fiel auf, wie stark Robins Hand zitterte, als er die Zigarette zum Mund führte, und fragte sich, ob der junge Mann nicht doch noch Drogenprobleme hatte. Eines war jedenfalls sicher: Robin Dart stand kurz vor einem Nervenzusammenbruch. Trevor musste behutsam mit ihm umgehen und durfte ihn keinesfalls zu sehr in die Enge treiben. Seine jahrelange Erfahrung hatte ihn gelehrt, dass bei den Robin Darts dieser Welt eine sanfte Behandlung sehr viel mehr Früchte trug als die ruppigen Hauruck-Methoden, die Peter Collins normalerweise anwandte. Er drehte den leeren Kaffeebecher in seinen Händen und überlegte sich, wie er weiter vorgehen sollte.

»Hat Amanda eigentlich Ihren Freund getroffen?«

»Welchen Freund?« Robin sah ihn mit leerem Blick an.

»Den, der Sie mit nach Saudi-Arabien nehmen wollte.«

»Nein, sie hat ihn nie gesehen. Und ich nach seiner Abreise auch nicht mehr.«

»Ist er denn wirklich nach Saudi-Arabien geflogen?«

»Sie haben ihm Geld für ein Hotelzimmer gegeben, und am nächsten Tag ist er nach London gefahren zur Vorbereitung auf den Job.«

»In welchem Hotel war das Zimmer?«

»In demselben, in dem sie auch das Vorstellungsgespräch geführt haben.«

»Wie heißt es?«

»Grand Hotel. Wissen Sie, welches ich meine?«

Trevor kannte das Hotel. Es hatte auch schon mal bessere Zeiten gesehen, aber im Vergleich zur Jubilee Street war es der reinste Palast. »Wie hießen die Leute, die das Vorstellungsgespräch mit Ihnen führten?«

»Der Mann hieß Jones, aber an den Namen der Firma kann ich mich nicht mehr erinnern.«

»Wo hat man Sie auf Ihren Gesundheitszustand untersucht?«

»Auch im Hotel. Gleich nach dem Gespräch.«

»Wissen Sie, wie der Arzt hieß?«

»Er hat sich mir nicht vorgestellt, und die Schwester, die ihm geholfen hat, auch nicht. Und ich habe sie nicht nach ihren Namen gefragt.«

»Wie sah der Arzt aus?«

»Mittelgroß, kurze braune Haare, nicht richtig dick, aber stämmig. Er hatte eine Hornbrille auf und wirkte nicht direkt schwul, aber irgendwie …«

»Unmännlich?«

»Wie ein Neutrum, würde ich sagen.«

»Augenfarbe?«

»Weiß ich nicht mehr.«

»Und die Schwester?«

»Die sah gut aus. Tolle Figur. Sie hatte zwar auch eine Brille auf, aber wenn sie die abgelegt und auch sonst noch ein bisschen was ausgezogen hätte, dann wäre sie nicht schlecht gewesen ...«

»Haarfarbe? Augenfarbe?«

»Braune Haare, und die Augen waren, glaube ich, blau, aber ich kann mich nicht mehr genau daran erinnern.«

»Woraus bestand die Untersuchung?«

Robin rutschte auf seinem Stuhl herum, aber Trevor entließ ihn nicht aus seinem Blick.

»Ich werde Sie nicht einsperren, Robin. Wenn ich wollte, hätte ich es längst getan. Sie haben mir geholfen, ein paar ungelöste Fragen zu klären, und dafür schulde ich Ihnen einen Gefallen. Wenn Sie also jemals meine Hilfe brauchen, dann kommen Sie zu mir.«

»Die Untersuchung war nichts Besonderes. Blut- und Urinproben, eine Röntgenaufnahme des Brustraums, Blutdruck, Lungenfunktion, und dann haben sie mir noch ein kleines Stück Haut entnommen, um zu testen, welche Impfungen ich schon gehabt habe.« Er rollte den linken Hemdsärmel hoch und zeigte Trevor eine kleine Narbe an der Innenseite seines Arms.

»Und warum sind Sie bei der Untersuchung durchgefallen? Weil Sie süchtig waren?«

Robin holte tief Luft und sah Trevor direkt in die Augen. »Die Schwester hat sich die Venen in meinen Kniekehlen angeschaut.«

»Haben Sie Heroin gespritzt?«

»Jetzt bin ich clean. Das habe ich Ihnen doch eben gesagt.«

Trevor dachte an Robins nikotingelbe Finger, die Art, wie er das Päckchen Zigaretten zerknautscht hatte, und an seine fahrigen Bewegungen beim Sprechen. So benahm sich nur jemand, der schon länger auf Entzug war. »Ich glaube Ihnen.«

»Das Rauchen hilft ein wenig«, sagte Robin und knüllte das leere Päckchen zusammen.

Trevor sagte nichts. Er hatte schon mehrere Junkies gesehen, die sich selber aus dem Sumpf gezogen hatten, und er hatte ebenfalls miterlebt, wie manche von ihnen wieder zurück in die Gosse geglitten waren.

»Was ist dann passiert?«

»Der Arzt hat mich nach Drogen gefragt, und ich konnte es nicht abstreiten. Dann musste ich gehen.«

»Und Ihr Freund?«

»Der ist geblieben. Wir haben uns noch verabschiedet. Aber ich hatte ihn ja erst am Abend zuvor kennengelernt.«

»Und Sie haben ihn nie wiedergesehen?«

»Nein.«

»Sie sagten, sein Name sei Lee. Wie weiter?«

»Das hat er mir nie gesagt.«

»Wissen Sie, wo er herkam?«

»Nein.«

»Soll ich Ihnen noch was zum Rauchen besorgen?«, fragte Trevor.

»Das wäre gut.«

Trevor ging zur Tür und rief nach dem diensthabenden Beamten, bevor er sich wieder auf seinen Stuhl setzte.

»Erzählen Sie mir mehr von Amanda. Hat sie mit Ihnen viel über das Krankenhaus gesprochen?«

»Hin und wieder hat sie mir mal was von ihren Patientinnen erzählt oder von den Babys, die sie mit auf die Welt gebracht hat.«

»Und was ist mit den Ärzten? Hat sie auch von denen gesprochen?«

»Ja, von einem, der auf ihrer Station gearbeitet hat. Den hat sie angebetet wie einen Helden, wenn nicht mehr. Ich glaube, er hat sich mal bei einem Problem mit der Stationsschwester für sie eingesetzt. Ich hatte Angst, dass das Problem vielleicht etwas mit mir zu tun haben könnte, deshalb habe ich sie nie danach gefragt. Aber sie hat mir oft erzählt, dass die Stationsschwester eine fiese Hexe ist.«

»Wissen Sie den Namen des Arztes?«

»Den hat mir Amanda nie gesagt.«

»Hatte Amanda was mit ihm?«

»Das habe ich sie auch gefragt, aber sie hat mir geantwortet, dass er glücklich verheiratet ist.«

Trevor spielte einen Augenblick mit seinem Kugelschreiber, bevor er ihn zurück auf den Tisch legte. Robin Dart sagte die Wahrheit. Er hatte keinen Grund, es nicht zu tun. Erstens war er aus freien Stücken ins Präsidium gekommen, und zweitens hatte er Angst, aber nicht um sich selbst, sondern um seine Schwester, weil die seinetwegen schlimme Dinge getan hatte. Was er über Amanda und den Arzt auf ihrer Station gesagt hatte, klang plausibel und passte in das Bild, das sich Trevor von der Beziehung zwischen ihr und Tim Sherringham gemacht hatte. Und falls Tim sie beim Stehlen von Morphium und Injektionsnadeln erwischt haben sollte, war es nicht unwahrscheinlich, dass sie ihm alles erzählt hatte. Damit hätte er einen guten Grund gehabt, zusammen mit Amanda in die Jubilee Street zu fahren und nach dem Bruder zu suchen, wegen dem sie ihre kümmerliche Existenz aufs Spiel setzte.

Aber was sagte Robins Geschichte über den Mord an seiner Schwester und Tim Sherringhams Verschwinden aus?

»Darf ich Amanda sehen?«, fragte Robin unvermittelt mit schriller, sorgenvoller Stimme. »Ist sie hier?«

»Robin …«

»Wenn Sie nichts dagegen haben, würde ich sie gerne sehen und dann wieder fahren.« Er stand auf und machte ein paar Schritte in Richtung Tür. »Ich muss meine Theaterkollegen aus dem Pub abholen.«

»Wussten Sie, dass Amanda im Obdachlosenheim nach Ihnen gesucht hat?«, fragte Trevor und achtete genau auf Robins Reaktion.

»Das haben Sie mir doch eben gesagt. Ihr ist dort doch nicht etwas zugestoßen?«

»Das wissen wir nicht, Robin«, antwortete Trevor und bereitete sich auf seine schwere Aufgabe vor. Aus Erfahrung wusste er, dass man solche Nachrichten am besten direkt und rasch übermittelte. »Es fällt mir nicht leicht, es Ihnen zu sagen, aber Ihre Schwester wurde ermordet.«

Robin starrte ihn voller Bestürzung an.

Wenn er das spielte, dachte Trevor, dann war er reif für einen Oscar. »Wir wissen noch nicht genau, wie und weshalb. Man hat ihren Leichnam am Rand der Autobahn gefunden.«

Robin kam zurück und sank langsam auf seinen Stuhl. »Eine von den enthaupteten Leichen, von denen alle Leute reden?«

»Ja. Deshalb haben wir Sie aufgefordert, sich bei uns zu melden. Wir haben auch Ihren Bruder in Gibraltar verständigt, aber hauptsächlich wollten wir mit Ihnen sprechen.«

Robin stützte den Kopf in beide Hände. »Ich hätte mich

von ihr fernhalten müssen. Ich hätte niemals hierherkommen dürfen …«

»Wieso glauben Sie, dass das etwas mit Amandas Tod zu tun haben könnte?«

Robin ballte die Hände zu Fäusten und stand erneut auf. »Ich muss jetzt gehen.«

»Ich könnte Ihnen ein Zimmer in dem Hotel verschaffen, in dem wir auch für Ihren Bruder gebucht haben.« Trevor ließ Robin nur ungern gehen, denn er wusste genau, dass kein Zeuge einem auf Anhieb alles sagte. Es gab immer noch etwas, und ein guter Polizist musste das herausfinden. Das war ihnen in der Ausbildung immer wieder eingebläut worden. Was man ihnen nicht gesagt hatte, war, wie man einen Zeugen ohne Gewaltanwendung daran hinderte, einfach aus der Tür zu gehen.

»Das will ich nicht.«

»Wenn ich Sie jetzt gehen lasse, kommen Sie dann heute Abend wieder zurück?«, fragte Trevor.

»Morgen. Ich muss nachdenken. Und außerdem will ich meinen Bruder nicht sehen. Der hat mich als Kind bloß verprügelt.«

»Setzen Sie sich wieder hin, Robin. Sie stehen unter Schock. Ich bringe Ihnen noch einen Kaffee.«

»Nein, danke.«

»Dann geben Sie mir wenigstens eine Adresse und eine Telefonnummer, unter der ich Sie erreichen kann.« Er reichte Robin sein Notizbuch, und der junge Mann schrieb im Stehen etwas hinein, bevor er das Zimmer verließ.

Trevor trat an die Tür und sah ihm hinterher, wie er den Korridor entlangging. Wenn er morgen nicht von selbst kam, dann würde er zu ihm fahren und das aus ihm herausbringen, was er bisher verschwiegen hatte.

Dämmrige Dunkelheit umgab die Bühne, auf der der Pierrot bewegungslos saß und geduldig wartend vor sich hin starrte. Es war schon einige Zeit her, seit die untergehende Sonne ihre schrägen Strahlen auf die kaputten Theatersessel und die dicken Staubflocken im Zuschauerraum geworfen hatte. Der Mond stand noch nicht hoch genug am Himmel, als dass sein blasser Schein durch das zerbrochene Fenster knapp unterhalb des Dachs gedrungen wäre.

Schlimmer als die Dunkelheit war für den Pierrot die Kälte, die der Sonnenuntergang zwangsläufig mit sich gebracht hatte. Ohne sie hätte er die Dunkelheit sogar willkommen geheißen, denn sie verbarg den Verfall, dem das Theater anheimgegeben war – zumindest zu einem Teil. Was sie allerdings nicht ausblenden konnte, war das laute, ständige Anbranden der Wellen, die tagein, tagaus an den rostigen Stützpfeilern der Pier nagten und sie irgendwann einmal zum Einstürzen bringen würden.

Aber so war das Leben. Die Bühne … die Wellen … die Kälte … die Leere in seinem Inneren. Der Pierrot hatte kein Gedächtnis, keine Vergangenheit und keine Zukunft. Nur diese düstere Gegenwart, die aber durch die Tatsache, dass sie sich an keiner Vergangenheit messen lassen musste, leichter zu ertragen war. Für den Pierrot war alles unbedeutend bis auf den Hunger, jenen tiefsitzenden, nagenden Hunger, der nicht nur dem Körper, sondern auch dem Geist schlimme Qualen bereitete.

Der Pierrot wollte sich bewegen. Wollte ins Freie, frische Luft atmen, essen, trinken und sich aufwärmen. Aber das konnte er nicht. Er erinnerte sich an nichts mehr als daran, dass die Ausgänge des Bühnenraums versperrt und verrammelt waren. Das kleine Proszenium zwischen Bühne und

Zuschauerraum, auf dem die Pierrots früher während der Szenenwechsel das Publikum unterhalten hatten, war zur Hälfte zusammengebrochen, und überall im Boden des Zuschauerraums gab es kleine Löcher, durch die man hinab aufs Meer blicken konnte.

Der Pierrot war isoliert. Und eingesperrt. Aber nicht für immer. Nein, nicht für immer. Er hatte immer noch seinen Verstand und sein … Er griff mit der rechten Hand in den linken Ärmel seines Kostüms.

Er sah, wie am anderen Ende der Bühne eine Ratte entlangflitzte, hob rasch den Arm und ließ das Messer in seiner Hand los, das metallisch blitzend durch den Raum wirbelte und die laut quiekende Ratte auf die gesprungenen Bretter nagelte. Ohne mit der Wimper zu zucken, sah ihr der Pierrot beim Sterben zu.

Sein Hunger war das Einzige, an was er denken konnte, während er von unten ein metallisches Schlagen hörte. Offenbar legte gerade ein Boot an einem der Pfeiler an. Wahrscheinlich kam wieder eines der Bündel. Der Pierrot kannte diese Bündel, und er wusste auch, was drin war. Brot. Frisches, noch warmes Brot. Der Pierrot meinte fast, es riechen zu können, ebenso wie das knusprig gebratene Fleisch und die knackigen grünen Äpfel, die ebenfalls in den Bündeln waren. Wenn das Bündel da war, würde sich die Falltür wieder schließen, und er würde wieder ganz allein sein.

Er musste nachdenken, sich konzentrieren, versuchen, sich zu erinnern. Von der Anstrengung tat ihm der Kopf weh. Andere Bilder drängten sich in sein Gehirn – tanzende, drängende, niemals stillstehende Bilder.

Farben. Bunte, knallige Farben. Violett, Rot, Orange, Grün. Frisches, kräftiges Limonengrün. Gerüche. Texturen.

Welten, in denen rosa Muscheln auf dürren Beinchen herumstaksten. Und Musik. Vor allem Musik. Weinende, heulende, süße Musik, die dadurch noch viel schrecklicher klang als jeder Schmerzensschrei. Es war die Musik von Saiteninstrumenten … Musik zum Tanzen … Tanzmusik. Menschen, viele Menschen. Ein Schrei. Ein lauter, langgezogener Schrei. Der Schrei des Pierrots.

Ein anderes Geräusch. Ein metallisches Schlagen. Von unten. Der Pierrot spürte, wie es durch das Eisengerüst der Pier vibrierte. Die Vibrationen bedeuteten, dass sich etwas tat. Dass etwas zum Essen kam. Bedeutete es auch einen Weg nach draußen? Er musste nach draußen. Das geschah aber nicht, indem er hier herumsaß. Er musste sich bewegen, musste den lähmenden Krampf in seinen Armen und Beinen überwinden. Da draußen gab es eine Straße. Ein Boot. Einen Fluss.

Wieder schwemmten Bilder in seinen Kopf, die genauso bestimmt waren wie die vorhin, nicht mehr, nicht weniger. Ein Auto, ein rotes Auto. Die harte Oberfläche einer Straße, auf der das Licht eines sich nähernden Fahrzeuges glitzerte. Der Mond. Gelb, voll, groß, wie ein dicker Edelstein im sternenübersäten, mitternachtsblauen Himmel. Und noch ein Mond. Ein zerrissener Mond, der in einer feuchten Regennacht hinter dunklen Wolkenbänken hervorlugte. Ein Mann, der in einem Auto sitzt. Ein Messer, das tief in weiches, nachgiebiges Fleisch dringt. Ein Kopf. Ein Kopf, der in einen Mantel eingeschlagen ist. Ein Kopf mit starrglotzenden Augen, ein offenstehender Mund, plombierte Zähne und eine Zunge. Eine dickgeschwollene rosa Zunge mit weißem Belag. Aber der Kopf war nicht genug. Warum war der Kopf nicht genug?

Jetzt hörte er ein Kratzen und Schaben. Jemand kletterte

die Metallleiter nach oben. Jetzt. Nicht mehr viel Zeit. Er musste sich bewegen. Musste raus.

Langsam, quälend langsam bewegte der Clown im dünnen Seidenkostüm seine kalten Glieder und krabbelte schwerfällig hinüber zu der Ratte, deren Quieken jetzt sehr viel leiser war. Sie lebte immer noch. Eine Hand ans Messer. Eine kurze Drehung. Ein letztes Strampeln kleiner Pfoten, ein jämmerlich erstickter Schrei. Stille.

Die Hand, die die Falltür nach oben hielt und das Bündel hereinschob, war ganz nahe an der Bühne. Er hätte sie ergreifen und schütteln können, und er hätte auch mit dem Messer nach unten stechen und sich seine Freiheit erobern können. Er hätte hinab in das Boot klettern können, das unten gegen das Metallskelett der Pier schlug, und damit den Fluss hinaufrudern können. Er brauchte es dann nur unter der Brücke anzubinden und hinauf zur Straße zu gehen und im dichten Gebüsch verschwinden, wo sich der Geruch nach feuchter, verrottender Erde und frischem Grün mit etwas anderem vermischte. Etwas Schärferem. Dem giftigen Gestank von Autoabgasen.

Dort musste er warten. Warten – auf was? Auf Autos? Unerkannt musste er bleiben, musste den Menschen aus dem Weg gehen. Allen, bis auf einem. Aber es war zu schaffen. Der Pierrot hatte es schon einmal geschafft. Oder war das nur ein Traum gewesen? Er konnte das Träumen nicht mehr vom Wachsein unterscheiden. Es war alles dasselbe.

Der Pierrot hob die Hand mit dem Messer, zog es mit einiger Kraftanstrengung aus dem gesplitterten Holz und dem Körper der toten Ratte heraus, aus deren kleinem, pelzigem Kadaver die Flöhe sprangen. Mit einem Fußtritt beförderte er die Ratte in den Zuschauerraum, wischte die blutige Messerklinge zwischen seinen weißbehandschuhten Fingern ab, die schon ganz steif von anderen, längst eingetrockneten Blutflecken waren.

Mit dem Messer in der Hand trat er an die Tür zum Zuschauerraum. Es war einfach. So einfach.

Kapitel vierzehn

Nervös betrat Constable Harries das Büro von Superintendent Mulcahy. Wie erwartet, waren auch Collins und Joseph bei ihm.

»Ich habe mit einer Bekannten gesprochen, die in der Verwaltung des Krankenhauses arbeitet, Sir«, berichtete der Constable. »Daisy Sherringham hat in den letzten zwei Wochen keine ihrer Schichten dort ausfallen lassen, Sir.«

»Sieh mal einer an«, bemerkte Peter Collins.

»Außerdem hat sie gesagt, dass die beiden Dr. Sherringhams nach jeder Schicht gemeinsam das Krankenhaus verlassen haben. Sie haben manchmal sogar Schichten mit ihren Kollegen getauscht, damit sie zur selben Zeit arbeiten konnten.«

»Das heißt also, dass Daisy Sherringham keine Zeit hatte, um …« Peter schlug mit der Faust auf Mulcahys Schreibtisch. »Verdammter Mist.«

»Darf ich Sie vielleicht daran erinnern, mit wem wir es hier zu tun haben? Lord Holbourne ist Kabinettsminister. Seine Tochter, Lady Joanna Holbourne, ist mit Richard Sherringham verheiratet, und Daisy Sherringham gehört durch ihre Hochzeit ebenfalls zur Holbourne-Familie.« Mulcahys Stimme war um kein Dezibel lauter, aber aus dem Pulsieren der Ader an seiner Schläfe schloss Trevor, dass er kurz davor war, in die Luft zu gehen. »Außerdem haben wir nicht den Hauch eines Beweises dafür, dass Daisy Sherringham oder irgendjemand anders etwas mit den Autobahnmorden zu tun hat.«

»Außer ihren Träumen von kopflosen Leichen.«

»Die kein Gericht auf dieser Welt als Beweis durchgehen lässt.« Mulcahy schob seine Unterlagen zusammen. »Oder sind Sie jetzt vielleicht unter die Hellseher gegangen, Collins?«

Wütend suchte Peter ein neues Opfer und fand es auch. Er wandte sich Trevor zu und sagte vorwurfsvoll: »Und du – du hast den Hauptzeugen … diesen …«

»Robin Dart«, half ihm Trevor.

»… einfach laufenlassen. Dabei hätte uns der Kerl enorm viel nützen können, und fragen hätten wir ihn auch dürfen, denn schließlich ist der nicht mit irgendwelchen hohen Tieren verwandt.«

»Nach allem, was er mir über seine Schwester und ihre Beziehung zu einem Arzt im Krankenhaus erzählt hat, können wir zwar vermuten, dass es sich bei dem Arzt um Tim Sherringham gehandelt hat, aber sicher wissen wir das nicht. Außerdem hat Robin mir versprochen, dass er morgen wiederkommt und weitere Aussagen macht.« Trevor erwartete einen weiteren Wutausbruch seines Partners. Und er wurde nicht enttäuscht.

»Und du hast ihm das alles abgenommen? Wieso glaubst du auf einmal einem dahergelaufenen Junkie?«

»Erstens ist er kein Junkie mehr, und zweitens hatte er keinen Grund zu lügen. Ich habe ihm versprochen, dass nichts, was er sagt, in irgendwelchen Unterlagen auftaucht, und dieses Versprechen werde ich auch halten. Wenn sich herumspricht, dass man uns nicht trauen kann, können wir bei unseren Informanten im Drogenmilieu einpacken.« Trevor sah Peter herausfordernd an. »Außerdem musste ich ihm sagen, dass seine Schwester tot ist. Er war völlig aufgelöst und brauchte etwas Zeit, um sich zu erholen …«

»Das brauche ich auch.«

»Daraus wird nichts, Collins«, sagte Mulcahy. »Wir haben heute so viele neue Informationen erhalten, dass wir alle Überstunden schieben müssen.«

»Ich bin müde …«

»Das kann ich gut verstehen«, murmelte Mulcahy und nahm Peter damit den Wind aus den Segeln. »Aber müde sind wir alle.«

»Und wo sollen wir anfangen?«, fragte Trevor.

»Harries?«

»Sir?« Harries beugte sich dienstbeflissen nach vorne.

»Wir brauchen ein paar Durchsuchungsbefehle.«

»Ja, Sir.« Harries zog Notizblock und Stift hervor.

»Für Tim Sherringhams Boot – falls die Alten tatsächlich was gesehen haben sollten. Oder besser noch für den ganzen Yachthafen. Wenn wir den Durchsuchungsbefehl haben, rufen Sie beim Yachtclub an und sagen Sie, dass wir Grund zu der Annahme hätten, es würden sich Obdachlose auf den Booten herumtreiben. Das zieht bei denen immer.«

»Jawohl, Sir.«

»Sagen Sie der Einsatzgruppe, dass sie nach allem Ausschau halten soll, was in Zusammenhang zu Tim Sherringhams und Amanda Darts Verschwinden stehen könnte. Vielleicht gibt es Anzeichen dafür, dass jemand im Yachthafen auf einem Boot lebt.«

»Jawohl, Sir.«

»Außerdem brauche ich einen Durchsuchungsbefehl für Tim Sherringhams Wohnung.«

»Ist denn das nötig Sir?«, fragte Trevor. »Daisy ... Dr. Daisy Sherringham hat uns bisher immer freiwillig in ihre Wohnung gelassen. Ich könnte sie bitten, das wieder zu tun.«

»Das können Sie gerne tun, aber zur Sicherheit hätte ich trotzdem gerne einen Durchsuchungsbefehl. Wir suchen nach Papieren, Tagebüchern, Rezepten für Morphium oder sonstigen Unterlagen, die Robin Darts Geschichte bestätigen könnten.«

»Ja, Sir.«

»Der nächste Durchsuchungsbefehl wäre für die Pier.«

»Ohne Panzer kommen Sie da nicht rein«, erklärte Peter.

»Das ist mir egal, Collins. Ich möchte, dass die Pier so bald wie möglich durchsucht wird.«

»Wenn wir das tun, sollten wir Peters Freund Ben Gummer mitnehmen«, schlug Trevor vor.

»Und warum?«, fragte Mulcahy.

»Weil der früher da gearbeitet hat und die Pier wie seine Westentasche kennt.«

»Gute Idee«, stimmte Mulcahy ihm zu. »Dort müssen wir klären, ob wirklich Obdachlose auf der Pier übernachtet haben ...«

»Und Clowns«, fügte Peter hinzu.

»Soll das ein Witz sein, Collins?«

»Nein, mein voller Ernst.«

»Da bin ich aber froh. Und wenn Sie schon dabei sind, Harries, dann lassen Sie sich auch noch ein paar Durchsuchungsbefehle für das Krankenhaus ausstellen. Insbesondere für Tim Sherringhams Untersuchungszimmer und sein Büro. Des Weiteren für Amanda Darts Zimmer im Schwesternwohnheim und für die Entbindungsstation. Die Leute sollen sich dort erkundigen, ob sich jemand daran erinnern kann, dass sich Tim Sherringham mit Amanda Dart unterhalten hat. Und sie sollen die ausgestellten Morphiumrezepte mit der Anzahl der Fläschchen im Drogenschrank vergleichen. Außerdem muss nachgeprüft werden, wie oft fehlende Fläschchen gemeldet wurden und wie viel Morphium den einzelnen Patienten verabreicht wurde. Wenn Amanda Dart für ihren Bruder Drogen gestohlen und Tim Sherringham sie gedeckt hat, dann muss das irgendwie aus den Unterlagen zu erkennen sein.«

»In Krankenhäusern können sie manchmal ganz schön zickig sein, Sir«, warnte Collins. »Vor allem, wenn es darum geht, dass das Personal Medikamente gestohlen hat.«

»Wer redet denn hier von Medikamenten? In Anbetracht des Verschwindens von Dr. Tim Sherringham und dem Mord an der Schwesternschülerin Amanda Dart haben wir guten Grund zu der Annahme, dass eine Person, oder sogar mehrere noch nicht genauer bekannte Personen, das Leben der Mitarbeiter und das Eigentum des städtischen Krankenhauses gefährden. Aus diesem Grund ist es unerlässlich, das Hospital zu durchsuchen …«

»Gut, das habe ich verstanden«, erwiderte Trevor.

»Vielleicht könnten Sie Ihren Freund, diesen Alan Cummins, danach befragen, ob er irgendetwas von den Vorgängen auf der Entbindungsstation weiß. Vielleicht kann Ihnen ja auch Judy Osbourne weiterhelfen. Und wenn Sie im Krankenhaus fertig sind, fahren Sie mit Collins zu Richard Sherringham und konfrontieren ihn mit den neuesten Erkenntnissen in diesem Fall. Vielleicht zeigt er ja eine interessante Reaktion. Irgendwelche Einwände dagegen?«

»Nicht im Geringsten«, erwiderte Peter. »Ich liebe das Sherringham-Anwesen, und außerdem ist es immer wieder ein erhebendes Erlebnis, zu Gast bei einem echten englischen Aristokraten zu sein. Selbst wenn er Amerikaner ist.«

»Freut mich, wenn Ihnen Ihr neuer Auftrag gefällt, Collins.«

»Brauchen Sie noch etwas von mir, Sir?«, fragte Constable Harries.

»Besorgen Sie die Durchsuchungsbefehle, Harries.«

»Jawohl, Sir.« Er ging nach draußen.

»Wichtig ist außerdem, dass wir diesen Andy finden oder – wer auch immer Blackie die Brille gegeben hat.«

»Das sehe ich auch so, Sir«, sagte Trevor.

»Dazu wäre es nicht schlecht, wenn wir jemanden in die Jubilee Street schicken könnten«, fuhr Bill Mulcahy fort. »Undercover, sozusagen.«

»Meine Haare sind dafür zu kurz«, verkündete Peter schroff. »Außerdem habe ich letztes Jahr festgestellt, dass ich auf Läuse allergisch bin.«

»Ich dachte auch nicht an Sie, Collins.«

»Na gut. Dann eben ich«, sagte Trevor schicksalsergeben.

»Ich habe dir gleich gesagt, du sollst dir die Haare nicht so lang wachsen lassen«, krähte Peter.

»Ich sage es nur ungern, Joseph, aber Sie sind in der Szene inzwischen viel zu bekannt, um als verdeckter Ermittler zu arbeiten«, stellte Mulcahy fest.

»Vielleicht sollte ich es mit einer Perücke versuchen? Oder mit Make-up?«

»Wer Andy finden will, muss schon länger als eine Nacht im Obdachlosenheim bleiben«, sagte Mulcahy. »Außerdem dürfen wir nicht vergessen, was mit Tim Sherringham und Amanda Dart passiert ist, nachdem sie in der Jubilee Street waren. Das kann natürlich ein Zufall sein, aber vielleicht haben sie sich dort auch mit den falschen Leuten unterhalten. Wenn in dem Heim etwas vor sich geht, dann will ich wissen, was es ist.«

»Soll das heißen, dass Sie einen Neuen einschleusen wollen?«, fragte Trevor.

»Vielleicht Harries?«, schlug Peter vor.

»Der hat doch noch kürzere Haare als du«, meinte Trevor.

»Könnte ja sein, dass er gerade unehrenhaft aus der Armee entlassen wurde. Wegen …« – Peter blickte nachdenklich hinauf zur Zimmerdecke – »… wegen Diebstahls vielleicht?«

»Die Details dürfen Sie sich gerne selbst ausdenken. Sehen Sie zu, dass Sie Harries den nötigen Hintergrund und die passende Kleidung beschaffen. Und erklären Sie ihm genau, was er zu tun hat und wie er mit uns in Verbindung bleibt. Ich will nicht, dass er genauso verschwindet wie Sherringham.«

»Wo wir gerade beim Verschwinden sind«, sagte Trevor. »Ich frage mich, was aus diesem Lee geworden ist, mit dem Robin Dart bei dem Vorstellungsgespräch im Grand Hotel war. Die beiden wollten einen Hoteljob in Saudi-Arabien haben, dann wurden sie medizinisch untersucht. Robin ist durchgefallen, aber dieser Lee wurde genommen.«

»Das ist doch nichts Ungewöhnliches«, entgegnete Peter. »Würdest du etwa einen Junkie einstellen?«

»Darum geht es mir nicht. Was mich verwundert, ist, dass Lee gleich am nächsten Tag in London mit der Vorbereitung auf den Job beginnen musste.«

»Vielleicht brauchen die Hotels in Saudi-Arabien so dringend Personal.«

»Aber welcher Hotelbesitzer – vor allem einer aus dem Ausland, der dann auch noch die Reisekosten bezahlen muss – rekrutiert denn sein Personal in der Jubilee Street?«

»Da ist was dran. Klären Sie das mal beim Arbeitsamt ab, Joseph«, wies ihn Mulcahy an.

»Ich weiß nur, dass der Mann Lee hieß. Einen Nachnamen habe ich nicht. Und Robin konnte sich auch nicht an den Namen der Firma erinnern. Nur, dass der Typ, bei dem er das Vorstellungsgespräch hatte, Jones hieß.«

»Vielleicht haben die im Grand Hotel ja Unterlagen darüber. Und sagen Sie Harries, dass er doppelt vorsichtig sein soll, wenn er verkleidet in das Obdachlosenheim geht. Sagen Sie ihm, dass er ab jetzt ein Detective Constable ist, und suchen Sie mir einen anderen, der hier im Präsidium das Mädchen für alles spielt.«

»Wird gemacht.«

»Gehen Sie zu Daisy Sherringham ins Krankenhaus?«, fragte Mulcahy Trevor.

»Ja.«

»Und wissen Sie, was Sie sie fragen müssen?«

Trevor klopfte auf die Tasche, in der sein Notizblock steckte. »Nach Amanda Dart. Ob Tim ein Tagebuch geführt hat. Und ob sie uns erlaubt, dass wir die Wohnung und die Yacht durchsuchen.«

»Sie könnten vielleicht auch nebenbei erwähnen, dass Tim Sherringham und Amanda Dart kurz nach Tims Verschwinden im Yachthafen gesehen wurden. Mal sehen, wie sie darauf reagiert. Und was machen Sie, wenn Sie in der Wohnung der Sherringhams etwas finden?«

»Dann rufe ich Sie an.«

»Sie können mich auch zu Hause anrufen. Aber nur bis Mitternacht. Ich werde dann ins Bett gehen.«

»Sie brauchen wohl Ihren Schönheitsschlaf?«, spöttelte Peter.

»Lassen Sie Ihre blöden Witze, Collins. Sie kriegen heute bestimmt weniger Schlaf als ich, weil Sie Stunden brauchen werden, bevor Sie Harries für die Jubilee Street vorbereitet haben.«

»Da haben Sie recht«, meinte Trevor, stand auf und schob den Stuhl, auf dem er gesessen hatte, unter Mulcahys Schreibtisch.

»Warum sind Sie auf einmal so fröhlich, Joseph? Ist das Schadenfreude über Collins' Arbeitspensum oder Vorfreude auf Ihre Herzensdame?«

»Weder noch«, erwiderte Trevor vorsichtig.

»Dann mal viel Spaß. Aber vergessen Sie nicht, weshalb Sie mit ihr reden«, verabschiedete ihn Mulcahy mit einem frostigen Lächeln.

Andy sah, wie er hinunterfiel. Er hatte sich gerade hinter einem der Pfeiler der Pier versteckt, so, wie er es immer tat, wenn der zweite, der dünne Clown kam.

Andy mochte den Dünnen nicht. Er war an dem Pfeiler nach oben geklettert und hatte zugesehen, wie unten das vertäute Boot gegen die Pier schlug. Früher oder später würde der dünne Clown wieder hinabsteigen und mit dem Boot davonrudern. Und dann konnte Andy wieder aus seinem Versteck hervorkommen, nach oben ins Theater klettern und sich wie immer in die hinterste Reihe setzen.

Aber dann geschah es.

Der Mensch sauste direkt an ihm vorbei. Hätte er die Arme ausgestreckt, hätte er ihn berühren können, so nah war er gewesen. Er prallte an einer vorstehenden Stange ab, überschlug sich ein paarmal und klatschte dann mit einem lauten Platschen ins Meer, wo er einen Schwall Wasser in das Boot spritzte. Er ging unter, aber kurz darauf tauchte er wieder auf und schaukelte auf den schwarzen Wellen: ein zappelndes, helles Bündel, das verzweifelt mit den Armen ruderte und sich auf das Boot zubewegte.

Andy klammerte sich an seinen Pfeiler. Er hatte Angst. Angst vor den Clowns, Angst davor, entdeckt zu werden, Angst zu sterben. Die Finger fest um die eiskalten Eisenstangen gekrallt, blieb er still sitzen und wartete ab. Wenn er sich bewegte, würde er vielleicht entdeckt und dann dasselbe Schicksal erleiden wie die Person, die soeben wie eine Stoffpuppe von der Pier geflogen war und jetzt unter ihm im Wasser zappelte.

Der andere Clown kletterte nun die Leiter an einem der Pfeiler hinab zum Boot. Andy sah, wie eine Gestalt im Wasser, die aussah wie der dünne Clown, vom Boot wegschwamm. Wenn er nur noch ein paar Minuten durchhielt und sich nicht bewegte, wäre alles in Ordnung, dachte Andy und versuchte, den Krampf in seinen Fingern ebenso zu ignorieren wie die Angst, die ihm im Genick saß. Erst wenn beide Clowns weg waren, war er in Sicherheit. Dann konnte er durch das Loch im Boden hinauf ins Theater klettern, sich in die letzte Reihe setzen und die Füße hochlegen.

Andy bewegte sein linkes Bein und schaute, ob die halbausgetrunkene Flasche, die er sich mit einem Fetzen Stoff an den Oberschenkel gebunden hatte, noch da war. Zum Glück war sie nicht herausgerutscht. Heute Nacht würde es ihm gutgehen. Er freute sich schon drauf. Was brauchte er mehr? Er hatte eine halbvolle Flasche und einen Ort, an dem er sie ungestört leer trinken konnte, ohne sie mit jemandem teilen zu müssen. Und morgen … Aber wer wollte schon an morgen denken. Heute Nacht hatte er eine Flasche. Und mit einer Flasche war er der King.

»Tut mir leid, ich wollte Sie nicht stören«, sagte Trevor betreten.

»Ach, führen Sie hier keinen solchen Eiertanz auf. Ich weiß doch, mit wem Sie sprechen wollen.« Judy Osbourne trat einen Schritt zurück und ließ Trevor verlegen in der Tür stehen.

Daisy blickte besorgt vom Sofa auf. »Gibt es etwas Neues von Tim?«

»Nein.« Trevor trat von einem Fuß auf den anderen und kam sich in seinem Anorak, der für die Jahreszeit viel zu dick war, ziemlich blöd vor.

»Wollen Sie vielleicht hereinkommen?«, fragte Judy.

»Gerne, wenn ich darf. Es dauert auch nicht lange. Vielen Dank.« Trevor trat ein und zog die Wohnungstür hinter sich zu. Auf eine Geste von Daisy hin setzte er sich auf einen der Stühle, die an einem runden Esstisch standen.

»Hätten Sie vielleicht die Güte, uns zu sagen, weshalb Sie zu so später Stunde noch bei uns hereinschneien?«, fragte Judy in einem ziemlich gereizten Ton.

»Es haben sich einige neue Erkenntnisse ergeben, aber es lässt sich nur schwer sagen, wie wichtig sie sind. Ich dachte, dass uns Dr. Sherringham vielleicht ein wenig dabei helfen könnte.« Er lächelte Daisy verlegen an.

»Ich bin froh, wenn ich Ihnen behilflich sein kann.« Daisy zog sich ihre Schuhe wieder an, die sie sich erst kurz zuvor von den Füßen gestreift hatte. Dann stand sie vom Sofa auf. »Haben Sie heute Abend noch etwas vor, Sergeant Joseph?«

»Nein.« Trevor blickte fragend von Daisy zu Judy.

»Hätten Sie dann vielleicht Lust, mit mir in das Schnellrestaurant um die Ecke zu gehen? Ich habe einen Bärenhunger.«

»Aber gerne«, stammelte Trevor.

»Es ist bereits elf Uhr, Daisy«, sagte Judy mit Nachdruck.

»Ist schon in Ordnung, die haben rund um die Uhr auf«, erwiderte Daisy, während sie Handtasche und Mantel von der Garderobe nahm. »Und du gehst jetzt und triffst dich mit deiner Freundin, Judy. Wir können doch nicht alle unser Leben anhalten, nur weil Tim verschwunden ist. Das wäre ihm bestimmt nicht recht, und außerdem hilfst du weder Tim noch mir, wenn du hier die ganze Zeit mit mir Trübsal bläst. Und ich bin mir sicher« – sie schenkte Trevor ein strahlendes, wenn auch ein wenig künstliches Lächeln –, »dass Sergeant Joseph gut auf mich aufpassen wird.«

»Selbstverständlich.« Daisys Tatendrang und Frohsinn verblüfften ihn noch mehr als ihre wirren Gefühlsausbrüche am Vormittag.

»Dann gebe ich dir am besten einen Schlüssel mit«, sagte Judy und kramte in den Tiefen ihrer Handtasche herum.

»Ist nicht nötig«, meinte Daisy, öffnete die Tür und ging in den Flur. »Der Portier sperrt mir bestimmt die Wohnung auf.«

»Ich bin nicht lange weg«, rief ihr Judy nach. »Eine Stunde, höchstens zwei. Versprechen Sie mir, dass Sie bei ihr bleiben, bis ich wieder da bin, Sergeant Joseph?«

Trevor fand, dass Judy ungewöhnlich besorgt klang, und versprach: »Ich lasse sie nicht alleine.«

»Sollten Sie ihr dann nicht besser nachgehen?«, fragte Judy spitz.

Trevor wurde klar, dass er dieser Frau niemals etwas recht machen konnte, ganz gleich, wie sehr er sich auch bemühte.

»Wollen Sie zum Inder oder zum Italiener?«, fragte Trevor,

als er Daisy an der Treppe wieder eingeholt hatte. »Oder lieber zum Chinesen?«

»Ich wollte eigentlich bloß einen Hamburger essen.«

»Ich habe auch Hunger, aber ich mag keine Schnellrestaurants«, log er. Wenn er schon einmal die Gelegenheit bekam, mit Daisy zum Essen zu gehen, sollte es etwas Besseres sein.

»Dann suchen Sie sich was aus.« Die Energie, die sie in der Wohnung noch ausgestrahlt hatte, schien verflogen zu sein. »Mir ist nur wichtig, dass es dort hell ist und wir nicht die einzigen Gäste sind.«

Trevor geleitete Daisy aus dem Haus und dachte dabei, dass er sich wirklich glücklich schätzen konnte, heute mit seinem eigenen Wagen unterwegs zu sein. Er führte sie zu seinem Auto, ließ sie einsteigen und fuhr dann in gemütlichem Tempo stadteinwärts.

»Sie sagten, es gäbe neue Erkenntnisse«, bemerkte Daisy.

»Ja, das stimmt. Bevor ich Ihnen mehr erzähle, muss ich Sie vorwarnen, denn manches davon ist ziemlich starker Tobak. Und ich möchte, dass Sie mir aufmerksam zuhören.«

Er hielt an einer Ampel und blickte zu ihr hinüber. Im Licht der Straßenlaternen sah ihr Gesicht ganz blass und angespannt aus. Als Daisy seinen Blick bemerkte, sah sie weg und vergrub ihre Hände tief in den Manteltaschen.

»Sobald in den Medien eine Vermisstenmeldung veröffentlicht oder über einen Mordfall berichtet wird, melden sich bei uns oft die verrücktesten Typen.«

»Und diese verrückten Typen haben Ihnen Ihre neuen Erkenntnisse geliefert?«

Die Ampel schaltete auf Grün, und Trevor fuhr weiter. »Ob Hinweise, die wir erhalten haben, tatsächlich etwas taugen oder nicht, wissen wir immer erst am Ende eines Falls.

Können Sie sich vielleicht noch an die Frau erinnern, die im Februar verschwunden ist? Damals wurde darüber in allen Zeitungen berichtet.«

»Ja.«

»Im Laufe von zwei Wochen haben sich fünfzehn Personen gemeldet, die die Frau in ihrem grünen Sportwagen an den unterschiedlichsten Orten gesehen haben wollten. Später stellte sich heraus, dass sie sich alle geirrt hatten, denn die Frau wurde mitsamt ihrem Auto auf dem Grund des Osthafens gefunden. Weil ihre Uhr stehengeblieben war, wussten wir ziemlich genau, dass sie eine Stunde nach dem Streit mit ihrem Mann über die Kaimauer ins Wasser gefahren war. Sehen Sie jetzt, was für Probleme wir manchmal mit Zeugenaussagen haben? Ich will ja nicht behaupten, dass die Leute uns absichtlich an der Nase herumführen, aber oft beobachten sie nicht genau genug oder bringen etwas durcheinander. Trotzdem ist es eine Tatsache, dass viele Verbrechen ohne die Hilfe der Öffentlichkeit niemals aufgeklärt würden. Deshalb hören wir uns jeden, der uns eine Beobachtung meldet, erst einmal an, ganz gleich, ob er nun ein Spinner ist oder ob er tatsächlich etwas gesehen hat. In Erfahrung zu bringen, wer ein Verrückter ist und wer nicht, gehört mit zu den schwierigeren Dingen in unserem Job.«

»Nun sagen Sie schon, was Sie über Tim gehört haben«, sagte Daisy angespannt.

Trevor bog in eine Nebenstraße ab und parkte unter der Neonreklame eines China-Restaurants. Er stellte den Motor ab und sah hinüber zu Daisy. »Sagt Ihnen der Name Amanda Dart etwas?«

»Judy hat mir von Gerüchten erzählt, die man sich im Krankenhaus erzählt. Tim soll angeblich eine Affäre mit einer

Schwesternschülerin namens Dart gehabt haben, die mit ihm auf der Entbindungsstation arbeitet. Ich hoffe nicht, dass Sie diesen Unsinn glauben.«

»Man glaubt nur, was man will.«

»Tim hatte keine Affäre.« Daisys Stimme klang bestimmt, aber Trevor merkte ihr an, dass sie Mühe hatte, die Beherrschung zu bewahren.

»Zu dem Schluss bin ich auch gekommen. Trotzdem muss es eine Verbindung zwischen Ihrem Mann und Amanda Dart geben.«

Daisys Augen weiteten sich in der Dunkelheit.

»Wir wissen, dass Amanda Dart auf ihrer Station Medikamente für einen Junkie gestohlen hat. Der Junkie hat zugegeben, dass er sie dazu gezwungen hat. Außerdem hat er gesagt, dass ihr ein Arzt bei einer Auseinandersetzung mit der Stationsschwester beigestanden hat.«

»Und Sie glauben jetzt, dass dieser Arzt Tim war?«

»Trauen Sie ihm so etwas zu?«

»Tim hilft jedem, der Hilfe braucht. Aber wenn jemand Medikamente stiehlt, ist das ein ernstes Vergehen, wegen dem man fristlos entlassen werden kann, ganz gleich, ob man nun Arzt oder Krankenschwester ist. Das Krankenhaus ist da ziemlich rigoros. Ich glaube nicht, dass Tim so etwas decken würde.«

»Und wenn ihm das Mädchen leidgetan hätte, weil es nachweislich unter Zwang gehandelt hat?«

Daisy schüttelte den Kopf. »Auch dann nicht.«

»Tim war zusammen mit Amanda Dart im Obdachlosenheim in der Jubilee Street. Kennen Sie es?«

»Nein.«

»Sie haben Amandas Bruder Robin gesucht. Und zwar

eine Woche vor Tims Verschwinden. Weder an der Tatsache, dass Tim dort war, noch am Zeitpunkt gibt es irgendwelche Zweifel, denn Tim hat dem Pater, der das Heim leitet, einen Scheck über fünfhundert Pfund ausgestellt.«

»Das klingt nun wieder sehr nach Tim«, sagte Daisy nachdenklich. »Seltsam, dass er mir nichts davon erzählt hat.«

»Ich frage Sie das nur ungern – aber wie nahe standen Sie und Tim sich eigentlich? Oder anders gefragt: Haben Sie alles miteinander besprochen?«

»Die wichtigen Dinge schon«, erklärte Daisy. »Wir haben vor unserer Hochzeit schon jahrelang zusammengelebt, und wir hatten nie Geheimnisse voreinander.«

»Hatten Sie in der Woche vor Tims Verschwinden außergewöhnlich viel zu tun?«

»Auch nicht mehr als sonst.«

»Hat Tim öfter etwas alleine unternommen?«

»Wollen Sie damit andeuten, dass Tim jede freie Minute ausgenutzt hat, um mit anderen Frauen zu schlafen?« Daisys Stimme klang auf einmal alarmierend schrill.

»Ich versuche nur herauszufinden, was er gemacht hat, wenn er nicht im Krankenhaus oder mit Ihnen zusammen war. Jeder Hinweis darauf könnte uns helfen, ihn zu finden.«

»Tim ist tot.«

»Wir haben zwei Zeugen, die Ihren Mann und Amanda Dart am Tag nach seinem Verschwinden vor einem Boot im Yachthafen gesehen haben wollen.«

Daisy holte tief Luft. »Was waren das für Zeugen? Glaubwürdige oder Spinner?«

»Einer ist ein Armeeoffizier im Ruhestand und die andere eine ältere Frau. Beide wollen die Beobachtung unabhängig voneinander gemacht haben.«

»Haben Sie den Yachthafen durchsucht?«

»Noch nicht. Wir lassen uns gerade einen Durchsuchungsbefehl ausstellen.«

»Meinen Sie, dass die beiden an Bord der *Freedom* waren? Auf unserem Boot?«

»Bisher wissen wir noch nicht, vor welchem Boot sie gesehen wurden.«

»Fahren Sie mich in den Yachthafen.«

»Ich dachte, Sie haben Hunger?«

»Sie haben mir gerade den Appetit verdorben, Sergeant Joseph.«

Trevor erwiderte nichts. Er startete den Motor, legte den ersten Gang ein und überlegte sich, was er alles im Kofferraum hatte. Eine Taschenlampe, ein Seil, einen Verbandskasten, eine Decke, eine Axt – aber was sollte man auf einem Boot mit einer Axt anfangen, außer, man wollte es versenken?

Während er durch das Stadtzentrum in Richtung Hafen fuhr, meinte er, Bill Mulcahys breiten nordirischen Akzent hören zu können. »Das hier ist eine Morduntersuchung, meine Herren! Wir haben schon drei Leichen in der Pathologie.«

Richtig. Sie hatten drei Leichen in der Pathologie, und er fuhr mitten in der Nacht zusammen mit einer hysterischen Frau zu einem verlassenen, menschenleeren Yachthafen. Ganz gleich, wie attraktiv er Daisy auch fand, im Augenblick konnte er sie nicht anders bezeichnen: eine hysterische Frau. Aber wenn Tim Sherringham noch am Leben war und sie ihn auf dem Boot fanden, war es das Risiko wert – oder etwa nicht? Dann wären wenigstens die beiden wieder glücklich vereint, auch wenn er sich sein Glück dann woanders suchen musste.

Judy Osbourne blickte in den Rückspiegel, aber eher aus Gewohnheit als aus Angst, verfolgt zu werden. Die Zeiten, in denen eifersüchtige Ehefrauen die Geliebte ihres Mannes verfolgen ließen, waren längst vorbei. Ein solcher Aufwand war heutzutage nicht mehr nötig. Ein kurzer Besuch beim Anwalt, die Feststellung, dass die Ehe zerrüttet sei, und nach einer angemessenen Wartezeit hatte man dann die Scheidung, und einem neuen Glück stand nichts mehr im Weg. Ob das allerdings auch die Geliebte glücklich machte, stand auf einem anderen Blatt. Oft wurde ihr dann die freigewordene Stelle der Ehefrau angeboten. Aber wer sagte denn, dass sie die überhaupt wollte? Judy jedenfalls wollte das nicht. Ihr gefiel ihr Leben genau so, wie es war.

Sie genoss es, den Rahm von der Milch zu schöpfen, genoss das Fehlen jeglicher Verantwortung, das mit der Rolle der Geliebten verbunden war. Sie genoss die heimlichen Treffen, denen oft eine schwierige Suche nach einem passenden Termin vorausging, und kostete jeden Augenblick, den sie mit ihrem Geliebten verbringen konnte, bis zur Neige aus. Sie mochte die großzügigen Geschenke, mit denen er sie immer bedachte, wenn er ein schlechtes Gewissen hatte, mochte das schnelle, wortlose Liebesspiel, das durch die Kürze der zur Verfügung stehenden Zeit nur umso leidenschaftlicher wurde, und die geflüsterten Zärtlichkeiten in der Dunkelheit, den gierigen Austausch von Berührungen. Und sie mochte das schnelle, wissende Lächeln, mit dem er sie bei den wenigen Gelegenheiten bedachte, an denen sie sich in der Öffentlichkeit begegneten.

Ja, Judy genoss ihr geheimes Leben. Jemanden leidenschaftlich lieben zu können, ohne dafür ihre Karriere, ihre Freiheit und ihre Persönlichkeit aufgeben zu müssen, war für sie eine ideale Konstellation. Sie musste kein langweiliges Leben als Ehefrau führen. Vielmehr fragte sie sich jeden Morgen mit freudiger Erregung, ob heute wohl einer »ihrer« Tage sein würde, an dem sie für ein oder zwei Stunden zusammen sein konnten. Diese Tage kamen ihr manchmal so vor, als wären Weihnachten und ihr Geburtstag auf einen Tag gefallen, aber das Beste daran war, dass man nie wusste, wann es so weit war.

Als im Licht der Scheinwerfer ein Apfelbaum auftauchte, dessen Zweige tief über eine alte Steinmauer herabhingen, verringerte sie die Geschwindigkeit und bog nach links auf einen holprigen, schmalen Feldweg ab. Vor sich sah sie ein kleines Licht und wusste, dass es das Fenster eines kleinen Cottage war, das hoch über dem Meer ganz nahe am Rand der Steilküste stand. Irgendwann einmal, in einer stürmischen Winternacht, würde es ins Meer stürzen, das wusste Judy genau. Aber heute war keine solche Nacht, heute war das Meer friedlich und glatt und schimmerte bläulich im Licht des Mondes.

Judy stellte das Auto zwischen zwei hohen Steinmauern ab, die es vor den Augen neugieriger Wanderer verbargen. Auch das Cottage war von der Hauptstraße aus nicht zu sehen, was mit ein Grund dafür war, dass sie ihren Geliebten gebeten hatte, es zu kaufen.

Nachdem sie den Wagen abgeschlossen hatte, stieg Judy auf einer in den Fels gehauenen Treppe nach oben. Das warme Licht, das aus einem der Fenster drang, erfüllte sie mit Vorfreude auf ihren Geliebten, der sie vor einer guten Stunde angerufen und gefragt hatte, ob sie nicht kommen wolle. Sie hatte zu der Zeit noch gedacht, dass sie bei Daisy bleiben müsse, und ihm daher abgesagt. Zum ersten Mal, seit sie sich kannten, hatte sie in seiner Stimme so etwas wie Enttäuschung wahrgenommen. Und als sie ihn kurz danach noch einmal angerufen und ihm mitgeteilt hatte, dass es nun doch klappen würde, hatte er vor Freude fast überschwänglich geklungen. So etwas hatte sie bei ihm noch nie erlebt. In den Jahren ihres Beisammenseins hatte sie ihn – außer wenn sie sich liebten – stets als einen sehr ruhigen und beherrschten Mann erlebt.

Während sie auf die Tür des Cottage zuging, lag sie bereits in Gedanken mit ihm in dem breiten Doppelbett, in dem sie sich gleich ausgiebig lieben konnten. In den nächsten zwei Stunden würde der Sergeant von der Polizei Daisy bestimmt nicht wieder nach Hause bringen. Es hatte schon etwas Gutes, dass der arme Kerl einen Narren an ihr gefressen hatte.

Die Tür ging auf, und Richard stand im gelblichen Licht des Flurs vor ihr. Sein braunes Haar war wild zerzaust, sein Anzug so zerknittert, als hätte er eine ganze Nacht lang darin geschlafen, und sein Atem roch stark nach Alkohol. Er sah aus wie ein Mann, der am Ende seiner Kräfte war.

»Als du neulich bei mir warst und ich dich sogar siezen musste, weil Hare dabei war, wäre ich fast umgekommen«, sagte er und streckte seine zitternden Hände nach ihr aus.

Als er sie an sich zog und seine stoppelige Wange an die ihre drückte, bemerkte Judy, dass sein Gesicht ganz nass vor Tränen war.

»Egal, was Daisy sagt: Tim ist nicht tot«, flüsterte er ihr ins Ohr. »Mein Bruder lebt … Ich weiß, dass er lebt.« Er packte Judy an den Schultern, schüttelte sie und klagte dann: »Joanna ist mir auch keine Hilfe. Aber sie hat sich ja noch nie um jemand anderen gekümmert als um sich selbst. Seit Tims Verschwinden streiten wir nur noch. Tim ist meine einzige

Familie. Du weißt, dass ich Joanna nicht liebe, Judy, das habe ich nie getan. Ich lasse mich von ihr scheiden. Und dann heirate ich dich, meine Liebste …«

Er drückte sie so fest an sich, dass Judy es fast mit der Angst zu tun bekam. Unfähig, sich zu bewegen, erwiderte sie seine Umarmung nur deshalb, weil sie gar keine andere Wahl hatte. Sie liebte ihn, aber nur, wenn er stark war. Wenn er sich, wie jetzt, als jammernder Schwächling erwies, wäre sie am liebsten auf der Stelle fortgelaufen. Doch das war unmöglich.

Als Richard sich halbwegs beruhigt hatte, legte sie ihm den Arm um die Taille und führte ihn in das Cottage. Das mit dem Bett konnte sie für heute vergessen, dachte Judy. Der Mann stand kurz vor einem Nervenzusammenbruch und brauchte ein Beruhigungsmittel. Sie würde hinunter zu ihrem Auto gehen, ihren Arztkoffer holen und ihm eine Spritze geben. Und dann würde sie sich neben ihn legen und warten, bis er eingeschlafen war. Richard brauchte sie, und deshalb würde sie bei ihm bleiben, zumindest für diese Nacht. Daisy war bei dem Polizeisergeant in guten Händen, und später, wenn er sie wieder in ihrer Wohnung abgeliefert hatte, würde sie dort anrufen und Daisy sagen, dass ihre Freundin krank geworden sei und sie sich um sie kümmern müsse.

Dieser verdammte Tim, dachte Judy. Wie konnte er ihnen das nur antun und von einem Tag auf den anderen verschwinden? Ob er wohl eine Ahnung hatte, was er damit alles angerichtet hatte?

Kapitel fünfzehn

Trevor richtete den Strahl seiner Taschenlampe auf die Bordwand der *Freedom*, bevor er über die schmale Gangway schritt und das Deck betrat.

»Ist das Boot noch so, wie Sie es verlassen haben?«, fragte er Daisy, nachdem sie zu ihm an Bord gekommen war.

»Ich denke schon«, flüsterte sie, ohne zu wissen, warum.

Trevor leuchtete auf die Tür, die nach unten in die Kabine führte. »Haben Sie einen Schlüssel dabei?«, fragte er.

»Nicht nötig, wir haben immer einen unten am Mastfuß versteckt.«

»Das ist aber nicht sehr klug«, kommentierte Trevor, bei dem der Polizist durchkam.

»Tim sagt immer, dass jemand, der wirklich in die Kajüte will, die Tür auch mit einer Axt einschlagen kann.«

»Statistisch gesehen werden die meisten Diebstahlsdelikte von Gelegenheitsdieben begangen, und ein am Mastfuß versteckter Schlüssel bietet ihnen eine wirklich gute Gelegenheit.« Er trat auf den überdachten Kabineneingang zu und gab Daisy die Taschenlampe. »Hier, leuchten Sie damit auf die Tür.« Dann drehte er am Türknauf und stellte fest, dass die Tür sich öffnen ließ.

»Sind Sie sicher, dass Sie immer abschließen?«, flüsterte er.

»Absolut. Immer, wenn wir von Bord gehen, sehen Tim oder ich noch einmal extra nach.«

»Still!« Trevor drückte ihre Hand nach unten und lenkte so den Strahl der Taschenlampe auf den Fußboden. Dann zog er ein Taschentuch aus der Hosentasche und wickelte es sich um die Finger. Auf einmal musste er an die zerstückelten Leichen denken, die er in der Pathologie gesehen hatte. Wer immer diese Gräueltaten begangen hatte, musste schwer geistesgestört sein. Zum ersten Mal in seinem Berufsleben wünschte sich Trevor, eine Waffe bei sich zu haben.

»Bleiben Sie hier, bis ich Sie rufe«, sagte er zu Daisy. »Und wenn Sie reingehen, dann fassen Sie nichts an. Gibt es elektrisches Licht in der Kabine?«

»Der Schalter ist rechts neben der Tür.«

Als Trevor vorsichtig die Tür mit seinem Fuß aufschob, fiel ihm als Erstes ein schrecklicher Gestank auf, der sehr viel intensiver war als der muffige Geruch nach feuchtem Polstermaterial und modrigem Holz, den er normalerweise mit Booten in Verbindung brachte. Mit der Hand, um die das Taschentuch gewickelt war, tastete er nach dem Schalter und knipste das Licht an.

Was er bei dem einen, flüchtigen Blick sah, den er hinab in die Kajüte warf, ließ ihn so rasch zurückweichen, dass er die hinter ihm stehende Daisy auf den Fuß trat. Hastig schob er sie zur Seite, rannte zur Reling und gab den Kaffee, den er vorhin im Präsidium getrunken hatte, wieder von sich.

»Gehen Sie da nicht rein«, keuchte er mit heiserer Stimme, als er wieder sprechen konnte, aber die Warnung kam zu spät.

Mit der Taschenlampe in der schlaff nach unten hängenden Hand stieg Daisy hinunter in die Kajüte.

In dem engen, von einer Glühbirne schwacherleuchteten Raum sah es aus wie in einem Schlachthaus. Überall, auf dem

Fußboden, an den Wänden und der Decke, waren dunkle Spritzer getrockneten Blutes zu sehen, und auf dem schmalen Resopaltisch in der Mitte der Kajüte lag eine abgetrennte Hand, die mit ihren nach oben gedrehten Fingern aussah wie eine Tischplastik aus der Zeit des Jugendstils.

»Daisy …« Trevor, dem noch immer speiübel war, taumelte hinab in die Kajüte.

Dann ging auf einmal das Licht aus. Trevor nahm Daisy die Taschenlampe aus der Hand und stieg so schnell wie möglich wieder hinauf. Oben angekommen, begann er, das Deck abzuleuchten. Als er sich zur Seite drehte, packte ihn auf einmal eine Hand von hinten an der Schulter.

Er spürte, wie ihm der linke Arm nach hinten gerissen und so umgedreht wurde, dass ihn ein höllischer Schmerz durchfuhr. Die Lampe fiel zu Boden, und er konnte nur noch undeutlich sehen, wie Daisy an der Kajütentür erschien. Er versuchte, ihr etwas zuzurufen, aber er brachte keinen Laut mehr heraus.

Mit brutaler Gewalt wurde ihm der auf den Rücken gedrehte Arm nach oben gerissen; gleichzeitig trat man ihm gegen die Beine, sodass er einknickte. Er hörte ein lautes, trockenes Knacken. Der Schmerz wurde schier unerträglich, und Trevor begriff, dass er soeben das Brechen seiner eigenen Knochen gehört hatte.

»Daisy!«, schrie er. »Rennen Sie zum Schlauchboot!«

Aber die junge Frau stand da wie vom Donner gerührt.

Im schwachen Schein der Taschenlampe waren nur noch Daisys Umrisse zu erkennen. Sie waren das Letzte, was Trevor sah, bevor ihn jemand brutal auf das Deck warf.

Anschließend kämpfte Trevor darum, das Bewusstsein nicht zu verlieren. Mehrmals wurde es ihm schwarz vor Augen. Doch er zwang sich, an Daisy zu denken, und schaffte es so, die Augen immer wieder zu öffnen. Er wollte unbedingt wissen, ob es ihr gutging. In den kurzen Augenblicken, in denen er klar sehen konnte, tauchte im Schein der Taschenlampe ein weißgeschminktes Gesicht auf, dessen Make-up schon etwas verlaufen war. Von dem Kajal um die Augen liefen schwarze Rinnsale hinab zu dem breitverschmierten roten Mund. Es war das Gesicht eines Clowns – eines mörderischen Clowns.

Trevor musste unbedingt etwas tun, um Daisy vor diesem Clown zu retten. Verzweifelt versuchte er, seine Arme zu bewegen, aber es ging nicht. Als er versuchte, sich aufzurappeln, stürzte er sofort wieder hin. Er fiel auf seinen gebrochenen Arm, und der Schmerz, der ihm dabei durch den ganzen Körper lief, war so brutal, dass Trevor in eine tiefe Dunkelheit fiel, in der es nicht einmal mehr den schwachen Trost einer flackernden Taschenlampe gab.

Die zwei Gläser Bier, die er kurz vor Kneipenschluss noch hinuntergestürzt hatte, hatten Robin Dart auch nicht auf angenehmere Gedanken gebracht. Im Gegenteil, sie hatten ihn noch viel tiefer in seine Depression gestürzt.

Er war völlig niedergeschlagen und kam sich wie der letzte Dreck vor. Tot! Amanda war tot! Und das nach dem erbärmlichen, armseligen Leben, das sie geführt hatte! Er hätte etwas für sie tun, hätte ihr helfen müssen. Stattdessen hatte er ihr nur Kummer und Sorgen bereitet und sie in schlimme Schwierigkeiten gebracht.

»Hey, was machst du denn da?«, rief Jock vom Beifahrersitz aus.

Robin drehte sich zu ihm. Er hatte ganz vergessen, dass Jock neben ihm im Transporter saß.

»Du bist gerade an meiner Wohnung vorbeigefahren!«, empörte sich Jock.

»Tut mir leid«, entschuldigte sich Robin und trat auf die Bremse.

Jock stieg aus und sagte: »Vergiss nicht: Die Probe für das neue Stück ist morgen früh Punkt acht.«

»Ich weiß.«

Robin trat aufs Gas und fuhr los. Jock war eigentlich ein guter Kerl, aber Robin wollte jetzt mit niemandem reden. Er wollte nachdenken. Seinen Erinnerungen nachhängen. Wie sollte er bloß weiterleben, nach allem, was er Amanda angetan hatte. Und morgen – das hatte er Jock nicht gesagt – würde er nicht zur Probe kommen. Er würde ins Polizeipräsidium gehen und seine Aussage machen, so wie er es dem Sergeant versprochen hatte. Und dann musste er Amanda sehen – oder das, was noch von ihr übrig war. Auch mit seinem Bruder würde er reden, und wenn ihm das noch so schwerfiel. Er hätte den Sergeant nach seinem Hotel fragen sollen. Schließlich mussten sie gemeinsam Amandas Beerdigung vorbereiten.

Robin parkte den Bus vor dem Haus, in dem er ein möbliertes Zimmer hatte, stieg aus und schaute zu dem leeren, dunklen Fenster hinauf. Das Zimmer, in dem er sich am Morgen noch richtig wohlgefühlt hatte, kam ihm jetzt nur noch wie eine billige, schäbige Absteige vor. In dieser Stadt gab es nun nichts mehr, was ihn hielt. Er konnte gehen, wann immer es ihm gefiel. Irgendwo anders hin und sich einen anderen Job suchen.

Seine Miete war erst wieder nächste Woche fällig. Er würde sie nicht bezahlen, denn er wollte nicht mehr hierbleiben, wo er jeden Tag am Krankenhaus vorbeilaufen musste, wo all die Mädchen in Schwesterntracht ihn immer wieder an seine tote Schwester erinnerten.

Mit langsamen, müden Schritten ging er um den Wagen herum und kontrollierte, ob alle Türen verschlossen waren.

»Ich habe, was du willst«, hörte er auf einmal eine Stimme sagen, und dann kam ein junger Mann mit kahlgeschorenem Kopf auf ihn zu. Robin fragte sich, wo er ihn schon einmal gesehen hatte. Vielleicht im Pub? Oder in der Jubilee Street?

»Ich brauche nichts«, erwiderte Robin, so wie man es ihm bei der Entziehungskur im Rehabilitationszentrum eingebläut hatte. Aber dann, als er zur Seite trat, um den Mann an sich vorbeigehen zu lassen, dachte er, dass ein kleiner Schuss ihm jetzt vielleicht sogar guttun würde. Amanda war tot, und er hatte keine Zukunft mehr. Ein Schuss würde ihm den ersehnten Schlaf bringen und ihm morgen durch einen harten Tag helfen.

Robin kam nicht weiter in seinen Gedanken, denn plötzlich legte sich ihm von hinten eine Hand über den Mund und drückte ihm ein Tuch zwischen die Zähne. Er biss auf den Stoff und versuchte, sich zu wehren, aber jemand schlug ihm die Füße weg und riss ihn zu Boden, wo er die Straßenlaternen aus einem anderen, ganz seltsamen Winkel sah. Dann roch er Benzin, und auf einmal wurde ihm ganz schwummrig zumute.

»Halt ihn fest, verdammt nochmal«, zischte eine Stimme. Robin wurde mit dem Gesicht nach unten auf das Straßenpflaster gedrückt, und je mehr er sich wehrte, desto fester wurde der Druck auf seine Schulterblätter. Jemand rollte ihm den linken Ärmel hoch, und dann spürte er den Stich einer Nadel. Jemand gab ihm einen Gratisschuss. Einen Gratisschuss! Dafür musste man dankbar sein … dankbar … dankbar …

In seinem Kopf fing alles zu kreisen an. Seine Gedanken drehten sich und drehten sich, und dann hörte er Musik und das Geräusch eines Dieselmotors …

Plötzlich merkte Robin, dass er auf der Straße saß und sein Transporter gerade davonfuhr. Aber warum saß er auf der Straße?

Er musste aufstehen. Ins Bett gehen. Hatte er denn so viel getrunken? Er musste sich hinlegen. Ihm war so schrecklich übel.

Mühsam rappelte Robin sich auf und taumelte mit schwankenden Schritten auf die Haustür zu. Mit beiden Händen griff er nach dem Türpfosten, verpasste ihn und fiel nach vorne. Lange fiel er, ohne den Boden zu berühren. Lange. Ganz … lange …

»Name?«

»Stacko.«

»Kurzform für?«

»Stephen Harries.«

Peter Collins griff nach seinem Kaffee. »Und deine Geschichte?«

»Geht niemanden was an, Sir.«

»Gut so, Harries. Aber wenn dich jemand danach löchert, was sagst du ihm dann?«

»Soll ich denn wirklich etwas sagen, Sir?«

»Nun mach schon, Harries. Was sagst du, wenn wirklich jemand wissen will, wer du bist?«

»Dass ich nach der Schule zur Armee gegangen bin und drei Jahre dort gedient habe.«

»In welchem Regiment?«

»Warum wollen Sie das wissen?«

»Das Misstrauen ist gut, Harries. Klingt authentisch.« Peter trank seinen Becher leer. »Und wenn du weiter danach gefragt wirst, was sagst du dann?«

»Dass das Regiment völlig irrelevant ist ...«

»Nein, das sagst du nicht, Harries. So komplizierte Wörter wie ›irrelevant‹ nehmen die Obdachlosen in der Jubilee Street nicht in den Mund. Solche Wörter gebrauchen vielleicht Junkies, und wir wollen doch nicht, dass du für einen Junkie gehalten wirst, nicht wahr?«

»Nein, Sir«, erwiderte Harries, der es langsam satthatte, dass er ständig belehrt wurde.

»Und wo hast du die meiste Zeit beim Militär verbracht?«

»In Deutschland.«

»Was hast du da gemacht?«

»Das geht Sie einen Scheißdreck an.«

»Sehr gut, Harries, das kommt richtig gut rüber. Aber was sagst du, wenn sie sich nicht damit zufriedengeben?«

»Dass ich alles Mögliche gemacht habe. Auch heiße Ware verhökert habe.«

»Und dann?«

»Haben sie mich in ein Militärgefängnis gesteckt.«

»Genau. Und da haben sie dir die Haare so kurz geschnitten. Aber ab morgen lässt du dir die Haare wachsen.«

»Ja, Sir.«

»Wenn sie erst einmal schön lang sind, kriegst du vielleicht noch mehr Jobs wie diese.«

»Heißt das, dass ich dann zur Kriminalpolizei komme, Sir?«

»Immer langsam mit den jungen Pferden, Harries.« Peter ertappte sich dabei, dass er Bill Mulcahys Akzent imitierte. »Erst noch ein paar Fragen. Wie kommt es, dass ein toller Bursche wie du in der Jubilee Street landet?«

»Ich wurde gerade aus dem Gefängnis entlassen und bin hier in der Stadt, um eine alte Freundin zu besuchen. Aber die wohnt inzwischen nicht mehr hier, und jetzt weiß ich nicht, wo ich hinsoll. Geld habe ich keines, und das Sozialamt hat meine Unterlagen verschlampt.«

»Hervorragend. Wenn du so auftrittst, kauft dir jeder deine Geschichte ab. Und das mit dem Gefängnis ist ein genialer Schachzug, denn dafür musst du dir nicht mal abgerissene Klamotten anziehen. Schließlich weiß alle Welt, dass man mit sauber gewaschener Kleidung aus dem Gefängnis entlassen wird. Als Sergeant Joseph und ich das letzte Mal als verdeckte Ermittler gearbeitet haben, mussten wir stinken wie die Iltisse, sonst hätte man uns sofort erkannt.«

Das Telefon klingelte, und Peter hob ab.

»Ein Anruf für Sie«, sagte die Frau in der Zentrale. »Aus dem städtischen Krankenhaus.«

»Stellen Sie durch.«

»Spreche ich mit Sergeant Peter Collins?«, fragte eine Männerstimme.

»Am Apparat. Wer sind Sie?«

»John Adams, Sergeant. Ich bin der Portier hier. Dr. Daisy Sherringham bat mich, Sie anzurufen. Ich soll Ihnen sagen, dass Sie so schnell wie möglich zur Notaufnahme kommen sollen.«

»Was ist passiert?«

»Wir haben hier einen verletzten Polizisten. Einen Sergeant Trevor Joseph.«

»Was ist denn los mit Sergeant Joseph?« Peters Herz klopfte wie eine rasend schnell geschlagene Trommel. Was war denn Joseph nun schon wieder zugestoßen? Der Junge war einfach zu weich. Das sagte Peter ihm nun schon seit Jahren.

»Er wurde angegriffen, Sir. Dr. Daisy ist jetzt bei ihm.«

»Und wie schlimm ist es?«

»Das versucht Dr. Daisy gerade herauszufinden.«

»Ich bin schon unterwegs.« Peter knallte den Hörer auf die Gabel. Trevor hätte seiner Herzensdame doch nur ein paar Fragen stellen und sie bitten sollen, ob sie ihn Tim Sherringhams Schreibtisch durchsuchen ließ, weiter nichts. Wie konnte man bei so einem Auftrag ins Krankenhaus kommen?

»Schlechte Neuigkeiten, Sir?«, fragte Harries, der Peter noch nie so erlebt hatte. Wie jeder andere im Präsidium hatte er immer gedacht, dass Sergeant Collins zu keinen Gefühlen fähig war.

»Ich muss sofort weg.« Peter stand auf, klopfte auf der Suche nach den Autoschlüsseln seine Hosentaschen ab und eilte zur Tür.

Harries folgte ihm. »Und was ist mit dem Briefing, Sir?«

»Du schaffst das schon, Harries.«

»Soll ich dann morgen mit dem Zug um zehn Uhr dreißig in die Stadt fahren?«

»Das kannst du halten, wie du willst. Ab jetzt bist du ganz auf dich alleine gestellt. Aber vergiss nicht, Kontakt zu halten.« Nach diesen Worten rannte Peter nach draußen.

Harries ging zurück ins Büro, um sich zu vergewissern, dass er dort nichts vergessen hatte. Er dachte an die Leichen in der Pathologie, an die Schlägereien, die er beim Streifendienst im Hafengebiet miterlebt hatte, und an die Junkies, die von ihm festgenommen worden waren und die als Wohnadresse die Jubilee Street angegeben hatten.

Peter Collins hatte recht. Er war jetzt ganz auf sich alleine gestellt – und das zum ersten Mal in seinem Leben.

»Wo ist Trevor Joseph?«, fragte Peter, als er ins Krankenhaus gestürmt kam.

»Sind Sie Sergeant Collins?«, entgegnete der Portier am Empfang.

»Ja.«

»Er wird gerade operiert, Sir … He, Moment mal! Sie können da jetzt nicht reingehen!«

»Das ist schon in Ordnung, John; ich kümmere mich um Sergeant Collins.« Daisy Sherringham, die OP-Kleidung, Mundschutz und Handschuhe trug, hatte an der Schwingtür auf Peter gewartet und führte ihn nun in die Notaufnahme.

»Wie geht es Trevor?«, erkundigte sich Peter.

»Er hat eine ausgerenkte Schulter und einen glatten Knochenbruch direkt oberhalb des rechten Handgelenks. Heftige Hämatome an der linken Schulter, Schnittwunden, Abschürfungen, ein blaues Auge, sonst nichts. In sechs bis acht Wochen ist er wieder ganz der Alte.« Sie winkte Peter in einen Vorraum, wo sie den Mundschutz abnahm und zusammen mit den Latexhandschuhen in einen Abfalleimer warf. Peter sah ihr zu, wie sie sich an einem Waschbecken die Hände wusch. Ihr Gesicht war ganz blass vor Erschöpfung, aber ihre dunklen Augen strahlten vor Energie.

In diesem Augenblick erkannte Peter, was sein Kollege an Daisy so anziehend fand. Zu einer anderen Zeit und an einem anderen Ort hätte sie ihn wahrscheinlich auch fasziniert.

»Kann ich zu ihm?«, fragte er, jetzt sichtlich beruhigt. Trevor würde wieder genesen und keine bleibenden Schäden haben. Als Polizist musste man nun einmal damit rechnen, dass man von Zeit zu Zeit eins auf den Deckel kriegte. Das gehörte zum Job.

»Wenn mein Kollege da drinnen mit ihm fertig ist, wird er auf eine Station verlegt.«

»Was ist denn überhaupt passiert?« Peters Erleichterung wich dem Bedürfnis, diejenigen, die Trevor so zugerichtet hatten, so schnell wie möglich dingfest zu machen.

»Wir waren zusammen im Yachthafen. Trevor hat mir erzählt, dass jemand Tim und Amanda Dart auf einem Boot gesehen hat …«

»Das waren Spinner.«

»Ich dachte mir, dass sie die beiden vielleicht vor unserem Boot gesehen haben, der *Freedom.*«

»Und deshalb sind Sie mitten in der Nacht mit Trevor da hingefahren?«

»Ich gebe ja zu, dass das nicht sehr klug von uns war. Aber wir wollten nur nachsehen, ob Tim vielleicht auf dem Boot gewesen ist.«

»Und? War er?«

Daisy hielt sich am Waschbecken hinter ihrem Rücken fest. »Das weiß ich nicht, aber die Kajüte war das reinste Schlachtfeld. Überall war Blut – und mitten auf dem Tisch lag eine Hand. Vielleicht war da auch noch mehr, aber ich konnte nur kurz einen Blick darauf werfen. Dann ging das Licht aus.«

»Dann war also außer Ihnen noch jemand auf dem Boot?«

»Ja. Trevor ging wieder hinauf an Deck, und da hat sich der Clown auf ihn gestürzt.«

»Welcher Clown?«

»Ich habe ihn nur undeutlich im Licht der Taschenlampe gesehen. Sie ist zu Boden gefallen, als Trevor attackiert wurde. Das Make-up des Angreifers war schon ziemlich verlaufen, aber es sollte definitiv die Maske eines Clowns sein.«

Daisy ballte die Hände zu Fäusten. Sie versuchte, ruhig zu bleiben und nicht die Nerven zu verlieren. Peter Collins wollte Fakten von ihr, keine Gefühlsausbrüche. Schon bei ihrer ersten Begegnung war er ihr eiskalt vorgekommen, und inzwischen hatte sich dieser Eindruck bestätigt. »Trevor hat versucht, den Clown abzuschütteln, aber der war einfach zu stark für ihn. Und ich konnte ihm nicht helfen, weil alles so schnell ging. Und dann hörte ich ein fürchterliches Knacken …« – sie biss sich auf die Lippe – »… und wusste sofort, dass der Clown Trevor einen Knochen gebrochen hat.«

»Und was ist anschließend passiert?«

»Trevor hat geschrien, dass ich zum Schlauchboot laufen sollte, aber ich stand nun so unter Schock, dass ich keinen Schritt machen konnte. Dann wurde Trevor hart zu Boden geschleudert und blieb zunächst reglos liegen. Nach kurzer Zeit hat er versucht, sich wieder aufzurappeln; dabei ist er aber endgültig zusammengebrochen. In der Zwischenzeit hat der Clown abwechselnd zu mir und zu ihm geschaut.«

»Hat der Clown Sie auch angegriffen?«

»Nein, das ist ja das Seltsame. Ich habe starr vor Schrecken an der Kajütentür gestanden und entsetzt zugesehen, bis Trevor bewusstlos wurde. Ich erinnere mich, dass ich dann noch auf die schmutzigen Schuhe und die schwarze Seidenhose des Clowns geschaut habe, bevor ich vor lauter Angst wie ein Kind die Augen zugemacht und gehofft habe, dass er verschwinden würde. Und als ich sie wieder öffnete, war er wirklich weg. Stellen Sie sich das vor: In der einen Minute waren die Seidenslipper mit den lächerlichen weißen Bommeln noch vor mir, und im nächsten Augenblick waren sie verschwunden.«

»Und den Clown haben Sie danach nicht mehr gesehen?«

»Nein, aber ich habe ein kleines Motorboot von der *Freedom* wegfahren hören. Ich dachte, dass das unser Schlauchboot war, und wie ich später festgestellt habe, ist es tatsächlich verschwunden. Nachdem der Clown verschwunden war, konnte ich mich zwar wieder bewegen, doch ich wusste zuerst nicht, was ich tun sollte. Trevor war bewusstlos, und auf dem Boot gab es keinen Strom mehr, weshalb das Funkgerät nicht mehr funktionierte. Und die Notraketen wollte ich nicht holen, weil ich dazu in die Kajüte gemusst hätte. Also wartete ich, bis Trevor wieder zu sich kam, und habe ihm zu seinem Auto geholfen, wo auch mein Handy war. Mit dem habe ich dann einen Krankenwagen gerufen.«

»Und anschließend haben Sie Trevor hierhergebracht und ihn wieder zusammengeflickt.«

»Ja. Der Arzt vom Nachtdienst hatte keine Zeit; er musste ein paar Leute behandeln, die bei einer Schlägerei in einem Pub jede Menge Glassplitter abbekommen hatten. Also habe ich mir einen Anästhesisten geholt und mit ihm Trevors Schulter wieder eingerenkt. Dann habe ich den gebrochenen Arm geröntgt und geschient.«

»Freut mich, dass Trevor in so guten Händen ist.« Peter lehnte sich gegen die Wand und sah Daisy an.

Sie erinnerte sich an ihr erstes Zusammentreffen und sagte: »Sie brauchen mir keine Komplimente zu machen, Sergeant Collins.«

Die Tür vom Operationssaal ging auf, und Mike Edmunds trat auf sie zu. »Ich bin jetzt mit ihm fertig«, sagte er zu Daisy. »Du kannst ihn gleich auf eine andere Station verlegen.«

Daisy dankte Mike und wandte sich dann wieder Peter zu. »Sie können mit reinkommen. Aber sehen Sie zu, dass er sich nicht aufregt.«

Drinnen im Operationssaal lag Trevor mit eingegipstem Arm auf einer Rollliege. Er lächelte schwach, als er Daisy und Peter hereinkommen sah.

»Gut sehen Sie aus«, sagte Daisy.

»Das hat Ihr Kollege auch gesagt.« Trevor sprach undeutlich, weil Mike ihm ein starkes Schmerzmittel gegeben hatte.

»Ich habe mir inzwischen Ihre Röntgenaufnahmen genauer angeschaut. Sie haben einen glatten Bruch, der bestimmt gut zusammenwachsen wird, und der Rest ist nicht der Rede wert.«

»Das fühlt sich aber ganz anders an«, murmelte Trevor. »Meine Schulter tut höllisch weh, verdammt nochmal.«

»Wenn du schon wieder fluchen kannst, muss es dir bessergehen.« Peter hatte zu seinem Sarkasmus zurückgefunden, obwohl der Anblick seines verletzten Kollegen ihn mehr mitnahm, als er es sich selbst eingestand. Er hasste Krankenhäuser und Krankheiten, weil sie ihn an seine eigene Sterblichkeit erinnerten.

»Ihre rechte Schulter war ausgerenkt«, erklärte Daisy. »Mike und ich haben sie Ihnen wieder eingerenkt. Und Sergeant Collins sollte sich einmal Ihre linke Schulter ansehen.«

»Ich weiß nicht, was das bringen soll«, protestierte Trevor. »Seine medizinischen Kenntnisse erstrecken sich darauf, einem Kranken eine Flasche Whisky einzuflößen.«

»Diese Schulter fällt eher unter die Rubrik Beweise.« Daisy blickte zu Peter hinüber. »Helfen Sie mir, ihn hochzuheben.«

Peter schob Trevor seinen Arm unter den Rücken und drückte den Oberkörper nach vorn.

»Nicht zu weit«, warnte sie Peter. »Sehen Sie sich das einmal an.«

»Das sind Blutergüsse«, sagte er. »Auf was ist er gefallen?«

»Trevor ist auf nichts gefallen«, antwortete Daisy. »Diese Hämatome hat ihm der Clown zugefügt, als er ihn an der Schulter gepackt hat.«

Peter blickte von Daisy zu Trevor. »Dann muss er verdammt stark sein.«

»Das war er auch«, erklärte Trevor. »Und wenn ihr beide jetzt mit dem Betatschen fertig seid, würde ich mich gerne wieder hinlegen.«

Während Peter ihm half, seinen Oberkörper langsam zurücksinken zu lassen, nahm Daisy ein Kissen aus einem Regal und schob es unter Trevors Kopf.

»Bequem so?«, fragte sie.

»Na toll«, erwiderte Trevor. »Mir tut der ganze Körper weh, als hätte ich einen Ringkampf mit einem Gorilla hinter mir, ich spüre meine Arme nicht mehr und wäre verdammt froh, wenn ich auch meine Schulter nicht mehr spüren würde, und Sie fragen mich, ob ich es bequem habe!«

»Hast du denn keinen Mumm im Leib?«, flachste Peter.

»Hat Dr. Sherringham dir alles erzählt?«, fragte Trevor ihn.

»Mehr als genug. Was hast du dir bloß dabei gedacht, unbewaffnet mitten in der Nacht in den Yachthafen zu fahren?«

»Du hast doch selbst gesagt, dass die beiden Zeugen, die Tim Sherringham dort gesehen haben wollen, bloß Spinner sind. Woher sollte ich denn wissen, dass auf dem Boot ein Gorilla auf mich wartet? Wer auch immer es war, der Kerl war verdammt stark. Gegen den hatte ich nicht die geringste Chance.«

»Und was sagt uns das Ganze?«, fragte Peter. »Suchen wir jetzt nach King Kong im Clownskostüm?«

»Sieht ganz so aus.« Trevor blickte auf seinen eingegipsten Arm und verzog das Gesicht.

»Ich schätze, unser Patient braucht wieder ein Schmerzmittel«, sagte Daisy.

»Soll ich es ihm geben?«, fragte Mike, der gerade in den Operationssaal zurückgekommen war.

»Nein, das mache ich schon.«

»Dann gehe ich jetzt wieder. Ich habe morgen um sieben einen OP-Termin.«

Daisy nahm von einem der Rollwagen eine Spritze. »Vielen Dank, dass du noch gekommen bist.«

»Für dich doch immer, Daisy«, erwiderte Mike und wandte sich dann Trevor zu. »Morgen um diese Zeit werden Sie sich schon viel besser fühlen, Sergeant.«

»Vielen Dank für alles«, sagte Trevor.

»Ja, vielen Dank«, fügte Peter griesgrämig hinzu.

»Könnten Sie sich vielleicht mal kurz auf die Seite drehen?«, fragte Daisy ihren Patienten.

»Muss das sein?«

»Wenn Sie wollen, dass der Schmerz nachlässt, schon.« Sie zog die Decke zurück, tupfte seinen nackten Hintern ab und stieß die Nadel hinein.

»Gib's zu«, witzelte Peter, »du wolltest dich bloß vor dem Riesenberg Arbeit drücken, den uns Mulcahy aufgehalst hat.«

»Wenn du an meiner Stelle wärst, würdest du dich nicht über die Arbeit beschweren«, entgegnete Trevor und drehte sich wieder auf den Rücken. »Ich weiß, dass mein Arm nicht besonders gut aussieht, aber wenn ich es morgen langsam angehen lasse, kann ich vielleicht übermorgen –«

»Untersteh dich«, unterbrach ihn Peter und blickte hilfesuchend hinüber zu Daisy.

Sie unterstützte ihn sofort. »Sie brauchen mindestens drei Wochen absolute Bettruhe«, sagte sie zu Trevor, »bevor Sie überhaupt ans Arbeiten denken können.«

»Niemand ist unersetzlich, Joseph«, meinte Peter. »Morgen werde ich übrigens eine Durchsuchung der Pier veranlassen.«

»Was suchen Sie denn auf der Pier?«, fragte Daisy und deckte Trevor wieder zu.

»Ein betrunkener Obdachloser will dort einen Clown gesehen haben, und nach dem, was Ihnen und Trevor im Yachthafen zugestoßen ist, können wir es uns nicht mehr leisten, Hinweisen auf Clowns nicht nachzugehen. Selbst wenn sie von irgendwelchen Spinnern kommen.«

»Auch auf der Autobahn wurden Clowns gesehen«, fügte Trevor hinzu. »Ganz in der Nähe der Stelle, wo die Leichen gefunden wurden.«

»Dann hat dieser Clown, den wir heute Nacht gesehen haben, Tim umgebracht.« Daisys Hand zitterte, als sie die Spritze entsorgte.

»Ihr Mann wird vermisst«, warf Peter ein, der Gefühlsausbrüche fast so sehr hasste wie Krankenhäuser und Krankheiten.

»Tim ist tot.« Daisy drehte Trevor und Peter den Rücken zu. »Da unten in der Kajüte …« Sie konnte nicht mehr weitersprechen und schlug die Hände vors Gesicht.

Trevor wurde ganz mulmig zumute. »Nichts in der Kajüte deutete auf Ihren Mann hin«, sagte er. »Die Hand war zu klein für ihn, und das Blut muss noch untersucht werden. Auch ist zu bedenken, dass die Zeugen, die Ihren Mann im Yachthafen gesehen haben wollen, schon älter sind und nicht mehr so gut sehen können. Außerdem konnten sie nicht mit absoluter Sicherheit sagen, dass der Mann, den sie gesehen hatten, auch wirklich Tim war.«

»Morgen, wenn die Spurensicherung auf dem Boot war, wissen wir mehr«, meinte Peter.

»Und wenn sie dort doch noch Tims Leiche finden?«, fragte Daisy.

»Dann gebe ich Ihnen sofort Bescheid. Ich gehe mal davon aus, dass Trevor noch einige Tage bei Ihnen bleiben wird?«

»Das hier ist ein städtisches Krankenhaus, keine Privatklinik. Wir sind so gut wie immer überbelegt, und einen Patienten mit einem gebrochenen Arm können wir maximal eine Nacht hierbehalten, nicht länger.«

»Jetzt ist es vier Uhr früh.« Peter blickte auf seine Uhr. »Wann kann ich ihn morgen abholen?«

»Aber er braucht jemanden, der sich um ihn kümmert«, mahnte Daisy.

»Ich bringe ihn in meine Wohnung. Meine Putzfrau …«

»Nein!«, sagte Trevor energisch, obwohl das Schmerzmittel ihn bereits in einen Dämmerzustand versetzte. »Ich will nicht zu ihm. Ich gehe zu mir.«

»Alter Dickschädel«, brummte Peter, und Daisy deutete ihm mit einer Kopfbewegung an, dass er ihr nach draußen folgen sollte.

»Wenn ich an den richtigen Fäden ziehe, könnte ich ihn vielleicht in einem der Belegschaftszimmer unterbringen«, sagte sie, als sie auf dem Gang waren. »Oder ich könnte dafür sorgen, dass er in Richards Klinik gebracht wird.«

»Bei Ihnen wäre er sicher besser aufgehoben.«

»Ich werde sehen, was sich machen lässt.«

»Ich muss jetzt wieder ins Präsidium. Ich habe noch tausend Dinge zu erledigen.«

»Machen Sie sich um Trevor keine Sorgen.«

»Ich fahre noch rasch bei ihm in der Wohnung vorbei und hole seine Zahnbürste und alles, was er sonst noch brauchen könnte.«

»Dann gehen Sie jetzt besser rein und verabschieden sich von ihm. Sagen Sie ihm, dass ich inzwischen einen Pfleger organisiere, der ihn auf die Station bringt.«

»Das mache ich.«

Peter sah ihr hinterher, wie sie den Flur entlangging, und machte sich in Gedanken eine Liste der Dinge, die jetzt dringend anstanden. Zuallererst mussten sie diesen verdammten Clown finden. Aber wo sollten sie ihn suchen? An der Autobahn? Auf der Pier? Auf dem Boot? Wer auch immer dieser Clown sein mochte, nach dem, was Trevor und Daisy ihm erzählt hatten, musste er hochgradig verrückt sein. Auf einmal musste Peter an Harries denken und daran, dass er mitten im Briefing davongestürmt war. »Aber vergiss nicht, Kontakt zu halten«, hatte er ihm zuletzt noch zugerufen. Hoffentlich würde der Junge das auch tun.

Peter rieb sich die Augen. Er hatte noch so viel zu tun und hing jetzt schon in den Seilen. Wie sagte Mulcahy immer? »Seit wann brauchen Polizisten denn Schlaf?«

Trotzdem würde Peter sich eine Mütze Schlaf gönnen, sobald die Spurensicherung auf dem Boot der Sherringhams zugange war. Wenn er nämlich so weitermachte, hätte Daisy Sherringham bald einen Patienten mehr auf ihrer Station.

Kapitel sechzehn

Seit dreißig Jahren war Ben Gummers Tagesablauf immer gleich. Im Winter wie im Sommer, bei Tag und bei Nacht. Die einzigen Abwechslungen waren unerwartete Ereignisse wie zum Beispiel der Tod eines Familienmitglieds.

Stets blieb sein Pub geöffnet, solange der letzte Gast nicht hinausgetorkelt war, selbst wenn das erst um drei oder vier Uhr morgens war. Er brachte ihn zur Tür, schloss ab, rieb sich die Hände, und dann begann für ihn die schönste Zeit des Tages. Von einem Tisch direkt neben der Bar räumte er die Gläser weg, leerte auf dem freigewordenen Platz den Inhalt der Kasse aus und zählte die Einnahmen des Tages, bevor er sie in einen Safe hinter dem Spiegel über der Bar legte. Sobald er die Safetür geschlossen hatte, war für ihn Feierabend. Alles andere räumte die Putzfrau auf, die um acht Uhr morgens kam.

Dann, wenn draußen langsam der Morgen anbrach, genehmigte er sich den einzigen harten Alkohol am Tag: ein Glas Brandy, in das er sich ein rohes Ei schlug. Solange er Gäste in der Kneipe hatte, waren hochprozentige Sachen für ihn tabu. Ein Glas Bier mit dem einen oder anderen Gast war in Ordnung, mehr aber nicht. Wirte, die selbst ihre besten Gäste waren, verloren rasch den Überblick, und das konnte er sich nicht leisten.

Ben nahm sich heute Zeit für seinen Brandy, und als er ihn

ausgetrunken hatte, ließ er seine Hunde durch die Hintertür ins Freie. Seit er den ersten in den Sechzigerjahren aus Deutschland mitgebracht hatte, züchtete Ben Deutsche Schäferhunde. Während die Hunde am Strand entlangliefen, briet er sich ein großes Steak zum Frühstück und wärmte sich dazu ein paar Bratkartoffeln auf.

Nachdem er alles rasch hinuntergeschlungen hatte, ließ er den fettigen Teller und die Bratpfanne stehen und pfiff laut nach den Hunden, damit sie wieder ins Haus zurückkehrten. Wenn dies geschähe, würde er endlich die Hintertür schließen und ins Bett gehen können, das er in der Regel erst wieder verließ, kurz bevor er das Pub am nächsten Morgen um halb elf aufmachte. Wenn ihm Schlaf fehlte, holte er ihn in der ruhigen Zeit am Spätnachmittag nach, wenn sich die Barkeeperin um das Lokal kümmerte.

Die Arbeitszeiten eines Wirts waren nicht jedermanns Sache, aber für Ben waren sie in Ordnung. Die Frauen, die er geheiratet hatte, waren allerdings nicht gerade davon begeistert gewesen und hatten ihn ein paar Monate nach der Hochzeit wieder verlassen.

Ben trauerte ihnen nicht nach. Das Einzige, was er vermisste, waren die nachmittäglichen Schäferstündchen, aber je mehr Jahre ins Land gingen und je mehr Fett sich an seinem blassen Körper ablagerte, desto schwieriger wurde es für ihn, eine Frau zu finden, die bereit war, das Bett auch nur für eine Nacht mit ihm zu teilen.

Als er jung war und auf der Pier gearbeitet hatte – seltsam, wie oft er an die Pier dachte, seit Peter Collins sie vor ein paar Nächten erwähnt hatte –, da waren die Frauen ihm nur so zugeflogen. Damals war es für ihn eher die Frage gewesen, wie er sie alle unter einen Hut bekam. Sie waren um seinen

Stand herumgeschwirrt wie die Fliegen über einem toten Fisch. Manchmal belagerten sie ihn geradezu, dicke und dünne, große und kleine, mit verführerisch roten Lippen, langen Beinen in durchsichtigen Nylonstrümpfen und verlockend duftendem Parfüm – jede einzelne von ihnen glaubte er nun in allen lustvollen Details wiederzusehen.

Er schob seinen mit Soße verschmierten Teller zur Seite und zündete sich eine Zigarette an. Die Bilder der Frauen verschwammen, und statt an sie dachte er nun an das ungemachte Bett, das oben im ersten Stock auf ihn wartete. Wenn man eine Frau brauchte, gab es nichts Einsameres als ein leeres Doppelbett, fand er. Einige Erinnerungen beließ man doch besser in der Vergangenheit.

Ben ging zur Hintertür. Es könnte nicht schaden, sich zukünftig mal in der Bar umzusehen, dachte er. So alt war er ja nun auch wieder nicht. Männer verließen ständig ihre Frauen, die dann nach einem anderen Partner suchten. Es dürfte doch möglich sein, eine ehrliche und halbwegs zuverlässige Frau zu finden, mit der er das Bett teilen konnte, die nicht ständig an ihm herumkritisierte und die hin und wieder mit ihm lachte.

Er pfiff erneut nach den Hunden, die immer noch nicht da waren, und hörte, dass sie unten am Strand irgendwas verbellten. Die dummen Viecher kannten seinen Tagesablauf genauso gut wie er. Sie durften so lange draußen bleiben, bis er gegessen hatte. Nicht länger. Wenn sie jetzt nicht sofort kamen, dann würde er sie für den Rest des Tages an die Kette legen.

Er pfiff lauter und schriller, aber die Hunde bellten unaufhörlich weiter, bis Ben verärgert nach draußen ging. Er keuchte, als die kalte, salzige Luft in seine Lungen strömte, durch die Löcher der verschlissenen Weste drang und dort seine Haut auskühlte. Die Hunde waren unten an der Pier und zerrten im Wasser an etwas herum, das wohl die Flut angespült hatte. Jetzt musste er die Viecher auch noch abtrocknen.

»Edna, Cyril!«, rief er scharf. Die Hunde, die er – sehr zum Ärger seiner Exfrau – nach seinen letzten Schwiegereltern benannt hatte, reagierten immer noch nicht.

Um nicht länger als nötig unter der Kälte zu leiden, stapfte er mit entschlossenen Schritten durch den kleinen Wirtsgarten hinunter zum Strand. Das, was die Hunde verbellten, schien ziemlich groß zu sein und hob sich im ersten Licht des Tages dunkel vor der weißen Brandung ab. Vielleicht war es ja ein Schaf, das zu nah am Rand der Steilküste gegrast hatte und ins Wasser gefallen war, dachte er. Das würde erklären, weshalb die Hunde so aufgeregt waren. Als er sich ihnen näherte, stritten sich Edna und Cyril gerade um etwas, das wie ein großes Stück Fleisch aussah. Als er wieder nach ihnen rief, erkannte Cyril den verärgerten Ton in der Stimme seines Herrn und rannte schwanzwedelnd auf ihn zu. Aber erst als Ben hinaus ins knietiefe Wasser gewatet war, konnte er Edna am Halsband packen und an den Strand zerren. Dabei sah er, was die Hunde so interessiert hatte: Es war ein aufgerissenes Päckchen mit durchweichtem Fleisch.

Als sie an Land waren, nahm er Edna das Stück Fleisch aus dem Maul. Es war eine gebratene Lammkeule, an der etwas ziemlich seltsam war: Tief im Fleisch steckte ein langes, schmales Messer, und an dem Messer hing ein Stück schwarzer Stoff mit einer weißen Bommel. Sie sah aus wie diejenigen, die vor vielen Jahren an den Kostümen der Pierrots gewesen waren – als er, Ben, noch auf der Pier gearbeitet hatte.

Trevor wurde nur allmählich wach. Um ihn herum gab es eine Vielzahl von ungewöhnlichen Geräuschen: das entfernte Klingeln von Telefonen, das Rumpeln von Rollwagen auf gefliestem Flurboden, das Klirren von Glas sowie unbekannte klassische Musik aus einem Radio und gedämpfte Stimmen, die irgendwo miteinander sprachen. Als er die Augen öffnete, sah er Daisy, die auf einem Stuhl neben seinem Bett saß.

»Wie geht es Ihnen?«, fragte sie.

»Das kann ich noch nicht sagen.« Trevor versuchte sich aufzusetzen und verzog das Gesicht vor Schmerzen.

»Vorsichtig! Lassen Sie es langsam angehen«, sagte Daisy. »Bei Knochenbrüchen braucht man Geduld. Tanzen und Gewichtheben würde ich deshalb an Ihrer Stelle auf nächste Woche verschieben.«

Trevor legte sich wieder hin und dachte an die vergangene Nacht. An den Clown ... das Boot ... Peter ... Daisy. Daisy?

»Waren Sie die ganze Nacht hier?«

»Nein. Um vier Uhr früh bin ich gegangen. Ich wollte gerade nur mal kurz vorbeischauen, wie es Ihnen geht.«

»Wie spät ist es jetzt?«

»Zwei.«

»Ich hätte nicht so lange schlafen dürfen, und Sie hätten nicht so lange bei mir bleiben müssen. Ich werde jetzt aufstehen ...«

»Das verschieben wir besser auf später.« Ihre Stimme hatte wieder denselben resoluten Tonfall wie damals, als sie sein verletztes Bein verarztet hatte. »Und Sie machen mir keine Dummheiten. Sergeant Collins und ich haben letzte Nacht besprochen, dass Sie eine Weile hier bei uns bleiben sollten, damit Sie angemessen versorgt werden können.

Glücklicherweise sind bei uns momentan nicht alle Betten belegt.«

»War es Peters Idee, dass ich hierbleiben soll?«

»Ja«, bestätigte sie.

»Ich bringe ihn um.«

»Das können Sie später machen.«

»Kommt er hierher?«

»Er hat vor ungefähr einer Stunde angerufen. Ich soll Ihnen sagen, dass sowohl das Boot als auch die Pier untersucht worden sind. Es gibt ›weitere Entwicklungen‹, und er kommt vorbei, sobald er frei hat. Aber zuerst einmal das Wichtigste. Was möchten Sie zum Frühstück?«

»Muss ich etwas essen?«

»Haben Sie denn keinen Hunger?«

»Nein.«

»Dann schicke ich Ihnen eine Schwester, die Sie waschen soll.«

»Oh, nein, bitte nicht. Das kann ich schon alleine. Das dort drüben ist doch eine Badezimmertür, oder?«

»Richtig. Hier in diesem Zimmer bringen wir normalerweise die hohen Tiere unter.«

»Ich bin Sonderbehandlungen nicht gewöhnt.«

»Wenn man im Dienst verletzt wurde, hat man eine Sonderbehandlung verdient.«

»Na ja, viel hat uns die Aktion gestern ja nicht eingebracht. Im Gegenteil, ich stecke jetzt richtig tief im Schlamassel.« Er hob seinen Kopf vom Kissen und sah sich im Zimmer um.

»Darf ich Ihnen helfen?« Daisy stand auf und holte ihm den gestreiften Bademantel, der auf der Rückseite der Zimmertür hing.

Er biss die Zähne zusammen. »Ich glaube, ich könnte

nicht mal einen Arm heben, um Sie von irgendetwas abzuhalten.«

»Wenn ich Sie stütze, könnten Sie vielleicht aufstehen«, erklärte Daisy und legte ihm den Arm um die Hüfte.

»Das ist doch lächerlich«, protestierte er.

»So haben wir Sie auch ins Bett gebracht. Und bevor Sie mir jetzt vor Scham ganz rot werden: Ich habe die Krankenschwester gebeten, Ihnen frische Unterwäsche anzuziehen.«

»Vielen Dank«, erwiderte er verlegen.

Mit Daisys Hilfe schaffte er es, sich auf die Bettkante zu setzen, wo sie ihm den Bademantel über die Schultern legte. Trevor musste sich mit der linken Hand am Bettpfosten festhalten, denn in seinem Kopf drehte sich alles. Er fühlte sich hundeelend und hätte sich am liebsten zurück ins Bett fallen lassen.

»Geht es?«, fragte Daisy und lockerte ihren Griff.

»Ich glaube schon«, antwortete er schwach.

Sie verschwand und kam mit einer schwarzen Plastiktüte und einem weißen Isolierband zurück.

»Wollen Sie mich jetzt eintüten und auf den Müll werfen?«

»Das kommt später, wenn Sie uns Ärger machen.« Sie hob seinen rechten Arm vorsichtig, schob die Plastiktüte über den Gips und klebte ihren Rand fest an seine Haut. »So wird Ihr Gips nicht nass. Aber halten Sie den Arm trotzdem nicht in den vollen Wasserstrahl. Kann es losgehen?«

»Ich hoffe.« Die Tür zum Badezimmer kam ihm plötzlich sehr weit weg vor.

»Stützen Sie sich auf mich«, wies Daisy ihn an und stand mit ihm auf.

»Ich dachte, das tue ich schon.« Als er den ersten Schritt

machte, würde ihm fast schwarz vor Augen. »Mehr, als mir lieb ist.«

»Die Tür kann man nicht abschließen.« Sie führte ihn zu einem Stuhl im Badezimmer. »Aber ich verspreche, dass ich erst dann eine Schwester reinschicke, wenn ich höre, dass Sie hingefallen sind.«

Als er zwanzig Minuten später in mehrere Handtücher gewickelt wieder herauskam, war das Bett frisch bezogen, und auf seinem Nachttisch stand ein Tablett mit kalter Pastete, Baguette und Salat. Mit dem Bademantel in der Hand ging er langsam auf sein Bett zu.

»Danken Sie nicht mir, danken Sie der Schwester«, sagte Daisy, als sie seinen fragenden Blick bemerkte.

»Daisy? Darf ich Sie Daisy nennen?«

»Ja. Gerne. Aber wenn Sie sich keine Lungenentzündung holen wollen, lassen Sie mich Ihnen jetzt am besten einen Bademantel umlegen.«

Er reichte ihn ihr folgsam.

»Möchten Sie beim Essen am Tisch sitzen oder im Bett liegen?«

Er betrachtete den Teller. »Ich hätte nie gedacht, dass es im Krankenhaus so gutes Essen gibt. Ich esse am Tisch. Nach der Dusche fühle ich mich wieder halbwegs wie ein Mensch.«

Er setzte sich auf den einzigen Stuhl im Raum, legte sich eine Decke über seine Beine und schob das Tischchen mit dem Tablett so nahe wie möglich zu sich. Dann goss Daisy ihnen zwei Tassen Kaffee ein.

»Schmeckt wirklich köstlich.«

»Ich habe noch nie gehört, dass jemand Krankenhausessen als köstlich bezeichnet hat.«

»Ich esse oft unterwegs und meistens billige Sachen. Ihren Standard bin ich also nicht gewohnt.«

»Und was, glauben Sie, ist mein Standard?«

»Das Anwesen der Sherringhams.«

»Das Anwesen der Sherringhams ist das Haus von Richard, nicht von Tim. Ich bin nur eine einfache Ärztin. Mit dem einfachen und unkomplizierten Geschmack, den mein Geldbeutel zulässt.«

Er brach ein Stück Brot ab und versuchte, die Pastete mit einer Hand darauf zu verstreichen. »Und ich komme vom Land, aus Devon.«

»Ich liebe Devon. Tim ist ganz verliebt in Cornwall, aber ich fand Devon immer schöner. Meine Eltern sind jeden Sommer mit mir nach Torquay gefahren. Im Gegensatz zu London kam mir Torquay immer wie das reinste Paradies vor.«

»Dann sind Sie aus London?«

»Ich komme von überall und nirgends. Ich war noch ein Kind, als meine Eltern sich getrennt haben, und meine Mutter starb dann, als ich zwölf war. Danach bin ich mehr oder weniger bei meiner Tante aufgewachsen. Mein Vater hat vor sechs Jahren wieder geheiratet und lebt jetzt mit meiner Stiefmutter in Australien. Ich bemühe mich nicht gerade darum, Kontakt zu halten. Natürlich haben wir ihn zu unserer Hochzeit eingeladen, aber …« Ihre Stimme brach ab, und ihre Augen wurden feucht.

Trevor hatte in einem Beiblatt zur Akte über Daisys Bruder Adam gelesen, dass er sich ein Jahr nach seiner Verurteilung in seiner Zelle erhängt hatte. Daisy hatte also bereits vor Tim Sherringhams Verschwinden gewusst, was Schmerz bedeutet.

»Meine Mutter lebt mit meinem Bruder und seiner Frau

auf dem Bauernhof meiner Eltern und führt dort noch immer das Regiment«, erzählte Trevor. »Colin – er ist mein jüngerer Bruder – macht das nichts aus, aber ich konnte es kaum erwarten, endlich von dort wegzukommen.«

»Und wie sieht es jetzt aus? Wollen Sie jetzt wieder zurück?«

»Wenn ich längere Zeit frei habe, fahre ich ab und zu mal hin, aber es ist nie so schön wie in meiner Vorstellung. Man geht immer davon aus, dass sich seit der Kindheit nichts verändert hat, was aber nicht der Fall ist. Ich wünschte, mir hätte damals jemand gesagt, dass man nur einmal im Leben verwöhnt wird, und das ist in der Kindheit. Dann hätte ich sie vielleicht mehr genossen.«

»Soll das mit dem Verwöhnen ein Wink mit dem Zaunpfahl sein?«

»Grundgütiger, nein!« Er wurde rot im Gesicht.

»Hat Ihnen schon mal jemand gesagt, dass Sie zu empfindsam sind?«

»Nicht in letzter Zeit.« Er trank seinen Kaffee aus und goss sich ein Glas Orangensaft ein.

»Wo genau in Devon ist denn der Bauernhof?«

»Bei Axminster. Kennen Sie Axminster?«

Sie schüttelte den Kopf.

»Da gibt es auch nicht viel zu kennen. Es ist eine sehr kleine Stadt. Und der Bauernhof ist total ab vom Schuss. Um hinzukommen, muss man meilenweit auf winzigen Straßen durch den Wald fahren, bis man in ein tiefes Tal kommt –«

»Und zu einem verwunschenen Haus?«, neckte sie ihn.

Als er sie ansah, war er überrascht, dass ihre grauen Augen amüsiert lächelten. Er freute sich, dass sie ihr Leid vergessen konnte, wenn auch nur für den Augenblick.

»Gut möglich. Unser Haus stammt aus dem sechzehnten Jahrhundert.«

»Wirklich?«

»Ja, wirklich. Und was noch besser ist, seit der Zeit von Königin Elisabeth I. hat darin nur die Familie Joseph gelebt. Allerdings glaube ich nicht, dass meine Vorfahren so drauf sind, dass sie in dem alten Gemäuer herumspuken.«

»Wie schade.«

»Für Sie vielleicht, aber nicht für mich. Wenn ich in einem Haus voller Gespenster aufgewachsen wäre, dann hätte ich bestimmt ein ganz anderes Leben geführt.«

»Wer weiß?«

»Glauben Sie denn, dass ich nichts weiter als Polizist bin?«

»Das müssen Sie schon selber wissen.«

Er goss sich noch eine Tasse Kaffee ein. »Also ich denke, dass ich auch andere Seiten habe.«

»Was machen Sie denn, wenn Sie nicht im Dienst sind?«

»Als ich hierherversetzt wurde, habe ich im Osten der Stadt gewohnt. Meine Wohnung war zwar nicht gerade vornehm, aber immer noch besser als die, in der ich jetzt lebe.«

»Dann hat es das Leben also nicht besonders gut mit Ihnen gemeint?«

»Als ich in meine erste Wohnung zog, hatte ich alles, was man eben so hat: eine Hypothek, eine Katze, neue Möbel, eine Einbauküche und eine Freundin. Ein ganz normales Leben also. Als meine Freundin dann auszog« – er versuchte, nicht bitter zu klingen, was er aber nicht ganz schaffte –, »fand ich es sinnlos, die Wohnung und das ganze Drumherum zu behalten.«

Er dachte an Mags, seine damalige Freundin, und fragte sich, ob sie wirklich seine Freundin gewesen war. Immerhin hatte er das damals gedacht. Sie hatten sechs Jahre lang zusammengelebt – länger als manche Ehepartner. Trevor hätte sie gerne geheiratet, aber sie hatte sich nicht festlegen wollen. Erst am Ende hatte er herausgefunden, weshalb. Peter hatte es ihm gesagt. Peter und alle anderen hatten es gewusst; nur er nicht. Sie hatte bei ihm gelebt, hatte ihn die Rechnungen bezahlen lassen, war jede Nacht mit ihm ins Bett gegangen – und hatte doch die ganze Zeit über ein heißes Liebesverhältnis mit einem verheirateten Mann gehabt. Im Nachhinein war ihm alles klar gewesen, und von Mags' Standpunkt aus betrachtet hatte auch alles gut gepasst. Wen konnte man schon besser hintergehen als jemanden, der Schichtdienst hatte? Trevor hatte ihr Sicherheit, eine Wohnung und eine perfekte Tarnung geboten, sodass die Frau ihres Geliebten all die Jahre über keinen Verdacht geschöpft hatte. Nein, im Nachhinein betrachtet war Mags nie seine Freundin gewesen.

»Es tut mir leid«, sagte Daisy. »Ich wollte Ihnen nicht zu nahe treten.«

»Das ist nicht schlimm. Ich weiß alles über Sie, weshalb sollten Sie nicht auch das wenige erfahren, was sich über mich zu wissen lohnt?« Er aß sein Brotstück zu Ende und nahm sich dann ein weiteres. »Ich bin ausgezogen und habe meine tolle Wohnung an einen netten Kollegen und seine nette Frau vermietet. Und dann habe ich Frank getroffen. Einen ehemaligen Polizisten, der den Dienst quittieren musste, weil er bei einer Schlägerei unter Fußballrowdys verletzt wurde. Er hat sich ein Geschäft in einer ziemlich schäbigen Gegend im Westen der Stadt gekauft, wo er immer wieder Probleme mit jugendlichen Randalierern bekam. Ich habe ihm angeboten, die Wohnung über seinem Geschäft zu mieten und die Randalierer ein bisschen in Schach zu halten. Und damit war uns beiden geholfen.«

»Sie haben Ihre schöne Wohnung vermietet –«

»Und zwar möbliert«, unterbrach er sie mit vollem Mund. »Besser möbliert als die, in der ich jetzt wohne, das kann ich Ihnen sagen.«

»Sie sind ein ganz eigener Typ.«

»Der Umzug war damals das einzig Richtige. Außerdem hat es Vorteile, wenn man über einem Lebensmittelgeschäft wohnt.«

»Welche denn?«

»Ich kann mir zu jeder Tages- und Nachtzeit etwas zu essen aus dem Laden holen. Ich schreibe die Sachen auf und bezahle sie dann am Ende des Monats.«

»Haben Sie vorhin nicht gesagt, dass Sie häufig unterwegs in Lokalen essen?«

»Ja. Und wenn wir lange arbeiten, lassen wir uns manchmal auch was ins Präsidium kommen.«

Daisy versuchte, sich sein einsames, hektisches Leben vorzustellen. Lange Arbeitsstunden in der Gesellschaft von Kleinkriminellen, Junkies und Peter Collins. Wenn sie die Wahl hätte, dachte Daisy, dann würde sie jeden Junkie und Kleinkriminellen einem Peter Collins vorziehen.

Und abends, wenn Trevor dann endlich Feierabend hatte, wartete eine einsame, ungemütliche Wohnung auf ihn. Was für ein Unterschied zu ihrem Leben.

Hatte das Schicksal ihr und Tim deshalb so einen harten Schlag versetzt? Weil sie zu glücklich mit ihm gewesen war? Hatte sie das Böse heraufbeschworen, weil sie dieses Leben für selbstverständlich gehalten hatte? Und nicht dankbar genug gewesen war?

»Ist das eigentlich ein privater oder ein beruflicher Besuch?«, fragte er.

»Beides.«

»Wenn Sie Papier und Bleistift haben, könnten wir Schiffe versenken spielen«, schlug er vor, in der Hoffnung, sie würde dann länger bleiben.

»Wenn Tim nicht gewesen wäre, hätte ich schon damals Ihre Einladung zum Abendessen gerne angenommen.« Sie fühlte sich verpflichtet, seine Freundlichkeit auf irgendeine Art und Weise zu erwidern. »Erinnern Sie sich noch an den Abend, als Sie mich gefragt haben? In der Notaufnahme?«

»Natürlich erinnere ich mich. Ich dachte eigentlich, *Sie* hätten es vergessen.«

»Joseph?«, tönte auf einmal eine laute Stimme vom Gang herein.

»Dem sanften Tonfall nach kann das eigentlich nur Sergeant Collins sein«, sagte Daisy.

»Herein«, rief Trevor, dem die Störung überhaupt nicht passte.

Peter trat ins Zimmer. »Na wunderbar, der Invalide ist ja schon wieder auf den Beinen. Wir haben nicht viel Zeit.«

»Nicht viel Zeit wofür?«, fragte Trevor gereizt.

»Ich habe draußen einen Rollstuhl für dich. Du musst mit mir in die Pathologie.«

Daisy wurde ganz blass und setzte sich auf die Bettkante.

»Du Idiot«, fuhr Trevor ihn an.

»Es ist nicht Tim Sherringham«, sagte Peter hastig. »Es ist jemand ganz anderes.«

»Habt ihr jemanden auf dem Boot oder der Pier gefunden?«

»Die Pier war ein Reinfall«, maulte Peter, der Daisys

besorgte Blicke ignorierte. »Wir haben allein zwei Stunden gebraucht, bis wir durch die Absperrungen gekommen sind. Und als wir endlich drin waren, haben wir feststellen müssen, dass der Boden ganz morsch war, und haben nochmal eine Stunde damit vertan, um Bretter zum Drauflegen zu organisieren.«

»Seid ihr bis zur Bühne gekommen?«, fragte Trevor ungeduldig.

»Fast. Sie ist in einem entsetzlichen Zustand. Die Bodenplanken dort würden keinen Spatzen tragen, geschweige denn einen Menschen. Wenn Andy da wirklich schläft, muss er sich schon wie eine Fledermaus an einen Balken hängen.«

»Dann habt ihr also nichts gefunden?«

»Nichts. Wir sind zwar nicht ganz bis zur Bühne vorgedrungen – das war einfach zu gefährlich –, doch vom Zuschauerraum aus konnte man alles sehen. Und das war's dann auch schon. Die Pier wird gerade wieder abgesperrt.«

»Und das Boot?«, fragte Daisy. Sie spielte nervös mit den Falten ihres langen schwarzen Rocks.

»Da haben Sie letzte Nacht einen Volltreffer gelandet«, antwortete Peter düster. »Die Spurensicherung war den ganzen Tag über in der Kabine und hat mehr Spuren gefunden als im ganzen letzten Jahr. So etwas habe ich noch nie gesehen.«

»Und?«, hakte Trevor ungeduldig nach.

»Du weißt doch, dass es eine Weile dauert, bis der Bericht da ist.«

»Aber eine ungefähre Vorstellung von dem, was darin passiert ist, haben die Jungs doch inzwischen mit Sicherheit.«

»Ist es Tim?«, fragte Daisy.

»Keine der Blutspuren, die wir gefunden haben, entsprach

der Blutgruppe Ihres Mannes. Ich habe es selbst überprüft. Aber sie hatten dieselbe Blutgruppe wie Amanda Dart. Außerdem haben wir Frauenschuhe ihrer Größe gefunden. In einem von ihnen steckte noch ein Fuß. Und der Pathologe ist sich ziemlich sicher, dass die Hand ebenfalls von ihr stammt.«

»Habt ihr noch Blut von anderen Blutgruppen gefunden?«, wollte Trevor wissen.

»Meines Wissens nicht. Dr. Sherringham, wir würden uns gerne in Ihrer Wohnung umsehen. In der Kabine haben wir die Fingerabdrücke von fünf verschiedenen Personen gefunden, und wir müssen nun herausfinden, welche nicht von Ihnen, Ihrem Mann oder Amanda Dart stammen.«

»Haben Sie irgendwelche Hinweise darauf gefunden, dass Tim nach seinem Verschwinden auf dem Boot war?«

»Aus dem Stegreif würde ich nein sagen, aber natürlich ist die kriminaltechnische Untersuchung der Spuren noch nicht abgeschlossen.«

»Warum soll ich eigentlich mit dir in die Pathologie?«, fragte Trevor.

»Weil dort gleich ein Junkie hereinkommt, der sich gestern Nacht den goldenen Schuss gesetzt hat. Ein Anwohner hat ihn auf der Straße gefunden und die Rettung verständigt. Ich dachte, du wolltest dir den Toten vielleicht mal ansehen, denn wir haben ihn als Robin Dart identifiziert.«

»Wo möchten Sie ihn haben, Sir?«, fragte der Sanitäter, der einen Toten auf der Rollbahre hereinfuhr.

Patrick O'Kelly zeigte mit dem Skalpell auf die Kühlfächer an der hinteren Wand der Leichenhalle.

»Bei dem hier dürfte der Fall ziemlich klar sein, Sir«, sagte der Sanitäter.

»Ach ja? Haben Sie in Ihrer Freizeit einen medizinischen Abschluss gemacht?«, erwiderte Patrick, der sich wieder über seine Arbeit auf dem Seziertisch beugte.

»Das ist ein Junkie. Hat frische Einstichstellen am Arm.«

»Vielen Dank für Ihre Diagnose, aber die Klärung der Todesursache überlassen Sie mal besser mir.«

»Wollen Sie ihn sich gleich ansehen?«, fragte Paul, nachdem der Sanitäter wütend aus dem Raum gestapft war.

»Lassen Sie mich das hier erst zu Ende machen.« Patrick schnitt durch ein Stück Gewebe. »Die Schnitte ähneln denen, die wir an den Autobahnleichen gefunden haben. Es könnte tatsächlich dieselbe Waffe gewesen sein.«

Die Tür öffnete sich, und Peter schob Trevor in einem Rollstuhl herein.

»Hallo, die Herren«, begrüßte Patrick die beiden. »Wollen Sie ein Messer sehen, das möglicherweise als Tatwaffe in Betracht kommt?«

»Wo haben Sie es her?«, wollte Trevor sogleich wissen.

»Ein Kneipenwirt namens Ben Gummer hat es gefunden. Es steckte in einer Lammkeule, die heute früh unter der Pier angespült wurde. Er hätte es weggeworfen, sagt er, wenn es nicht auch in einem Stück schwarzen Seidenstoff gesteckt hätte, an dem eine weiße Bommel hing. Sieht aus wie ein Ärmel.«

»Eine Bommel wie an einem Clownskostüm?«, erkundigte sich Trevor.

»Das kann ich nicht beurteilen. Aber es ist anzunehmen, dass mit diesem oder einem ähnlichen Messer vermutlich die Autobahnleichen zerstückelt wurden. Das Schnittbild passt haargenau.« Patrick hob das Messer hoch, das er neben sich auf dem Seziertisch liegen hatte. »Es ist eine gängige Marke, wie man sie in jedem besseren Haushaltswarengeschäft kaufen kann. Hergestellt in England. Die Firma wirbt damit, dass es selbst durch gefrorenes Fleisch schneidet. Es wird entweder einzeln oder im Set mit anderen Messern verkauft.«

»Können wir den Ärmel mal sehen?«, fragte Peter.

Patricks Assistent reichte ihm den Plastikbeutel, in dem das Beweisstück aufbewahrt wurde.

»Zwischen dem Stoff und der Lammkeule waren einige Schichten Butterbrotpapier. Man kann also davon ausgehen, dass sie gut verpackt war«, fügte Patrick noch hinzu.

Peter warf Trevor den Beutel zu. »Könnte das von dem Clown stammen, mit dem du gekämpft hast?«

»Ich habe ja nicht mal das Gesicht genau gesehen«, protestierte Trevor. »Und noch viel weniger das Kostüm.«

»Irgendwie musst du es gesehen haben«, erwiderte Peter ungeduldig. »War es aus diesem Stoff?«

»Diese Pierrotkostüme sehen doch alle gleich aus.«

»Vielleicht kann sich Daisy Sherringham an mehr erinnern. Sie sagt, dass sie den Clown im Licht der Taschenlampe gesehen hat.«

»Unsere Daisy Sherringham?«, fragte Patrick, ohne von seiner Arbeit aufzusehen.

»Sie und Sergeant Joseph wurden gestern Nacht von jemandem angegriffen, der sich als Clown verkleidet hatte«, erklärte Peter, bevor er sich wieder an Trevor wandte. »Hatte dein Clown denn noch beide Ärmel am Kostüm?«

»Ich glaube schon. Mir wäre bestimmt aufgefallen, wenn einer gefehlt hätte.«

»Dann gibt es also entweder zwei Clowns, oder er hat seinen Ärmel verloren, nachdem er dich angegriffen hat. Und du hast ja seine Kleidung nicht zerrissen, oder?«

»Nein, das habe ich nicht«, antwortete Trevor, in dessen Schulter der Schmerz pochte. Er wollte so schnell wie möglich aus dieser kalten Leichenhalle zurück in sein warmes Bett.

»Gehen wir zunächst einmal davon aus, dass es nur einen Clown gibt«, schlug Peter vor. »Der, den du gesehen hast.«

»Er hat mich zusammengeschlagen und Daisy Sherringham einen Riesenschreck eingejagt, und dann hat er sich einen Ärmel abgeschnitten, mit dem Messer an eine Lammkeule gespießt und das Ganze ins Meer geworfen?«

»Hört sich nicht gerade überzeugend an«, sagte Peter und gab Paul den Beutel mit dem Stoff zurück. »Ist Robin Dart schon hier?«

»Der Junkie mit dem goldenen Schuss?«, fragte Paul.

»Genau.«

»Der ist gerade reinkommen. Ihr habt die Leiche ja über Nacht bei euch auf der Polizei gehabt.«

»Damit ihn sein Bruder identifizieren konnte.« Peter ging zu der Rollbahre hinüber und schlug die Decke zurück.

»Wenn Sie den Leichensack aufmachen wollen, müssen Sie sich Handschuhe anziehen und eine Gesichtsmaske aufsetzen«, erklärte Patrick. »Der Sanitäter, der ihn gebracht hat, war der Meinung, dass es ein glasklarer Fall ist, aber ich werde ihn mir trotzdem noch einmal genauer ansehen.«

Peter nahm sich Maske und Handschuhe von einem Stapel im Regal und zog sie sich an. Dann öffnete er vorsichtig den Reißverschluss des Leichensacks und legte den Kopf des Toten frei, bevor er Trevor heranrollte.

»Ist das Robin Dart?«

Trevor besah sich das Gesicht. »Ja«, sagte er und dachte daran, dass er vor nicht einmal vierundzwanzig Stunden mit diesem Mann im Präsidium gesessen und Kaffee getrunken hatte.

»Er hätte sich auch einen besseren Zeitpunkt für seinen Selbstmord aussuchen können«, bemerkte Peter.

»Wenn es denn Selbstmord war.«

»Joseph, wir haben schon genug Mordopfer. Der Typ war ein Junkie. Und Junkies bringen sich ständig selbst um, manche aus Versehen, manche absichtlich. Das weißt du genauso gut wie ich.«

»Was bist du nur für ein zynischer Bastard, Peter«, erwiderte Trevor.

»Vielleicht kann ich da ja etwas Licht ins Dunkel bringen«, warf Patrick ein. Er streifte sich ein neues Paar Handschuhe über und öffnete den Leichensack bis ganz unten. Dann zog er den linken Ärmel des schwarzen Pullovers hoch und drückte dann mit zwei Fingern fest in die Armbeuge. Ein Blutstropfen trat aus.

»Das ist eine frische Einstichstelle«, stellte Patrick fest. »Und nach allem, was ich über die Drogensituation in der Stadt weiß, würde ich sagen, dass es Heroin war, aber das muss der Bluttest noch bestätigen.«

»Robin Dart hat das nicht getan«, erklärte Trevor.

»Aber er liegt doch direkt vor dir«, entgegnete Peter.

»Robin Dart war clean.«

»Du hast ihm gestern gesagt, dass seine Schwester tot ist. Wenn das kein Grund ist, um wieder rückfällig zu werden …«

»Er war Schauspieler.«

»Ja, und?«, bemerkte Peter höhnisch.

»Schauspieler müssen auch mal ein Kostüm tragen, bei dem man ihre Unterarme sieht. Robin hatte erst kürzlich eine neue Stelle bei einer Theatertruppe bekommen und konnte es sich nicht leisten, als Junkie erkannt zu werden. Er hatte es sich daher angewöhnt, den Schuss immer nur in der Kniekehle anzusetzen. Das hat er mir selbst erzählt.«

»Wie schnell können Sie ihn obduzieren?«, fragte Peter den Pathologen.

»In ein, zwei Stunden. Früher geht es leider nicht. Ich bin hier ganz alleine, weil der Gerichtsmediziner mit den Proben vom Boot vollauf beschäftigt ist.« Patrick legte Robins Arm wieder in den Leichensack, hielt dann aber inne und blickte nachdenklich auf eine Hautstelle.

»Seltsam.«

»Was denn?«, fragte Trevor.

»Das.« Der Pathologe zeigte auf eine Narbe auf Robins Unterarm.

»Ein Impftest«, sagte Trevor. »Er hat mir die Narbe gestern Abend gezeigt. Man hat ihm ein Stück Haut entnommen, um zu sehen, welche Impfungen er hat.«

»Das war kein Impftest.« Patrick betastete die Narbe. »Hier wurde ein Gewebetest gemacht, mit dem man feststellt, ob Spender und Empfänger einer Organtransplantation miteinander übereinstimmen.«

Kapitel siebzehn

Kaum hatte Harries das heruntergekommene Haus betreten, in dem das Tageszentrum für Obdachlose untergebracht war, löste sich seine Begeisterung, als verdeckter Ermittler arbeiten zu dürfen, in Luft auf. Natürlich hatten ihn seine Kollegen gewarnt und derbe Witze über Läuse, Schmutz und ekelerregende Gerüche gerissen, aber im warmen Polizeipräsidium hatte er nicht viel auf ihr Gerede gegeben. Außerdem war er dort noch zu sehr mit dem Einüben seiner Rolle beschäftigt gewesen, um auf ihre Warnungen zu hören. Irgendwie hatte er sich wie ein Schauspieler gefühlt, der die Hauptrolle in einer bedeutenden Inszenierung übernommen hat.

Doch all seine Phantasien zerplatzten in der nach altem Schweiß stinkenden Cafeteria des Tageszentrums. Dumpf vor sich hin brütend, saßen dort die Gestrandeten, Geschlagenen und Verstoßenen der Gesellschaft an langen, mit Essensabfällen übersäten Tischen. Harries stellte sich in die Schlange derer, die um das Mittagessen anstanden, das lediglich aus Tee und Brotscheiben mit Margarine bestand. Als er die speckige und abgerissene Kleidung der Obdachlosen sah und den aggressionsgeladenen Gesprächen derjenigen lauschte, die sich überhaupt noch die Mühe machten, zu reden, überkam ihn ein Ekel, den er kaum unterdrücken konnte.

»Für einen Fünfer kannst du von mir alles haben«, sprach ihn von hinten eine helle, zittrige Stimme an.

Als er den Kopf drehte, sah er ein Mädchen, dessen flachbrüstige, spindeldürre Figur die einer Zwölfjährigen hätte sein können. Das Gesicht mit seinem grimmig zusammengebissenen Mund und den kalten, abgebrühten Augen erinnerte ihn allerdings an die Huren, die er während seines Streifendiensts im Hafenviertel gesehen hatte.

»Zieh Leine«, knurrte er und konnte sich gerade noch davon abhalten, die Warnung »Oder ich buchte dich ein!« hinzuzufügen.

Das Mädchen, das einen ultrakurzen Minirock trug, schwänzelte in seinen von Laufmaschen durchzogenen Strumpfhosen davon. »Du weißt gar nicht, was dir entgeht«, zischte es Harries noch zu.

Nachdem er bei einem gestressten Freiwilligen für den Tee und das Brot gezahlt hatte, sah er sich nach einem Platz um. Er entschied sich für einen Tisch in der Mitte des Raumes, weil er glaubte, dort die meisten Gespräche aufzuschnappen. Er setzte sich und blickte angewidert auf den schlechtgespülten Teller und den von öligen Schlieren schillernden Tee. Niemand hatte ihn darauf vorbereitet, dass er hier auch essen und trinken musste. Vielleicht konnte er ja in ein paar Minuten aufstehen, zum Schwarzen Brett gehen und das Zeug einfach stehenlassen. Er wusste, wonach er suchen musste. Peter Collins hatte es ihm immer wieder gesagt.

Er rührte den Tee mit einem Plastikstäbchen um und riss das Brot mit den Händen in kleine Stücke. Messer gab es nicht.

»Hallo, mein Freund. Bist du zum ersten Mal hier?«

»Ja.« Das war wieder mal typisch: Da suchte er nach Andy oder gar nach einem Verbrecher, und wer setzte sich zu ihm an den Tisch – ein Geistlicher.

Harries dachte an die Geschichte, die Collins sich für ihn

ausgedacht hatte. Er war bei der Armee gewesen und hatte wegen Diebstahls im Militärgefängnis gesessen. Bei dieser Geschichte musste er bleiben. Jedem gegenüber. Egal, ob sein Gegenüber ein Obdachloser oder ein Pater war.

Der Mann streckte ihm die Hand über dem Tisch entgegen. »Ich bin Pater David.«

»Stephen … Stacko.«

»Das Leben hat es wohl gerade nicht gut mit dir gemeint, was?«

»Das sieht man doch, oder etwa nicht?«, antwortete Harries und dachte, dass Collins jetzt bestimmt stolz auf ihn gewesen wäre.

»Möchtest du darüber reden?«

»Da gibt es nichts zu reden.«

Harries gab sich verstockt und starrte den Pater herausfordernd an. Der Mann hatte etwas Seltsames, vielleicht sogar Perverses an sich, wie er Harries mit seinen dunkelbraunen Knopfaugen, die nicht ein einziges Mal blinzelten, unverwandt ins Gesicht blickte. Waren das die Augen eines Verrückten?, fragte sich Harries und wusste gleichzeitig, dass dieser Gedanke absurd war. Die Atmosphäre hier setzte ihm schon jetzt mächtig zu.

»Weißt du, wo du heute Nacht bleibst?«

»Nein.« Wollte ihn der Geistliche etwa anbaggern?

»Ich könnte dir eine Adresse geben.«

Harries schämte sich nun für seine Vermutung. Bestimmt ging es dem Pater nur darum, ihm zu helfen. Aber wer unterhielt sich schon freiwillig an einem Ort wie diesem mit dem Abschaum der Gesellschaft?

»Das Sozialamt hat mir die Adresse einer Unterkunft in der Jubilee Street gegeben.«

»Hallo, Pater, hier bin ich!« Das Mädchen, das kurz zuvor Harries ihre Dienste angeboten hatte, winkte dem Geistlichen zu.

»Vielleicht können wir uns später noch etwas unterhalten, Stacko«, sagte der Pater und lächelte ihn an.

»Ja.«

Der Geistliche ging fort, und Harries spielte weiter mit seinem Essen herum. Immer wenn er sich unbeobachtet fühlte, ließ er ein Stück Brot in seiner hohlen Hand verschwinden. Manche Dinge gingen auch für einen pflichtbewussten Polizisten zu weit. Nachdem er zwanzig Minuten lang dagesessen hatte, ohne dass er von noch jemandem angesprochen worden war, ging er an das Schwarze Brett, das voller frommer Sprüche und Bibelzitate war …

Jesus vergab dem Sünder und segnete die Prostituierte.

Harries konnte sich ein Lächeln nicht verkneifen, als er diesen Satz las.

Selig sind die Sanftmütigen, denn sie werden das Erdreich besitzen.

Außerdem sah er noch Karten, auf denen in Blockschrift Ankündigungen standen.

Die St.-Mary's-Kirche sucht gegen eine geringe Aufwandsentschädigung Gelegenheitskräfte für Reinigungsarbeiten auf dem Friedhof.

Unter der Überschrift »Unterkünfte« standen die Adresse des Obdachlosenheims in der Jubilee Street und die einer Herberge der Heilsarmee in der nächsten Stadt.

Auf einem weiteren Zettel war zu lesen:

Bist du von zu Hause weggelaufen? Ruf uns an. Wir sagen niemandem, wo du bist, aber wir kümmern uns darum, dass sich deine Verwandten keine Sorgen um dich machen.

Bist du drogenabhängig? Schnüffelst du Lösungsmittel? Wir hören dir zu und helfen dir. Wir verurteilen dich nicht.

Harries blickte sich verstohlen in dem Raum um. Nirgends sah er einen Einbeinigen oder Andy, den man ihm nicht hatte beschreiben müssen, weil jeder, der in der Stadt schon mal Streife gegangen war, ihn kannte. Harries hatte seine Hoffnungen zu hoch gehängt, obwohl Collins ihn gewarnt hatte, dass es wochenlang dauern könnte. Und jetzt, in dem Gestank und dem Elend, kamen ihm Zweifel, ob er es so lange aushalten würde.

»Suchst du einen Job«, fragte Pater David, der plötzlich neben ihm stand.

»Ja.«

»Ich kenne da jemanden, der kräftige junge Männer sucht. Es ist harte Arbeit, wird aber gut bezahlt. Im Ausland.«

Collins hatte ihm aufgetragen, nach jemandem Ausschau zu halten, der Obdachlose für Jobs im Ausland rekrutieren wollte. Vielleicht hatte er ja doch Glück und fand relativ rasch etwas heraus. Um halb sechs, zum vereinbarten Zeitpunkt, konnte er es dann dem Besitzer eines Tabakladens in der Balaclava Street erzählen, der für Collins als Informant arbeitete.

»Wenn du mitkommen willst, dann stelle ich dich dem Mann vor, der diese Jobs vergibt.«

»Jetzt?«

Pater David musterte ihn von oben bis unten. »Warum nicht? Aber wenn du schon was Besseres vorhast ...«

»Nichts, was man nicht verschieben könnte.« Harries schob die Hände in die Hosentaschen und verließ zusammen mit dem Geistlichen das Tageszentrum. Wenn er es nicht pünktlich zum Tabakwarenladen schaffte, machte das auch nichts. Im Absatz seines linken Schuhs hatte er einen kleinen Sender, mit dessen Hilfe Collins ihn jederzeit orten konnte. Und in eine Gefahr begab er sich ja auch nicht. Schließlich war helllichter Tag, und überall liefen Menschen umher. Was sollte ihm da schon passieren, zumal er auch noch mit einem Pater unterwegs war? Wer weiß, wenn er jetzt rasch etwas herausfand, übernahmen sie ihn vielleicht in die Kriminalpolizei. Und dann würde er nie mehr Streife gehen müssen.

Nachdem Peter und Trevor in die Pathologie aufgebrochen waren, saß Daisy noch eine Weile in dem leeren Krankenzimmer. Sie hatte sich auf dem Stuhl zurückgelehnt und die Augen geschlossen. Obwohl es auf der Station momentan ziemlich ruhig zuging, war es nicht still, und die vielen kleinen Geräusche, die zum Tagesablauf eines Krankenhauses gehörten, drangen leise an ihr Ohr: das Quietschen der Schwesternschuhe auf dem PVC-Boden, Piepser, die sich meldeten und ausgeschaltet wurden, eine Quizsendung im Fernsehen, die mit einem Sportkommentar im Radio wetteiferte, die schrille Stimme einer Frau, die ihr freiwilliges soziales Jahr damit verbrachte, dass sie den Kranken, die nicht aufstehen konnten, Bücher aus der Krankenhausbibliothek brachte.

Daisys Körper verlangte nach Schlaf, und zum ersten Mal seit Tagen hatte sie auch das Gefühl, dass sie tatsächlich schlafen könnte. Und hier auf der Station, wo tagsüber geschäftiges Treiben herrschte, würde sie in ihren Träumen bestimmt nicht von enthaupteten Geistern verfolgt werden.

Fast die gesamte vergangene Nacht war sie wach gewesen und wegen Trevors Verletzung erst sehr spät in Judys Wohnung zurückgekehrt. Da hatte ihre Freundin bereits tief und fest auf der Luftmatratze im Wohnzimmer geschlafen; Daisy hingegen hatte selbst in Judys Bett nicht richtig einschlafen können.

Jetzt aber war sie fast eingeschlummert, als sie auf einmal hörte, wie die Tür aufging. Sie öffnete die Augen und erblickte Alan. Er blieb im Eingang stehen.

»Es tut mir leid. Ich wollte dich nicht wecken«, entschuldigte er sich.

»Ich habe nicht geschlafen.«

»Dann hast du dich gut verstellt. Ich habe gerade eine Pause und wollte Trevor mal einen Besuch abstatten. Judy hat gesagt, dass du ihn gestern hier eingeliefert hast.«

»Sein charmanter Partner hat ihn gerade mit dem Rollstuhl in die Pathologie gebracht, wo er sich eine Leiche ansehen soll.«

»Schon wieder eine Leiche?«

»Es ist ein Junkie, den Trevor möglicherweise gekannt hat.«

Die Stationsschwester trat an Alan vorbei ins Zimmer. »Dr. Daisy? Der Butler von Dr. Richard Sherringham ist am Telefon für Sie. Sie können das Gespräch in meinem Büro annehmen.«

»Der Mann gibt nicht auf«, sagte Alan, nachdem die Schwester wieder gegangen war.

Daisy stand auf und nahm ihn in den Arm. »Richard muss endlich kapieren, dass ich nicht wieder bei ihm einziehen werde.«

»Ich komme später nach«, sagte Alan.

»Vielen Dank, dass du vorbeigekommen bist.«

»Ich wünschte nur, ich könnte dir etwas mehr zur Seite stehen.«

»Das tust du schon. Mehr, als du denkst.«

Fünf Minuten nachdem Daisy das Telefonat angenommen hatte, verließ sie die Station und eilte zielstrebig auf die Aufzüge zu. Sie blieb kurz stehen, ließ zwei Pfleger mit einem Bett vorbei und sah dann zur Wanduhr hinüber. Viertel nach vier. Zeit für die Kaffeepause. Sie trat in den Aufzug und drückte den Knopf für den ersten Stock. Mit dem Ausruhen wurde es jetzt wieder nichts.

Im ersten Stock ging sie ins Ärztezimmer. Nachdem sie die mitfühlenden Nachfragen ihrer Kollegen beantwortet hatte, steuerte sie auf Mike Edmunds zu, der neben der Kaffeemaschine stand.

»Hallo, Daisy. Wie geht es dir?«, fragte er.

»Gut«, antwortete sie automatisch und ärgerte sich mehr über seinen gedämpften Tonfall als über die Frage an sich. »Hast du Judy gesehen?«

»Ich glaube, sie ist zusammen mit Alan auf der Kinderstation. Bei dem Stress da unten kommt man nur selten zur Kaffeepause.«

»Vielen Dank«, sagte sie und schritt zur Tür.

»Daisy?« Mike lief ihr hinterher. »Ist alles in Ordnung? Wenn ich etwas für dich tun kann …«

»Danke, nicht nötig«, erwiderte sie und ging ohne ein weiteres Wort nach draußen.

»Was wollte sie denn?«, fragte Eric Hedley, mit dem Mike bis zu Daisys Ankunft geredet hatte.

»Sie hat Judy gesucht.«

»Ach so«, murmelte er gleichgültig und wandte sich wieder seinem vorigen Thema zu. »Findest du nicht auch, dass man in einer Privatklinik mehr Chancen als im staatlichen Gesundheitssystem hat?«

»Unbedingt«, stimmte Mike ihm zu. »Für das staatliche Gesundheitssystem ist es sicher besser, wenn du in eine Privatpraxis gehst.«

Ein paar junge Ärzte in der Nähe lachten laut auf. Eric war wütend, doch es fiel ihm keine passende Entgegnung ein. Als das Gelächter verhallt war, verließ ein Arzt nach dem anderen das Zimmer. Die Pause war zu Ende.

Als auch Eric zurück auf seine Station ging, dachte er, dass Mike doch nur neidisch auf ihn war. Mike war bei der Holbourne-and-Sherringham-Klinik nur eine Vertretungsstelle angeboten worden, während er, Eric, immerhin drei Nachmittage mit Joanna Sherringham gearbeitet hatte und sich jetzt die besten Aufstiegschancen ausmalen durfte.

Daisy saß in Alans Büro nervös auf einer Stuhlkante. Als Judy mit der Untersuchung ihrer Patientin zu Ende war, kam sie herein, und Daisy bat sie, die Tür zu schließen.

»Weißt du, wo Richard ist?«

»Nein, warum sollte ich?«

»Judy, bitte, jetzt lüg mich nicht an. Ich weiß doch, dass du eine Affäre mit ihm hast.«

»Woher weißt du das?«

»Spielt das eine Rolle?«

»Für mich schon.«

Daisy verschränkte die Arme vor der Brust. Vor diesem Augenblick hatte sie sich schon lange gefürchtet. »Tim hat es herausgefunden, als wir das erste Jahr auf dem College waren. Er hat gesehen, wie du mit Richard Arm in Arm in das Hotel neben der U-Bahn-Station gegangen bist.«

Judy setzte sich auf Alans Schreibtischkante. »Warum habt ihr denn nie etwas gesagt?«

»Das war doch eure Sache. Ihr seid beide erwachsen und wisst, was ihr tut.«

»Und jetzt ist das nicht mehr der Fall?«, fragte Judy herausfordernd.

»Hare hat mich vor ein paar Minuten angerufen. Er sucht Richard und kann ihn nirgends erreichen. Er ist nicht im Haus, und in der Klinik war er heute auch noch nicht.«

»Richard setzt Tims Verschwinden ziemlich zu. Er braucht Zeit für sich«, antwortete Judy und dachte an das Beruhigungsmittel, das sie ihm verabreicht hatte.

»Joanna ist gestern Abend alleine mit dem Boot rausgefahren. Sie ist ausgerutscht, gegen die Kabinentür gefallen und hat sich das Schlüsselbein gebrochen. Sie hat den Bruch in der Klinik röntgen und versorgen lassen und liegt jetzt zu Hause im Bett. Hare meint, dass Richard das wissen sollte. Bitte sag mir also jetzt, wo Richard ist. Ich könnte es nicht ertragen, wenn Tims Bruder jetzt auch noch verschwunden wäre …« Daisy stand vom Stuhl auf und blickte zum Fenster hinaus.

»Richard ist in einem alten Küstenwächter-Cottage, ungefähr eine Meile von Hunter's Cove entfernt. Ich kann ihn nicht anrufen, weil es dort kein Telefon gibt. Und wahrscheinlich geht er auch nicht an sein Handy.«

»Stimmt. Ich habe es eben probiert. Vielen Dank«, murmelte Daisy.

»Das Cottage gehört mir. Richard hat es mir geschenkt.«

»Ich fahre jetzt hin. Möchtest du mitkommen?«

»Alleine findest du es sowieso nicht. Alan und ich sind um halb sechs mit der Sprechstunde fertig, danach können wir dorthin fahren. Aber eines möchte ich dir noch sagen.« Judy dachte wieder an das, was Richard ihr gesagt hatte. Dass er sich von Joanna scheiden lassen und sie heiraten wollte. »Ich kann mich nicht auf Dauer um Richard kümmern. Ich habe meine Arbeit, und ich weiß schon jetzt nicht, wo mir der Kopf steht.«

»Wenn du Richard liebst, dann willst du doch bestimmt bei ihm sein, wenn er dich braucht. Ich weiß ja nicht, wie seine Beziehung zu Joanna aussieht – aber …«

»Ich hatte … habe«, korrigierte sich Judy, »eine Affäre mit Richard, von der seine Frau nichts weiß. Und für uns beide war immer klar, dass da nie mehr draus werden wird. Ich mag es nicht, wenn Männer zu sehr klammern.« Die letzten Worte sprach sie mit Nachdruck.

»Und wenn Frauen das tun?«, fragte Daisy.

»Wenn du damit dich meinst, ist das doch etwas ganz anderes. Du bist schließlich meine beste Freundin, falls ich so etwas überhaupt haben kann«, antwortete Judy in sanftem Tonfall und löste sich dann von der Schreibtischkante. »So, und jetzt muss ich wieder etwas tun«, sagte sie bestimmt. Es war ihr peinlich, dass sie Daisy ihre Gefühle gezeigt hatte. »Hol mich um halb sechs hier ab, und ich fahre mit dir zum Cottage.«

»Ich rufe Hare an und sage ihm, dass ich Richard gefunden habe und er jetzt bei mir ist. Hoffentlich nehmen er und Joanna mir das ab.«

Daisy versuchte, Hares skeptischen Tonfall auf ihre eigenen Schuldgefühle zu schieben. Als sie den Hörer auflegte, sah sie sich in Alans Büro um.

Alan war gerade in der Kantine, wo er jetzt außer alten Brötchen, vertrocknetem Schinken und warmem Salat nichts mehr zu essen bekommen würde. Dann erinnerte sie sich an seinen erschrockenen Gesichtsausdruck, als sie ihm von der Leiche in der Pathologie erzählt hatte. Hatte Sergeant Collins gelogen? War die Leiche vielleicht doch Tim, und man wollte ihr nichts davon sagen, solange man ihn nicht definitiv identifiziert hatte?

Sie verließ das Büro und fuhr mit dem Aufzug in den Keller.

»Hallo, Patrick«, grüßte sie O'Kelly, bevor sie Alan ansprach, der neben ihm und Sergeant Collins vor einem der Seziertische stand. »Ich dachte, du bist in der Kantine und isst was.«

»Glaubst du, ich lüge dich an?«, fragte Alan, der sich gerade die Narbe an Robin Darts Arm angesehen hatte.

»Ich weiß, dass du wenigstens zweimal täglich hierherkommst. Aber ich wollte eigentlich mit Patrick sprechen.«

»Schön, dich zu sehen«, sagte Patrick in ernstem Tonfall. »Es tut mir leid, dass es noch immer keine Neuigkeiten von Tim gibt.«

»Vielen Dank. Sergeant Collins hat etwas von einer neuen Leiche gesagt.«

»Die definitiv nicht Ihr Mann ist«, raunzte Peter. »Das habe ich Ihnen doch ganz deutlich gesagt.«

Daisy zuckte mit den Schultern. »Ich wollte mich nur vergewissern.«

»Wenn Sie nun schon einmal da sind, könnten Sie uns vielleicht helfen.« Peter packte die Gelegenheit beim Schopf. »Heute Morgen wurden an der Küste ein Clownsärmel und ein Messer angespült. Können Sie sich an irgendwelche Details von letzter Nacht erinnern?«

»An was zum Beispiel?«

»Hatte der Clown einen oder zwei Ärmel an seinem Kostüm?«

Sie dachte einen Augenblick nach. »Er hatte zwei.«

»Sind Sie ganz sicher?«

»So sicher wie ich weiß, dass der Clown größer als Trevor war«, sagte sie nachdenklich. »Als er Trevor hochhob, war sein Kopf über dem von Trevor. Aber alles sind nur Erinnerungsfetzen – das verschmierte Make-up, die Seidenslipper, die Bommel, die weiten Seidenhosen.«

»Kein Messer?«, hakte Peter nach.

»Ich kann mich nicht erinnern, eines gesehen zu haben.«

»Sahen die Bommel so aus?« Er reichte ihr den Beutel mit dem Stoff.

»In etwa.« Sie gab ihm den Beutel zurück. »Wo ist eigentlich Trevor?«

»Wir haben ihn von einem Pfleger wieder auf sein Zimmer bringen lassen«, antwortete Alan.

»Sie hätten ihn nie hier runterbringen dürfen«, sagte Daisy vorwurfsvoll zu Peter.

»Manche Dinge dulden keinen Aufschub; außerdem versuchen wir hier immer noch, das Verschwinden Ihres Mannes aufzuklären«, erwiderte er. Daisys Benehmen ärgerte ihn. Weil sie Trevor wieder zusammengeflickt hatte, hatte Peter sie mit Samthandschuhen angefasst; sie jedoch verhielt sich ihm gegenüber abweisend und streitsüchtig.

»Daisy, hast du vielleicht noch kurz Zeit?«, fragte Patrick. »Wir hätten gerne eine dritte Meinung.«

Als sie nickte, deutete er auf Robins Arm. »Was hältst du von dieser Narbe?«

Daisy blickte hinab auf den Toten, der so jung war, dass ihr die Tränen in die Augen stiegen. »Ein Hauttest?«, sagte sie mit erstickter Stimme.

»Und wie steht es mit einem Gewebetest?«, fragte Patrick.

»Auch möglich.«

»Dr. O'Kelly hat vorhin gemeint, dass man solche Tests bei Spendern und Empfängern von Organen durchführt«, sagte Peter.

»Das ist richtig«, stimmte Daisy zu. »So kann man feststellen, ob das Gewebe des Spenders sich mit dem des Empfängers verträgt.«

»Was für Organe werden denn verpflanzt, wenn der Gewebetest positiv ausfällt?«

»Nieren, Herz, Lunge, Leber, eigentlich alles«, antwortete Alan. »Einen Gewebetest führt man zum Beispiel bei Menschen durch, die eine ihrer Nieren einem kranken Verwandten spenden wollen. Aber auch bei gehirntoten oder sterbenden Patienten, die sich als Organspender zur Verfügung gestellt haben, wird er gemacht. In diesen Fällen muss der Test besonders schnell durchgeführt werden, denn je eher ein Organ dem Spender entnommen und dem Empfänger eingesetzt wird, desto besser sind die Erfolgschancen.«

»Soll das heißen, dass Robin Dart diesen Test gemacht hat, weil er ein Organ spenden sollte?«, fragte Peter.

»Entweder das, oder er wartete auf eine Transplantation«, erwiderte Patrick. »Wissen Sie, ob er ein Organleiden hatte?«

»Trevor hat er lediglich erzählt, dass er drogenabhängig war und angeblich seit einiger Zeit clean ist. Den Test hat er angeblich gemacht, weil er sich für einen Job beworben hat. Kann man damit denn auch was anderes feststellen?«

»Was zum Beispiel?« Patrick besah sich die Narbe ein letztes Mal.

»Zum Beispiel, ob jemand Drogen nimmt.«

»Dazu braucht man diesen Test nicht. Das kann man viel besser anhand von Blut- und Urinproben feststellen.«

»Fehlten denn den Autobahnleichen irgendwelche Organe?«, erkundigte sich Peter.

»Nur der Kopf und die Hände, sonst nichts.«

»Kann man denn Hände oder Teile des Kopfes transplantieren?«

»Die Hornhaut des Auges und eventuell auch die Hände und das Gesicht«, antwortete Daisy. »Ansonsten kann man mit einem Kopf nicht viel anfangen. Gehirntransplantationen, Sergeant Collins, gibt es nach wie vor nur im Film.«

»Ich kann mir nicht vorstellen, weshalb jemand von einem Junkie eine Gewebeprobe nehmen sollte«, überlegte Patrick. »Drogen beschädigen die Organe, die für gewöhnlich transplantiert werden. Nieren, Leber …«

»Robin Dart hat Trevor gesagt, dass er den Test nicht bestanden hat. Könnten Sie herausfinden, ob er ein Organleiden hatte?«, fragte Peter.

»Wenn ich mal fünf Minuten Zeit hätte, dann schon«, antwortete Patrick lakonisch.

»Nur noch eine letzte Frage«, hakte Peter nach. »Wie aufwendig ist es, einen solchen Gewebetest durchzuführen?«

»Nicht allzu sehr. Man braucht nur eine saubere Umgebung und ein kleines Skalpell, mit dem man eine Hautschicht abtragen kann.« Patrick legte Robins Arm wieder zurück auf den Seziertisch und signalisierte Paul, dass er übernehmen konnte. »Der Test kann dann eigentlich fast überall durchgeführt werden. Sogar auf der Straße, wenn es sein muss, aber für die Transplantation selbst sind natürlich ganz andere Voraussetzungen nötig. Die Organe müssen unter sterilen OP-Bedingungen entnommen und mit allergrößter Vorsicht behandelt werden, bis man sie dem Empfänger unter denselben Bedingungen einpflanzt. Wir sind hier das einzige Krankenhaus im Umkreis von fünfzig Meilen, in dem die nötige Infrastruktur für so etwas vorhanden ist. Wenn jemand illegal Transplantationen vornimmt, dann nicht in dieser Stadt.«

»Aber es könnte doch auch außerhalb der Stadt sein.« Peter dachte an die Holbourne-and-Sherringham-Klinik. Besaß Richard Sherringham einen OP, in dem solche Transplantationen durchgeführt werden konnten? Wenn man das nötige Kleingeld hatte, war alles möglich. Und Sherringham hatte Geld und Verbindungen und kannte jede Menge finanzkräftiger Prominenter, die Riesensummen dafür hinlegen würden, um ihr Leben zu verlängern. Und las man nicht immer wieder in der Zeitung, dass es viel zu wenige Spenderorgane gab?

Waren nicht die Obdachlosen, die von niemandem vermisst wurden, ideale Lieferanten für solche Organe? Keiner wusste, wie viele Obdachlose in der Stadt waren, selbst das Sozialamt hatte keine vollständigen Unterlagen über sie. Aber wo war die Verbindung zu Tim Sherringhams Verschwinden, den Leichen an der Autobahn und der Tatsache, dass der Bruder eines der Opfer mit einer Überdosis Heroin tot aufgefunden worden war? Und hatte er sich den goldenen Schuss selbst gesetzt, oder war er ihm von jemandem verabreicht worden?

»Ich glaube, ich muss jetzt wieder zurück ins Präsidium«, sagte Peter und wandte sich an Daisy. »Können Sie Trevor vielleicht noch bis morgen hierbehalten?«

»Nach den Strapazen, denen Sie ihn ausgesetzt haben, ist das sogar unbedingt nötig.«

Als Peter gegangen war, hielt Alan Daisy die Tür auf und wandte sich an Patrick. »Du meldest dich …«

»Sobald es etwas Neues gibt. Versprochen!«

Das Telefon klingelte.

»Nimmst du den Anruf bitte für mich an, Paul?«, fragte Patrick, der gerade das Mikrophon eines kleinen Aufnahmegeräts an seinen Arztkittel befestigte, um seinen Autopsiebefund diktieren zu können. »Wenn jemand einen neuen Kunden bringt, dann sag ihm, dass wir ausgebucht sind.«

Kaum war Peter im Präsidium angekommen, ging er in Bill Mulcahys Büro. Sein Boss bedeutete ihm, auf dem einzigen freien Stuhl Platz zu nehmen; auf den anderen stapelten sich die Unterlagen.

»Wie geht es Trevor?«, fragte Mulcahy.

»Prellungen, Schürfwunden, ein gebrochener Arm und eine ausgerenkte Schulter; aber er wird es überleben.«

»Ist er im Krankenhaus?«

»Ja. Daisy Sherringham hat dafür gesorgt, dass er stationär aufgenommen wurde. Und in seinem Zustand ist er dort auch am besten aufgehoben.«

»Weiß man schon, woran der Junkie gestorben ist?«

»Nein, noch nicht. Der Pathologe fängt erst jetzt mit der Autopsie an. Es sieht alles danach aus, dass er an einem goldenen Schuss gestorben ist, aber es besteht die Möglichkeit, dass er ihn sich nicht selbst gesetzt hat.« Peter erzählte dann von den Vermutungen der Ärzte, dass bei Robin Dart ein Gewebetest für Organtransplantationen durchgeführt worden war.

Auf einmal klingelte das Telefon. Mulcahy ging ran und reichte den Hörer an Peter weiter. »Für Sie.«

Peter hörte eine Weile wortlos zu. Dann bedankte er sich, legte auf und berichtete: »Von wegen goldener Schuss. Der Pathologe im Krankenhaus hat in dem Junkie genügend Zyankali gefunden, um damit sieben Menschen zu töten.«

»Hört sich für mich nach einer Drogengang an. Sehen Sie doch gleich in den Akten nach, ob dieser Robin Dart vielleicht mal Dealer oder Drogenkurier war. Und wenn Sie schon im Archiv sind, dann schauen Sie sich doch bitte gleich die Akten von anderen Junkies an, die in den vergangenen Jahren an einer Überdosis gestorben sind. Vielleicht finden wir da ja etwas, das uns weiterhilft.«

»Wenn Sie meinen …«

Peter war von Mulcahys Auftrag wenig begeistert. Er hasste es, in alten Akten herumzusuchen, und hätte die Zeit lieber mit etwas Sinnvollerem verbracht. Weil er aber Mulcahy gut kannte und wusste, wann man ihm widersprechen durfte und wann nicht, verließ er leise vor sich hin grummelnd das Büro und machte sich auf den Weg ins Archiv.

Als Peter nach zwei Stunden zurückkam – natürlich ohne brauchbares Ergebnis –, hatte Mulcahy ein zufriedenes Grinsen auf dem Gesicht.

»Raten Sie mal, wer mich soeben angerufen hat«, sagte er, während er die Füße auf den Schreibtisch legte. »Kein anderer als Richard Sherringham persönlich. Stellen Sie sich vor, er hat zugegeben, dass er eine Lösegeldforderung erhalten hat. Jemand hat ihn ein paar Stunden nach seiner Rückkehr aus den Vereinigten Staaten auf seinem privaten Handy angerufen.«

»Und hat er gezahlt?«

»Ja.«

»Wie viel? Und wie?«

»Der Mann hat vierhunderttausend Pfund in gebrauchten Scheinen in eine große braune Papiertüte gepackt und in der Nacht nach seiner Rückkehr um drei Uhr früh in den Stacheldraht an einem der Metallpfeiler der Pier gesteckt.«

»Und dann ist er einfach nach Hause gegangen?«

»Der Anrufer hat ihm gesagt, dass man seinen Bruder umbringen würde, wenn er es nicht täte. Deshalb hat er die Anweisungen befolgt.«

»Verdammter Idiot. Gab es einen zweiten Anruf?«

»Nein. Deshalb ist er jetzt durch den Wind.«

»Und warum rückt er nun damit raus?«

»Weil Daisy Sherringham bei ihm war und ihn dazu überredet hat.«

»Damit ist wohl klar, dass Tim Sherringham nicht mehr am Leben ist und sein Bruder das Lösegeld zum Fenster hinausgeworfen hat.«

»So sehe ich das auch. Aber ich lasse trotzdem das Sherringham-Anwesen beobachten und habe Fangschaltungen bei den Telefonen im Haus und in der Klinik legen lassen. Man kann ja nie wissen, vielleicht tut sich ja noch was, auch wenn das Kind schon längst in den Brunnen gefallen ist. Außerdem habe ich angeordnet, dass die Pier morgen noch einmal durchsucht wird, aber ich gehe nicht davon aus, dass wir dort etwas finden werden.«

»Vergessen Sie die Pier. Wir waren heute Vormittag dort. Da war nichts. Überhaupt nichts. Viel wichtiger wäre es, so schnell wie möglich die Sherringham-Klinik zu durchsuchen.«

»Und weshalb?«, fragte Mulcahy.

»Haben Sie den Hauttest an Robin Dart vergessen?«, entgegnete Peter.

»Sie wollen die Sherringham-Klinik durchsuchen lassen, weil jemand bei einem Junkie einen Gewebetest durchgeführt hat?«

»Ja. Immerhin ist der Junkie inzwischen tot, weil ihm jemand eine Spritze mit Zyankali verabreicht hat.«

»Deswegen wird Ihnen keiner einen Durchsuchungsbefehl für die Sherringham-Klinik ausstellen. Richard Sherringham wurde bereits von höherer Stelle aus überprüft.« Mulcahy verzog das Gesicht. »Man hat mich wissen lassen, dass er sauber ist – und seine Klinik auch.«

»Und deshalb müssen wir jetzt den Schwanz einziehen, oder was?«

»Ich kann es Ihnen gerne noch einmal buchstabieren, Collins. In der Holbourne-and-Sherringham-Klinik gehen hohe Tiere ein und aus. Kranke hohe Tiere. Und ich habe keine Lust darauf, mir die zu Feinden zu machen, bloß weil Sie mit Ihren Nagelstiefeln durch die Klinik marschieren wollen.«

»Gut, dann lassen wir es eben«, maulte Peter. »Die da oben sitzen nun mal am längeren Hebel.«

Mulcahy zündete seine Pfeife an und paffte blaue Rauchwolken in das Zimmer. »Ich bin übrigens genauso wie die da oben der Meinung, dass es jemand auf das Geld der Sherringhams abgesehen hat. Er oder sie haben Tim Sherringham entführt und seinem Bruder die Lösegeldforderung gestellt.«

»Bevor oder nachdem sie Tim Sherringham getötet haben?«, fragte Peter.

»Das müssen wir herausfinden.«

»Und die Leichen an der Autobahn?«

»Zeugen oder Komplizen, die sie zum Schweigen bringen wollten.«

»Was ist mit Amanda Dart? Und dem Clown, der Trevor letzte Nacht angegriffen hat?«

»Ich bin mir sicher, dass dieser Clown – wer immer er auch sein mag – etwas mit der Entführung zu tun hatte. Amanda Dart steckte vielleicht mit ihm unter einer Decke, oder sie hat etwas gesehen, was sie nicht hätte sehen dürfen. Wir wissen, dass sie zusammen mit Tim Sherringham in der Jubilee Street war. Sie wissen genau, was für Typen dort herumhängen. Gut möglich, dass einer von ihnen gesehen hat, wie Sherringham Sam den Scheck gab, und daraufhin auf die Idee gekommen ist, den Arzt zu entführen und Geld aus seinem reichen Bruder herauszupressen …«

»Glauben Sie wirklich, dass jemand aus der Jubilee Street so etwas durchziehen kann?«, fragte Peter skeptisch nach.

»Warum nicht? Und wenn Amanda Dart in der Nacht, in der sie verschwand, in die Jubilee Street wollte, um noch einmal nach ihrem Bruder zu suchen, kann es sein, dass sie am Yachthafen vorbeikam und ihr an Sherringhams Boot etwas seltsam vorkam. Nehmen wir einmal an, die Entführer hätten Tim auf seinem eigenen Boot versteckt und Amanda hätte das herausgefunden …«

»Klingt ziemlich konstruiert.«

»Ich weiß, Collins, aber es ist alles, was wir haben«, sagte Mulcahy resigniert. »Außerdem ist es schon spät, und ich muss über diese Theorie noch etwas nachdenken. Wir treffen uns morgen früh Punkt sieben an der Tür.«

»Und bis dahin lassen wir einen durchgeknallten Clown den Yachthafen unsicher machen?«

»Der Yachthafen wird von sechs Beamten überwacht, die ich vom regulären Streifendienst abgezogen habe. Wenn die Bürger dieser Stadt wüssten, wie schlecht es heute Nacht um ihre Sicherheit bestellt ist, würden sie vermutlich kein Auge zumachen. Apropos Streifendienst: Was macht eigentlich Harries? Übernachtet der heute in der Jubilee Street?«

»Ich habe vorhin den Tabakladenbesitzer angerufen. Harries ist nicht um halb sechs bei ihm erschienen, wie eigentlich ausgemacht war.« Peter sah auf seine Uhr. »Es ist jetzt gleich elf. Ich habe ihm gesagt, dass er vor Mitternacht in Ben Gummers Pub vorbeischauen soll, wenn er es nicht zum Tabakladen schafft. Das kann er allerdings nur, wenn im Obdachlosenheim kein Bett mehr frei ist.«

»Informieren Sie mich, wenn er etwas herausgefunden hat.«

Peter stand steifbeinig von seinem Stuhl auf. »War ein verdammt anstrengender Tag.«

»Na ja, ohne Sergeant Joseph müssen Sie ja doppelte Arbeit leisten.«

»Stimmt. Und außerdem macht der Streit mit Ihnen ohne Trevor als Friedensstifter nur halb so viel Spaß.«

Kapitel achtzehn

Peter verließ Mulcahys Büro und ging den Korridor entlang zu einem kleinen Zimmer, das nicht viel größer war als ein geräumiger Schrank. Dort saß eine braunhaarige Polizistin in Uniform vor einem Computer.

»Na, wollen Sie sich eine Tasse Kaffee holen, Constable?«, fragte Peter die junge, attraktive Frau.

Sie lächelte Peter an. Als sie auf ihre Stelle versetzt worden war, hatten mehrere Kollegen sie vor Sergeant Collins gewarnt. Sie hatten gesagt, er sei ein harter, hundsgemeiner Bursche, aber ihr gegenüber hatte er sich bisher stets freundlich und korrekt, wenn auch ein wenig distanziert verhalten, was sie als sehr angenehm empfunden hatte.

»Dann gehen Sie mal, ich halte inzwischen die Stellung für Sie.«

»Soll ich Ihnen vielleicht auch eine Tasse mitbringen, Sir?«, fragte sie schüchtern.

»Das wäre sehr freundlich.«

Als sie weg war, setzte er sich an den Computer und holte sich mit einem Tastendruck einen digitalen Stadtplan auf den Bildschirm. Nachdem er ein paar weitere Tasten betätigt hatte, erschienen in drei Gebieten der Stadt mit nervtötender Langsamkeit einige rote Punkte. Als er sicher war, dass keine weiteren hinzukommen würden, verglich er die Adressen der Punkte mit Aufzeichnungen in seinem Notizbuch und druckte sich den Inhalt des Bildschirms aus. Als er das Programm beendet und den Ausdruck eingesteckt hatte, kam die Polizistin mit zwei Tassen Kaffee zurück.

»Schwarz mit zwei Stück Zucker, nicht wahr?«

»Ganz genau, Constable Merchant«, erwiderte er und ließ sich von ihr die Tasse reichen. »Sagen Sie mal: Vertrauen Sie mir eigentlich?«

Wäre die Frage von jemand anderem als Sergeant Collins gekommen, hätte sie sie vielleicht als Vorspiel zu einer Einladung auf einen Drink nach Dienstschluss aufgefasst. Aber in Peters kaltem, berechnendem Blick lag nicht einmal ein Hauch von Anmache.

»Ich meine natürlich nur rein dienstlich«, fügte er hinzu, als hätte er ihre Gedanken gelesen.

»Ja, Sir«, erwiderte sie peinlich berührt.

»Ich wäre Ihnen verbunden, wenn Sie niemanden an das Programm ließen, mit dem die Daten von dem Sender in Constable Harries' Schuh aufgezeichnet werden. Und sehen Sie auch zu, dass niemand Zugang zu den Back-ups hat. Mit anderen Worten: Soweit man es auf diesem Computer sehen kann, ist Harries niemals als verdeckter Ermittler tätig gewesen.«

»Aber Sir …«

»Sie müssen mir glauben, dass das immens wichtig ist.« Er trank einen Schluck von seinem Kaffee und dachte an das, was mit Tim Sherringham passiert war. Dann schrieb er etwas in sein Notizbuch, riss die Seite heraus und gab sie ihr. »Ich habe das Programm gegen unbefugte Zugriffe geschützt. Hier ist das Passwort – für den Fall, dass mir etwas zustößt. Versprechen Sie mir, dass Sie es nur dann weitergeben, wenn ich vierundzwanzig Stunden lang nicht auftauche.«

»Und wenn jemand kommt und das Programm sehen will?«

»Dann sagen Sie, es sei abgestürzt und alle Daten wären vernichtet. Glauben Sie mir, das ist besser für Sie – und Harries.«

Der Unterton in Peters Stimme ließ sie erschaudern. »Ist das so wichtig, Sir?«

»Ja.«

Constable Merchant hatte noch nie gehört, dass jemand im Präsidium Sergeant Collins' und Sergeant Josephs dienstliche Kompetenz angezweifelt hätte. Und das hing nicht allein von Collins' Ruf als eisenharter Bursche ab. Stephen Harris hatte einmal zu ihr gesagt: »Mulcahy, Collins und Joseph sind die besten Leute, die wir haben.«

An ihrer letzten Arbeitsstelle in einer anderen Stadt hatte es immer wieder Gerüchte über korrupte Polizisten gegeben, die sich von Gangstern schmieren ließen, vor allem im Drogendezernat. Hier hingegen war ihr bisher nichts dergleichen zu Ohren gekommen. Und bei diesem speziellen Fall arbeiteten Collins und Joseph nicht einmal für das Drogendezernat. Hier ging es um die Aufklärung der Autobahnmorde, auch wenn sie nicht ganz verstand, weshalb Stephen Harries dafür als verdeckter Ermittler in die Jubilee Street gehen musste.

»Ich weiß, dass Sie mit dem, worum ich Sie bitte, Ihre Karriere aufs Spiel setzen, Constable«, sagte Collins. »Das sage ich Ihnen freiheraus.«

»Ich tue es trotzdem, Sir.«

»Sehr gut.« Er stand auf.

»Wie geht es Stephen … äh, Constable Harries, Sir? Ist alles in Ordnung mit ihm?«

Peter bemerkte ein gewisses Zittern in ihrer Stimme. Er

musste lächeln. Eigentlich hätte er es ja ahnen können. Zwei junge, gescheite, ehrgeizige Leute, die es ihren Vorgesetzten immer recht machen wollten …

»Es geht ihm gut, Constable Merchant. Ich werde mich gleich mit ihm treffen.«

»Vielen Dank, Sir.« Ihr Gesicht war ganz rot geworden.

»Morgen sehen Sie ihn wieder«, sagte er, während er die Zimmertür schloss.

Bill Mulcahy besah sich den Computerausdruck, den Collins ihm auf den Schreibtisch gelegt hatte.

»Und die Orte stimmen wirklich?«, fragte er.

»Hundertprozentig.« Peter trat ans Fenster und blickte hinaus auf die dunkle Straße. »Was sagen Sie jetzt zu dem Durchsuchungsbefehl?«

»Das wird nicht einfach sein. Auf jeden Fall braucht es Zeit, bis wir ihn kriegen.«

»Aber wir haben keine Zeit.« Peter wandte sich vom Fenster ab und trat wieder vor Mulcahys Schreibtisch. Er strich das Papier glatt und tippte mit dem Zeigefinger auf einige markante Punkte. »Das ist das Meer, das ist die Bucht, und das ist das Stadtzentrum. Die Kleine hat jede Viertelstunde Harries' Position abgerufen, sodass wir ein gutes Bild von seinen Bewegungen haben. Von Viertel vor zwölf bis ein Uhr mittags war er im Tageszentrum, bevor er in die Balaclava Street gegangen ist.«

Mulcahy klopfte mit dem Finger auf den Ausdruck. »Und danach hierhin. Ins Grand Hotel. War das nicht das Hotel, in dem laut Trevor der Junkie seine medizinische Untersuchung hatte?«

»Richtig. Gegen fünf ist er dann hinaus auf die Landzunge

gegangen, wo er sich bis um sechs Uhr in der Holbourne-and-Sherringham-Klinik aufgehalten hat.«

»Was hatte er denn dort zu suchen?«, fragte Mulcahy.

»Vielleicht war er nicht freiwillig dort.« Peter rieb sich die Augen. »Wenn wir unserer Theorie mit den Organtransplantationen folgen, dann hat Richard Sherringham in seiner Klinik reiche Patienten, die verzweifelt auf ein Spenderorgan warten, das sie aber über die offiziellen Kanäle nicht bekommen. Wer wäre besser als Organlieferant geeignet als ein gesunder Obdachloser, der von niemandem vermisst wird?«

»Und wenn es bloß ein Fehler in Harries' Sender war?«, warf Mulcahy ein.

»Harries war am späten Nachmittag nicht im Tabakladen. Das bedeutet, dass er entweder einer Spur nachgegangen ist oder von irgendwem oder irgendetwas daran gehindert wurde, sich zum vereinbarten Zeitpunkt zu melden. Und um halb sechs, als er eigentlich in dem Laden hätte sein sollen, war er genau hier.« Peter tippte auf ein Nebengebäude der Sherringham-Klinik.

»Und Sie sind sich wirklich ganz sicher, dass die von dem Sender übermittelten Daten auch korrekt sind?«

»Ich habe sie mehrmals hintereinander überprüft und dann das Programm per Passwort vor weiteren Zugriffen geschützt. Seit sechs Uhr abends hat der Sender in Harries' Schuh keine Daten mehr gesendet.«

»Dann ist er vielleicht kaputt. Oder Harries hat sich so weit von uns entfernt, dass wir hier außerhalb der Reichweite des Senders sind.«

»Diese Sender sind sehr zuverlässig. Und sie haben eine Reichweite von fünfzig Meilen. Sie wollen mir doch nicht etwa erzählen, dass Harries in fünfzehn Minuten fünfzig Meilen zurückgelegt hat.«

»Dann ist der Sender eben doch kaputt. Haben Sie sich denn schon in der Jubilee Street nach ihm erkundigt? Vielleicht ist Harries ja längst wieder dort.«

»Ich habe dort angerufen und mit dem Pater gesprochen. Harries wurde nirgends gesehen. Ich habe ihn auf diese verdeckte Ermittlung geschickt, damit er nach einem Verschwundenen sucht, und nun ist er selbst verschwunden. Es ist meine Schuld.«

»*Ich* habe ihn geschickt.«

»Aber ich habe ihn eingewiesen.«

»Ich bin der Superintendent, und Sie sind der Sergeant. Vergessen Sie das nicht, Collins.«

»Ich fahre raus zur Klinik und hole ihn.«

»Morgen früh besorge ich Ihnen einen Durchsuchungsbefehl.«

»Dann könnte es schon zu spät sein!«

»Fahren Sie zu Trevor und fragen Sie ihn, ob das Hotel, in dem der Junkie untersucht wurde, auch wirklich das Grand Hotel war.«

»Ich weiß, dass es das war.«

»Tun Sie, was ich sage. Wenn Trevor es bestätigt, fahren wir noch heute Nacht zu Sherringham und sehen uns an, was in diesem Nebengebäude ist.«

»Und wenn er uns nicht hineinlässt?«

»Das würde ich ihm nicht raten.« Mulcahy blickte von dem Computerausdruck auf. »Rufen Sie mich vom Krankenhaus aus an.«

»Bin schon unterwegs.«

Daisy legte ihren Koffer auf das Bett, klappte ihn auf und nahm ein paar Hosen heraus, die sie in den Schrank hängte. Dabei versuchte sie, die traurige Hässlichkeit des Raumes zu ignorieren, die er mit allen vom Krankenhaus zur Verfügung gestellten Wohnungen gemeinsam hatte. Wenn sie Judy in ihrer Krankenhauswohnung besucht hatte, war ihr deren Tristesse nie besonders aufgefallen, aber jetzt, wo sie selbst in eine dieser Behausungen einzog, war das etwas anderes.

Wenn sie sich nur hätte sicher sein können, dass sie mit diesem Umzug das Richtige getan hatte. Sie versuchte, mit ihrem Schmerz über Tims Verschwinden dadurch fertig zu werden, indem sie Judys Unabhängigkeit kopierte. Aber was für Judy gut war, musste noch lange nicht auch für sie gelten. Judy war stets für sich selbst verantwortlich gewesen, was auf sie, Daisy, nicht zutraf. Seit dem Beginn ihrer Beziehung mit Tim hatte sie, Daisy, alles mit ihm gemeinsam gemacht. Damals hatte sie schon gewusst, dass sie viel Liebe und einen anderen Menschen brauchte. Judy konnte ihre Beziehungen nach Belieben beenden, aber Daisy brauchte Tim. Tim …

Wenn er nun doch nicht tot war und zurück in ihre Wohnung kam? Er wüsste nicht, wo er sie finden konnte. Aber Tim war tot. Davon war sie überzeugt – oder etwa doch nicht? Schließlich verkündete sie überall, dass er tot war. Besser tot als verschwunden …

Mit einer Bluse in der Hand ging sie vom Schlafzimmer ins Wohnzimmer, wo sie der tote Bildschirm eines Fernsehgeräts anstarrte. Sie schaltete es ein, und ein grausiges Knäuel von durcheinandergeworfenen Leichen füllte den Monitor, während eine neutrale Stimme erklärte, dass man in Lateinamerika wieder mehrere Massengräber entdeckt habe. Daisy schaltete den Fernseher aus. Sie konnte jetzt keine toten Menschen und unnatürlich verrenkte Gliedmaßen sehen.

Sie unterdrückte den Impuls, hinaus auf den Gang zu laufen und an Judys Tür zu klopfen. Eine Stunde. Sie war gerade mal eine Stunde hier in ihrer eigenen Wohnung. Draußen hörte sie Schritte den Gang entlangkommen und bekam vor lauter Panik einen trockenen Hals. Waren die Wände hier so dünn, dass man jeden Schritt hörte? In Judys Wohnung war ihr das nie aufgefallen. Die Bluse entglitt ihren Händen, während die Schritte immer näher kamen.

Die Nerven zum Zerreißen gespannt, stand Daisy hinter der Tür, bis ihr sogar das Rauschen des Blutes in ihren Ohren wie ein lautes Brüllen vorkam. Die Schritte blieben stehen. Ihre Türklingel schellte. Daisy blieb stocksteif stehen. Niemand außer Judy wusste, dass sie hier wohnte, und Judy hätte nach ihr gerufen und nicht geläutet.

»Daisy!«, sagte eine tiefe Männerstimme, gefolgt von einem Klopfen an der Tür. Daisy kannte die Stimme.

»Richard?«, fragte sie und öffnete die Tür einen Spaltbreit.

Richard trug einen dunkelgrauen Anzug, ein sauberes weißes Hemd und eine schwarz-grau gestreifte Krawatte. Zumindest äußerlich war er wieder der korrekte und bestimmte Richard, den sie gewohnt war.

»Komm rein«, forderte sie ihn auf und öffnete die Tür weit. Richard sah sich um, und Daisy wusste, dass ihm kein noch so winziges Detail der schäbigen Wohnung entging. Die zersprungenen Kacheln über der Küchenzeile, die Risse im Furnier der Möbel, die Flecken auf dem Teppichboden …

»Ich habe es allein in unserer Wohnung nicht mehr ausgehalten«, erklärte sie. »Und außerdem muss ich arbeiten, also bin ich vorübergehend hierhergezogen.«

»Und wenn Tim zurückkommt?«

»Richard, machen wir uns doch nichts vor. Tim kommt nicht mehr zurück.«

»Doch, das tut er. Ich habe das Lösegeld bezahlt. Sie haben keinen Grund, ihn zu töten.«

Weil Daisy seine Verzweiflung spürte, vermied sie es, ihn darauf hinzuweisen, dass Tim ja einen seiner Entführer erkannt haben könnte. Richard musste daran glauben, dass sein Bruder zurückkam, und Daisy beneidete ihn viel zu sehr um diese Hoffnung, als dass sie sie hätte zerstören können.

»Ich möchte, dass du mit zu uns kommst. Tu es für Joanna, wenn du es schon nicht für dich selbst tust. Sie braucht dich jetzt …«

»Hat sich ihr Zustand denn verschlechtert?«

»Nein, aber sie braucht trotzdem jemanden, der in ihrer Nähe bleibt. Außerdem wäre es Tim bestimmt nicht recht, dass du in einer solchen Bruchbude wohnst. Er würde wünschen, dass du bei uns bist. Wenn er dann zurückkommt, könnten wir uns alle gemeinsam um ihn kümmern.«

»Ich …«

»Ich weiß, was Tim will, glaub mir.« Richard schloss sie in seine Arme, und Daisy drückte sich an ihn. Sie fühlte sich einsam, und sie hatte Angst. Als Kind hatte Tim seinen älteren Bruder immer bewundert, und als Erwachsener hatte er ihn sich mehr zum Vorbild genommen, als ihm selber bewusst gewesen war. Und das sogar bei Kleinigkeiten wie der Wahl des Aftershave. Und jetzt, als sie die Augen schloss, klang Richards Stimme ganz ähnlich wie die von Tim …

»Ich helfe dir beim Packen und nehme dich dann mit zu uns. Tim kommt zurück, Daisy. Er ist ganz in der Nähe, und er ist bald wieder bei uns, das spüre ich genau.«

»Glaubst du das wirklich?«

»Ja, das glaube ich. Warum sollst du dich damit quälen, dass du allein in so einem Loch lebst, Daisy? Wir brauchen deine Unterstützung ebenso sehr, wie du die unsere brauchst.«

»Ihr braucht mich?«, wiederholte sie.

»Natürlich brauchen wir dich, Daisy. Schließlich gehörst du zur Familie.«

Daisy hob die Bluse auf. »Ich habe noch nicht viel ausgepackt. Das lege ich rasch zurück in den Koffer, und dann schreibe ich Judy einen Zettel.«

»Bist du sicher, dass Robin vom Grand Hotel gesprochen hat?«

»Wie oft muss ich dir das denn noch sagen?«, gab Trevor genervt zurück. »Vielleicht könntest du zur Abwechslung mal was Vernünftigeres tun, als mir solche überflüssigen Fragen zu stellen?«

»Das war nicht meine Idee«, erwiderte Peter und trat frustriert gegen einen Bettpfosten.

»He, das tut weh!«, klagte Trevor.

Peter besah sich abwesend die Fieberkurve am Fuß von Trevors Bett. »Harries ist verschwunden.«

Trevor runzelte die Stirn. »Aus der Jubilee Street?«

»So, wie es aussieht, hat er es nicht bis dorthin geschafft.« Peter zog den Computerausdruck aus der Jackentasche und gab ihn Trevor. »Ich habe Harries hinausgeschickt mit dem Auftrag, sich erst im Tageszentrum umzusehen und dann in der Jubilee Street zu übernachten. Er sollte Andy suchen, sich bei ihm einschmeicheln und mit ihm auf die Pier gehen – vorausgesetzt, der Penner ist wirklich jemals dort gewesen. Am späten Nachmittag sollte Harries sich in dem Tabakgeschäft in der Balaclava Street melden, aber er war nie dort, und seit kurz nach sechs empfangen wir keine Signale mehr von dem Sender in seinem Schuh.«

Trevor betrachtete den Ausdruck und sagte dann: »Sieht so aus, als wäre er vom Tageszentrum ins Grand Hotel gegangen.«

»Und von dort hinaus auf die Landspitze zur Sherringham-Klinik. Genauer gesagt, zu einem Nebengebäude dort.«

»Und jetzt glaubst du wegen der Narbe an Robins Arm, dass dort illegale Organverpflanzungen vorgenommen werden?«

»Eine furchtbare Vorstellung, aber ich frage mich inzwischen, was mit Robins Freund geschehen ist, der den Test im Hotel bestanden hat.«

»Vielleicht ist der längst wieder zu Hause. Und wie passt Tim Sherringhams Verschwinden in deine Theorie? Er war schließlich kein Obdachloser und hat auch nie in der Jubilee Street übernachtet.«

»Immerhin hat er dort zusammen mit Amanda Dart nach ihrem Bruder gesucht. Er hat sich umgesehen, hat Fragen gestellt. Vielleicht hat das bestimmten Leuten nicht gefallen. Findest du das nicht plausibel?«, fragte Peter ungeduldig. »Und wenn Tim eine Verbindung zwischen der Klinik und dem Verschwinden von Robin Dart hergestellt haben sollte, dann hätte er das vermutlich nicht an die große Glocke gehängt, denn schließlich gehört die Klinik ja seinem Bruder.«

»Bläst du da die kleine Narbe am Arm eines Exjunkies nicht ein wenig zu sehr auf?«

Peter nahm den Computerausdruck wieder an sich. »Amanda Dart, Robin Dart, Tim Sherringham – sie alle sind tot oder werden vermisst.«

»Und jetzt auch Harries«, murmelte Trevor. »Du hast doch nicht etwa vor, ihn in der Sherringham-Klinik zu suchen?«

»Doch.«

»Dafür kriegst du niemals einen Durchsuchungsbefehl.«

»Bill Mulcahy will es morgen Vormittag versuchen, aber das genügt mir nicht. Ich habe Harries gesagt, was er tun soll, deshalb muss ich ihn auch da rausholen.«

»Ist dir klar, dass Harries, wenn deine Theorien stimmen – und das könnten sie durchaus –, vielleicht schon tot ist?«

»Um Viertel nach sechs heute Abend hat der Sender zum letzten Mal sein Signal gefunkt.«

»Das muss noch lange nicht bedeuten, dass Harries noch am Leben war.«

»Richtig. Aber der Schuh mit dem Sender war bis zu dieser Zeit noch auf dem Klinikgelände. Ich habe vor, ihn zu finden.«

»Du kennst dich in der Klinik doch überhaupt nicht aus.«

»Aber Daisy Sherringham.«

»Du kannst sie nicht gut darum bitten.«

»Warum nicht? Sie ist auch in die Sache verwickelt. Das Verschwinden ihres Alten hat das alles ausgelöst.«

»Peter …«

»Mach dir keine Sorgen, vor morgen früh tue ich nichts.«

»Das glaube ich dir nicht. Ich kenne dich doch.«

Eine dickliche Krankenschwester kam herein. »Besuch mitten in der Nacht«, sagte sie kopfschüttelnd und nahm Trevors Handgelenk, um ihm den Puls zu fühlen. »Mr Joseph braucht Ruhe.«

»Wie ich sehe, bist du in kompetenten Händen«, bemerkte Peter und lächelte seinem Kollegen spöttisch zu, während er zur Tür ging.

»Tust du wirklich nichts vor morgen früh?«, fragte Trevor.

»Sie dürfen jetzt nicht reden, Mr Joseph«, tadelte ihn die Schwester.

»Sergeant Joseph«, murmelte Trevor, bevor sie ihm ein Fieberthermometer in den Mund schob.

»Großes Pfadfinderehrenwort«, sagte Peter und hob hinter dem Rücken der Schwester zwei Finger in die Höhe.

»Du warst doch nie Pfadfinder«, protestierte Trevor heftig, sodass ihm das Thermometer aus dem Mund fiel.

»Sergeant Joseph!« Die Schwester nahm das Thermometer von der Bettdecke, schüttelte es und steckte es Trevor wieder in den Mund.

»Ich an Ihrer Stelle würde ihm ein Schlafmittel geben«, flüsterte Peter der Schwester zu und verschwand aus dem Krankenzimmer.

Peter verließ das Krankenhaus und ging hinüber zu dem Gebäude, in dem sich die Wohnungen für das Personal befanden. Nachdem er dem Portier seinen Dienstausweis gezeigt hatte, fragte er nach der Wohnung von Dr. Osbourne.

Der Portier deutete in Richtung Lift und murmelte: »Vierter Stock«, bevor er sich wieder der vor ihm auf dem Tisch liegenden Ausgabe des *Playboy* widmete.

Oben ging Peter einen schlechterleuchteten Flur entlang und las die Namensschilder auf den Türen. Judy Osbournes Wohnung befand sich ganz am Ende des Ganges. Er blieb einen Augenblick davor stehen und horchte. Alles war still. Dann schaute er auf seine Uhr. Es war schon halb eins, also nicht gerade die ideale Zeit für einen Besuch.

Peter drückte auf den Klingelknopf. Es schrillte irritierend laut durch den stillen Flur. Er wartete eine Weile. Schließlich hörte er hinter der Tür Schritte und dann eine gedämpfte Stimme fragen: »Wer ist da?«

»Sergeant Collins. Ist Dr. Sherringham bei Ihnen?«

Die Tür wurde einen Spalt geöffnet, und ein Kopf mit zerzaustem blondem Haar blickte heraus. »Nein. Und ich sage Ihnen auch nicht, wo sie ist, außer, Sie haben Tim gefunden.«

»Tut mir leid, das haben wir nicht.«

»Dann wünsche ich Ihnen eine gute Nacht, Sergeant. Wir Normalsterblichen, die nicht bei der Polizei sind, brauchen nun mal unseren Schlaf.«

»Bitte, ich würde Sie nicht stören, wenn es nicht wichtig wäre.«

»Was verstehen Sie unter wichtig?«

»Genügt es Ihnen, dass es um Leben und Tod geht?«

Sie öffnete die Tür ein Stück weiter und sah ihn an. »Ich hoffe, Sie meinen das ernst.«

»Bitte. Ich muss nur kurz mit ihr reden.«

Judy schloss die Tür, entfernte die Sperrkette und öffnete sie. »Ich hätte nie gedacht, dass ich das mal von Ihnen hören würde.«

»Was denn?« Peter trat ein und schloss die Tür hinter sich.

»Das Wort ›bitte‹.« Judy zog den Gürtel ihres Bademantels fester zu und schlug den Kragen hoch.

»Ich muss wirklich ganz dringend mit Daisy Sherringham sprechen. Und zwar über die Sherringham-Klinik.«

»Warum lassen Sie sich dann nicht von Richard eine Führung geben?«

»Tut er das?«

»Für jeden, der eine haben will.«

»Haben Sie schon eine solche Führung mitgemacht?«

»Ja. Und zwar zusammen mit vielen Kollegen aus dem städtischen Krankenhaus. Richard Sherringham versucht ständig, dem staatlichen Gesundheitswesen gute Leute abzuwerben.«

Peter zog den Computerausdruck aus seiner Jackentasche, deutete auf eine bestimmte Stelle darauf und fragte: »Wenn das hier die Klinik ist – was ist dann dieses Gebäude daneben?«

Judy sah von der Seite auf das Blatt Papier. »Ein Nebengebäude?«

»Großartig. Das wäre mir nie aufgefallen«, erwiderte er sarkastisch.

»Ich glaube, es war ein Wohnhaus für die Angestellten der alten Klinik. Als das neue Krankenhaus errichtet wurde, hat Richard das ursprüngliche Klinikgebäude so umbauen lassen, dass dort nun das Personal wohnen kann.«

»Dann wird dieses Gebäude hier zu nichts mehr gebraucht?«

»Als ich die Führung mitmachte, stand ein Lieferwagen davor. Vielleicht wird es ja als eine Art Lagerhaus genutzt, oder …«

»Oder was?«

»Vielleicht braucht Joanna Sherringham es für ihre Forschungsarbeit.«

»Davon wusste ich ja gar nichts. Was sind denn das für Forschungen?«

»Sie forscht seit vielen Jahren für Kosmetikfirmen und testet deren Produkte auf Hautverträglichkeit. Das ist ein lukratives Geschäft.«

»Vielen Dank.«

»Was habe ich denn getan?«

»Viel«, antwortete er, während er die Tür öffnete. »Und entschuldigen Sie noch einmal die späte Störung.«

»Ein ›Bitte‹ und ein ›Entschuldigen Sie‹ bei ein und demselben Besuch. Sie kommen mir ja fast wie ein Mensch vor, Sergeant Collins.«

Peter versuchte erst gar nicht, Bill Mulcahy zu erreichen. Er dachte immer nur an die kleine Uhr, die auf dem Computerausdruck abgebildet war: Ihre Zeiger standen auf sechs Uhr fünfzehn. Seit der Sender in Harries' Schuh zum letzten Mal ein Signal gegeben hatte, waren mehr als sechs Stunden vergangen, in denen alles Mögliche hatte geschehen können. Nach einem Telefonat mit Mulcahy hätte Peter bestimmt noch eine halbe Stunde bis zur Ankunft seines Chefs warten müssen, um dann erst mit ihm zur Sherringham-Klinik zu fahren. Eine solche Verzögerung wollte Peter nicht hinnehmen.

Nachdem er seinen Wagen aus dem Gelände des städtischen Krankenhauses herausgefahren hatte, gab er Gas. So spät in der Nacht war auf der Straße hinaus zur Landzunge kaum Verkehr, und es würde keine zehn Minuten dauern, bis er draußen vor der Klinik war.

Der Wachmann war hartnäckig.

»Niemand von der Klinikleitung hat mich informiert«, sagte er.

»Wie denn auch?«, antwortete Peter ungeduldig, während er den Motor im Leerlauf hochdrehte. »Ich habe Ihnen doch gesagt, dass jemand von außerhalb eine verdächtige Person auf dem Klinikgelände gesehen hat.«

Der Mann zog die Mütze ab und kratzte sich am Kopf.

»Gibt es hier Wachleute, die mit Hunden Streife gehen?«

»Nein, Sir. Ich bin hier ganz alleine.« Der Wachmann war von Peters Dienstausweis schwer beeindruckt. »Und ich darf mich nicht vom Tor wegbewegen.«

»Das sollten Sie auch nicht. Ich werde das Gelände für Sie absuchen.«

»Sollte ich nicht im Hauptgebäude anrufen, Sir, und fragen, ob jemand da ist, der Ihnen helfen könnte?«, fragte der Mann und spielte nervös mit seinem Schlagstock.

Peter kannte Typen wie ihn. Neunzehn, zwanzig Jahre alt und bepackt mit Muskeln, die man sich nur durch harte, geduldige Arbeit im Fitnessstudio antrainieren kann. Der Junge hatte die Figur von Mister Universum und ein Hirn, das ihn schon bei der Aufnahmeprüfung für den Polizeidienst hätte durchfallen lassen. Burschen wie ihn sah man überall bei den Sicherheitsdiensten.

»Es handelt sich um eine verdächtige Person, nicht um eine ganze Armee«, erklärte Peter. »Öffnen Sie einfach die Schranke und lassen Sie mich reinfahren, dann kümmere ich mich um alles Weitere.«

»Ja, Sir«, sagte der Wachmann dienstbeflissen und rannte zurück in sein Häuschen. »Rufen Sie mich, wenn Sie Hilfe brauchen.« Er drückte auf einen Knopf, und die Schranke bewegte sich sogleich nach oben.

Peter gab Gas. Als er vom Tor aus nicht mehr gesehen werden konnte, schaltete er die Scheinwerfer aus und fuhr mit Standlicht langsam die Straße entlang, die zu dem Nebengebäude führte. Es war ein alter Bau im Stil der Neogotik mit kleinen Türmen und einem Schieferdach, das matt im Mondlicht schimmerte. Peter stellte den Wagen an der Seite des Gebäudes ab, zog sich die Kapuze seines Anoraks über den Kopf und nahm aus dem Handschuhfach eine kleine Taschenlampe. Anschließend stieg er aus und ging langsam zur Vordertür des Hauses.

Auf dem Weg kontrollierte er die Anoraktaschen, ob er

auch alles dabeihatte: seinen Satz Dietriche, den er sehr zum Ärger von Mulcahy stets mit sich führte, eine kleine Metallsäge und eine Drahtschere. Eine Waffe hatte er allerdings nicht dabei, weshalb er vorsichtiger sein musste, als es Trevor auf Daisy Sherringhams Boot gewesen war.

Die Vordertür war sehr massiv. Sie hatte einen Stahlrahmen, zusätzliche Verstärkungen und ein dickes Vorhängeschloss, sodass sie mit Peters einfachen Werkzeugen nicht aufzukriegen war. War das Haus so gesichert, weil drinnen Drogen und Medikamente gelagert wurden, oder gab es dafür einen anderen Grund? Peter ging zur Rückseite des Gebäudes und entdeckte dort eine niedrige Doppeltür aus Metall: Es war eine alte Kohlenrutsche. Peter schaltete die Taschenlampe ein, schirmte ihren Strahl mit der Hand ab und besah sich das Vorhängeschloss und die Kette, die um die Eisengriffe der beiden Türhälften geschlungen war.

Peter knipste seine Lampe wieder aus und nahm seine Metallsäge zur Hand. Zwanzig Minuten später hatte er die dünne Kette durchgesägt und konnte die Türen öffnen. Über die schräge Kohlenrutsche ließ er sich vorsichtig in den stockfinsteren Keller des Gebäudes gleiten. Dabei arbeitete seine Phantasie auf Hochtouren. Was würde er unten im Keller finden? Leichen? Einen Kühlraum mit sauber verpackten Organen, die darauf warteten, für Unsummen stinkreichen Empfängern eingepflanzt zu werden?

Als er das untere Ende der Kohlenrutsche erreicht hatte, schaltete er die Taschenlampe ein und leuchtete den Keller ab. Er sah Staub und Spinnennetze, ein paar zerbrochene Holzstühle und metallene Bettgestelle, die alt und verrostet waren. Erleichtert atmete er durch – doch sogleich fiel ihm wieder Harries ein.

Dann entdeckte Peter eine Treppe und stieg sie hinauf, doch die schwere Metalltür an ihrem oberen Ende war abgesperrt. Er versuchte, sie mit der Schulter aufzustoßen, aber die Tür wollte nicht nachgeben. Weil sie kein Schlüsselloch hatte, vermutete er, dass sie auf der anderen Seite mit einem Riegel gesichert war.

Er ging die Treppe wieder nach unten und untersuchte den Keller noch einmal genauer. Er bestand aus mehreren Räumen, die aber alle keine Türen mehr besaßen und früher vielleicht Dienstboten beherbergt hatten. Schließlich fand er einen Raum, der größer als die anderen war und an einer Wand eine offene Feuerstelle hatte, groß genug, um dort einen ganzen Ochsen am Spieß zu braten. Mit seiner Taschenlampe leuchtete Peter in den enormen Rauchfang hinein und schaute nach oben.

Knapp oberhalb seines Kopfes hing ein rostiger Fleischhaken. Peter griff danach und hängte sich probehalber daran. Als er überzeugt war, dass der Haken sein Gewicht halten würde, schwang er sich an ihm nach oben und kletterte mühsam den Kamin hinauf. Zehn Minuten später wünschte er, dass er es nicht getan hätte, denn der zunächst sehr breite Rauchfang wurde weiter oben immer enger. Mit Ellenbogen und Knien stemmte er sich an den verrußten Ziegelwänden ab, bis er plötzlich stecken blieb. Peter versuchte, sich zu befreien, was ihm aber nur mit den Füßen gelang. Sein Oberkörper und die Arme blieben weiterhin in dem engen Kamin gefangen. Dann erinnerte sich Peter, der einige Jahre lang Höhlen erkundet hatte, an etwas, das ihm sein Ausbilder damals gesagt hatte. Angespannte, gut durchblutete Muskeln schwollen an und machten den Körper breiter. Er musste also nur eine Weile still bleiben und warten, bis seine Muskeln sich wieder entspannten.

Peter dachte an Harries. Vermutlich lag der kleine Scheißer längst bei sich zu Hause im warmen Bett und knutschte mit Sarah Merchant herum. Er wäre nicht der erste verdeckte Ermittler, der sich nachts zurück in sein normales Leben flüchtete und dabei seinen Auftrag vergaß. Peter konnte ihm das nicht mal verdenken: Ein ganzer Tag in dem stinkenden, mit Ungeziefer verseuchten Tageszentrum konnte sich zu einer halben Ewigkeit hinziehen, und für einen Neuling, der allein auf sich gestellt seinen ersten Undercover-Einsatz absolvieren musste, war es vermutlich noch viel schlimmer. Er selbst und Trevor hatten sich öfter bei solchen Ermittlungen eine Nacht lang aus dem Rattenloch in der Jubilee Street geschlichen und sich ein billiges Hotelzimmer genommen, in dem es wenigstens eine Dusche mit warmem Wasser gegeben hatte.

Und wenn Harries gesund und munter war und man ihn, Peter, im Kamin einer angesehenen Privatklinik entdeckte – falls man ihn überhaupt fand, bevor er in dem Rauchfang verdurstet war –, würde er einiges zu erklären haben. Er hätte dann jeden Vorwurf verdient, den Richard Sherringham gegen ihn erheben würde. Trevor hatte recht: Die Narbe auf dem Arm des toten Junkies hatte ihn ganz verrückt gemacht.

Daisy ging in ihrem Schlafzimmer auf und ab. Sie hoffte, dass sie auf diese Weise mit der Zeit müde werden und dann einschlafen würde. Vielleicht könnte sie auch endlich einmal wieder eine Nacht durchschlafen – ohne ihren Albtraum von dem geköpften Mann, der sich jede Nacht in ihr Unterbewusstsein schlich.

Auf einmal hörte sie einen Schrei.

War das Joanna? Oder Richard? Joanna hatte Schmerzen; es wäre nur allzu verständlich, falls sie schreien würde. Aber auch Richard war mit den Nerven am Ende. Er hatte mit seiner Erwartung, dass Tim bald wiederkäme, in ihr, Daisy, nur weitere düstere Vorahnungen geweckt. Vielleicht würden sie Tim ja wirklich bald wiedersehen, aber nicht auf die Art und Weise, wie Richard es sich vorstellte.

Das Schreien hielt an, und Daisy hielt sich die Ohren zu, um es nicht mehr hören zu müssen. Sie musste nachdenken, sich konzentrieren. Als sie mit Richard ins Haus gekommen war, hatte sie versucht, mit Joanna zu reden. Sie hatte sogar angeboten, die Nacht bei ihrer Schwägerin im Zimmer zu bleiben, aber Joanna hatte sich in gewohnter Manier zurückgezogen und niemanden, nicht einmal Richard, an sich herangelassen. Er hatte gelogen, als er Daisy gesagt hatte, Joanna würde sie brauchen. Sie wurde von niemandem mehr gebraucht.

Sie fing wieder an, hin und her zu gehen, und als sie am Nachttisch vorbeikam, schaltete sie das Radio ein. Leise Musik erfüllte den Raum. Tschaikowsky. Wie hatte Tim Tschaikowsky doch gemocht. In der Wohnung hatte er seine Musik oft so laut aufgedreht, dass er sie noch unter der Dusche hören konnte. Der pensionierte Major, der unter ihnen wohnte, hatte deshalb des Öfteren mit dem Besenstiel an die Decke geklopft …

»Daisy?«, fragte Richard leise durch die geschlossene Tür.

»Komm rein.«

Er trat ein. »Ich habe dich auf und ab gehen gehört. Kannst du auch nicht schlafen?«

»Nein.«

»Ich habe gerade Joanna ein Schlafmittel gegeben. Willst du vielleicht auch eines haben?«

»Und wenn ich morgen dann wieder nicht schlafen kann, erhöhst du dann die Dosis?« Sie schaltete das Radio aus.

»Es ist völlig in Ordnung, wenn man sich mit so etwas über eine schwierige Zeit hilft.« Er blickte hinaus in den vom Mond beschienenen Garten. »Ich frage mich, ob der Schmerz mit der Zeit wirklich nachlässt oder ob wir ihn bloß besser aushalten, weil wir uns an ihn gewöhnt haben … Was das Schlafmittel anbelangt, so setzt man es später wieder ab, indem man jede Nacht eine kleinere Dosis nimmt, bis man schließlich eines Tages feststellt, dass man es nicht mehr braucht.«

»War das so nach dem Tod deines Vaters?«, fragte sie intuitiv.

»Ja.«

»Und wie hat Tim es verkraftet?«

»Der war damals noch ein Kind. Er hat nicht verstanden, wie verdammt endgültig der Tod ist.«

»Aber er hat euren Vater geliebt.«

»Ja, das hat er. Wir beide haben ihn geliebt.« Richard wandte sich vom Fenster ab und sah sie an. »Möchtest du schlafen?«

Es wäre so einfach, alle Verantwortung an ihn abzugeben, dachte Daisy. Sogar die Verantwortung über ihren eigenen Körper. »Ja«, sagte sie. »Danke, Richard.«

Kapitel neunzehn

Peter hatte das Gefühl, dass Stunden vergangen waren, bis er endlich seinen rechten Arm befreien konnte. Er streckte ihn nach oben in der Absicht, sich langsam wieder den Kamin hinabgleiten zu lassen, als seine Hand eine Kante in der Ziegelwand ertastete. In der Hoffnung, dass es der Boden eines offenen Kamins im Erdgeschoss war, suchte er weiter. Richtig – es musste eine Öffnung dort sein, denn über ihm wurde der Rauchfang wieder weiter. Nur noch ein paar Zentimeter, und er würde oben sein. Mit den Füßen stemmte er sich in die Spalten zwischen den Ziegelsteinen und drückte sich mit aller Kraft nach oben, gleichzeitig zog er sich mit beiden Händen hoch.

Nachdem er sich mit größter Anstrengung zwei Meter nach oben gekämpft hatte, fand er immer noch keinen Ausgang aus dem Schacht. Das kann doch nicht sein, dachte er. Es hätte längst eine Kaminöffnung kommen müssen. Wahrscheinlich war er darüber hinausgeklettert und befand sich nun schon auf halbem Weg in den ersten Stock. Einer Eingebung folgend, bewegte er seine Füße und schlug dabei mit einem seiner Schuhe gegen etwas, das einen dumpfen, hölzernen Ton von sich gab. Ein Brett, dachte Peter; und ihm wurde auf einmal alles klar: Man hatte die Kaminöffnung im Erdgeschoss mit Brettern zugemacht, deshalb hatte er nicht ins Freie gefunden.

Peter trat fester mit dem Fuß gegen die Holzwand, bis sie mit einem splitternden Krachen zerbarst. Er ließ sich im Kamin wieder ein Stück weit hinab, bis er schließlich schwer atmend aus dem Schacht klettern konnte. Dann stand er in einem Raum, der ihm trotz der Dunkelheit ziemlich groß vorkam. Er schaltete die Taschenlampe wieder ein, die er zum Glück noch in der Anoraktasche hatte. Zuerst leuchtete er seinen Körper ab, der über und über mit fettigem Ruß bedeckt war. Seine Hose war an mehreren Stellen aufgerissen, darunter kam blutverschmierte Haut zum Vorschein; auch hatte er sich die Hände aufgeschürft.

Peter holte tief Luft und sah sich in dem Raum um. Rings um ihn standen hohe Regale voller Ordner, auf denen eine dicke Staubschicht lag. Vermutlich handelte es sich dabei um Krankenakten. Der Raum sah aus, als hätte ihn viele Jahre lang niemand mehr betreten. Peter suchte nach einer Tür und fand auch bald eine. Sie war zwar abgesperrt, ließ sich aber mit einem Dietrich öffnen. Ein paar Minuten später war er in einem langen Korridor, von dem viele weitere Türen abgingen.

Peter öffnete sie eine nach der anderen mit seinen Dietrichen und fand Zimmer voller Krankenakten neueren Datums und Räume, in denen Stühle, Kerzen und Petroleumlampen aufbewahrt wurden. Ein weiteres Zimmer enthielt Bettpfannen und Windeln für Patienten, die unter Inkontinenz litten, und so ging es weiter. Als er schließlich alle Zimmer im Erdgeschoss inspiziert hatte, ging er hinauf in den ersten Stock.

Im Gegensatz zu den Räumen im Erdgeschoss waren hier die Zimmer unverschlossen und leer. Peter fand nichts als Staub, Spinnweben und verrottende Linoleumböden. Keine Labore. Keine Organe, die auf eine Verpflanzung warteten.

Keine Leichen. Peter ging wieder hinab ins Erdgeschoss, wo er sich auf die unterste Treppenstufe setzte und nachdachte. Für nichts und wieder nichts hatte er das Gesetz gebrochen und sich die Kleidung ruiniert.

Frustriert sah sich Peter nach der Tür zum Keller um. Wenn sie wirklich mit einem Riegel verschlossen war, wie er es vermutet hatte, würde er sie von hier aus öffnen können. Dann würde er einfach in den Keller hinuntergehen und von dort aus das Haus wieder verlassen. Es war ihm egal, ob die unverschlossene Tür später jemandem auffiel. Alles war besser, als wieder durch den Kamin zu kriechen.

Auf seiner Suche kam er zu einer zweiflügeligen Tür, auf der ein Warnschild angebracht war: »RADIOAKTIVES MATERIAL. ZUTRITT FÜR UNBEFUGTE VERBOTEN«.

Darunter war in dicken roten Buchstaben zu lesen: »SAMMELSTELLE FÜR RADIOAKTIVEN ABFALL«.

Peter stellte sich die Punkte auf Constable Merchants Computerbildschirm vor, von denen der letzte genau in diesem Nebengebäude der Sherringham-Klinik gelegen hatte. Er hatte Harries auf diese Mission geschickt, er musste auch herausfinden, wo er abgeblieben war.

Es brauchte fünf Minuten konzentrierter, schweißtreibender Arbeit mit seinen Dietrichen, bis er das Schloss der Tür geknackt hatte und in einen kleinen Vorraum trat. An einer der Wände war eine Garderobe mit langen grauen Schürzen und mehreren Paaren dicker Handschuhe.

Ein weiteres Schild verkündete: »BEIM UMGANG MIT DEN ABFÄLLEN SIND STETS SCHÜRZE UND HANDSCHUHE ZU TRAGEN.«

Peter hängte sich eine der Schürzen um und zog ein Paar von den schweren Handschuhen über seine blutenden Hände.

Rechts und links von ihm befand sich je eine Tür. Er öffnete zuerst die rechte und leuchtete mit der Taschenlampe in den Raum. Als er festgestellt hatte, dass die Fenster mit Metallplatten verkleidet waren, knipste er das Licht an.

An den weißgekachelten Wänden lehnten mehrere grellrote Plastiksäcke mit der Aufschrift »VORSICHT! KONTAMINIERTER KLINIKABFALL«. Peter befühlte die großen Beutel; offenbar enthielten sie bloß gebrauchte Papiertücher. Am anderen Ende des Raumes erblickte er eine Tür, die vermutlich ins Freie hinausführte.

Er ging zurück in den Vorraum und probierte die Tür auf der linken Seite. Sie war verschlossen und widersetzte sich eine ganze Weile seinen Versuchen, sie mit den Dietrichen zu öffnen. Als er es schließlich geschafft und das Licht in dem Raum eingeschaltet hatte, sah er an Wänden und Boden dieselben weißen Kacheln wie im rechten Raum sowie sechs hüfthohe Fässer, auf denen unter einem Symbol mit Totenschädel und gekreuzten Knochen der Hinweis »RADIOAKTIVES MATERIAL« stand.

Peter besah sich die Fässer etwas näher. Sie hatten Deckel, die aber nicht versiegelt waren. Er könnte sie öffnen, aber wenn er das tat, riskierte er womöglich viel mehr als seinen Job. Doch die Schuldgefühle, die ihn plagten, seit er auf Sarah Merchants Computerbildschirm die leuchtenden Punkte gesehen hatte, fällten die Entscheidung für ihn. Er beugte sich über eine der Tonnen und nahm ihren Deckel ab.

Eine halbe Stunde später waren Peters Schürze und Handschuhe voller dickflüssigem, halb geronnenem Blut, das träge wie Öl an ihnen nach unten lief. Peter hatte das Gefühl, als habe er eine Ewigkeit in diesen gruseligen Fässern voller blutgetränkter Lumpen, gesplitterter Knochen und glitschiger Stücke menschlichen Gewebes herumgewühlt. Vielleicht, so dachte er, war dieser gärende Abfall ja wirklich nur das, was auf den Tonnen stand: erkrankte, bei Operationen entfernte Körperteile, von denen einige zudem noch verstrahlt waren.

Dann aber fand er am Boden des letzten Fasses zwei abgewetzte, ausgetretene schwarze Schuhe. In einem von ihnen steckte sogar noch eine Socke, und sein schiefgelaufener Absatz barg ein Geheimnis, das Peter nur zu gut kannte: Als er ihn nach rechts drehte, fiel aus einem verborgenen Hohlraum der kleine Sender, den er selbst dort hineingetan hatte und der bis sechs Uhr abends Harries' Aufenthaltsort ins Präsidium gefunkt hatte. Jetzt lag er inmitten von blutigen Fleischfetzen auf dem weißen Kachelboden und war der konkrete Beweis dafür, dass der junge Constable wirklich hier in der Klinik gewesen war.

Mit seinen Handschuhen wischte Peter den bluttriefenden Schuh seines toten Kollegen ab und legte ihn zusammen mit dem Sender in eine saubere Ecke des Raumes.

Auf einmal fiel ihm ein, dass er das ganze Durcheinander wieder beseitigen musste. Andernfalls würde derjenige, der Harries' Überreste in die Tonne getan hatte, rasch bemerken, dass jemand von seiner Tat wusste. Bestimmt würde der Täter die kompromittierenden Beweise verschwinden lassen, bevor Peter mit einem Durchsuchungsbefehl zurückkam. Er musste daher alles wieder in die Tonnen zurücklegen, den Boden sauber machen, alle Türen verschließen und auf demselben Weg, auf dem er in das Haus gekommen war, es auch wieder verlassen – und zwar mit dem Schuh.

Er legte kurz die Schürze ab, zog seinen Anorak aus und

wickelte den Schuh darin ein. Anschließend beförderte er das bluttriefende Durcheinander zurück in die Tonnen. Dabei war er krampfhaft bemüht, nicht an Harries zu denken oder an das, was er da tat. Als er damit fertig war, sah der Boden aus wie ein Schlachtfeld. Da er in dem Raum nichts fand, womit er ihn hätte wischen können, ging er hinaus in den Vorraum. Auch dort fand er nichts, und als er zurückblickte, sah er, dass er blutige Fußspuren hinterlassen hatte. Peter zog sich Schuhe und Strümpfe aus und ging barfuß daran, die Lagerräume im Erdgeschoss systematisch zu durchsuchen. Schließlich fand er unter einem Waschbecken im Umkleideraum einen Eimer, einen Putzlumpen und einen Kanister mit Reinigungsmittel.

Er füllte den Eimer mit Wasser, tat etwas Reinigungsmittel hinein und trug ihn zu seinen Schuhen. Nachdem er sie gesäubert und wieder angezogen hatte, machte er sich daran, die verräterischen Blutspuren vom Boden zu wischen. Als er damit fertig war, wischte er die Tonnen ab und steckte den Putzlumpen zusammen mit der Schürze und den Handschuhen in die letzte Tonne, bevor er sie wieder verschloss.

Später würde er sich im städtischen Krankenhaus auf radioaktive Verseuchung untersuchen lassen. Obwohl die Warnschilder höchstwahrscheinlich nur zur Abschreckung da waren, wollte er auf Nummer sicher gehen. Schließlich nahm er das Bündel, zu dem er seinen Anorak zusammengepackt hatte, und ging daran, die Türen wieder abzuschließen.

Am Eingang des Klinikgeländes hielt Peter den Wagen an und wartete, bis der junge Wachmann aus seinem Häuschen kam.

»Ich wollte gerade in der Klinik anrufen, Sir. Sie waren so

lange weg, dass ich mich gefragt habe, ob Sie vielleicht Hilfe brauchen.«

»Ich habe mich bloß gründlich umgesehen«, erwiderte Peter und hoffte, dass der Wachmann den Zustand seiner Kleidung nicht bemerkte. »Es ist aber alles in Ordnung, ich habe niemanden gesehen. Wahrscheinlich war es doch ein falscher Alarm. Jetzt muss ich aber dringend weiter, ich habe eben einen Funkspruch erhalten. Ein Notfall.«

Der Wachmann rannte zurück ins Häuschen und drückte auf den Knopf, mit dem die Schranke geöffnet wurde. »Gute Nacht, Sir«, rief er dem Polizisten durch sein Fenster zu.

Der Mann war für Peters Geschmack ein wenig zu eifrig. Falls er die Blutflecken doch bemerkt hatte …

Peter trat aufs Gas und fuhr hinaus auf die Straße. Er hatte seinen Beweis, und wenn er den ins Präsidium brachte, konnte Bill Mulcahy nichts mehr gegen eine zweite – und diesmal legale – Durchsuchung des Klinikgeländes einwenden.

Eine tiefe, schwere Stille lag über dem ersten Stock des Anwesens von Richard Sherringham. Daisy lag dort in einem von Schlafmitteln herbeigeführten Tiefschlaf – ohne Albträume, ohne Empfindungen. Die Vorhänge hingen schlaff vor dem Fenster, und in dem Raum war es ebenso warm und stickig wie auf der Galerie draußen vor den Schlafzimmern. Unten im Wohnzimmer tickte dumpf eine Standuhr und verkündete die Sekunden, die für niemanden in dem stillen Haus eine größere Bedeutung hatten.

Richard lag wach in seinem dunklen Schlafzimmer und fand die Stille unheimlich und erdrückend. Egal, wie sehr er sich auch auf andere Dinge zu konzentrieren versuchte, seine

Gedanken schweiften immer wieder zu Tim. Was er wohl in diesem Augenblick tat? Versuchte er zu schlafen, irgendwo in einem einsamen Gefängnis, wo er an Händen und Füßen gefesselt war? Oder hatte er dort, wo er jetzt war, Zugang zu einem Radioapparat oder einem Fernseher, auf dem er die Suchaufrufe nach ihm verfolgen konnte?

Als im Zimmer nebenan eine Bodendiele knarzte, zog er reflexartig die Schublade seines Nachttisches auf und holte die Pistole heraus, die er dort aufbewahrte. Die Verbindungstür zwischen seinem und Joannas Schlafzimmer ging auf, und seine Frau trat in einem weißen Seidennegligé auf ihn zu. Ihr blondes, kurzgeschnittenes Haar leuchtete silbrig im Mondlicht, das durch das große Fenster in den Raum fiel, und verlieh ihrem schlanken Körper eine seltsam keusche Anmutung, die Richard irgendwie an einen Chorknaben erinnerte.

»Ich kann nicht schlafen«, sagte Joanna, während Richard die Pistole zurück in die Nachttischschublade legte. Seit der Fehlgeburt vor sechs Jahren war sie nicht mehr in seinem Schlafzimmer gewesen. Aber das war keine Entschuldigung für sein neurotisches Verhalten.

»Tut mir leid«, sagte sie und trat neben sein Bett.

»Was denn?«

»Dass ich dich aufgeweckt habe.«

»Hast du gar nicht. Ich kann auch nicht schlafen.« Richard knipste die Nachttischlampe an. Joanna zitterte heftig am ganzen Körper. Richard stand auf und ließ es zu, dass sie sich in sein Bett legte, das noch ganz warm von seinem Körper war. Sie vergrub das Gesicht in ihren Händen und rollte sich zusammen, so als wolle sie sich völlig von der Außenwelt abschließen.

»Versuch zu schlafen«, sagte er, während er sie zudeckte. Dann schickte er sich an, den Raum wieder zu verlassen. »Ich lege mich im Wohnzimmer auf das Sofa.«

»Bleib bitte hier«, bat sie ihn, und Richard setzte sich neben ihr auf die Bettkante. »Bitte, Richard, lass mich nicht alleine. Ich weiß, dass du mich nicht mehr willst, aber bleib bitte wenigstens heute Nacht bei mir.«

Er hob die Decke und legte sich neben sie ins Bett. Sie hatte recht. Er wollte sie nicht mehr. Vielleicht hatte er sie nie gewollt, wohl aber das, was ihm die Ehe mit ihr eingebracht hatte: die Möglichkeit, sich in die Klinik einzukaufen, seine Stellung in der englischen Gesellschaft und das luxuriöse Anwesen. Auf der anderen Seite hatte auch Joanna ihn nie wegen seiner selbst gewollt. Sie hatte ihn nur geheiratet, weil er Theos Sohn war. Wahrscheinlich hatten sie einander verdient, aber es war trotzdem verdammt schwer, eine Ehe zu führen, in der keiner den anderen verstand oder – was noch viel schlimmer war – sexuell begehrte.

Was war nur aus Richards Träumen geworden? Hatten der Tod seines Vaters oder seine eigenen Kompromisse ihn in diesen gefühllosen Zynismus getrieben? Vor zwanzig Jahren – sogar noch vor zehn – hatte er sich so vieles zugetraut. Jetzt, wo Tim nicht mehr hier war, hatte er keinen Grund mehr, weiterzumachen.

Als Richard aufwachte, war es immer noch dunkel. Er stellte fest, dass er nicht allein im Bett lag, und glaubte zunächst, in dem Cottage auf der Steilküste zu sein. Aber dann fiel ihm wieder ein, dass die Frau neben ihm nicht Judy war. Er war in seinem eigenen Bett, und neben ihm lag seine Frau. Die Ironie dieser Situation war ihm durchaus bewusst.

An der Art, wie sie den Arm um seine Brust gelegt hatte, erkannte er, dass sie wach war.

»Entspann dich, Joanna«, riet er ihr. »Sonst kann das Schlafmittel nicht wirken.«

Er spürte, dass ihre Wangen ganz nass von Tränen waren. Joanna, die stets gefasste, empfindungslose Joanna konnte nicht mehr, was Richard sehr verwunderte. Selbst nach ihrer Fehlgeburt war sie der Inbegriff der steifen, gefühlskalten Britin geblieben. Was ihr jetzt zu schaffen machte, musste mehr sein als lediglich ein gebrochenes Schlüsselbein. Vielleicht war es ja eine verzögerte Reaktion auf Tims Verschwinden.

»Lass es raus«, sagte er. »Das Weinen tut dir gut.«

So reagierte er immer, wenn eine seiner Patientinnen weinte. Joannas Umarmung wurde fester, und dann spürte Richard feuchte, bebende Lippen an seinem Hals. Seine erste Reaktion darauf war Gleichgültigkeit, aber dann, als eine vertraute Wärme in ihm aufkeimte, dachte er: Warum nicht?

Joanna war ein anderes Lebewesen, das sich in der Dunkelheit an ihn klammerte. Er erwiderte ihre Küsse und schmeckte das Salz auf ihren Wangen, den scharfen Schmerz, der ihrem Sex zusätzliche Würze gab. Liebe und Leidenschaft waren nicht dabei. Richard und Joanna waren nichts weiter als zwei armselige Kreaturen, die sich in dunkler Nacht verzweifelt aneinanderklammerten.

Bill Mulcahy starrte auf den Schuh, den Peter Collins ihm auf den Schreibtisch gestellt hatte. »Sie sind ein Narr, Collins«, sagte er. »Kein Mensch, der noch halbwegs bei Verstand ist, würde in einem Fass voller menschlicher Überreste herumsuchen, auf dem auch noch ›radioaktiv‹ steht. Aber eines muss ich Ihnen lassen: Sie sind ein intelligenter Narr.«

»Harries ...«

Mulcahy konnte Collins' Schuldgefühle nicht ertragen, denn sie erinnerten ihn zu sehr an seine eigenen. »Harries war Polizist«, sagte er kurz und bündig. »Er wusste, welches Risiko er einging.«

»Er war noch jung.«

»Jung schon, aber alt genug, um bei der Polizei zu dienen. Wenn Sie sich die Verantwortung für seine Entscheidungen aufbürden, kann es sein, dass man Sie bald in einer Zwangsjacke abholen muss.«

»Ich möchte bei der Durchsuchung dabei sein.«

»Nein, Sie gehen jetzt sofort ins Krankenhaus. Ich lasse Sie von einem Constable hinfahren.«

»Das hat Zeit.«

»Hat es nicht. Wenn Sie wirklich radioaktiv verseucht sind, müssen alle, mit denen Sie hier in Kontakt gekommen sind, ebenfalls getestet werden; außerdem müssen wir dann das ganze Präsidium putzen lassen.«

»Ich bin okay.«

»Kann sein, dass Sie keine radioaktive Strahlung abbekommen haben, aber niemand kann sagen, was Sie sich beim Herumwühlen in diesen Fässern sonst noch alles geholt haben.«

»Die werden Stunden brauchen, bis sie das alles untersucht haben.«

»Na und? Selbst wenn Sie kerngesund sein sollten, verordne ich Ihnen jetzt vierundzwanzig Stunden Ruhe. Das ist ein Befehl, über den ich nicht mit mir reden lasse.«

Peter wusste, dass er verloren hatte. »Halten Sie mich auf dem Laufenden?«

»Das werde ich tun. Und jetzt gehen Sie ins Krankenhaus.

Wenn Sie sich selber sehen könnten, würden Sie keine Minute lang zögern.«

»Es gibt keinerlei Anzeichen für eine radioaktive Verstrahlung, aber der diensthabende Arzt, der Sie nicht so gut kennt wie ich, ist der Meinung, dass Sie unter Schock stehen«, sagte Judy und steckte die kleine Taschenlampe, mit der sie Peter in die Augen geleuchtet hatte, wieder zurück in die Brusttasche ihres Arztkittels. »Glauben Sie denn, dass Sie unter Schock stehen?«

Peter knöpfte sich sein Hemd zu. »Das kann uns alle treffen, Dr. Osbourne, selbst unmenschliche Polizisten. Kann ich jetzt gehen?«

»Sie *stehen* unter Schock.«

»Das werde ich überleben. Es ist wahrlich nicht das erste Mal.«

»Der Schockzustand, von dem ich rede, ist etwas anderes als das, was Sie darunter verstehen, Sergeant Collins. Es ist sehr wichtig, dass Sie sich jetzt erholen. Ziehen Sie sich für ein paar Stunden an einen warmen und angenehmen Ort zurück. Ich könnte Ihnen das zweite Bett in Sergeant Josephs Zimmer anbieten.«

»Vielen Dank, aber ich habe mein eigenes Bett zu Hause.«

»Dann legen Sie sich dort hinein.«

Als Peter aufstand und seinen Gürtel festzog, kam er ganz leicht ins Schwanken. Automatisch streckte er die Hand aus, um sich irgendwo abzustützen.

»Ich würde mich an Ihrer Stelle nicht an diesem Wagen festhalten«, sagte Judy. »Der rollt Ihnen weg, und wenn Sie dann hinfallen, muss ich Sie vielleicht mit mehr als einem leichten Schock in Sergeant Josephs Zimmer legen.«

Er setzte sich auf einen Stuhl.

»Glauben Sie mir jetzt, dass Sie einen Schock haben? Oder soll ich Ihnen erst sagen, was Sie für eine Pulsfrequenz haben oder –«

»Ersparen Sie mir die Details. Ich brauche keine Ärztin, um zu wissen, dass ich mich lausig fühle.«

»Jetzt sind Sie wieder der alte Sergeant Collins. Jederzeit höflich und charmant. Sagen Sie mir also, was ich tun soll? Soll ich den Polizisten, der Sie hergebracht hat, hereinholen, damit er Sie nach Hause fährt?«

»Wenn ich schon einmal da bin, könnte ich ja auch mit Trevor sprechen.«

»Ich lasse einen Rollstuhl kommen.«

»So was macht Ihnen Spaß, habe ich recht?«, sagte Peter in einem herausfordernden Tonfall.

»Überhaupt nicht. Aber wenn Sie jetzt aufstehen und versuchen, zu Fuß diesen Raum zu verlassen, werden Sie es nicht viel weiter schaffen als bis zur Tür. Hier!« Sie füllte einen Pappbecher mit Wasser und reichte ihn Peter. »Trinken Sie das langsam und atmen Sie tief durch – aber nicht beides gleichzeitig.«

Peter trank einen Schluck und sah sie argwöhnisch an.

»Sind Sie denn bei der Suche nach Tim Sherringham weitergekommen?«

»Ich kann Ihnen nur sagen, dass wir nach wie vor mehrere Spuren verfolgen.«

»Und ich schätze, ich kann mir die Frage sparen, warum Sie sich auf radioaktive Verstrahlung untersuchen lassen wollten.«

»Ich habe meine Nase in ein Fass gesteckt, auf dem ein Warnschild war.«

»Das war nicht klug von Ihnen. Darf ich fragen, was das für ein Fass war?«

»Ein rundes weißes Fass, auf dem ›Radioaktives Material‹ stand und das aussah wie die Behälter, in denen Klinikabfälle gesammelt werden«, erwiderte Peter und beobachtete genau, wie Judy darauf reagierte.

»Ist Ihnen klar, was in solchen Fässern ist?«

»Jetzt schon. Was geschieht mit ihnen?«

»Sie werden in Beton eingegossen und in einem dafür ausgewiesenen Gebiet endgelagert.«

»Was sind das für Gebiete?«

»Draußen auf dem Meer oder irgendwo im Herzen Englands. Aber ich kann Ihnen auch nur das sagen, was ich in der Zeitung darüber gelesen habe.«

»So ein Gebiet ist der ideale Ort, um ein Mordopfer verschwinden zu lassen.« Peter sah ihr in die Augen. »Und wenn das Opfer von niemandem vermisst wird, hat man ein perfektes Verbrechen.«

»Glauben Sie, dass Tim …« »Ich habe nicht von ihm gesprochen. Wie viele solche Fässer fallen eigentlich in einem durchschnittlichen Krankenhaus pro Woche an?«

»Keine Ahnung.«

»Wie würde ein Arzt jemanden umbringen?«, fragte Peter unvermittelt.

»Ärzte retten Leben, Sergeant Collins. Sie nehmen es nicht.«

»Aber gesetzt den Fall, ein Arzt würde einen Menschen auf humane Weise töten wollen – was würde er tun?«

»Dafür gäbe es viele Methoden«, erwiderte Judy. Sie empfand die Unterhaltung in zunehmendem Maße als bizarr und unangenehm.

»Wären diese Methoden schmerzhaft?«, hakte Peter nach. Jetzt, wo er schon einmal angefangen hatte, konnte er nicht mehr von dem Thema lassen.

»Nicht unbedingt.«

»Und wenn das Opfer wüsste, was es erwartet?«

»Wenn Sie jetzt auf psychische Schmerzen hinauswollen, dann wissen Sie darüber genauso viel wie ich. Wieso werde ich bloß das Gefühl nicht los, dass Sie sehr viel mehr über Tims Verschwinden wissen, als Sie sagen wollen? Daisy leidet Höllenqualen, weil sie nicht weiß, was Tim passiert ist. Und Sie sitzen hier und lächeln wie eine Sphinx. Ihnen ist doch alles scheißegal ...«

»Da irren Sie sich, Dr. Osbourne. Mir ist nichts scheißegal. Im Gegenteil, dieser Fall nimmt mich mehr mit, als Sie glauben.«

Judy drehte ihm den Rücken zu und wusch sich die Hände am Waschbecken. Peter hätte sich selbst in den Hintern treten können. Er hatte ihr mehr gesagt, als er wollte. Weil er sich solche Vorwürfe wegen Harries machte, plapperte er unkontrolliert drauflos.

Er sah den jungen Constable vor sich, wie er, hilflos an eine Rollbahre gefesselt, auf seinen Tod wartete. Harries hatte einen Knebel im Mund und riss vor Angst weit die Augen auf, während jemand mit einer Spritze in der Hand auf ihn zutrat.

»Wie würden Sie einen Menschen auf humane Weise töten, gesetzt den Fall, Ihnen bliebe keine andere Wahl?«, fragte er nach. Mit dem Tod während eines Einsatzes musste jeder Polizist rechnen, aber nicht mit Qualen und auch nicht mit Experimenten, die ihn auf den Status einer Laborratte herabwürdigten.

»Wenn man die Sauerstoffzufuhr zum Gehirn unterbindet, selbst für eine relativ kurze Zeit, kann man den Gehirntod herbeiführen. Dieser Prozess ist normalerweise schmerzlos.«

»Normalerweise schmerzlos.« Die Sachlichkeit dieser Feststellung machte Peter wütend. Was war mit der blinden Panik eines Menschen, der um sein Leben kämpfte? Was war mit dem grauenvollen Durcheinander menschlicher Überreste, durch das er sich gewühlt hatte?

»Ein paar Finger an die richtige Stelle am Hinterkopf gelegt – und ein Mensch verliert binnen Sekunden das Bewusstsein und stirbt in wenigen Minuten. Man könnte ihn auch mit einer zu hoch dosierten Narkose umbringen oder ihn Kohlenmonoxid anstatt Sauerstoff atmen lassen.«

»Und all diese Methoden wären schmerzlos?«

»Ja«, antwortete Judy. »Erklären Sie mir jetzt vielleicht, warum Sie das wissen wollen?«

»Später, wenn ich sicher weiß, was Sache ist.«

»Ich habe noch andere Patienten, um die ich mich kümmern muss. Ich schicke Ihnen einen Pfleger mit einem Rollstuhl.«

»Ich kann allein zu Trevors Zimmer gehen.«

»Das ist gegen die Vorschriften«, erklärte sie bestimmt. »Das Letzte, was der staatliche Gesundheitsdienst brauchen kann, ist eine Schadensersatzklage von jemandem, der zu arrogant ist, um einen medizinischen Ratschlag anzunehmen.«

Trevor ging mit langsamen Schritten durch sein Krankenzimmer und suchte die paar Sachen zusammen, die Peter ihm gebracht hatte. Als er sie alle auf dem Bett beisammenhatte, begann er, sie in seine Tasche zu packen. Zum zehnten

Mal seit zehn Minuten sah er auf die Uhr. Es war halb eins, und Peter hatte ihm gesagt, dass er gegen zwölf bereit zum Abmarsch sein sollte. Allerdings hatte Peter, als er um sechs Uhr früh bei ihm vorbeigeschaut hatte, selbst nicht allzu fit ausgesehen. Trevor beschloss, noch eine halbe Stunde zu warten und dann ein Taxi zu rufen.

»Guten Morgen – oder sagt man schon guten Tag?« Daisy Sherringham stand mit aschfahlem Gesicht in der offenen Tür. Mit zitternder Hand reichte sie Trevor eine der beiden dampfenden Tassen Kaffee, die sie mitgebracht hatte. »Den habe ich in der Stationsküche gerade frisch aufgebrüht.«

»Vielen Dank.«

»Ich habe allerdings weder Milch noch Zucker hineingetan.«

»Das macht nichts. Im Präsidium trinke ich ihn auch oft schwarz.«

Daisy ließ sich auf dem Stuhl nieder. Der Blick ihrer Augen wurde trostlos, und das Lächeln auf ihren Lippen gefror.

»Ist denn alles in Ordnung mit Ihnen?«, fragte Trevor.

»Ich bin hier die Ärztin, und Sie sind der Patient.«

»Jetzt nicht mehr.« Er zeigte ihr seinen Entlassungsschein.

»Gehen Sie nach Hause?«

»Sobald Peter Collins mich abholt.«

»Judy hat mir erzählt, dass Sergeant Collins am frühen Morgen hierhergekommen ist.«

»Er hat sich ein paar Fässer angesehen, in denen möglicherweise radioaktives Material war«, erklärte Trevor, ohne ihr Genaueres über den Inhalt der Behälter zu erzählen. »Er hat sich auf Verstrahlung untersuchen lassen, nur um auf Nummer sicher zu gehen.«

Daisy führte ihre eigene Kaffeetasse an den Mund.

»Haben Sie gestern ein Schlafmittel genommen?«, fragte Trevor.

»Und wenn schon? Was geht Sie das an, Sergeant?«

»Das habe ich nicht verdient. Ich mache mir Sorgen um Sie.«

»Ihre Frage klang wie die eines Drogenfahnders.«

»Sie sollte aber klingen wie die eines Menschen, dem Ihr Wohlbefinden am Herzen liegt«, erwiderte Trevor und spürte, dass er unter ihrem durchdringenden Blick rot wurde. »Ich möchte Ihnen helfen.«

»Wenn Sie mir helfen wollen, dann finden Sie Tim, damit ich ihn endlich beerdigen kann«, fuhr sie ihn wütend an.

Trevor wandte sich ab und fuhr fort, mit einer Hand seine Tasche zu packen.

»Tut mir leid, das hätte ich nicht sagen dürfen«, sagte Daisy.

»Sie brauchen sich nicht zu entschuldigen.«

»Ich weiß nicht, was ich tue oder was ich sage.« Tränen quollen ihr aus den Augen, während sie nun begann, sich über Richard zu ärgern. Bisher hatte sie es ohne Medikamente geschafft …

Trevor hörte auf zu packen und trat zu ihr. Er setzte sich aufs Bett und sah sie an. »Ich würde Ihnen wirklich gerne helfen.«

»Ich weiß ja nicht einmal, wie ich mir selber helfen soll.«

»Ich weiß, das klingt seltsam, aber wenn Sie etwas benötigen – irgendetwas –, dann brauchen Sie mich nur anzurufen. Wegen dieser Geschichte hier …« – er deutete auf seinen gebrochenen Arm, der in einer Schlinge steckte – »… habe ich jetzt jede Menge Zeit.«

»Tim fehlt mir sehr. Ich habe ihn geliebt und werde ihn immer lieben«, murmelte sie, mehr an sich selbst als an Trevor gerichtet.

»Gefühle kann man nicht einfach ein- und ausschalten«, sagte Trevor. »Und selbst wenn man das könnte, wäre es nicht erstrebenswert.«

»Ich glaube nicht, dass ich jemals für einen anderen Mann das empfinden kann, was ich für Tim empfinde. Manchmal fühle ich mich, als wäre ich selber tot.«

»Die letzten paar Tage waren wirklich schlimm für Sie.«

»Haben Sie mich eigentlich verstanden?« Ihre Stimme wurde bedenklich schrill. »Richard, Joanna, Judy, Alan – alle sind mir egal. Von mir aus könnten sie alle sterben.«

»Sie stehen unter Schock und sind wie betäubt«, meinte Trevor mitfühlend. »Das ist eine ganz normale Reaktion, die ich schon bei vielen Menschen beobachtet habe.« Er stand auf und nahm ihre Hand. Sie war eiskalt. »Manchmal ist die Arbeit als Polizist einfach schlimm. Vor allem, wenn man Menschen sieht, die einen solchen Schmerz erlitten haben wie Sie. Ich will Ihnen jetzt nicht sagen, dass es mit der Zeit besser wird, weil ich echt nicht weiß, ob das wirklich stimmt. Aber eines weiß ich – nämlich dass das Leben weitergeht. Wir Menschen sind nun mal unverwüstlich.«

»Das hat Richard mir auch gesagt.« Sie zog ihre Hand zurück. »Sie sind ein ganz besonderer Mensch. Ihre Freundin muss bescheuert sein, weil sie Sie verlassen hat.«

Trevor wandte sich ab, trat ans Fenster und schaute hinaus. »Das Leben mit einem Polizisten ist nicht leicht.«

»Machen Sie sich doch nicht selber schlecht. Sie haben eine Menge zu geben.«

»Für die Polizei vielleicht.« Trevor drehte sich um, und

seine dunklen, leidenschaftlichen Augen blickten in die ihren. Er wünschte, ihr sagen zu können, dass er sie liebte, aber jetzt war weder der richtige Ort noch der richtige Zeitpunkt für so etwas, und er klammerte sich an die Hoffnung, dass vielleicht einmal bessere Zeiten für sie beide kommen würden.

Daisy starrte vor sich hin. In atemberaubender Geschwindigkeit rasten die unterschiedlichsten Bilder durch ihren Kopf: Tim, wie er sich in der Nacht seines Verschwindens das zugeknöpfte Hemd über den Kopf zog, Robin Dart, wie er auf dem Seziertisch lag, Richards bleiches, abgespanntes Gesicht, als er ihr von der Lösegeldforderung für Tim erzählte.

»Tut mir leid, ich habe mich verspätet!«

Peter kam hereingeplatzt – und riss die beiden anderen aus ihren Gedanken.

»Ich habe noch nicht fertig gepackt.« Trevor verließ das Fenster und ging zurück zum Bett. Er kramte in seiner Jackettasche und fand einen Werbebrief, den er noch nicht einmal aufgemacht hatte. Er gab Daisy den Umschlag und sagte: »Da steht meine Adresse drauf. Meine Nummer finden Sie im Telefonbuch. Sie können jederzeit bei mir vorbeikommen oder mich anrufen, wenn Sie …« Eingedenk der Tatsache, dass Peter hinter ihm stand, ließ er den Satz unvollendet. Rasch warf er die letzten Kleidungsstücke in seine Tasche.

»Vielen Dank. Und wenn Sie etwas über Tim in Erfahrung bringen …«

»Rufe ich Sie sofort an. Versprochen.«

»Bis zum nächsten Mal, Dr. Sherringham«, sagte Peter, während er Trevors Tasche vom Bett nahm.

»Ja.« Sie stand auf und ging nun ihrerseits ans Fenster, wo sie den beiden den Rücken zudrehte. Sie hätte nicht ins

Krankenhaus kommen dürfen. Sie war viel zu schwach und zu müde, um zu arbeiten. Am besten hätte sie in Richards Haus bleiben sollen.

Während die beiden Polizisten den Raum verließen, dachte sie wieder an Tim. Sie benahm sich so, als wollte sie, dass er tot war. Aber wer liebte Tim mehr? Richard, der mit jeder Faser seines Herzens hoffte, dass Tim zurückkam, oder sie, die sie schon seine Beerdigung plante, noch bevor man überhaupt seine Leiche gefunden hatte?

Kapitel zwanzig

Trevor ging hinter Peter in den Aufzug. Peter drückte auf den Knopf, und die Türen gingen zu.

»Sag mal, hast du jetzt eine neue Freundin?«

»Lass gut sein, Peter.«

»Warum? Ich mache mir nun mal Gedanken, wenn ich dich abholen komme und eine Frau in deinem Schlafzimmer finde.«

»In meinem *Krankenhauszimmer*! Außerdem wollte sie nur wissen, ob es etwas Neues über ihren Mann gibt. Und da ich Polizist bin, ging sie – fälschlicherweise, wie mir scheint – davon aus, dass ihr mich auf dem Laufenden halten würdet.«

»Dann frag mich doch mal, wo ich war und was ich gemacht habe.«

»Wenn du nach der letzten Nacht endlich klug geworden bist, dann warst du im Bett.«

»Das macht nur Spaß, wenn man dabei Gesellschaft hat. So wie bei dir.«

»Blöder Hund. Wenn wir irgendwo anders wären, würde ich dir …«

»In deinem Zustand? Vergiss es.«

Trevor drehte Peter beleidigt den Rücken zu. Er sagte kein Wort mehr, bis sie am Wagen ankamen.

»Du bist wirklich unverbesserlich«, sagte er, während Peter seine Tasche auf den Rücksitz stellte. »Wenn du vor einem Rosenbeet stehst, siehst du nur die Pferdeäpfel, mit denen es gedüngt wird.«

»Da hast du recht«, erwiderte Peter grimmig. »Mit Rosen habe ich momentan wirklich nichts am Hut.«

»Was heißt hier momentan?«, meinte Trevor und stieg auf der Beifahrerseite ein.

Peter setzte sich hinters Lenkrad, ließ aber den Motor noch nicht an. »Sag mal, ist es für dich in Ordnung, wenn wir unterwegs noch kurz bei Ben Gummer vorbeischauen?«

»Warum?«, fragte Trevor misstrauisch.

»Da Bill Mulcahy mich nicht mehr in die Nähe der Sherringham-Klinik lässt, habe ich Zeit, um eigene Nachforschungen anzustellen. Und ich würde Ben gerne noch einmal über den Fund dieses Messers befragen.«

»Aber das wissen wir doch alles schon«, gab Trevor zurück. »Ben hat seine Hunde an den Strand gelassen, die dort ein angespültes Essenspaket gefunden haben. In dem Paket war eine Lammkeule, und in der wiederum steckte ein Messer, von dem der Pathologe im Krankenhaus vermutet, dass damit die Toten an der Autobahn ermordet wurden. Was gibt es da noch groß in Erfahrung zu bringen?«

»Du vergisst, dass die Hunde es unter einem der Pfeiler der Pier gefunden haben und dass an dem Messer der Ärmel eines Pierrotkostüms hing. Und die Pier und die Pierrotkostüme gehen mir nun mal nicht mehr aus dem Kopf. Ich bin heute Vormittag nochmal dort gewesen. Meiner Meinung nach ist es völlig unmöglich, von der Promenade auf die Pier zu gelangen.«

»Wer sagt denn, dass das Paket von der Pier kommen muss? Es könnte doch auch aus einem Boot gefallen sein.«

»Dazu hätte das Boot aber auf der Seeseite der Pier gewesen sein müssen, und da ist normalerweise kein Bootsverkehr. Ich habe mich extra noch beim Hafenmeister nach den Strömungen und Gezeiten der letzten Tage erkundigt. Deswegen bin ich übrigens auch so spät dran. Wenn das Paket von einem der Boote stammen würde, die im Yachthafen aus- und einlaufen, hätte es nie an dieser Stelle angespült werden können.«

»Dann ist es vielleicht von einem Boot gefallen, das in der Nähe der Pier war«, erklärte Trevor ungeduldig. Er war leicht gereizt, denn die Schmerzen in Schulter und Arm hatten wieder zugenommen.

»Ja, das könnte sein. Von einem Boot, in dem ein Pierrot war. Vielleicht sogar derselbe, der dich angegriffen hat. Und weißt du was? Von unten ist die Pier bei weitem nicht so gründlich gesichert wie am Eingang oben auf der Promenade.«

»Woher weißt du das?«

»Weil ich es mir von der Landzunge aus angesehen habe.«

»Wann?«

»Heute Morgen, als ich aus dem Krankenhaus gekommen bin.«

»Und wann hast du dann geschlafen?«, fragte Trevor.

»Überhaupt nicht.«

»Aber wer sagt denn, dass das Paket angespült wurde? Kann es nicht jemand mit an den Strand genommen und von dort aus ins Wasser geworfen haben?«

»Und wer sollte das gewesen sein?«

»Ein Matrose vielleicht. Oder ein Obdachloser …«

»Matrosen nehmen ihr Essen mit auf die Docks oder in den Yachthafen, wo ihre Schiffe sind. Und die Obdachlosen hätten von dem Paket bestimmt noch weniger übrig gelassen als Bens Hunde.«

»Na schön«, räumte Trevor ein. »Gehen wir also einmal davon aus, dass es von der Pier gefallen ist. Dann erhebt sich doch sofort die Frage, wer es auf die Pier gebracht hat und wie er dort hingekommen ist. Und vor allem, aus welchem Grund sollte jemand dort sein?«

»Aus Nostalgie vielleicht? Oder weil er da nach etwas gesucht hat. Nach einem verstecken Schatz vielleicht?« Peter atmete hörbar durch. »Ehrlich gesagt, Trevor, ich habe keine Ahnung.«

»Aber du warst doch selber auf der Pier und hast dort nichts gefunden.«

»Aber das Theater haben wir nicht durchsucht.«

»Du hast gesagt, dass du dort alles gesehen hast, was du sehen wolltest.«

»Vielleicht ist mir ja etwas entgangen.«

»Dann gibst du also zu, dass du die Durchsuchung verpfuscht hast. So was hätte ich dir nie zugetraut.«

Peter ignorierte Trevors Sarkasmus. »Ich habe mir aufgeschrieben, was ich Ben alles fragen möchte.« Er zog sein Notizbuch aus der Tasche und warf es Trevor in den Schoß. »Er soll mir sagen, wo das Paket lag, als er es zum ersten Mal gesehen hat, und ob er zur selben Zeit ein Boot gesehen hat. Und dann will ich ihn noch fragen, ob er sich daran erinnern kann, wie das Theater aufgebaut ist.«

»Wenn Ben ein Boot gesehen hätte, dann hätte er uns das doch bestimmt gesagt.«

»Vielleicht hat er es nicht für wichtig gehalten«, erwiderte Peter mit düsterer Miene. »Und außerdem muss ich einfach etwas tun. Ich kann mich nicht zurücklehnen und vergessen, was ich letzte Nacht gesehen habe.«

»Mulcahy kümmert sich um die Klinik.«

»Und wir sehen uns woanders um. Je mehr Menschen die Augen offen halten, desto größer sind unsere Chancen, den Mörder zu fassen.«

»Du vergisst, dass wir beide im Augenblick nicht für allzu viele Dinge zu gebrauchen sind. Sieh doch den Tatsachen ins Auge, Peter.«

»Und was soll ich deiner Meinung nach machen?« Peter ließ nun den Motor an und fuhr los. »Soll ich Harries einfach vergessen? Und Amanda Dart? Deinen Junkie, der nachweislich an einer Giftspritze starb und auch noch ein Lächeln auf dem Gesicht hatte? Wer immer diese Morde auf dem Gewissen hat, muss verdammt gerissen sein. Du kannst doch nicht von mir erwarten, dass ich tatenlos dabei zusehe, wie er immer weitermacht.«

»Ich bin noch krank, vergiss das nicht.«

»Aber nicht im Kopf.«

»Ich gehe mit dir zu Ben Gummer, aber dann ist Schluss für heute. Das mit Harries tut mir wirklich leid. Ich mochte ihn. Auch dass Amanda und Robin Dart tot sind, ist ganz fürchterlich, und dass mich Daisy Sherringhams Kummer nicht kaltlässt, kannst du dir sicher denken. Aber andererseits muss ich mich jetzt schonen. Ich habe einen gebrochenen Arm und eine ausgerenkte Schulter, und außerdem bin ich erschöpft und hundemüde. Ich brauche die Auszeit.«

»Eine Auszeit wozu? Um Daisy Sherringham nachzusteigen?«

Zum ersten Mal ließ sich Trevor durch Peters Sticheleien nicht provozieren. »Irgendwann mal vielleicht. Wer weiß. Wenn sie mich in ihre Nähe lässt. Seit langer Zeit habe ich mal wieder das Gefühl, dass eine Frau mir wirklich etwas bedeuten könnte. Und das möchte ich nicht aufs Spiel setzen. Auch nicht für dich und deine seltsamen Rachegelüste. Und ganz bestimmt nicht für Nachforschungen, die zu nichts führen. Nach dem Gespräch mit Ben Gummer nehme ich mir diese Auszeit. Hast du verstanden?«

»Natürlich. Ich frage mich nur, wie es dir ginge, wenn ich gestern Nacht in der Tonne nicht Harries, sondern Daisy Sherringham gefunden hätte.«

Peters Handy klingelte.

Trevor wartete bis zum sechsten Klingelton, dann fragte er: »Willst du nicht rangehen?«

»Das hat Zeit.« Peter wandte sich wieder der schwerhörigen alten Frau zu, die gerade die Tische in der Bar des White Hart abwischte. »Wenn Sie jetzt nicht nach oben gehen und Ben wecken, dann werde ich …«

»Er hat sich eingeschlossen und kommt erst wieder runter, wenn die Bar aufmacht.«

Peters Handy hörte zu klingeln auf, aber Sekunden später trillerte es wieder los.

Trevor ging hinüber zum Fenster und blickte hinaus auf den Strand. Er hatte Mühe, sein Kichern zu verbergen. Peter wurde mit allen Typen fertig, egal ob es nun Schläger, Rausschmeißer, Dealer oder randalierende Junkies waren, aber gegenüber einer störrischen alten Frau wie dieser war er hilflos wie ein Baby, dachte Trevor amüsiert. Wenn er diese Geschichte im Präsidium erzählte, würde er damit bestimmt viele Lacher ernten.

»Verdammtes Mistding«, rief Peter aus und ging nun doch an sein Handy.

Trevor nutzte die Gelegenheit, um selbst mit der Alten zu

sprechen. Sie sagte ihm, dass Ben in einer halben Stunde herunterkommen würde.

Peter steckte sein Handy wieder ein. »Bill Mulcahy will, dass ich sofort ins Präsidium komme. Am Telefon wollte er mir nichts sagen. Wenn du willst, kann ich dich vorher noch schnell nach Hause fahren.«

»Ich bleibe hier und warte auf Ben. Danach kann ich immer noch ein Taxi nach Hause nehmen.«

»Bist du sicher?«

»Ich habe doch eh nichts Besseres zu tun. Und etwas zu trinken könnte ich jetzt gut vertragen.«

»Wenn es nichts Wichtiges ist, komme ich wieder und hole dich ab«, sagte Peter, doch er zögerte zu gehen.

»Dann mach dich mal auf die Socken. Je früher du gehst, desto eher bist du auch wieder hier.«

»Bis dann.«

Nachdem Peter gegangen war, hätte sich Trevor am liebsten selbst ein Bier gezapft. Dann erinnerte er sich aber an das lasche Gesöff, das er das letzte Mal hier vorgesetzt bekommen hatte, und machte sich lieber eine Flasche Lagerbier auf. Er zählte das passende Geld ab und legte die Münzen zusammen mit dem Kronkorken auf die Kasse, bevor er der Putzfrau zunickte und durch die Hintertür hinaus in den Garten trat.

Das dürre Eisenskelett der Pier hob sich düster vom Meer ab, das in der Sonne hell glitzerte. Selbst bei diesem herrlichen Frühlingswetter strahlte die Pier eine Aura des Verfalls aus, die Trevor in eine düstere, nachdenkliche Stimmung versetzte. Auch er selbst würde eines Tages nichts weiter als eine Erinnerung an alte, längst vergangene Tage sein, eine Erinnerung, die aus nicht viel mehr bestand als aus ein paar alten, verblichenen Fotografien und einem von Efeu überwucherten Grabstein irgendwo auf einem vergessenen Kirchhof.

Mit einem leisen Schauder wischte Trevor den Flaschenhals ab, trank einen Schluck von dem Bier und dachte an den vergangenen Sommer, in dem er und Peter oft unten am Strand zu tun gehabt hatten. Im August waren die Dealer hier besonders aktiv gewesen, und so hatten sich die Drogenfahnder in der Badehose auf den heißen Sand gelegt und als normale Badegäste getarnt das Treiben beobachtet. Damals war Trevor aufgefallen, dass nur wenige Sonnenanbeter sich in die unmittelbare Nähe der Pier gewagt hatten. Vielleicht beherbergte das zerfallene Bauwerk doch mehr Gespenster, als er vermutete.

Trevor trank seine Bierflasche aus und spürte langsam die Wirkung des Alkohols. Seine Gedanken wanderten zu Daisy, und in seiner Erinnerung sah er nun nicht mehr bloß ihre dunklen, traurigen Augen. Er dachte vor allem an ihre gemeinsame Unterredung. Sie beide hatten nicht nur über profane Alltagsdinge gesprochen, sondern auch über das, was sie wirklich bewegte.

Daisy war genau das, was er sich immer unter einer Frau vorgestellt hatte, darüber hinaus konnten sie gut miteinander reden. Das bewies doch, dass es etwas gab, was sie miteinander verband. Und wenn Daisy das zurzeit nicht sah, konnte es ja vielleicht noch kommen. Nicht jetzt, aber vielleicht in der Zukunft.

Auf einmal sah er, dass sich unterhalb der Pier etwas bewegte. Jemand schwang sich so gelenkig wie ein Affe an einem der Gitterpfeiler hinab. Trevor ließ die leere Bierflasche fallen und rannte los. Kurz hinter dem Garten begann der Sandstrand, wo jeder einzelne Schritt so anstrengend war wie zehn Schritte auf festem Boden. Dennoch kam die Stacheldrahtabsperrung unterhalb der Pier ständig näher, und die Gestalt kletterte immer noch an dem Pfeiler nach unten.

Trevors gebrochener Arm tat höllisch weh, und seine Brust bebte vor Anstrengung. Der Stacheldraht war nur noch ein paar Meter entfernt, doch Trevor dachte immer noch nicht darüber nach, was er tun würde, wenn er dort ankam. Die Gestalt hielt inne und sah zu ihm herab. Dann fing sie an, wieder nach oben zu klettern.

Trevor, der fast die Absperrung erreicht hatte, blieb stehen und sah, wie die Gestalt durch ein Loch im Bretterboden der Pier verschwand.

Und dann dachte er nach. An irgendeiner Stelle musste es in dem Stacheldrahtverhau rings um die Pfeiler der Pier eine Lücke geben, sonst wäre es sinnlos gewesen, hier herunterzuklettern. Möglicherweise überlappten sich irgendwo in der Absperrung zwei Spiralen des Stacheldrahts so, dass es zwischen ihnen eine Lücke gab.

Trevor ging an dem Stacheldraht entlang, bis er die Lücke tatsächlich fand. Um zu ihr zu gelangen, musste er allerdings so weit ins Meer hinauswaten, dass ihm das kalte Wasser bis an die Hüften reichte. An dieser Stelle liefen zwei Stränge des Drahtverhaus, kurz bevor sie einen Knick machten, ein paar Meter so nebeneinander, dass sich an der Nahtstelle zwischen ihnen ein dreißig Zentimeter breiter Zwischenraum bildete, den man vom Land aus unmöglich sehen konnte. Als Trevor sich durch den Spalt quetschte, zerriss er sich seinen Anorak. Er ging zu dem Pfeiler, an dem er vorhin die Gestalt beobachtet hatte, und sah, dass an ihm eine Leiter nach oben führte.

Seinen gebrochenen Arm verfluchend, fing er an, nach

oben zu klettern. Dabei spreizte er die Füße so gegen die Leiterholme, dass sie ihm einen gewissen Halt gaben, und zog sich mit seinem gesunden Arm Sprosse für Sprosse nach oben. Seine Schuhe waren ebenso klatschnass wie seine Hose, und von der rostigen Eisenleiter wurde seine Hand in kürzester Zeit ganz braun. Nach ein paar Sprossen hielt er inne und blickte nach oben. Da, wo er vorhin das Loch gesehen hatte, glaubte er nun bloß noch massive Planken zu sehen. Vermutlich gab es am Ende der Leiter eine Falltür, aber darüber würde er sich Gedanken machen, wenn er dort ankam.

Trevor schaute nach unten und entdeckte auf der anderen Seite der Absperrung eine weitere Lücke im Stacheldraht. Sie war um einiges breiter als die zuerst entdeckte; ein schmales Boot würde dort sicherlich hindurchfahren können. Doch durch den Blick nach unten wurde ihm ganz schwindelig. Trevor schloss für ein paar Momente die Augen und versuchte anschließend, den Blick immer nur auf die nächste Sprosse zu richten. Auf diese Weise gelang es ihm, die nächsten Tritte zu meistern.

Dann kam ihm wieder der Pierrot in den Sinn, der ihm mit Leichtigkeit den Arm gebrochen hatte. Trevor konnte das Knacken seiner Knochen noch ganz deutlich hören …

Bloß nicht nach unten schauen, sagte sich Trevor. Er schloss erneut die Augen und klammerte sich fest an die Leiter. Nach einer Weile öffnete er wieder seine Augen und blickte starr geradeaus. Unten schlug etwas Schweres gegen den Pfeiler, das seine gesamte Metallkonstruktion erzittern ließ. Trevors Kehle wurde trocken vor Angst. Nicht nach unten schauen! Wieder erschütterte ein Schlag den Pfeiler, und Trevor versuchte verzweifelt, an etwas anderes zu denken. Vielleicht ein Lied, das er mit Daisy in Verbindung bringen konnte.

»Sie schreitet in Schönheit wie die Nacht …« Das war kein Lied, das war aus einem Gedicht. Aus einem, an das er sich noch von seiner Schulzeit her erinnerte.

Er musste weiterklettern. Eine Sprosse nach der anderen. Einen Fuß nach dem anderen. Er dachte an Daisy … und dann an den Pierrot. Ob der auch auf diesem Weg auf die Pier gekommen war?

Plötzlich stieß Trevor mit dem Kopf gegen etwas Hartes. Es bewegte sich, als er vorsichtig mit seinem Schädel dagegendrückte. Die Falltür! Trevor stieg weiter nach oben und drückte sie mit seinem Kopf nach und nach auf, bis sie mit einem lauten Knall zur Seite klappte. Dann kletterte Trevor durch die Öffnung und kauerte sich neben der Falltür auf den Boden. Vor Anstrengung – und vor Angst – schwitzte er am ganzen Körper.

Nachdem er kurz durchgeschnauft hatte, schaute er sich um. Er sah ein Oberlicht, eine Sitzbank, einen Generator. Keinen alten, sondern ein relativ neues Gerät, neben dem einige Kanister lagen. Möglicherweise enthielten sie Benzin für den Generator? Daneben stand eine rostige Kühltruhe, die mit verblichenen Stickern beklebt war, auf denen verschiedene Eissorten abgebildet waren: altmodisches Waffeleis und Eis am Stiel in verschiedenen Geschmacksnoten, aber keine modernen Eiskreationen, die mit Schokolade und Nusssplittern überzogen waren.

Mit zitternden Knien stand Trevor auf und machte ein paar vorsichtige Schritte, um zu testen, ob die Bodenplanken sein Gewicht aushielten. Sie schienen ihn zu tragen, und nirgendwo konnte Trevor jene nadelfeinen Lichtpunkte entdecken, die erste Anzeichen für ein durchgefaultes Brett waren. Der Raum war nicht allzu groß, und Trevor erblickte weder eine Bühne noch den Zuschauerraum mit den fehlenden Bodenbrettern, den Peter ihm beschrieben hatte. Also musste es *hinter* dem Theater noch einen Raum geben – nämlich diesen hier, den Peter nicht entdeckt hatte.

Trevor sah sich nach einer Tür um, durch die er zu den anderen Bereichen der Pier gelangen konnte, fand aber im Halbdunkel des Raumes nur ein kleines, kaum einen Meter hohes Loch. Trevor ließ sich auf alle viere nieder – er konnte dabei natürlich nur einen Arm belasten – und kroch mühsam in den niedrigen, düsteren Gang hinein. Kaum aber war er drinnen, versperrte ihm auch schon eine Holzwand den Weg. Auf Knien kauernd, tastete er mit der Hand seines gesunden Arms an den Holzbrettern entlang, bis er mit dem Zeigefinger ein kleines Loch fühlte. Ein Schlüsselloch? Er hämmerte mit der Faust gegen das Holz und hörte dann, wie auf der anderen Seite etwas ganz leise davonhuschte. Eine Ratte? Oder die menschliche Ratte, der er hinterhergeklettert war?

Als er keinen Ausgang ertasten konnte, kroch Trevor zurück und hockte sich neben die Kanister. Er schraubte einen von ihnen auf, schnüffelte an der Öffnung und erkannte, dass er vorhin richtig vermutet hatte: In den Behältern war tatsächlich Benzin. Dann legte er seine Hand auf das Metallgehäuse des Generators. Es war warm, also musste das Gerät vor nicht allzu langer Zeit noch gelaufen sein. Trevor stand auf, ging zu der Kühltruhe und klappte ihren Deckel hoch. Er schaute hinein, aber da es im Raum so dunkel war und die Kühltruhe keine Innenbeleuchtung besaß, konnte er nicht erkennen, was sich darin befand. Vorsichtig streckte er seinen gesunden Arm in die Kälte hinein, bis seine Hand auf etwas Weiches, Faseriges stieß, das sich wie Wolle oder zerrupftes Tau anfühlte. Er griff hinein und zog daran …

Peter Collins fuhr gerade durch das Stadtzentrum, als er im Polizeifunk den codierten Hilferuf an alle Einheiten vernahm. Er hörte, dass der Einsatzort die Pier war. In dem Moment wusste er, dass er Trevor niemals hätte alleine lassen dürfen.

Begleitet von dem wütenden Hupkonzert und den Flüchen anderer Autofahrer, wendete er mitten auf der High Street und raste mit Vollgas zurück in die Richtung, aus der er gerade gekommen war.

Ben Gummer hängte sich die geladene Schrotflinte über die Schulter und pfiff nach seinen Hunden. »Und du lässt hier niemanden rein, außer der Polizei, Mary«, schärfte er der Putzfrau ein.

»Ich würde da nicht rausgehen. Du weißt doch nicht einmal, ob der Mann nicht schon tot ist.«

»Trotzdem muss ich mich umsehen. Und denk daran, die Tür hinter mir abzuschließen.«

»Das hätte ich sowieso gemacht«, keifte sie zurück.

Ben ging hinaus in den Garten. Die Person, die Mary von der Pier hatte fallen sehen, trieb hinter dem Stacheldraht im Wasser. Ben kniff die Augen zusammen, um im grellen, vom Wasser reflektierten Sonnenlicht besser sehen zu können. Mit dem Alter kamen nicht nur die kleinen Wehwehchen, auch die Sehkraft ließ immer mehr nach. Früher hatte er eine Taube aus einer halben Meile Entfernung geschossen, und jetzt sah er sie nicht einmal mehr.

Der dunkle Fleck im Wasser teilte sich in zwei Hälften, die sich kurz darauf wieder miteinander vereinten. Ben ging weiter: Spielten seine Augen ihm einen Streich, oder schwammen da zwei Menschen, von denen der eine den anderen zog? Dann verschwand der Fleck auf einmal und tauchte kurze Zeit später im offenen Wasser jenseits des Stacheldrahts wieder auf.

Ben schob sich eine Zigarette zwischen die Lippen. Mary hatte ihn mit ihrem Geschrei aus einem herrlichen, wenn auch nicht ganz jugendfreien Traum gerissen und ihm eine wilde Geschichte von einem Polizisten erzählt, der hinaus zur Pier gegangen sei. Als sie nach ein paar Minuten aus dem Fenster gesehen hatte, war erst eine und dann noch eine zweite Gestalt von der Pier ins Wasser gestürzt.

»Was ist hier los, Ben?«, hörte er eine Stimme von hinten rufen.

Als er sich umdrehte, sah er, wie Peter Collins auf ihn zurannte.

»Du bist aber schnell da!«

»Ich war in der Stadt unterwegs. Wo ist Trevor?«

»Ich schätze, der schwimmt da drüben im Meer herum. Mary hat gesagt, dass ein Polizist hinaus zur Pier gegangen ist, und ein paar Minuten später hat sie gesehen, wie da jemand runtergestürzt ist. Siehst du, dass da was im Wasser schwimmt?«

»Ja«, antwortete Peter und rannte zur Pier.

»He, warte auf mich. Ich habe doch die Waffe.« Ben rief seine Hunde und folgte Peter, so schnell wie es sein keuchender, eingerosteter Körper erlaubte.

»Ich habe ihn gerettet, Chef. Ehrlich. Wenn ich ihn nicht aus dem Loch geschoben hätte, dann hätte der Clown ihn umgebracht. Er ist im Wasser gelandet, hat sich dabei aber nichts getan. Verletzt war er schon oben, ich schwöre es, Chef. Der Clown ist immer noch da oben, der hätte mich auch fertiggemacht, wenn ich ihm nicht hinterhergesprungen wäre.«

Andy zog die reglose Gestalt, die er soeben durch die Lücke im Stacheldrahtverhau bugsiert hatte, auf Peter zu.

Der Polizist kniete sich ins seichte Wasser und hob Trevors Schultern auf seinen Schoß. Nachdem Peter ihm die nassen Haare aus der Stirn gestrichen hatte, fuhr er ihm mit den Fingern über den leicht geöffneten Mund.

»Gib nicht auf, Trevor«, sagte er und sah seinem Kollegen in die halbgeöffneten Augen, während Andy behutsam den Kopf des Verletzten gegen Peters Brust drückte.

»Du schaffst es; der Notarzt wird gleich hier sein«, flüsterte Peter eindringlich. »Bitte, sag was!«

Doch Trevor antwortete nicht.

Peter begann zu fluchen. »Verdammt nochmal, Trevor, jetzt sag schon was ...«

»Er hat was am Kopf, Chef«, meinte Andy, der nun wie eine Vogelscheuche in den Wellen stand und wild mit seinen Armen herumruderte.

Vorsichtig fuhren Peters Finger durch das lange Haar des Verletzten und ertasteten eine klaffende Wunde über dem linken Ohr. Peter zog die Hand zurück und sah zum ersten Mal, dass sich ringsum das Wasser rosa gefärbt hatte.

Er schob die Arme unter Trevors schlaffen Körper, hob ihn hoch und trug ihn an den Strand. Selbst in seinen nassen Kleidern war Trevor noch ein Leichtgewicht. Der Kerl aß einfach nicht genug.

Ben pfiff seine Hunde zurück und kam auf Peter zu, um ihm zu helfen.

»Das schaffe ich schon«, murmelte Peter.

Plötzlich blieb Ben wie erstarrt stehen. Seine Augen weiteten sich vor Entsetzen, sein Gesicht wurde ganz grau, und er musste sich übergeben.

Peter kümmerte sich nicht darum. Er stapfte noch ein paar Meter den Strand hinauf, dann ging er in die Hocke und legte Trevor vorsichtig in den Sand. Er konnte seine Tränen nicht mehr zurückhalten; sie fielen herab und mischten sich mit dem Blut auf Trevors Gesicht.

»Da!«, keuchte Ben. »Sieh bloß, was er in der Hand hat!«

Peter blickte nach unten und bemerkte erst jetzt, dass Trevor einen menschlichen Kopf mit weitgeöffnetem Mund und starr ins Leere blickenden blauen Augen festhielt. Die Finger hatten sich ins schwarze, lockige Haar des Kopfes gekrallt, der mit einem sauberen Schnitt vom Hals abgetrennt worden war.

»Tim Sherringham hatte schwarze, lockige Haare und blaue Augen«, murmelte Peter.

»Daisy, wach auf.«

Sie lag auf dem Sofa in Richards Wohnzimmer, und als sie die Augen öffnete, sah sie, dass ihr Schwager vor ihr stand.

»Alan Cummins hat gerade angerufen. Im Krankenhaus sollen sie sich auf einen Notfall vorbereiten. Die Polizei hat das gesamte Gebiet um die Pier abgesperrt.« Er sagte ihr nicht, was Alan ihm sonst noch mitgeteilt hatte: dass die Polizei einen Kopf gefunden hatte, der möglicherweise von Tim stammte.

»Ich fahre zu Alan an die Pier, und du kannst hier bei Joanna bleiben.«

»Ich komme mit.« Daisy sprang vom Sofa auf und suchte in ihrer Handtasche aufgeregt nach ihrem Autoschlüssel.

Richard versuchte nicht, sie davon abzuhalten. »Ich fahre«, sagte er bloß und blickte dann zu Joanna hinüber.

Sie war blass und sah müde aus. »Ich warte hier.«

»Sehen Sie zu, dass die Löcher im Boden sofort zugemacht werden«, befahl Superintendent Mulcahy einem Constable, der neben ihm am Strand vor der Pier stand.

»Die Bretter sind schon unterwegs, Sir.«

»Vier bewaffnete Männer sichern den Pfeiler mit der Leiter. Holen Sie das Boot da unten raus, und schicken Sie ein Polizeiboot hinein. Wo bleibt eigentlich die Hundestaffel?«

»Constable Pitson hat sie vor zehn Minuten verständigt.«

»Wir müssen diesen Clown finden«, knurrte Mulcahy. »Wenn möglich, ohne Tote und Verletzte. Und am liebsten wäre es mir, wenn die ganze Aktion in der nächsten Stunde erledigt wäre.«

Mulcahy sah dem Constable hinterher, wie er mit raschen Schritten zu Ben Gummers Pub eilte. Auf halbem Weg kam er an einer im Sand stehenden Krankentrage vorbei, neben der ein stämmiger, rothaariger Arzt kniete und dem Verletzten eine Infusion legte.

Worauf warteten die noch?, fragte sich Mulcahy. Warum brachten sie Trevor Joseph nicht so schnell wie möglich ins Krankenhaus? Der Mann war schließlich schwer verletzt. Mulcahy ging hinüber zur Trage und holte tief Luft.

»Es tut mir leid«, sagte er zu Peter Collins, der neben der Trage im Sand kauerte.

»Tatsächlich?«, erwiderte Peter tonlos.

»Gehen Sie zurück in das Pub, Collins, Sie können hier nichts mehr tun.« Mulcahy kickte verlegen mit dem Fuß im Sand herum. »Lassen Sie sich von Gummer einen Brandy geben. Nun machen Sie schon.«

»Wieso müssen wir nur immer die Drecksarbeit erledigen?«, knurrte Peter. »Ich, Trevor hier und der arme Harries – wir alle werden vor unserer Zeit auf dem Friedhof landen.«

»Sie sind ja völlig durcheinander, Collins. Gehen Sie ins Pub und beruhigen Sie sich.«

»Ich bleibe so lange hier, bis Trevor ins Krankenhaus gefahren wird«, erwiderte Peter bestimmt. »Und dann gehe ich da hinein« – er deutete auf die Pier – »und schnappe mir den Dreckskerl, der das getan hat.«

Einer der hohen Polizeioffiziere, die Trevor und Peter immer als »die da oben« bezeichnet hatten, trat auf sie zu. »Was mit Sergeant Joseph passiert ist, geht uns allen an die Nieren, Sergeant …?«

»Collins, Sir«, antwortete Mulcahy für Peter.

»Natürlich … Sergeant Collins. Aber Rachegedanken bringen uns auch nicht weiter, so verständlich sie auch sein mögen. Ich habe selbst einen Kollegen vor Jahren unter ähnlichen Umständen verloren und weiß, wovon ich rede.«

»Trevor ist noch nicht tot.«

Der Polizeioffizier klopfte Peter auf die Schulter. »Bis auf weiteres sind Sie vom Dienst suspendiert.«

Peter drehte sich um und polterte los. »Jetzt hören Sie mir mal gut zu. Seit Jahren tue ich, was ihr Typen uns sagt. Aber jetzt sehen Sie sich mal an, wohin es mich gebracht hat. Und ihn.« Er deutete mit dem Finger auf Trevor. »Für Sie ist er nur ein Polizist unter vielen, aber für mich ist er mein Freund, und …«

»Sir?« Ein junger Constable rannte auf sie zu. »Dahinten an der Absperrung sind zwei Ärzte, die dem Verletzten helfen wollen.«

»Die sollen warten«, ordnete Mulcahy an und blickte dann zu Peter. »Sie bleiben bei ihm, wenn der Notarztwagen ihn ins Krankenhaus fährt.«

»Ist das Tim?«, rief plötzlich eine Stimme, und gleich darauf kam Daisy Sherringham angerannt. Als sie Peter Collins sah, blieb sie abrupt stehen.

»Ich habe versucht, sie aufzuhalten«, keuchte ein Constable, der ihr zusammen mit Richard Sherringham hinterhergerannt war.

»Geh zurück zur Absperrung, Daisy«, rief ihr Alan zu, der immer noch neben der Trage kniete und verzweifelt um Trevors Leben rang.

Peter sah Daisy mit tränenfeuchten Augen an und erklärte: »Er hat Sie geliebt. Wissen Sie das? Er hat den Boden angebetet, auf dem Sie gingen. Und Sie haben nicht mal eine Träne für ihn.« Peter drehte sich um und riss die Plastikplane von dem Bündel, das neben Trevor lag. »Aber vielleicht bringt Sie das hier zum Weinen«, rief er und zeigte auf den abgetrennten Kopf im Sand.

Einen Augenblick lang blieb Daisy wie erstarrt stehen. Dann kreischte sie entsetzt los.

»Verdammt nochmal, Collins, was machen Sie denn da?« Mulcahy zog rasch die Plastikplane wieder über den Kopf. »Es tut mir leid, dass Sie den Kopf Ihres Mannes so sehen mussten«, entschuldigte sich Mulcahy anschließend bei Daisy, die sich hemmungslos schluchzend an Alans Schulter festklammerte.

»Das ist nicht Tim Sherringham«, stieß Alan hervor, der mühsam um seine Beherrschung rang. Er wusste genau, wem der Kopf gehörte. Einem Mann, mit dem er gearbeitet, getrunken und gelacht hatte. Den er gemocht hatte.

»Aber der Kopf passt doch auf Tim Sherringhams Beschreibung«, erklärte Peter entschieden.

»Er gehört – oder besser: gehörte – Tony Pierce.«

»Dem Arzt, der Urlaub in der Sahara machen wollte?«, vergewisserte sich Peter.

»Stimmt«, murmelte Alan, übermannt vom Grauen des soeben Gesehenen. »Er wollte Urlaub in der Sahara machen.«

Kapitel einundzwanzig

Superintendent Mulcahy trat einen Schritt zurück und sah dem Krankenwagen hinterher. Von Anfang an war dieser Fall ein einziges Chaos gewesen – ein Chaos, das einem guten Polizisten wie Constable Harries und jetzt vielleicht auch noch Sergeant Joseph das Leben gekostet hatte. Und Joseph war nahezu unersetzlich, nicht zuletzt wegen der beruhigenden Wirkung, die er auf seinen aufbrausenden Partner Peter Collins hatte.

»Sir, die Bretter sind jetzt da, und die bewaffneten Polizisten sind unterhalb der Pier auf Position.«

»Danke, Constable«, antwortete Mulcahy und dachte daran, dass die ganze Angelegenheit hier noch keineswegs abgeschlossen war. Und er hatte jetzt die Aufgabe, den Glücklichen zu bestimmen, der auf die Pier klettern und den mordenden Verrückten dort drinnen zur Strecke bringen musste.

Mulcahy ließ seinen Blick über den Strand schweifen. Der Krankenwagen fuhr langsam zur Straße hinauf, und die Männer blickten ihm wegen Sergeant Joseph respektvoll schweigend hinterher – auch Peter Collins, der sich geweigert hatte, in der Ambulanz mitzufahren. Mulcahy ging zu ihm und nahm ihn beiseite.

»Nehmen wir mal an, wir hätten nicht gehört, dass man Sie vorhin vom Dienst suspendiert hat. Würden Sie dann das Kriegsbeil begraben und mit mir zusammen den Kerl zur Strecke bringen?«

»Einverstanden«, antwortete Peter mit rauer Stimme. Es war ihm anzumerken, dass er gegen seine Gefühle ankämpfte.

»Sir!«, rief ein junger Constable.

»Was ist?«, fragte Mulcahy gereizt.

»Sergeant Scott lässt Ihnen ausrichten, dass wir ihn nicht davon abhalten konnten.«

»Wen konnten Sie von was nicht abhalten?«

»Dr. Richard Sherringham, Sir. Er hat die Absperrung durchbrochen und ist über die Leiter hinauf auf die Pier geklettert.«

Mulcahy funkelte den nervösen Constable wütend an. »Wieso tut hier eigentlich niemand das, was ich ihm sage?«

»Entschuldigung, Sir.«

»Ihre verdammte Unfähigkeit hat uns gerade noch gefehlt! Wie kann man es einfach so zulassen, dass sich ein blutiger Amateur auf die Jagd nach einem wahnsinnigen Mörder macht?«

»Schlechter als wir kann er sich wohl kaum schlagen«, bemerkte Peter.

»Ist die Hundestaffel schon da?«, wollte nun Mulcahy von dem Constable wissen.

»Bis jetzt habe ich sie noch nicht gesehen.«

»Dann kümmern Sie sich darum, dass sie schleunigst herkommt. Und sagen Sie Sergeant Scott, dass er sich nicht nochmal so einen Schnitzer leisten kann.«

Peter zog seine Jacke aus und krempelte die Hemdsärmel hoch, während er zu Ben hinüberrief: »Was ist mit deinen Hunden?«

Ben verstand sofort, was Peter von ihm wollte. »Sie sind so gut wie Polizeihunde«, erwiderte er stolz. »Ich habe ihnen alles beigebracht. Auch wie man einen Mann stellt. Und das braucht ihr doch da oben, nicht wahr?«

»Können sie auch eine Leiter hochklettern?«

»Das haben sie noch nie gemacht. Aber wenn man es ihnen sagt, tun sie es bestimmt.«

Peter wandte sich an Mulcahy. »Wollen wir es versuchen?«

»Kommen Sie, wir holen uns Waffen«, erwiderte der Superintendent knapp.

Als Peter die Waffe, die Mulcahy ihm gegeben hatte, überprüfte, trat Sarah Merchant auf ihn zu. »Sergeant Collins, dürfte ich Ihnen eine Frage stellen?«

»Hat das nicht Zeit bis später?«, entgegnete Peter und fühlte sich dabei wie ein verdammter Feigling. »Ich bin gerade sehr beschäftigt.«

»Verstehe, Sir«, sagte Sarah. Doch dann äußerte sie trotzdem die Vermutung, die sie seit dem frühen Morgen plagte. »Es ist ihm etwas zugestoßen, nicht wahr? Wenn alles mit ihm in Ordnung wäre, hätte er mich in den vergangenen vierundzwanzig Stunden angerufen, da bin ich mir ganz sicher.«

Peter wollte ihr gerade mit den üblichen Allgemeinplätzen antworten, als die Sonne urplötzlich hinter einer Wolkenwand verschwand und der zuvor in gleißendes Sonnenlicht getauchte Strand auf einmal eine graue Farbe annahm. Peter begann in seinen nassen Kleidern zu frieren.

»In den vergangenen vierundzwanzig Stunden mussten wir alle mehr Leid erfahren, als uns lieb ist, Constable.«

»Verstehe, Sir.« Sie kämpfte mit den Tränen. »Das mit Sergeant Joseph tut mir leid, Sir.«

»Constable Merchant, sehen Sie die Frau dort oben?« Er deutete hinauf zur Strandpromenade, wo Daisy zusammengekauert unter einer Decke saß, die ihr jemand um die Schultern gelegt hatte. »Sehen Sie mal nach, ob Sie etwas für sie tun können.«

»Jawohl, Sir«, erwiderte sie und machte sich auf den Weg.

»Wenn ich die Uhr zurückdrehen könnte, Constable Merchant, dann würde ich es tun«, rief Peter ihr hinterher.

Mulcahy trat mit entschlossenen Schritten auf ihn zu.

»Die Jungs haben die Absperrung am Eingang zur Pier beiseitegeräumt, und in ein paar Minuten dürften sie die Löcher im Boden mit Brettern überbrückt haben.«

»Und wir klettern die Leiter hinauf und treiben den Kerl vom Theater aus nach vorne?«

»Ganz genau.«

»Und was ist mit Richard Sherringham?«

»Falls er noch am Leben sein sollte, müssen wir verdammt aufpassen, damit wir ihn nicht erschießen.«

Daisy nahm den Plastikbecher mit heißem Kaffee in beide Hände. »Vielen Dank«, sagte sie zu der jungen Frau, die ihn ihr gegeben hatte.

»Kann ich noch etwas für Sie tun, Dr. Sherringham?«

»Nein, vielen Dank.«

»Macht es Ihnen etwas aus, wenn ich ein wenig bei Ihnen bleibe?«, fragte die Polizistin.

»Nein, im Gegenteil«, erwiderte Daisy.

Die Beamtin setzte sich neben sie, sagte aber nichts. Daisy war ihr dankbar für ihr Taktgefühl. Schweigend blickte sie zur Pier. Was in aller Welt hatte Richard dazu gebracht, dort hinaufzuklettern? Glaubte er vielleicht, dass er Tim dort fand? Dass die Kidnapper seinen Bruder am Leben gelassen hatten? Wenn sie das doch nur auch glauben könnte …

»Also gut dann. Los! Hoch!« Peter legte die Vorderpfoten des Hundes auf eine Sprosse der Leiter.

»Edna wird das schneller kapieren als Cyril.« Ben nahm den zweiten Hund beim Halsband und watete auf Peter und Bill Mulcahy zu.

»Sie dürfen nicht näher kommen; bleiben Sie hinter der Absperrung!«, warnte Mulcahy.

»Das sind meine Hunde.« Ben spuckte die Zigarettenkippe aus seinem Mund. »Komm schon, Edna. Hoch!« Die Hündin verstand sofort, und nach einem unbeholfenen Versuch und ein paar Verschnaufpausen kletterte die Hündin langsam bis zur Falltür hoch. »Los! Rein, Edna«, rief Ben. »Und jetzt bist du dran, Cyril.«

»Komische Namen für Hunde«, bemerkte Peter.

»Komische Namen für Menschen«, erwiderte Ben.

»Gut, Mr Gummer, vielen Dank für Ihre Hilfe, aber jetzt müssen Sie wieder zurück hinter die Absperrung«, wies Mulcahy ihn an.

»Einen Teufel werde ich tun. Das sind meine Hunde …«

»Hier kann es gefährlich werden, Ben.« Peter klopfte auf die Waffe in seinem Holster.

»Als ich Soldat war, hat mich auch keine Kugel erwischt.«

»Das muss nicht immer so bleiben.« Peter setzte einen Fuß auf die Leiter. »Tu mir den Gefallen, Ben, und geh zurück.«

Ben gab nach. »Bis zur Absperrung, aber keinen Schritt weiter.«

»*Hinter* die Absperrung«, blaffte Mulcahy.

»Der zweite Hund ist drinnen.« Peter begann, rasch und gleichmäßig nach oben zu klettern, wobei er ständig die Falltür im Auge behielt. Wenn jemand von dort oben auf ihn schoss oder mit einem Messer nach ihm warf, hatte er keine

Chance, dachte er, aber bisher hatte der Clown eher den Nahkampf gesucht. Peter gab sich eine fünfzigprozentige Chance, unbeschadet oben anzukommen.

Am Ende der Leiter angelangt, hielt er sich am Rahmen der Falltür fest und zog sich hinauf ins Innere der Pier. Der Raum, in den er kam, war leer bis auf die Hunde, die in einen niedrigen Alkoven gelaufen waren und darin gegen die Bretterwand kratzten. Richard Sherringham war nirgends zu sehen. Peter zog seine Waffe und entsicherte sie, bevor er sich an die Rückwand des Raumes stellte und sich genau umsah.

Präzise prägte er sich die Position jedes Gegenstands in dem Raum ein: die Kühltruhe und den Generator – hinter dem konnte man Deckung nehmen, wenn die Kugeln flogen –, die Sitzbank und die Benzinkanister. Vorausgesetzt, dass der Clown nur ein Messer hatte, müsste er eigentlich zu überwältigen sein. Die Hunde kratzten immer noch an der Bretterwand im Alkoven.

Bill Mulcahy reckte seinen Kopf vorsichtig durch die Luke.

»Alles klar hier«, flüsterte Peter ihm zu, und der Superintendent kam herein.

Er gab Peter mit seiner Pistole ein Zeichen. Peter nickte, und dann näherten sie sich beide langsam dem Alkoven. Sie bückten sich, krochen vorsichtig hinein und drängten die Hunde zur Seite.

Rasch entdeckten sie eine kleine, etwa einen Meter hohe Tür, die keine Klinke hatte und sich auch nicht nach innen drücken ließ.

»Abgeschlossen«, flüsterte Peter und deutete auf das Schlüsselloch.

»Schloss aufschießen«, befahl Mulcahy.

Peter hielt die Mündung seiner Pistole an das Schlüsselloch, feuerte einen Schuss ab und trat die Tür nach innen. Die Hunde rannten in die dunkle Öffnung. Sogleich ertönten von dort laute Schreie, gefolgt vom wütenden Knurren der beiden Schäferhunde. Die Pistole schussbereit in den ausgestreckten Händen, spähte Peter durch das Loch in einen niedrigen, dunklen Raum, der nur spärlich von dem Tageslicht erleuchtet wurde, das durch mehrere kleine Löcher in Decke und Boden hereindrang.

»Rufen Sie die Hunde zurück«, schrie Richard Sherringham.

»Edna, Cyril, bei Fuß«, rief Peter mit fester Stimme. Zu seiner Überraschung gehorchten die beiden und kamen zu ihm.

Richard kniete neben einer auf dem Boden liegenden Gestalt, die Stoffslipper und eine schwarze Seidenhose mit weißen Bommeln trug.

»Wer ist das, Dr. Sherringham?« Peter hielt seine Waffe auf den Mann am Boden gerichtet und hörte, wie Bill Mulcahy hinter ihn trat.

Richard blickte auf. »Das ist mein Bruder, Sergeant Collins. Mein kleiner Bruder Tim.«

»Können Sie uns sagen, was Sie da drinnen gefunden haben?«

»Stimmt es, dass es auf der Pier eine Kühltruhe voller Köpfe gibt?«

»Haben Sie den Autobahnmörder gefasst?«

»Gibt es eine Verbindung zwischen den Morden und den Sherringhams?«

»Was hat Dr. Sherringham …«

»Bitte …« Superintendent Mulcahy wandte sich an die versammelte Presse. »Die Pressekonferenz findet in zwei

Stunden im Präsidium statt. Bis dahin gebe ich keinen Kommentar ab.« Er hielt das Objektiv einer Kamera, die direkt vor seinem Gesicht war, mit den Händen zu. »In zwei Stunden auf dem Revier«, wiederholte er.

Peter schaffte es, sich unerkannt durch die dichtgedrängten Reporter zu schlängeln, und lehnte sich erschöpft an den Polizeibus.

»Möchten Sie einen Schluck?« Ein Constable, der gleichzeitig mit ihm bei der Polizei angefangen hatte, bot ihm einen Flachmann an.

»Endlich mal ein Polizist, der mich nicht Sir nennt.« Peter nahm die Flasche und trank einen Schluck Brandy.

»War es schlimm da oben?«

»Nicht so schlimm, wie ich gedacht hatte.« Peter schnallte sich das Holster ab. Er musste die Waffe wieder abgeben, aber das konnte warten.

»Achtung, da kommt Ärger«, warnte ihn der Constable.

Peter gab ihm schnell den Flachmann zurück.

»Sergeant Collins«, sagte Mulcahy, »wenn Sie jemanden festnehmen –«

»Ich nehme heute niemanden mehr fest. Ich mache überhaupt nichts mehr. Ich bin echt fertig.«

»Sie sehen auch ziemlich fertig aus«, stimmte Mulcahy ihm zu.

»Ab sofort nehme ich eine längere Auszeit.«

»Einige Dinge sind aber noch ungeklärt.«

»Die dürfen Sie alleine aufklären.« Peter holte seine Jacke aus dem Bus. »Ich habe noch einiges zu erledigen.«

»Was denn, zum Beispiel?«, fragte Mulcahy.

»Mich um einen alten Freund kümmern, solange ich das noch kann.« Peter ging fort und sah sich nicht um. Er wusste, dass er wieder nachgeben würde, wenn er das täte. Er würde dann nach Daisy Sherringham sehen oder nach dem sabbernden und wirr vor sich hin stammelnden Verrückten, bei dem er vorhin geholfen hatte, ihn in eine Zwangsjacke zu stecken. Er würde seinen Kollegen dabei helfen, die Verbrecher zu finden, die Harries getötet und ihn zu Hackfleisch verarbeitet hatten.

Er stieg in seinen Wagen, ließ den Motor an und fuhr los in Richtung Krankenhaus. Er musste Joseph sehen, egal, ob lebendig oder tot, und dann würde er einen Anruf tätigen, vor dem ihm eigentlich grauste. Einen Anruf nach Axminster.

Daisy saß reglos auf einem Stuhl, der neben Tims Bett stand.

In den vergangenen paar Tagen hatte sie die Zeiten zu schätzen gelernt, in denen Tim schlief. Sie hatte gelernt, sich selbst zu täuschen und sich vorzumachen, dass alles normal wäre, dass man ihm den Blinddarm herausgenommen hätte oder er unter einer Gehirnerschütterung oder einer kollabierten Lunge leiden würde – alles war besser als die Wahrheit. Daisy wollte der Tatsache einfach nicht ins Auge sehen, dass hinter diesen schönen, sanften Gesichtszügen ein krankes Gehirn steckte.

Aber vielleicht war nicht alles verloren? Vielleicht war ja doch noch etwas von ihrem alten Tim übrig? Tief in ihrem Inneren hoffte Daisy immer noch, dass er sich mit der Zeit und bei guter Pflege wieder erholen würde. Es war eine verzweifelte, vollkommen unrealistische Hoffnung, und doch war sie das Einzige, was ihr noch blieb. Eine Hoffnung, die nichts als Wunschdenken war. Dass Tim aufwachen, langsam die Augen öffnen und ihr lächelnd zuflüstern würde: »Schatz, ich hatte einen ganz verrückten Traum.«

Eine Hoffnung, die fast so wirklichkeitsfremd war wie die, dass Joanna oder Richard ins Zimmer kommen und verkünden würden, sie hätten endlich eine Therapie für Tim gefunden.

»Daisy?«

Sie blickte auf. »Hallo Richard. Es tut mir leid, ich war mit meinen Gedanken ganz woanders.«

Er setzte sich auf den Stuhl neben sie. »Gibt es was Neues?«

»Nein. Er schläft nach wie vor.«

»Vielleicht ist es auch gut so.«

»Ewig können wir ihn nicht unter Beruhigungsmitteln halten.«

Ein leises Hüsteln von der anderen Seite des Raumes her erinnerte sie daran, dass sie nicht alleine waren. Sie waren nie alleine, aber in all den Tagen, an denen nun schon ein Polizist ständig in ihrer Nähe war, hatten sie gelernt, seine Gegenwart zu ignorieren.

»Ich wollte dich eigentlich zum Mittagessen abholen«, sagte Richard.

»Ich bin nicht hungrig.«

»Ärztliche Anweisung. Wenn du nichts isst, klappst du zusammen, und ich muss mich dann auch noch um dich kümmern. Ehrlich gesagt, schaffe ich das im Moment nicht.«

»So betrachtet kann ich deine Einladung wohl kaum ablehnen, oder?«

Der Constable nickte Richard zu, als sie den Raum verließen. Eine Krankenschwester nahm Daisys Platz ein, und es wurde wieder still im Krankenzimmer.

»Das wurde aber auch langsam Zeit«, beschwerte sich Mulcahy. »Ich dachte schon, Sie würden hier nie wieder aufkreuzen.«

»Genießen Sie meine Gegenwart, solange Sie noch können«, erwiderte Peter. »In zehn Minuten trete ich nämlich meinen dreiwöchigen Urlaub an.«

»Das ist völlig ausgeschlossen!«, protestierte Mulcahy lautstark. »Sie nehmen hier keine Minute Urlaub, solange dieser Fall noch nicht abgeschlossen ist.«

»Für mich ist der Fall abgeschlossen. Und zwar seit gestern.« Peter setzte sich auf einen der harten Stühle im Büro des Superintendenten. Jetzt, wo Trevor nicht neben ihm war, fühlte es sich sowohl vertraut als auch seltsam an, hier zu sitzen. Und Harries, der voller Eifer stets zu Diensten war, gab es auch nicht mehr. Zum ersten Mal wurde Peter die Tatsache, dass Harries tot und Trevor im Krankenhaus lag, in ihrer ganzen Bedeutung für die tägliche Arbeit bewusst. Und das tat mehr weh, als er gedacht hatte.

»Wie geht es Trevor?« Mulcahy räusperte sich. Ihm war es offenbar peinlich, dass er sich nicht gleich am Anfang des Gesprächs nach dem Sergeant erkundigt hatte.

»Er ist an ein Beatmungsgerät angeschlossen und wird künstlich ernährt«, sagte Peter tonlos. »Die Ärzte wissen selbst noch nicht, ob er jemals wieder sehen, reden oder denken können wird.«

»Und wie nimmt es seine Familie auf?«

»Seine Mutter ist am Boden zerstört, und sein Bruder versucht verzweifelt, die Fassung zu wahren. Manchmal schafft er es sogar.«

»Wo sind sie untergebracht?«

»In Trevors Wohnung. Ich habe Ihnen meine angeboten, aber sie wollten lieber in Trevors Chaos bleiben.«

»Kann ich irgendetwas für ihn tun?«

»Nein. Es sei denn, Sie sind ein Wunderheiler.«

»Ich wollte ihn schon längst besuchen«, sagte Mulcahy. »Aber hier ist noch immer die Hölle los. Die da oben haben gestern Nachmittag ein Meeting zum Abschluss des Falles einberufen, das bis weit nach Mitternacht gedauert hat. Schließlich ging es um die Familie eines Kabinettministers …«

»Das ist kein Problem. Trevors Familie kennt Sie nicht, und er selbst hat zurzeit das Bewusstsein eines Kohlkopfs.« Peter sah mit fest aufeinandergepressten Lippen zu Mulcahy hinüber. »Ich gebe Ihnen keine Schuld. Nicht mehr. Harries und Trevor sind aus freien Stücken zur Polizei gegangen. Sie kannten die Risiken.«

Peter zog eine Zigarre aus der Brusttasche seines Jacketts und zündete sie an. Dabei erinnerte er sich an das, was Trevor ihm noch gesagt hatte, bevor er Ben Gummers Pub verlassen hatte: »Seit langer Zeit habe ich mal wieder das Gefühl, dass eine Frau mir wirklich etwas bedeuten könnte. Und das möchte ich nicht aufs Spiel setzen. Auch nicht für dich und deine seltsamen Rachegelüste. Und ganz bestimmt nicht für Nachforschungen, die zu nichts führen.«

Für Trevor hatten die Nachforschungen tatsächlich zu nichts geführt, dachte Peter düster. Und das war seine Schuld. Er hätte ihn in seinem Zustand niemals auf Ben warten lassen dürfen. Er hätte ihn heimschicken müssen. Peter machte sich nicht nur deshalb Vorwürfe, sondern auch wegen seines unmöglichen Benehmens gegenüber Daisy Sherringham, als er ihr am Strand den vermeintlichen Kopf ihres Ehemanns gezeigt hatte. Immerhin war Daisy der Grund dafür gewesen, dass Trevor in der letzten Zeit einige glückliche Momente hatte erleben dürfen – was man von ihm, Peter, nun wahrlich nicht behaupten konnte.

»Nehmen Sie sich die Sache mit Trevor nicht so zu Herzen, Collins. Er würde bestimmt nicht wollen, dass …«

»Bitte keine Platituden. Was passiert ist, ist passiert. Harries ist tot, und Trevor ist so gut wie tot. Und ich bin dafür verantwortlich.«

»Das ist doch verrückt.«

Peter zog an seiner Zigarre. »Ich bin nicht vorbeigekommen, um mir eine Runde väterliches Mitgefühl abzuholen, Sir. Ich habe Harries gebrieft und ihn dann rausgeschickt, und ich habe Trevor mit zu Ben Gummers Pub genommen. Damit muss ich leben. Am liebsten würde ich jetzt gleich nach Hause gehen und mich vollsaufen, aber Trevors Schreibtisch muss noch leer geräumt werden, und ich möchte nicht, dass irgendein Polizist, der ihn nicht gekannt hat, seine Sachen einfach in eine Schachtel packt. Und wo ich nun schon mal da bin, habe ich Ihnen aus reiner Höflichkeit gesagt, dass ich ab sofort meinen gesamten Urlaub nehme. So, und jetzt mache ich mich mal an die Arbeit …«

»Bleiben Sie noch vierundzwanzig Stunden, und Sie kriegen eine Woche Urlaub mehr«, bot ihm Mulcahy an.

»Nein.«

»Sind Sie verrückt? So ein Angebot lehnt man nicht ab.«

»In diesem Job muss man verrückt sein.«

»Das spricht nicht gerade für uns«, meinte Mulcahy tonlos.

Peter zog heftig an seiner Zigarre. »Warum bin ich denn plötzlich so wichtig? Hier finden Sie doch Ja-Sager zuhauf, bei denen Sie nur mit den Fingern schnippen müssen.«

»Sie haben den Fall angefangen. Und ich will, dass Sie ihn auch abschließen.«

»Ich bin beim Drogendezernat und für Kapitalverbrechen

nicht zuständig. Ich wollte diesen Fall nie haben. Sie haben ihn uns aufgedrängt.«

»Jetzt werden Sie bitte nicht bockig, Collins«, warnte ihn Mulcahy. »Sie waren ja schon immer ziemlich schwierig, aber wenn Sie so weitermachen, sind Sie die längste Zeit Sergeant gewesen.«

»Ich hänge nicht an meinem Job. Sie können ihn haben.«

»Ich will Ihren Job nicht, aber in den nächsten Tagen wird es hier drunter und drüber gehen vor lauter Arbeit, und ich dachte, Sie wollten vielleicht die Festnahmen übernehmen und die Verbrecher dingfest machen, die Trevor in seinen jetzigen Zustand versetzt haben. Den Fall abschließen.«

»Wen soll ich denn verhaften?«, fragte Peter höhnisch. »Tim Sherringham vielleicht? Sogar ich hatte Mitleid mit dem armen Irren.«

»Den meinte ich nicht.«

Peter wurde ernst. »Wen dann?«

»Diese Obdachlosen. Andy und …« – Mulcahy suchte auf seinem Schreibtisch nach einem Blatt Papier – »… und Gramps.«

»Die haben niemanden umgebracht.«

»Ich habe hier zwei Haftbefehle, auf denen etwas ganz anderes steht.«

»Kaum bin ich mal kurz weg, kommen Sie auf die abstrusesten Gedanken.«

»Aber es passt doch alles zusammen. Sie wussten, wie man durch die Lücke in der Absperrung auf die Pier kommt. Dort oben haben sie sich dann als Pierrots verkleidet und geschminkt.«

»Mit vierzig Jahre altem Make-up?«, fragte Peter.

»Die beiden haben gesehen, wie Tim Sherringham im Obdachlosenheim Sam den Scheck gegeben hat, und gedacht, er hätte viel Geld. Dann haben sie gemeinsam einen Plan geschmiedet und ihn entführt. Ich weiß, es klingt ein bisschen nach einem Hollywoodfilm aus den Dreißigerjahren, aber trotzdem hätte der Plan fast funktioniert.«

»Das ist absurd. Diese beiden würden so etwas nie zustande bringen. Die sind doch zu blöd, um sich ihren täglichen Schnaps zu organisieren.«

Mulcahy ignorierte Peters Bemerkung und fuhr fort: »Die beiden sind in einem Boot von der Pier zu einer Brücke in der Nähe der Autobahn gefahren, sind auf den Pannenstreifen geklettert und haben als Pierrots verkleidet Tim Sherringham aufgehalten …«

»Und woher wussten sie, dass er an diesem Morgen auf der Autobahn fahren würde?«

»Weil sie ihn selbst angerufen und einen Notfall vorgetäuscht haben.«

»Und woher hätten sie wissen sollen, dass Mrs Hawkins in dieser Nacht ihr Kind kriegt?«

»Das haben sie in der Jubilee Street mitgekriegt, als Tim Sherringham und Amanda Dart dort waren. Es kann gut sein, dass sie dort kurz über ihre Arbeit gesprochen haben.«

»Und Tony Pierce?«

»Sein Tod war ein Versehen. Sie haben sein Auto angehalten und geglaubt, es sei das von Tim Sherringham. Als sie ihren Irrtum bemerkten, erstachen sie ihn und zerrten seine Leiche ins Gebüsch. Dort haben sie ihm dann Hände und Kopf abgetrennt, die sie später in der Kühltruhe auf der Pier versteckt haben. Im Labor werden gerade die Fingerabdrücke und DNA-Spuren untersucht, die man an der Kühltruhe gefunden hat, und ich bin mir sicher, dass sie von Andy und Gramps stammen.«

»Warum sollten sie die Köpfe und Hände behalten?«

»Damit man ihre Opfer nicht so leicht identifizieren kann.«

»Sie haben gerade gesagt, dass sie Pierce aus Versehen angehalten haben.«

»Davon gehe ich aus, ja.«

»Sie glauben also wirklich, dass diese beiden traurigen Säufer Tim Sherringhams Entführung bis ins letzte Detail geplant haben? Und dass sie körperlich in der Lage waren, einen kräftigen Mann wie Tim Sherringham zu überwältigen? Aber wie ging es dann weiter? Haben sie Sherringham zusammen mit Pierce' Kopf und Händen in Tims Auto gepackt und sind damit noch ein bisschen durch die Gegend gefahren? Selbst wenn ich das glauben würde – was ich nicht tue –, bleibt immer noch die Frage, was aus dem Auto von Pierce und dem Boot geworden ist.«

»Die Autos von Pierce und Sherringham wurden auf einem Schrottplatz im Hafengebiet gefunden. Da haben die beiden sie vermutlich abgestellt.«

»Und Amanda Dart?«

»Die haben sie im Yachthafen aufgegriffen und auf Sherringhams Boot getötet.«

»Und Sie glauben allen Ernstes, dass zwei heruntergekommene Obdachlose, die wahrlich nicht nach Veilchen riechen, Amanda Dart dazu überreden konnten, mit ihnen auf Sherringhams Boot zu gehen?«

»Die beiden mögen heruntergekommen sein, aber sie sind auch verdammt gerissen, sonst hätten sie jetzt nicht so lange untertauchen können. Vielleicht haben sie Amanda, die ja schließlich Krankenschwester war, erzählt, dass Sherringham krank war und auf dem Boot ihre Hilfe brauchte. Wie wir wissen, hat Tim Sherringham ihr bei der Sache mit ihrem Bruder geholfen. Aus Dankbarkeit dafür hätte sie bestimmt alles getan, um ihm zu helfen.«

Collins holte tief Luft. Ganz gleich, wie plausibel Mulcahys Ausführungen auch klangen, Andy und Gramps waren zu so etwas nicht in der Lage, das wusste er genau.

»Und was ist mit dem Boot?«

»Das haben sie sich im Yachthafen unter den Nagel gerissen und später wieder dorthin zurückgebracht. An fast jeder der größeren Yachten ist ein kleineres Beiboot festgemacht, und wir kriegen immer wieder Anrufe, dass eines von ihnen fehlt. Oft tauchen die Boote dann irgendwann mal wieder auf, was ja ganz gut zu der Geschichte passen würde.«

»Ich frage mich nur, weshalb jemand, der sich oft nicht mal seinen Schnaps kaufen kann, per Generator eine Kühltruhe betreibt. Mal ganz abgesehen davon, dass das Benzin nicht umsonst ist, fehlt mir das Motiv dafür. Was zum Teufel sollen zwei Obdachlose mit einer Sammlung tiefgekühlter Hände und Köpfe anstellen?«

»Wahnsinnige brauchen kein Motiv«, erwiderte Mulcahy und sah Peter durchdringend an. »Na, was ist, Collins? Nehmen Sie die beiden nun fest oder nicht?«

»Ich persönlich würde lieber die wirklichen Mörder festnehmen. Oder Richard Sherringham.«

»Warum Richard Sherringham?«

»Haben Sie das Nebengebäude der Klinik durchsucht?«

»Ja, das haben wir. Aber wir haben nichts gefunden.«

»Nichts gefunden? Das kann nicht Ihr Ernst sein!«

»Wir haben alles so vorgefunden, wie Sie es uns beschrieben haben. Staub, Spinnweben, alte Akten –«

»Tonnen mit radioaktivem Abfall«, unterbrach ihn Peter.

»Tonnen mit radioaktivem Abfall«, stimmte ihm Mulcahy zu. »In denen mit Radium bestrahlte Tumore lagen. Der Pathologe des Innenministeriums war mit dabei. Er hat diese Tonnen unter beträchtlichem Risiko für seine eigene Gesundheit durchsucht, aber er hat nichts Belastendes gefunden.«

»Haben Sie Sherringham mit Harries' Schuh konfrontiert?«

»Wie hätte ich das machen sollen? Was hätte ich sagen sollen? Einer meiner Leute ist letzte Nacht bei Ihnen eingebrochen und hat in einer Tonne mit radioaktivem Abfall diesen Schuh gefunden?«

»Genau das.«

»Sherringham war bei der Durchsuchung nicht mal anwesend. Einer seiner Pfleger hat uns aufgeschlossen. Anscheinend hatte er keine allzu große Angst, dass wir dort etwas finden könnten.«

»Er muss herausgefunden haben, dass ich dort war. Vielleicht hat ihm der Wachmann gesagt, dass er mich auf das Gelände gelassen hat. Sherringham hatte genügend Zeit, die Beweise zu vernichten und die Tonnen durch andere zu ersetzen.«

»Das kann ja alles möglich sein, aber ohne handfeste Beweise können wir niemanden verhaften.«

»Sherringham gehört das Gelände.«

»Auf dem an die hundert Menschen arbeiten. Wenn man das Hauspersonal noch mitzählt, sind es sogar über hundert.«

»Wie viele von ihnen haben einen Schlüssel zu dem Nebengebäude?«

»Der hängt am Schlüsselbrett des Portiers und ist für jeden zugänglich.«

»Auch der Schlüssel für den hintersten Raum?«

»Ja. Es wird zwar etwas Zeit dauern, aber wir werden der Sache auf den Grund gehen, Collins.«

»Und bis dahin?«

»Bis dahin verhaften Sie Andy und Gramps. Lassen Sie uns erst den einen Fall abschließen, bevor wir uns an den nächsten machen.«

»Die beiden Fälle gehören aber zusammen«, sagte Collins entschieden.

»Und wie?«

»Ich wünschte, ich wüsste es.«

Mulcahy schob ihm einen braunen Umschlag zu. »Das sind die Haftbefehle für Andy und Gramps.«

Collins starrte den Umschlag eine Weile an, bevor er ihn in die Innentasche seines Jacketts steckte. »Gramps kann ich erst heute Abend verhaften, wenn das Obdachlosenheim aufmacht.«

»Das dachte ich mir.«

»Und was Andy angeht, weiß ich nicht, wo ich nach ihm suchen soll. Er schläft oft im Freien.«

»Wenn Sie ihn nicht finden, dann findet ihn keiner. Ich lasse schon seit Tagen nach ihm suchen.«

Mulcahy stand von seinem Schreibtisch auf und ging hinüber zu dem großen Stadtplan an der Wand. »Sie werden Hilfe brauchen, Collins. Nehmen Sie sich, wen Sie brauchen, solange Sie mir nicht den Diensthabenden wegnehmen.«

»Vielen Dank, aber mit einem Mörder werde ich alleine fertig. Bei den Drogendealern sieht das dann wieder anders aus …«

»Dann machen Sie sich mal an die Arbeit, Collins.«

Kapitel zweiundzwanzig

»Daisy, darf ich dir Phillip Hardwick vorstellen?«, fragte Richard und deutete auf einen kleinen, schmächtigen Mann. »Wie du ja weißt, ist er eine der größten Koryphäen auf seinem Gebiet.«

»Es wäre mir lieber, wenn Dr. Sherringham sich selbst ein Bild über meine Fähigkeiten machen würde«, sagte Hardwick, während er den Leuchtkasten ausschaltete, auf dem er sich die Aufnahmen von Tims Gehirn angesehen hatte. Dann gab er Daisy die Hand.

»Ich habe einige Ihrer Abhandlungen gelesen«, sagte Daisy und spähte an ihm vorbei auf den dunklen Leuchtkasten an der Wand.

»Es ist immer schön zu erfahren, dass meine bescheidenen Forschungsergebnisse ein breiteres Publikum erreichen«, meinte der Neurologe und führte Daisy zu ein paar mit Leder bezogenen Stühlen, die in einer Ecke von Richards Büro standen.

Richard trat an die Hausbar und blickte zu Daisy. »Brandy?«

»Brauche ich denn einen?«, fragte Daisy nervös zurück.

Richard gab keine Antwort. Er nahm drei Gläser, goss etwas Brandy hinein und brachte sie zu seinen beiden Gästen an den Tisch.

»Danke«, sagte Daisy und legte die Finger um den Cognacschwenker.

»Lassen Sie uns gleich zur Sache kommen, Dr. Sherringham …«

»Bitte nennen Sie mich Daisy.«

Hardwick lächelte sie an, aber Daisy kannte diese Art von Lächeln nur zu gut. Es war der Gesichtsausdruck eines Arztes, der seinem Gegenüber gleich etwas Unangenehmes eröffnen würde. »Eine Diagnose ist oft eine sehr subjektive Angelegenheit, Daisy.«

»Nicht, wenn sie von einem Arzt Ihres Formats kommt, Mr Hardwick.«

»Das menschliche Gehirn und seine Funktionen sind eine so komplexe Angelegenheit, dass selbst wir, die sogenannten Experten, wenig mehr darüber wissen als ein Medizinmann im afrikanischen Busch, der seine Patienten mit Aberglauben und überlieferten Heilmethoden behandelt. Das, was ich Ihnen über den Zustand Ihres Gatten sagen kann, ist nicht mehr als meine persönliche, wenn auch wohlüberlegte Meinung.«

Daisy nahm einen Schluck von ihrem Brandy.

»Zuerst dachte ich, dass die Gehirnschäden Ihres Mannes auf Drogen zurückzuführen sind – möglicherweise auf Halluzinogene.« Seine Stimme klang jetzt wie die eines Dozenten im Hörsaal. »Allerdings muss ich sagen, dass mir in meiner bald dreißigjährigen Praxis noch nie Schäden von dieser Schwere und diesem Ausmaß untergekommen sind.« Er stand auf und ging hinüber zu dem Leuchtkasten. Richard blieb sitzen. Daisy war sich sicher, dass er wusste, was kommen würde, aber ihr Schwager wich ihren fragenden Blicken aus. Stattdessen trank er seinen Brandy aus und goss sich mit leicht zitternder Hand einen zweiten ein. Ohne sie dabei anzusehen, streckte er ihr die Flasche hin, aber Daisy schüttelte nur den Kopf. Dann nahm sie ihr Glas, stand auf und ging hinüber zu Phillip Hardwick.

Der Neurologe schaltete den Leuchtkasten ein und setzte sich auf die Kante von Richards Schreibtisch. »Diese MRTs habe ich heute früh anfertigen lassen. Sie zeigen den Kopf Ihres Mannes von vorne, von hinten und von beiden Seiten«, sagte er und tippte mit dem Zeigefinger auf die jeweiligen Aufnahmen. »Wenn Sie hier … und hier … und hier hinsehen« – sein Finger fuhr auf den Aufnahmen herum –, »dann können Sie die geschädigten Teile unschwer erkennen. Die weißen Klumpen zeigen zerstörte Gehirnzellen. Inzwischen bin ich von meiner Vermutung, dass Drogen für die Zerstörung verantwortlich sind, wieder abgekommen. Ich glaube nun, dass diese Schäden durch fremde Zellen verursacht worden sind, die man Ihrem Mann ins Gehirn eingepflanzt hat und die nach und nach absterben.«

Daisy legte eine Hand auf den Mund. »Wenn ich das richtig sehe, dann ist von Tims Gehirn so gut wie nichts mehr übrig.«

»Das sehen Sie richtig. Und der ihm verbliebene Rest ist im hintersten Teil der Hirnschale zusammengeschrumpft. Richard überlegt sich, eine Gehirnzellenverpflanzung zu versuchen, bei der in Mexiko entwickelte Techniken zur Behandlung von Parkinson zum Einsatz kommen sollen.«

»Funktioniert so was denn?«

»Meiner Meinung nach nicht«, erwiderte Hardwick, der jetzt nicht mehr Daisy ansah, sondern Richard. »Dafür sind die Schäden einfach zu groß und zu dramatisch.«

»Wollen Sie damit sagen, dass Tim so bleiben wird, wie er ist? Dass sich sein Zustand nie wieder ändern wird?«

»Nein, Dr. Sherringham. Der Zustand Ihres Mannes ist

leider alles andere als stabil. Diese MRTs wurden vor vier Stunden gemacht, und diese« – er deutete auf eine weitere Serie von Aufnahmen an einem zweiten Leuchtkasten – »entstanden an dem Tag, an dem Ihr Mann in die Klinik eingeliefert wurde. Wenn Sie die Aufnahmen miteinander vergleichen, werden Sie feststellen, dass sich die schadhaften Hirnpartien deutlich vergrößert haben. Die lebenserhaltenden Systeme, an die Ihr Mann angeschlossen ist, sind leider keine vorübergehende Maßnahme. Er kann bereits nicht mehr selbst atmen, weil sein Kleinhirn die Fähigkeit verloren hat, die unbewussten Körperfunktionen zu steuern. Möglicherweise kann man ihn mittels einer Herz-Lungen-Maschine am Leben erhalten, aber dann müssen Sie und Richard sich im Klaren darüber sein, dass in diesem Körper nichts mehr sein wird, was auch nur entfernt noch einem menschlichen Gehirn ähnelt.«

»Ich glaube immer noch, dass eine Gehirnzellentransplantation möglich ist«, sagte Richard, der seinen zweiten Brandy geleert hatte und sich bereits den dritten einschenkte.

Hardwick knipste die Leuchtkästen aus und ging zurück zu seinem Stuhl. »Tun Sie, was Sie wollen. Es ist Ihre Klinik.«

»Aber ich will, dass Sie die Operation durchführen.«

»Sie wissen doch genau, dass ein Chirurg an den Erfolg seiner Operation glauben muss; sonst wird nichts draus.«

»Und Sie glauben nicht daran«, murmelte Daisy resigniert.

»Nein, das tue ich nicht.«

»Dann müssen wir uns eben jemand anderen suchen«, erklärte Richard und trank sein Glas in einem Zug aus. »Heute Nachmittag kommt Salen aus Mexiko. Wollen Sie noch auf ihn warten?«

»Wenn Sie glauben, dass das nötig ist …«, erwiderte Hardwick und legte die flache Hand auf sein Cognacglas, damit Richard ihm nicht nachschenken konnte.

Während der Fahrt durch die Stadt sah Peter auf die Uhr. Es war Viertel vor neun. Wenn er jetzt schon beim Obdachlosenheim aufkreuzte, bestand die Gefahr, dass Andy oder Gramps oder beide ihn sahen, bevor er sie bemerkte. Sie würden dann sogleich umkehren und nicht mehr dort übernachten. Peter kannte sein Geschäft gut genug, um zu wissen, dass er in diesem Fall keine Chance haben würde, die beiden in dieser Nacht zu Gesicht zu bekommen. Was aber sollte er in der nächsten Stunde anfangen, wenn er nicht ins Obdachlosenheim konnte?

Er könnte sich ein Bierchen genehmigen, aber er wusste nicht, wo. Ben Gummers Pub kam nicht in Frage. Peter würde nie wieder einen Fuß dort hineinsetzen. Er wollte überhaupt nirgendwohin, wo man ihn kannte. Er wollte sich von niemandem etwas sagen lassen, und sei es auch noch so gut gemeint. Zumindest jetzt nicht.

Gerade kam er am größten Hotel der Stadt vorbei, einem seelenlosen Kettenhotel, wie man es inzwischen landauf, landab in jeder größeren Stadt finden konnte. Peter war schon mal in einem Hotel dieser Kette in London abgestiegen und wusste, dass dort alle Zimmer mit den gleichen nichtssagenden Möbeln und den gleichen Milchglaslampen eingerichtet waren, die an genau den gleichen Stellen an den im gleichen Beige gestrichenen Wänden hingen. Wendy hatte diese Plastikatmosphäre – wie er sie nannte – sehr gemocht und ihn zu mehr als einer Gelegenheit in solche Hotels gezerrt. Immerhin hatte Peter dort nie jemanden getroffen, den er kannte, und deshalb steuerte er jetzt seinen Wagen von der Hauptstraße auf den Parkplatz hinter dem langgestreckten Gebäude.

Wie er nicht anders erwartet hatte, standen dort keine zehn Fahrzeuge, und in der Hotelbar war kein Mensch. Nachdem Peter mehrmals mit dem Fingerknöchel auf das Resopal des Tresens geklopft hatte, kam ein junger Mann und fragte ihn nach seinen Wünschen. Peter bestellte ein Bier vom Fass und stellte fest, dass in der hintersten Ecke der Bar doch jemand saß: zwei ältere Damen, die ihn misstrauisch beäugten, während sie an ihrem Portwein nippten. Peter kannte solche Damen: Sie hielten sich für äußerst wagemutig, weil sie sich alleine in eine Hotelbar trauten.

»Na, heute mal im Außendienst, Sergeant Collins?«, fragte auf einmal jemand hinter ihm.

Er wirbelte herum und sah Judy Osbourne, die sich ihm lautlos genähert hatte. Sie trug eine schwarze Hose und einen weiten grauen Mohairpullover, der ihre Figur fast vollkommen verbarg. Sie hatte ihr blondes Haar zu einem Pferdeschwanz zusammengebunden und trug keine Schminke im Gesicht, was ihr trotz der dunklen Schatten unter ihren Augen ein seltsam jugendliches Aussehen verlieh.

»Ich dachte, ich sehe mir mal an, wie die Besserverdienenden so leben«, erwiderte Peter, während der Barkeeper ein Glas Bier vor ihn hinstellte.

»Einen Campari Soda, bitte«, bestellte Judy. »Ein großes Glas mit viel Soda und einer Zitronenscheibe. Keine Orange, wenn es geht.«

»Sie wissen, was Sie wollen«, bemerkte Peter und legte ein paar Münzen auf die Bar.

»Ich zahle meinen Drink lieber selber.«

»Das war sowieso nur für mein Bier«, entgegnete Peter und ging zu einem Tisch, der so weit wie möglich von dem der alten Damen entfernt war. Im Gegensatz zu Ben Gummers bodenständigem Ale schmeckte das Bier fade und irgendwie künstlich. Peter hörte, wie Judy noch etwas zum Barkeeper sagte, und dann kam sie zu seinem Erstaunen an seinen Tisch.

»Sie sind durch und durch ein Bastard, wissen Sie das?«, erklärte sie, während sie neben ihm stehen blieb. »Was Sie Daisy am Strand vor der Pier angetan haben, war einfach widerlich.«

»Ich weiß. Ich habe ihr den Kopf von Tony Pierce gezeigt. Das hätte ich nicht tun dürfen. Tut mir leid.«

»Alan hat mir erzählt, dass Sie das, was mit Trevor Joseph passiert ist, schwer getroffen hat, aber Alan sieht nun mal in allen Menschen nur das Gute, selbst in einem Bastard wie Ihnen.«

»Ich habe mich doch schon entschuldigt. Was wollen Sie denn noch von mir?«

»Dass Sie mir sagen, wie Sie die Monstren, die Tim Sherringham in ein Gemüse verwandelt haben, endlich dingfest machen wollen.«

Peter zog einen Stuhl unter dem Tisch hervor. »Wollen Sie sich nicht setzen?«

»Mit Ihnen trinke ich nicht.«

»Das müssen Sie auch nicht. Aber ich führe diese Unterhaltung nur dann weiter, wenn Sie sich setzen. So viel Psychologie bringt man selbst uns Polizisten bei, Dr. Osbourne: Wenn Sie sich nicht auf mein Niveau herabbequemen, muss ich Sie bitten zu gehen.«

»Tun Sie denn irgendetwas, um Tims Entführer zu schnappen?«, fragte sie, während sie ihren Campari auf den Tisch stellte und Platz nahm.

»Wir stehen kurz davor, sie zu verhaften.«

»Wollen Sie mich verarschen?«

»Das würde ich nie wagen.«

Sie sah ihn einen Augenblick lang an. »Es tut mir wirklich leid um Trevor Joseph. Der war wenigstens ein Mensch.«

»Und ich bin keiner?«

»Sergeant Joseph ist arm dran«, sagte sie, ohne auf seine Frage einzugehen. »Ich glaube, dass er und Tim die Opfer von ein und demselben Täter sind. Seltsam nur, dass Sie sonst niemanden auf der Pier gefunden haben. Wenn niemand da war, warum hat Tim dann nicht versucht zu fliehen? Das Holz an der Pier ist doch überall durchgefault, da hätte er sich leicht ein Loch schlagen und über einen der Pfeiler nach unten klettern können. Natürlich kann es auch sein, dass man ihn unter Drogen gesetzt hat, dann –«

»Ich darf mit Ihnen nicht über einen Fall reden, bei dem die Ermittlungen noch nicht abgeschlossen sind.«

»Dann ermitteln Sie also noch in diesem Fall?«

»Ja.«

»Ich komme gerade aus der Sherringham-Klinik«, sagte sie. »Ich habe dort Daisy und Tim gesehen.«

»Wie geht es ihm?«

»Er hat schwere Hirnschäden.«

»Wissen Sie vielleicht, woher er die hat?«

»Das wissen Sie nicht? Ihre Kolleginnen und Kollegen haben doch in den vergangenen Tagen alle nur erdenklichen Leute ausgefragt.«

»Mir hat niemand etwas davon gesagt.«

»Lesen Sie denn keine Vernehmungsprotokolle?«

»Momentan nicht. Ich war viel mit Trevors Mutter und Bruder zusammen und habe ihnen die eine oder andere Nachtwache im Krankenhaus abgenommen, damit sie sich auch mal ausruhen konnten. Sie haben Angst, dass man sie nicht verständigt, wenn sich Trevors Zustand verschlechtern sollte.«

Judy spielte mit ihrem Glas. Bisher hatte sie Peter Collins nicht zugetraut, dass er Gefühle hatte, aber jetzt erkannte sie, dass er sie wohl lediglich geschickt verborgen hatte.

»Tims Hirnschäden gehen auf Drogen zurück«, meinte sie. »Zumindest hat das gerade ein neu von Richard hinzugezogener Neurologe festgestellt. Da er nun schon der dritte ist, der das sagt, wird wohl was dran sein.«

»Was für Drogen?«

»Halluzinogene, falls Ihnen das etwas sagt.«

»Sie werden lachen, das sagt mir etwas. Ich arbeite nämlich beim Drogendezernat.«

»Richard möchte eine Gehirnzellentransplantation vornehmen. In Mexiko pflanzt man Menschen mit Hirnschäden seit neuestem Gehirnzellen von abgetriebenen Föten ein, um den Zerfall des Gehirns zumindest zu verlangsamen. Die Therapie hat natürlich für jede Menge Aufregung gesorgt und gilt manchen Leuten als unethisch, aber ein paar Parkinson-Patienten scheint sie kurzfristig geholfen zu haben. Angeblich wurde bei ihnen die Bildung neuer, eigener Gehirnzellen angeregt, und jetzt hofft man, dass man auf diese Weise auch Alzheimer- und Demenzpatienten behandeln kann. Tims Hirnschäden sind ähnlich wie die, die auch bei Alzheimer auftreten.«

Peter erinnerte sich an die Narbe auf Robin Darts Arm und daran, wie Daisy Sherringham voller Sarkasmus davon gesprochen hatte, dass Gehirntransplantationen noch in weiter Zukunft lägen.

Ein spurlos verschwundener Penner, ein zerstückelter Constable, bei dem man nur mutmaßen konnte, wie viel von ihm in irgendwelchen Abfalltonnen gelandet war und wie viel man verwertet hatte. Amanda Darts und Tony Pierce' Köpfe, die in einer rostigen Tiefkühltruhe aufbewahrt wurden.

Judy Osbourne riss ihn aus seinen Gedanken. »Schrecklich, was Richard in seinem Leben alles hat durchmachen müssen. Erst begeht sein Vater Selbstmord, und jetzt das mit Tim.«

»Sherringhams Vater hat sich umgebracht?«

»Ich weiß nichts Genaues darüber. Nur, dass es damals in den USA einen Riesenskandal gab, sodass sich Richard gezwungen sah, die Klinik seines Vaters zu schließen und auch dessen Forschungsprojekte zu beendigen. Nach dem Tod seines Vaters kam er dann hierher und hat einen kompletten Neuanfang gemacht. Richard hat mir nie erzählt, was in Amerika vorgefallen ist, aber unter Medizinern wird nun mal viel geredet.«

Zum ersten Mal seit Beginn dieses Falles sah Peter wenigstens andeutungsweise einen Grund dafür, weshalb jemand den Opfern den Kopf abschnitt.

»Was waren denn das für Forschungen, die Sherringhams Vater angestellt hat?«

»Das weiß ich nicht«, erwiderte Judy und trank ihren Campari aus. »Eigentlich bin ich hierhergekommen, weil ich mich von dem ganzen medizinischen Kram erholen wollte. Von Tim Sherringham ist nicht mehr viel übrig, und Daisy kommt auf dem Zahnfleisch daher. Sie tut zwar so, als würde sie das alles aushalten, aber sie schafft es einfach nicht. Ich weiß, es klingt grausam, aber es wäre besser gewesen, wenn sie Tim gleich umgebracht hätten, anstatt ihn zu einem hirntoten Etwas zu machen, mit dem Daisy und Richard jetzt zurechtkommen müssen.«

»Gibt es denn keine Hoffnung auf eine Genesung?«

»Die Experten sind sich darüber uneins. Was soll ich da als einfache Assistenzärztin sagen?«

»Immerhin sind Sie Medizinerin.«

»Aber eine, die noch am Anfang steht.«

»Trotzdem haben Sie bestimmt Ihre eigene Meinung.«

»Die habe ich, aber ich weiß nicht, was sie wert ist. Ich habe Ihnen ja schon gesagt, was ich glaube – und außerdem habe ich in einer halben Stunde Dienst im Krankenhaus.« Sie stand auf. »Leben Sie wohl, Sergeant Collins. Ich hoffe sehr, dass wir uns nie mehr wiedersehen.«

»Das kann ich Ihnen leider nicht versprechen, Dr. Osbourne.«

Judy verließ die Bar, und Peter vergaß sie und die Festnahmen, die er in einer halben Stunde im Obdachlosenheim tätigen sollte, und konzentrierte sich ganz auf die Informationen, die er soeben erhalten hatte.

Er musste unbedingt mehr über Sherringhams Vater herausfinden, und er wusste auch schon, wer ihm dabei helfen konnte: ein Reporter, der Zugang zum Archiv seiner Zeitung hatte und ihm noch ein paar Gefallen schuldete.

Als Peter in die Küche des Obdachlosenheims kam, versorgte Sam Mayberry seine freiwilligen Helfer gerade mit Tee.

»Sind Andy und Gramps hier?«, fragte Peter.

»Gramps hat sich heute noch nicht hier blicken lassen,

aber Andy ist oben im ersten Zimmer. Seit Wochen ist er zum ersten Mal wieder hier, Peter. Müssen Sie denn wirklich heute noch mit ihm reden? Sie wissen ja, wie er ist: Wenn er sich aufregt, dann verschwindet er vielleicht wieder. Andy ist ausgehungert und krank und hat eine ungestörte Nachtruhe wirklich nötig.«

»Ich werde versuchen, ihn nicht aufzuregen, Sam. Vielleicht ist es besser, Sie kommen mit hinauf zu ihm.«

»Was wollen Sie denn von Andy?«

»Reden will ich mit ihm, nur reden.« Peter folgte dem Pater hinauf in den ersten Stock, wo ihm ein Schwall warmer, verbrauchter Luft entgegenschlug, als Sam die Tür des Schlafsaals öffnete. In dem Raum, der ursprünglich für vier Betten ausgelegt war und nun zwölf Schlafstätten beherbergen musste, herrschte qualvolle Enge. Peter, der mit dem Gestank nach ungewaschenen Klamotten und Schweiß zu kämpfen hatte, entdeckte Andy auf den ersten Blick. Er lag mit geschlossenen Augen in einem Bett neben dem Fenster, dessen Scheibe mit abblätternder weißer Farbe zugeschmiert war.

Peter blieb in der Tür stehen und ließ Sam allein zu Andy gehen. Nachdem der Pater eine Weile leise auf den alten Säufer eingeredet hatte, folgte der ihm mit gesenktem Kopf aus dem Schlafsaal.

Der Penner blickte ängstlich zum Polizisten hoch. »Hallo, Chef. Was wollen Sie von mir?«

Der servile, klagende Ton in Andys Stimme ging Peter durch und durch. »Ich möchte nur kurz mit dir reden«, erwiderte er sanft. »Das ist alles.«

»Gehen wir doch hinunter in die Küche«, schlug Sam vor. »Da koche ich uns eine schöne Kanne Tee.«

Unten angekommen, nahm er eine verbeulte Kanne von dem rostigen Gasherd und füllte sie über einem Spülbecken aus gesprungenem Email mit Wasser, während Peter einen wackeligen Stuhl nahm und sich direkt vor die Tür setzte. Er hatte aus dem jüngsten Besuch gelernt und wollte Andy eine Flucht von vorneherein unmöglich machen.

»Was wollen Sie von mir, Chef?«, wiederholte Andy in seinem jammernden Ton. »Ich habe nichts getan neulich auf der Pier. Ich wollte dem anderen Mann bloß helfen, ehrlich. Ich konnte nichts dafür, dass er nicht wegkam. Es war der Clown. Der Clown hat das alles gemacht, Chef. Der Clown ist an allem schuld.«

»Warum bist du weggelaufen, Andy? Wir wollten dich was fragen. Haben dich überall gesucht.«

»Sie waren sauer auf mich, Chef. Davor habe ich Angst. Aber ich habe nichts getan, das schwöre ich.«

»Erzähl mir alles, was du über die Clowns weißt, Andy.« Peter zog ein paar Münzen aus der Tasche und legte sie auf den Tisch. »Die kriegst du morgen früh, Andy. Pater Sam passt inzwischen auf sie auf.«

Andy warf Sam einen fragenden Blick zu.

»Du kriegst das Geld morgen, Andy.« Der Pater zählte die Münzen und steckte sie ein. »Versprochen.«

»Wie viele Clowns waren auf der Pier, Andy?«, fragte Peter.

Der Obdachlose sah sich in der Küche um, und als ihm klar war, dass der einzige Fluchtweg versperrt war, sagte er: »Viele, Chef. Der Große, den Sie weggebracht haben. Er war schon seit langem dort. Er hat den anderen fertiggemacht und ins Wasser geworfen. Das habe ich genau gesehen.«

Peter musste an das Paket mit dem Essen denken, das Ben Gummers Hunde gefunden hatten. Hatte jemand Sherringham mit Lebensmitteln versorgt? Er sagte nichts und wartete darauf, dass Andy weitererzählte.

»Den anderen mochte ich überhaupt nicht, Chef. Der hat immer mit dem Fuß gestampft und mich angezischt. Und einmal ist er mir hinterhergerannt. Ich bin hingefallen und habe mir wehgetan.« Andy schlug die Arme um den Brustkorb und verfiel in einen monotonen Singsang. »Böser Clown, böser Clown, böser Clown …«

»Trink deinen Tee, Andy«, sagte Sam und stellte eine dampfende Tasse vor ihn auf den Tisch. »Schön heiß mit viel Milch und Zucker, so wie du ihn magst.« Er wandte sich an Peter. »Wollen Sie auch einen?«

»Nein, danke.«

Andy griff gierig nach seiner Tasse und blickte über ihren Rand hinweg auf Peter, bevor er davon trank.

»Kannst du mir sagen, wie du auf die Pier gekommen bist, Andy?«

Das Gesicht des Obdachlosen nahm einen pfiffigen Ausdruck an. »Ich bin hinaufgeklettert, Chef. Über die Pfeiler. Die sind aus Eisen, nicht aus Holz. Dem Holz kann man nicht trauen, das ist morsch und hat überall Löcher. Auf die Löcher muss man aufpassen. Und auf das Meer. Das ist weit unten. Da fällt man tief. Und keiner kommt jemals wieder herauf.«

»Hast du jemanden fallen gesehen?«

»Viele, Chef. Sie fallen tief hinunter, klatschen auf. Machen mich nass, aber niemand sieht mich. Keiner sieht mich. Nicht mal der große Clown, der den Clown mit den Schlüsseln hinuntergeworfen hat.«

»Der Clown, der hinuntergefallen ist, hatte Schlüssel? Welche Schlüssel?«

»Schlüssel, um die Tür damit aufzusperren. Er hatte sie.«

»Du hast viel gesehen, Andy.«

»Stimmt. Andy hat viel gesehen, aber niemand hat Andy gesehen. Ich bin viel zu schlau, um jemanden Andy sehen zu lassen.«

»Der andere Clown, der, den du nicht magst – wann ist der gekommen?«

»In der Nacht. Er hatte die Schlüssel. Er hat den großen oben eingesperrt. Andy hat ihn gesehen. Andy hat das Heulen gehört. Der große Clown hat geheult. Wie ein Hund.« Andys Augen funkelten im gelblichen Licht der Küchenlampe wie zwei glühende Kohlen. »Er hat auch mit dem Kopf gegen die Tür geschlagen, der große Clown. Aber die Tür ist nicht aufgegangen. Er ist nicht rausgekommen so wie Andy. Der große Clown war nicht so schlau wie Andy. Er wusste nicht, wie man rein- und rauskommt.«

»Wie viele Clowns hast du insgesamt gesehen, Andy?«, wollte Peter wissen.

Andy hielt seine Hand hoch und zählte an den Fingern ab. »Einen … zwei …«, sagte er langsam. »Aber einer ist hinunter ins Wasser geflogen. Und dann war da noch der große Clown, aber den haben Sie ja weggebracht. Der große Clown war böse, Chef. Er hat dem anderen wehgetan. Andy hat das genau gesehen. So wie er dem anderen Chef wehgetan hat. Andy hat noch versucht, den Kopf des anderen Chefs wieder heilzumachen.«

Peter schloss die Augen und sah die Szene auf dem Strand wieder vor sich, als Andy Trevors Kopf gegen seine Brust gedrückt hatte.

»Meint er mit dem anderen Chef Trevor Joseph?«, fragte Sam, der offenbar wirklich nichts mitbekam, was in der Welt um ihn herum passierte. »Ist er verletzt?«

Peter nickte.

»Dann werde ich für ihn beten«, erklärte Sam.

»Gebete helfen ihm auch nicht mehr, Sam«, erwiderte Peter und wandte sich ab. »Der Arzt ist der Meinung, dass er nie wieder der Alte sein wird.«

»Das tut mir leid, aber trotzdem werde ich noch heute Abend für ihn beten. Gebete helfen immer. Gott wird ihm helfen.«

»Ich wünschte, ich könnte das glauben. Ehrlich. Aber jetzt muss ich diesen Mann mit ins Präsidium nehmen.«

»Welchen Mann, Chef?«, fragte Andy aufgeregt. »Doch nicht etwa mich, oder? Bitte, Chef, Sie können mich doch nicht einfach mitnehmen.«

»Wollen Sie ihn wirklich festnehmen?«, fragte Sam. »Aus welchem Grund denn?«

»Der Grund ist egal. Und wir werden ihn auch nicht lange behalten.« Peter legte eine Hand auf Andys Schulter. »Ich sehe zu, dass du eine gemütliche Zelle mit einem warmen Bett und gutem Essen bekommst. Hättest du vielleicht Lust auf *Fish and Chips?* Das magst du doch, Andy, oder etwa nicht?«

»Sie werden mir wehtun.«

»Wie kommst du denn darauf? Niemand wird dir wehtun, das verspreche ich dir. Im Gegenteil, du kriegst ein Bett für die Nacht und etwas Anständiges zu essen.«

Andy blickte zu Peter und dann zur Tür. Er wusste, dass es kein Entrinnen gab.

»Ich komme mit, wenn Sie mir was zu trinken besorgen,

Chef.« Seine Gier nach Alkohol ließ ihn alles andere vergessen. »Für eine Flasche komme ich mit.«

»Gut, dann kriegst du deine Flasche«, sagte Peter und führte Andy zur Tür, ohne die Hand von seiner Schulter zu nehmen.

Kapitel dreiundzwanzig

»Wissen Sie, wie spät es ist?«, fragte Bill Mulcahy und stapfte auf Peters Schreibtisch zu.

»Elf Uhr«, antwortete Peter, während er ein paar Unterlagen in eine Schublade warf.

»Ich habe Sie vor Stunden losgeschickt.«

»Und ich habe Ihnen vorhin bereits gesagt, dass ich warten muss, bis das Obdachlosenheim aufmacht. Wenn ich da früher aufgetaucht wäre, wären sie vielleicht getürmt.«

»Und haben Sie beide mitgebracht?«

»Gramps war nicht dort, nur Andy.«

»Und wo ist er?«

»In einer Zelle, zusammen mit einer Portion *Fish and Chips* und einer Flasche Cider.«

»Haben Sie ihm gesagt, was ihm zur Last gelegt wird?«

»Nein.«

»Sind Sie noch ganz dicht, Collins?«

»Mir tut der arme Kerl einfach leid. Er hat Sherringham nicht entführt, und er hat auch niemanden umgebracht. Wenn Sie mit Ihrer Farce weitermachen wollen, müssen Sie ihm schon selbst sagen, was ihm zur Last gelegt wird.« Peter stand vom Schreibtisch auf und ging zur Tür des Büros.

Bill folgte ihm. »Machen Sie für heute Feierabend? Falls ja, sehen wir uns morgen früh wieder. Punkt sieben Uhr.«

»Dann brauche ich jetzt dringend meinen Schönheitsschlaf.« Peter blieb stehen und lehnte sich an den Türrahmen. »Sind eigentlich die Autopsieberichte der Pathologie über die Köpfe in der Tiefkühltruhe schon fertig?«

»Am Abend sind ein paar Berichte reingekommen.« Mulcahy deutete in sein Büro. »Aber ich hatte noch keine Zeit, sie durchzulesen. Was erhoffen Sie sich denn davon?«

»Nicht viel«, antwortete Peter, ging dann aber in Mulcahys Büro und trat vor den Eingangskorb, in dem ein paar Akten lagen. »Darf ich?«

»Ich dachte, Sie wollten gehen?«

Peter hob die Akten hoch. »Vielleicht brauche ich doch noch eine kleine Nachtlektüre.«

»Legen Sie sie zurück, bevor Sie gehen«, sagte Mulcahy und stapfte los in Richtung Kantine. »Und sehen Sie zu, dass Sie morgen ein wenig kooperativer sind.«

Richard Sherringham duschte sich in dem Badezimmer neben seinem Büro und zog sich saubere Kleidung an. Seine Sekretärin hatte zusammen mit seinem Butler dafür gesorgt, dass der Kleiderschrank in seinem Büro ausreichend bestückt war, denn seit sein Bruder in die Klinik eingeliefert worden war, hatte Richard sie nicht mehr verlassen. Er hatte sich um nichts mehr gekümmert, was nicht unmittelbar mit Tims Wohlergehen verbunden war. Alle anderen Entscheidungen, ganz gleich, ob sie die Klinik oder sein Privatleben betrafen, mussten warten.

Morgen, dachte Richard, war die alles entscheidende Operation. Erst wenn die vorbei war, konnte er sich wieder anderen Dingen widmen.

Er setzte sich an seinen Schreibtisch und ging noch einmal

die Unterlagen durch, die Salen ihm auf den Schreibtisch gelegt hatte.

Die Gegensprechanlage summte, und Richard drückte auf die blinkende Taste.

»Ja, bitte?«

»Ein Sergeant Collins möchte Sie sprechen, Dr. Sherringham. Er sagt, es sei dringend.«

»Schicken Sie ihn rauf.«

Richard wartete, bis er auf dem Flur vor seinem Büro Schritte hörte. Dann stand er auf und öffnete die Tür.

»Vielen Dank, dass Sie mich zu so später Stunde noch empfangen«, sagte Peter. Obwohl in seinem Inneren ein Aufruhr der Gefühle herrschte, gelang es ihm, äußerlich gelassen und professionell zu wirken.

»Was bleibt mir anderes übrig, wenn Sie schon mal hier sind?«

»Darf ich hereinkommen?«

»Es ist spät, Sergeant, und ich bin müde. Vielleicht sagen Sie jetzt einfach ohne Umschweife, was Sie von mir wollen.«

»Darf ich mich setzen?«, fragte Peter und steuerte gleich auf die Sitzgruppe zu, die sich in einer Ecke des Büros befand.

»Wenn's sein muss«, brummte Richard unfreundlich. »Aber kommen Sie bitte zum Punkt, Sergeant Collins.«

»Der Punkt, Dr. Sherringham, ist der, dass Sie die in den USA verbotenen Forschungsarbeiten Ihres Vaters hier in England weiterführen und deshalb mehrere Menschen – unschuldige Menschen – ihr Leben verloren haben.«

Falls diese Anschuldigung Richard schockiert oder überrascht haben sollte, ließ er es sich nicht anmerken. Er ging zur Bar und öffnete sie. »Was darf es sein? Brandy oder Whisky?«

»Weder noch, vielen Dank.«

»Sind Sie noch im Dienst?«

»Nein. Das ist ein inoffizieller Besuch.«

Richard goss sich einen Brandy ein und setzte sich in den Sessel gegenüber von Peter. »Haben Sie für Ihre Behauptungen denn irgendwelche Beweise, Sergeant Collins?«

»Die Beweise sind unanfechtbar. Was ich noch nicht habe, ist ein Motiv. Ich dachte, Sie würden mir vielleicht eines liefern.« Peter hatte nun doch Mühe, beherrscht zu bleiben, weil er an Trevor und Harries dachte – vor allem an den jungen, ehrgeizigen Constable, der so stolz darauf gewesen war, zum ersten Mal als verdeckter Ermittler eingesetzt zu werden. »Warum haben Sie Experimente wiederholt, die vor zwanzig Jahren schon so viele Menschen das Leben gekostet haben? Ist damals nicht schon genug Schaden angerichtet worden?«

»Wie kommen Sie darauf, dass ich die Experimente meines Vaters wiederholt hätte, Sergeant Collins?«, fragte Richard.

»Ein Freund von mir hat einen zwanzig Jahre alten Zeitungsbericht über Dr. Theodore Sherringham ausgegraben. Ihr Vater soll über den Zusammenhang zwischen anomalem Verhalten und Gehirnkrankheiten geforscht und dabei Experimente an Häftlingen vorgenommen haben, denen dafür gewisse Hafterleichterungen in Aussicht gestellt wurden. Seine Probanden waren zu lebenslänglichen Haftstrafen verurteilte Schwerverbrecher, deren Schicksal niemanden bekümmerte, am wenigsten die Gefängnisleitung. Nach einer Weile hat Ihr Vater seine Experimente auch auf Freiwillige ausgedehnt, die er unter seinen Studenten rekrutierte. Als eine Gruppe von zwölf Studenten bei einem Experiment, das aus einer Party mit Alkohol und Drogen bestand, außer Rand und Band geriet, kam es zum Eklat. In dem Artikel heißt es, dass Ihr Vater eine neue halluzinogene Droge entwickelt haben soll, die einen auf einen üblen Horrortrip brachte. In einem anderen Artikel, der zehn Jahre später erschien, hat ein Reporter versucht, die Studenten aufzuspüren, die damals an der Party teilgenommen hatten. Bis auf drei waren alle tot, und diese drei lebten in geschlossenen psychiatrischen Anstalten, wo ihre Behandlung von einem großzügigen anonymen Spender bezahlt wurde. Wollen Sie Ihren Bruder eigentlich auch in einer solchen Anstalt unterbringen, Dr. Sherringham? Oder ziehen Sie es vor, ihm hier ein spezielles Zimmer einzurichten?«

Richard nahm sein Glas, stand auf und ging zum Kamin. »Alte Zeitungsberichte sind noch lange keine Beweise, Sergeant Collins.«

»Das stimmt, aber sie haben mir geholfen, die einzelnen Puzzleteile zusammenzufügen. Unser Fall begann ja damit, dass Ihr Bruder als vermisst gemeldet wurde. Damals konnten wir nicht ahnen, dass Sie ihm halluzinogene Drogen verabreicht hatten, die bei ihm eine tiefgreifende Persönlichkeitsveränderung bewirkt haben. Und als dann die kopflosen Leichen an der Autobahn auftauchten, gingen wir zunächst natürlich davon aus, dass er eines der Opfer war – und nicht der Täter.«

»Sie wollen doch hoffentlich nicht im Ernst behaupten, dass Tim für diese Autobahnmorde verantwortlich ist?«

»Ich habe gesagt, dass er der Täter ist, nicht der Verantwortliche. Zu verantworten haben die Autobahnmorde Sie und Ihr Vater, und da Ihr Vater tot ist, bleiben nur noch Sie übrig.« Peter zog eine Zigarre aus der Innentasche seines Anoraks. »Stört es Sie, wenn ich rauche?«

Richard schüttelte den Kopf.

»Es war sehr klug von Ihnen, zwei Morde zu organisieren, denn deshalb haben wir nach einem willkürlich mordenden Serientäter gesucht, nicht nach einem Mörder, der seine Opfer gezielt umbringt. Als Tony Pierce ermordet wurde, war er auf dem Nachhauseweg, nachdem er auf einer Party bei Ihnen bis kurz vor vier Uhr morgens Billard gespielt hatte. Sie wussten genau, welchen Wagen er fuhr und in welcher Richtung er unterwegs war, und mussten Ihrem Bruder nur sagen, wann und wo er ihm auflauern sollte. Dass Sie Ihren nächtlichen Anruf, den Daisy entgegennahm, als Notruf aus dem Krankenhaus kaschiert haben, war natürlich auch ein genialer Schachzug.« Peter zog an seiner Zigarre und blies eine blaue Rauchwolke in die Luft. »Ich weiß jetzt zwar ziemlich genau, wie alles passiert ist, aber ich habe noch keine Ahnung, warum. Heute Nachmittag habe ich übrigens zufällig Judy Osbourne getroffen. Sie hat mir von der Gehirnzellentransplantation erzählt, die morgen früh für Ihren Bruder angesetzt ist, und mir damit eine Frage beantwortet, die mich die ganze Zeit über beschäftigt hat: Warum hatten die Leichen keine Köpfe mehr?«

»Ich hatte gedacht, das wäre klar. Eine Leiche, der man Kopf und Hände abschlägt, kann nicht mehr so leicht identifiziert werden.«

Peter tat diese Erklärung mit einer Handbewegung ab. »Das mag in einer Zeit der Fall gewesen sein, in der man noch keine DNA-Tests kannte … Als wir dann die Köpfe in einer Tiefkühltruhe gefunden haben, die extra mit Hilfe eines Generators betrieben werden musste, habe ich mich wieder nach dem Warum gefragt. Weshalb sollte jemand Benzin in Kanistern auf die Pier schleppen, um dort menschliche Köpfe in einer Kühltruhe frisch zu halten? Wenn der Täter die Köpfe nur hätte entsorgen wollen, hätte es dafür viel einfachere und sicherere Methoden gegeben. Er hätte sie zum Beispiel bloß ein paar Meilen vor der Küste mit irgendetwas beschwert ins Meer werfen müssen, und wir hätten sie nie gefunden. Nein, mit den Köpfen in der Tiefkühltruhe muss es noch eine andere Bewandtnis haben. Als ich vorhin im Präsidium den Autopsiebericht über Tony Pierce' Kopf gelesen habe, ging mir ein Licht auf. Wäre er nicht ermordet worden, hätte man ihn wohl über kurz oder lang in eine psychiatrische Klinik einliefern müssen, denn er litt unter fortschreitendem Gehirnzerfall – derselben Krankheit also, an der laut Judy Osbourne auch Ihr Bruder leidet. Außerdem hat der Pathologe festgestellt, dass an Tony Pierce erst vor kurzem eine Gehirnoperation durchgeführt wurde. Man hat in seine Schädeldecke ein kreisrundes Loch gebohrt und an der vom Zerfall betroffenen Stelle seines Gehirns Fremdzellen eingesetzt, die danach aber ebenfalls abgestorben sind.«

Peter bemerkte, dass Richard die Hand immer fester um sein Glas schloss.

»Auch dem zweiten in der Kühltruhe gefundenen Kopf wurden Teile des Gehirns entnommen«, fuhr er fort, ohne den Arzt aus den Augen zu lassen.

»Und das auf der alten Pier, wo alles völlig sauber und steril ist«, höhnte Richard. »Wer auch immer mit diesen Köpfen experimentiert hat, muss ein Verrückter sein.«

»Ein Verrückter, den Sie erschaffen haben. Sie brauchten Tony Pierce' Kopf, um zu sehen, was bei ihm schiefgelaufen ist, damit Sie bei der für Ihren Bruder geplanten OP denselben Fehler nicht noch einmal machen. Und das bringt mich zu dem Spendergewebe, das Sie Ihrem Bruder einsetzen wollen. Judy Osbourne hat mir erzählt, dass bei solchen Operationen normalerweise die Gehirnzellen von Föten zum Einsatz kommen. Ich frage mich, weshalb Sie nicht solche Zellen verwenden. Sind Sie vielleicht nicht an sie herangekommen? An was Sie allerdings herangekommen sind, waren Obdachlose, die kein Zuhause hatten – und auch keine Menschen mehr, denen es auffiel, dass sie plötzlich spurlos verschwanden.« Peter machte eine kurze Pause, in der er Richard nicht aus den Augen ließ. »Mit alten Pennern oder Junkies war Ihnen freilich nicht gedient. Sie brauchten einen jungen, gesunden Spender. So wie diesen Lee aus dem Obdachlosenasyl in der Jubilee Street, der angeblich nach Saudi-Arabien ging. Wo ist er wirklich gelandet, Dr. Sherringham? Auf dem Meeresboden oder in einer Tonne mit Klinikabfall?«

»Ich weiß nicht, wovon Sie reden«, sagte Richard und trat ans Fenster. Er öffnete die Jalousien und blickte auf das Meer hinaus.

»Einer der Menschen, die Sie auf ihre Eignung als Spender hin untersucht haben, war ein Junkie. Sie haben ihn nicht genommen. Der Junge war zufällig der Bruder einer Schwesternschülerin namens Amanda Dart, und als er aus Gründen, die nichts mit Ihnen zu tun hatten, verschwand, hat Amanda nach ihm gesucht. Und wen hat sie in ihrer Verzweiflung um Hilfe gebeten?« Peter zog an seiner Zigarre und ließ die Frage ein paar Augenblicke im Raum stehen. »Ausgerechnet Ihren Bruder Tim, den Oberarzt auf Amandas Station. Gemeinsam waren die beiden in der Jubilee Street, und danach haben sie das Hafengebiet nach dem Bruder abgeklappert. Als Sie über Tim erfuhren, dass Amanda überall Fragen stellte und mit den Leuten redete, wollten Sie auf Nummer sicher gehen und haben Amanda beseitigt. Ich weiß nicht, ob Sie es waren, der sie auf der Yacht Ihres Bruders abgeschlachtet hat, oder ob Sie auch da wieder Tim die Drecksarbeit erledigen ließen. Das Tragische an Amandas Tod ist, dass sie überhaupt keine Gefahr für Sie dargestellt hat. Mit ihrem Bruder Robin war das allerdings eine andere Sache. Er war zwar ein Junkie, weshalb er bei Ihrem Test auch durchgefallen ist, aber er hat später dem Rauschgift abgeschworen und wollte ein neues Leben anfangen. Als er im Radio hörte, dass wir nach ihm suchten, kam er zu uns aufs Präsidium und erzählte meinem Kollegen von der Untersuchung im Grand Hotel, bei der er durchgefallen war, sein Freund Lee aber nicht. Drei Stunden nach seiner Aussage war er tot, gestorben an einer Injektion – einer Mischung aus Zyankali und Heroin. Es sollte wie ein goldener Schuss aussehen, aber wer immer ihn Robin Dart verabreicht hat, wusste zwei entscheidende Dinge nicht: Erstens war Robin schon seit Monaten clean, und zweitens war er Schauspieler und hat sich deshalb das Heroin nie in die Armvenen gespritzt, sondern in die Kniekehlen, weil dort die Einstiche nicht so auffielen. Dieser Mord war kein Glanzstück, Dr. Sherringham.« Peter drückte seine Zigarre in dem Aschenbecher aus Onyx aus, der vor ihm auf dem Couchtisch stand.

»Kommen wir jetzt zu Ihrem letzten Spender«, fuhr Peter fort. Im Licht von Richards Schreibtischlampe sah Peters Gesicht erschöpft und blass aus. »Sie haben ihn sich zwar im Tageszentrum für Obdachlose ausgesucht, aber er war in Wirklichkeit ein Polizeibeamter, der als verdeckter Ermittler unterwegs war. Ein junger Mann namens Harries, der als Hackfleisch in einer Ihrer Tonnen für radioaktiven Abfall endete. Ich weiß das, weil ich ihn dort gefunden habe.«

»Sie haben in den Tonnen für radioaktiven Abfall gewühlt? Hier in der Klinik?«

»Ihr Wachmann hat mich hereingelassen, weil ich behauptet habe, es wäre jemand auf dem Gelände gesehen worden. Ich bin in das Nebengebäude eingebrochen, in dem früher die Belegschaftsunterkünfte waren, und habe alles durchsucht. Und eines muss man Ihnen lassen: Tonnen mit radioaktivem Klinikabfall sind in der Tat ein idealer Behälter, um Leichen verschwinden zu lassen. Ich hätte mich nie getraut, sie aufzumachen, wenn ich nicht so ein schlechtes Gewissen wegen Harries gehabt hätte. Schließlich war ich derjenige, der ihn auf diese Mission als verdeckter Ermittler geschickt hatte. Harries war ein guter Polizist, den Sie für Ihre verdammten Experimente umgebracht haben. Und deshalb nehme ich Sie jetzt fest.«

»Das können Sie nicht machen«, erwiderte Richard empört. »Sie haben keinen Haftbefehl und auch keine Beweise außer denen, die Sie sich vorschriftswidrig verschafft haben. Das haben Sie gerade selber zugegeben.«

»Um Sie festzunehmen, genügt ein begründeter Verdacht.«

Richard wandte sich vom Fenster ab und ging zu seinem Stuhl.

»Ihre sogenannten Beweise haben vor Gericht keinerlei Bestand, das wissen Sie genau.« Er sah Peter eindringlich an. »Aber wenn Sie mich bis morgen Mittag noch hier in der Klinik arbeiten lassen, werde ich ein volles Geständnis ablegen, darauf gebe ich Ihnen mein Ehrenwort. Ich bitte Sie nur noch um ein paar Stunden Zeit. Sobald Tims Operation vorbei ist, können Sie frei über mich verfügen.«

Peter erwiderte nichts.

»Vor Tims Zimmer auf der Intensivstation ist ohnehin einer Ihrer Leute stationiert. Warum rufen Sie ihn nicht einfach an und sagen ihm, dass er hierherkommen und mich bis morgen früh auf Schritt und Tritt bewachen soll? Tim muss ja nicht bewacht werden, der kann Ihnen in seinem Zustand bestimmt nicht weglaufen. Sie haben die Wahl, Sergeant Collins. Wenn Sie mein Geständnis haben wollen, müssen Sie mich zuerst diese Operation durchführen lassen.«

Auch wenn Peter es nicht gerne zugab, wusste er, dass Sherringham recht hatte. Er hatte nur wenige Beweise, und ob die vor Gericht standhielten, war mehr als fraglich. Er musterte Richard Sherringham noch ein weiteres Mal, und dann ließ er sich von ihm den Telefonhörer reichen.

Kapitel vierundzwanzig

Joanna legte sich Maske und Kittel an. Dann ging sie an dem Polizisten vorbei, den Richard aus Tims Krankenzimmer in den Gang verbannt hatte, und betrat den weißen sterilen Raum voller medizinischer Hightech-Apparate, mit deren Hilfe Tim am Leben erhalten wurde. Daisy saß, ebenfalls in Maske und Kittel, neben ihm und hielt seine Hand.

»Immer noch keine Besserung?«, fragte Joanna.

Daisy schüttelte den Kopf.

»Wenn du eine Pause brauchst, kann ich eine Weile auf ihn aufpassen.«

»Vielen Dank, aber ich bleibe lieber hier. Ich dachte, dass ich Tim nie wiedersehen würde, und jetzt …« – Daisy blickte hinüber zu ihrem Mann – »… jetzt will ich nicht mehr von seiner Seite weichen. Selbst wenn er in diesem Zustand ist.«

»Er wird nicht in diesem Zustand bleiben. Salen und Richard bereiten gerade die OP für morgen vor.«

»Ich hätte nicht gedacht, dass alles so rasch dafür bereit sein würde.«

»Wir haben alles, was wir brauchen.«

»Auch das passende Gehirngewebe?«

»Ja.«

Daisy drückte Tims Hand ein wenig fester und versuchte, nicht daran zu denken, dass ihm möglicherweise die Gehirnzellen eines abgetriebenen Fötus eingesetzt würden. Ethik hin oder her, von Tims Gehirn war nicht mehr viel übrig. Selbst wenn die Operation Erfolg haben sollte – was praktisch einem Wunder gleichkäme –, würde das bei ihm einen dramatischen Persönlichkeitswandel zur Folge haben. Wie viel von dem Tim, den sie kannte und liebte, würde nach dieser Operation noch übrig bleiben?

»Ich bin mir sicher, dass die Operation ihm helfen wird«, sagte Joanna. »Ich habe Salen die Aufzeichnungen gegeben, die Tim vor sechs Monaten bei einer ähnlichen Operation an Tony Pierce gemacht hat. Die Operation morgen ist in etwa die gleiche. Auch diesmal haben wir erwachsenes Gehirngewebe, das Tims Gewebe so ähnlich wie nur möglich ist.«

Diese Informationen waren Daisy vollkommen neu. Erstaunt rief sie aus: »Tim hat Tony Pierce operiert? Wo denn?«

»Hier in der Klinik. Er ist ein brillanter Chirurg, Daisy, und ...« Sie verstummte, als sie sah, wie Daisy sie anstarrte. Dann ging sie um das Bett herum und sprach weiter. »Ich habe Tim bei der Operation assistiert. Tonys Zustand war damals genauso dramatisch wie der von Tim jetzt. Tim hat Tony ein kleines Stück Schädeldecke entfernt und ihm die Spenderzellen direkt in die betroffene Stelle seines Gehirns gespritzt. Im Prinzip ist die OP morgen die gleiche, doch Salen hat wesentlich mehr Erfahrung als Tim. Dieses Mal wird es funktionieren, Daisy. Wir wissen jetzt nämlich sehr viel mehr.«

»Weißt du, wie Tim in diesen Zustand gekommen ist?«, fragte Daisy brüsk.

»Ja.«

»Hat er an einem Experiment teilgenommen?«

»Nicht an einem Experiment. Er hat die Arbeit zu Ende geführt, die sein Vater begonnen hat.«

»Was für eine Arbeit?« Daisys Stimme war leise und beherrscht, aber ihre Gesichtsmuskeln waren angespannt, und sie drückte Tims Hand so fest, dass an ihrer eigenen Hand die Knöchel weiß hervortraten. »Was für eine Arbeit, Joanna?«

»Theo Sherringham war ein großartiger Mann und ein begnadeter Arzt«, erklärte Joanna sichtlich bewegt. »Nach seinem Tod habe ich seine Unterlagen behalten, weil ich gehofft habe, dass Richard seine Arbeit fortführen würde. Aber Richard hatte nicht Theos visionäre Genialität, ganz im Gegensatz zu Tim. Als ich ihm vor etwa einem Jahr die Unterlagen seines Vaters gezeigt habe, verstand er sofort, wonach Theo gestrebt hatte. Seit dieser Zeit arbeite ich mit Tim zusammen, und wir stehen kurz davor, Theos Arbeit zu einem triumphalen Abschluss zu bringen. Und deshalb« – Joanna rückte näher an das Bett heran – »*muss* Tim ganz einfach überleben.« Ihre Stimme ebbte zu einem Flüstern ab. »Es hängt so viel davon ab.«

»Tim hat doch Tag und Nacht im Krankenhaus gearbeitet. Wenn er noch etwas anderes getan hätte, wäre mir das bestimmt aufgefallen.«

»Du hast nur gewusst, was Tim dir erzählt hat«, erklärte Joanna spitz. »Tims Arbeit im städtischen Krankenhaus bedeutete ihm nichts. *Du* wolltest immer für das staatliche Gesundheitssystem arbeiten, nicht Tim. Er fieberte dem Tag entgegen, an dem er seine Forschungsergebnisse und die seines Vaters würde veröffentlichen können. Überall, wo er war, hat er Theos Notizen bei sich gehabt. Auf seiner Station im Krankenhaus. In eurer Wohnung. Du hast ihn ja nie gefragt, woran er gerade arbeitete, in was er sich stundenlang vertiefte. Ich weiß das, weil Tim es mir erzählt hat.«

»Tim und ich hatten keine Geheimnisse voreinander. Wir haben uns geliebt«, entgegnete Daisy wütend.

»Mag sein, dass er dich geliebt hat, aber er hat dir nicht anvertraut, was ihm das Wichtigste in seinem Leben war.« Joanna streichelte Tim über die Wange. »Er ist seinem Vater ja so ähnlich. Er denkt wie Theo und geht die Probleme genauso an wie er. Und er hat diese besondere Gabe, mit der man die Welt verändern kann. Tim ist ein Genie, ebenso wie sein Vater eines war.«

»Tim ist ein leidenschaftlicher Arzt, aber kein Genie. Er musste sich das, was er konnte, hart erarbeiten. Genauso wie wir anderen auch.«

»Vergiss nicht, dass ich Tim viel besser kenne als du. Richard und ich haben uns nach Theos Tod um ihn gekümmert. Und für mich war Tim immer wie der Sohn, den ich nie hatte.«

»Tim ist zu alt, um dein Sohn zu sein«, erwiderte Daisy gefühllos. Was bildete Joanna sich überhaupt ein? Tim gehörte ihr. Und niemand anderem. Jetzt, in seinem Zustand, brauchte er sie mehr denn je, und sie hatte nicht vor, die Verantwortung abzugeben für ihn. Am allerwenigsten an Joanna.

»Du glaubst doch hoffentlich nicht, dass Tim und ich eine Affäre hatten?«, fragte Joanna. »Unsere Beziehung geht tiefer als das, Daisy. Viel tiefer. Wir sind Gleichgesinnte. Wir arbeiten zusammen.«

»Du hast mir immer noch nicht gesagt, welche Arbeit genau das war.«

»Ich habe Salen Unterlagen von Tim und Theo gegeben. Ich gehe mal davon aus, dass sie jetzt veröffentlicht werden, allerdings nicht so, wie wir es uns vorgestellt haben. Wir haben eine Möglichkeit gesucht, Persönlichkeitsstörungen zu beheben, indem man den Patienten eine gewisse Dosis einer halluzinogenen Droge verabreicht und sie danach hypnotisiert. Diese beiden Methoden zusammenzubringen – das war das Geniale an Theos Idee.« Joanna fing vor Begeisterung an zu strahlen. »Durch Hypnose kann man den Charakter eines Menschen verändern, und durch das Halluzinogen wird dieser Effekt vertieft und gefestigt. Die ersten Erfolge, die wir mit dieser Kombination erzielt haben, waren sehr vielversprechend, und am Anfang haben wir dafür von der amerikanischen Regierung Forschungsgelder bekommen und durften in ganz Amerika mit Häftlingen arbeiten. Theo hat Vergewaltiger und Mörder umgepolt und ihre gesamte Persönlichkeitsstruktur verändert. Er hatte bereits die Vision, dass Gefängnisse eines Tages überflüssig sein würden, dass man in Zukunft die Menschen nicht mehr einsperren, sondern einfach in einer Klinik behandeln müsste …«

»Adam …«

»Genau, Daisy. Verurteilte Mörder wie dein Bruder Adam. Aber dann kam es bei manchen Häftlingen zu Nebenwirkungen, und die Behörden haben kalte Füße bekommen. Fortan konnten wir unsere Experimente nur an Freiwilligen außerhalb der Gefängnisse weiterführen.«

»Gehörte auch Tim zu diesen Freiwilligen?«

»Tim war noch ein Kind, als Theo seine Experimente durchgeführt hat. Aber als er vor einem Jahr mit seiner eigenen Arbeit begann, bestand er darauf, als Testperson an den Experimenten teilzunehmen. Er kannte die Grenzen seines eigenen Charakters. Er wusste genau, wozu er in der Lage war und wozu nicht.«

Daisy kam auf einmal eine fürchterliche Vermutung. »Du

hast Tim zu einem Mörder gemacht. Tim hat Tony Pierce und Amanda Dart getötet. Und er hat Trevor Joseph angegriffen …«

»Ich habe überhaupt nichts aus Tim gemacht. Im Gegenteil, ich habe ihm sogar gesagt, dass er nicht selbst Versuchskaninchen spielen soll. Sein Vater hätte das niemals gutgeheißen. Ich hätte Freiwillige besorgt, aber Tim wollte das Experiment geheim halten und niemandem davon erzählen. Außer Tony Pierce natürlich, denn Tony war mit im Boot. Er hat die Therapie ebenfalls an sich testen lassen und ist dadurch krank geworden. Die Dosierung des Medikaments ist äußerst schwierig, wenn man zu viel davon bekommt, erleidet das Gehirn schwere Schäden. Als es Tony von Tag zu Tag schlechter ging, musste gehandelt werden. Er und ich haben die Gehirnzellen beschafft, und Tim hat ihn operiert, aber es war schon zu spät. Wir haben alles versucht, wirklich, aber Tonys Zustand verschlechterte sich immer mehr.«

»Und dann habt ihr ihn umgebracht.«

»Er wollte unbedingt in die Sahara. Und wir konnten doch nicht riskieren, dass er dort starb und irgendein fremder Pathologe seinen Schädel obduzierte. Tim hat sich selbst darauf programmiert, Tony zu töten. Er hat Tonbänder besprochen, um sich selbst zu hypnotisieren, nachdem er das Medikament genommen hatte. Das alles fand auf der alten Pier statt, wo wir ungestört waren. Ich wusste von dem geheimen Zugang, den mein Vater gelassen hatte, als die Pier abgesperrt wurde. Niemand ging in die Nähe der Pier – bis auf ein paar Alkoholiker. Doch wenn die etwas von Pierrots brabbelten, die sie nachts dort gesehen haben wollten, würde ihnen niemand glauben. Alles ging gut, bis sich Tim von seiner letzten Hypnose nicht erholte und unberechenbar wurde. Da habe ich ihn auf der Pier eingesperrt und so getan, als wäre er entführt worden. In der Zwischenzeit versuchte ich, Tim zu behandeln, indem ich seine eigenen Aufzeichnungen zurate zog. Aber je mehr ich mich bemühte, ihn umzuprogrammieren, desto schlimmer wurde sein Zustand. Es half nichts, er brauchte eine Transplantation von Gehirnzellen, und ich musste einen neuen Spender suchen. Von dem Lösegeld, das Richard für Tim bezahlte, wollte ich einen kompetenten Gehirnchirurgen engagieren, aber es dauerte eine ganze Weile, bis ich einen gefunden hatte, dem ich vertrauen konnte. Bis es so weit war, habe ich Tim Essen und Trinken auf die Pier gebracht. Sein Verfall war rapide, und eines Tages hat er mich nicht mehr erkannt und mich mit dem Messer angegriffen. Bei dem Versuch, ihn zu beruhigen, hat er mich umgestoßen, und ich bin gestürzt …«

»So hast du dir also das Schlüsselbein gebrochen?«

»Das ist nicht schlimm.«

»Stimmt. Für Tony, Amanda Dart, Trevor Joseph und die Spender war es viel schlimmer.«

»Tony kannte die Risiken. Tim hat sie ihm ganz deutlich erklärt«, erwiderte Joanna. »Große Entdeckungen fordern eben ihren Tribut. Die anderen, die Spender, die waren nicht der Rede wert. Obdachlose, die ein fürchterliches Leben führten und keine Zukunft mehr hatten. Sie waren nicht wichtig. Tony und Tim aber schon.«

»Und Amanda Dart?«

»Sie hat bei Tim auf der Station gearbeitet und ihm ihr Leid geklagt. Ihr Bruder, ein Obdachloser, war verschwunden, und Tim hat mich gefragt, ob wir ihn als Spender verwendet hätten. Ich konnte mich nicht daran erinnern. Tim hat versucht, dem Mädchen zu helfen, aber sie hat keine

Ruhe gegeben und immer wieder Fragen gestellt. Und dann ist sie Tim, nachdem er Tony getötet hatte, im Yachthafen über den Weg gelaufen. Tim war zu dem Zeitpunkt schon nicht mehr Herr seiner selbst und wollte sich auf eurem Boot verstecken. Er war der Mörder, zu dem er sich selbst programmiert hatte. Es war Amandas Pech, dass sie ihm in diesem Zustand über den Weg gelaufen ist.« Joanna zuckte mit den Schultern.

Daisy ließ plötzlich Tims Hand los. Auf einmal hatte sie das Gefühl, ihn nie richtig gekannt zu haben.

»Versuch es doch zu verstehen, Daisy. Tim trifft keine Schuld. Er wollte nur sein Bestes tun, für die Gesellschaft und für Menschen wie deinen Bruder Adam. Und damit auch für dich – und mich. Für uns alle.«

»Ich verstehe. Ich verstehe nur zu gut.«

»Joanna«, rief Richard von draußen.

»Wenn du etwas brauchst, melde dich bei mir.« Joanna legte Daisy eine eiskalte Hand auf die Schulter.

»Geh zu Richard«, sagte Daisy und wich zurück.

Sie hörte, wie Joanna das Zimmer verließ und die Tür hinter sich schloss. Sie blickte Tim an. Sah die Hand an, die sie eben noch gehalten hatte. Und dann lief ihr die erste Träne über die Wange.

»Meine Frau und ich wären Ihnen dankbar, wenn Sie uns ein paar Stunden in Ruhe schlafen ließen«, sagte Richard zu dem Polizisten, der ihn auf Peter Collins' Anweisung hin auf Schritt und Tritt verfolgte.

»Vorher muss ich mich in dem Zimmer aber noch umsehen, Sir«, erwiderte der Polizist und begann, das kleine Schlafzimmer neben Richards Büro zu untersuchen. Er versuchte, das Fenster aufzumachen, und musste feststellen, dass es sich nicht öffnen ließ.

»Wir haben hier eine Klimaanlage«, erklärte Richard. »Außerdem sind wir im zwölften Stock. Wie sollen wir da wohl aus dem Fenster klettern?«

Der Polizist ließ sich von Richard nicht aus der Ruhe bringen und durchsuchte den Schrank, wobei er jedes an der Stange hängende Kleidungsstück einzeln beiseiteschob. »Ich bin draußen im Gang«, sagte er schließlich und verließ das Zimmer.

»Wie aufmerksam von Ihnen«, rief Joanna ihm nach und setzte sich in einen der Sessel.

Richard schloss die Tür und schaute dann zu seiner Frau. »Was trinken wir?«

»Ich würde mal sagen, du hast für heute schon genug.«

»Bist du jetzt bei den Abstinenzlern eingetreten, Joanna?«

»Dann gib mir einen Brandy.«

Richard goss zwei Gläser ein, brachte eines davon Joanna und ging mit dem anderen zu seinem Schreibtisch. Dort schloss er mit einem Schlüssel, den er an seiner Uhrkette trug, die oberste Schublade auf.

Joanna trank einen Schluck von ihrem Brandy, lehnte sich zurück und schloss die Augen. Sie war viel zu sehr in ihre eigenen Gedanken vertieft, um sich darum zu kümmern, was ihr Mann gerade tat.

»Was hast du vorhin mit Daisy besprochen?«, fragte er.

»Ich habe ihr moralischen Beistand geleistet.«

»Oder hast du dich bei ihr dafür entschuldigt, dass Tims Gehirn jetzt so löchrig wie ein Sieb ist?«

Als sie die Augen öffnete, sah sie die Waffe in seiner Hand. Die Mündung zeigte direkt auf ihren Kopf.

»Mit diesem Revolver hat sich mein Vater getötet«, sagte Richard mit tonloser Stimme. »Das ist doch eine poetische Gerechtigkeit, findest du nicht auch?«

»Richard, du verstehst nicht –«

Eine grelle Explosion zerfetzte Joannas Bewusstsein, dessen letzter Gedanke dem Brandy galt, der nun ihr schönes Kleid versauen würde.

Der Polizist vor der Tür hörte, wie kurz nacheinander zwei Schüsse abgefeuert wurden. Er versuchte, die Tür zu öffnen, aber sie war abgeschlossen. Er griff nach seinem Funkgerät, drückte auf einen Knopf und setzte einen Notruf ab. Noch bevor die Antwort von der Zentrale kam, hatte er sich mit der Schulter gegen die Tür geworfen.

Als die Lampen in Tim Sherringhams Krankenzimmer, die in der Nacht nur ein schwaches Dämmerlicht erzeugt hatten, plötzlich hell aufleuchteten, musste Daisy blinzeln. Sie stand von ihrem Stuhl auf und schaute durch die Glasscheibe neben Tims Bett nach draußen. Eine Krankenschwester überprüfte gerade die Videomonitore, die mit den Überwachungskameras in den Patientenzimmern verbunden waren. Eine andere schob ein leeres Bett vor sich her.

In ein paar Minuten würden sie kommen und Tim für die Operation vorbereiten. Daisy wandte sich zu ihrem Mann um, der genauso reglos in seinem Bett lag wie die ganze Nacht über und all die Tage lang, die er nun schon in diesem Krankenhaus war …

»Daisy!«

»Alan!« Sie versuchte zu lächeln, aber es gelang ihr nicht. »Ich wusste nicht, dass du heute Morgen auch hier bist.«

»Ich hatte nichts Besseres zu tun.« Alan war ein schlechter Lügner, und außerdem sah man es ihm an, dass er die ganze Nacht lang nicht geschlafen hatte. Seit Peter Collins ihn in den frühen Morgenstunden angerufen hatte, lag eine Verantwortung auf ihm, die ihm niemand abnehmen konnte. Auch Daisy nicht. Sie wurde ja nicht einmal mit dem Leid fertig, das Tims Zustand ihr aufbürdete. Wie sollte er ihr da erzählen, dass Richard erst Joanna und dann sich selbst erschossen hatte.

»Warst du die ganze Nacht hier?«, fragte er.

»Ja.«

»Du weißt, dass es gleich so weit ist?«

»Ja, ich warte nur auf Joanna und Richard.«

»Sie kommen nicht. Salen ist bereit. Judy ist hier bei mir. Wir bleiben bei dir, bis Salen Tim operiert hat.«

»Das müsst ihr nicht.«

»Bitte, Daisy, sperr uns nicht aus deinem Leben aus. Nicht jetzt.«

»Alan, würdest du mir bitte einen Gefallen tun?«

»Natürlich. Wenn ich kann.«

»Lässt du mich bitte noch kurz mit Tim alleine?«

»Salen kommt in fünf Minuten.«

»Ich weiß. Aber würdest du jetzt bitte trotzdem gehen?«

»Judy und ich sind im Warteraum.«

»Vielen Dank!«

Als Alan fort war, betrachtete sie Tim. Auf einmal sah sie ihn nicht mehr so, wie er jetzt war, sondern wie sie ihn gesehen hatte, als sie beide das letzte Mal bei Richard und Joanna eingeladen gewesen waren. Daisy hatte damals an der Tür zum Gästebad gelehnt und ihm kokett in seine tiefblauen Augen geblickt …

»Sollen wir zusammen duschen?«, fragte Tim.

»Ich habe mich schon angezogen. Joanna wartet unten auf uns.«

»Joanna kann warten.«

»Aber das Abendessen …«

»Dann essen sie eben ohne uns. Ich will dich. Jetzt.«

»Nicht jetzt, später.«

»Jetzt.«

»Das ist mir zu peinlich.«

»Du hartherziges Wesen. Also gut, aber nicht viel später. Wir fahren noch vor dem Nachtisch nach Hause.«

»Dann denken sie sich doch ihren Teil.«

»Na und, sollen sie. Wir lieben uns. Das ist doch kein Verbrechen.« Tim nahm sie in seine starken Arme und küsste sie. »Ich denke mir eine Entschuldigung aus. Ich sage, dass ich Migräne habe. Haben nicht alle Ehemänner Migräne?«

»Du bist albern.«

»Mag sein, aber als ich dich geheiratet habe, war ich alles andere als albern.«

»Manche sind da anderer Meinung.«

»Ich kann mir gar nicht vorstellen, wer. Du bist das Beste, was mir je passiert ist. Was habe ich nur mit all meiner Liebe gemacht, bevor du mir über den Weg gelaufen bist?«

»Vielleicht hast du sie jemand anderem geschenkt?«

»Nein, niemals. Meine Liebe gehört nur dir. Und ich werde immer nur dich lieben. Und wenn ich alt und kahl bin, werde ich mein Toupet aufsetzen, das künstliche Gebiss in den Mund tun, auf den Knopf meines elektrischen Rollstuhls drücken und zu dir fahren. Und dann werde ich dich küssen, genau wie jetzt …«

Daisy blickte auf das Bett. Auf das, was von Tim noch übrig war. Dann griff sie langsam, aber zielstrebig nach dem Stecker, der Tims Herz-Lungen-Maschine mit Strom versorgte, und zog ihn aus der Wand.

Als Alan und Judy ein paar Minuten später hereinkamen, stand Daisy vor Tims Bett und starrte ihn an, den Stecker in der Hand.

Epilog

Der Herbstwind fegte über den verlassenen Strand und zeichnete Wellenmuster auf den Regenpfützen im Sand. Im grauen Nieselregen war kaum ein Unterschied zwischen dem grauen Himmel und dem ebenso grauen Meer zu erkennen. Lediglich die weißen Kämme der sich brechenden Wellen hellten diese düstere braungraue Szenerie etwas auf.

Peter verließ das Obdachlosenheim und schob sich die Zeitung, die er gerade gelesen hatte, in die Tasche. Bill Mulcahy hatte recht gehabt. Robin Darts Tod ging auf das Konto von Drogenhändlern, die sich an ihm rächen wollten. Der junge Mann hatte früher selbst ein bisschen gedealt, um sich das Geld für den nächsten Schuss zu verdienen, und dabei mehr von dem Gewinn einbehalten, als mit dem Drogenboss vereinbart gewesen war.

Richard Sherringham, das wusste Peter jetzt, hatte mit Robins Tod nichts zu tun gehabt. Der Dealer, der Amandas Bruder den goldenen Schuss gesetzt hatte, war inzwischen gefasst und zu zwanzig Jahren Haft verurteilt worden. Doch Peter wusste, dass dieser Schwerverbrecher bei guter Führung nach acht Jahren wieder aus dem Gefängnis kommen würde, obwohl er ein Menschenleben ausgelöscht hatte.

Peter ging über die menschenleere Promenade in Richtung Pier, von der jetzt nicht mehr viel zu sehen war. Das Holz war bereits abgetragen worden und lag in dunklen, unordentlichen Haufen am Strand, und die metallenen Stützpfeiler ragten nackt und kahl in den Regenhimmel und warteten darauf, dass auch sie abgerissen wurden. Die Pier erinnerte Peter an ein von Menschenhand geschaffenes Monster in seinen letzten Todesqualen.

Er blickte hinunter zu den Arbeitern, die Teile der Pier mit Kränen auf die im Regen wartenden Lastwagen verluden, die sie zu irgendeinem Schrottplatz bringen würden.

»Sieht ganz so aus, als hätte es auch Sie wieder hierhergezogen«, hörte er eine Stimme neben sich sagen.

Er schaute zur Seite: Daisy Sherringham stand auf einmal neben ihm. Sie trug einen langen schwarzen Mantel und ein Halstuch. Zum ersten Mal sah er sie mit offenen Haaren; der Wind allerdings blies sie ihr jetzt um den Kopf.

»Endlich reißen sie das verdammte Ding ab«, sagte Peter. »Für solche Sachen ist immer erst dann genug Geld da, wenn etwas passiert ist.«

»Wissen Sie schon, dass Trevor durchkommen wird? Aber es wird noch eine Weile dauern, bis er wieder der Alte ist …«

»Können Sie das garantieren? Dass er wieder so wird wie früher?«

»Nein, das kann niemand. Wir Ärzte sind schließlich keine Handwerker, die auf ihre Arbeit eine Garantie geben.«

»Schade. Ich hätte gerne eine dreißigjährige Garantie auf mein Leben.« Er zog die Schultern ein und schloss seinen Anorak bis zum Kinn. »Ich habe gehört, dass Sie sich geweigert haben, die Sherringham-Klinik zu übernehmen.«

»Es war die Klinik von Richard und Joanna. Sie haben sie aufgebaut, und ich hätte sie nicht in ihrem Sinne weitergeführt.«

»Eine Erbschaft von hundert Millionen Pfund lehnt man nicht so mir nichts, dir nichts ab.«

Sie sah ihm gelassen in die Augen. »Das Anwesen gehört immer noch Joannas Vater.«

»Richard Sherringham hat in seinem Testament seine Frau als Erbin eingesetzt, und falls sie nicht mehr am Leben wäre, sollte Tim die Klinik kriegen. Joanna Sherringham ist vor Richard gestorben, und deshalb war Tim sein Erbe. Und der starb kurz nach seinem Bruder. Das macht seine Ehefrau zur Erbin von Richards Vermögen.«

»Rein rechtlich gesehen mag das stimmen, aber ich möchte jetzt nicht mehr darüber reden.« Sie drehte der Pier den Rücken zu und ging mit langsamen Schritten die Promenade entlang. Peter begleitete sie.

»Gratuliere zu Ihrer Beförderung zur Oberärztin«, sagte er.

»Das ist keine richtige Beförderung. Ich bin lediglich gefragt worden, ob ich Tims Stelle im Krankenhaus übernehmen könnte, bis sie jemand anderen dafür gefunden haben.«

»Angeblich soll die Suche nach einem Nachfolger nicht allzu ernsthaft betrieben werden.«

»Dann wird Eric Hedley vermutlich die Stelle bekommen. Er hat sich noch einmal darauf beworben, und wie es aussieht, hat er diesmal mehr Glück. Ich jedenfalls habe zum Ende des Quartals gekündigt.«

»Dann hoffen wir mal, dass noch ein Wunder geschieht und er sie doch nicht kriegt. Dem Krankenhaus und den Patienten würde damit einiges erspart bleiben.«

Daisy lächelte. »Eric ist kein schlechter Arzt. Ihm fehlt nur das Gespür für die Patienten. Aber vielleicht hat er ja dazugelernt. Eric hat sehr unter seiner Suspendierung vom Dienst gelitten, als seine Tätigkeit für Joanna untersucht wurde. Dass er ihr die Testpersonen für ihre Experimente beschafft hat, hat der Krankenhausleitung schon sehr zu denken gegeben. Ich schätze, sie wird nicht so schnell wieder einen ihrer Ärzte in einer Privatklinik arbeiten lassen.«

»Wenn Sie nicht am Krankenhaus bleiben – was machen Sie dann?«

»Ich gehe ins Ausland. In Afrika werden immer Ärzte gebraucht. Dafür jedenfalls habe ich mich beworben. Ich weiß zwar noch nicht, was ich mit dem Rest meines Lebens anfangen werde, aber eines weiß ich genau: dass ich nicht hierbleiben will.«

»Sie werden den Leuten hier fehlen.«

»Aber nicht lange. Im Krankenhaus ist ein ständiges Kommen und Gehen, da trauert man niemandem lange nach.« Peter sah, dass ihre Augen feucht geworden waren, aber er konnte nicht sagen, ob das vom Regen kam oder ob es sich um Tränen handelte.

»Vielleicht können wir ja nochmal einen trinken gehen, bevor Sie abreisen«, schlug Peter vor. »Als kleines Dankeschön für alles, was Sie für Trevor getan haben.«

»Lieber nicht, Sergeant Collins«, erwiderte sie. »Aber trotzdem – vielen Dank.«

»Vielleicht ist es besser so.«

»Leben Sie wohl.« Daisy streckte ihm ihre Hand entgegen, und er nahm sie.

»Leben Sie wohl, Dr. Sherringham.«

Peter blieb am Geländer der Promenade stehen und blickte ihr nach, wie sie auf die hellerleuchteten Straßen der Stadt zuging. Als eine abgerissene Gestalt ihren Weg kreuzte, kramte Peter in seiner Hosentasche nach etwas Kleingeld. Er legte die Münzen auf seine Handfläche und ging ihr nach.

Danksagung

Bei folgenden Personen möchte ich mich ganz herzlich bedanken:

Bei John, Ralph, Sophie und Ross für ihre bedingungslose Liebe und Unterstützung – und auch dafür, dass sie mir die Zeit gegeben haben, dieses Buch zu schreiben.

Bei John Carey für die beiläufige Bemerkung, die der Auslöser für dieses Buch war.

Bei Sally Collins, die das Manuskript getippt hat.

Bei Maria Brawne, die die verschiedenen Fassungen des Romans – ja sogar die ersten Entwürfe – gelesen hat.

Und bei Jennifer Price für die zahlreichen Freundschaftsdienste und ihr geradezu heroisches Bemühen, mein Chaos zu ordnen.

Katherine John